mtb

Mein Herz vertraut nur dir

MIRA® TASCHENBUCH
Band 20069

2. Auflage: Mai 2017

Titel der amerikanischen Originalausgaben:

This Magic Moment

erschienen bei: Silhouette Books, Toronto

Scenes Of Passion

erschienen bei: Silhouette Books, Toronto

Hart's Last Stand

erschienen bei: Silhouette Books, Toronto

Dakota Daddy

erschienen bei: Silhouette Books, Toronto

Umschlaggestaltung: büropecher, Köln
Umschlagabbildung: RF David Schmidt / Masterfile / Harlequin Books S.A.
Redaktion: Maya Gause
Satz: GGP Media GmbH, Pößneck
Printed in Germany
Dieses Buch wurde auf FSC®-zertifiziertem Papier gedruckt.
ISBN 978-3-95649-687-5

www.mira-taschenbuch.de

Nora Roberts

Verzaubertes Herz

Roman

Aus dem Amerikanischen von
Anne Pohlmann

mtb

1. Kapitel

Patrick Atkins hatte das Haus nur aufgrund der Atmosphäre gewählt. Davon war Rona von dem Moment an überzeugt, in dem sie das steingraue, einsame Gebäude auf der Klippe sah. Die Hinterfront war dem Pazifik zugewandt. Das Haus war nicht symmetrisch gebaut, sondern bestand aus unterschiedlich hohen und weit auseinandergezogenen Teilen, die ihm eine wilde Anmut verliehen. Am Ende einer kurvenreichen Straße durch die Klippen und vor dem Hintergrund eines düster drohenden Himmels wirkte das Haus gleichzeitig großartig und unheimlich.

Wie aus einem alten Film, dachte Rona und schaltete in den ersten Gang, um die Steigung zu nehmen. Sie hatte gehört, dass Patrick Atkins exzentrisch war. Das Haus schien es zu beweisen.

Jetzt fehlen nur noch ein paar kleine Nebeneffekte, dachte sie, wie Donnerschlag, Nebel und Wolfsgeheul. Der Gedanke amüsierte Rona. Sie hielt den Wagen an und betrachtete noch einmal das Haus. Nur hundertfünfzig Meilen nördlich von Los Angeles bekam man nicht viele Gebäude dieser Art zu sehen. Sie verbesserte sich: Nirgendwo bekam man so etwas leicht zu sehen.

Kaum stieg sie aus dem Wagen, als der Wind sie ansprang, ihr die Haare ins Gesicht wehte und an ihrer lindgrünen flauschigen Strickjacke zerrte. Sie war versucht, zu der Stützmauer zu gehen und einen Blick auf den Ozean zu werfen, eilte aber stattdessen die Stufen hinauf. Sie war schließlich nicht hier, um die Aussicht zu bewundern.

Der Türklopfer war alt und schwer und erzeugte einen beeindruckenden Schlag. Rona redete sich ein, nicht im Geringsten nervös zu sein, wechselte nur ihre Aktenmappe von einer Hand in die andere, während sie wartete. Ihr Vater wäre wütend gewesen, wäre sie ohne Patrick Atkins' Unterschrift unter dem Vertrag in ihrer Tasche zurückgekommen. Nein, nicht wütend, verbesserte sie sich. Schweigsam. Niemand konnte Schweigsamkeit so effektvoll einsetzen wie Bennett Swan.

Ich werde nicht mit leeren Händen hier weggehen, versicherte sie sich selbst. Ich weiß, wie man schwierige Entertainer behandelt. Ich habe jahrelang beobachtet, wie man es macht, und …

Ihre Gedanken wurden von der sich öffnenden Tür abgeschnitten. Rona starrte den größten Mann an, den sie jemals gesehen hatte. Er war wenigstens zwei Meter hoch, und seine breiten Schultern füllten den Türrahmen fast vollständig aus. Und dann sein Gesicht! Er war zweifellos der hässlichste Mensch, der ihr je begegnet war. Sein breitflächiges Gesicht war blass. Seine Nase war offenbar einmal gebrochen und in einem schiefen Winkel zusammengewachsen. Seine kleinen Augen wiesen das gleiche verwaschene Braun auf wie seine dichten Haare.

Atmosphäre, dachte Rona erneut. Atkins muss diesen Mann wegen der Atmosphäre ausgewählt haben.

„Guten Tag“, brachte sie hervor. „Rona Swan. Mr. Atkins erwartet mich.“

„Miss Swan.“ Die tiefe, schleppende Stimme passte perfekt zu ihm. Als er zurückwich, zögerte Rona einzutreten.

Sturmwolken, ein riesenhafter Butler und ein düsteres Haus auf einer Klippe. Oh ja, dachte sie, Atkins versteht etwas von Bühneneffekt.

Sie trat ein und sah sich rasch um, während sich die Tür hinter ihr schloss.

„Warten Sie hier“, wies der Butler sie lakonisch an und bewegte sich für seine Größe überraschend geschmeidig durch die Halle.

„Ja, danke“, murmelte sie hinter ihm her.

Die weißen Wände waren mit Wandteppichen geschmückt. Der am nächsten hängende Teppich zeigte in einer verblassten mittelalterlichen Szenerie den jungen König Arthur, der soeben das magische Schwert aus dem Felsen zog. Merlin, der Zauberer, schwebte im Hintergrund. Rona nickte. Diese hervorragende Arbeit passte zu einem Mann wie Atkins.

Sie drehte sich um und erblickte sich selbst in einem verzierten großen Drehspiegel.

Das zerzauste Haar ärgerte sie. Sie repräsentierte ‚Swan Productions'. Rona zupfte an ihren aus der Frisur gelösten Locken. Ihre grünen Augen hatten sich in einer Mischung aus Sorge und Erregung verdunkelt, ihre Wangen aus den gleichen Gründen gerötet. Sie holte tief Luft, zwang sich zur Ruhe und strich ihre Jacke und ihr hellgrünes langes Wollkleid glatt.

Als sie Schritte hörte, wandte sie sich hastig ab. Sie wollte nicht dabei ertappt werden, dass sie sich im Spiegel betrachtete und ihr Aussehen in letzter Minute in Ordnung brachte. Wieder war es nur der Butler. Rona unterdrückte aufkeimenden Ärger.

„Er möchte mit Ihnen im Keller sprechen."

„Oh!" Rona wollte noch etwas sagen, aber der Butler ging schon voraus, und sie musste sich beeilen, um Schritt zu halten.

Von der Halle führte ein Korridor nach rechts ab. Ronas Absätze klickten hastig, als sie sich dem Tempo des Butlers anpasste. Er blieb so abrupt stehen, dass sie fast gegen seinen Rücken prallte.

„Da hinunter." Er öffnete eine Tür und verschwand schnell in der Tiefe.

„Aber ..." Rona warf ihm einen finsteren Blick nach und begann den Abstieg über die schwach erleuchteten Stufen. Das ist wirklich lächerlich, fand sie. Eine Geschäftsbesprechung sollte in einem Büro stattfinden oder wenigstens in einem angemessenen Restaurant. Das ist Showbusiness, dachte sie zornig.

Das Echo ihrer eigenen Schritte hallte ihr von unten entgegen. Ansonsten war es totenstill. Oh ja, befand sie erneut, Atkins versteht etwas von Bühneneffekt. Ihr Herz hämmerte heftig, als sie die letzte Windung der Wendeltreppe nahm.

Der Kellerraum war riesig und mit Körben und Kisten und allen möglichen Gegenständen vollgestellt. Die Wände waren holzgetäfelt, der Boden gefliest. Mehr Einrichtung hatte niemand für nötig gehalten. Rona sah sich stirnrunzelnd um, während sie die letzten Stufen hinunterstieg.

Patrick Atkins beobachtete die Besucherin. Er besaß das Talent, sich völlig still zu verhalten und sich absolut zu konzentrieren. Das war in seinem Beruf lebenswichtig. Er besaß auch die Fähigkeit, einen Menschen rasch einzustufen. Auch das gehörte zu seinem Beruf.

Rona Swan war jünger, als er erwartet hatte, eine zierlich wirkende Frau, schmal und zart, mit duftigen Wellen blonder Haare und einem fein geschnittenen Gesicht mit energischem Kinn.

Sie ist verärgert, stellte er fest, und nicht im Geringsten ängstlich. Ein Lächeln spielte um seinen Mund. Er verhielt sich auch noch still, als sie im Raum herumging. Sie wirkte sehr geschäftsmäßig in ihrem schlicht-eleganten Kleid. Zierliche Schuhe, eine teure Aktenmappe und sehr weibliche Hände. Interessant.

„Miss Swan."

Rona fuhr zusammen und verwünschte sich selbst. Denn als sie sich in die Richtung drehte, aus der die Stimme gekommen war, sah sie nur Schatten. Patrick Atkins war nicht auszumachen.

„Sie sind sehr pünktlich", erklang wieder seine Stimme.

Endlich bewegte er sich, und Rona erkannte, dass er auf einer kleinen Bühne stand. Er trug Schwarz und verschmolz mit den Schatten. Mit einiger Anstrengung unterdrückte sie den Ärger in ihrer Stimme.

„Mr. Atkins." Rona ging mit einem einstudierten Lächeln auf ihn zu. „Ihr Haus ist sagenhaft!"

„Danke."

Er kam nicht zu ihr herunter, sondern blieb auf der Bühne stehen. Rona musste zu ihm aufblicken. Es überraschte sie, dass er in natura viel beeindruckender wirkte als in Film- und auf Bandaufzeichnungen. Normalerweise war es umgekehrt. Sie hatte Patrick Atkins' Vorstellungen gesehen. Seit ihr Vater aus Gesundheitsgründen widerstrebend Atkins ihr überlassen hatte, war Rona an zwei Abenden sämtliche verfügbaren Aufzeichnungen von Patrick Atkins durchgegangen.

Ein beeindruckender Mann, stellte sie bei sich fest, als sie sein ausgeprägtes Gesicht mit dem dichten schwarzen Haar betrachtete. An seinem Kinn gab es eine kleine Narbe, und sein Mund war breit und schmal. Seine Brauen waren gewölbt, die Enden leicht nach oben gerichtet. Seine Augen hielten sie gefangen. Noch nie hatte sie so dunkle, so tiefe Augen gesehen. Waren sie grau? Waren sie schwarz? Dabei war es gar nicht die Farbe der Augen, die Rona verunsicherte, es war die absolute Konzentration, die sie in ihnen sah. Ihre Kehle fühlte sich auf einmal so trocken an, dass Rona schlucken musste. Es kam ihr fast so vor, als würde er ihre Gedanken lesen.

Patrick Atkins war als größter Magier des Jahrzehnts bezeichnet worden. Manche nannten ihn sogar den größten des letzten halben Jahrhunderts. Seine Illusionsnummern und Entfesselungen waren waghalsig, sensationell und unerklärlich. Nicht selten wurde er sogar als Hexenmeister bezeichnet. Während Rona in seine Augen sah, begann sie zu verstehen, wie es zu seinem Ruf gekommen war.

Sie schüttelte die Trance ab, in der sie sich plötzlich befand, und nahm einen zweiten Anlauf. Sie glaubte nicht an Magie. „Mr. Atkins, mein Vater lässt sich dafür entschuldigen, dass er nicht selbst kommen kann. Ich hoffe, dass es ihm …“

„Es geht ihm besser!“

Sie stockte verwirrt. „Ja, ach so, tatsächlich.“ Wieder konnte sie nicht anders, als ihn anzustarren.

Patrick stieg lächelnd zu ihr herunter. „Er hat mich vor einer Stunde angerufen, Miss Swan. Ferngespräch, keine Telepathie.“

Rona schoss ihm einen wütenden Blick zu, ehe sie sich selbst zurückhalten konnte, aber sein Lächeln verstärkte sich nur noch.

„Hatten Sie eine angenehme Fahrt?“, erkundigte er sich.

„Ja, danke.“

„Aber eine lange Fahrt. Setzen Sie sich.“ Patrick deutete auf einen Tisch und setzte sich dahinter.

Rona nahm ihm gegenüber Platz. „Mr. Atkins“, begann sie und fühlte sich wohler, da sie endlich zum Geschäftlichen kamen. „Ich weiß, dass mein Vater schon das Angebot von ‚Swan Productions‘ mit Ihnen und Ihrem Vertreter ausführlich besprochen hat, aber vielleicht möchten Sie die Details noch einmal durchgehen.“ Sie stellte ihre Aktenmappe auf den Tisch. „Ich kann alle Ihre Fragen beantworten.“

„Arbeiten Sie schon lange für ‚Swan Productions‘, Miss Swan?“

Die Frage unterbrach ihre flüssige Präsentation, aber Rona stellte sich sofort darauf ein. Entertainer mussten oft bei Laune gehalten werden. „Fünf Jahre, Mr. Atkins. Ich versichere Ihnen, dass ich qualifiziert bin, Ihre Fragen zu beantworten und nötigenfalls über Bedingungen zu verhandeln.“

Ihre Stimme klang fest, aber sie war nervös. Patrick erkannte es an ihren Händen, die sie sorgfältig auf dem Tisch gefaltet hielt. „Ich bin sicher, dass Sie qualifiziert sind, Miss Swan", stimmte er zu. „Ihr Vater ist kein Mann, den man leicht zufriedenstellen kann."

Überraschung und eine Spur von Sorge flackerten in ihren Augen auf. „Nein", erwiderte sie ruhig. „Und darum können Sie sicher sein, die bestmögliche Betreuung zu erhalten – die besten Produktionsleute, den besten Vertrag. Drei einstündige Fernseh-Specials, verteilt über drei Jahre, garantiert beste Sendezeit, dazu ein Budget, das Qualität sichert." Sie unterbrach sich nur kurz. „Ein vorteilhaftes Arrangement für Sie und für ‚Swan Productions'."

„Vielleicht."

Er betrachtete sie zu genau. Rona zwang sich dazu, still sitzen zu bleiben. Grau! Seine Augen waren grau, aber so dunkel, dass es hart an Schwarz heranreichte.

„Natürlich", fuhr sie fort. „Ihre Karriere zielte schon immer hauptsächlich auf Publikum in Clubs und Theatern. Las Vegas, Lake Tahoe, das ‚London Palladium' und so weiter."

„Eine Illusion auf Film ist bedeutungslos, Miss Swan. Ein Film kann verändert werden."

„Ja, das ist mir klar. Um überhaupt zu wirken, muss ein Trick live vorgeführt werden ..." Weiter kam sie nicht.

„Eine Illusion", verbesserte Patrick. „Ich mache keine Tricks."

Rona stockte. Seine Augen waren fest auf sie gerichtet. „Eine Illusion", korrigierte sie sich mit einem Kopfnicken. „Die Specials sollen live ausgestrahlt werden und vor Studiopublikum ablaufen. Die Werbung ..."

„Sie glauben nicht an Magie, nicht wahr, Miss Swan?" Um seinen Mund spielte nur der Hauch eines Lächelns, und in seiner Stimme schwang eine Spur von Belustigung mit.

„Mr. Atkins, Sie sind ein sehr talentierter Mann", antwortete sie behutsam. „Ich bewundere Ihre Arbeit sehr."

„Sie sind diplomatisch", folgerte er und lehnte sich zurück. „Und zynisch. Ich mag das."

Rona fühlte sich nicht geschmeichelt. Er machte sich über sie lustig und versuchte nicht einmal, es zu verbergen. Das ist dein Job, erinnerte sie sich und biss die Zähne zusammen. Erledige deinen Job! „Mr. Atkins, wenn wir jetzt die Vertragsbedingungen besprechen könnten ..."

„Ich mache mit niemandem Geschäfte, ohne zu wissen, mit wem ich es zu tun habe.“

Rona stieß kurz den Atem aus. „Mein Vater …“

„Ich spreche nicht von Ihrem Vater“, unterbrach Patrick sie.

„Ich habe leider vergessen, meinen Lebenslauf mitzubringen“, fauchte sie ihn an und biss sich auf die Lippen. Verdammt! Sie konnte es sich nicht leisten, die Beherrschung zu verlieren.

Aber Patrick lächelte amüsiert. „Das ist wohl auch nicht nötig.“ Er hielt ihre Hand, bevor sie überhaupt begriff, was er tat.

„Niemals!“

Die Stimme in ihrem Rücken ließ Rona von ihrem Stuhl hochfahren.

„Das ist nur Merlin“, sagte Patrick sanft, als sie den Kopf wandte.

Ein großer schwarzer Beo saß rechts von ihr auf einer Stange. Rona holte tief Luft und versuchte ihre Nerven unter Kontrolle zu bringen. Der Vogel starrte sie an.

„Sehr klug“, brachte sie hervor und betrachtete den Vogel mit einiger Zurückhaltung. „Haben Sie ihm das Sprechen beigebracht?“

„Mhm.“

„Willst du einen Drink, Süße?“

Rona lachte unterdrückt und wandte sich zu Patrick. Er warf dem Vogel einen gleichgültigen Blick zu. „Ich habe ihm keine Manieren beigebracht.“

Sie kämpfte gegen den Lachreiz. „Mr. Atkins, wenn wir dann …“

„Ihr Vater wollte einen Sohn.“ Patrick brachte Rona dazu, ihn ungläubig anzustarren. „Das hat es für Sie schwierig gemacht.“ Er sah ihr wieder in die Augen und hielt locker ihre Hand. „Sie sind nicht verheiratet und leben allein. Sie sind realistisch und halten sich selbst für sehr praktisch veranlagt. Es fällt Ihnen schwer, Ihr Temperament zu zügeln, aber Sie arbeiten daran. Sie sind eine sehr vorsichtige Frau, Miss Swan, fassen nur langsam Vertrauen und suchen sich Ihre Bekanntschaften genau aus. Sie sind ungeduldig, weil Sie sich und Ihrem Vater etwas beweisen wollen.“ Seine Augen verloren ihre Direktheit, als er sie anlächelte. „Ein Gesellschaftsspiel, Miss Swan, oder Telepathie?“

Als Patrick ihre Hand losließ, zog Rona sie vom Tisch und verbarg sie in ihrem Schoß. Seine Treffsicherheit störte sie.

„Es war nur ein wenig Amateurpsychologie", erklärte er zufrieden und genoss ihre Betroffenheit. „Etwas grundsätzliches Wissen über Bennett Swan und Kenntnis der Körpersprache." Er zuckte die Schultern. „Kein Trick, Miss Swan, nur Vermutungen. Wie dicht war ich dran?"

Rona verschränkte die Hände in ihrem Schoß. Ihre rechte Handfläche war von seinem Griff noch immer warm. „Ich bin nicht zum Spielen hergekommen, Mr. Atkins."

„Nein." Patrick Atkins lächelte charmant. „Sie sind hergekommen, um eine Vereinbarung abzuschließen, aber ich mache so etwas auf meine Art und wenn ich es für richtig halte. Mein Beruf fördert Exzentrizität, Miss Swan. Seien Sie nachsichtig mit mir."

„Ich versuche es", erwiderte Rona, holte tief Luft und lehnte sich zurück. „Ich kann wohl sagen, dass wir beide unseren Beruf sehr ernst nehmen."

„Richtig."

„Dann verstehen Sie auch, Mr. Atkins, dass es mein Job ist, Ihre Unterschrift für ‚Swan' zu bekommen." Vielleicht sollte sie es mit etwas Schmeichelei versuchen. „Wir wollen Sie, weil Sie auf Ihrem Gebiet der Beste sind."

„Das ist mir klar", antwortete er, ohne mit der Wimper zu zucken.

„Es ist Ihnen klar, dass wir Sie wollen oder dass Sie der Beste sind?", forschte sie.

Er lächelte sie strahlend an. „Beides."

Rona atmete langsam ein und dachte daran, dass Entertainer oft unmöglich waren. „Mr. Atkins …", setzte sie an.

Merlin flatterte durch die Luft und landete auf ihrer Schulter. Rona rang nach Luft und erstarrte.

„Oh Gott", murmelte sie. Das ist einfach zu viel, dachte sie benommen, absolut zu viel.

Patrick betrachtete den Vogel, während dieser seine Flügel zusammenfaltete. „Seltsam, das hat er noch nie bei jemandem gemacht."

„Bin ich nicht ein Glückspilz?", murmelte Rona und rührte sich nicht. *Können Vögel beißen?* überlegte sie. Sie beschloss, nicht abzuwarten, um es herauszufinden. „Meinen Sie, Sie könnten – nun ja, ihn überreden, sich anderswo niederzulassen?"

Mit einer kleinen Handbewegung brachte Patrick Merlin dazu, auf seine Schulter überzuwechseln.

„Mr. Atkins, bitte, ich verstehe ja, dass ein Mann mit Ihrem Beruf einen gewissen Sinn für Atmosphäre besitzt." Rona kämpfte vergeblich um Fassung. „Es ist sehr schwer, über Geschäfte zu sprechen in einem ... einem Verlies." Sie machte eine alles einschließende Geste. „Mit einem verrückten Raben, der sich auf meine Schulter setzt, und ..."

Patricks lautes Lachen schnitt ihr das Wort ab. Der Vogel auf seiner Schulter flatterte mit den Flügeln und starrte Rona aus unbeweglichen Augen an. „Rona Swan, ich fange an, Sie zu mögen. Ich arbeite in diesem Verlies", erklärte er, nicht im Geringsten beleidigt. „Hier ist es abgeschieden und ruhig. Für Illusionen braucht man mehr als Geschicklichkeit. Sie verlangen eine Menge Planung und Vorbereitung."

„Ich verstehe das, Mr. Atkins, aber ..."

„Wir sprechen ganz konventionell beim Dinner über das Geschäft", unterbrach er sie.

Rona stand gleichzeitig mit ihm auf. Sie hatte nicht länger als ein bis zwei Stunden bleiben wollen. Hier von der Klippe bis zu ihrem Hotel war es eine Fahrt von einer guten halben Stunde.

„Sie bleiben über Nacht", fügte Patrick hinzu, als hätte er tatsächlich ihre Gedanken gelesen.

„Ich schätze Ihre Gastfreundschaft, Mr. Atkins." Sie folgte ihm, als er mit dem Vogel auf seiner Schulter zu der Treppe ging. „Aber ich habe in einem Hotel in der Stadt reserviert. Morgen ..."

„Haben Sie Ihr Gepäck bei sich?" Patrick blieb stehen und nahm ihren Arm, bevor sie die Stufen hinaufstiegen.

„Ja, im Wagen, aber ..."

„Link wird Ihre Reservierung rückgängig machen, Miss Swan. Ein Gewitter zieht auf." Er wandte den Kopf und sah sie an. „Ich möchte nicht gern, dass Sie heute Abend auf diesen Straßen unterwegs sind."

Wie um seine Worte zu unterstreichen, empfing sie am Kopf der Treppe ein Donnerschlag. Rona murmelte etwas. Sie war sich nicht ganz sicher, ob sie in seinem Haus übernachten wollte.

„Ich habe kein Ass im Ärmel", verkündete Merlin.

Rona warf ihm einen zweifelnden Blick zu.

Das Dinner trug viel zu Ronas Beruhigung bei. Das Speisezimmer war riesengroß mit einem prasselnden Kaminfeuer an dem einen und einer Sammlung antiker Zinnbecher an dem anderen Ende. Der lange schmale Tisch war mit Sèvres-Porzellan und altem Silber gedeckt.

„Link ist ein ausgezeichneter Koch", erklärte Patrick, als der riesenhafte Mann den Teller mit Huhn und Reis vor sie auf den Tisch stellte. Rona warf einen Blick auf seine gewaltigen Hände, bevor Link den Raum verließ. Vorsichtig griff sie zu ihrer Gabel.

„Vor allem ist er schweigsam", bemerkte sie.

Patrick lächelte und goss einen blassgoldenen Wein in ihr Glas. „Link spricht nur, wenn er etwas zu sagen hat. Leben Sie gern in Los Angeles, Miss Swan?"

Rona sah ihn an. Seine Augen waren jetzt freundlich und nicht forschend und bohrend wie vorhin. Sie entspannte sich. „Ja, sicher. Es ist für meine Arbeit sehr praktisch."

„Sind es nicht zu viele Menschen?" Patrick schnitt sein Hühnchen an.

„Schon, aber ich bin daran gewöhnt."

„Haben Sie immer in Los Angeles gelebt?"

„Ja, abgesehen von meiner Schulzeit."

Patrick bemerkte auch die kleinste Veränderung im Tonfall, die Andeutung von Groll, die anderen nicht aufgefallen wäre. „Wo sind Sie zur Schule gegangen?"

„In der Schweiz."

„Ein schönes Land." Er griff nach seinem Weinglas. Und es hat ihr gar nicht gefallen, dorthin geschickt zu werden, dachte er. „Danach haben Sie für ‚Swan Productions' zu arbeiten begonnen?"

Stirnrunzelnd blickte Rona in das Kaminfeuer. „Als mein Vater erkannte, dass ich fest entschlossen war, stimmte er zu."

„Und Sie sind eine sehr entschlossene Frau“, bemerkte Patrick.

„Ja“, gab sie zu. „Im ersten Jahr habe ich Briefmarken geleckt und Kaffee geholt und wurde von den Künstlern ferngehalten.“ Das Stirnrunzeln verschwand. Dafür trat ein vergnügtes Funkeln in ihre Augen. „Eines Tages landeten durch einen Fehler einige Unterlagen auf meinem Schreibtisch. Mein Vater wollte die große Schauspielerin Mildred Chase für eine Miniserie. Sie wollte nicht so recht. Ich habe ein paar Nachforschungen angestellt und sie dann besucht.“ Sie blickte Patrick lachend an. „Das war vielleicht ein Erlebnis. Sie residiert auf einem herrlichen Besitz in den Hügeln, mit Wächtern und einem Dutzend Hunden. Sie macht noch ganz auf Alt-Hollywood. Wahrscheinlich hat sie mich aus Neugierde eingelassen.“

„Welchen Eindruck hatten Sie von ihr?“, fragte er, damit sie weitersprach, und lächelte.

„Sie war wunderbar, eine richtige *Grande Dame*. Hätten meine Knie nicht gezittert, hätte ich bestimmt einen Hofknicks gemacht.“ Ein triumphierendes Leuchten erschien auf ihrem Gesicht. „Zwei Stunden später hatte ich ihre Unterschrift auf dem Vertrag.“

„Wie hat Ihr Vater reagiert?“

„Er war wütend.“ Rona griff nach ihrem Weinglas. Der Schein der Flammen spielte auf ihrer Haut. „Er hat fast eine Stunde lang getobt.“ Sie trank und stellte das Glas ab. „Am nächsten Tag bekam ich eine Beförderung und ein neues Büro. Bennett Swan schätzt Leute, die etwas erreichen.“

„Und erreichen Sie etwas, Miss Swan?“, murmelte Patrick.

„Für gewöhnlich“, antwortete sie ruhig. „Ich kann gut mit Problemen umgehen.“

„Auch mit Leuten?“

Rona zögerte. Seine Augen waren wieder forschend und bohrend. „Mit den meisten Leuten.“

Er lächelte, aber sein Blick blieb forschend. „Wie ist Ihr Essen?“

„Mein …“ Rona schüttelte den Kopf, um seinen Blick abzustreifen, und sah auf ihren Teller. Überrascht stellte sie fest, dass sie einen guten Teil ihres Hühnchens gegessen hatte. „Es ist sehr gut. Ihr …“ Sie sah Patrick wieder an und wusste nicht, wie sie Link nennen sollte. Diener? Sklave?

„Freund“, warf Patrick sanft ein und nippte an seinem Wein.

Rona kämpfte gegen das unangenehme Gefühl an, er könnte in ihren Kopf hineinsehen. „Ihr Freund ist ein großartiger Koch.“

„Das Aussehen täuscht oft“, stellte Patrick amüsiert fest. „Sie und ich haben Berufe, in denen dem Publikum etwas nicht wirklich Existierendes gezeigt wird. ‚Swan Productions‘ handelt mit Illusionen, genau wie ich.“ Er streckte den Arm nach ihr aus, und Rona lehnte sich hastig zurück. In seiner Hand erschien eine langstielige rote Rose.

„Oh!“ Angenehm überrascht nahm Rona sie an. Die Blüte hatte einen starken und süßen Duft. „Damit muss man wohl rechnen, wenn man mit einem Magier isst.“ Sie lächelte ihm über die Rose hinweg zu.

„Schöne Frauen und Blumen gehören zusammen.“ Er wurde von dem wachsamen Ausdruck bezaubert, der in ihre Augen trat. Eine sehr vorsichtige Frau, dachte er wieder. Er schätzte Vorsicht. Er beobachtete auch gern die Reaktionen anderer Menschen. „Sie sind eine schöne Frau, Rona Swan.“

„Danke.“

Ihre Antwort klang spröde und ließ ihn lächeln. „Noch Wein?“

„Nein, nein danke.“ Ihr Herz schlug schneller, als sie die Blume neben ihren Teller legte und weiteraß. „Ich war noch nie so weit nördlich an der Pazifikküste“, bemerkte sie nebenbei. „Leben Sie schon lange hier, Mr. Atkins?“

„Ein paar Jahre.“ Er ließ den Wein in seinem Glas kreisen. „Ich mag keine Menschenmassen.“

„Außer bei Vorstellungen“, sagte sie lächelnd.

„Natürlich.“

Als Patrick aufstand und vorschlug, ins Wohnzimmer zu gehen, wurde Rona bewusst, dass sie nicht über den Vertrag gesprochen hatten. Sie musste ihn darauf zurückbringen.

„Mr. Atkins …“, begann sie, als sie das Zimmer betraten, doch sie unterbrach sich sogleich. „Oh! Was für ein schöner Raum!“

Es war ein Schritt zurück in das achtzehnte Jahrhundert, allerdings ohne Spinnweben und Verfallserscheinungen. Die Möbel schimmerten, die Blumen waren frisch. Ein kleines Piano stand in einer Ecke, ein Notenblatt in dem Halter. Auf dem Kaminsims standen winzige Figürchen aus geblasenem Glas. Eine ganze Menagerie, wie Rona bei genauerem Hinsehen feststellte, Einhörner, geflügelte Pferde, Zentauren, ein dreiköpfiger Hund. In Patrick Atkins' Sammlung gab es keine normalen Tiere.

Im Kamin brannte ein angenehmes Feuer. Auf einem hohen runden Tisch mit einer kleinen Platte stand eine Tiffanylampe. Einen solchen Raum hätte Rona in einem gemütlichen englischen Landhaus erwartet.

„Freut mich, dass es Ihnen gefällt." Patrick ließ seinen Blick über ihr schwarzes, großzügig geschnittenes Kleid und die halblange mitternachtsblaue Satinjacke mit den filigranen, schwarzen persischen Ornamenten gleiten. „Sie waren überrascht?"

„Ja! Von außen sieht das Haus wie die Kulisse zu einem Horrorfilm aus den Vierzigerjahren aus, aber …" Erschrocken brach Rona ab. „Oh, tut mir leid, ich wollte nicht …"

Aber er lächelte und freute sich sichtlich über ihre Bemerkung. „Das Haus wurde schon mehr als einmal genau zu diesem Zweck verwendet. Deshalb habe ich es gekauft."

Rona entspannte sich erneut, als sie in dem Zimmer umherging. „Ich dachte mir schon, dass Sie es der Atmosphäre wegen gekauft haben."

Patrick zog eine Augenbraue hoch. „Ich mag Dinge, die andere Leute nach dem äußeren Schein beurteilen." Er trat an einen Tisch, auf dem schon Tassen standen. „Ich kann Ihnen leider keinen Kaffee anbieten. Ich schätze kein Koffein. Dafür habe ich sehr guten Kräutertee." Er schenkte ein, als Rona zu dem Piano ging.

„Tee ist in Ordnung", sagte sie geistesabwesend. Es waren keine gedruckten Notenblätter. Automatisch schlug sie die handgeschriebenen Noten auf dem Piano an. Es war eine ergreifend romantische Melodie. „Das ist schön." Rona wandte sich zu ihm um. „Wunderschön! Ich wusste nicht, dass Sie komponieren."

„Tue ich auch nicht." Patrick setzte die Teekanne ab. „Das hat Link geschrieben." Er beobachtete, wie sich Ronas Augen erstaunt weiteten. „Der äußere Schein, nicht wahr, Miss Swan?"

Sie senkte den Blick auf ihre Hände. „Sie beschämen mich."

„Das ist nicht meine Absicht." Patrick kam zu ihr und ergriff wieder ihre Hand. „Die meisten von uns werden von Schönheit angezogen."

„Sie nicht?"

„Mir gefällt äußere Schönheit, Miss Swan." Er betrachtete rasch und gründlich ihr Gesicht. „Aber dann suche ich nach mehr."

Sein Blick verursachte in ihr ein seltsames Gefühl. Ihre Stimme war nicht so fest, wie sie sein sollte. „Und wenn Sie nichts finden?"

„Dann lasse ich es sausen", antwortete er einfach. „Kommen Sie, Ihr Tee wird kalt."

„Mr. Atkins." Rona ließ sich von ihm zu einem Stuhl führen. „Ich möchte Sie nicht beleidigen. Ich kann es mir nicht leisten, Sie zu beleidigen, aber ..." Sie stieß verwirrt den Atem aus, als sie sich setzte. „Ich halte Sie für einen sehr sonderbaren Mann."

Er lächelte. Es war beeindruckend, wie seine Augen einen Sekundenbruchteil vor seinen Lippen lächelten. „Sie würden mich beleidigen, Miss Swan, falls Sie mich nicht für sonderbar hielten. Ich möchte nicht gewöhnlich sein."

Patrick Atkins begann sie zu faszinieren. Rona hatte immer sorgfältig auf Professionalität und Sachlichkeit geachtet, wenn sie mit Künstlern zu tun hatte. Es war wichtig, sich nicht beeindrucken zu lassen. War man nämlich beeindruckt, fügte man Klauseln in Verträge ein und machte forsche Versprechungen.

„Mr. Atkins, zu Ihrem Vertrag ..."

„Ich habe ausführlich darüber nachgedacht." Als er seine Teetasse anhob, ließ ein Donnerschlag die Fenster erzittern. Rona blickte erschrocken zum Fenster und ballte unwillkürlich die Hände zu Fäusten. „Haben Sie Angst vor Gewittern, Miss Swan?"

„Nein, eigentlich nicht." Sie entspannte vorsichtig ihre Finger. „Aber ich bin für Ihre Gastfreundschaft dankbar. Ich fahre nicht gern bei Gewitter." Sie griff nach ihrer Tasse und versuchte die Blitze zu ignorieren. „Sollten Sie Fragen zu den Bedingungen haben, werde ich sie Ihnen gern beantworten."

„Ich denke, es ist alles klar." Er nippte an seinem Tee. „Mein Agent möchte unbedingt, dass ich den Vertrag unterschreibe."

„Ja?“ Rona musste den Triumph in ihrer Stimme unterdrücken. Es wäre ein Fehler gewesen, zu früh zu drängen.

„Ich binde mich stets erst, wenn ich sicher bin, dass es gut für mich ist. Ich sage Ihnen morgen, wie ich mich entschieden habe.“

Sie nickte zustimmend. Patrick Atkins spielte ihr nichts vor, und sie fühlte, dass ihn kein Agent oder sonst jemand über ein bestimmtes Maß hinaus beeinflussen könnte. Er war in erster Linie sein eigener Herr.

„Spielen Sie Schach, Miss Swan?“

„Wie bitte?“ Zerstreut blickte Rona wieder auf. „Verzeihung!“

„Spielen Sie Schach?“, wiederholte Patrick.

„Ja, allerdings.“

„Das dachte ich mir. Sie wissen nämlich, wann Sie vorrücken und wann Sie warten müssen. Möchten Sie spielen?“

„Gern“, stimmte sie zu, ohne zu zögern.

Er stand auf, bot ihr die Hand und führte sie zu einem Tisch an den Fenstern. Der Regen trommelte von außen an die Scheiben, aber als Rona das Schachbrett sah, vergaß sie das Unwetter.

„Das sind ja exquisite Figuren!“ Sie nahm den weißen König in die Hand, eine übergroße, aus Marmor gehauene Figur.

„Nehmen Sie Weiß“, bot Patrick an und setzte sich. „Spielen Sie, um zu gewinnen, Miss Swan?“

Sie setzte sich ihm gegenüber. „Tut das denn nicht jeder?“

Patrick Atkins warf ihr einen langen, unergründlichen Blick zu. „Nein, manche spielen um des Spieles willen.“

Nach zehn Minuten hörte Rona nicht mehr den Regen an den Fenstern. Patrick war ein raffinierter Spieler und ein schweigsamer dazu. Sie beobachtete seine Hände, während er die Figuren über das Brett schob, sie waren lang und schmal mit geschmeidigen Fingern. Am kleinen Finger trug er einen goldenen Ring mit einem verschnörkelten Symbol, das sie nicht erkannte.

Rona hatte gehört, dass Patrick Atkins mit seinen Fingern jedes Schloss öffnen, jeden Knoten entwirren konnte. Rona fand, dass sie sich eher zum Violinstimmen eigneten. Als sie aufblickte, merkte sie, dass Patrick sie mit seinem wissenden Lächeln betrachtete. Sie richtete ihre Konzentration auf ihre Strategie.

Rona griff an, er ging in die Defensive. Er rückte vor, sie konterte. Patrick war erfreut, eine gute Partnerin gefunden zu haben. Sie war eine vorsichtige Spielerin, abgesehen von einigen impulsiven Ausbrüchen. Er fühlte, dass ihre Spielweise ihre Persönlichkeit reflektierte. Sie war nicht leicht hereinzulegen oder zu schlagen. Er bewunderte an ihr gleichermaßen den raschen Verstand und die Stärke. Dadurch wurde ihre äußere Schönheit noch anziehender.

Ihre Hände waren zart. Als er ihren Läufer schlug, fragte er sich, ob auch ihre Lippen so zart waren und wann er es herausfinden würde. Er hatte sich jedenfalls schon dazu entschlossen. Jetzt kam es nur noch auf das Timing an. Patrick kannte die unschätzbare Bedeutung von Timing.

„Schachmatt", sagte er ruhig und hörte Ronas überraschten Ausruf.

Rona betrachtete einen Moment das Spielbrett und lächelte Patrick zu. „Verflixt, das habe ich nicht kommen sehen. Sie haben bestimmt keine zusätzlichen Figuren in Ihrem Ärmel?"

„Ich habe nichts in meinem Ärmel!", rief Merlin von der anderen Seite des Zimmers herüber. Rona warf ihm einen überraschten Blick zu und fragte sich, wann er zu ihnen gestoßen war.

„Ich wende keine Magie an, wenn Verstand ausreicht." Patrick beachtete sein Haustier nicht. „Sie spielen gut, Miss Swan."

„Sie spielen besser, Mr. Atkins."

„Dieses eine Mal, ja", stimmte er zu. „Sie interessieren mich."

„Ach ja?" Sie erwiderte gelassen seinen Blick. „Inwiefern?"

„In mehrfacher Hinsicht." Er lehnte sich zurück und fuhr mit dem Finger über die schwarze Königin. „Sie spielen, um zu gewinnen, aber Sie können gut verlieren. Ist das immer so?"

„Nein." Rona lachte und erhob sich. Patrick Atkins machte sie wieder nervös. „Können Sie gut verlieren?", fragte sie ablenkend.

„Ich verliere nicht oft."

Als sie sich wieder umdrehte, stand er an einem anderen Tisch und beschäftigte sich mit einem Päckchen Karten. Rona hatte nicht gehört, dass er sich bewegte. Es verursachte ihr Unbehagen.

„Kennen Sie Tarotkarten?"

„Nein." Sie verbesserte sich. „Das heißt, ich weiß, dass man sie zur Deutung der Zukunft verwendet, oder so ähnlich."

„Oder so ähnlich.“ Er lachte knapp und schob die Karten leicht hin und her. „Hokuspokus, Miss Swan. Ein Mittel, um Aufmerksamkeit zu erregen und auf einen bestimmten Punkt zu richten und um rasches Denken und gute Beobachtungsgabe mysteriös erscheinen zu lassen. Die meisten Menschen lassen sich lieber in die Irre führen. Erklärungen enttäuschen sie nur, sogar die meisten Realisten!“

„Sie glauben nicht an diese Karten.“ Rona ging zu ihm hinüber. „Sie wissen also, dass Sie die Zukunft nicht mit Karten und hübschen Farben voraussagen können.“

„Es ist für mich ein Werkzeug, ein Mittel.“ Patrick hob die Schultern. „Ein Spiel, wenn Sie so wollen. Spiele entspannen mich.“ Patrick fächerte die übergroßen Karten mit einer raschen, effektvollen Geste auf und breitete sie auf dem Tisch aus.

„Sie machen das sehr gut“, murmelte Rona. Ihre Nerven waren wieder angespannt, ohne dass sie die Ursache erkannte.

„Das ist eine Grundfertigkeit“, meinte er leichthin. „Das könnte ich Ihnen auch rasch beibringen. Sie haben geeignete Hände.“ Er ergriff ihre Hand, betrachtete jedoch ihr Gesicht, nicht ihre Handfläche. „Soll ich eine Karte nehmen?“

Rona zog die Hand zurück. Ihr Puls begann zu rasen. „Es ist Ihr Spiel.“

Mit einer Fingerspitze zog Patrick eine Karte heraus und drehte sie mit dem Bild nach oben. Es war der Magier. „Selbstbewusstsein, Kreativität“, murmelte Patrick.

„Sie?“, fragte Rona leichthin, um die wachsende Spannung zu verbergen.

„Sieht so aus.“ Patrick legte einen Finger auf eine andere Karte und zog sie heraus. Die Hohepriesterin. „Heiterkeit“, sagte er ruhig. „Stärke. Besitzen Sie beides, Rona?“

Rona zuckte die Schultern. „Es muss ein Kinderspiel für Sie sein, jede beliebige Karte zu ziehen, nachdem Sie gemischt haben.“

Patrick lächelte, ohne beleidigt zu sein. „Die Zynikerin sollte die nächste Karte ziehen, um zu sehen, wie es mit diesen beiden weitergeht. Ziehen Sie eine Karte, Miss Swan“, forderte er sie auf. „Irgendeine Karte.“

Verärgert suchte Rona eine heraus und warf sie mit dem Bild nach oben auf den Tisch. Sie stieß einen erstickten Laut aus und starrte danach schweigend auf die Karte. Die Liebenden … Das Herz schlug ihr bis zum Hals.

„Faszinierend", murmelte Patrick. Er lächelte nicht mehr, sondern betrachtete die Karte, als hätte er sie noch nie gesehen.

Rona wich einen Schritt zurück. „Ich mag Ihr Spiel nicht, Mr. Atkins."

„Wie?" Er blickte zerstreut auf und richtete seinen Blick auf sie. „Nein? Nun dann …" Er schnippte die Karten sorglos zusammen. „Dann zeige ich Ihnen jetzt Ihr Zimmer."

2. Kapitel

Patrick war über die Karte genauso überrascht gewesen wie Rona. Aber er wusste, dass die Wirklichkeit oft seltsamer war als jede seiner Illusionen. Er musste noch arbeiten. Es gab viel Endplanung für sein Engagement in zwei Wochen in Las Vegas. Als er jedoch in seinem Zimmer saß, dachte er an Rona und nicht an den Ablauf seiner Show.

Wenn sie lachte, hatte sie etwas Strahlendes und Vitales an sich. Es sprach ihn ebenso an wie ihre weiche, tiefe Stimme, die so nüchtern geklungen hatte, als sie von Verträgen und Klauseln sprach.

Er kannte den Vertrag bereits in- und auswendig. Es lag ihm nicht, die geschäftliche Seite seines Berufes zu vernachlässigen. Patrick unterschrieb nichts, was er nicht in allen Nuancen verstand. Wenn ihn das Publikum als geheimnisvoll, unberechenbar und seltsam betrachtete, war das nur gut. Dieses Image war teils Illusion, teils Wirklichkeit. Genau das schätzte er. Die zweite Hälfte seines bisherigen Lebens hatte er darauf verwendet, alles nach seinen Wünschen zu ordnen.

Rona Swan. Patrick streifte sein Hemd ab und warf es beiseite. Er war sich ihretwegen noch nicht sicher. Er war fest entschlossen gewesen, die Verträge zu unterschreiben, bis er sie die Treppe herunterkommen sah. Sein Instinkt hatte ihn zögern lassen. Patrick verließ sich ganz auf seinen Instinkt. Jetzt musste er eine Menge überlegen.

Die Karten beeinflussten ihn nicht. Wenn er wollte, konnte er Karten aufrecht stehen und tanzen lassen. Aber Zufälle beeinflussten ihn. Es war merkwürdig, dass Rona die Symbolkarte der Liebenden umgedreht hatte, als er sich gerade vorstellte, wie sie sich in seinen Armen anfühlen mochte.

Lachend zog er ein Blatt Papier heran und begann zu zeichnen. Seine Pläne für eine neue Entfesselungsnummer mussten völlig umgestaltet werden. Es entspannte ihn, darüber nachzudenken, genau wie er über Rona nachdachte.

Vielleicht war es klug, am Morgen ihre Papiere zu unterzeichnen und sie wegzuschicken. Er wollte nicht, dass sich eine Frau in seine Gedanken drängte. Aber Patrick tat nicht immer nur Kluges. Wäre das so, würde er noch immer in kleinen Clubs Kaninchen aus seinem Hut und bunte Tücher aus seinen Taschen ziehen. Er aber verwandelte eine Frau in einen Panther und durchdrang eine Ziegelwand.

Der Zauber des Augenblicks, dachte er, und niemand erinnerte sich an die Jahre der Enttäuschungen, Kämpfe und Fehlschläge. Aber auch das wollte er genau so und nicht anders. Nur wenige wussten, woher er kam und wie er vor seinem fünfundzwanzigsten Lebensjahr gewesen war.

Patrick warf den Stift zur Seite. Rona Swan verursachte ihm Unbehagen. Er wollte in den Keller gehen und arbeiten, bis sich seine Gedanken klärten.

Genau in diesem Moment hörte er ihren Schrei.

Rona zog sich immer nachlässig aus, wenn sie sich ärgerte. Faule Tricks, dachte sie wütend und öffnete den Reißverschluss an ihrem Kleid. Showleute! Sie sollte eigentlich schon daran gewöhnt sein, wie die sich in Szene setzten.

Sie erinnerte sich an das Zusammentreffen mit einem bekannten Komiker im vergangenen Monat. Er hatte mehr als zwanzig Minuten lang seine Schau abgezogen, ehe er überhaupt bereit war, mit ihr über einen Gastauftritt in einer Show von „Swan Productions“ zu sprechen.

Diese ganze Geschichte mit den Tarotkarten war nur Schau gewesen, um sie zu beeindrucken, befand sie und schleuderte ihre Schuhe von den Füßen. Der Egotrip eines unsicheren Künstlers.

Rona runzelte die Stirn, als sie das Kleid abstreifte. Sie war mit ihrer Schlussfolgerung nicht einverstanden. Patrick Atkins wirkte nicht unsicher, weder auf der Bühne noch privat. Und sie hätte schwören können, dass er bei dieser besonderen Karte genauso überrascht gewesen war wie sie.

Rona schüttelte das Kleid ab, stieg heraus und warf es über einen

Stuhl. Nun, er ist ein Schauspieler, erinnerte sie sich. Was sonst war ein Magier, wenn nicht ein Schauspieler mit geschickten Händen?

Sie stellte sich seine Hände vor, die schlanke, graziöse Form. Doch dann schüttelte sie die Erinnerung ab. Morgen wollte sie sich seinen Namen unter den Vertrag holen und verschwinden. Patrick Atkins hatte ihr Unbehagen verursacht, sogar schon vor der kleinen Vorstellung mit den Karten. Was für Augen, dachte Rona schaudernd. Es war etwas mit seinen Augen, das sie nicht ergründen konnte.

Vielleicht hat er einfach eine sehr starke Persönlichkeit, dachte sie. Er wirkte magnetisch und auch sehr attraktiv. Das pflegte er genauso, wie er zweifellos auch seine mysteriöse Ausstrahlung und sein rätselhaftes Lächeln pflegte.

Ein Blitz ließ Rona zusammenzucken. Sie war zu Patrick nicht ganz aufrichtig gewesen. Gewitter machten sie äußerst nervös. Verstandesmäßig stand sie darüber, aber Blitz und Donner krampften stets ihren Magen zusammen. Sie hasste diese Schwäche, diese besonders weibliche Schwäche. Patrick hatte recht. Bennett Swan hatte sich einen Sohn gewünscht. Rona hatte ihr ganzes bisheriges Leben hart daran gearbeitet, um den Umstand auszugleichen, dass sie als Frau auf die Welt gekommen war.

Geh zu Bett, befahl sie sich. Geh zu Bett, zieh dir die Decke über den Kopf, und schließ die Augen!

Sie schlüpfte in ihr langärmeliges, tief dekolletiertes Satinnachthemd. Der glatte silbergraue Stoff lag in sanften Falten an ihrem Körper. Eine große Schleife unterhalb der Brüste hielt den Stoff zusammen.

Entschlossen ging sie zum Fenster, um die Vorhänge zuzuziehen. Sie starrte durch die Scheibe in die Nacht hinaus. Glühende Augen starrten zurück …

Rona schrie.

Rona jagte wie der Blitz durch den Raum. Ihre feuchten Hände glitten von dem Türknauf ab. Als Patrick die Tür öffnete, fiel sie in seine Arme und klammerte sich an ihn.

„Rona, was zum Teufel ist hier los?“ Er wollte sie von sich schieben, aber ihre Arme umschlossen fest seinen Nacken. Ohne ihre hohen Absätze war sie sehr klein. Durch den glatten Stoff ihres Nachthemds fühlte er die Formen ihres Körpers, während sie sich verzweifelt an ihn presste. Trotz Sorge und Neugierde fühlte Patrick auch Erregung. Verärgert schob er Rona von sich und hielt sie an den Armen. „Was ist los?“, fragte er.

„Das Fenster!“, stieß sie hervor und wäre wieder in seine Arme gesunken, hätte er sie nicht zurückgehalten. „Am Fenster neben dem Bett!“

Patrick schob sie beiseite und ging hinüber. Rona presste die Hände vor ihren Mund, wich zurück und stieß die Tür zu.

Sie hörte Patricks leise Verwünschung, als er das Fenster hochschob und nach draußen griff. Er holte eine sehr große, sehr nasse schwarze Katze herein. Stöhnend ließ Rona sich gegen die Tür sinken.

„Oh Himmel, was kommt noch?“, überlegte sie laut.

„Circe.“ Patrick setzte die Katze auf den Boden. Sie schüttelte sich einmal und sprang auf das Bett. „Ich wusste nicht, dass sie bei diesem Wetter draußen ist.“ Er wandte sich zu Rona um. Hätte er sie jetzt ausgelacht, hätte sie ihm nie verziehen. Aber in seinen Augen las sie die Bitte um Verzeihung, da war keine Belustigung. „Es tut mir leid. Circe muss Sie ganz schön erschreckt haben. Soll ich Ihnen einen Brandy holen?“

„Nein.“ Rona stieß die angehaltene Luft aus. „Brandy hilft nicht gegen akute Verlegenheit.“

„Niemand braucht verlegen zu sein, wenn er Angst hat, Miss Swan.“

Da ihre Beine noch immer zitterten, lehnte sie sich weiterhin gegen die Tür. „Sie sollten mich warnen, falls Sie noch mehr Haustiere haben.“ Mit einiger Anstrengung lächelte sie. „Falls ich dann nämlich mit einem Wolf neben mir im Bett aufwache, kann ich mich beruhigt auf die andere Seite drehen und weiterschlafen.“

Patrick antwortete nicht. Seine Augen wanderten langsam über ihren Körper. Rona wurde bewusst, dass sie nur das dünne Nachthemd trug.

Sie richtete sich kerzengerade auf, aber als sich sein Blick in ihre Augen senkte, konnte sie sich nicht bewegen, konnte sie nicht sprechen. Ihr Atem flatterte, als er auf sie zukam.

Sag ihm, dass er gehen soll, befahl sie sich, aber ihre Lippen formten die Worte nicht. Sie konnte den Blick nicht von seinen Augen abwenden. Als er vor ihr stehen blieb, legte sie den Kopf in den Nacken, um den Blickkontakt nicht zu verlieren.

Ihr Puls hämmerte an ihren Handgelenken, an ihrer Kehle und in ihren Brüsten. Ihr ganzer Körper vibrierte.

Ich begehre ihn! Die Erkenntnis betäubte Rona. Ich habe noch nie einen Mann so begehrt wie ihn. Ihr Atem ging jetzt hörbar. Seiner dagegen war ruhig und gleichmäßig.

Langsam legte Patrick seine Finger auf Ronas Schulter und schob den Stoff zur Seite, der locker über ihren Arm fiel.

Rona bewegte sich nicht.

Er betrachtete sie angespannt, als er auch die zweite Schulter entblößte. Das Nachthemd rutschte bis zu ihren Brüsten herunter und schmiegte sich an ihren Körper. Noch eine kleine Bewegung seiner Hand hätte genügt, und es wäre auf den Boden gefallen. Rona stand wie erstarrt da.

Patrick hob seine Hände und strich ihr eine Strähne aus ihrem Gesicht zurück. Seine Finger schoben sich tief in ihr Haar. Er beugte sich vor, zögerte. Ronas Lippen öffneten sich bebend. Er sah, wie sie die Augen schloss, ehe sein Mund wie selbstverständlich den ihren berührte.

Seine Lippen waren fest und sanft. Beim ersten Mal berührten sie kaum ihren Mund, kosteten nur. Danach hielt er einen Moment still für einen sanften Kuss.

Es war ein Versprechen – oder eine Drohung. Rona wusste es nicht so genau. Ihre Beine würden jeden Moment nachgeben. Abwehrend umspannte sie mit ihren Händen seine Arme und fühlte harte Muskeln, an die sie viel später noch denken sollte. Jetzt dachte sie nur an seinen Mund. Sein Kuss war wie ein Hauch, und dennoch kam er als Schock.

Nach und nach verstärkte Patrick den Kuss. Ronas Finger schlossen sich verzweifelt um seine Arme. Sein Mund strich über den ihren und kehrte mit mehr Druck zurück. Seine Zunge berührte leicht die ihre. Er berührte sie nur zart, obwohl ihn ihr Körper lockte. Alle Lust schöpfte er nur aus dem Kuss.

Er wusste, was es hieß, hungrig zu sein – nach Essen, nach Liebe, nach einer Frau, aber dieses offene, schmerzliche Verlangen hatte er seit Jahren nicht mehr gefühlt.

Er wollte ihren Geschmack, nur ihren Geschmack, gleichzeitig süß und peinigend. Und er wusste, dass er zur rechten Zeit mehr haben wollte und nehmen würde. Aber für den Moment genügten ihm ihre weichen Lippen.

Als er die Grenze zwischen Zurückweichen und Vorwärtspreschen erreichte, hob Patrick den Kopf. Er wartete, bis Rona die Augen öffnete.

Ihre grünen Augen hatten sich verdunkelt und verschleiert. Sie war wie er benommen und erregt. Er wusste, dass er sie hier nehmen könnte, wo sie gerade standen. Er brauchte sie nur noch einmal zu küssen und den seidigen Stoff beiseitezuschieben, den sie trug.

Aber er tat es nicht. Ronas Finger gaben nach. Ihre Hände glitten von seinen Armen. Wortlos schob Patrick sich an ihr vorbei und öffnete die Tür.

Die Katze sprang vom Bett und schlüpfte durch den Spalt, bevor Patrick die Tür hinter sich ins Schloss fallen ließ.

Am Morgen erinnerte nur noch das stetige Tropfen vom Balkon vor Ronas Fenster an das Gewitter.

Rona kleidete sich sorgfältig an. Es war wichtig, perfekt und völlig gefasst die Treppe hinunterzukommen. Dabei hätte es ihr sehr geholfen, wenn sie nur geträumt hätte, dass Patrick in ihr Zimmer gekommen war und ihr diesen eigenartigen, verzehrenden Kuss gegeben hatte. Aber es war kein Traum gewesen.

Rona war zu sehr Realist, um sich etwas vorzumachen oder Entschuldigungen zu suchen. Zum großen Teil ist es meine Schuld gewesen, gestand sie sich ein, als sie die Kleider vom Vortag zusammenfaltete. Sie hatte sich dumm angestellt und wegen einer Katze geschrien, die aus dem Regen ins Haus wollte. Sie hatte sich in Patricks Arme geworfen, nur weil sie schwache Nerven hatte. Und vor allem – sie hatte nicht protestiert, was sie am meisten beunruhigte. Rona musste zugeben, dass Patrick ihr viel Zeit für Einwände gelassen hatte.

Vielleicht hat er mich hypnotisiert, dachte sie grimmig, während sie ihr Haar bürstete. Wie er sie angesehen hatte und wie ihr Verstand wie ausgelöscht war! Mit einem ärgerlichen Laut warf Rona die Bürste in ihren Koffer. Man kann nicht durch einen Blick hypnotisiert werden, sagte sie sich selbst.

Wenn sie mit der Situation fertig werden wollte, musste sie sich das zuerst eingestehen. Sie hatte sich gewünscht, dass er sie küsste. Sie hatte sich von ihren Sinnen treiben lassen. Rona schloss den Koffer und stellte ihn neben die Tür. Sie wäre mit Patrick ins Bett gegangen. Das war eine Tatsache, um die sie nicht herumkam. Wäre er geblieben, hätte sie sich von ihm lieben lassen, von einem Mann, den sie erst seit wenigen Stunden kannte.

Rona holte tief Luft und ließ sich einen Moment Zeit, ehe sie die Tür öffnete. Diese Wahrheit war schwer zu ertragen für eine Frau, die sich etwas darauf einbildete, vernünftig und praktisch zu handeln. Sie war hierhergekommen, um Patrick Atkins' Unterschrift auf einem Vertrag zu bekommen, und nicht, um mit ihm zu schlafen.

Bisher ist weder das eine noch das andere geschehen, erinnerte sie sich und verzog das Gesicht. Und es war Morgen. Sie musste sich auf das Erste konzentrieren und das Zweite vergessen. Rona öffnete die Tür und ging die Treppe hinunter.

Im Haus war es still. Nach einem Blick in das leere Wohnzimmer ging sie weiter den Korridor entlang. Obwohl sie daran dachte, Patrick zu finden und seine Unterschrift zu bekommen, wurde sie doch von einer Tür zu ihrer Rechten angezogen. Schon der erste Blick in den Raum entlockte ihr einen begeisterten Ausruf.

Hier gab es ganze Wände von Büchern. Rona hatte noch nie so viele Bücher in einer privaten Sammlung gesehen, nicht einmal in der ihres Vaters. Sie fühlte, dass diese Bücher nicht nur eine Investition waren, sondern auch gelesen wurden. Patrick kannte bestimmt jedes einzelne Buch. Sie betrat den Raum, um sich genauer umzusehen. In der Luft hing der Geruch von Leder und Kerzen.

Die Entlarvung des Robert Houdin von Houdini, *Am Rand des Unbekannten* von Arthur Conan Doyle, *Les Illusionnistes et Leurs Secrets.* Diese und Dutzende anderer Bücher über Magie und Magier erwartete Rona. Aber sie fand auch T. H. White, Shakespeare, Chaucer, die Gedichte von Byron und Shelley. Nicht alle Bücher waren ledergebunden, alt und wertvoll. Rona dachte an ihren Vater, der von jedem Buch den Preis auf den Dollar genau wusste, aber nur etwa ein Dutzend aus seiner Sammlung gelesen hatte. Patrick Atkins hat einen sehr breit gefächerten Geschmack, fand sie, während sie durch den Raum wanderte. Auf dem Kaminsims standen geschnitzte und bemalte Figuren, in denen sie Gestalten aus Tolkiens Werk erkannte. Auf dem Schreibtisch stand eine sehr moderne Metallskulptur.

Wer ist dieser Patrick Atkins? fragte sich Rona. Wer ist er wirklich? Lyrisch, einfallsreich, unter der Oberfläche ein unerschütterlicher Realist. Es ärgerte sie, als sie erkannte, wie gern sie diesen Mann erforscht hätte.

„Miss Swan?"

Rona fuhr herum und sah Link in der Tür. „Oh, guten Morgen." Sie war sich nicht sicher, ob er sie missbilligend betrachtete oder ob sie nur den Ausdruck seines unseligen Gesichts falsch verstand. „Tut mir leid", fügte sie hinzu. „Hätte ich nicht hier hereinkommen sollen?"

Link zuckte mit den Schultern. „Er hätte abgeschlossen, wenn er Sie nicht hier drinnen haben wollte."

„Ja, natürlich", murmelte Rona. Sollte sie beleidigt oder amüsiert sein?

„Patrick sagte, Sie könnten nach dem Frühstück unten auf ihn warten."

„Ist er weggegangen?"

„Er läuft", antwortete Link knapp. „Er läuft jeden Tag fünf Meilen."

„Fünf Meilen?", wiederholte sie, aber Link wandte sich schon ab. Rona durchquerte den Raum, um ihn einzuholen.

„Ich mache Ihnen Frühstück", erklärte er.

„Nur Kaffee … Tee", verbesserte sie sich, als sie sich erinnerte. Sie wusste nicht, wie sie ihn ansprechen sollte. Wenn sie aber weiterhin so hinter ihm herlaufen musste, war sie bald zu sehr außer Atem, um überhaupt zu sprechen.

„Link!" Rona berührte ihn am Arm, und er blieb stehen. „Ich habe gestern Abend Ihre Noten auf dem Piano gesehen." Bei ihren Worten rührte sich nichts in seinem Gesicht. „Hoffentlich macht es

Ihnen nichts aus“, fuhr sie fort. Er zuckte die Schultern. Rona vermutete, dass er diese Geste oft anstelle von Worten einsetzte. „Es ist eine schöne Melodie“, fügte sie hinzu. „Wirklich reizend.“

Zu ihrer Überraschung wurde er rot. Rona hätte es nie für möglich gehalten, dass ein Mann von seiner Größe verlegen werden könnte. „Es ist noch nicht fertig“, murmelte er, und sein breites hässliches Gesicht wurde noch dunkler.

Rona lächelte ihm gerührt zu. „Was schon fertig ist, ist sehr schön. Sie besitzen eine wunderbare Begabung.“

Er scharrte mit den Füßen auf dem Boden und murmelte, dass er ihren Tee holen wolle. Schließlich trottete er davon. Rona blickte ihm lächelnd nach, ehe sie in das Speisezimmer ging.

Link brachte ihr Toast und brummte, dass sie etwas essen müsse. Rona machte sich pflichtschuldig darüber her und dachte an Patricks Bemerkung über den äußeren Anschein. Selbst wenn ihr Besuch in diesem Haus nichts einbrachte, so hatte sie doch etwas gelernt. Sie würde nie wieder einen Menschen nach seinem Äußeren einstufen.

Obwohl sie sich absichtlich mit dem Essen viel Zeit ließ, war von Patrick noch immer nichts zu sehen, als sie endlich fertig war. Zuletzt stand sie seufzend auf, nahm ihre Aktenmappe und ging die Treppe hinunter.

Jemand hatte das Licht eingeschaltet. Rona war dankbar dafür. Der Raum war nicht gerade strahlend erleuchtet. Er war zu groß, als dass das Licht in alle Ecken gereicht hätte. Aber das Gefühl von Beklemmung, das Rona am Vortag erfahren hatte, stellte sich nicht ein. Diesmal wusste sie, was sie zu erwarten hatte.

Sie entdeckte Merlin auf seiner Stange und ging zu ihm. Vorsichtig blieb sie in einiger Entfernung stehen, als sie ihn betrachtete. Sie wollte ihn nicht ermutigen, sich auf ihr niederzulassen, vor allem, da Patrick nicht hier war, um ihn von ihr wegzulocken.

„Guten Morgen“, sagte sie und war gespannt, ob er mit ihr allein sprechen würde.

Merlin betrachtete sie einen Moment. „Willst du einen Drink, Süße?“

Rona lachte und fand, dass Merlins Lehrer einen merkwürdigen Sinn für Humor hatte. „Das finde ich nicht so toll“, erklärte sie ihm und beugte sich herunter, bis ihre Augen auf gleicher Höhe waren. „Was kannst du denn noch sagen? Wahrscheinlich hat er dir ziemlich viel beigebracht. Für so etwas hat er Geduld." Sie lächelte, weil es den Anschein hatte, als würde ihr der Vogel aufmerksam zuhören. „Bist du ein kluger Vogel, Merlin?", fragte sie und wartete gespannt auf seine Antwort.

„Vorwärts, armer Yorick", antwortete er darauf gehorsam.

„Lieber Himmel, der Vogel zitiert ‚Hamlet'!" Kopfschüttelnd wandte Rona sich zu der Bühne um. Darauf standen zwei große Schrankkoffer, ein Weidenkorb und ein langer, hüfthoher Tisch. Neugierig setzte Rona ihren Aktenkoffer ab und stieg die Stufen hinauf. Auf dem Tisch befanden sich ein Kartenspiel, zwei leere Zylinder, Weinflaschen und Gläser und ein Paar Handschellen.

Rona nahm die Spielkarten und überlegte flüchtig, wie Patrick sie wohl kennzeichnete. Sie entdeckte nicht einmal etwas, als sie die Karten gegen das Licht hielt. So legte sie sie beiseite und untersuchte die Handschellen. Es schien das übliche Polizeimodell zu sein, kalter unsympathischer Stahl. Sie suchte den Tisch nach einem Schlüssel ab und fand keinen.

Rona hatte sich gründlich über Patrick informiert. Angeblich hielt ihm kein Schloss stand. Er war mit gefesselten Händen und Füßen in einen dreifach verschlossenen Schiffskoffer gesteckt worden und hatte sich innerhalb von drei Minuten befreit. „Beeindruckend", gab sie zu und untersuchte noch immer die Handschellen. Wo war der Trick?

„Miss Swan."

Rona ließ die Handschellen klirrend fallen und wirbelte herum. Patrick stand direkt hinter ihr und betrachtete eingehend ihr leuchtend rotes Kostüm mit den breiten Schultern und dem tiefen Jackenausschnitt. Da Rona unter der Jacke eine ebenfalls sehr tief dekolletierte Bluse trug, wirkte sie aufregend entblößt, obwohl sie ganz korrekt angezogen war.

Er stand da und betrachtete sie, während sich die Katze um seine Knöchel schmiegte.

„Mr. Atkins", brachte sie ruhig hervor.

„Ich hoffe, Sie haben gut geschlafen." Er kam zu ihr an den Tisch. „Der Sturm und das Gewitter haben Sie nicht wach gehalten?"

„Nein."

Für einen Mann, der soeben fünf Meilen gelaufen war, wirkte er bemerkenswert frisch. Rona erinnerte sich an die Muskeln an seinen Armen. Offenbar besaß er Kraft und Ausdauer. Sein Blick ruhte gelassen, fast abschätzend auf ihr. Es gab keine Spur von der unterdrückten Leidenschaft, die sie an ihm in der letzten Nacht gefühlt hatte.

Übergangslos lächelte Patrick und deutete auf die Gegenstände. „Was sehen Sie hier?"

Rona blickte wieder auf den Tisch. „Einige Ihrer Werkzeuge."

„Ach, Miss Swan, Sie bleiben immer mit den Füßen auf festem Boden."

„Das hoffe ich doch", erwiderte sie ärgerlich. „Was sollte ich hier sehen?"

Er schien mit ihrer Antwort zufrieden zu sein und goss etwas Wein in ein Glas. „Fantasie, Miss Swan, ist ein unglaubliches Geschenk. Stimmen Sie mir zu?"

„Ja, natürlich." Sie achtete sorgfältig auf seine Hände. „Bis zu einem gewissen Grad."

„Bis zu einem gewissen Grad!" Er lachte kurz und zeigte ihr die leeren Zylinder. „Gibt es Beschränkungen für Fantasie?" Er schob einen Zylinder in den anderen. „Finden Sie es nicht interessant, welche Kraft die Gedanken über die Naturgesetze besitzen?" Patrick stellte die Zylinder über die Weinflasche.

Rona starrte stirnrunzelnd auf seine Hände. „Als Theorie ist das interessant", erwiderte sie.

„Aber nur als Theorie." Patrick hob einen Zylinder hoch und stellte ihn über das Weinglas, hob den ersten Zylinder an und zeigte Rona, dass die Flasche darunterblieb. „Nicht in der Praxis."

„Nein." Rona wandte ihren Blick nicht von seinen Fingern. So direkt vor ihrer Nase konnte er nichts machen.

„Wo ist das Glas, Miss Swan?"

„Es ist hier." Sie zeigte auf den zweiten Zylinder.

„Wirklich?" Patrick hob den Zylinder an. Die Flasche stand darunter. Verblüfft blickte Rona auf den zweiten Zylinder. Patrick hob ihn hoch und enthüllte das teilweise gefüllte Glas.

„Ausgezeichnet", stellte sie fest. Es verwirrte sie, dass sie nur wenige Zentimeter entfernt gestanden und zugesehen hatte.

„Möchten Sie einen Schluck Wein, Miss Swan?"

„Nein, ich …"

Noch während sie sprach, hob Patrick den Zylinder. Wo Rona eben noch die Flasche gesehen hatte, stand das Glas. Rona musste lachen. „Sie sind sehr gut, Mr. Atkins."

„Danke." Er sagte es so nüchtern, dass Rona zu ihm aufblickte. Er betrachtete sie ruhig und nachdenklich.

Neugierig neigte sie den Kopf. „Vermutlich werden Sie mir nicht sagen, wie Sie es gemacht haben."

„Nein."

„Dachte ich mir." Sie hob die Handschellen hoch. Der Aktenkoffer am Fuß der Bühne war in Vergessenheit geraten. „Gehören diese hier zu Ihrer Nummer? Sie sehen so echt wie Polizeiexemplare aus."

„Sie sind völlig echt", versicherte er und lächelte erfreut, weil sie gelacht hatte. An diesen Klang würde er sich jederzeit erinnern können, wenn er an sie dachte.

„Hier ist kein Schlüssel", bemerkte Rona.

„Ich brauche keinen."

Sie ließ die Fesseln von einer Hand in die andere gleiten, während sie ihn betrachtete. „Sie sind sehr selbstsicher."

„Ja." Er streckte ihr amüsiert die Hände entgegen. „Vorwärts, legen Sie nur die Handschellen an."

Rona zögerte nur einen Moment. Sie wollte sehen, wie er es hier vor ihren Augen machte. „Wenn Sie es nicht schaffen", sagte sie und ließ die Handschellen einschnappen, „sprechen wir über die Verträge. Nachdem Sie unterschrieben haben, schicken wir nach einem Schmied."

„Wir werden aber keinen brauchen." Patrick hielt ihr die frei an einem Finger baumelnden Handschellen entgegen.

„Oh, aber wie …" Ihre Stimme erstarb. „Nein, das war zu schnell", beharrte sie kopfschüttelnd und nahm ihm die Metallfesseln wieder ab. Patrick gefiel, wie ihr Gesichtsausdruck von Erstaunen zu Zweifel wechselte. Genau das hatte er von ihr erwartet. „Sie haben diese Handschellen anfertigen lassen!" Sie drehte sie herum und untersuchte sie genau. „Es muss irgendwo einen Auslöser oder so etwas geben.“

„Warum versuchen Sie es nicht selbst?“, schlug er vor und ließ die Handschellen um ihre Handgelenke einschnappen, bevor sie ablehnen konnte. Patrick wartete ab, ob sie ärgerlich wurde. Sie lachte.

„Das habe ich mir selbst zuzuschreiben.“ Rona verzog amüsiert das Gesicht, konzentrierte sich auf die Handschellen und bewegte ihre Handgelenke. „Sie fühlen sich wirklich echt an. Wenn es einen Auslöseknopf gibt, müsste man zuerst eine Hand frei haben, um ihn zu drücken.“ Sie zerrte noch einmal daran und versuchte dann, mit den Händen durch die Öffnungen zu schlüpfen.

„Also gut, Sie haben gewonnen“, gab sie zu. „Sie sind echt. Können Sie sie mir jetzt wieder abnehmen?“

„Vielleicht“, murmelte er und ergriff ihre Hände.

„Das ist eine tröstliche Antwort“, antwortete sie trocken, aber ihr Puls schlug heftig, während er sie ansah. Sie fühlte erneut jene Schwäche, die sie in der letzten Nacht ergriffen hatte.

„Ich glaube“, begann sie heiser und räusperte sich. „Ich glaube, Sie sollten …“ Die Worte erstarben, als sein Finger die Ader an ihrem Handgelenk entlangglitt. „Nicht“, flüsterte sie. Schweigend hob Patrick Ronas Hände und schob sie über seinen Kopf, sodass sie gegen ihn gepresst wurde.

Ein zweites Mal wollte Rona es nicht zulassen. Diesmal würde sie protestieren. „Nein.“ Sie zerrte einmal vergeblich an den Handschellen, und dann war sein Mund schon auf ihren Lippen.

Diesmal war sein Mund nicht so geduldig, und seine Hände blieben nicht so ruhig. Patrick hielt Rona bei den Hüften fest, während seine Zunge ihre Lippen auseinanderdrängte. Rona kämpfte gegen ihre Hilflosigkeit an, eine Hilflosigkeit, die mehr mit ihrem Verlangen als mit den Fesseln an ihren Handgelenken zu tun hatte. Unter dem Druck seiner kühlen festen Lippen fühlten sich die ihren erhitzt und weich an. Sie hörte ihn etwas murmeln, als er sie enger an sich zog. Ein Zauberspruch, dachte sie benommen. Er verhext mich! Es gibt keine andere Erklärung!

Aber ein lustvolles und keineswegs widerwilliges Stöhnen entschlüpfte ihr, als seine Hände an die Seiten ihrer Brüste glitten. Er beschrieb langsame Kreise, ehe seine Daumen über ihre Knospen strichen.

Rona presste sich enger an ihn und nahm seine Unterlippe zwischen ihre Zähne. Er vergrub die Hände in ihrem Haar, zog ihren Kopf zurück, bis seine Lippen ihren Mund völlig beherrschten.

Vielleicht war Patrick Atkins magisch. Sein Mund war es ganz bestimmt. Noch niemand hatte sie mit einem Kuss bisher entflammt.

Rona wollte ihn berühren, damit er sich genauso verzweifelt nach ihr sehnte wie sie sich nach ihm. Sie zerrte an den Fesseln und fand ihre Hände frei. Ihre Finger konnten seinen Nacken streicheln.

So schnell Patrick sie gefangen genommen hatte, so schnell gab er sie wieder frei, legte die Hände auf ihre Schultern und schob sie von sich.

Verwirrt und voll Verlangen blickte Rona zu ihm auf. „Warum?"

Patrick streichelte einen Moment geistesabwesend ihre Schultern. „Ich wollte Miss Swan küssen. Letzte Nacht habe ich Rona geküsst."

„Lächerlich!" Sie wollte sich losreißen, aber er packte plötzlich fest zu.

„Nein! Miss Swan trägt ein Kostüm und macht sich Gedanken über Verträge. Rona trägt Satin mit Spitze und hat Angst vor Gewittern."

Patrick verwirrte sie so, dass ihre Stimme kühl und scharf klang. „Ich bin nicht hier, um Sie zu unterhalten oder zu faszinieren, Mr. Atkins."

„Ein angenehmer Nebeneffekt, Miss Swan." Er küsste ihre Finger.

Rona entriss ihm die Hand. „Es wird Zeit, dass wir das Geschäft so oder so zu Ende bringen."

„Sie haben recht, Miss Swan."

Es gefiel ihr nicht, wie er leicht amüsiert ihren Namen betonte. Es kümmerte Rona nicht mehr, ob er die Papiere unterschrieb. Sie wollte ihn nur einfach loswerden. „Also dann." Sie bückte sich, um den Aktenkoffer an sich zu nehmen.

Patrick legte eine Hand auf ihre Hand. „Ich bin bereit, die Verträge mit einigen Änderungen zu unterschreiben."

Rona zwang sich dazu, sich zu entspannen. Änderungen bedeuteten normalerweise Geld. Sie würde mit ihm darüber verhandeln, und damit war die Sache dann erledigt. „Ich werde gern mit Ihnen alle Änderungen besprechen, die Sie wünschen."

„Das ist gut. Ich möchte direkt mit Ihnen arbeiten. Ich möchte, dass Sie die Produktion von ‚Swans' Seite her führen."

„Ich? Ich habe mit der Produktion nichts zu tun. Mein Vater …"

„Ich werde nicht mit Ihrem Vater oder einem anderen Produzenten arbeiten, Miss Swan." Er hielt noch immer ihre Hand sachte umschlossen. „Ich werde mit Ihnen arbeiten."

„Mr. Atkins, ich schätze …"

„Ich brauche Sie in zwei Wochen in Las Vegas."

„In Las Vegas? Warum?"

„Ich möchte, dass Sie sich meine Vorstellungen ansehen. Für einen Illusionisten gibt es nichts Wertvolleres als einen Zyniker. Sie werden mich auf Trab halten." Er lächelte. „Sie sind sehr kritisch. Ich mag das."

Rona seufzte. Sie hatte gedacht, ihre kritische Haltung würde ihn verärgern. „Mr. Atkins, ich bin Geschäftsfrau, keine Produzentin."

„Sie haben mir gesagt, dass Sie in Detailfragen gut sind", erinnerte er sie liebenswürdig. „Wenn ich schon meine eigenen Regeln breche und für das Fernsehen arbeite, möchte ich, dass sich jemand wie Sie um die Details kümmert. Ich möchte, dass Sie sich um die Details kümmern."

„Sie denken nicht praktisch, Mr. Atkins. Ihr Agent würde mir sicher recht geben. Bei ‚Swan Productions' gibt es eine Menge Leute, die Ihr Special besser produzieren könnten."

„Miss Swan, möchten Sie, dass ich Ihre Verträge unterschreibe?"

„Ja, natürlich, aber …"

„Dann machen Sie die Änderungen", sagte er einfach. „Und kommen Sie in zwei Wochen nach Las Vegas ins ‚Caesars Palace'. Mein Programm läuft eine Woche." Er bückte sich und hob die Katze auf den Arm. „Ich freue mich schon sehr auf die Zusammenarbeit mit Ihnen, Miss Swan."

3. Kapitel

Vier Stunden später stürmte Rona, noch immer vor Wut kochend, in ihr Büro bei ‚Swan Productions'. Der Kerl hatte Nerven! Er glaubte, er hätte sie in die Ecke gedrängt. Dachte er wirklich, er sei die einzige Berühmtheit, die sie für ‚Swan Productions' gewinnen konnte? So etwas von eingebildet! Rona knallte den Aktenkoffer auf ihren Schreibtisch und warf sich in den Sessel. Patrick Atkins sollte sein blaues Wunder erleben!

Rona lehnte sich zurück, verschränkte die Hände und wartete, bis sie sich so weit beruhigt hatte, dass sie wieder denken konnte. Patrick kannte Bennett Swan nicht. Swan machte alles auf seine Weise. Er hörte sich einen Rat an und diskutierte darüber, schloss sich aber nie einer Mehrheitsentscheidung an. Im Gegenteil, dachte sie, ihr Vater würde sich eher für die entgegengesetzte Richtung entscheiden als für jene, in die er gedrängt wurde. Es würde ihm gar nicht gefallen, wollte man ihm vorschreiben, wen er mit einer Produktion beauftragen sollte. Das galt ganz besonders, wenn es sich um seine Tochter handelte.

Es gab bestimmt eine Explosion, wenn sie ihrem Vater von Patricks Bedingungen erzählte. Es tat ihr nur leid, dass der Magier nicht hier war, um etwas von dem Knall abzubekommen. Swan würde sich nach einem anderen zugkräftigen Künstler umsehen, und Patrick konnte weiter seine Weinflaschen verschwinden lassen.

Rona starrte Löcher in die Luft. Sie hatte nicht die geringste Lust, sich mit all diesen Schwierigkeiten herumzuschlagen, die bei einer Produktion für eine Livesendung auftraten.

Seufzend stützte sie die Ellbogen auf den Schreibtisch und legte ihr Kinn in die Hände. Wie dumm, sich etwas vorzumachen. Und wie befriedigend musste es sein, ein Projekt von Anfang bis zum Ende durchzuziehen. Sie hatte so viele Ideen, die ständig von rechtlichen Spitzfindigkeiten eingeengt wurden!

Wann immer sie ihren Vater hatte überreden wollen, ihr auf der kreativen Seite eine Chance zu geben, war sie gegen eine unnachgiebige Mauer geprallt. Sie habe keine Erfahrung, sie sei zu jung. Er vergaß liebend gern, dass sie ihr ganzes Leben mit dem Geschäft zu tun gehabt hatte und im nächsten Monat siebenundzwanzig wurde.

Einer der talentiertesten Regisseure hatte für „Swan“ einen Film gemacht, der fünf Oscars bekommen hatte. Und er war sechsundzwanzig gewesen! Wie wollte Swan wissen, ob ihre Ideen Gold oder Mist waren, wenn er sie sich nicht einmal anhörte? Sie brauchte lediglich eine Chance.

Sie musste sich eingestehen, dass sie unbedingt ein Projekt von der Vertragsunterschrift bis zur Abschlussparty betreuen wollte, aber nicht dieses Projekt. Diesmal wollte sie freudig ihr Scheitern eingestehen und die Verträge mit Patrick Atkins ihrem Vater vor die Füße werfen. Sie hatte genug Swan in sich, um sich gegen ein Ultimatum zu stemmen.

Die Verträge ändern! Mit einem verächtlichen Schnaufen öffnete Rona die Aktenmappe. Patrick Atkins spielt zu hoch, dachte sie, und er wird … Sie stockte und starrte auf die säuberlich geordneten Papiere in dem Koffer. Obenauf lag wieder eine langstielige Rose.

„Wie hat er bloß …?“, Rona brach lachend ab, lehnte sich zurück, drehte die Blume zwischen ihren Fingern und roch daran. Er ist schlau, dachte sie und sog den Duft ein. Sehr schlau. Aber wer, zum Teufel, ist er? Wie funktioniert er? Rona wollte es wirklich gern wissen. Vielleicht sollte sie dafür eine Zornesexplosion in Kauf nehmen und ein Auge zudrücken, um es herauszufinden.

Ein Mann, der ganz ruhig sprach und nur mit dem Ausdruck seiner Augen befehlen konnte, hatte Tiefe. Es ist, als ob er einzelne Lagen besitzt, dachte Rona. Wie viele Lagen musste sie abtragen, um an seinen Kern zu kommen? Es mochte riskant sein, aber … Kopfschüttelnd erinnerte sie sich daran, dass sie so oder so keine Chance haben würde, es herauszufinden. Swan würde mit Patrick zu seinen eigenen Bedingungen abschließen oder gar nicht. Sie nahm die Verträge heraus und schloss den Aktenkoffer. Patrick Atkins war jetzt ihres Vaters Angelegenheit … Dennoch behielt sie die Rose in der Hand.

Der Summer ihres Telefons ermahnte sie, dass sie keine Zeit für Tagträume hatte. „Ja, Barbara?"

„Der Boss möchte Sie sehen."

Rona schnitt dem Sprechgerät eine Grimasse. Sobald sie den Portier an der Einfahrt passiert hatte, hatte auch Swan gewusst, dass sie zurück war. „Sofort", entgegnete sie, ließ die Rose auf dem Schreibtisch zurück und nahm die Verträge mit, um sie ihrem Vater zu bringen.

Bennett Swan rauchte eine teure kubanische Zigarre. Er liebte teure Dinge. Mehr noch liebte er die Tatsache, dass er sich diese teuren Dinge mit seinem Geld leisten konnte. Von zwei Anzügen mit gleichem Schnitt und gleicher Qualität würde Swan den teureren kaufen. Das war für ihn eine Frage des Stolzes.

Die Preispokale in seinem Büro waren ebenfalls eine Frage des Stolzes. ‚Swan Productions' war Bennett Swan. Oscars und Emmys, höchste Film- und Fernsehpreise bewiesen seinen Erfolg. Die Gemälde und Skulpturen, die er auf Anraten seines Kunstagenten gekauft hatte, zeigten der Welt, dass er den Wert des Erfolges kannte.

Er liebte seine Tochter und wäre erschüttert gewesen, hätte jemand etwas anderes behauptet. Für ihn gab es nicht den geringsten Zweifel, dass er ein ausgezeichneter Vater war. Er hatte Rona stets gegeben, was man mit Geld kaufen konnte: die besten Kleider, eine irische Kinderfrau nach dem Tod ihrer Mutter, eine teure Erziehung und zuletzt einen tollen Job, als sie darauf bestanden hatte zu arbeiten.

Er hatte zugeben müssen, dass das Mädchen mehr konnte, als er erwartet hatte. Rona besaß einen scharfen Verstand und schob alles Unwichtige beiseite, um an den Kern einer Sache heranzukommen. Das war für ihn der Beweis, dass sein Geld für die teure Schweizer Schule gut angelegt war. Nicht, dass er seiner Tochter nicht die beste Erziehung gönnte. Swan erwartete eben Resultate.

Er sah dem Rauch nach, der von der Spitze seiner Zigarre aufstieg. Rona hatte sich für ihn bezahlt gemacht. Er mochte seine Tochter sehr gern.

Rona klopfte und trat ein. Ihr Vater beobachtete, wie sie über den dicken Teppich zu seinem Schreibtisch kam. Hübsches Mädchen, dachte er. Sieht wie ihre Mutter aus.

„Du wolltest mich sprechen?“ Rona wartete auf das Zeichen, dass sie sich setzen sollte. Swan war nicht groß, hatte das aber immer durch teure Dinge ausgeglichen. Mit einer weit ausholenden Armbewegung deutete er ihr an, Platz zu nehmen. Sein Gesicht wirkte in seiner herben, zerfurchten Art auf Frauen noch immer anziehend. In den letzten fünf Jahren hatte er ein wenig Gewicht angesetzt und dafür ein paar Haare verloren, sah im Grunde aber noch so aus, wie Rona ihn aus ihrer frühesten Kindheit in Erinnerung hatte.

Bei seinem Anblick fühlte sie die vertraute Mischung aus Liebe und Enttäuschung. Rona kannte nur zu gut die Grenzen der Gefühle ihres Vaters für sie.

„Geht es dir besser?“, fragte sie. Die überstandene Grippe hatte keine Spuren hinterlassen. Sein Gesicht hatte eine gesunde Farbe, und seine Augen waren klar.

Mit einer weiteren ausholenden Geste schob er ihre Frage von sich. Swan hatte mit Krankheiten keine Geduld, schon gar nicht mit seinen eigenen. Dafür hatte er einfach keine Zeit.

„Was hältst du von Atkins?“, fragte er, kaum dass Rona saß. Dass er sie überhaupt nach ihrer Meinung fragte, war eine seiner kleinen Konzessionen ihr gegenüber.

Wie immer überlegte Rona genau, ehe sie antwortete. „Er ist ein einmaliger Mann“, antwortete sie in einem Ton, der Patrick zum Lächeln gebracht hätte. „Er besitzt außerordentliches Talent und eine sehr starke Persönlichkeit. Vermutlich bedingt das eine das andere.“

„Exzentrisch?“

„Nein, nicht in dem Sinn, dass er etwas tut, um ein exzentrisches Image aufzubauen.“ Rona runzelte die Stirn, als sie an sein Haus und seinen Lebensstil dachte. Äußerer Anschein! „Ich halte ihn für einen tief schürfenden Mann, der genau nach seinen Vorstellungen lebt. Sein Beruf ist für ihn mehr als bloße Karriere. Er gibt sich ihm ganz hin, wie ein Künstler der Malerei.“

Swan nickte und stieß nachdenklich eine Rauchwolke aus. „Er lässt die Kasse klingeln.“

Rona lächelte. „Ja, weil er möglicherweise der Beste auf seinem Gebiet ist und weil er zusätzlich auf der Bühne dynamisch und privat etwas mysteriös ist. Die ersten Jahre seines Lebens scheint er gewollt ausgelöscht und womöglich auch vergessen zu haben. Das Publikum liebt Rätsel – er gibt dem Publikum eines auf."

„Und die Verträge?"

Jetzt kommt es, dachte Rona und sammelte ihre Kraft. „Er will unterschreiben, aber nur unter bestimmten Bedingungen. Das heißt, er …"

„Er hat mit mir über seine Bedingungen gesprochen", fiel ihr Vater ihr ins Wort.

Ronas kluge Erklärungen waren sinnlos geworden. „Er hat mit dir gesprochen?"

„Er hat vor ein paar Stunden angerufen." Swan nahm die Zigarre aus dem Mund. Der Diamant an seinem Finger blitzte auf. „Er sagte, du seist kritisch und süchtig nach Details. Angeblich schätzt er das."

„Ich habe einfach nicht geglaubt, dass seine Tricks mehr als Geschicklichkeit sind." Rona ärgerte sich darüber, dass Patrick noch vor ihr mit ihrem Vater gesprochen hatte. Es gefiel ihr nicht, dass sie gleichsam wieder Schach spielten. Patrick hatte sie schon einmal geschlagen. „Er lässt seine Magie in den Alltag einfließen. Das ist wirkungsvoll, stört aber bei einer geschäftlichen Besprechung."

„Deine Beleidigungen scheinen gewirkt zu haben", bemerkte Swan.

„Ich habe ihn nicht beleidigt." Rona stand mit den Verträgen in der Hand auf. „Ich habe vierundzwanzig Stunden in diesem Haus verbracht, zusammen mit sprechenden Vögeln und schwarzen Katzen, und ich habe ihn nicht beleidigt. Ich habe alles versucht, um seine Unterschrift zu bekommen. Ich habe mich nur nicht von ihm zersägen lassen." Sie warf die Papiere auf den Schreibtisch ihres Vaters. „Es gibt Grenzen, wie weit ich Künstlern entgegenkomme, ganz gleich, wie laut sie die Kasse klingeln lassen."

Swan legte die Fingerspitzen aneinander und beobachtete sie. „Er sagte auch, dein aufbrausendes Temperament habe ihn nicht gestört; er lasse sich nicht gern langweilen."

Rona unterdrückte eine bissige Bemerkung und setzte sich wieder. „Also gut, du hast mir berichtet, was er gesagt hat. Was hast du zu ihm gesagt?“

Swan ließ sich mit der Antwort Zeit. Zum ersten Mal hatte ein Geschäftspartner Ronas Temperament erwähnt. Swan wusste, dass seine Tochter Temperament besaß, es aber im Beruf gewissenhaft unterdrückte. Er beschloss, darüber hinwegzusehen. „Ich habe ihm gesagt, dass wir ihm gern entgegenkommen.“

„Du hast zugestimmt?“ Rona verschluckte sich fast. „Warum?“

Keine Explosion, dachte sie und war nicht einmal erstaunt. Welchen Zauber hatte Patrick angewendet, um das zu erreichen? Wie auch immer, dachte sie grimmig. Ich stehe nicht unter diesem Zauber. Sie stand erneut auf. „Habe ich auch zu bestimmen?“

„Nicht, solange du für mich arbeitest.“ Swan streifte die Verträge mit einem stolzen Blick. „Du willst doch schon seit Jahren etwas in dieser Richtung machen. Ich gebe dir deine Chance.“ Er blickte auf und sah ihr in die Augen. „Und ich werde dich genau beobachten. Wenn du es verdirbst, ziehe ich dich zur Rechenschaft!“

„Ich werde nichts verderben“, erwiderte sie und konnte kaum den aufkommenden Zorn kontrollieren. „Es wird das beste verdammte Special sein, das ‚Swan‘ jemals produziert hat, glaub mir.“

„Sieh zu, dass es so ist“, warnte er. „Und dass du das Budget nicht überziehst. Kümmere dich um die Änderungen, und schick die neuen Verträge an seinen Agenten. Ich möchte, dass Atkins noch vor dem Wochenende unterschreibt.“

„Das wird er.“ Rona nahm die Papiere und ging zur Tür.

„Atkins sagte, ihr zwei würdet gut zusammenarbeiten“, fügte Swan hinzu, als sie die Tür aufriss. „Er sagte, er habe es aus den Karten gelesen.“

Rona schoss einen wütenden Blick über ihre Schulter zurück, bevor sie hinausging und die Tür hinter sich zuschlug.

Swan lächelte ein wenig. Sie kommt eindeutig auf ihre Mutter heraus, dachte er und drückte einen Knopf, um seine Sekretärin zu rufen. Er hatte noch einen dringenden Termin.

Rona hasste es, manipuliert zu werden. Als sich ihr Zorn in ihrem Büro langsam abkühlte, dämmerte ihr, wie geschickt Patrick und ihr

Vater sie gesteuert hatten. Bei ihrem Vater störte es sie nicht so besonders. Sie hatte Jahre gebraucht, um zu begreifen, dass er nur behaupten musste, sie könne etwas nicht schaffen, um sie dazu zu bringen, es zu tun.

Patrick war da schon etwas anderes. Er kannte sie überhaupt nicht – oder hätte sie wenigstens nicht kennen sollen. Dennoch hatte er sie gelenkt, unterschwellig, behutsam und erfahren, und zwar nach dem Motto: ‚Die Hand ist schneller als das Auge', mit dem er die leeren Zylinder gelenkt hatte. Er hatte bekommen, was er wollte.

Rona fertigte die neuen Verträge aus und überlegte. Sofern sie über die Manipulation hinwegsah, hatte sie ebenfalls, was sie wollte. Sie beschloss, die ganze Sache von einem neuen Gesichtspunkt aus zu sehen. ‚Swan Productions' nagelte Patrick für drei Specials zur besten Sendezeit fest, und sie bekam ihre Chance als Produzentin.

Rona Swan, Produzentin. Sie lächelte. Hörte sich gut an! Sie sagte es sich vor und fühlte ein Kribbeln. Sie holte ihren Terminkalender hervor und ordnete ihre Verpflichtungen neu.

Nach einer Stunde wurde sie vom Telefon unterbrochen. „Rona Swan", meldete sie sich forsch, balancierte den Hörer auf ihrer Schulter und machte sich weiter Notizen.

„Miss Swan, ich störe Sie, nicht wahr?"

Niemand sonst nannte sie in diesem Ton „Miss Swan". Rona ließ den angefangenen Satz auf dem Papier unvollendet. „Das ist schon in Ordnung, Mr. Atkins. Was kann ich für Sie tun?"

Er verärgerte sie augenblicklich mit seinem lässigen Lachen.

„Was ist so lustig?"

„Sie haben eine hübsche, geschäftsmäßige Stimme, Miss Swan", antwortete er amüsiert. „Ich dachte, bei Ihrer Vorliebe für Details wüssten Sie gern, wann ich Sie in Las Vegas brauche."

„Die Verträge sind noch nicht unterschrieben, Mr. Atkins", wehrte sie knapp ab.

„Ich eröffne am 15." Er tat, als hätte sie nichts gesagt. „Aber die Proben beginnen am 12. Ich möchte, dass Sie auch dabei anwesend sind."

Rona machte sich stirnrunzelnd Notizen. Sie sah ihn vor sich, wie er in seiner Bibliothek saß und die Katze auf seinem Schoß streichelte.

„Ich schließe am 21.“

Sie dachte flüchtig daran, dass sie am 21. Geburtstag hatte. „In Ordnung. Wir könnten in der Woche darauf mit den Entwürfen für das Special beginnen.“

„Gut.“ Patrick zögerte einen Moment. „Kann ich Sie etwas fragen?“

„Sie können“, erwiderte Rona vorsichtig.

Lächelnd kraulte Patrick Circe hinter den Ohren. „Ich habe am 11. einen Auftritt in Los Angeles. Begleiten Sie mich?“

„Am 11.?“ Rona blätterte in ihrem Kalender zurück. „Wann?“

„Zwei Uhr.“

„Ja, in Ordnung.“ Sie schrieb es auf. „Wo soll ich Sie treffen?“

„Ich hole Sie um halb zwei ab.“

„Halb zwei. Mr. Atkins ...“ Sie zögerte und nahm die Rose von ihrem Schreibtisch in die Hand. „Danke für die Blume.“

„Gern geschehen, Rona.“

Patrick legte auf und blieb nachdenklich sitzen. Er stellte sich vor, dass Rona die Rose noch immer in der Hand hielt. Wusste sie, dass ihre Haut so glatt war wie die Blütenblätter? Er fühlte förmlich noch ihr Gesicht, die samtene Haut ihrer Wange. Seine Fingerspitzen strichen über den Rücken der Katze. „Welchen Eindruck hattest du von ihr, Link?“

Der riesenhafte Mann stellte Bücher an ihren Platz zurück und drehte sich nicht um. „Sie hat ein hübsches Lachen.“

„Ja, das fand ich auch.“

Patrick hatte den Klang noch in den Ohren. Ihr Lachen war stets unerwartet gekommen, als scharfer Gegensatz zu ihrem Sekunden vorher noch ernsten Gesicht. Ihr Lachen und ihre Leidenschaft hatten ihn überrascht. Er erinnerte sich auch noch an das Feuer ihres Kusses. Patrick hatte in jener Nacht nicht arbeiten können, sondern nur an Rona gedacht, die in ihrem Bett lag, nur mit diesem Hauch von Satin bekleidet.

Er mochte es nicht, wenn seine Konzentration gestört wurde. Dennoch holte er Rona in sein Gedächtnis zurück. Instinkt, erinnerte er sich. Er folgte noch immer seinem Instinkt.

„Meine Musik hat ihr gefallen, sagte sie“, murmelte Link und ordnete die Bücher.

Patrick blickte auf und nahm seine Gedanken zusammen. Er wusste, wie empfindlich Link in Bezug auf seine Musik war. „Sie hat ihr sehr gut gefallen“, bestätigte er.

Link nickte. Er wusste, dass Patrick ihm stets die Wahrheit sagte. „Du magst sie, nicht wahr?“

„Ja“, antwortete Patrick zerstreut und streichelte die Katze. „Ja, ich glaube schon.“

„Du willst unbedingt diese Fernsehsache machen?“

„Es ist eine Herausforderung“, antwortete Patrick.

Link drehte sich um. „Patrick?“

„Hm?“

Link zögerte mit der Frage, weil er fürchtete, die Antwort schon zu kennen. „Wirst du in Las Vegas die neue Entfesselungsnummer machen?“

„Nein.“ Patricks Gesicht verdüsterte sich, und Link atmete erleichtert auf. Patrick dachte daran, dass er an dieser besonderen Entfesselungsnummer in jener Nacht gearbeitet hatte, in der Rona in seinem Haus geschlafen hatte. „Nein, ich habe noch nicht alles ausgeklügelt.“ Er zerstörte Links Erleichterung. „Ich mache die Nummer stattdessen in dem Special.“

„Ich mag sie nicht.“ Link stieß es so hastig hervor, dass Patrick aufblickte. „Dabei kann einfach zu viel schiefgehen.“

„Nichts wird schiefgehen, Link. Ich muss nur länger daran arbeiten, bevor ich die Nummer vorführen kann.“

„Das Timing ist zu knapp“, beharrte Link. Für gewöhnlich widersprach er nie. „Du könntest Änderungen anbringen oder die Nummer verschieben. Sie gefällt mir gar nicht, Patrick“, wiederholte er, obwohl er wusste, dass es sinnlos war.

„Du machst dir zu viele Sorgen“, versicherte Patrick. „Alles wird gut gehen. Ich muss nur noch ein paar Punkte ausarbeiten.“

Aber er dachte nicht an den Ablauf seiner Entfesselungsnummer. Er dachte an Rona.

4. Kapitel

Rona ertappte sich dabei, dass sie ständig auf die Uhr sah. Viertel nach eins. Die Tage vor dem 11. waren rasch vergangen. Sie hatte bis über beide Ohren in Schreibkram gesteckt und oft zehn Stunden am Tag gearbeitet, um vor ihrer Reise nach Las Vegas Klarschiff zu machen. Sie wollte sich nicht von drohenden Vertragsproblemen stören lassen, sobald sie mit dem Special begann. Ihren Mangel an Erfahrung würde sie dadurch ausgleichen, dass sie dem Projekt ihre ganze Zeit und Aufmerksamkeit widmete.

Sie musste etwas beweisen, sich selbst, ihrem Vater und jetzt auch Patrick. In Rona Swan steckte mehr als Verträge und Klauseln.

Ja, die Tage sind schnell vergangen, dachte sie, aber diese letzte Stunde ... Ein Uhr siebzehn. Ärgerlich zog sie einen Aktenordner aus dem Schrank und öffnete ihn. Sie beobachtete die Uhr, als hätte sie ein Rendezvous und keine geschäftliche Verabredung. Es war lächerlich. Trotzdem blickte sie erwartungsvoll auf, als es klopfte, und sie vergaß sofort die sauber getippten Seiten in dem Ordner. Rona unterdrückte die aufkeimende Erregung.

„Ja, herein!", rief sie ruhig.

„Hallo, Rona!"

Sie kämpfte gegen ihre Enttäuschung, als Ned Ross den Raum betrat und sie strahlend anlächelte.

„Hallo, Ned!"

Ned Ross – zweiunddreißig, blond, gut aussehend, mit lässigem kalifornischen Schick. Er ließ seine gekrausten Haare ungehemmt wachsen und trug zu teuren Designerhosen dezente Seidenhemden. Keine Krawatte, bemerkte Rona. Das ging gegen sein Image, so wie der schwache Duft eines frischen Eau de Cologne dazugehörte. Ned kannte die Wirkung seines Charmes, den er gezielt einsetzte.

Rona tadelte sich halbherzig dafür, so kritisch zu sein, und erwiderte sein Lächeln, allerdings fiel es erheblich kühler aus.

Ned war der zweite Assistent ihres Vaters. Bis vor wenigen Wochen war er auch einige Monate lang Ronas ständiger Begleiter gewesen. Er war mit ihr zum Essen ausgegangen, hatte ihr ein paar aufregende Surfstunden erteilt, hatte ihr die Schönheit des Strandes bei Sonnenuntergang gezeigt und sie glauben lassen, die attraktivste und begehrenswerteste Frau zu sein, die er je getroffen hatte. Es war für sie eine schmerzliche Enttäuschung gewesen zu entdecken, dass er sich mehr um Bennett Swans Tochter als um Rona selbst bemühte.

„Der Boss schickt mich. Ich soll sehen, wie sich alles entwickelt, bevor du nach Las Vegas fliegst." Er setzte sich auf die Kante des Schreibtisches, beugte sich vor und gab ihr einen leichten Kuss. Er hatte mit der Tochter seines Chefs noch immer Pläne. „Ich wollte mich verabschieden."

„Ich habe alle anstehenden Arbeiten abgeschlossen", erklärte Rona und schob den Aktenordner beiläufig zwischen sie beide. Es fiel ihr noch immer schwer zu glauben, dass sich hinter diesem attraktiven, sonnengebräunten Gesicht und dem liebenswerten Lächeln ein ehrgeiziger Lügner verbarg. „Ich wollte meinen Vater persönlich unterrichten."

„Er ist beschäftigt." Ned nahm den Aktenordner zur Hand und blätterte ihn rasch durch. „Er ist nach New York geflogen. Irgendetwas bei Außenaufnahmen möchte er persönlich überwachen. Vor dem Wochenende kommt er nicht zurück."

Rona blickte seufzend auf ihre Hände. Er hätte sich einen Moment Zeit nehmen und sie anrufen können. Aber wann hatte er das je gemacht? Und wann würde sie aufhören, es von ihm zu erwarten? „Nun, du kannst ihm sagen, dass für alles gesorgt ist." Sie nahm ihm den Aktenordner aus der Hand und legte ihn wieder auf den Tisch. „Ich habe einen Bericht geschrieben."

„Immer tüchtig." Ned lächelte und traf keine Anstalten zu gehen. Er wusste nur zu gut, dass er bei Rona einen Fehler begangen hatte und verlorenen Boden aufholen musste. „Also, wie fühlst du dich durch deinen Aufstieg zur Produzentin?"

„Ich freue mich auf die neue Aufgabe."

„Dieser Atkins", fuhr Ned fort, ohne sich um ihre Kühle zu kümmern. „Das ist ein seltsamer Vogel, nicht wahr?"

„Ich kenne ihn nicht genau genug, um das zu beurteilen“, antwortete Rona ausweichend. Sie wollte mit Ned nicht über Patrick sprechen. Der Tag mit Patrick gehörte ihr ganz allein. „Ich habe in ein paar Minuten eine Verabredung, Ned“, fuhr sie fort und stand auf. „Wenn du also …“

„Rona.“ Ned ergriff ihre Hände, wie er das oft getan hatte, wenn sie ausgegangen waren. Damals hatte sie gelächelt, wenn er das tat. „Ich habe dich in den letzten Wochen wirklich vermisst.“

„Wir haben uns ein paarmal gesehen, Ned.“ Rona ließ ihre Hände locker in den seinen liegen.

„Rona, du weißt, was ich meine.“ Seine Stimme wurde sanft und eindringlich. „Du bist noch immer wütend auf mich, weil ich diesen dummen Vorschlag gemacht habe.“

„Dass ich meinen Einfluss auf meinen Vater einsetzen sollte, damit du Chef der O'Mara-Produktion wirst?“ Rona hob eine Augenbraue. „Nein, Ned“, sagte sie ruhig. „Ich bin nicht wütend auf dich. Ich habe gehört, Bishop habe den Job bekommen“, fügte sie hinzu und konnte sich eine Spitze nicht verkneifen. „Hoffentlich bist du nicht zu enttäuscht.“

„Das ist nicht wichtig“, antwortete er und überspielte seine Verärgerung mit einem Achselzucken. „Ich möchte dich heute Abend ausführen.“ Ned zog sie etwas näher, und Rona sträubte sich nicht. Wie weit würde er gehen? „Du magst doch dieses kleine französische Restaurant so gern. Danach könnten wir an der Küste entlangfahren.“

„Bist du noch nicht auf die Idee gekommen, ich könnte etwas vorhaben?“

Die Frage bremste ihn, als er sie gerade küssen wollte. Er hatte überhaupt nicht daran gedacht, dass sie sich mit einem anderen Mann treffen könnte. Er war sicher, dass sie noch immer verrückt nach ihm war. Darauf hatte er viel Zeit und Mühe verwendet, und deshalb schloss er, dass sie überredet werden wollte.

„Lass die Verabredung sausen“, murmelte er, küsste sie und bemerkte gar nicht, dass ihre Augen offen blieben und kühl dreinblickten.

„Nein.“

Ned hatte nicht mit einer knappen, gefühllosen Antwort gerechnet. Aus Erfahrung wusste er, dass sich Ronas Gefühle leicht vorhersehen ließen. Doch nun hob er überrascht den Kopf. „Komm schon, Rona, sei nicht …“

„Entschuldige.“ Rona zog ihre Hände zurück. Ihr Blick fiel auf die Tür.

„Miss Swan!“ Patrick stand in der offenen Tür und nickte ihr zu.

„Mr. Atkins.“ Sie war verlegen und wütend, weil sie in ihrem eigenen Büro in einer kompromittierenden Situation ertappt worden war. Warum hatte sie Ned nicht gesagt, er solle die Tür schließen? „Ned, das ist Patrick Atkins. Ned Ross ist der Assistent meines Vaters.“

„Mr. Ross.“ Patrick betrat den Raum, streckte jedoch nicht die Hand zur Begrüßung des ihm vorgestellten Mannes aus.

„Freut mich, Sie kennenzulernen, Mr. Atkins.“ Ned lächelte ihn strahlend an. „Ich bin ein großer Fan von Ihnen.“

„Tatsächlich?“ Patricks Lächeln war höflich, trotzdem jagte es Ned einen eisigen Schauer über den Rücken.

Seine Augen zuckten unruhig, ehe er sich wieder an Rona wandte. „Viel Spaß in Las Vegas, Rona.“ Er ging schon auf die Tür zu. „Nett, Sie kennengelernt zu haben, Mr. Atkins.“

Rona beobachtete Neds überstürzten Rückzug mit einem Stirnrunzeln. Ohne Zweifel hatte er seine sonstige sorglose Art verloren.

„Was haben Sie bloß mit ihm gemacht?“, fragte sie, als sich die Tür schloss.

Patrick zuckte die Schultern, während er auf sie zukam. „Was denken Sie denn, dass ich mit ihm gemacht habe? Schwarze Magie?“

„Ich weiß es nicht“, murmelte Rona. „Aber was immer es war, machen Sie das nie mit mir.“

„Ihre Hände sind kalt, Rona.“ Er nahm sie in die seinen. „Warum haben Sie ihm nicht gesagt, dass er einfach gehen soll?“

Patrick machte sie nervös, wenn er sie Rona nannte. Er machte sie genauso nervös, wenn er sie leicht spöttisch Miss Swan nannte. Rona blickte auf ihre Hand, die in seiner lag.

„Ich habe … das heißt, ich war …“ Sie bremste sich und wunderte sich darüber, dass sie keine Erklärung stammeln wollte. „Wir sollten gehen, falls Sie rechtzeitig zu Ihrem Engagement kommen wollen, Mr. Atkins.“

„Miss Swan." Patricks Augen funkelten humorvoll, als er ihre Hände an seine Lippen zog. Jetzt waren sie nicht mehr kalt. „Ich habe dieses ernste Gesicht und diesen berufsmäßigen Ton vermisst!"

Es gab nichts mehr zu sagen. Patrick nahm ihren Arm und führte sie aus dem Raum.

Sobald sie in seinem Wagen saßen und sich in den rollenden Verkehr eingeordnet hatten, bemühte sich Rona um eine harmlose Unterhaltung. Wenn sie zusammenarbeiten sollten, mussten sie rasch zu einer korrekten Beziehung finden. „Was für ein Engagement haben Sie heute Nachmittag?"

Patrick hielt vor einer roten Ampel und warf Rona einen kurzen prüfenden Blick zu. „Sie mögen den Assistenten Ihres Vaters nicht."

Rona erstarrte. „Er ist gut in seinem Job", verteidigte sie Ned.

„Warum haben Sie ihn angelogen?", fragte Patrick sanft, als die Ampel umsprang. „Sie hätten sagen können, dass Sie nicht mit ihm ausgehen wollen, anstatt eine Verabredung vorzuschieben, wie ich mitbekam."

„Wieso nehmen Sie an, ich hätte etwas vorgeschoben?", konterte Rona impulsiv aus verletztem Stolz.

Patrick bremste ab und bog in eine Seitenstraße. „Ich wollte nur wissen, warum Sie glaubten, etwas vorschieben zu müssen."

Rona störte sich nicht an seiner Ruhe. „Das ist meine Angelegenheit, Mr. Atkins."

„Meinen Sie nicht, wir könnten heute Nachmittag auf dieses ‚Mr. Atkins' verzichten?" Patrick zog den Wagen von der Straße und parkte, wandte den Kopf und lächelte sie an.

Wenn er lachte, war er viel zu charmant. „Vielleicht", stimmte sie zu. „Heute Nachmittag. Ist Patrick Ihr richtiger Name?"

„Soviel ich weiß, ja." Er schob sich aus dem Auto, ohne mehr zu sagen.

Als Rona ausstieg, erkannte sie, dass sie auf dem Parkplatz des „Los Angeles General Hospitals" standen. „Was machen wir hier?"

„Ich habe einen Auftritt." Patrick holte eine schwarze Tasche, ähnlich einer Arzttasche, aus dem Kofferraum. „Mein Werkzeug", erklärte er, als Rona einen neugierigen Blick darauf warf. „Keine Medikamente oder Skalpelle", versicherte er und streckte ihr die Hand entgegen. Sein Blick war geduldig auf ihre Augen gerichtet, als sie zögerte.

Rona ergriff seine Hand, und gemeinsam gingen sie durch einen Seiteneingang.

Was immer Rona sich von diesem Nachmittag versprochen hatte, an die Orthopädische Station des „Los Angeles General Hospital" hatte sie nicht gedacht. Was immer sie von Patrick Atkins erwartet hatte, es war kein Treffen mit Kindern gewesen. Nach den ersten fünf Minuten erkannte Rona, dass er ihnen viel mehr als eine Show und einen Sack voller Tricks bot. Er gab sich selbst.

Er ist ein wunderbarer Mann, dachte sie, und es versetzte ihr einen Stich. Er spielt in Las Vegas für fünfunddreißig Dollar pro Kopf und füllt „Covent Garden", aber er kommt hierher, um einer Gruppe von Kindern eine Freude zu machen. Es gab keine Reporter, die am nächsten Tag über seine menschliche Tat schreiben konnten. Er verschenkte seine Zeit und sein Talent, um Glück zu bringen. Oder genauer, dachte sie, um Unglück zu erleichtern.

Obwohl sie es noch nicht erkannte, verliebte sich Rona in diesem Moment bis über beide Ohren in Patrick Atkins.

Sie sah zu, wie er einen Ball ununterbrochen zwischen seinen Fingern erscheinen und verschwinden ließ. Rona war genauso fasziniert wie die Kinder. Mit einer schnellen Handbewegung ließ er den Ball verschwinden und holte ihn aus dem Ohr eines Jungen, der vor Vergnügen quietschte.

Seine Kunststücke waren einfach und hübsch, nette Kleinigkeiten, die auch ein Amateur hätte vollbringen können. Auf der Station ging es laut her von Ausrufen, Lachen und Applaus. Es bedeutete Patrick offenbar mehr als der donnernde Beifall, den er auf der Bühne nach einer komplizierten magischen Show empfing.

Seine Wurzeln lagen hier bei den Kindern. Das hatte er nie vergessen. Er erinnerte sich zu deutlich an den antiseptischen Geruch, an den Blumenduft in einem Krankenzimmer und die Beengtheit in einem Krankenhausbett. Langeweile, dachte er, kann hier die kräftezehrendste Krankheit sein.

„Ihr habt schon gesehen, dass ich eine hübsche Assistentin mitgebracht habe", erklärte Patrick. Es dauerte ein paar Sekunden, bis

Rona begriff, dass er sie meinte. Ihre Augen weiteten sich erstaunt, aber er lächelte nur. „Kein Magier reist ohne Assistentin, Rona." Er hielt ihr die Hand entgegen, und bei den kichernden und klatschenden Kindern hatte sie keine andere Wahl, als zu ihm zu gehen und seine Hand zu ergreifen.

„Was haben Sie vor?", flüsterte sie ihm hastig zu.

„Ich mache einen Star aus Ihnen." Er wandte sich wieder an sein kindliches Publikum in Betten und Rollstühlen. „Rona wird euch bestätigen, dass sie so schön lächelt, weil sie jeden Tag drei Gläser Milch trinkt. Stimmt das, Rona?"

„Ah ... ja!" Sie blickte in die erwartungsvollen Gesichter. „Ja, das stimmt." Worauf wollte er hinaus? Noch nie waren gleichzeitig so viele große neugierige Augen auf sie gerichtet gewesen.

„Sicher wisst ihr alle, wie wichtig es ist, Milch zu trinken", fuhr Patrick fort. Als Antwort kam wenig begeisterte Zustimmung und ein paar unterdrückte Seufzer. Patrick tat überrascht, als er aus seiner schwarzer Tasche ein bereits zur Hälfte mit einer weißen Flüssigkeit gefülltes Glas holte. Niemand fragte, wieso nichts verschüttet worden war. „Ihr trinkt doch alle eure Milch, nicht wahr?" Diesmal erntete er Lachen und noch mehr Seufzer. Kopfschüttelnd zog Patrick eine Zeitung hervor und formte daraus einen Trichter. „Ich versuche jetzt etwas sehr Schweres. Ich weiß nicht, ob ich es schaffe, es sei denn, ihr alle versprecht, heute Abend eure Milch zu trinken."

Sofort erschollen die Versprechen im Chor. Rona fühlte, dass er gleichermaßen Rattenfänger wie Magier, Psychologe wie Entertainer war. Vielleicht war das auch alles das Gleiche. Sie bemerkte, dass Patrick sie fragend ansah.

„Oh, ich verspreche es", versicherte sie lächelnd. Sie war genauso entzückt wie die Kinder.

„Dann wollen wir einmal sehen! Könnten Sie die Milch aus dem Glas hier hereingießen?", bat er Rona und überreichte ihr das Glas. „Langsam", warnte er und blinzelte ins Publikum. „Wir wollen doch nichts verschütten. Es ist Zaubermilch, wisst ihr? Magier trinken nur diese Marke." Patrick führte Ronas Hand und hielt den Trichter knapp oberhalb ihrer Augen.

Seine Handfläche fühlte sich warm und fest an. Er strömte einen

Duft aus, den sie nicht einordnen konnte. Es hatte etwas mit Natur zu tun, mit Wald. Es war nicht der Duft von Tannennadeln, sondern etwas Dunkleres, Erdverbundeneres. Ihre Reaktion darauf kam unerwartet und unerwünscht. Sie versuchte sich auf das Glas direkt über der Öffnung des Trichters zu konzentrieren. Etwas Milch tropfte aus dem spitzen Ende.

„Wo kaufst du Zaubermilch?“, wollte eines der Kinder wissen.

„Oh, die kann man nicht kaufen“, antwortete Patrick ernst. „Ich muss sehr zeitig aufstehen und einen Zauber über eine Kuh sprechen. So, das ist jetzt gut.“ Patrick ließ das leere Glas in seine Tasche fallen. „Also, wenn alles gut gegangen ist …“ Er stockte, runzelte die Stirn und blickte in den Trichter. „Rona, das war meine Milch!“, rief er tadelnd. „Sie hätten später Ihre eigene Ration trinken können.“

Als sie zum Sprechen ansetzte, riss er den Trichter auf. Automatisch stieß sie einen unterdrückten Ruf aus und wich zurück, um nicht bespritzt zu werden. Aber der Trichter war leer.

Die Kinder kreischten vor Vergnügen, während Rona Patrick anstarrte.

„Sie ist trotz allem schön“, rief er seinem Publikum zu und küsste Ronas Hand. „Obwohl sie gierig ist.“

„Ich selbst habe die Milch eingefüllt“, erklärte Rona später, als sie zu dem Aufzug gingen. „Sie tropfte durch das Papier. Ich habe es gesehen!“

Patrick schob sie in den Aufzug. „Das ist der Unterschied zwischen Schein und Sein. Faszinierend, nicht wahr, Rona?“

„Sie sind auch nicht ganz so, wie Sie erscheinen, oder?“

„Nein, wer ist das schon?“

„Sie haben innerhalb einer Stunde mehr für diese Kinder getan als ein Dutzend Ärzte. Es war vermutlich nicht das erste Mal?“

„Nein“, gab er zu.

„Warum tun Sie es?“ Ihr Interesse war echt.

„Krankenhäuser sind schrecklich für Kinder“, antwortete er schlicht. Mehr wollte er nicht erklären.

„Heute waren die Kinder anderer Meinung.“

Als sie den ersten Stock erreichten, ergriff Patrick wieder ihre

Hand. „Es gibt kein schwierigeres Publikum als Kinder. Sie nehmen alles sehr genau."

Rona musste lachen. „Sie haben vermutlich recht. Welcher Erwachsene hätte schon gefragt, wo Sie Zaubermilch kaufen?" Sie warf Patrick einen schnellen Blick zu. „Ich finde, Sie haben sich sehr gut aus der Affäre gezogen."

„Ich habe darin schon etwas Übung", erwiderte er. „Kinder halten einen auf Trab. Erwachsene lassen sich viel leichter durch irgendwelches witziges Geplauder ablenken." Er blickte lächelnd auf sie hinunter. „Sogar Sie, obwohl Sie mich mit sehr fesselnden grünen Augen beobachtet haben."

Rona wandte sich an ihn, als sie auf den Parkplatz hinaustraten. „Patrick, warum haben Sie mich heute mitgenommen?"

„Ich wollte Ihre Begleitung."

„Ich verstehe Sie nicht ganz."

„Müssen Sie denn verstehen?", fragte er. Im Sonnenlicht hatte ihr Haar die Farbe von jungem Weizen. Patrick ließ seine Finger hindurchgleiten und nahm ihr Gesicht wie in der ersten Nacht zwischen seine Hände. „Immer?"

Rona klopfte das Herz im Hals. „Ja, ich denke …"

Aber Patricks Mund berührte schon Ronas Lippen, und sie konnte nicht mehr denken. Es war genau wie beim ersten Mal. Der sanfte Kuss entzog ihr den Boden unter den Füßen. Ein warmer flüchtiger Schauder durchlief sie, als seine Finger über ihre Schläfe strichen und sich auf ihre Herzgegend legten. Leute gingen vorbei, aber Patrick und Rona achteten nicht darauf. Sie waren nur Schatten, Geister. Nur Patricks Mund und seine Hände waren wirklich.

Spürte sie einen winzigen Lufthauch, oder glitten seine Finger über ihre Haut? Flüsterte er etwas, oder war sie das selbst gewesen?

Patrick schob sie von sich. Ronas Augen waren verschleiert. Sie klärten sich langsam, als würde sie aus einem Traum erwachen. Er war noch nicht bereit, diesen Traum zu beenden, zog sie wieder an sich und ließ erneut ihre Lippen verschmelzen.

Patrick musste gegen den Wunsch ankämpfen, Rona an sich zu pressen und ihren warmen, bereitwilligen Mund wild zu erobern. Verlangen bedrängte ihn, aber er unterdrückte dieses übermächtige Gefühl.

Manchmal, wenn er in einem dunklen, luftlosen Schrank eingesperrt war, musste er gegen den Drang zur Hast ankämpfen, gegen das Verlangen, sich den Weg ins Freie zu erkämpfen. Jetzt fühlte er fast den gleichen Anflug von Panik. Was machte Rona bloß mit ihm? Die Frage drängte sich ihm auf, als er sie enger an sich zog. Patrick wusste nur, dass er sie mit einer Heftigkeit wollte, deren er sich selbst nicht für fähig gehalten hatte.

War ihre Haut auch jetzt von Satin bedeckt? Von dünnem, leichtem Satin, der ihren Körperduft angenommen hatte? Er wollte sie bei Kerzenlicht lieben oder im Sonnenschein in einem Feld. Lieber Himmel, wie sehr er sie begehrte!

„Rona, ich möchte mit dir zusammen sein." Er flüsterte die Worte an ihren Lippen und brachte sie zum Beben. „Ich muss mit dir zusammen sein. Komm mit mir!" Er hielt ihren Kopf fest zwischen seinen Händen und küsste sie noch einmal. „Jetzt, Rona! Ich möchte dich lieben."

„Patrick." Sie lehnte sich schwer gegen ihn, während sie den Kopf schüttelte. „Ich kenne dich ja nicht."

Patrick unterdrückte das plötzliche wilde Verlangen, sie zu seinem Wagen zu zerren und sie in sein Haus zu bringen – in sein Bett.

„Nein." Er sagte es genauso zu sich selbst wie zu Rona. Er schob sie von sich, hielt sie an den Schultern fest und sah ihr voll ins Gesicht. „Nein, du kennst mich nicht, und für Miss Swan ist das natürlich wichtig." Es gefiel ihm nicht, dass sein Herz heftig schlug. Ruhe und Selbstbeherrschung waren wichtige Teile seiner Arbeit und daher auch Teile von ihm. „Sobald du mich kennst, werden wir uns lieben", sagte er ruhig.

„Nein!" Ronas Abwehr kam mehr aus seinem beiläufigen Ton als aus dem Sinn seiner Worte. „Nein, Patrick, wir werden uns erst lieben, wenn ich es will. Ich verhandle über Verträge, aber nicht über mein Privatleben."

Patrick lächelte. Ihren Ärger konnte er leichter verkraften, als das mit Nachgiebigkeit der Fall gewesen wäre. Er misstraute allem, was ihm zu leicht zufiel.

„Miss Swan", murmelte er, als er ihren Arm ergriff. „Wir haben bereits einen Blick in die Karten getan."

5. Kapitel

Rona traf allein in Las Vegas ein. Sie hatte darauf bestanden. Sobald ihre Nerven sich beruhigt hatten und sie wieder praktisch dachte, war ihr zu viel persönlicher Kontakt mit Patrick unklug erschienen. Wenn einen ein Mann mit einem Kuss dazu brachte, die Welt ringsum zu vergessen, ging man besser auf Distanz. Das war Rona Swans neue Regel.

Die meiste Zeit ihres Lebens war sie völlig von ihrem Vater dominiert worden. Sie hatte nichts ohne seine Zustimmung tun können. Er hatte ihr nicht seine Zeit gewidmet, aber seine Ansichten aufgedrängt, und seine Ansichten waren Gesetz gewesen.

Erst mit Anfang zwanzig hatte Rona begonnen, ihre eigenen Talente und ihre Unabhängigkeit zu erforschen. Der Geschmack der Freiheit war süß gewesen. Sie wollte sich nie wieder beherrschen lassen, schon gar nicht von physischem Verlangen. Sie wusste aus Erfahrung, dass man Männern nicht unbedingt trauen durfte. Warum sollte ausgerechnet Patrick eine Ausnahme darstellen?

Nachdem sie das Taxi bezahlt hatte, sah Rona sich um. Sie war zum ersten Mal in Las Vegas. Sogar um zehn Uhr morgens gab es mehr als genug zu sehen.

Der Strip erstreckte sich endlos in beiden Richtungen. Namen wie „The Dunes“, „The Sahara“ und „The MGM“ sprangen einem in die Augen. Die Hotels zogen durch fantastische Wasserfontänen, raffinierte Neonreklame und herrliche Blumen die Aufmerksamkeit auf sich.

Anzeigetafeln verkündeten berühmte Namen in riesigen Buchstaben. Stars, Stars, Stars! Die schönsten Frauen der Welt, die talentiertesten Künstler, das Farbigste, das Exotischste – hier war alles vertreten. Alles war zusammengedrängt in einem Vergnügungspark für Erwachsene, umschlossen von Wüste und eingekreist von Bergen. Die Straßen kochten in der heißen Morgensonne. Nachts würden sie dann im Neonlicht erstrahlen und die Menschen in ihren Bann ziehen.

Rona drehte sich um und betrachtete das „Caesars Palace“, riesig, weiß und ausladend. Über ihrem Kopf standen in gewaltigen Buchstaben Patricks Name und die Daten seines Engagements. Was fühlte wohl ein Mann wie er, wenn er sich so aufdringlich angekündigt sah?

Sie nahm ihr Gepäck und betrat das Laufband, das sie an der glitzernden Fontäne und den italienischen Statuen vorbeitransportierte. In der Stille des Morgens hörte man das Geräusch des hochschießenden und ins Becken zurückfallenden Wassers. Rona stellte sich vor, wie laut es abends in den mit Menschen und Autos verstopften Straßen zuging.

Sobald Rona die Hotelhalle betrat, hörte sie das Surren und Klicken der Spielautomaten. Sie unterdrückte den Wunsch, einen Blick in das Casino zu werfen, anstatt an die Rezeption zu gehen.

„Rona Swan.“ Sie stellte ihre Koffer am Fuß eines langen Pults ab. „Ich habe eine Reservierung.“

„Ja, Miss Swan.“ Der Angestellte strahlte sie an, ohne in seinen Listen nachzusehen. „Der Page kümmert sich um Ihr Gepäck!“ Er winkte einen Pagen herbei und übergab ihm einen Schlüssel. „Genießen Sie Ihren Aufenthalt, Miss Swan. Lassen Sie es uns bitte wissen, wenn wir etwas für Sie tun können.“

„Danke.“ Rona sah die Höflichkeit des Angestellten als selbstverständlich an. Sobald Leute erfuhren, dass sie Bennett Swans Tochter war, wurde sie wie eine Königin behandelt. Das war nicht neu und störte sie nur wenig.

Der Aufzug brachte sie und den respektvoll schweigenden Pagen zu der obersten Etage. Dort führte der Page sie den Gang entlang, sperrte eine Tür auf und wich zurück, um sie eintreten zu lassen.

Die erste Überraschung für Rona war, dass sie nicht in einem Zimmer, sondern in einer Suite stand. Als zweite Überraschung war die Suite bereits bewohnt. Patrick saß auf dem Sofa und hatte vor sich auf dem Tisch Papiere ausgebreitet.

„Rona!“ Er stand auf, ging zu dem Pagen und gab ihm einen Geldschein. „Danke.“

„Ich danke Ihnen, Mr. Atkins.“

Rona wartete, bis sich die Tür hinter dem Pagen schloss. „Was machen Sie hier?“, fragte sie.

„Ich habe für heute Nachmittag eine Probe angesetzt“, erinnerte er sie. „Wie war Ihr Flug?“

„Gut.“ Sie war verärgert über seine Antwort und misstrauisch.

„Soll ich Ihnen einen Drink machen?“, fragte er höflich.

„Nein, danke.“ Sie sah sich in dem hübsch eingerichteten Raum um, warf einen kurzen Blick aus dem Fenster und machte eine umfassende Geste. „Was, zum Teufel, ist das hier?“

Patrick hob bei ihrem Ton eine Augenbraue, antwortete aber sanft. „Unsere Suite.“

„Oh nein!“ Sie schüttelte entschieden den Kopf. „Ihre Suite!“ Sie nahm ihre Koffer auf und ging zur Tür.

„Rona.“

Der ruhige Klang seiner Stimme hielt sie auf und brachte ihr Temperament zum Überkochen. „Was für ein kleiner schmutziger Trick!“ Sie ließ ihre Koffer fallen und drehte sich zu ihm um. „Dachten Sie wirklich, Sie könnten meine Reservierung ändern und … und …“

„Und was?“, drängte er.

Sie deutete auf den Raum. „Und Sie könnten mich hier zusammen mit Ihnen einquartieren, ohne dass ich auch nur einen Ton sage? Dachten Sie wirklich, ich würde gemütlich in Ihr Bett hüpfen, nur weil Sie alles so nett arrangiert haben? Wie können Sie es wagen! Wie können Sie mir vorlügen, ich sollte mir Ihre Vorstellung ansehen, wenn Sie mich bloß brauchen, um Ihr Bett warm zu halten!“

Ihre Stimme hatte sich von leiser Anklage zu wildem Zorn gesteigert, bevor Patrick ihr Handgelenk packte. Der Druck seiner Finger warnte sie. „Ich lüge nicht“, sagte er leise, aber seine Augen verdunkelten sich. „Und ich brauche keine Tricks, um eine Frau für mein Bett zu finden.“

Sie versuchte nicht, sich zu befreien. Ihr Instinkt warnte sie davor, aber sie konnte ihr Temperament nicht zügeln. „Wie würden Sie dann das hier nennen?“, warf sie ihm vor.

„Ein günstiges Arrangement.“ Ärger ließ seine Stimme gefährlich kühl klingen.

„Für wen?“, fragte sie.

„Wir müssen in den nächsten Tagen über eine Reihe von Dingen sprechen.“ Er blieb besonnen, lockerte jedoch seinen Griff nicht. „Ich möchte nicht jedes Mal, wenn mir etwas einfällt, zu Ihrem Zimmer hinunterlaufen müssen. Ich bin hier, um zu arbeiten. Und das gilt auch für Sie.“

„Sie hätten mich vorher fragen sollen.“

„Das habe ich nicht getan“, entgegnete er eisig. „Und ich schlafe nicht mit einer Frau, wenn sie es nicht will, Miss Swan.“

„Ich schätze es nicht, dass Sie etwas ändern, ohne es vorher mit mir zu besprechen.“ Rona beharrte darauf, obwohl ihre Knie zitterten.

Sein Zorn wurde durch seine Zurückhaltung nicht erträglicher. „Ich habe Sie vorgewarnt, dass ich alles auf meine Art mache. Wenn Sie nervös sind, schließen Sie Ihre Tür ab.“

Der Hieb ließ sie schärfer antworten. „Das würde bei Ihnen auch viel nützen! Ein Schloss würde Sie wohl kaum abhalten.“

Seine Finger drückten kurz zu, ehe er ihr Handgelenk freigab. „Ein Schloss vielleicht nicht.“ Patrick öffnete die Tür. „Aber ein einfaches Nein würde mich abhalten.“

Patrick war weg, bevor Rona noch etwas sagen konnte. Schaudernd lehnte sie sich gegen die Tür. Erst jetzt erkannte sie, wie sehr sie sich gefürchtet hatte. Sie war an theatralische Ausbrüche oder dumpfes Schweigen von ihrem Vater her gewöhnt. Aber das hier …

Unbewusst rieb sie ihr Handgelenk. Es stimmte, dass sie Patrick nicht kannte. In ihm war mehr verborgen, als sie je gedacht hätte. Sie hatte eine seiner Schichten aufgedeckt und war nicht sicher, ob sie mit ihrer Entdeckung fertig werden konnte.

Sie sah sich in dem Zimmer um. Vielleicht hätte sie auf ein harmloses geschäftliches Arrangement nicht so heftig reagieren sollen. Eine Suite gemeinsam zu bewohnen war ungefähr das Gleiche wie zwei aneinandergrenzende Räume. In diesem Fall hätte sie sich nichts dabei gedacht.

Aber Patrick Atkins hatte sich auch falsch verhalten. Sie hätten sich wegen der Suite wahrscheinlich leicht geeinigt, hätte er vorher mit ihr darüber gesprochen. Beim Verlassen der Schweiz hatte sie sich geschworen, sich nicht mehr kommandieren zu lassen.

Patricks Ausdrucksweise hatte sie ebenfalls gestört. Er schlief nicht mit einer Frau, wenn sie es nicht wollte! Sie wussten beide, dass sie ihn wollte.

Ein einfaches Nein würde ihn abhalten. Ja, dachte sie, als sie ihre Koffer aufnahm. Darauf konnte sie sich verlassen. Er würde sich nie einer Frau aufdrängen, einfach weil er es nicht nötig hatte. Wie lange würde es wohl dauern, bis sie Nein zu sagen vergaß?

Rona schüttelte den Kopf. Das Projekt war für Patrick genauso wichtig wie für sie selbst. Es war nicht gerade klug, gleich zu Beginn wegen der Zimmerverteilung zu streiten oder sich über entfernte Möglichkeiten Sorgen zu machen.

Sie begann auszupacken.

Als Rona den Saal betrat, lief die Probe bereits. Patrick stand in der Mitte der Bühne. Eine Frau war bei ihm. Trotz Jeans und weitem Pullover erkannte Rona Patricks Assistentin, eine imposante Rothaarige. Auf den Videobändern hatte sie kurze glitzernde Kostüme oder fließende Kleider getragen. Kein Magier reiste ohne eine schöne Assistentin!

Vorsicht, Rona, warnte sie sich selbst. Das geht dich nichts an. Leise ging sie weiter und setzte sich in die Mitte des Zuschauerraums. Patrick sah nicht in ihre Richtung.

Ohne dass es ihr richtig bewusst wurde, begann Rona an Kamerawinkel und Szenen zu denken.

Fünf Kameras, dachte sie, und keinen zu aufdringlichen Hintergrund. Nichts Glitzerndes durfte die Aufmerksamkeit von Patrick ablenken. Ein dunkler Hintergrund, entschied sie, würde eher den Hexenmeister oder Zauberer hervorheben als den Showman.

Völlig überraschend sank Patricks Assistentin langsam zurück, bis sie waagrecht in der Luft hing. Rona unterbrach die gedankliche Planung und sah zu. Patrick verzichtete jetzt auf Worte. Er führte nur Gesten aus, weite, fließende Gesten, die an schwarze Umhänge und Kerzenlicht denken ließen. Die Frau begann sich zu drehen, zuerst langsam, dann schneller.

Rona hatte diese Illusion auf Band gesehen, aber in Wirklichkeit war es etwas ganz anderes. Keine Kulissen lenkten von den beiden auf der Bühne ab, keine Kostüme, Musik oder blitzende Lichter, die zusätzlich Stimmung erzeugten. Rona merkte, dass sie die Luft anhielt, und zwang sich zum Ausatmen.

Die roten Locken der Frau flatterten, während sie sich drehte, ihre Augen waren geschlossen, ihr Gesicht völlig friedlich. Die Hände hielt sie sorgfältig gefaltet. Rona sah genau hin und suchte Drähte oder andere Vorrichtungen zu erkennen, wurde jedoch enttäuscht.

Sie konnte einen anerkennenden Ausruf nicht unterdrücken, als die Frau gleichzeitig zu der Drehung auch noch um die eigene Achse zu rollen begann. Der ruhige Ausdruck auf ihrem Gesicht änderte sich nicht, so als würde sie schlafen und nicht einen knappen Meter über der Bühne herumwirbeln.

Mit einer Handbewegung hielt Patrick die Bewegung an und brachte seine Assistentin wieder in die Vertikale, bis ihre Füße langsam den Boden berührten. Als er mit der Hand vor ihrem Gesicht vorbeistrich, öffnete sie lächelnd die Augen.

„Wie war es?“

Rona zuckte bei der simplen, fröhlichen Frage zusammen.

„Gut“, antwortete Patrick schlicht. „Mit Musik wird es noch besser. Ich möchte rote Lichter, irgendetwas Heißes. Sachte beginnen und genau wie die Geschwindigkeit steigern.“ Er gab diese Befehle dem Chefbeleuchter, ehe er sich wieder an seine Assistentin wandte. „Wir arbeiten noch weiter.“

Eine Stunde lang sah Rona fasziniert und mit viel Vergnügen zu. Was für sie fehlerfrei schien, wiederholte Patrick immer wieder. Zu jeder Illusion hatte er seine eigenen Ideen für die technischen Effekte. Rona sah ein, dass seine Kreativität nicht auf die Magie beschränkt blieb. Er verstand es, Beleuchtung und Ton einzusetzen, um die Wirkung zu steigern, Akzente zu setzen und etwas hervorzuheben.

Ein Perfektionist, dachte sie. Patrick arbeitete ruhig und ohne die sprühende Dynamik, die er in einer Vorstellung ausstrahlte. Es fehlte aber auch jene sorglose Leichtigkeit, die sie an ihm während der Vorstellung für die Kinder beobachtet hatte.

Er arbeitete – nicht mehr und nicht weniger. Vielleicht war er ein Zauberer, dachte sie, aber einer, der dafür mit vielen Stunden Mühe bezahlte. Je länger sie zusah, desto mehr Respekt fühlte sie für ihn.

Rona hatte sich vorzustellen versucht, wie es sein würde, mit ihm zu arbeiten. Jetzt sah sie es mit eigenen Augen. Er war unermüdlich und in Details genauso fanatisch wie sie selbst. Sie würden miteinander streiten, sagte sie voraus und begann sich darauf zu freuen. Es musste eine umwerfende Show werden.

„Rona, würden Sie bitte heraufkommen?"

Sie fuhr zusammen, als Patrick sie rief. Rona hätte geschworen, er wisse nicht, dass sie im Saal war. Ergeben stand sie auf. Allmählich schien es, als gäbe es nichts, was er nicht wusste. Während Rona nach vorn ging, sagte Patrick etwas zu seiner Assistentin. Sie lachte kurz und herzlich und küsste ihn auf die Wange.

„Wenigstens bleibe ich diesmal in einem Stück", sagte sie zu ihm und lächelte Rona entgegen, die soeben auf die Bühne kam.

„Rona Swan", stellte Patrick vor. „Bess Frye."

Bei genauerem Hinsehen sah Rona, dass die Frau keine Schönheit war. Dafür war ihr Gesicht zu breit. Ihr leuchtend rotes Haar umrahmte in Locken ein grobknochiges Kinn. Ihre Augen waren fast rund und von einem etwas dunkleren Grün als Ronas Augen. Ihr Make-up war so ausgefallen, wie ihre Kleider durchschnittlich waren, und sie erreichte fast Patricks Größe.

„Hallo!", rief Bess freundlich und schüttelte Ronas Hand. Schwer zu glauben, dass diese stämmige Frau einen Meter über der Bühne geschwebt hatte. „Patrick hat mir alles über Sie erzählt."

„So?" Rona warf ihm einen Blick voller Unverständnis zu.

„Oh ja!" Bess stützte einen Ellbogen auf Patricks Schulter, während sie mit Rona sprach. „Patrick hält Sie für wirklich tüchtig. Er mag den Verstandestyp, aber er hat nicht erwähnt, dass Sie so hübsch sind. Wieso hast du mir nicht gesagt, dass sie so hübsch ist, Süßer?"

Rona fand schnell heraus, dass Bess immer so schnell und viel sprach.

„Dann hättest du mir vorgeworfen, ich betrachte eine Frau nur als Kulisse." Er schob die Hände in die Hosentaschen.

Bess lachte erneut herzhaft auf. „Er ist schlau“, vertraute sie Rona an und zog Patrick an sich. „Sie sind also die Produzentin des Specials?“

„Ja.“ Rona lächelte ein wenig verwirrt von so viel übersprudelnder Freundlichkeit. „Ja, die bin ich.“

„Gut! War auch Zeit, dass eine Frau die Dinge in die Hand nimmt. Ich bin in diesem Job von Männern umgeben, Süße. Wir haben nur eine Frau in der Crew. Wir zwei nehmen bald einen Drink zusammen, damit wir uns besser kennenlernen.“

„Willst du einen Drink, Süße?“ Rona erinnerte sich gut an den Beo. Ihr Lächeln wurde zu einem breiten Grinsen. „Sehr gern.“

„So, dann sehe ich einmal nach, was Link macht, bevor mich der Boss wieder zur Arbeit ruft. Bis später!“ Bess stürmte von der Bühne, ein Meter achtzig fleischgewordene Begeisterung.

Rona sah Bess nach. „Sie ist wunderbar“, murmelte sie.

„Das weiß ich schon lange.“

„Auf der Bühne wirkt sie so kühl und reserviert.“ Rona lächelte Patrick zu. „Ist sie denn schon lange bei Ihnen?“

„Ja.“

Die Wärme, die Bess ausgestrahlt hatte, verschwand rasch. Rona räusperte sich und versuchte es noch einmal. „Die Probe ist gut gelaufen. Wir müssen besprechen, welche Illusionen Sie in das Special aufnehmen und welche neuen Sie noch dafür entwerfen.“

„In Ordnung.“

„Für das Fernsehen müssen natürlich ein paar Änderungen gemacht werden“, fuhr sie fort und überging seine einsilbigen Antworten. „Aber grundsätzlich wollen Sie vermutlich eine komprimierte Version Ihrer Bühnenvorstellung bringen.“

„Richtig.“

In der kurzen Zeit ihrer Bekanntschaft hatte Rona herausgefunden, dass Patrick angeborene Freundlichkeit und Humor besaß. Jetzt betrachtete er sie zurückhaltend und wartete sichtlich darauf, dass sie ging. Bei diesem Mann konnte sie sich nicht wie geplant entschuldigen.

„Sie sind sicher sehr beschäftigt“, sagte sie steif und wandte sich ab. Es schmerzte, dermaßen ausgeschlossen zu werden. Er hatte kein

Recht, ihr wehzutun. Rona verließ die Bühne, ohne einen Blick zurückzuwerfen.

Patrick blickte ihr nach, bis sich die Saaltüren an der Hinterwand hinter ihr schlossen. Ohne den Blick abzuwenden, zerquetschte er den Ball in seiner Hand.

Mit seinen starken Fingern hätte er ihr Handgelenk brechen können, anstatt es nur zusammenzupressen. Er hätte nur nicht gern die Male auf ihrer Haut gesehen. Und er erinnerte sich nicht gern daran, wie sie ihm vorgeworfen hatte, er wolle sie mit einem Trick nehmen. Das hatte er noch nie nötig gehabt. Diese Frau würde keine Ausnahme darstellen.

Rona Swan ging ihm nicht aus dem Kopf. Als sie an diesem Morgen in die Suite gekommen war, hatte Patrick sofort die sorgfältigen Notizen vergessen, die er sich zu einer neuen Illusion gemacht hatte. In einem violetten Kostüm von einem teuren Modeschöpfer kam sie herein, und er hatte alles andere vergessen. Ihr Haar war wie beim ersten Zusammentreffen von der Fahrt zerzaust gewesen, und er hatte sich gewünscht, Rona in seinen Armen zu halten und zu fühlen, wie ihr zarter, weicher Körper mit dem seinen verschmolz.

Mit ihren Worten und dem anklagenden Blick aus ihren Augen hatte sie seinen Ärger angeheizt.

Er hätte ihr nicht wehtun dürfen. Patrick starrte auf seine Hände und fluchte. Rona war schwächer als er, und er hatte das ausgenützt. Er hatte sich von seinem Jähzorn und seiner Stärke hinreißen lassen. Vor langer, langer Zeit hatte er sich geschworen, beides nie gegen eine Frau zu richten. Keine Provokation konnte das rechtfertigen. Niemand außer ihm hatte an diesem Ausrutscher Schuld.

Er konnte sich nicht länger damit oder mit Rona aufhalten, er musste seine Arbeit fortsetzen. Er brauchte seine Konzentration. Die einzige Möglichkeit war, ihre Beziehung so zu beschränken, wie Rona es von Anfang an geplant hatte. Sie würden erfolgreich zusammenarbeiten, und das war auch schon alles. Er hatte gelernt, seinen Körper durch seinen Geist zu beherrschen. Er konnte sein Verlangen und seine Gefühle gleichermaßen kontrollieren.

6. Kapitel

Es fiel schwer, Las Vegas zu widerstehen. In den Casinos gab es weder Tag noch Nacht. Wegen der fehlenden Uhren und des pausenlosen Klickens der Slot-Maschinen herrschte Zeitlosigkeit. Rona sah Leute in Abendkleidung, die ihr Spiel in den Vormittag hinein fortsetzten. Sie beobachtete, wie Tausende von Dollars über die Blackjack- und Bakkarat-Tische wanderten. Mehr als einmal hielt sie den Atem an, wenn sich das Roulette drehte und kleine Vermögen von den Launen der Silberkugel abhingen.

Sie lernte die Varianten kennen, mit denen das Fieber auftrat: kühl, leidenschaftslos, verzweifelt, angespannt. Es gab die Frau, die einen einarmigen Banditen fütterte, und den süchtigen Würfelspieler. Zigarettenrauch hing über allen, den Gewinnern und den Verlierern. Die Gesichter wechselten, die Stimmung nicht. Die Würfel rollten immer wieder, die Slot-Maschinen klickten pausenlos.

Die Jahre in der Schweizer Schule hatten das Spielerblut abgekühlt, das Rona von ihrem Vater geerbt hatte. Jetzt fühlte Rona zum ersten Mal Erregung und den Drang, das Glück auf die Probe zu stellen. Sie widerstand und redete sich ein, dass Zusehen genügte. Viel mehr konnte sie nicht machen.

Sie sah Patrick bei den Proben auf der Bühne, ansonsten kaum. Es war erstaunlich, dass zwei Menschen eine Suite teilen und so wenig Kontakt miteinander haben konnten. Egal, wie zeitig sie aufstand, er war schon weg. Ein- oder zweimal hörte Rona das Klicken der Eingangstür, wenn sie länger im Bett blieb. Sie sprachen miteinander nur über die Änderungen seiner Bühnenschau für das Fernsehen. Ihre Unterhaltungen blieben ruhig, sachlich und auf technischer Ebene.

Patrick versucht mir auszuweichen, dachte sie am Abend vor seiner Eröffnungsvorstellung, und es gelingt ihm verdammt gut. Wenn er beweisen wollte, dass es keine persönlichen Folgen hatte, eine Suite miteinander zu teilen, so hatte er vollen Erfolg. Das hatte sie natürlich so gewünscht, aber sie vermisste die unkomplizierte Kameradschaft. Sie vermisste sein Lächeln.

Rona beschloss, die Show von der Kulisse aus zu beobachten. Von da aus hatte sie gute Sicht und konnte Patricks Timing und Stil kontrollieren und einen Einblick in das Geschehen hinter der Bühne bekommen. Die Proben hatten ihr seine Arbeitsgewohnheiten gezeigt, und jetzt wollte sie seine Vorstellung aus möglichst geringer Entfernung sehen. Sie wollte mehr als nur Publikum und Kameras sehen.

Sie zog sich in eine Ecke zurück, um den Bühnenarbeitern nicht im Weg zu stehen. Vom ersten Applaus bei seiner Ankündigung an hatte Patrick sein Publikum fest im Griff.

Mein Gott, er ist so schön, dachte sie, während sie seinen Stil und seine Ausstrahlung studierte. Seine dynamische und dramatische Persönlichkeit allein hätte das Publikum gefesselt. Sein Charisma war keine Illusion, sondern ein Teil von ihm wie seine Haarfarbe. Er war wie üblich schwarz gekleidet und brauchte keine leuchtenden Farben, um die Blicke auf sich zu ziehen.

Patrick redete während seiner Vorstellung. Er hätte es Geplauder genannt, aber es war viel mehr. Er formte die Stimmung mit Worten und Tonfall. Er konnte die Leute umgarnen und sie vollständig verblüffen. Eine Flamme schoss aus seiner bloßen Handfläche. Ein glitzerndes Pendel schwang, frei in der Luft schwebend. Er wirkte nicht mehr bloß tüchtig wie in den Proben, sondern unsagbar geheimnisvoll.

Rona beobachtete, wie er gefesselt in einen Sack gesteckt und in einer Kiste angekettet wurde. Bess stellte sich auf die Kiste, hielt einen Vorhang hoch und zählte bis zwanzig. Als der Vorhang fiel, stand Patrick auf der Kiste und hatte das Kostüm gewechselt. Als er die Kiste und den Sack öffnete, lag Bess angekettet darinnen. Er nannte es Transportation. Rona nannte es unglaublich.

Seine Entfesselungsnummern verursachten ihr Unbehagen. Sie bekam feuchte Hände, als Freiwillige aus dem Publikum Patrick in einer stabilen Kiste einnagelten, die sie selbst untersucht hatten. Sie stellte ihn sich in der dunklen Kiste ohne Luft vor, und der Atem stockte ihr. Aber weniger als zwei Minuten später war er wieder frei.

Im Finale sperrte er Bess in einen Käfig, verhängte ihn mit einem Tuch und hob ihn unter die Decke hoch. Als er den Käfig Sekunden später wieder herunterholte, saß ein schlanker junger Panther darin.

Rona glaubte fast, dass er die Naturgesetze überschritten hatte. In dem Moment, in dem sich der Vorhang senkte, war der Panther wieder Bess, und Patrick war mehr geheimnisvoller Zauberer als Showman.

Rona wollte ihn bitten und überreden, ihr nur diese eine Illusion so zu erklären, dass sie es mit ihrem Verstand erfassen konnte. Als er von der Bühne kam und ihre Blicke sich trafen, verlor sie den Mut, ihn danach zu fragen.

Sein Gesicht war schweißnass von den Scheinwerfern und seiner eigenen Konzentration. Rona wollte ihn berühren. Zu ihrer Überraschung hatte es sie erregt, ihn in der Vorstellung zu sehen. Der Drang war ursprünglicher und stärker als alles, was sie jemals erlebt hatte. Sie stellte sich vor, wie er sie mit seinen starken geschickten Händen packte, wie sich sein sinnlicher Mund auf den ihren senkte und sie in seine seltsame Welt entführte, in der es keine Schwerkraft gab. Wenn sie jetzt zu ihm ging und gleichzeitig anbot und forderte, würde er genauso sehnsüchtig bereit sein wie sie selbst? Würde er sie schweigend mit sich führen, um ihr seine Magie zu zeigen?

Patrick blieb vor ihr stehen, und Rona wich, über ihre Gedanken erschrocken, zurück. Es drängte sie, auf ihn zuzugehen, doch sie blieb auf Distanz.

„Sie waren wunderbar.“ Rona hörte selbst, wie geziert das Kompliment klang.

„Danke.“ Patrick sagte nicht mehr und ging an ihr vorbei.

Rona fühlte einen Schmerz an ihren Handflächen und merkte erst jetzt, dass sie die Fingernägel in ihre Haut grub. Das muss aufhören, sagte sie sich und ging ihm nach.

„Hallo, Rona!“ Bess streckte den Kopf aus ihrer Garderobe. „Wie fanden Sie die Show?“

„Sie war faszinierend.“ Rona blickte den Korridor entlang. Patrick war nicht mehr zu sehen. Vielleicht war es so am besten. „Wahrscheinlich verraten Sie mir nicht das Geheimnis des Finales?“, fragte sie.

Bess lachte. „Nicht, wenn mir mein Leben lieb ist, Süße. Kommen Sie herein, und erzählen Sie mir etwas, während ich mich umziehe."

Rona folgte und schloss die Tür hinter sich. In der Luft hing der Geruch von Schminke und Puder. „Es muss eine tolle Erfahrung sein, in einen Panther verwandelt zu werden."

„Lieber Himmel! Patrick hat mich schon in alles verwandelt, das geht, kriecht oder fliegt. Er hat mich in Stücke geschnitten und auf Schwertspitzen balanciert. In einer Nummer ließ er mich auf einem Nagelbrett drei Meter über dem Boden schlafen." Während sie sprach, streifte sie ihr Kostüm mit nicht mehr Schamgefühl als eine Fünfjährige ab.

„Sie müssen ihm voll vertrauen", bemerkte Rona, während sie sich nach einem leeren Stuhl umsah. Bess hatte ihre Sachen überall verstreut.

„Schaffen Sie sich irgendwo Platz", schlug Bess vor und nahm einen taubenblauen Bademantel von einer Stuhllehne. „Patrick vertrauen?", fuhr sie fort, während sie hineinschlüpfte. „Er ist der Beste." Sie schloss den Gürtel des Bademantels, setzte sich an den Schminktisch und begann sich abzuschminken. „Sie haben ihn bei den Proben gesehen."

„Ja." Rona faltete eine zerknitterte Bluse zusammen und legte sie zur Seite. „Er stellt hohe Anforderungen."

„Das ist nicht einmal die Hälfte. Er arbeitet seine Illusionen auf dem Papier aus und probt sie immer und immer wieder in seinem Kellerverlies durch, bevor er überhaupt daran denkt, Link oder mir etwas zu zeigen." Sie sah Rona mit einem stark geschminkten und einem abgeschminkten Auge an. „Die meisten Menschen wissen nicht, wie hart er arbeitet, weil er es so leicht aussehen lässt. Genau so möchte er es haben."

„Seine Entfesselungsnummern", begann Rona, während sie Bess' Kleider zusammenlegte. „Sind sie so gefährlich?"

„Einige davon mag ich nicht." Bess wischte die letzte Creme mit Papiertüchern ab. Ihr vorher exotisches Gesicht wirkte unerwartet jung und frisch. „Aus Handschellen und einer Zwangsjacke herauskommen ist eine Sache." Sie stand achselzuckend auf. „Aber ich habe es nie gemocht, wenn er seine Version von Houdinis Wasserfolter oder der Tausend-Schlösser-Nummer macht."

„Warum tut er so etwas, Bess?" Rona räumte eine Jeans beiseite, forstete weiter rastlos den Raum durch. „Seine Illusionen würden doch genügen."

„Nicht Patrick." Bess ließ den Bademantel fallen und legte einen BH an. „Die Entfesselung und die Gefahr sind wichtig für ihn. Das war schon immer so."

„Warum?"

„Weil er sich ständig testen will. Er ist nie mit den Dingen zufrieden, die er gestern getan hat."

„Sich testen", murmelte Rona. Sie hatte es selbst schon gefühlt, verstand es jedoch nicht. „Bess, wie lange sind Sie schon bei ihm?"

„Von Anfang an", erklärte Bess und zog Jeans an. „Genau von Anfang an."

„Wer ist er?", fragte Rona, ehe sie sich bremsen konnte. „Wer ist er wirklich, wenn er nicht auf der Bühne steht?"

Bess ließ ihr T-Shirt von ihrer ausgestreckten Fingerspitze baumeln und bedachte Rona plötzlich mit einem durchdringenden Blick. „Warum wollen Sie das wissen?"

„Er …" Rona stockte, weil sie nicht wusste, was sie sagen sollte. „Ich weiß es nicht."

„Fühlen Sie etwas für ihn?"

Rona antwortete nicht sofort. Sie wollte verneinen und alles mit einem Achselzucken abtun. Warum sollte sie etwas fühlen? „Ja", hörte sie sich sagen. „Ich fühle etwas für ihn."

„Gehen wir etwas trinken", schlug Bess vor und zog ihr T-Shirt an. „Dabei unterhalten wir uns über ein paar Dinge."

„Champagnercocktails", bestellte Bess, als sie sich an einen Tisch in der Bar setzten. „Ich bezahle." Sie steckte sich eine Zigarette an. „Sagen Sie Patrick aber nichts", fügte sie hinzu. „Es gefällt ihm nicht, wenn jemand raucht. Er ist Gesundheitsfanatiker."

„Link hat mir gesagt, dass er fünf Meilen am Tag läuft." Rona strich ihr stahlblaues leichtes Seidenkleid mit den langen Ärmeln und dem halsnahen, geraden Ausschnitt glatt.

„Eine alte Gewohnheit. Patrick bricht kaum jemals mit alten Gewohnheiten." Bess inhalierte seufzend den Rauch. „Er war schon immer sehr entschlossen, wissen Sie. Das merkte man schon, als er noch ein Kind war."

„Sie haben Patrick schon als Jungen gekannt?"

„Wir sind zusammen aufgewachsen, Patrick, Link und ich." Bess blickte zu der Kellnerin mit ihren Cocktails auf. „Patrick spricht nicht einmal mit Link oder mir über diese Zeit. Er hat sie verdrängt – oder versucht es wenigstens."

„Ich dachte, er wollte ein Image aufbauen."

„Das hat er nicht nötig."

„Nein." Rona sah ihr wieder in die Augen. „Vermutlich nicht. Hatte er eine schwierige Kindheit?"

„Oh, Mann!" Bess nahm einen tiefen Schluck. „Und was für eine! Er war ein wirklich schwächliches Kind."

„Patrick?", fragte Rona fassungslos und dachte an seinen harten muskulösen Körper.

„Ja." Bess gab eine unterdrückte Kostprobe ihres herzlichen Lachens. „Schwer zu glauben, aber wahr. Er war klein für sein Alter und dürr wie eine Stange. Die größeren Kinder haben ihn gequält. Wahrscheinlich brauchten sie jemanden, an dem sie sich austoben konnten. Niemand wächst gern in einem Waisenhaus auf."

„Waisenhaus?" Rona studierte Bess' offenes, freundliches Gesicht und fühlte eine Welle der Sympathie. „Ihr alle?"

„Ach was!" Bess zuckte die Schultern über Ronas offensichtliche Bestürzung. „Es war wirklich nicht so schlimm. Essen, ein Dach überm Kopf, jede Menge Gesellschaft. Es ist nicht so wie in diesem Buch, ‚Oliver Twist'."

„Wann haben Sie Ihre Eltern verloren, Bess?" Rona fragte mit mehr Interesse, als sie merkte, dass Mitgefühl unerwünscht war.

„Als ich acht war. Es war sonst niemand da, der sich um mich kümmern konnte. Mit Link war es genauso." Bess zeigte keine Spur von Selbstmitleid oder Bedauern. „Die Leute wollen in erster Linie Babys adoptieren. Ältere Kinder können nicht so leicht untergebracht werden."

Rona nippte nachdenklich an ihrem Glas. „Wie war es mit Patrick?"

„Bei ihm war es anders. Er hatte Eltern. Sie wollten nicht unterschreiben. Daher konnte er nicht adoptiert werden."

Rona hob verwirrt die Augenbrauen. „Aber wenn er Eltern hatte, was tat er dann in einem Waisenhaus?"

„Das Gericht hat ihn von daheim weggenommen. Sein Vater …" Bess blies langsam den Rauch aus. Sie ging ein Risiko ein, wenn sie weitersprach. Wenn Patrick es herausfand, würde er nicht begeistert sein. Sie konnte nur hoffen, dass es sich auszahlte. „Sein Vater schlug seine Mutter."

„Oh, mein Gott!" Ronas entsetzte Augen hingen an Bess. „Und – Patrick auch?"

„Gelegentlich", antwortete Bess ruhig. „Meistens aber die Mutter. Wenn er getrunken hatte."

Rona fühlte einen schmerzhaften Druck in der Magengegend und nahm noch einen Schluck. Natürlich wusste sie, dass solche Dinge geschahen, aber ihre Welt war immer so abgeschirmt gewesen. Ihre Eltern mochten sich die meiste Zeit nicht um sie gekümmert haben, hatten aber nie die Hand gegen sie erhoben. Sicher, ihr Vater war manchmal Furcht einflößend gewesen, wenn er sich aufgeregt hatte, doch es war nie über eine laute Stimme und ungeduldige Worte hinausgegangen. Sie hatte nie mit körperlicher Gewalt zu tun gehabt. Obwohl sie versuchte, diese hässlichen Dinge zu begreifen, auf die Bess sich so ruhig bezog, waren sie doch zu weit entfernt.

„Sprechen Sie weiter", bat sie schließlich. „Ich möchte Patrick verstehen. Er ist so undurchschaubar."

Das hatte Bess hören wollen. „Patrick war fünf. Einmal schlug sein Vater seine Mutter krankenhausreif. Normalerweise sperrte er Patrick in einen Schrank, bevor er einen Tobsuchtsanfall bekam, aber diesmal nahm er sich den Jungen zuerst vor. Danach griff die Fürsorge ein. Nach dem üblichen Papierkrieg und einer Gerichtsverhandlung wurden seine Eltern für ungeeignet erklärt, und Patrick wurde in ein Waisenhaus gebracht."

„Bess, was war mit seiner Mutter?" Rona schüttelte den Kopf und versuchte den Fall zu durchdenken. „Warum hat sie seinen Vater nicht verlassen und Patrick mitgenommen? Was für eine Frau würde …"

„Ich bin keine Psychiaterin", fiel Bess ihr ins Wort. „Soviel Patrick erfuhr, blieb sie bei seinem Vater."

„Und gab ihr Kind auf", murmelte Rona. „Er muss sich völlig abgelehnt, verängstigt und allein gefühlt haben."

Was für einen Schaden richtet das in einer Kinderseele an, überlegte sie. Wie kompensiert ein Kind solche Erlebnisse? Befreite er sich aus den Ketten und Kisten und Safes, weil er als kleiner Junge in einen dunklen Schrank eingesperrt worden war? Versuchte er ständig, das Unmögliche zu tun, weil er einst so hilflos gewesen war?

„Er war ein Einzelgänger", fuhr Bess fort und bestellte noch eine Runde. „Vielleicht haben ihn die anderen Kinder auch aus diesem Grund gequält, zumindest bis Link kam." Bess lächelte. Dieser Teil ihrer Erinnerungen gefiel ihr. „Niemand rührte Patrick an, wenn Link in Sicht war. Er war immer doppelt so groß wie alle anderen. Und dann dieses Gesicht!" Sie lachte, aber es wirkte nicht gefühllos. „Als Link kam, ging zuerst kein Kind zu ihm, Patrick ausgenommen. Sie waren beide Außenseiter. Ich auch. Link hängt seither an Patrick. Ich weiß wirklich nicht, was ohne Patrick aus ihm geworden wäre. Oder aus mir."

„Sie lieben ihn wirklich, nicht wahr?" Rona fühlte sich zu der üppigen Rothaarigen hingezogen.

„Er ist mein bester Freund", antwortete Bess einfach. „Die beiden haben mich in ihren kleinen Club aufgenommen, als ich zehn war." Sie lächelte über den Rand des Glases hinweg. „Ich sah Link kommen und kletterte auf einen Baum. Er hat mich zu Tode geängstigt. Wir haben ihn den ‚linkischen Link' genannt."

„Kinder können grausam sein."

„Darauf können Sie wetten. Wie auch immer, als er gerade unter mir stand, brach der Ast und ich stürzte. Link fing mich auf." Sie lehnte sich vor und stützte ihr Kinn in die Hände. „Das werde ich nie vergessen. In dem einen Moment falle ich, und im nächsten Moment hält er mich in seinen Armen. Ich habe in dieses Gesicht hochgeblickt und wollte schon Zeter und Mordio schreien, als er lachte. In diesem Moment habe ich mich in ihn verliebt."

Rona nahm rasch einen Schluck. Der träumerische Ausdruck in Bess' Augen war eindeutig. „Sie und Link?"

„Nun ja, wenigstens ich", meinte Bess bedauernd, „seit zwanzig Jahren bin ich verrückt nach dem Klotz. Er hält mich noch immer für ‚Klein-Bess'. Und das bei meinen ein Meter achtzig." Sie lächelte und blinzelte Rona zu. „Aber ich bearbeite ihn."

„Ich dachte, Sie und Patrick …", setzte Rona an und brach ab.

„Ich und Patrick?" Bess ließ ihr dröhnendes Lachen hören, dass sich die Köpfe umwandten. „Sie machen mir Spaß! Sie kennen sich im Showgeschäft genug aus, dass Sie die Rollen besser verteilen können, Süße. Sehe ich wie Patricks Typ aus?"

„Nun, ich …" Verwirrt suchte Rona nach Worten. „Ich habe keine Ahnung, wie sein Typ aussieht."

Bess hob lachend ihr neues Glas. „So dumm sind Sie nicht", bemerkte sie. „Jedenfalls war er immer ein ruhiges Kind, immer … wie ist das Wort?" Ihre Stirn krauste sich in Gedanken. „Angespannt, wissen Sie? Er war jähzornig." Lächelnd rollte sie die Augen. „Am Anfang hat er für jedes blaue Auge, das er bekam, eines geschlagen. Aber als er älter wurde, hielt er sich zurück. Es war ziemlich klar, dass er nicht in die Fußstapfen seines alten Herrn treten wollte. Wenn Patrick sich entscheidet, ist das unumstößlich."

Rona erinnerte sich an die kalte Wut und begann zu verstehen.

„Ich glaube, er war neun, als er diesen Unfall hatte." Bess trank und machte ein finsteres Gesicht. „Wenigstens hat er es einen Unfall genannt. Er fiel kopfüber eine Treppe hinunter. Alle wussten, dass ihn jemand gestoßen hatte, aber er sagte nie, wer es gewesen war. Ich glaube, er wollte nicht, dass Link sich mit einem Rachefeldzug in Schwierigkeiten brachte. Bei dem Sturz verletzte er sich den Rücken. Sie dachten, er würde nie wieder gehen können."

„Oh nein!"

„Ja." Bess nahm noch einen tiefen Schluck. „Aber Patrick sagte, er werde wieder gehen und für den Rest seines Lebens täglich fünf Meilen laufen."

„Fünf Meilen", murmelte Rona.

„Er war eisern entschlossen und arbeitete bei der Therapie mit, als hinge sein Leben davon ab. Vielleicht tat es das wirklich. Er verbrachte immerhin sechs Monate im Krankenhaus."

„Ich verstehe." Rona erinnerte sich an den Tag in der Orthopädischen Station, als Patrick sich den Kindern schenkte, mit ihnen sprach, sie zum Lachen brachte und ihnen seine Magie vorführte.

„Eine Krankenschwester gab ihm einen Zauberkasten. Das war der Anfang." Bess hob ihr Glas. „Ein Zauberkasten für fünf Dollar. Es war, als hätte er nur darauf gewartet oder als hätte es auf ihn gewartet. Als er entlassen wurde, konnte er Kunststücke, mit denen manche Profis Schwierigkeiten haben." Liebe und Stolz mischten sich in ihrer Stimme. „Er war ein Naturtalent."

Rona konnte ihn förmlich sehen, einen dunkelhaarigen, empfindsamen Jungen in einem weißen Krankenhausbett, wie er übte, perfektionierte und entdeckte.

Bess beugte sich lachend vor. „Als ich ihn einmal im Krankenhaus besuchte, setzte er die Bettdecke in Brand." Sie unterbrach sich, als Rona sie entsetzt ansah. „Ich schwöre Ihnen, ich sah es brennen. Dann hat er das Feuer mit seiner Hand ausgedrückt." Sie zeigte es mit ihrer Hand auf dem Tisch. „Er hat über die Stelle gestrichen, und da war nichts. Keine Glut, kein Loch, nicht einmal eine versengte Stelle. Der kleine Mistkerl hatte mich zu Tode erschreckt."

Rona lachte trotz der Qualen, die Patrick durchgestanden hatte. Er hatte sie ja überwunden. Und er hatte schließlich gesiegt. „Auf Patrick!", sagte sie und hob ihr Glas.

„Genau!" Bess stieß mit ihr an, ehe sie den Champagner kippte. „Mit siebzehn ging Patrick weg. Ich habe ihn entsetzlich vermisst. Ich dachte, ich würde ihn oder Link nie wiedersehen. Das waren wohl die zwei einsamsten Jahre meines Lebens. Und dann, eines Tages, marschierte er in diesen Imbiss in Denver, in dem ich arbeitete. Ich weiß nicht, wie er mich gefunden hat. Er hat es mir nie verraten. Aber er kam herein und sagte, ich solle aufhören. Ich würde ab sofort für ihn arbeiten."

„Einfach so?", fragte Rona.

„Einfach so."

„Was haben Sie gesagt?"

„Ich habe nichts gesagt. Es war ja Patrick." Lächelnd gab Bess der Kellnerin noch einmal ein Zeichen. „Ich habe gekündigt. Wir begannen mit der Wanderschaft. Trinken Sie aus, Süße! Sie haben einen gut."

Rona gehorchte. Nicht jeder Mann konnte von einer starken Frau eine derartige Loyalität verlangen. „Ich höre für gewöhnlich bei zwei auf." Rona deutete auf den Cocktail.

„Nicht heute Abend", kündigte Bess an. „Ich trinke immer Champagner, wenn ich sentimental werde. Sie können sich nicht vorstellen, wo wir in diesen ersten Jahren aufgetreten sind", fuhr sie fort. „Kindergeburtstage, Herrenabende, Fabriken. Niemand kann mit einer lärmenden Menschenmenge so umgehen wie Patrick. Wenn er einen Kerl ansieht und einen Feuerball aus seiner Tasche hervorzieht, wird der Kerl ganz ruhig."

„Das kann ich mir gut vorstellen." Rona lachte über die Beschreibung. „Ich glaube, er braucht nicht einmal einen Feuerball."

„Sie sagen es", meinte Bess zufrieden. „Jedenfalls wusste er, dass er es schaffen würde, und er hat Link und mich mitgenommen. Das hatte er nicht nötig. Aber so ist er eben. Er lässt nur wenige Leute an sich heran, aber wenn er Freundschaft schließt, dann ist es für immer." Sie ließ einen Moment den Champagner in ihrem Glas kreisen. „Ich weiß, dass Link und ich niemals mit ihm Schritt halten könnten hier oben, wissen Sie?" Bess tippte sich an die Schläfe. „Aber Patrick macht das nichts aus. Wir sind seine Freunde."

„Ich denke", meinte Rona langsam, „er wählt seine Freunde sehr sorgfältig aus."

Bess schenkte ihr ein strahlendes Lächeln. „Sie sind nett, Rona. Und eine richtige Lady. Patrick ist ein Mann, der eine Lady braucht."

Rona tat verlegen so, als interessiere sie sich auf einmal intensiv für die Farbe ihres Drinks. „Warum sagen Sie das?"

„Weil er Klasse hat, schon immer gehabt hat. Er braucht eine Frau mit Klasse und eine, die so warmherzig ist wie er."

„Ist er warmherzig, Bess?" Rona hob wieder fragend die Augen. „Manchmal wirkt er so distanziert."

„Wissen Sie, woher er diese dumme Katze hat? Jemand hat sie überfahren und neben der Straße liegen lassen. Patrick kam nach einer Woche Arbeit in San Francisco zurück. Er hielt an und brachte die Katze zum Tierarzt. Um zwei Uhr nachts weckt er den Tierarzt und bringt ihn dazu, eine streunende Katze zu versorgen. Hat ihn dreihundert Dollar gekostet. Link hat es mir erzählt." Sie steckte sich noch eine Zigarette an. „Wie viele Leute kennen Sie, die das tun würden?"

Rona erwiderte ruhig ihren Blick. „Es würde Patrick nicht gefallen, dass Sie mir das alles erzählt haben, nicht wahr?"

„Nein!"

„Warum haben Sie es getan?"

Bess zeigte wieder ihr strahlendes Lächeln. „Das ist ein Trick, den ich vor Jahren von Patrick gelernt habe. Man sieht jemandem fest in die Augen und weiß mit Bestimmtheit, ob man ihm vertrauen kann."

Rona hielt ihrem Blick stand. „Danke", sagte sie schließlich ernst.

„Und", fügte Bess beiläufig hinzu und trank noch mehr Champagner, „Sie lieben ihn."

Die Antwort blieb Rona in der Kehle stecken. Sie bekam einen Hustenanfall.

„Trinken Sie aus, Süße! An der Liebe erstickt man nicht. Auf Sie!" Sie stieß mit Rona an. „Und viel Glück für uns beide."

„Glück?", fragte Rona schwach.

„Bei Männern wie diesen beiden brauchen wir es."

Diesmal winkte Rona nach einer weiteren Runde.

7. Kapitel

Lachend durchquerte Rona mit Bess das Casino. Der Champagner hatte ihre Stimmung beflügelt. Noch mehr aber hatte Bess sie aufgeheitert. Seit ihrer Rückkehr aus der Schule hatte Rona nur wenig Zeit auf die Pflege von Freundschaften verwendet. Dass sie so rasch eine Freundin gefunden hatte, beschwingte sie mehr als der Alkohol.

„Eine Feier?“

Sie blickten beide auf, entdeckten Patrick und machten Gesichter wie Kinder, die mit der Hand in der Keksdose erwischt worden waren. Patrick hob fragend die Augenbrauen.

Lachend lehnte sich Bess vor und küsste ihn überschwänglich. „Nur ein Gespräch unter Frauen, Süßer. Rona und ich haben herausgefunden, dass wir viel gemeinsam haben.“

„Tatsächlich?“, fragte er, während Rona die Hand fest auf ihren Mund presste, um ein Kichern zu unterdrücken. Offenbar hatten sie mehr getan, als nur zu sprechen.

„Ist er nicht wunderbar, wenn er so ernst und trocken ist?“, fragte Bess Rona. „Das kann keiner besser als Patrick.“ Sie küsste ihn noch einmal. „Ich habe deine Lady nicht betrunken gemacht, vielleicht ein wenig lockerer als sonst. Außerdem ist sie schon ein großes Mädchen.“ Ihre Hand lag noch immer auf seiner Schulter, als sie sich umsah. „Wo ist Link?“

„Er sieht beim Roulette zu.“

„Bis später!“ Sie blinzelte Rona kurz zu und verschwand.

„Sie ist verrückt nach Link“, erklärte Rona vertraulich.

„Ja, ich weiß.“

Sie kam einen Schritt näher. „Gibt es etwas, das Sie nicht wissen, Mr. Atkins?“ Sie beobachtete, wie sich seine Lippen verzogen, als sie seinen Nachnamen so stark betonte. „Ich habe mich schon gefragt, ob Sie es jemals wieder für mich tun.“

„Was?“ Jetzt blickte er wirklich ratlos.

„Lächeln. Sie haben mir seit Tagen nicht mehr zugelächelt."

„Wirklich nicht?" Patrick konnte die aufsteigende Zärtlichkeit nicht unterdrücken, gab sich aber damit zufrieden, das Haar sanft aus ihrem Gesicht zurückzustreichen.

„Nein, kein einziges Mal. Tut es Ihnen leid?"

„Ja." Patrick legte eine Hand auf ihre Schulter und wünschte sich, Rona würde ihn nicht so ansehen. Er hatte sein Verlangen unterdrückt, während er mit ihr dieselben Räume geteilt hatte. Jetzt fühlte er inmitten des Lärms und der Menschen und Lichter sein Verlangen wachsen. Er zog seine Hand zurück. „Soll ich Sie nach oben bringen?"

„Ich spiele jetzt Blackjack", informierte sie ihn geschraubt. „Das will ich schon seit Tagen, aber ich habe immer geglaubt, Spielen sei dumm. Jetzt denke ich nicht mehr so."

Patrick hielt sie beim Arm fest, als sie zu einem der Tische gehen wollte. „Wie viel Geld haben Sie bei sich?"

„Oh, ich weiß nicht." Rona kramte in ihrer Handtasche. „Ungefähr fünfundsiebzig Dollar."

„In Ordnung." Falls sie verlor, würden fünfundsiebzig Dollar kein großes Loch in ihr Bankkonto reißen. Er ging mit ihr.

„Ich sehe schon seit Tagen zu", flüsterte sie, als sie sich an einen Zehn-Dollar-Tisch setzte. „Ich habe mir schon alles zurechtgelegt."

„Glaubt das nicht jeder?", murmelte er und stellte sich neben sie. „Geben Sie der Dame Chips für zwanzig Dollar", wies er den Geber an.

„Fünfzig", korrigierte Rona und zählte die Scheine ab.

Auf Patricks Nicken hin tauschte der Geber die Scheine gegen bunte Chips.

„Spielen Sie auch?", fragte Rona.

„Ich spiele nie."

Sie sah ihn herausfordernd an. „Wie würden Sie es nennen, in eine Packkiste eingenagelt zu werden?"

Patrick lächelte. „Das ist mein Beruf."

Sie lachte aufreizend. „Missbilligen Sie Spielen und andere Laster, Mr. Atkins?"

„Nein." Er fühlte wieder einen Anflug von Verlangen und kontrollierte es. „Aber ich möchte mein Risiko selbst festlegen."

„Ich fühle, dass ich heute Nacht Glück habe", versicherte sie.

Der Mann neben Rona trank einen Bourbon und setzte seinen Namen auf einen Schein. Er hatte soeben über zweitausend Dollar verloren. Gelassen kaufte er für weitere fünftausend Dollar Chips. Rona sah einen Diamanten an seinem kleinen Finger glitzern, als die Karten ausgeteilt wurden.

Sie hob ihre Karten vorsichtig an, sah eine Acht und eine Fünf. Eine junge Blondine in einem schwarzen Halston-Kleid nahm eine Karte und schied mit dreiundzwanzig aus. Der Mann mit dem Diamanten hatte bei achtzehn genug. Rona nahm eine Karte und freute sich über die Fünf. Sie wartete geduldig, während zwei weitere Spieler Karten nahmen.

Der Geber schlug vierzehn auf, gab sich selbst eine Karte und erreichte zwanzig. Der Mann mit dem Diamanten fluchte leise, als er weitere fünfhundert Dollar verlor.

Rona zählte im nächsten Spiel ihre Karten, nahm weitere Karten und verlor wieder. Unbeirrt wartete sie auf das dritte Spiel. Sie zog siebzehn. Bevor sie dem Geber zeigen konnte, dass sie genug hatte, verlangte Patrick durch ein Kopfnicken eine Karte.

„Einen Moment", setzte Rona an.

„Nehmen Sie sie", sagte er einfach.

Sie tat es mit einem Achselzucken und einem abfälligen Laut und erreichte zwanzig. Mit weit aufgerissenen Augen wirbelte sie auf ihrem Stuhl herum und sah Patrick an, aber er beobachtete die Karten. Der Geber blieb bei neunzehn stehen und zahlte sie aus.

„Ich habe gewonnen!", rief sie, begeistert über den Stapel Chips, die auf ihren Platz geschoben wurden. „Woher haben Sie das gewusst?"

Patrick lächelte ihr nur zu und beobachtete weiterhin die Karten.

Beim nächsten Mal zog Rona eine Zehn und eine Sechs. Sie hätte eine Karte genommen, aber Patrick berührte ihre Schulter und schüttelte den Kopf. Rona schluckte ihren Protest hinunter und hielt still. Der Geber fiel bei zweiundzwanzig aus.

Sie lachte erfreut, sah Patrick wieder prüfend an. „Wie machen Sie das?", fragte sie. „Der Geber hat ein dreifaches Kartenspiel. Sie können sich unmöglich an alle ausgeteilten Karten erinnern oder daran, was noch übrig ist."

Patrick sagte nichts, lächelte und schüttelte den Kopf. Dann steuerte er Rona zu einem weiteren Gewinn.

„Wollen Sie nicht auch mein Spiel begleiten?", fragte der Mann mit dem Diamanten und warf seine Karten angewidert weg.

Rona beugte sich zu ihm. „Er ist ein Zauberer, wissen Sie. Ich nehme ihn überallhin mit."

Die junge Blondine schob ihr Haar hinter ihr Ohr. „Ich könnte auch einen oder zwei Zaubersprüche gebrauchen." Sie warf Patrick einen einladenden Blick zu, der unschwer zu deuten war.

Rona fing ihren Blick auf, als die Karten ausgeteilt wurden. „Er gehört mir", sagte sie kühl und bemerkte Patricks erstauntes Gesicht nicht. Die Blondine kümmerte sich wieder nur um ihre Karten.

Für die nächste Stunde hielt Ronas – oder Patricks – Glück. Als der Stapel Chips vor ihr beträchtlich angewachsen war, öffnete er ihre Tasche und schob die Chips hinein.

„Warten Sie! Ich habe erst angefangen!"

„Das Geheimnis des Gewinnens liegt darin, zu wissen, wann man aufhören muss", erklärte Patrick und half ihr aus dem Stuhl. „Lösen Sie die Chips jetzt ein, Rona, bevor es Ihnen einfällt, sie beim Bakkarat zu verspielen."

„Aber ich wollte doch spielen", begann sie und warf einen Blick hinter sich.

„Nicht heute Abend."

Mit einem tiefen Seufzer kippte sie den Inhalt ihrer Tasche auf das Pult des Kassierers. Bei den Chips lagen ein Kamm, ein Lippenstift und ein Penny, der von einem Zugrad flach gedrückt war.

„Das ist ein Glücksbringer", erklärte sie, als Patrick die Münze untersuchte.

„Aberglaube, Miss Swan", murmelte er. „Sie überraschen mich."

„Das ist kein Aberglaube", beharrte sie und stopfte die Banknoten in ihre Tasche. „Das ist ein Glücksbringer."

„Ich verbessere mich – ein Glücksbringer also."

„Ich mag Sie, Patrick." Rona hakte sich bei ihm unter. „Ich dachte, ich sollte Ihnen das sagen."

„Stimmt das?“

„Ja“, erklärte sie entschieden. Sie konnte ihm das ruhig sagen, fand sie, als sie zu den Aufzügen gingen. Das war ungefährlich und stimmte auch. Sie würde nicht sagen, was Bess so beiläufig ausgesprochen hatte. Ihn lieben? Nein, das war ganz sicher nicht ungefährlich, und es stimmte auch nicht unbedingt. Obwohl … obwohl sie immer mehr fürchtete, dass es stimmen könnte.

„Mögen Sie mich?“ Rona drehte sich zu ihm um und lächelte, als sich die Türen des Aufzugs schlossen.

„Ja, Rona.“ Er strich mit seinen Knöcheln über ihre Wange. „Ich mag Sie.“

„Ich war nicht sicher.“ Sie trat auf ihn zu, und er fühlte einen Schauer über seine Haut laufen. „Sie waren böse auf mich.“

„Nein, war ich nicht.“

Sie blickte zu ihm auf. Patrick fühlte, wie die Luft dick wurde, so, als ob sich der Deckel einer Kiste über ihm schloss. Sein Herzklopfen beschleunigte sich. Patrick brachte es mit bloßer Willenskraft fertig, dass sein Herz wieder normal schlug. Er wollte Rona nicht mehr anrühren.

Rona sah, wie seine Augen flackerten, und sie wusste auch, warum. Es war Verlangen. Auch ihr Verlangen wuchs, aber noch mehr fühlte sie den Wunsch, Patrick zu berühren, zu besänftigen und zu lieben. Sie kannte ihn jetzt, obwohl er davon keine Ahnung hatte. Sie wollte ihm etwas geben und hob die Hand, um seine Wange zu streicheln, aber Patrick hielt ihre Finger fest, als sich die Tür öffnete.

„Sie müssen müde sein“, sagte er rau und zog sie auf den Korridor.

„Nein.“ Rona lachte in ihrem neu gewonnenen Gefühl von Macht. Patrick hatte Angst vor ihr. Sie fühlte es. Die Kombination von Champagner und Gewinnen und Wissen, wer Patrick war, ließ sie es sich selbst gegenüber eingestehen: Sie begehrte ihn.

„Sind Sie müde, Patrick?“, fragte Rona, als er die Tür zu der Suite aufschloss.

„Es ist spät.“

„Nein, nein, es ist nie spät in Las Vegas.“ Sie warf ihre Handtasche von sich und streckte sich. „Hier gibt es keine Zeit, wissen Sie das nicht? Keine Uhren.“ Sie hob ihr Haar an und ließ es langsam durch ihre Finger rieseln. „Wie kann es spät sein, wenn man nicht weiß, wie spät es ist?“ Sie entdeckte seine Papiere auf dem Tisch und ging hin, wobei sie im Gehen die Schuhe abstreifte. „Sie arbeiten zu viel, Mr. Atkins.“ Lachend drehte sie sich zu ihm um. „Miss Swan tut es genauso, nicht wahr?“

Ihr Haar war über ihre Schultern gefallen, ihre Wangen waren gerötet. Ihre Augen funkelten lebendig, lockend. Patrick las in ihnen, dass seine Gedanken für sie kein Geheimnis boten. Das Begehren traf ihn wie ein Schlag. Patrick sagte nichts.

„Aber Sie mögen Miss Swan“, murmelte Rona. „Ich mag sie nicht immer. Kommen Sie, setzen Sie sich. Erklären Sie mir das.“ Rona ließ sich auf die Couch fallen und nahm eines seiner Blätter. Es war mit Zeichnungen und Notizen bedeckt, die für sie überhaupt keinen Sinn ergaben.

Patrick bewegte sich endlich. Er sagte sich, dass er es nur tat, damit Rona seine Arbeit nicht störte. „Das ist zu kompliziert.“ Er nahm ihr das Blatt aus der Hand und legte es auf den Tisch zurück.

„Ich habe eine sehr rasche Auffassungsgabe!“ Rona zog ihn am Arm, bis er sich zu ihr setzte. Lächelnd sah sie ihn an. „Als ich zum ersten Mal in Ihre Augen sah, dachte ich, mein Herz würde stehen bleiben.“ Sie legte ihre Hand an seine Wange. „Beim ersten Kuss ist es tatsächlich stehen geblieben!“

Patrick hielt ihre Hand fest. Er wusste, dass er die Grenze des Erträglichen erreicht hatte, als sie mit der anderen Hand über sein Hemd bis hinauf zu seinem Hals glitt. „Rona, Sie sollten zu Bett gehen.“

Sie hörte das Verlangen in seiner Stimme. Unter ihren Fingerspitzen schlug der Puls an seiner Kehle rasch. Ihr eigener Herzschlag begann sich anzupassen. „Noch nie hat mich jemand zuvor so geküsst“, murmelte sie und schob ihre Finger an den ersten Knopf seines Hemdes, öffnete ihn und beobachtete seine Augen. „Bei niemandem habe ich zuvor so etwas gefühlt. War das Magie, Patrick?“ Sie öffnete den zweiten und dritten Knopf.

„Nein.“ Er hob die Hand, um ihre forschenden Finger aufzuhalten, die ihn verrückt machten.

„Ich glaube, es war Magie.“ Rona veränderte ihre Haltung und nahm sein Ohrläppchen zwischen ihre Zähne. „Ich weiß, dass es Magie war."

Ihr Flüstern und ihr Atem fachten das Feuer seines Verlangens an. Die Flammen schlugen hoch und drohten ihn zu verbrennen. Patrick packte Rona an den Schultern und wollte sie von sich schieben, aber sie nahm ihre Hände nicht von seiner nackten Brust. Mit dem Mund strich sie über seine Kehle. Seine Finger bohrten sich in ihre Schultern in dem Kampf, der in ihm tobte.

„Rona." Obwohl er sich konzentrierte, misslang es ihm diesmal, seinen Puls zu besänftigen. „Was soll das?"

„Ich versuche dich zu verführen", raunte sie und ließ ihre Lippen der Spur ihrer Finger folgen. „Wirkt es?"

Mit den Händen strich sie leicht über seine Seiten und seinen Bauch. Sie fühlte, wie er unter ihrer Berührung erzitterte, und wurde kühner.

„Ja, das wirkt sehr gut."

Ronas heiseres, etwas spöttisches Lachen ließ sein Blut aufwallen. Obwohl er sich noch so weit in Gewalt hatte, um sie nicht zu berühren, konnte er sie nicht mehr daran hindern, es mit ihm zu tun. Ihre Hände reizten ihn sanft, während ihre Zunge leicht über sein Ohr strich.

„Bist du sicher?", flüsterte sie, als sie das Hemd von seinen Schultern schob. „Vielleicht mache ich etwas falsch." Zart strich sie mit dem Mund über sein Kinn und mit der Zunge kurz über seine Lippen. „Vielleicht willst du nicht, dass ich dich so liebkose." Sie strich mit einer Fingerspitze über seine Brust zu dem Bund seiner Jeans. „Oder so!" Sie knabberte an seiner Unterlippe und sah ihm dabei in die Augen.

Nein, sie hatte sich geirrt. Seine Augen waren schwarz, schwarz und nicht grau. Verlangen trieb sie, bis sie meinte, davon verschlungen zu werden. Konnte man so heftig begehren? So sehr, dass der ganze Körper schmerzte und pochte?

„Ich habe dich begehrt, als du heute die Bühne verlassen hast", gestand sie ihm mit heiserer Stimme. „Genau in dem Moment, in dem ich so halbwegs glaubte, du seist ein Zauberer und kein Mensch. Und jetzt …" Sie verschränkte ihre Hände hinter seinem Nacken.

„Und jetzt, da ich weiß, dass du ein Mensch bist, begehre ich dich noch mehr.“ Sie senkte ihren Blick zu seinem Mund und hob ihn wieder zu seinen Augen. „Aber vielleicht willst du mich nicht. Vielleicht ... errege ich dich nicht.“

„Rona.“ Patrick konnte seinen Puls, seine Gedanken und seine Gefühle nicht mehr kontrollieren. „Noch eine Sekunde, und es gibt kein Zurück mehr!“

Sie lachte, schwindlig vor Aufregung, und wurde von Verlangen getrieben. „Versprochen?“

Rona ging in der Heftigkeit seines Kusses auf. Patrick presste seinen Mund auf ihre Lippen. Sie lag so schnell unter ihm, dass sie die Bewegung gar nicht mitbekommen hatte, nur seinen harten Körper plötzlich auf sich spürte. Er zerrte ungeduldig an ihrem Kleid. Zwei Knöpfe sprangen ab und landeten irgendwo auf dem Teppich, bevor sich seine Hand um ihre Brust schloss. Rona stöhnte und bog sich ihm entgegen. Sie sehnte sich nach seiner Berührung, während seine Zunge tief in das Innere ihres Mundes eindrang und mit ihrer Zunge spielte.

Heiße Lust hielt sie umfangen. Ihre Haut brannte unter seinen Liebkosungen. Sie war nackt, ohne zu wissen, wie es dazu gekommen war, und sie spürte seinen nackten Körper, wie er sich gegen sie presste. Nur mühsam kontrolliert fuhr er mit den Zähnen über ihre Brust. Dann strich er mit der Zunge über die harte Knospe, bis Rona sich stöhnend enger an ihn drängte.

Patrick fühlte das Hämmern ihres Pulses, während er ihr mit Mund, Zähnen und Zunge süße Qualen bereitete. Ihr Stöhnen und ihre drängenden Hände brachten ihn um den Verstand. Er war in einem Schmelzofen gefangen, aber diesmal gab es kein Entkommen. Sie würden sich miteinander vereinigen, bis nichts mehr sie trennte. Die Hitze, Ronas Duft, ihr Geschmack, all das wirbelte in seinem Kopf durcheinander. Erregung? Nein, das war mehr als Erregung. Es war Besessenheit.

Mit den Fingern umfasste er ihr Zentrum der Lust. Es war so weich, so warm und feucht, dass ihm keine Willenskraft mehr blieb.

Patrick drang mit einer Wildheit in Rona ein, die sie beide mitriss. Sie bewegte sich kraftvoll mit ihm. Er fühlte den Schmerz unglaublicher Lust und wusste, dass er der Verzauberte und nicht der Zauberer war.

Rona fühlte seinen abgehackten Atem an ihrem Hals. Sein Herz raste noch immer. Meinetwegen, dachte sie verträumt und ließ sich im Nachgenuss der Lust treiben. Er gehört mir, dachte sie wieder. Wieso hatte Bess es vor ihr gewusst? Rona schloss die Augen.

Es musste ganz deutlich in ihrem Gesicht stehen. Doch sollte sie es Patrick sagen? Abwarten, entschied Rona und strich ihm zärtlich über das Haar. Sie wollte sich Zeit lassen und an den Gedanken gewöhnen, dass sie liebte, bevor sie es aussprach. Sie hatte nicht die geringste Eile.

Rona murmelte protestierend, als Patrick sie von seinem Gewicht befreite. Langsam öffnete sie die Augen. Er starrte auf seine Hände und verwünschte sich.

„Habe ich dir wehgetan?", fragte er in einem raschen, heftigen Gefühlsausbruch.

„Nein", antwortete sie überrascht. „Nein, du hast mir nicht wehgetan, Patrick. Das könntest du gar nicht. Du bist ein sehr sanfter Mann."

Patrick sah sie an, seine Augen waren dunkel, der Blick wirkte gepeinigt. Während er sie geliebt hatte, war nichts Sanftes an ihm gewesen, nur Verlangen und Verzweiflung. „Das bin ich nicht immer", entgegnete er scharf und griff nach seiner Jeans.

„Was machst du?"

„Ich gehe zur Rezeption und lasse mir ein anderes Zimmer geben." Er zog sich schnell an, während sie ihn wie erstarrt dabei beobachtete. „Es tut mir leid, dass das geschehen ist. Ich hätte …" Er stockte, als er Tränen in ihre Augen steigen sah. Sein Magen krampfte sich zusammen. „Rona, es tut mir leid." Er setzte sich zu ihr und wischte eine Träne mit dem Daumen weg. „Ich habe geschworen, dich nicht zu berühren. Ich hätte es nicht tun dürfen. Du hast zu viel getrunken. Ich wusste das und hätte …"

„Zum Teufel mit dir!" Sie schlug seine Hand beiseite. „Ich habe mich geirrt. Du kannst mich doch verletzen. Nun, du brauchst dir nicht die Mühe mit einem anderen Zimmer zu machen." Sie griff nach ihrem Kleid. „Ich werde mir eines nehmen. Ich bleibe nicht hier, nachdem du etwas Wunderbares in einen Irrtum verwandelt hast." Sie sprang auf und zog und zerrte an ihrem verdrehten Kleid.

„Rona, ich ..."

„Ach, halt den Mund!" Sie sah, dass Knöpfe fehlten, warf das Kleid wieder weg und stand mit flammenden Augen stolz und nackt vor ihm. „Ich wusste genau, was ich tat, hörst du? Genau! Wenn du glaubst, dass ich mich nach ein paar Drinks einem Mann an den Hals werfe, hast du dich getäuscht. Ich wollte dich, und ich dachte, du wolltest mich auch. Wenn es ein Fehler war, dann war es deiner!"

„Für mich war es kein Fehler, Rona." Seine Stimme klang weicher, aber als er die Hand nach ihr ausstreckte, fuhr sie zurück. „Ich wollte dich vielleicht zu sehr. Und ich war zu dir nicht so sanft, wie ich es gern hätte sein wollen. Ich werde nur schwer damit fertig, dass ich mich nicht zurückhalten konnte, dich zu nehmen."

Rona betrachtete ihn einen Moment und wischte die Tränen mit dem Handrücken weg. „Wolltest du dich zurückhalten?"

„Das Entscheidende ist, dass ich es versuchte und nicht schaffte. Ich habe noch nie zuvor eine Frau mit weniger ..." Er zögerte, ehe er den Satz zu Ende führte, „weniger Vorsicht genommen. Du bist so zerbrechlich, Rona."

Zerbrechlich, dachte Rona erstaunt. So hatte sie noch niemand genannt. Bei einer anderen Gelegenheit hätte sie sich vielleicht darüber gefreut, aber jetzt fühlte sie, dass es nur eine Art gab, einen Mann wie Patrick zu behandeln. „Okay", sagte sie und holte tief Luft. „Du hast die Wahl."

Überrascht zog er die Augenbrauen zusammen. „Welche?"

„Du kannst dir ein anderes Zimmer nehmen oder mich noch einmal lieben." Sie trat einen Schritt auf ihn zu. „Jetzt gleich."

Er nahm die Herausforderung in ihren Augen an und lächelte. „Das ist meine einzige Wahl?"

„Ich könnte dich wieder verführen, wenn du auf unnachgiebig schalten willst", antwortete sie achselzuckend. „Es liegt an dir."

Er vergrub die Finger in ihrem Haar, als er sie an sich zog. „Und wenn wir zwei von diesen Vorschlägen verbinden?"

Rona betrachtete ihn fragend. „Welche?"

Patrick senkte seinen Mund langsam auf ihre Lippen. „Wie wäre es, wenn ich dich jetzt ins Bett bringe und du mich verführst?"

Rona ließ sich von ihm auf die Arme nehmen. „Ich bin eine vernünftige Person", stimmte sie zu, während er sie zu dem Schlafzimmer trug. „Ich bin bereit, über einen Kompromiss zu verhandeln."

„Miss Swan", murmelte Patrick. „Ich mag Ihren Stil."

8. Kapitel

Ronas Körper schmerzte. Seufzend kuschelte sie sich tiefer in die Kissen. Es war ein angenehmer Schmerz, der sie an die letzte Nacht erinnerte, die bis in die Morgendämmerung gedauert hatte.

Sie hatte nicht gewusst, dass sie so viel Leidenschaft zu verschenken und so viel Verlangen zu stillen hatte. Sooft sie sich körperlich und geistig erschöpft gefühlt hatte, brauchte sie Patrick oder er sie nur zu berühren, damit ihre Kraft zurückkehrte – und mit ihr das unermüdliche Verlangen.

Danach waren sie eng umschlungen eingeschlafen, während der rosige Schimmer des Sonnenaufgangs in das Zimmer drang. Langsam erwachend und noch halb schlafend drehte Rona sich zu Patrick und wollte ihn wieder umarmen.

Sie war allein.

Verwirrt öffnete sie die Augen. Mit der Hand tastete sie über das Laken neben ihr. Es war kalt. Er ist weg, dachte sie benommen. Wie lange schlief sie schon allein? Ihr schläfriges Wohlbehagen war wie weggeblasen. Rona berührte wieder das Laken und streckte sich. Nein, er ist nur im anderen Zimmer, sagte sie sich. Er würde mich doch nicht allein lassen.

Das Klingeln des Telefons weckte sie endgültig.

„Ja, hallo?“, antwortete sie schon nach dem ersten Klingeln und strich mit der freien Hand die Haare aus ihrem Gesicht. Warum war es in der Suite so still?

„Miss Swan?“

„Ja, hier ist Rona Swan.“

„Anruf von Bennett Swan. Einen Moment!“

Rona setzte sich auf und zog die Decke automatisch über ihre Brüste. Verwirrt fragte sie sich, wie spät es war. Und wo war Patrick?

„Rona, gib mir einen Überblick.“

„Einen Überblick", wiederholte sie stumm und versuchte ihre Gedanken zu ordnen, um antworten zu können.

„Rona!" Die Stimme ihres Vaters klang ärgerlich.

„Ja, tut mir leid."

„Ich habe nicht den ganzen Tag Zeit."

„Ich habe Patricks Vorstellungen täglich verfolgt", begann sie und wünschte sich eine Tasse Kaffee und ein paar Sekunden, um sich zu sammeln. „Er hat das Technische und seine eigene Crew gut im Griff." Sie sah sich in dem Schlafzimmer nach einem Anzeichen von ihm um. „Gestern Abend hatte er eine perfekte Eröffnungsvorstellung. Wir haben schon einige Änderungen für das Special besprochen, aber noch ist nichts festgeschrieben. Bisher hat er neue Nummern für sich behalten."

„Ich möchte innerhalb von zwei Wochen eine genaue Aufstellung", erklärte ihr Vater. „Wir haben vielleicht eine Änderung im Zeitablauf. Du arbeitest das mit Patrick Atkins aus. Ich möchte eine Liste der Illusionen, die er vorschlägt, und die genaue Dauer jeder einzelnen Nummer."

„Ich habe schon mit ihm darüber gesprochen", antwortete Rona kühl. Sie ärgerte sich, dass sich ihr Vater in ihre Angelegenheiten einmischte. „Ich bin die Produzentin, nicht wahr?"

„Richtig", stimmte er zu. „Ich sehe dich in meinem Büro, sobald du zurückkommst."

Rona hörte es klicken, legte auf und seufzte erbittert. Diese Unterhaltung war typisch für Bennett Swan. Sie verdrängte das Telefongespräch aus ihrem Gedächtnis und krabbelte aus dem Bett. Patricks Bademantel lag über einem Stuhl. Rona nahm ihn und schlüpfte hinein.

„Patrick?" Sie lief in den Wohnteil der Suite, fand ihn jedoch leer vor. „Patrick?", rief sie wieder und trat auf einen der abgerissenen Knöpfe ihres Kleides. Zerstreut hob sie ihn auf und steckte ihn in die Tasche des Bademantels, ehe sie weiter durch die Suite ging.

Leer! Der Schmerz begann in ihrem Magen und breitete sich in ihrem ganzen Körper aus. Er hatte sie allein gelassen. Kopfschüttelnd durchsuchte Rona noch einmal die Räume. Er musste ihr eine Nachricht hinterlassen haben, warum und wohin er gegangen war.

Er konnte doch nicht aufwachen und sie einfach verlassen, nicht nach der letzten Nacht.

Aber da war nichts. Rona fröstelte plötzlich.

Es ist das typische Muster in meinem Leben, dachte Rona, trat an das Fenster und starrte auf die ausgeschalteten Neonreklamen. Wenn ihr jemand etwas bedeutete, wenn sie jemandem ihre Liebe schenkte, ging er seiner eigenen Wege. Dennoch erwartete sie noch immer, dass es einmal anders sein würde. Zumindest hoffte sie es.

Als sie klein war, war es ihre Mutter gewesen, eine junge, Glamour liebende Frau, die mit Bennett Swan um die ganze Welt gejettet war. *Du bist ein großes Mädchen, Rona, und so selbstständig. Ich werde in ein paar Tagen zurück sein.*

Oder in ein paar Wochen, erinnerte sich Rona. Eine Haushälterin und andere Angestellte hatten sie stets gut versorgt. Nein, sie war nie vernachlässigt oder schlecht behandelt worden. Man hatte sie lediglich vergessen.

Später war dann ihr Vater derjenige gewesen, der hierhin und dorthin gereist war. Aber er hatte natürlich dafür gesorgt, dass sie eine solide, verlässliche Nanny hatte, der er ein beachtliches Gehalt gezahlt hatte. Dann war sie in die Schweiz geschickt worden, auf die beste Internatsschule.

Meine Tochter hat einen denkenden Kopf auf ihren Schultern sitzen. Spitzenfeld der Klasse!

An ihrem Geburtstag hatte es stets ein teures Geschenk mit einer Karte aus Tausenden von Meilen Entfernung gegeben, mit der Aufforderung, weiterhin gut zu arbeiten. Das hatte sie selbstverständlich getan. Nie hätte sie gewagt, ihren Vater zu enttäuschen.

Es ändert sich nie etwas, dachte Rona, als sie sich im Spiegel betrachtete. Rona ist stark. Rona ist praktisch. Rona braucht nichts von dem, was andere Frauen brauchen – Umarmungen, Zärtlichkeit, Romantik.

Eigentlich stimmt es doch, sagte sie sich selbst. Wie dumm, verletzt zu sein. Patrick und ich haben einander begehrt. Wir haben die Nacht zusammen verbracht. Wozu etwas romantisieren? Ich habe keinen Anspruch auf ihn. Und er hat keinen auf mich.

Rasch zog sie seinen Bademantel aus und ging unter die Dusche.

Rona stellte das Wasser fast unerträglich heiß ein und ließ es mit voller Kraft auf ihre Haut prasseln. Sie wollte nicht denken. Sie kannte sich. Wenn sie jetzt alle Gedanken ausschaltete, würde sie hinterher wissen, was zu tun war.

Die Luft im Bad war dampferfüllt, als Rona unter der Dusche hervorkam und sich abtrocknete. Ihre Bewegungen waren jetzt wieder knapp. Es gab Arbeit. Sie musste Ideen und Pläne notieren. Rona Swan, Produzentin. Darauf musste sie sich konzentrieren. Es war Zeit, nicht mehr an Menschen zu denken, die ihr nicht geben konnten oder wollten, was sie brauchte. Sie musste sich in der Branche einen Namen machen. Nur das zählte wirklich.

Als sie sich ankleidete, war sie völlig ruhig. Sie zog einen leichten weißen Pulli an, halsnah, mit einem zarten Rankenmuster und Blütenblättern in Beige- und Brauntönen. Dazu gehörte ein Rock mit Längsstreifen in den gleichen Farben. Darin wirkte sie gut gekleidet, kühl, elegant, unnahbar und geschäftsmäßig.

Träume waren für den Schlaf da, und sie war hellwach. Sie musste sich um Dutzende von Details kümmern, musste Verabredungen treffen und mit Abteilungschefs verhandeln. Entscheidungen mussten getroffen werden. Sie war schon lange genug in Las Vegas. Besser konnte sie Patricks Stil gar nicht kennenlernen. Und was für sie im Moment noch wichtiger war, sie wusste genau, was sie als Endprodukt wollte. Wieder in Los Angeles, konnte Rona ihre Ideen umsetzen. Das würde ihre erste Produktion sein, aber der Teufel sollte sie holen, wenn es auch ihre letzte war. Diesmal wollte sie etwas Eigenes erreichen, das ihren Stempel trug.

Rona griff nach ihrem Kamm und fuhr sich damit durch ihr feuchtes Haar, als sich die Tür hinter ihr öffnete.

„Du bist also schon wach." Patrick kam lächelnd auf sie zu. Der Ausdruck in ihren Augen ließ ihn innehalten. Ärger und Schmerz gingen von ihr aus.

„Ja, ich bin wach", antwortete sie beiläufig und kämmte weiter ihr Haar. „Ich bin schon eine Weile auf. Mein Vater hat angerufen. Er wollte einen Bericht über die Fortschritte."

Patrick beobachtete sie ruhig. Ihre Gefühle waren nicht gegen ihren Vater gerichtet. „Hast du etwas beim Zimmerservice bestellt?"

„Nein."

„Du wirst Frühstück wollen", sagte er und kam einen Schritt näher. Er ging nicht weiter, da er die Barriere fühlte, die sie zwischen ihnen errichtet hatte.

„Nein, ich will nichts." Rona begann sich sorgfältig zu schminken. „Ich trinke am Flughafen Kaffee. Ich fliege heute Vormittag nach Los Angeles zurück."

Sein Magen verkrampfte sich bei ihrem beiläufigen Ton. Konnte er sich so getäuscht haben? Hatte ihr die gemeinsame Nacht so wenig bedeutet? „Heute Vormittag?", wiederholte er. „Warum?"

„Ich weiß recht gut Bescheid über deine Arbeitsweise und deine Wünsche für das Special." Sie wandte ihren Blick im Spiegel nicht von ihrem Gesicht. „Ich fange schon mit den Vorarbeiten an. Wenn du dann nach Kalifornien zurückkommst, setzen wir ein Treffen an. Ich rufe deinen Agenten an."

Patrick schluckte die Worte, die er sagen wollte, hinunter. Er legte niemandem außer sich selbst Ketten an. „Wenn du möchtest."

Ronas Finger krampften sich um das Fläschchen mit Wimperntusche, bevor sie es wegstellte. „Jeder von uns hat seinen Job. Meiner ist in Los Angeles, deiner im Moment hier." Sie drehte sich um und wollte an den Schrank gehen, aber er legte seine Hand auf ihre Schulter.

Er ließ die Hand sofort sinken, als er spürte, wie Rona sich verkrampfte. „Rona, habe ich dich verletzt?"

„Mich verletzt?", wiederholte sie und öffnete den Schrank. Ihr Ton war gleichgültig, und Patrick konnte ihre Augen nicht sehen, die sie verraten hätten. „Wie könntest du mich verletzen?"

„Ich weiß es nicht, aber auf irgendeine Weise habe ich es getan." Er drehte sie herum, sodass sie ihn ansehen musste. „Ich erkenne es in deinen Augen."

„Vergiss es", erklärte Rona. „Ich werde es vergessen." Sie wollte weggehen, aber diesmal hielt er sie fest.

„Ich kann nur etwas vergessen, wenn ich weiß, was ich vergessen soll." Obwohl seine Hände nur leicht zudrückten, schlich sich Ärger in seine Stimme ein. „Rona, was stimmt nicht?"

„Lass gut sein, Patrick."

„Nein."

Rona wollte sich losreißen, aber wieder hielt Patrick sie fest. „Du hast mich verlassen!", schrie sie ihn plötzlich an. Es brach so leidenschaftlich aus ihr heraus, dass Patrick sprachlos war. „Ich bin aufgewacht, und du warst ohne ein Wort gegangen. Ich bin keine flüchtigen Abenteuer gewöhnt."

Seine Augen leuchteten auf. „Rona ..."

„Nein, ich will nichts hören!" Sie schüttelte heftig den Kopf. „Von dir habe ich etwas anderes erwartet. Ich habe mich getäuscht, aber es ist schon in Ordnung. Eine Frau wie ich braucht nicht all die kleinen Aufmerksamkeiten. Ich bin Expertin im Überleben." Sie wand sich unter seinem Griff, kam aber von ihm nicht los. „Nicht! Lass mich! Ich muss packen!"

„Rona." Als sie sich wehrte, hielt er sie noch fester an sich gepresst. Ihr Schmerz saß tiefer und hatte nicht erst durch ihn begonnen. „Es tut mir leid."

„Du sollst mich loslassen, Patrick!"

„Wenn ich das tue, hörst du mir nicht zu." Er streichelte mit einer Hand über ihr feuchtes Haar. „Du musst mir aber zuhören."

„Es gibt nichts zu sagen."

Ihre Stimme klang erstickt, und er machte sich heftige Vorwürfe. Wie hatte er so dumm sein können? Wieso hatte er nicht erkannt, was für sie wichtig war?

„Rona, ich weiß über flüchtige Affären gut Bescheid." Patrick schob sie weit genug von sich, um ihr in die Augen zu sehen. „Die letzte Nacht war für mich ganz anders."

Wieder schüttelte sie heftig den Kopf und rang um Fassung. „Du brauchst das nicht zu sagen."

„Ich habe dir einmal gesagt, Rona, dass ich nicht lüge." Er legte seine Hände auf ihre Schultern. „Und es ist keine Lüge, wenn ich dir das versichere: Was wir beide letzte Nacht gemeinsam erlebt haben, ist für mich sehr wichtig."

„Du warst weg, als ich aufwachte." Sie schluckte heftig und schloss die Augen. „Das Bett war kalt."

„Es tut mir leid. Ich bin hinuntergegangen, um für heute Abend ein paar Dinge zu klären."

„Wenn du mich geweckt hättest …"

„Ich dachte, du würdest nicht aufwachen, Rona", sagte er ruhig. „Die Sonne war schon aufgegangen, als du einschliefst."

„Du warst genauso lange wach wie ich." Sie wollte sich wieder abwenden. „Patrick, bitte! Lass mich los!"

Er senkte seine Arme und sah zu, wie sie Kleidungsstücke einsammelte. „Rona, ich schlafe nie länger als fünf oder sechs Stunden. Mehr brauche ich nicht." War das Panik, was er empfand, als sie eine Bluse in ihren Koffer legte? „Ich war sicher, du würdest noch schlafen, wenn ich zurückkomme."

„Ich wollte nach dir tasten", sagte sie schlicht. „Und du warst nicht da."

„Rona …"

„Nein, es macht nichts." Sie presste kurz ihre Hände an ihre Schläfen und atmete tief aus. „Es tut mir leid. Ich führe mich wie eine Närrin auf. Du hast nichts getan, Patrick. Es liegt an mir. Ich erwarte immer zu viel. Und ich bin immer am Boden zerstört, wenn ich es nicht bekomme." Sie begann rasch wieder zu packen. „Ich wollte keine Szene machen. Vergiss es, bitte."

„Ich möchte es nicht vergessen", murmelte er.

„Ich würde mir aber weniger dumm vorkommen, falls du es könntest." Sie versuchte ihre Stimme leicht klingen zu lassen. „Führe es einfach auf Mangel an Schlaf und eine schlechte Verfassung zurück. Ich muss ohnedies zurück. Ich habe viel Arbeit."

Patrick hatte Ronas Wünsche von Anfang an erkannt, er hatte ihre Reaktion auf Zärtlichkeit und ihre Freude über eine Blume gesehen. Sie war gefühlvoll und romantisch und bemühte sich so sehr, es nicht zu sein. Patrick verwünschte sich, als er sich vorstellte, wie sie sich gefühlt hatte, als sie das Bett nach der zusammen verbrachten Nacht leer vorgefunden hatte.

„Rona, geh nicht!" Die Bitte fiel ihm schwer. Er hatte noch nie jemanden darum gebeten.

Ihre Finger verharrten auf dem Kofferschloss, dann schloss sie den Koffer und stellte ihn auf den Boden, ehe sie sich umdrehte. „Patrick, ich bin nicht böse, ehrlich. Vielleicht ein wenig durcheinander." Sie schaffte ein Lächeln. „Ich sollte wirklich zurückfliegen und alles in Gang setzen. Es gibt vielleicht eine Änderung im Zeitablauf, und …“

„Bleib“, unterbrach er sie und konnte sich nicht bremsen. „Bitte.“

Rona schwieg einen Moment. Etwas in seinem Blick schnürte ihr die Kehle zu. Es kostete ihn Überwindung zu bitten, genau wie sie. „Warum?“

„Ich brauche dich.“ Er holte nach dem stockenden Geständnis tief Luft. „Ich möchte dich nicht verlieren, Rona.“

Rona trat langsam einen Schritt auf ihn zu. „Ist das wichtig?“

„Ja. Ja, es ist wichtig.“

Sie war sich einen Moment unschlüssig, was sie als Nächstes tun sollte, aber auch nicht fähig, den Raum zu verlassen. „Zeige es mir“, verlangte sie.

Patrick trat auf sie zu und zog sie fest an sich. Rona schloss die Augen. Genau das hatte sie gebraucht: gehalten zu werden, einfach gehalten zu werden. Ihre Wange ruhte an seiner festen Brust. Seine Arme umfingen sie kraftvoll und trotzdem behutsam, als wäre sie sehr kostbar. Zerbrechlich hatte er sie genannt. Zum ersten Mal in ihrem Leben wollte Rona es sein.

„Oh, Patrick! Ich bin ein Idiot!“

„Nein.“ Er hob ihr Kinn mit einem Finger an und küsste sie. „Du bist sehr süß.“ Er lächelte und legte seine Stirn an die ihre. „Wirst du dich beklagen, wenn ich dich nach fünf Stunden Schlaf wecke?“

„Nie.“ Lachend schlang sie die Arme um seinen Hals. „Oder vielleicht ein wenig.“

Sie lächelte zu ihm auf, aber seine Augen blickten plötzlich ernst. Patrick legte seine Hand in ihren Nacken, bevor er seinen Mund auf ihre Lippen senkte.

Es war wie beim ersten Mal, die Sanftheit und die federleichte Berührung, die ihr Blut in Wallung brachte. Sie war völlig hilflos, wenn Patrick sie so küsste. Dann konnte sie ihn nicht näher an sich ziehen, konnte nichts fordern. Sie musste sich ganz nach ihm richten.

Patrick wusste, dass diesmal alles von ihm ausgehen musste. Seine Hände bewegten sich sanft, als er Rona entkleidete. Er zog ihren Pulli langsam über ihre Schultern und ihren Kopf und ließ ihn auf den Boden fallen. Ein Schauer lief über ihre Haut, als seine Hände sie berührten. Er öffnete ihren Rock und ließ ihn auf den Teppich gleiten. Seine Finger spielten mit dem dünnen Streifen Seide mit Spitzen, der ihre Schenkel umschloss.

Die ganze Zeit wich sein Mund nicht von ihren Lippen. Rona hielt den Atem an und stöhnte, als seine Finger sich unter die Seide stahlen. Aber er zog sich nicht zurück, sondern schob die andere Hand zu ihrer Brust und streichelte und reizte sie, bis Rona zu zittern begann.

„Ich begehre dich", murmelte sie bebend. „Weißt du, wie sehr?"

„Ja." Patrick hauchte zarte Küsse auf ihr Gesicht. „Ja."

„Liebe mich", flüsterte Rona. „Patrick, liebe mich!"

„Das tue ich", antwortete er leise und presste seinen Mund auf die Stelle an ihrem Hals, die heftig pulsierte.

„Jetzt", verlangte sie und war zu schwach, um ihn an sich zu ziehen.

Patrick lachte rau und trug sie auf das Bett. „Sie haben mich letzte Nacht verrückt gemacht, Miss Swan, als Sie mich so berührt haben." Patrick fuhr mit einem Finger an ihrem Körper hinunter und verharrte an dem sanften Hügel zwischen ihren Beinen. Langsam, träge ließ er seinen Mund dieser Spur folgen.

In der Nacht war er wie von Sinnen gewesen, ungeduldig und gierig. Er hatte sie immer wieder leidenschaftlich genommen, aber nicht genießen können, so als wäre er am Verhungern gewesen. Obwohl er sie jetzt nicht weniger begehrte, konnte er sein Verlangen beherrschen. Er konnte sich Zeit für Feinheiten nehmen und es voll auskosten.

Ronas Glieder waren schwer. Sie konnte sich nicht bewegen, sondern musste es Patrick überlassen, sie zu berühren und zu streicheln und zu küssen, wo er wollte. Die Stärke, die sie in der letzten Nacht angetrieben hatte, war einer süßen Schwäche gewichen.

Mit seinem Mund liebkoste er ihren Bauch, während er mit den Händen ihren Körper streichelte, die Rundung ihrer Brüste nachzeichnete und ihren Hals und ihre Schultern koste. Er reizte Rona nur, anstatt sie zu nehmen, erregte, anstatt zu befriedigen.

Er nahm das Hüftband ihres Seidenhöschens zwischen seine Zähne und zog es ein Stück tiefer. Rona krümmte sich und stöhnte, als er ihren Schenkel mit Küssen bedeckte, bis sie nahe daran war, den Verstand zu verlieren. Sie hörte, wie sie seinen Namen hauchte, sanft und drängend, aber er antwortete nicht. Sein Mund stellte herrliche Dinge in ihrer Kniekehle an. Wonneschauer ließen ihren Körper beben.

Rona fühlte die erhitzte Haut seiner Brust über ihr Bein streichen, wobei sie gar nicht wusste, wann und wie Patrick sein Hemd abgestreift hatte. Nie zuvor war sie sich ihres Körpers so bewusst gewesen. Sie erfuhr, was für ein himmlisches Vergnügen eine Fingerspitze auf der Haut hervorrufen konnte.

Er lässt mich schweben, dachte Rona benebelt, obwohl sich ihr Rücken auf das Bett presste. Er zeigte ihr nun seine Magie, aber dieser Trancezustand war keine Illusion.

Sie waren jetzt beide nackt, und ihre Körper waren miteinander verschlungen, als er seinen Mund zu ihren Lippen zurückwandern ließ. Er küsste sie so lange und tief, bis sie völlig schlaff wurde. Seine geschickten Finger erregten sie.

Ihr Atem ging stoßweise, aber Patrick wartete noch immer. Er wollte Rona zuerst alles geben, jeden Funken Lust, jedes Entzücken, das er kannte. Ihre Haut schien unter seinen Händen zu zucken. Er knabberte und sog sachte an ihren Lippen und wartete auf ihr Stöhnen, ehe sie sich ihm gänzlich überließ.

„Jetzt, Liebste?“, flüsterte er und verteilte kaum fühlbare Küsse über ihr Gesicht. „Jetzt?“

Rona konnte nicht antworten. Sie fand keine Worte mehr und konnte nicht mehr denken. Genau da wollte Patrick sie haben. Er lächelte und presste seinen Mund auf ihren Hals.

„Du gehörst mir, Rona. Sag es! Du gehörst mir!“

„Ja.“ Es war ein kaum hörbarer Seufzer. „Ich gehöre dir. Nimm mich.“ Sie hörte sich selbst nicht sprechen und dachte, die Bitte wäre nur gedacht, aber als er in sie eindrang, seufzte Rona auf und bog sich ihm entgegen. Und noch immer bewegte er sich mit quälender Langsamkeit.

Das Blut dröhnte in ihren Ohren, als er die Lust zum Höhepunkt führte. Er legte seinen Mund auf ihren und sog ihren abgehackten Atem auf.

Plötzlich presste Patrick seine Lippen auf ihre. Keine Sanftheit mehr, kein leichtes Reizen. Rona stöhnte auf, als er sie mit plötzlicher Wildheit nahm. Das Feuer in ihnen schien sie beide zu verzehren. Sie waren im wahrsten Sinn des Wortes eins und blieben es, als die Ekstase sich in einem Aufbäumen entlud.

Patrick lag auf Rona. Sein Kopf ruhte zwischen ihren Brüsten. Er hörte ihren hämmernden Herzschlag, und sie hatte noch nicht zu zittern aufgehört. Ihr Arm hielt ihn umschlungen, eine Hand hatte sie noch immer in sein Haar verkrallt. Patrick wollte sich nicht bewegen. Rona sollte so bleiben, wie sie war – allein mit ihm, nackt, ganz ihm gehörend.

Dieses wilde, besitzergreifende Verlangen erschütterte ihn. Das war nicht seine Art, war vor Rona noch nie seine Art gewesen. Doch der Drang war zu stark, um zu widerstehen.

„Sag es mir noch einmal", verlangte er und hob den Kopf, um in ihr Gesicht zu sehen.

Rona öffnete langsam die Augen. Sie war von Liebe benommen, von Lust gesättigt. „Was soll ich dir denn sagen?"

Er senkte wieder seinen Mund auf ihre Lippen. Seine Augen waren dunkel und blickten fordernd. „Sag mir, dass du mir gehörst, Rona."

„Ich gehöre dir", murmelte sie und schloss wieder die Augen. „Solange du mich willst." Mit einem Seufzer sank sie in den Schlaf.

Patrick runzelte bei ihrer Antwort die Stirn und wollte etwas sagen, doch ihr Atem ging langsam und gleichmäßig. Er rutschte zur Seite, streckte sich neben ihr aus und zog sie an sich.

Diesmal wollte er warten, bis Rona erwachte.

9. Kapitel

Rona hatte nicht gewusst, dass Zeit so schnell vergehen konnte. Sie hätte sich darüber freuen sollen. Wenn Patricks Engagement in Las Vegas vorbei war, konnten sie mit der Arbeit an dem Special beginnen, und darauf wartete sie schon begierig – ihretwegen genauso wie seinetwegen. Das konnte der Wendepunkt in ihrer Karriere sein.

Dennoch wünschte sie sich, die Stunden würden nicht vorbeifliegen. Las Vegas hatte etwas Merkwürdiges an sich mit seiner fehlenden Zeit, seinen lauten, rummelplatzartigen Straßen und den glitzernden Casinos. Bei diesem magischen Touch über der ganzen Stadt schien es nur natürlich zu sein, Patrick zu lieben und sein Leben mit ihm zu teilen. Rona war nicht sicher, ob das auch noch so einfach sein würde, wenn sie erst in die nüchterne Welt zurückkehrten.

Sie genossen beide einen Tag nach dem anderen und sprachen nicht von der Zukunft. Patricks Ausbruch von Besitzergreifung hatte sich nicht wiederholt, und Rona zerbrach sich darüber den Kopf. Fast glaubte sie, diese drängenden Worte nur geträumt zu haben: *Sag mir, dass du mir gehörst, Rona!*

Er hatte nie wieder etwas gefordert, hatte aber auch nicht von Liebe gesprochen. Er war in Worten und Blicken und Gesten sehr sanft, aber er gab sich bei ihr nie ganz frei. Auch Rona fühlte sich vor ihm nie völlig frei. Keiner von beiden fasste leicht Vertrauen.

Am Abend der Schlussvorstellung zog Rona sich sorgfältig an. Sie wünschte sich einen besonderen Abend. Ihr war nach Champagner zumute. Sie wollte sich das Getränk auf die Suite schicken lassen. Nach der Vorstellung hatten sie eine lange letzte Nacht zusammen, ehe ihre Idylle endete und der Alltag auf sie wartete.

Rona betrachtete sich kritisch im Spiegel. Das cremefarbene bodenlange Seidenkleid war viel gewagter, als es ihrem sonstigen Stil entsprach, mit engem Rockteil, breiten Schultern und langen Ärmeln.

Es wirkte ausgefallen durch die in der Taille angesetzte Schleppe aus durchscheinendem, glitzerndem, mit Arabesken verziertem Stoff in der Farbe des Kleides. Die Schleppe wehte duftig leicht um ihre Beine. Und es war gewagt durch den schmalen, aber tief zwischen ihre Brüste reichenden Ausschnitt, der erst an einer großen Schleife über ihrem Nabel endete. Patrick würde sagen, es entsprach mehr Rona als Miss Swan. Sie lachte. Er hätte recht gehabt, wie immer. Im Moment fühlte sie sich gar nicht wie Miss Swan. Morgen war noch früh genug für geschäftsmäßige Kleidung.

Sie verteilte Parfüm auf ihren Handgelenken und in dem Einschnitt zwischen ihren Brüsten.

„Rona, wenn du vor der Show Dinner willst, musst du dich beeilen. Es ist fast ..." Patrick brach ab, als er in den Raum kam. Er stockte und betrachtete sie mit geweiteten Augen. „Du bist wunderschön", murmelte er und fühlte einen Schauer auf seiner Haut. „Als hätte ich dich nur geträumt."

Wenn er so sprach, wurde ihr Herz ganz weich und raste zur selben Zeit. „Ein Traum?" Rona ging zu ihm und legte ihre Arme um seinen Hals. „Was für ein Traum soll ich denn für dich sein?" Sie küsste ihn auf beide Wangen. „Willst du einen Traum für mich beschwören, Patrick?"

„Du duftest nach Jasmin." Er presste sein Gesicht gegen ihren Hals. Noch nie hatte er sich etwas oder jemanden so sehr gewünscht. „Das macht mich verrückt!"

„Der Zauber einer Frau." Rona neigte den Kopf nach hinten, ihre Augen blickten lockend. „Wie bezaubere ich den Zauberer?"

„Es wirkt."

Sie lachte tief und drängte sich ihm entgegen. „Waren die Zaubersprüche von Frauen nicht immer wirkungsvoller als die von Männern?"

„Vorsicht", flüsterte er ihr ins Ohr. „Ich bin länger im Geschäft als du." Er rieb seine Lippen leicht an ihrem Mund. „Es ist unvorsichtig, sich mit einem Magier einzulassen."

„Ich will gar nicht vorsichtig sein." Sie ließ ihre Finger über seinen Nacken und durch sein dichtes Haar gleiten. „Überhaupt nicht."

Patrick fühlte sich gleichzeitig stark und schwach. Es war immer dasselbe, wenn er Rona in den Armen hielt. Er zog sie enger an sich, nur um sie zu halten.

Rona fühlte seinen inneren Kampf und blieb passiv. Patrick hatte so viel zu geben, so viel Gefühl, das er anbieten oder zurückhalten konnte. Sie war nie sicher, wie er sich entschied. Aber ist das mit mir nicht genauso, fragte sie sich. Sie liebte ihn, war aber bislang einfach nicht fähig gewesen, die Worte laut auszusprechen.

„Kommst du heute Abend in die Kulisse?“, fragte er. „Ich möchte gern wissen, dass du da bist.“

„Ja.“ Rona lächelte zu ihm auf. Er bat so selten um etwas. „Irgendwann werde ich während deiner Vorstellung etwas entdecken. Nicht einmal deine Hand ist immer schneller als das Auge.“

„Nein?“ Patrick schmunzelte belustigt über ihre ungebrochene Entschlossenheit, ihn zu ertappen. „Was das Dinner angeht …“ Er spielte mit der Schleife an ihrem Kleid und vergaß bei der Überlegung, was sie wohl daruntertrug, den Satz zu Ende zu führen. Hätte er die Wahl gehabt, hätte das Kleid zu ihren Füßen auf dem Boden gelegen, bevor Rona Luft holen konnte.

„Was ist mit dem Dinner?“, fragte sie mit einem übermütigen Funkeln in den Augen.

Es klopfte an der Tür, und Patrick fluchte unterdrückt.

„Warum verwandelst du ihn oder sie, wer immer es ist, nicht einfach in eine Kröte?“, schlug Rona vor und lehnte seufzend ihren Kopf an seine Schulter. „Nein, das wäre wohl ziemlich unfreundlich.“

„Mir gefällt die Idee.“

Sie lachte und wich zurück. „Ich gehe öffnen. Das darf ich nicht auf mein Gewissen laden.“ Sie spielte mit dem obersten Knopf seines Hemdes. „Du vergisst nicht, was du sagen wolltest?“

Er lächelte. „Ich habe ein sehr gutes Gedächtnis.“ Er ließ sie los und sah ihr nach. Miss Swan hat dieses Kleid bestimmt nicht ausgesucht, dachte er, eher Rona.

„Päckchen für Sie, Miss Swan.“

Rona nahm das neutral verpackte Päckchen und die Karte von dem Boten entgegen. „Danke.“ Nachdem sie die Tür geschlossen hatte, legte sie das Päckchen ab und öffnete den Umschlag. Die Nachricht war kurz und maschinengeschrieben.

Rona,
Dein Bericht in Ordnung. Erwarte bei deiner Rückkehr ausführliche Information über Atkins-Projekt. Erstes Treffen aller Beteiligten heute in einer Woche festgesetzt. Herzlichen Glückwunsch zum Geburtstag.
Dein Vater

Rona las die Karte zweimal und warf einen flüchtigen Blick auf das Päckchen. Natürlich vergisst er meinen Geburtstag nicht, dachte sie, während sie die getippten Zeilen ein drittes Mal überflog. Bennett Swan tat immer seine Pflicht. Rona fühlte aufkeimende Enttäuschung, Ärger und Nutzlosigkeit, all jene Empfindungen, die Bennett Swans einzigem Kind so vertraut waren.

Warum hat er nicht gewartet und mir persönlich etwas geschenkt? Warum hat er eine unpersönliche Nachricht geschickt, die sich wie ein Telegramm liest, und ein sicher beachtliches Geschenk, das zweifellos seine Sekretärin ausgesucht hat? Warum hat er nicht einfach einen lieben Gruß gesandt?

„Rona?“ Patrick beobachtete sie von der Schlafzimmertür aus. Er hatte gesehen, wie leer der Blick ihrer Augen beim Lesen der Karte geworden war. „Schlechte Neuigkeiten?“

„Nein.“ Rona schüttelte rasch den Kopf und schob die Karte in ihre Handtasche. „Nein, es ist nichts. Gehen wir zum Dinner, Patrick. Ich komme schon um vor Hunger.“

Lächelnd streckte sie ihm die Hand entgegen, aber der Schmerz in ihren Augen war nicht zu übersehen. Wortlos nahm Patrick ihre Hand. Als sie die Suite verließen, warf er einen Blick auf das Päckchen, das sie nicht geöffnet hatte.

Rona beobachtete die Show von den Kulissen aus, wie Patrick es sich gewünscht hatte. Sie schloss alle Gedanken an ihren Vater aus ihrem Gedächtnis aus. Es war ihre letzte Nacht in völliger Freiheit, und Rona war entschlossen, sie sich durch nichts verderben zu lassen.

Es ist mein Geburtstag, erinnerte sie sich selbst. Ich gönne mir meine eigene private Feier. Zuerst hatte sie Patrick nichts gesagt, weil sie ihren Geburtstag völlig vergessen hatte, bis das Päckchen ihres Vaters eintraf. Und jetzt wäre es dumm gewesen, es zu erwähnen. Sie war immerhin siebenundzwanzig, zu alt, um wegen eines verstrichenen Jahres sentimental zu werden und sich hübsche Dinge zu wünschen.

„Du warst wunderbar wie immer", versicherte Rona, als Patrick die Bühne unter donnerndem Applaus verließ. „Wann verrätst du mir endlich, wie du diese letzte Illusion machst?"

„Magie, Miss Swan, kennt keine Erklärungen."

Sie zog ihre Augen zu schmalen Schlitzen zusammen. „Ich weiß zufällig, dass Bess jetzt in ihrer Garderobe ist und dass dieser Panther …"

„Erklärungen enttäuschen", unterbrach er sie. Er führte sie an der Hand in seine eigene Garderobe. „Der menschliche Verstand besteht aus Widersprüchen, Miss Swan."

„Was du nicht sagst", antwortete sie trocken und wusste ganz genau, dass Patrick nichts erklären würde.

Es gelang ihm, ein ernstes Gesicht zu wahren, während er das Hemd auszog. „Der menschliche Verstand will das Unmögliche glauben", fuhr er fort und ging in das Bad seiner Garderobe. „Gleichzeitig will er es nicht. Darin liegt die Faszination. Wenn das Unmögliche nicht möglich ist, wie wurde es dann vor deinen Augen und unter deiner Nase trotzdem gemacht?"

„Genau das will ich wissen", klagte Rona über dem Rauschen von Wasser. Als er mit einem Handtuch über der Schulter wieder hereinkam, warf sie ihm einen unnachgiebigen Blick zu. „Als deine Produzentin in diesem Special sollte ich …"

„Produzieren", ergänzte er und zog ein frisches Hemd an. „Ich übernehme das Unmögliche."

„Es macht einen verrückt, dass man es nicht weiß", sagte sie düster, knöpfte ihm aber das Hemd zu.

„Ja." Patrick lächelte nur über ihren anklagenden Blick.

„Es ist nur ein Trick", sagte Rona achselzuckend und hoffte, ihn zu ärgern.

„Wirklich?" Sein Lächeln blieb zum Verrücktwerden liebenswürdig.

Rona seufzte. „Wahrscheinlich würdest du alle Arten von Folter ertragen, ohne einen Laut von dir zu geben."

„Denkst du dabei an ganz bestimmte Arten?“

Sie lachte und presste ihren Mund auf seine Lippen. „Das ist nur der Anfang“, versprach sie drohend. „Ich werde dich mit nach oben nehmen und dich so martern, bis du sprichst.“

„Interessant.“ Patrick legte einen Arm um ihre Schultern und führte sie auf den Korridor. „Das könnte ziemlich lange dauern.“

„Ich habe es nicht eilig“, antwortete sie munter.

Sie fuhren in die oberste Etage hinauf, aber als Patrick den Schlüssel in die Tür der Suite stecken wollte, legte Rona ihre Hand auf die seine.

„Das ist deine letzte Chance, bevor ich zu harten Methoden greife“, warnte sie. „Ich bringe dich zum Sprechen.“

Patrick lächelte bloß und stieß die Tür auf.

„Herzlichen Glückwunsch zum Geburtstag!“

Ronas Augen weiteten sich überrascht. Bess, noch immer im Kostüm, öffnete eine Flasche Champagner, während Link sein Bestes tat, um die sprudelnde Flüssigkeit in einem Glas aufzufangen. Sprachlos starrte Rona auf die beiden.

„Herzlichen Glückwunsch zum Geburtstag, Rona.“ Patrick küsste sie flüchtig.

„Aber wie ...“ Sie brach ab und blickte zu ihm auf. „Woher hast du das gewusst?“

„Es geht los!“ Bess schob ein Glas Champagner in Ronas Hand und drückte Rona kurz an sich. „Trink aus, Süße! Du hast schließlich nur einmal im Jahr Geburtstag. Gott sei Dank! Der Champagner ist von mir, eine Flasche für jetzt und eine für später.“ Sie blinzelte Patrick zu.

„Danke.“ Rona blickte hilflos in ihr Glas. „Ich weiß nicht, was ich sagen soll.“

„Link hat auch etwas für dich“, erklärte Bess.

Der riesenhafte Mann scharrte unbehaglich mit den Füßen, als sich alle Blicke auf ihn richteten. „Ich habe übrigens eine Torte besorgt“, murmelte er und räusperte sich. „Bei einem Geburtstag muss man eine Torte haben.“

Rona ging an den Tisch und betrachtete die mit zarten rosa und gelben Marzipanbändern geschmückte weiße Torte mit den brennenden Kerzen. „Oh, Link! Ist die schön!“

„Du musst das erste Stück abschneiden", murmelte er.

„Ja, sofort." Rona stellte sich auf die Zehen und drückte Link einen Kuss auf den Mund. „Danke, Link!"

Er wurde rot, lächelte und warf schließlich Bess einen besorgten Blick zu. „Gern geschehen."

„Ich habe auch etwas für dich!", rief Patrick. Rona drehte sich noch immer lächelnd zu ihm um. „Wirst du mich auch küssen?", fragte er.

„Nachdem ich mein Geschenk bekommen habe."

„Gierig", befand er und überreichte ihr eine kleine hölzerne Schatulle.

Sie war alt und geschnitzt. Rona ließ ihre Finger über die Oberfläche gleiten und ertastete die Stellen, die im Laufe der Zeit durch die Benützung glatt geworden waren. „Wunderschön", flüsterte sie, öffnete die Schatulle und fand ein winziges silbernes Symbol als Anhänger an einer Kette. „Oh!"

„Ein Ankh", erklärte Patrick und legte ihr die Kette um. „Ein ägyptisches Lebenssymbol – kein Aberglaube", sagte er ernst. „Es ist ein Glücksbringer."

„Patrick!" Sie erinnerte sich an ihren platt gedrückten Penny und schlang lachend die Arme um ihn. „Vergisst du nie etwas?"

„Nein! Jetzt schuldest du mir einen Kuss, wie du weißt."

Rona löste ihre Schuld ein und vergaß, dass sie nicht allein waren.

„He, wir wollen etwas von der Torte, nicht wahr, Link?" Bess legte einen Arm um seine breiten Hüften und lächelte, als Rona wieder auftauchte.

„Schmeckt die Torte auch so gut, wie sie aussieht?", überlegte Rona laut, nahm ein Messer und schnitt sie an. „Ich weiß nicht, wie lange es schon her ist, dass ich eine Geburtstagstorte gegessen habe. Hier, Link, das erste Stück ist für dich." Rona teilte aus und leckte Glasur von ihren Fingern. „Großartig", urteilte sie und schnitt ein weiteres Stück ab. „Ich weiß nicht, wie ihr meinen Geburtstag herausgefunden habt. Ich selbst habe ihn vergessen, bis …" Rona stockte und richtete sich auf. „Du hast die Karte gelesen", warf sie Patrick vor.

Er sah überzeugend harmlos drein. „Was für eine Karte?"

Sie stieß ungeduldig die Luft aus und achtete nicht darauf, dass Bess das Messer nahm und die Torte selbst aufschnitt. „Du bist an meine Handtasche gegangen und hast die Karte gelesen."

„An deine Handtasche?", wiederholte Patrick kopfschüttelnd. „Wirklich, Rona, meinst du, ich würde etwas so Unmögliches machen?"

Sie überlegte einen Moment. „Ja, das würdest du."

Bess kicherte, aber Patrick warf ihr nur einen milden Blick zu und nahm ein Stück Torte entgegen. „Ein Magier hat es nicht nötig, in Taschen zu kramen, um sich Informationen zu beschaffen."

Link lachte tief. „So wie damals in Detroit, als du diesem Kerl die Schlüssel abgenommen hast?", erinnerte er Patrick.

„Oder die Ohrringe von dieser Lady in Flatbush", warf Bess ein. „Niemand hat sanftere Finger als du, Patrick."

„Wirklich?", fragte Rona gedehnt und wandte sich wieder an ihn.

Patrick biss in ein Stück Torte und sagte nichts.

„Am Ende der Show gibt er immer alles zurück", fuhr Bess fort. „Nur gut, dass Patrick sich nicht für ein Leben als Krimineller entschieden hat. Stellt euch vor, was los wäre, wenn er die Safes von außen anstatt von innen knacken würde."

„Faszinierend", meinte Rona und blickte ihn aus schmalen Augen an. „Ich möchte gern mehr darüber hören."

„Wie war das damals, als du aus diesem kleinen Gefängnis in Wichita ausgebrochen bist, Patrick?", fuhr Bess gehorsam fort. „Du weißt schon, als sie dich eingesperrt hatten wegen …"

„Noch etwas Champagner, Bess?", bot Patrick an und schenkte ihr ein.

Link ließ wieder sein tiefes Lachen hören. „Ich hätte gern das Gesicht des Sheriffs gesehen, als er die leere Zelle sah, ordentlich abgeschlossen und sauber aufgeräumt."

„Ausbruch aus dem Gefängnis", stellte Rona fasziniert fest.

„Houdini hat es berufsmäßig gemacht." Patrick gab ihr ein Glas Champagner.

„Ja, aber er hat es vorher mit den Cops besprochen." Bess lachte über den rügenden Blick, den Patrick ihr zuwarf, und schnitt für Link noch ein Stück Torte ab.

„Taschendiebstahl, Gefängnisausbruch.“ Rona genoss das leichte Unbehagen in Patricks Augen. Es kam selten vor, dass er sich im Nachteil befand. „Gibt es noch etwas, das ich erfahren sollte?“

„Scheint so, als würdest du schon zu viel wissen“, bemerkte er.

„Ja.“ Sie küsste ihn zärtlich. „Und das ist das schönste Geburtstagsgeschenk meines Lebens.“

„Komm, Link.“ Bess hob die halb leere Champagnerflasche hoch. „Verputzen wir das hier und dein Tortenstück. Patrick soll zusehen, wie er sich da herauswindet. Patrick, du solltest Rona noch von dem Verkäufer in Salt Lake City erzählen.“

„Gute Nacht, Bess!“, sagte Patrick mit ausdrucksloser Stimme und handelte sich damit noch mehr Lachen ein.

„Noch einmal herzlichen Glückwunsch zum Geburtstag, Rona.“ Bess schenkte Patrick ein strahlendes Lächeln, als sie Link aus dem Raum zog.

„Danke, Bess! Danke, Link!“

Rona wartete, bis sich die Tür schloss, ehe sie sich an Patrick wandte. „Bevor wir über den Verkäufer in Salt Lake City sprechen, warum warst du in einer kleinen Zelle in Wichita?“ Ihre Augen lachten ihn über den Rand ihres Glases an.

„Ein Missverständnis.“

„Das sagen alle. Vielleicht ein eifersüchtiger Ehemann?“

„Nein, ein verärgerter Hilfssheriff, der sich mit seinen eigenen Handschellen an einen Barhocker gefesselt wiederfand.“ Patrick zuckte die Schultern. „Er hat sich nicht dankbar gezeigt, als ich ihn befreite.“

„Das kann ich mir gut vorstellen!“ Rona unterdrückte ein Lachen.

„Eine kleine Wette“, fügte Patrick hinzu. „Er hat verloren.“

„Und anstatt zu bezahlen, hat er dich ins Gefängnis geworfen“, schloss Rona.

„So ungefähr.“

„Ein verzweifelter Krimineller.“ Rona seufzte tief auf. „Ich fürchte, ich bin dir ausgeliefert.“ Sie stellte ihr Glas weg und ging zu ihm. „Es war ganz reizend von dir, diese Feier für mich zu arrangieren. Danke“, fügte sie leise hinzu.

Patrick strich ihr Haar zurück. „Was für ein ernstes Gesicht“, murmelte er und küsste sie auf die geschlossenen Augenlider. Er dachte an den Schmerz, den sie beim Lesen der Nachricht ihres Vaters gefühlt hatte. „Willst du nicht das Geschenk von deinem Vater aufmachen, Rona?“

Sie schüttelte den Kopf und legte ihre Wange an seine Schulter. „Nein, nicht heute Nacht. Morgen. Die wirklich wichtigen Geschenke habe ich doch schon bekommen.“

„Er hat dich nicht vergessen, Rona.“

„Nein, er hat den Tag nie vergessen. Er ist auf seinem Kalender angekreuzt. Ach, tut mir leid.“ Sie schüttelte wieder den Kopf und löste sich von ihm. „Das war nicht schön. Ich habe immer zu viel verlangt. Er liebt mich, wenn auch auf seine Weise.“

Patrick nahm ihre Hände. „Er kennt nur seine Weise.“

Rona blickte zu ihm auf, und ihr finsteres Gesicht wich einem verstehenden Lächeln. „Ja, du hast recht. So habe ich das nie gesehen. Ich kämpfe noch immer darum, ihm zu gefallen, damit er sich eines Tages an mich wendet und sagt: ‚Rona, ich liebe dich. Ich bin stolz, dein Vater zu sein‘. Es ist dumm von mir!“ Sie seufzte. „Ich bin eine erwachsene Frau, aber ich warte noch immer darauf.“

„Wir hören nie auf, uns das von unseren Eltern zu wünschen.“ Patrick zog sie fest an sich.

Rona dachte an seine Kindheit, während er über die ihre nachdachte.

„Wir wären andere Menschen, wenn sich unsere Eltern anders verhalten hätten, nicht wahr?“

„Ja“, antwortete er. „Das wären wir.“

Rona legte den Kopf in den Nacken und sah ihm lange forschend ins Gesicht. „Ich möchte nicht, dass du anders wärst, Patrick. Du bist genau, was ich will.“ Verlangend presste sie ihren Mund auf den seinen. „Bring mich ins Bett“, flüsterte sie. „Und erzähl mir, woran du vor ein paar Stunden gedacht hast, bevor wir unterbrochen wurden.“

Patrick hob sie auf seine Arme, und sie klammerte sich glücklich an ihn.

„Also“, meinte er, als er zu dem Schlafzimmer ging. „Ich habe darüber nachgedacht, was du unter dem Kleid anhast.“

Rona drückte lachend ihren Mund an seinen Hals. „Nun, da ist kaum etwas, worüber man nachdenken könnte. Wenn du es nicht glaubst, überzeuge dich selbst davon.“

Im Schlafzimmer war es dunkel, als Rona zusammengerollt neben Patrick lag. Er spielte mit den Fingern in ihrem Haar. Er dachte, Rona würde schlafen. Sie war sehr still. Dass er selbst wach lag, machte nichts. Dadurch konnte er das Gefühl ihrer Haut an der seinen genießen und ihr seidig weiches Haar unter seinen Fingern. Während sie schlief, konnte er sie berühren, ohne sie zu erregen, und sich davon überzeugen, dass sie da war. Es gefiel ihm nicht, dass sie in der nächsten Nacht nicht in seinem Bett liegen würde.

„Woran denkst du?“, murmelte Rona und erschreckte ihn.

„An dich.“ Er zog sie enger an sich. „Ich dachte, du würdest schlafen.“

„Nein.“ Ihre Wimpern strichen über seine Schulter, als sie die Augen öffnete. „Ich habe über dich nachgedacht.“ Sie fuhr mit einem Finger die Linie seines Kinns entlang. „Woher hast du diese Narbe?“

Patrick antwortete nicht gleich, und Rona erkannte, dass sie ungewollt in seine Vergangenheit eingedrungen war.

„Wahrscheinlich hast du sie dir in einem Kampf mit einer Zauberin geholt“, sagte sie leichthin und wünschte, die Frage zurücknehmen zu können.

„Es war nicht ganz so romantisch. Ich bin als Kind eine Treppe hinuntergefallen.“

Sie hielt den Atem an. Sie hatte nicht erwartet, er würde freiwillig etwas von seiner Vergangenheit preisgeben, auch kein noch so kleines Detail. Sie legte den Kopf auf seine Brust. „Ich bin einmal über einen Stuhl gefallen und habe mir einen Zahn gelockert. Mein Vater war wütend, als er dahinterkam. Ich hatte Angst, der Zahn würde ausfallen und mein Vater würde mich enterben.“

„Hat er dir solche Angst eingejagt?“

„Seine Missbilligung jagte mir Angst ein. Wahrscheinlich war das dumm.“

„Nein.“ Während er zur Decke emporstarrte, strich Patrick weiter über ihr Haar. „Wir alle haben vor etwas Angst.“

„Sogar du?“, fragte sie mit einem leisen Lachen. „Ich glaube nicht, dass du vor irgendetwas Angst hast.“

„Davor, dass ich nicht mehr herauskomme, wenn ich einmal eingeschlossen bin“, murmelte er.

Überrascht blickte Rona auf und sah das Schimmern seiner Augen in der Dunkelheit. „Meinst du deine Entfesselungsnummern?“

„Was?“ Er lenkte seine Gedanken zurück zu ihr. Er hatte gar nicht gemerkt, dass er laut gesprochen hatte.

„Warum machst du diese Entfesselungsnummern, wenn du dabei ein solches Gefühl hast?“

„Meinst du denn, Angst geht weg, wenn man sie ignoriert?“, fragte er. „Als ich klein war, war es ein Schrank, und ich konnte nicht heraus. Jetzt ist es ein Schrankkoffer, und ich kann mich befreien.“

„Oh, Patrick!“ Rona drückte ihr Gesicht gegen seine Brust. „Es tut mir so leid. Du brauchst nicht darüber zu sprechen.“

Aber es drängte ihn dazu. Zum ersten Mal seit seiner Kindheit sprach er darüber. „Weißt du, ich glaube, die Erinnerung an einen Geruch hält sich länger als alles andere. Ich konnte mich immer so deutlich an den Geruch meines Vaters erinnern. Erst zehn Jahre nachdem ich ihn das letzte Mal gesehen hatte, kam ich dahinter, was es war. Er roch nach Gin. Ich hätte dir nicht sagen können, wie er aussah, aber ich erinnerte mich an diesen Geruch.“

Er blickte unverwandt zur Decke, während er sprach. Rona fühlte, dass er sie vergessen hatte, als er weiter in seine eigene Vergangenheit eindrang.

„Eines Nachts im Waisenhaus, ich war ungefähr fünfzehn, war ich im Keller. Ich habe mich gern da unten umgesehen, wenn die anderen im Bett waren. Ich fand den Pförtner in einer Ecke liegend mit einer Flasche Gin. Dieser Geruch … Ich weiß noch, dass ich einen Moment lang in Panik geriet, ohne die geringste Ahnung, warum. Aber ich ging hin und nahm die Flasche in die Hand, und dann wusste ich, dass es Gin war, der so stank. Im selben Moment hatte ich keine Angst mehr.“

Patrick schwieg lange. Rona wartete. Sie wollte, dass er weitersprach, wollte ihn aber nicht dazu ermutigen.

„Er war ein sehr grausamer, sehr kranker Mann“, fuhr Patrick mit leiser Stimme fort, und sie wusste, dass er jetzt wieder von seinem Vater sprach. „Jahrelang war ich sicher, dass ich die gleiche Krankheit haben müsste."

Rona hielt ihn fester und schüttelte den Kopf. „Du hast nichts Grausames an dir", flüsterte sie. „Gar nichts."

„Würdest du auch so denken, wenn ich dir sagte, woher ich komme?", fragte er. „Würdest du dich noch von mir anfassen lassen?"

Rona hob den Kopf und schluckte Tränen hinunter. „Bess hat es mir vor einer Woche erzählt", sagte sie ruhig. „Und ich bin hier bei dir." Seine Hand glitt von ihrem Haar. Er sagte nichts. „Du hast kein Recht, böse auf sie zu sein. Sie ist die treueste und liebevollste Frau, die ich je kennengelernt habe. Sie hat es mir erzählt, weil sie wusste, dass du mir etwas bedeutest und dass ich dich verstehen musste."

Er lag ganz still. „Wann?" Mehr fragte Patrick nicht.

„An dem Abend …" Rona zögerte und holte tief Luft. „Am Abend der Eröffnungsvorstellung." Sie hätte gern seinen Gesichtsausdruck gesehen, aber die Dunkelheit verhüllte ihn. „Du sagtest, wir würden einander lieben, sobald ich dich kennenlerne", erinnerte sie ihn. „Du hattest recht." Sie schluckte, weil ihre Stimme bebte. „Tut es dir leid?"

Eine Ewigkeit schien bis zu seiner Antwort zu verstreichen. „Nein." Patrick zog sie wieder auf sich. „Nein." Er küsste sie auf die Schläfe. „Wie könnte es mir leidtun, dein Geliebter zu sein?"

„Dann darf es dir auch nicht leidtun, dass ich dich jetzt kenne. Du bist der großartigste Mann, den ich je getroffen habe."

Patrick lachte teils amüsiert, teils bewegt und auch erleichtert. Die Erleichterung war sogar ganz gewaltig. Darüber musste er noch mehr lachen. „Rona, es ist so unglaublich, dass du das sagst."

Sie hob den Kopf. „Es ist absolut wahr, aber ich werde es dir nicht mehr sagen, sonst wirst du eingebildet." Sie legte ihre Hand an seine Wange. „Nur heute Nacht darfst du dich darüber freuen. Übrigens!" Sie zog ihn am Ohr. „Ich mag es, wie sich deine Augenbrauen an den Enden nach oben biegen." Sie küsste ihn auf den Mund und ließ ihre Lippen über sein Gesicht wandern. „Und die Art, wie du deinen Namen schreibst."

„Wie ich – was tue?“, fragte er verständnislos.

„Auf den Verträgen“, führte Rona weiter aus und bedeckte sein Gesicht noch immer mit leichten Küssen. „Sieht fabelhaft aus.“ Sie fühlte an der Weise, wie er seine Wangen verzog, dass er lächelte. „Was magst du an mir?“

„Deinen Geschmack“, antwortete er sofort. „Er ist einmalig.“

Rona biss ihn in die Unterlippe, aber er rollte sie herum und verwandelte den Biss in einen sehr befriedigenden Kuss. „Ich wusste, dass es dich eingebildet machen würde“, meinte sie abfällig. „Ich schlafe jetzt.“

„Das glaube ich nicht“, widersprach er, ehe er sie erneut küsste.

Er behielt auch diesmal recht.

10. Kapitel

Der Abschied von Patrick fiel Rona unbeschreiblich schwer. Sie war versucht gewesen, alle Verpflichtungen zu vergessen, all ihren Ehrgeiz aufzugeben und ihn zu bitten, sie mitzunehmen. Ihre ehrgeizigen Ziele waren leer, wenn sie nicht bei ihm war. Sie hätte ihm gesagt, dass sie ihn liebte und dass nichts zählte, wenn sie nicht zusammen waren.

Aber als sie sich auf dem Flughafen verabschiedeten, hatte Rona sich zu einem Lächeln und zu einem Abschiedskuss gezwungen. Sie musste nach Los Angeles, und er musste an die Pazifikküste nach Norden. Die Arbeit, die sie zusammengebracht hatte, trennte sie auch wieder.

Sie hatten noch immer nicht über die Zukunft gesprochen. Rona war dahintergekommen, dass Patrick nie von morgen sprach. Dass er mit ihr über seine Vergangenheit gesprochen hatte, wenn auch nur kurz, gab ihr ein Gefühl der Sicherheit. Dieser Schritt war vielleicht größer, als sie sich vorstellen konnte.

Die Zeit, dachte Rona, wird zeigen, ob unsere Liebe stärker wird oder verblasst. Jetzt kam eine Periode des Wartens. Wenn Patrick doch Bedenken und innere Widerstände hatte, würden sie jetzt in der Zeit der Trennung an die Oberfläche treten. Abwesenheit steigerte nicht immer die Liebe. Sie erlaubte auch dem Blut und dem Verstand, sich abzukühlen. Zweifel formten sich meistens dann, wenn man Zeit zum Nachdenken hatte. Wenn Patrick nach Los Angeles zu den Besprechungen kam, würde sie die Antwort haben.

Als Rona ihr Büro betrat, sah sie auf die Uhr und erkannte bedauernd, dass Zeit und Zeitpläne wieder Teil ihres Lebens waren. Sie hatte Patrick erst vor einer Stunde verlassen und vermisste ihn schon unerträglich. Dachte er an sie, gerade jetzt in diesem Moment? Wenn sie sich hart genug konzentrierte, würde er fühlen, dass sie an ihn dachte? Seufzend setzte sich Rona hinter ihren Schreibtisch. Seit sie mit Patrick zu tun hatte, war ihre Fantasie freier geworden. Manchmal glaubte sie sogar an Magie.

Was ist mit dir los, Miss Swan? fragte sie sich. Deine Beine stehen nicht auf der Erde, wo sie hingehören. Liebe, dachte sie und stützte das Kinn in ihre Hände. Wenn man verliebt ist, ist nichts unmöglich.

Wer konnte schon sagen, warum ihr Vater krank geworden war und sie zu Patrick geschickt hatte? Welche Kraft hatte ihre Hand geleitet, als sie diese schicksalhafte Karte aus dem Tarotspiel zog? Warum hatte sich die Katze im Gewitter ihr Fenster ausgesucht? Sicher gab es logische Erklärungen. Aber für eine verliebte Frau gab es keine Logik.

Es war Magie, dachte Rona lächelnd. Sie hatte es in dem Moment gefühlt, in dem sich ihre Blicke trafen. Es hatte nur einige Zeit gedauert, bis sie es akzeptiert hatte, dass es Magie war. Jetzt konnte sie nur noch abwarten, ob es hielt. Sie korrigierte sich: Sie würde dafür sorgen, dass es hielt. War dafür Geduld nötig, dann würde sie eben geduldig sein. War dafür Tatkraft nötig, dann würde sie eben tatkräftig sein. Aber sie würde dafür sorgen, dass es klappte, selbst wenn sie dafür zum ersten Mal auf dem Gebiet von Verzauberung und Magie tätig werden musste.

Kopfschüttelnd lehnte sie sich zurück. Bevor Patrick wieder in ihr Leben zurückkehrte, würde gar nichts gehen. Es dauerte noch eine Woche, bis sie ihn wiedersah. Im Moment gab es Arbeit. Sie konnte keinen Zauberstab schwingen und die Tage bis zu seiner Ankunft wegwischen. Rona schlug ihre Notizen über Patrick Atkins auf und begann, sie ins Reine zu schreiben. Knapp dreißig Minuten später unterbrach sie der Summer.

„Ja, Barbara."

„Der Boss verlangt nach Ihnen."

Rona betrachtete die Berge von Papier auf ihrem Schreibtisch. „Jetzt?"

„Jetzt."

„Na gut, danke." Rona murmelte eine Verwünschung, ordnete ihre Papiere und sonderte aus, was sie mitnehmen konnte. Ihr Vater hätte ihr ein paar Stunden Zeit lassen können, um alles vorzubereiten. Aber es war eben eine Tatsache, dass er ihr bei diesem Projekt auch weiterhin über die Schulter schauen würde.

Es war für sie noch ein weiter Weg, bis sie Bennett Swan ihre Fähigkeiten bewiesen hatte. In diesem Bewusstsein schob Rona die Papiere in einen Ordner und ging zu ihrem Vater.

„Guten Morgen, Miss Swan.“ Bennett Swans Sekretärin blickte auf, als Rona eintrat. „Wie war Ihre Reise?“

„Es ist sehr gut gelaufen, danke!“ Rona bemerkte, wie die Sekretärin kurz ihr weißes streng geschnittenes Kleid mit den schwarzen unregelmäßigen Streifen, die wie Pinselstriche aussahen, musterte. Aber der Blick galt weniger dem Muster, auch nicht dem schärpenartigen Gürtel aus dem gleichen Material, nicht einmal dem tiefen V-Ausschnitt, sondern den dezenten, teuren traubenförmigen Perlenohrclips.

Rona trug das Geburtstagsgeschenk ihres Vaters, weil sie wusste, dass er sich sicherlich davon überzeugen wollte, wie gut sie passten und wie sehr sie ihr gefielen.

„Mr. Swan musste für einen Moment weg, aber er wird gleich wieder hier sein. Er möchte, dass Sie in seinem Büro auf ihn warten. Mr. Ross ist auch schon drinnen.“

„Willkommen daheim, Rona.“ Ned stand auf, als sie die Tür hinter sich schloss. In der Hand hielt er eine dampfende Kaffeetasse.

„Hallo, Ned. Nimmst du an dieser Besprechung teil?“

„Mr. Swan möchte, dass ich mit dir an dieser Sache arbeite.“ Er lächelte ihr halb charmant, halb um Verzeihung bittend zu. „Hoffentlich macht es dir nichts aus.“

„Natürlich nicht“, antwortete sie gleichmütig, legte den Ordner weg und nahm von Ned Kaffee entgegen. „In welcher Eigenschaft?“

„Ich werde Produktionskoordinator sein“, erklärte er. „Das Projekt ist immer noch dein Kind, Rona.“

„Ja!“ Mit dir als Aufpasser, dachte sie bitter. Ihr Vater würde weiterhin alles bestimmen.

„Wie war Las Vegas?“

„Einmalig.“ Rona ging an das Fenster.

„Hoffentlich hast du Zeit gehabt, um dein Glück auf die Probe zu stellen. Du arbeitest zu hart, Rona.“

Sie betastete den Ankh an ihrem Hals und lächelte. „Ich habe einmal ein wenig Blackjack gespielt und gewonnen."

„Tatsache? Was für ein Glück für dich."

Sie nippte an dem Kaffee und stellte die Tasse weg. „Ich habe die Grundlagen erarbeitet, die für Patrick, ‚Swan Productions' und die Fernsehgesellschaft eine gute Basis darstellen", fuhr sie fort. „Patrick Atkins braucht keine großen Namen in seiner Show, um Einschaltquoten in die Höhe zu treiben. Mehr als ein Gaststar wäre zu viel. Wegen des Sets muss ich noch mit den Bühnenbildnern sprechen, aber ich habe schon etwas ziemlich Abgeschlossenes im Kopf. Was die Sponsoren angeht …"

„Über das Geschäftliche können wir später sprechen", unterbrach Ned sie. Er kam auf sie zu und wickelte die Enden ihrer Haare um seine Finger. Rona hielt still und starrte aus dem Fenster. „Ich habe dich vermisst, Rona", sagte Ned sanft. „Mir kam es vor, als wärst du monatelang weg gewesen."

„Seltsam", murmelte sie und beobachtete, wie ein Flugzeug seine Bahn über den Himmel zog. „Ich hätte nie gedacht, dass eine Woche so schnell vergehen könnte."

„Darling, wie lange willst du mich noch bestrafen?" Er drückte einen Kuss auf ihr Haar.

Rona fühlte keinen Groll. Sie fühlte gar nichts.

Seltsamerweise übte sie auf Ned eine größere Anziehung aus, seit sie ihn abgewiesen hatte. Etwas an ihr war jetzt anders. Er fand nur nicht heraus, was es war. „Würdest du mir nur eine Chance geben, könnte ich alles wiedergutmachen."

„Ich bestrafe dich nicht, Ned." Rona wandte sich ihm zu. „Tut mir leid, wenn es so aussieht."

„Du bist immer noch böse auf mich."

„Nein, ich habe dir schon gesagt, dass es nicht stimmt." Seufzend beschloss sie, reinen Tisch zu machen. „Ich war wütend und verletzt, aber das hat nicht lange angehalten. Ich habe dich nie geliebt, Ned."

Er mochte die Andeutung einer Entschuldigung nicht. Es trieb ihn in die Defensive. „Wir waren gerade dabei, einander näher kennenzulernen."

Als er ihre Hände ergreifen wollte, schüttelte sie den Kopf. „Nein, ich glaube nicht, dass du mich überhaupt kennst", meinte sie ohne Zorn. „Und wenn wir ehrlich miteinander sind, so wolltest du das auch gar nicht."

„Rona, wie oft soll ich mich noch für diesen dummen Vorschlag entschuldigen?" In seiner Stimme mischten sich Schmerz und Bedauern.

„Ich will keine Entschuldigung, Ned. Ich versuche dir das zu erklären. Du hast dich getäuscht, als du glaubtest, ich könnte meinen Vater beeinflussen. Du hast mehr Einfluss auf ihn als ich."

„Rona ..."

„Nein, du hörst mir jetzt zu", beharrte sie. „Du dachtest, Bennett Swan würde auf mich hören, weil ich seine Tochter bin. Das stimmt einfach nicht. Er hört mehr auf seine Geschäftsfreunde als auf mich. Du hast deine Zeit verschwendet, als du dich um mich bemüht hast, um an ihn heranzukommen. Und abgesehen davon", fuhr sie fort, „interessiere ich mich nicht für einen Mann, der mich als Sprungbrett benützen will. Ich bin sicher, dass wir sehr gut zusammenarbeiten werden, aber ich möchte mich mit dir nicht außerhalb des Büros zu Privatzwecken treffen."

Ned und Rona zuckten zusammen, als sich die Tür öffnete.

„Rona, Ross!" Bennett Swan ging zu seinem Schreibtisch und nahm dahinter Platz.

„Guten Morgen", grüßte Rona ein wenig verlegen, ehe sie sich setzte. Wie viel hatte er gehört? Sein Gesichtsausdruck enthüllte nichts. Rona griff nach ihrem Ordner. „Ich habe meine Ideen zu Patrick Atkins niedergeschrieben", begann sie. „Ich hatte allerdings keine Zeit für einen vollständigen Bericht."

„Gib mir, was du hast." Ihr Vater winkte Ned zu einem Stuhl und zündete eine Zigarre an.

„Patrick Atkins hat ein sehr geschlossenes Bühnenprogramm." Rona verschränkte ihre Finger, um sie ruhig zu halten. „Du hast die Bänder selbst gesehen und weißt, dass seine Darbietungen von Fingerfertigkeiten über komplizierte Illusionen bis zu Entfesselungsnummern mit zwei oder drei Minuten Dauer reichen. Während der Entfesselungsnummern bleibt er für die Kameras unsichtbar, aber das Publikum erwartet das." Sie unterbrach sich und schlug die

Beine übereinander. „Natürlich wissen wir, dass es Änderungen für das Fernsehen geben muss, aber ich sehe kein Problem. Patrick ist ein äußerst kreativer Mann."

Swan stieß ein Brummen aus, das Zustimmung bedeuten konnte, und streckte die Hand nach Ronas Bericht aus. Sie stand auf, gab ihm den Ordner und setzte sich wieder. Er ist in keiner besonders guten Stimmung, stellte sie fest. Jemand hat ihn verärgert. Sie konnte dankbar sein, dass sie es nicht gewesen war.

„Das ist recht mager", bemerkte er und starrte in den Ordner.

„Heute Abend wird es mehr sein."

„Ich selbst werde nächste Woche mit Atkins sprechen", erklärte Swan, während er die Papiere durchblätterte. „Coogar wird Regie führen."

„Gut, ich werde gern mit Coogar zusammenarbeiten. Ich möchte, dass Bloomfield die Studiodekoration macht", sagte sie beiläufig und hielt den Atem an.

Swan blickte auf und fixierte sie. Für Bloomfield hatte er sich selbst vor einer Stunde entschlossen. Rona hielt dem harten Blick ihres Vaters stand, ohne mit der Wimper zu zucken. Swan konnte sich nicht entscheiden, ob er sich freuen oder darüber ärgern sollte, dass ihm seine Tochter einen Schritt voraus war.

„Ich werde darüber nachdenken", sagte er und widmete sich wieder dem Bericht. Rona stieß lautlos den angehaltenen Atem aus, um ihre innere Spannung abzubauen.

„Patrick Atkins bringt seinen eigenen musikalischen Leiter mit", fuhr sie fort und dachte an Link. „Und seine eigene Crew. Falls wir überhaupt ein Problem haben, dann meiner Meinung nach, wie wir ihn zu einer Zusammenarbeit mit unseren Leuten in der Vorproduktion und bei den Aufnahmen bringen. Er macht alles auf seine Weise."

„Damit kann man fertig werden", entgegnete Swan. „Ross wird dein Produktionskoordinator sein."

„Ich verstehe." Rona hielt seinem Blick ruhig stand. „Ich kann gegen deine Wahl nichts einwenden, aber wenn ich Produzent dieses Projekts bin, sollte ich mein eigenes Team wählen."

„Willst du nicht mit Ross arbeiten?", fragte Swan, als wäre Ned gar nicht anwesend.

„Ich glaube, dass Ned und ich sehr gut zusammenarbeiten werden“, antwortete sie sanft. „Und ich bin sicher, dass Coogar die richtigen Kameraleute kennt. Es wäre lächerlich, ihm ins Handwerk zu pfuschen. Dennoch“, fügte sie mit einem Anflug von Schärfe in der Stimme hinzu, „weiß ich auch sehr gut selbst, mit wem ich an diesem Projekt am besten arbeiten kann.“

Swan lehnte sich zurück und paffte an seiner Zigarre. Seine Wangen röteten sich und warnten vor seinem Zorn. „Was, zum Teufel, weißt du schon über Produktionen?“, fragte er.

„Genug, um dieses Special zu produzieren und es zu einem Erfolg zu machen“, erwiderte sie. „Genau, wie du es mir vor ein paar Wochen aufgetragen hast.“

Swan hatte in der Zwischenzeit schon bereut, dass er sich auf Patricks Bedingungen eingelassen hatte. „Du wirst nach außen hin Produzent sein“, erklärte er knapp. „Dein Name wird im Vorspann erscheinen. Aber du tust, was dir gesagt wird.“

Ronas Magen krampfte sich zusammen, doch sie blieb äußerlich ruhig. „Wenn du das willst, dann zieh mich jetzt von dem Projekt ab.“ Sie stand langsam auf. „Aber wenn ich daran weiterarbeite, werde ich mehr tun, als nur meinen Namen im Vorspann zu lesen. Ich weiß, wie Patrick Atkins arbeitet, und ich kenne Fernsehen. Wenn dir das nicht genügt, such dir jemand anders.“

„Setz dich!“, schrie Bennett Swan seine Tochter an. Ned rutschte ein wenig tiefer in seinen Stuhl, aber Rona blieb stehen. „Stell mir kein Ultimatum! Ich bin seit vierzig Jahren in diesem Geschäft.“ Ihr Vater schlug mit der flachen Hand auf den Schreibtisch. „Vierzig Jahre! Du kennst also das Fernsehen!“, sagte er zornig. „Eine Live-Show ist etwas anderes als ein verdammter Vertrag. Ich kann es mir nicht leisten, dass ein hysterisches kleines Mädchen fünf Minuten vor Sendebeginn zu mir gelaufen kommt, weil es einen Fehler in der Technik gibt.“

Rona schluckte ihren heiß aufwallenden Zorn hinunter und antwortete kalt: „Ich bin kein hysterisches kleines Mädchen, und ich bin noch nie wegen irgendetwas zu dir gelaufen.“

Er starrte sie benommen an. Sein Gewissen meldete sich, und das brachte seinen Ärger erst recht zur Explosion. „Du wirst dich bei dieser Sache nicht ins tiefe Wasser wagen, sondern dir gerade die Füße nass machen", fauchte er und schlug den Ordner zu. „Und du wirst sie dir nass machen, weil ich es sage. Du wirst meinen Rat annehmen, wenn ich ihn dir gebe."

„Deinen Rat?", konterte Rona. Ihre Augen funkelten von widerstreitenden Emotionen, aber ihre Stimme klang fest. „Ich habe deinen Rat immer respektiert, aber heute habe ich noch keinen gehört, nur Befehle. Ich will von dir keinen Gefallen." Sie drehte sich um und ging zur Tür.

„Rona!", rief er in unbändiger Wut. Niemand, absolut niemand kehrte Bennett Swan den Rücken zu. „Komm zurück und setz dich, kleine Lady!"

„Ich bin nicht deine kleine Lady!", erwiderte sie und wirbelte herum. „Ich bin deine Angestellte."

Betroffen starrte er sie an. Was konnte er darauf antworten? Er deutete ungeduldig auf einen Stuhl. „Setz dich", sagte er noch einmal, aber sie blieb an der Tür stehen. „Setz dich, setz dich", wiederholte er, mehr verbittert als wütend.

Rona kam zurück und setzte sich gelassen.

„Nehmen Sie Ronas Notizen, und arbeiten Sie die Finanzen aus", wies er Ned an.

„Ja, Sir." Ned nahm den Ordner und zog sich, dankbar für seine Entlassung, zurück.

Swan wartete, bis sich die Tür geschlossen hatte, ehe er seine Tochter ansah. „Was willst du?", fragte er sie zum ersten Mal in seinem Leben. Diese Tatsache wurde ihnen beiden im selben Moment bewusst.

Rona nahm sich die Zeit, ihre beruflichen und persönlichen Gefühle voneinander zu trennen. „Ich will denselben Respekt, den du jedem anderen Produzenten zollst."

„Du hast keine Erfahrung", zeigte er auf.

„Nein", stimmte sie zu. „Und ich werde nie welche haben, wenn du mir die Hände bindest, bevor es richtig losgegangen ist."

Swan seufzte, betrachtete seine erloschene Zigarre und warf sie in den Aschenbecher. „Die Fernsehgesellschaft bietet uns einen sehr verlockenden Sendetermin an. Dritter Sonntag im Mai, neun bis zehn Ostküstenzeit."

„Dann hätten wir nur zwei Monate Zeit!"

Er nickte. „Sie wollen es noch vor der Sommersaison senden. Wie schnell kannst du arbeiten?"

Rona lächelte. „Schnell genug. Ich will Elaine Fisher als Gaststar."

Swan betrachtete sie aus schmalen Augen. „Ist das alles?", fragte er trocken.

„Nein, aber das ist ein Anfang. Sie ist talentiert, schön und bei Frauen genauso beliebt wie bei Männern. Außerdem hat sie Erfahrung mit der Arbeit in Clubs und live auf einer Bühne", hob sie hervor, als ihr Vater die Stirn runzelte und schwieg. „Ihre arglosen, weit aufgerissenen Augen sind der perfekte Kontrast zu Patricks Raffinessen."

„Sie dreht gerade in Chicago."

„Der Film ist nächste Woche abgedreht." Rona lächelte ihm kühl zu. „Und sie steht bei ‚Swan' unter Vertrag. Selbst wenn ihr Film um ein oder zwei Wochen überzieht, macht das nichts", fügte sie hinzu, als er schwieg. „Wir brauchen sie in Kalifornien höchstens ein paar Tage. Patrick trägt die Show."

„Sie hat schon andere Verpflichtungen", bemerkte ihr Vater.

„Sie wird die Termine einschieben!"

„Ruf ihren Agenten an."

„Das werde ich tun." Rona stand auf. „Ich werde ein Treffen mit Coogar ansetzen und mich wieder bei dir melden." Sie stockte, gab einem Impuls nach, umrundete den Schreibtisch und blieb neben ihm stehen. „Ich habe dich jahrelang bei der Arbeit beobachtet. Ich erwarte nicht, dass du zu mir das gleiche Vertrauen hast wie zu dir selbst oder zu jemandem mit Erfahrung. Und wenn ich Fehler mache, möchte ich nicht, dass sie unter den Tisch gekehrt werden. Aber wenn ich gute Arbeit leiste, und das werde ich, möchte ich sicherstellen, dass es meine eigene Leistung ist und ich nicht nur im Vorspann genannt werde!"

„Es ist deine Show", sagte er einfach.

„Ja." Rona nickte. „Genau. Dieses Projekt ist aus mehreren Gründen wichtig für mich. Ich kann nicht versprechen, keine Fehler zu machen, aber ich kann dir versprechen, dass sich niemand mehr anstrengen wird als ich."

„Lass dich nicht von Coogar herumstoßen“, murmelte er nach kurzem Schweigen. „Er treibt Produzenten gern zum Wahnsinn.“

Rona lächelte. „Ich kenne die Geschichten, keine Angst.“ Sie wollte erneut gehen, erinnerte sich, zögerte kurz, beugte sich herunter und hauchte einen Kuss auf seine Wange. „Danke für die Ohrringe. Sie sind schön.“

Swan warf einen Blick auf die Clips. Der Juwelier hatte seiner Sekretärin versichert, dass sie ein angemessenes Geschenk und eine gute Investition waren. *Was habe ich auf der Karte geschrieben, die ich ihr geschickt habe?* überlegte er. Er verspürte Gewissensbisse, weil er sich nicht erinnern konnte, und beschloss, sich von seiner Sekretärin eine Kopie geben zu lassen.

„Rona.“ Swan ergriff die Hand seiner Tochter. Er sah, wie sie überrascht aufblickte, und starrte auf seine Finger. Er hatte vorhin ihre ganze Unterhaltung mit Ned gehört und sich darüber geärgert, wie offen sie über ihn, ihren Vater, gesprochen hatte. Es hatte ihm gar nicht gefallen. Und jetzt war seine Tochter richtiggehend betroffen, weil er ihre Hand ergriffen hatte. Er fühlte sich frustriert.

„Ist es dir in Las Vegas gut ergangen?“, fragte er, weil er nicht wusste, was er sonst sagen sollte.

„Ja.“ Unsicher wechselte sie wieder zum Geschäftlichen. „Es war gut, dass ich dort war. Dadurch, dass ich Patrick bei der Arbeit so genau beobachtet habe, bin ich jetzt bestens informiert, viel besser als nur von den Bändern. Und ich habe die Leute kennengelernt, die mit ihm zusammenarbeiten. Das ist bestimmt kein Nachteil, wenn sie mit mir arbeiten müssen.“ Sie warf noch einen verwirrten Blick auf ihre Hände, die in den Händen ihres Vaters lagen. War ihr Vater vielleicht krank? Sie betrachtete prüfend sein Gesicht. „Morgen … morgen habe ich für dich einen viel ausführlicheren Bericht.“

Swan ließ sie aussprechen. „Rona, wie alt bist du gestern geworden?“ Er beobachtete sie genau. Ihre Augen wurden ausdruckslos.

„Siebenundzwanzig“, antwortete sie tonlos.

Siebenundzwanzig! Mit einem tiefen Seufzer gab er ihre Hände frei. „Mir sind wohl ein paar Jahre entgangen“, murmelte er. „Triff deine Verabredung mit Coogar“, sagte er und blätterte in den Papieren auf seinem Schreibtisch. „Schick mir ein Memo, sobald du mit Elaine Fishers Agent Kontakt aufgenommen hast.“

„In Ordnung.“

Über den Rand der Papiere hinweg betrachtete Swan seine Tochter, als sie zur Tür ging. Nachdem sie den Raum verlassen hatte, lehnte er sich in seinem Sessel zurück.

Er fand es erschütternd, dass er alt wurde.

11. Kapitel

Als Produzentin sah sich Rona genauso viel Papierkram gegenüber wie zuvor, als sie Verträge ausgehandelt hatte. Die Tage verbrachte sie hinter ihrem Schreibtisch, am Telefon oder in fremden Büros. Es war harte, strapaziöse Arbeit mit wenig Glamour. Die Stunden dehnten sich, die Probleme waren endlos. Dennoch fand sie Geschmack daran. Letztlich war sie eben die Tochter ihres Vaters.

Bennett Swan hatte ihr nicht freie Hand gegeben, aber der Streit am Morgen ihrer Rückkehr nach Los Angeles hatte sein Gutes. Ihr Vater hörte jetzt auf sie. Meistens fand sie bei ihm ein überraschend offenes Ohr für ihre Vorschläge. Er legte nicht willkürlich sein Veto ein, wie sie befürchtet hatte, sondern änderte nur gelegentlich etwas. Swan kannte das Geschäft von allen Seiten. Rona hörte auf ihn und lernte.

Ihre Tage waren erfüllt und chaotisch. Ihre Nächte waren leer. Rona hatte gewusst, dass Patrick sie nicht anrufen würde. Das war nicht seine Art. Bestimmt war er in seinem Arbeitsraum im Keller, plante, übte und verbesserte. Vermutlich merkte er nicht einmal, wie die Zeit verging.

Natürlich könnte ich ihn anrufen, dachte Rona, während sie in ihrem Apartment rastlos auf und ab lief. Es hätte unzählige Vorwände dafür gegeben. Da gab es die Änderung im Aufzeichnungsplan. Das war ein guter Grund, obwohl sie wusste, dass Patrick schon durch seinen Agenten informiert worden war. Und da gab es wenigstens ein Dutzend unbedeutendere Punkte, über die sie vor ihrem Zusammentreffen in der nächsten Woche sprechen konnten.

Rona betrachtete nachdenklich das Telefon, schüttelte dann den Kopf. Sie wollte mit ihm nicht über das Geschäft sprechen.

Patrick ging die Wasserillusion zum dritten Mal durch. Sie war fast perfekt, aber fast war niemals gut genug. Nicht zum ersten Mal dachte er daran, dass das Kameraauge unendlich schärfer als das menschliche Auge war. Jedes Mal, wenn er sich selbst auf Band gesehen hatte, waren ihm Fehler aufgefallen. Es spielte für Patrick keine Rolle, dass nur er wusste, wo sie zu suchen waren. Für ihn zählte lediglich, dass sie da waren. Er wiederholte die Illusion noch einmal.

In seinem Arbeitsraum war es still. Er wusste, dass Link oben am Piano saß, aber die Klänge drangen nicht bis hier herunter. Patrick hätte auch nichts gehört, wenn das Piano im selben Raum gestanden hätte. Er beobachtete kritisch in einem bodenlangen Spiegel, wie Wasser in Form einer durch keinen Behälter gehaltenen Säule schimmerte. Der Spiegel zeigte ihn, wie er diese Wassersäule an beiden Enden hielt, während Wasser von Handfläche zu Handfläche strömte. Wasser war nur eines der vier Elemente, die er in Ronas Special beherrschen wollte.

Er hielt das Special mehr für Ronas als für sein Projekt. Und er dachte an sie, wenn er eigentlich an seine Arbeit denken sollte. Mit einer anmutigen Bewegung seiner Hände ließ Patrick das Wasser zurück in einen Glaskrug fließen.

Ein Dutzend Mal war er nahe daran gewesen, Rona anzurufen. Einmal hatte um drei Uhr nachts seine Hand schon auf der Wählscheibe gelegen. Nur ihre Stimme – er hatte nur ihre Stimme hören wollen. Er hatte die Nummer nicht zu Ende gewählt, weil er sich an seinen Schwur erinnerte, niemals jemandem Verpflichtungen aufzuerlegen. Wenn er sie anrief, bedeutete es, dass er sie anzutreffen erwartete. Doch Rona war frei und konnte tun, was sie wollte. Er hatte keinen Anspruch auf sie oder auf sonst jemanden. Sogar sein Vogel war immer frei und nie in einen Käfig eingesperrt.

Er hatte in seinem Leben nie jemandem angehört. Früher hatten Sozialarbeiter ihm Verhaltensmaßregeln und Mitleid gezeigt, aber letztlich war er nur einer von vielen Namen auf ihrer Liste gewesen. Der Staat hatte sich darum gekümmert, dass er anständig untergebracht wurde und gemäß den Gesetzen anständig für ihn gesorgt wurde. Dieselben Gesetze banden ihn an zwei Menschen, die ihn nicht wollten, die ihn aber auch nicht freigaben.

Selbst wenn er Menschen liebte, wie Link und Bess, nahm er zwar

Gefühle an, verlangte jedoch keine Bindungen. Vielleicht entwickelte er deshalb immer kompliziertere Entfesselungsnummern. Mit jeder Entfesselung bewies er, dass niemand für immer festgehalten werden konnte.

Dennoch dachte er an Rona, wenn er eigentlich arbeiten sollte.

Patrick griff nach den Handschellen und betrachtete sie. Wie perfekt sie an Ronas Handgelenke gepasst hatten! Damals hatte er sie in seinen Armen gehalten. Gedankenverloren ließ er eine Schelle um sein rechtes Handgelenk schnappen und spielte mit der anderen. Er stellte sich vor, dass Ronas Hand darin gefangen war.

Will ich das? fragte er sich. Möchte ich sie an mich fesseln? Er erinnerte sich daran, wie warm sie war, wie er schon nach einer einzigen Berührung nicht mehr von ihr loskam. Wer würde denn an wen gefesselt sein? Verärgert befreite sich Patrick so rasch von der Handschelle, wie er sie angelegt hatte.

„Nichts als Ärger, nichts als Ärger!“, krächzte Merlin auf seiner Stange.

Amüsiert blickte Patrick zu ihm hinüber. „Wahrscheinlich hast du recht“, murmelte er und ließ die Handschellen von einem Finger baumeln. „Aber du konntest ihr doch auch nicht widerstehen, oder?“

„Abrakadabra!“

„Richtig! Abrakadabra“, stimmte Patrick geistesabwesend zu. „Aber wer hat wen verhext, du kluges Federvieh?“

Rona wollte gerade in die Wanne steigen, als es an der Tür klopfte. „Verdammt!“ Verärgert über die Störung, schlüpfte sie wieder in ihren goldgelben Bademantel, ging an die Tür und überlegte, wie sie den Besucher loswurde, ehe ihr Badewasser kalt war.

„Patrick!“

Er beobachtete, wie sich ihre Augen erstaunt weiteten. Dann sah er zu seiner Erleichterung die Freude. Rona warf sich ihm in die Arme.

„Bist du es wirklich?“, fragte sie, bevor sich ihre Lippen auf seinen Mund pressten. Ihre Sehnsucht war genauso groß wie seine. „Fünf Tage“, murmelte Rona und klammerte sich an ihn. „Weißt du, wie viele Stunden fünf Tage haben?“

„Hundertzwanzig." Patrick schob sie ein Stück von sich und betrachtete sie lächelnd. „Wir sollten lieber hineingehen. Deine Nachbarn finden das hier sehr unterhaltend."

Rona zog ihn hinein und schloss die Tür, indem sie Patrick dagegendrückte. „Küss mich", forderte sie. „Fest! Fest genug, um hundertzwanzig Stunden nachzuholen."

Sein Mund legte sich besitzergreifend auf ihren. Sie fühlte seine Zähne über ihre Lippen streichen, als er sie stöhnend an sich presste. Patrick versuchte an seine Stärke und ihre Zerbrechlichkeit zu denken, aber ihre Zunge lockte, und ihre Hände reizten ihn. Ihr heiseres, erregtes Lachen machte ihn wild. Nichts hatte sich verändert.

„Oh ja, du bist es wirklich." Seufzend legte sie ihren Kopf an seine Schulter. „Du bist es wirklich."

Aber bist du es? dachte er ein wenig benommen von dem Kuss.

Rona drückte ihn noch einmal an sich und wich zurück. „Was machst du hier, Patrick? Ich habe dich nicht vor Montag oder Dienstag erwartet."

„Ich wollte dich sehen", sagte er einfach und legte seine Hand an ihre Wange. „Dich berühren."

Rona hielt seine Hand fest und presste sie an ihre Lippen. Ein stilles Feuer breitete sich in ihr aus. „Du hast mir gefehlt", flüsterte sie, während ihre Augen an ihm hingen. „So gefehlt!"

„Ich wusste nicht, ob du frei bist."

„Patrick", sagte sie sanft und legte ihre Hände auf seine Brust. „Glaubst du wirklich, ich möchte mit einem anderen Mann zusammen sein?"

Er blickte schweigend auf Rona hinunter, aber sie fühlte unter ihrer Hand seinen beschleunigten Herzschlag. „Du störst meine Arbeit", sagte er endlich.

Verwirrt neigte sie den Kopf zur Seite. „Ich? Wie denn?"

„Du beherrschst meine Gedanken, wenn es nicht sein sollte."

„Tut mir leid." Ihr Lächeln verriet deutlich, dass es ihr nicht leidtat. „Habe ich deine Konzentration gestört?"

„Ja."

Ihre Hände strichen über seinen Hals. „Das ist aber ganz schlimm."

Ihre Stimme klang leicht spöttisch und verführerisch. „Was machen wir denn dagegen?"

Als Antwort zog Patrick sie auf den Boden. Die Bewegung war so schnell, so unerwartet, dass Rona leise aufschrie, aber sein Mund erstickte den Laut. Bevor sie Luft holen konnte, riss er ihr schon den Bademantel vom Leib. Patrick zog sie so rasch in den Strudel der Leidenschaften, dass sie machtlos ihrem Verlangen nachgeben musste.

Innerhalb von Sekunden war er nackt, ließ ihr aber keine Zeit, seinen Körper zu erforschen. In einer einzigen fließenden Bewegung rollte Patrick sie auf sich, hob sie an, als wäre sie schwerelos, und senkte sie auf sich, sodass er tief in sie eindrang.

Rona stöhnte lustvoll auf. Ihr schwindelte von der Schnelligkeit. Ihre Haut war feucht vor innerer Hitze. Ihre Augen weiteten sich in unbeschreiblicher Lust. Sie sah Patricks schweißbedecktes Gesicht, die geschlossenen Augen. Sie hörte sein Keuchen, während er seine schlanken Finger gegen ihre Hüften presste und ihre Bewegungen den seinen anpasste. Dann schob sich ein Film über ihre Augen, ein weißer Nebel, der ihren Blick verschleierte. Sie presste ihre Hände auf seine Brust, um nicht vornüberzufallen. Aber sie fiel doch, ganz langsam, völlig ausgepumpt und leer.

Als der Nebel verschwand, fand Rona sich in Patricks Armen, sein Gesicht in ihrem Haar vergraben. Ihre feuchten Körper waren miteinander verschmolzen.

„Jetzt weiß ich, dass du auch wirklich bist", murmelte Patrick und suchte ihren Mund. „Wie fühlst du dich?"

„Benommen", antwortete sie atemlos. „Einfach wunderbar."

Patrick lachte, stand auf und zog sie in seine Arme. „Ich bringe dich ins Bett und liebe dich noch einmal, bevor du dich erholst."

„Mhm, ja." Rona küsste seinen Hals. „Ich sollte zuerst das Wasser aus der Wanne lassen."

Patrick stutzte und lächelte. Während Rona schläfrig in seinen Armen hing, ging er durch das Apartment, bis er das Bad fand. „Warst du in der Wanne, als ich klopfte?"

„Fast." Rona drängte sich seufzend an ihn. „Ich wollte den Störenfried loswerden. Ich war sehr verärgert."

Patrick drehte rasch das heiße Wasser voll auf. „Ist mir gar nicht aufgefallen."

„Hast du nicht gemerkt, wie sehr ich dich loswerden wollte?"

„Manchmal habe ich ein sehr dickes Fell", gestand er. „Das Wasser ist wahrscheinlich schon etwas ausgekühlt."

„Möglich", stimmte sie zu.

„Du hast ziemlich viel Badeschaum genommen."

„Mhm! Oh!" Rona riss die Augen auf, als sie plötzlich in die Wanne gesenkt wurde.

„Kühl?" Patrick betrachtete sie lächelnd.

„Nein." Rona drehte das dampfend in die Wanne strömende Wasser ab. Sie ließ ihre Augen über ihn gleiten, seinen hohen, schlanken Körper, die festen Muskeln und schmalen Hüften. Sie neigte den Kopf und spielte mit einem Finger in dem Badeschaum. „Möchtest du mir Gesellschaft leisten?", lud sie ihn höflich ein.

„Der Gedanke kam mir in der Tat."

„Bitte sehr!" Sie machte eine einladende Handbewegung. „Sei mein Gast. Ich war sehr unaufmerksam und habe dir nicht einmal einen Drink angeboten." Sie lächelte ihm übermütig zu. „Wie konnte ich nur so überaus ungastlich dir gegenüber sein?"

Das Wasser stieg, als Patrick sich in die Wanne setzte. Er saß am Fußende mit dem Gesicht zu Rona. „Ich trinke selten", erinnerte er sie.

„Ja, ich weiß." Sie nickte ihm knapp zu. „Du rauchst nicht, trinkst selten, fluchst so gut wie nie. Sie sind ein Musterbeispiel an Tugend, Mr. Atkins."

Er schleuderte eine Schaumflocke nach ihr.

Rona wischte den Schaum von ihrer Wange. „Wie auch immer, ich wollte mit dir die Entwürfe für das Set besprechen. Möchtest du die Seife?"

„Danke, Miss Swan." Er nahm die Seife von ihr entgegen. „Du wolltest mit mir über das Set sprechen?"

„Oh ja, ich glaube, die Entwürfe werden dir gefallen, obwohl du vielleicht einige kleinere Änderungen willst." Sie veränderte ihre Haltung und seufzte, als ihre Beine die seinen streiften. „Ich habe Bloomfield gesagt, dass ich etwas Fantasievolles, Mittelalterliches möchte, aber nicht zu überladen."

„Keine Ritterrüstungen?“

„Nein, nur die Atmosphäre, etwas Stimmungsvolles, wie …“ Sie brach ab, als er ihren Fuß in die Hand nahm und einseifte.

„Ja?“, drängte er.

„Eine vorherrschende Farbe“, sagte sie, während sanfte Lustwellen durch ihr Bein strömten. „Gedämpfte Farben, ungefähr wie in deinem Wohnzimmer.“

Patrick massierte ihre Wade. „Nur ein Set?“

Rona zitterte in dem dampfenden Wasser, als er seine seifigen Finger an ihrem Bein höher schob. „Ja, ich dachte … mmmh … ich dachte, als Grundstimmung …“

Er strich mit seinen Händen langsam an ihren Beinen herauf und herunter und beobachtete ihr Gesicht. „Was für eine Grundstimmung?“ Mit einer Hand seifte er ihre Brüste in kreisenden Bewegungen ein, während er mit der anderen ihren Oberschenkel massierte.

„Sex“, antwortete Rona heiser. „Du wirkst auf der Bühne sehr sexy.“

„Tatsächlich?“, fragte Patrick amüsiert.

„Ja, dramatisch und auf eher kühle Art sexy. Wenn ich dir bei der Vorstellung zusehe …“ Sie verstummte und rang nach Luft. Der schwere Duft des Badeschaums hüllte sie ein. Das Wasser schwappte unter ihren Brüsten, dicht unterhalb Patricks raffiniert streichelnder Hand. „Deine Hände …“, brachte sie hervor, von heißer, kaum erträglicher Lust geschüttelt.

„Was ist mit ihnen?“, fragte er und drang mit einem Finger in sie ein.

„Magie!“, murmelte sie bebend. „Patrick, ich kann nicht sprechen, wenn du so etwas mit mir machst. Es ist reine Magie.“

„Soll ich aufhören?“

Sie sah ihn nicht mehr an. Ihre Augen waren geschlossen. Er beobachtete ihr Gesicht, während er sie nur mit seinen Fingerspitzen erregte.

„Nein.“ Rona fand unter Wasser seine Hand und presste sie gegen ihren Körper.

„Du bist so schön, Rona.“ Das Wasser schlug Wellen, als er sich vorbeugte, um zuerst ihre Brüste und danach ihren Mund zu küssen.

„So weich! Ich habe dich vor mir gesehen, wenn ich nachts allein war. Ich habe mir vorgestellt, dich so zu berühren. Ich konnte nicht von dir fernbleiben.“

„Das sollst du auch nicht.“ Ihre Hände tauchten in sein Haar und zogen seinen Mund fester an ihre Lippen. „Geh nicht wieder weg. Ich habe schon so lange auf dich gewartet.“

„Fünf Tage“, murmelte er, als er ihre Beine auseinanderdrängte.

„Mein ganzes Leben lang.“

Bei ihren Worten regte sich tief in ihm etwas. Die Leidenschaft ließ jedoch nicht zu, dass er es näher erforschte. Er musste sie jetzt lieben, das war alles.

„Oh, Patrick“, murmelte Rona benommen. „Wir sinken.“

„Dann halte einfach die Luft an“, empfahl er und nahm sie.

„Mein Vater will sicher mit dir sprechen“, sagte Rona am nächsten Morgen, als Patrick auf ihren Parkplatz vor ‚Swan Productions‘ fuhr. „Und du wirst vermutlich mit Coogar sprechen wollen.“

„Seit ich hier bin“, gab Patrick zu und schaltete die Zündung aus. „Aber ich bin deinetwegen gekommen.“

Lächelnd beugte sich Rona zu ihm und küsste ihn. „Ich bin so glücklich, dass du hier bist. Kannst du über das Wochenende bleiben, oder musst du zurück?“

Er schob eine Locke hinter ihr Ohr. „Wir werden sehen.“

Sie stieg aus dem Wagen. Eine günstigere Antwort durfte sie nicht erwarten. „Natürlich, das erste Treffen aller Beteiligten ist erst für die nächste Woche vorgesehen, aber sie werden sich bestimmt auf dich einstellen.“ Sie betraten das Gebäude. „Ich werde die Leute von meinem Büro aus anrufen.“

Rona führte ihn rasch die Korridore entlang, nickte oder antwortete, wenn jemand sie grüßte. Sie war streng berufsmäßig, stellte er fest, seit sie das Haupttor des Firmengeländes hinter sich gelassen hatten.

„Ich weiß nicht, wo Bloomfield heute ist“, fuhr sie fort, als sie im Aufzug den Knopf für das richtige Stockwerk drückte. „Aber wenn er nicht zu erreichen ist, kann ich die Skizzen holen und mit dir durchsprechen.“ Sie begann die Termine des Tages auf Patrick abzustimmen. „Wir beide können natürlich über die offiziellen Termine hinaus zusammenbleiben. Wir ..."

„Möchten Sie heute Abend mit mir essen, Miss Swan?"

Rona stockte, als er sie lächelnd ansah. Der Ausdruck in seinen Augen machte es ihr schwer, sich an ihre Pläne für diesen Tag zu erinnern. Sie konnte nur noch an die letzte Nacht denken. „Das ließe sich in meinem Terminplan unterbringen, Mr. Atkins", murmelte sie, als sich die Aufzugstüren öffneten.

„Siehst du auf deinem Terminkalender nach?", fragte er und küsste ihre Hand.

„Ja." Rona hielt die Türen an, die sich wieder schlossen. „Und sieh mich heute nicht mehr so an", flüsterte sie atemlos. „Ich kann sonst überhaupt nichts mehr tun."

„Ach, tatsächlich?" Patrick ließ sich von ihr auf den Korridor ziehen. „Das wäre doch eine angemessene Rache dafür, dass du mich die ganze Zeit an meiner Arbeit gehindert hast."

Rona führte ihn entnervt in ihr Büro. „Wenn wir diese Show über die Bühne bringen wollen ...", setzte sie an.

„Nun, ich habe volles Vertrauen zu der tüchtigen und zuverlässigen Miss Swan", meinte Patrick leichthin. Er setzte sich.

„Es wird nicht leicht sein, mit dir zu arbeiten, nicht wahr?", fragte sie.

„Sehr wahrscheinlich."

Rona zog die Nase kraus, nahm den Telefonhörer ab und drückte eine Reihe von Tasten. „Rona Swan", meldete sie sich und vermied es, Patrick anzusehen. „Ist er frei?"

„Einen Moment, Miss Swan."

Gleich darauf hörte sie ihren Vater ungeduldig antworten: „Mach es kurz, ich bin beschäftigt."

„Tut mir leid, dich zu stören", sagte sie automatisch. „Patrick Atkins ist in meinem Büro. Vielleicht möchtest du ihn sehen."

„Was macht er hier?", fragte Swan und sprach weiter, ehe Rona antworten konnte. „Bring ihn zu mir." Er legte auf, ohne auf ihre Zustimmung zu warten.

„Er möchte dich jetzt sehen", sagte Rona, legte den Hörer auf den Apparat und erhob sich.

Patrick nickte und stand gleichzeitig mit ihr auf. Die Kürze des Telefongesprächs hatte ihm viel verraten. Minuten später in Swans Büro lernte er noch eine Menge dazu.

„Mr. Atkins!“ Swan stand auf und kam mit ausgestreckter Hand um seinen riesigen Schreibtisch herum. „Was für eine angenehme Überraschung. Ich habe Sie nicht vor nächster Woche erwartet.“

„Mr. Swan.“ Patrick drückte die dargebotene Hand und stellte fest, dass Swan für seine Tochter nicht einmal einen Gruß übrig hatte.

„Bitte, setzen Sie sich. Was kann ich Ihnen anbieten? Kaffee?“

„Nein, danke, nichts.“

„‚Swan Productions‘ ist sehr erfreut, dass Sie für uns arbeiten, Mr. Atkins.“ Swan setzte sich wieder hinter seinen Schreibtisch. „Wir werden für dieses Special viel Energie aufwenden. Promotion und Presse sind schon in Bewegung gesetzt worden.“

„Ich habe darüber gehört. Rona hält mich auf dem Laufenden.“

„Natürlich.“ Swan nickte seiner Tochter knapp zu. „Wir werden in Studio fünfundzwanzig aufnehmen. Rona kann dafür sorgen, dass Sie es heute besichtigen können, wenn Sie wollen, und alles andere, was Sie sehen möchten.“ Er warf seiner Tochter einen kurzen Blick zu.

„Ja, natürlich“, erwiderte sie. „Ich dachte, dass Mr. Atkins mit Coogar und Bloomfield sprechen möchte, falls sie zu erreichen sind.“

„Sorge dafür“, befahl er und schickte sie weg. „Also, Mr. Atkins, ich habe einen Brief von Ihrem Agenten bekommen. Wir müssen ein paar Punkte besprechen, bevor Sie die künstlerischen Mitarbeiter der Gesellschaft treffen.“

Patrick wartete, bis Rona die Tür hinter sich geschlossen hatte. „Ich beabsichtige, mit Rona zu arbeiten, Mr. Swan. Ich habe mit Ihnen unter dieser Bedingung abgeschlossen.“

„Natürlich“, antwortete Swan, aus dem Gleichgewicht geworfen. Für gewöhnlich wurde dem Künstler geschmeichelt, um sein Interesse zu wecken. „Ich kann Ihnen versichern, dass Rona hart an Ihrer Sache gearbeitet hat.“

„Daran zweifle ich nicht.“

Swan sah ruhig in die abschätzenden Augen des Magiers. „Rona produziert das Special auf Ihr Verlangen hin."

„Ihre Tochter ist eine sehr interessante Frau, Mr. Swan." Patrick wartete einen Moment, als sich Swans Augen zusammenzogen. „Auf beruflicher Ebene habe ich volles Vertrauen in ihre Fähigkeiten", fuhr er fort. „Sie ist entschieden und aufmerksam und nimmt ihre Arbeit äußerst ernst."

„Freut mich, dass Sie mit ihr zufrieden sind." Swan war nicht sicher, was hinter Patricks Worten steckte.

„Wer mit ihr nicht zufrieden ist, muss schon sehr dumm sein", konterte Patrick und fuhr fort, ehe Swan reagieren konnte: „Finden Sie Talent und berufliches Können nicht sehr schön, Mr. Swan?"

Swan betrachtete Patrick einen Moment und lehnte sich in seinem Stuhl zurück. „Ich wäre nicht der Chef von ‚Swan Productions', würde ich nicht so denken", antwortete er trocken.

„Dann verstehen wir uns", sagte Patrick sanft. „Und welche Punkte wollten Sie nun mit mir klären?"

Erst um Viertel nach fünf konnte Rona das Treffen zwischen Bloomfield und Patrick arrangieren. Sie war den ganzen Tag herumgehetzt, hatte Blitzbesprechungen angesetzt und ihre für diesen Tag vorgesehene Arbeit erledigt. Sie hatte keinen Moment Zeit für ein Tête-à-Tête mit Patrick gefunden. Als sie jetzt, von Bloomfields Büro kommend, den Korridor entlanggingen, stieß sie langsam den Atem aus.

„So, das dürfte es dann gewesen sein. Nichts bringt die Leute offenbar mehr ins Schleudern als das unerwartete Auftauchen eines Magiers. So abgebrüht Bloomfield auch ist, ich glaube, er hat nur darauf gewartet, dass du ein Kaninchen aus deinem Hut ziehst."

„Ich hatte keinen Hut", bemerkte Patrick.

„Wäre das für dich ein Hindernis?" Rona lachte und sah auf ihre Uhr. „Ich muss eben noch in mein Büro, ein paar Dinge ordnen, mich mit meinem Vater in Verbindung setzen und ihn informieren, dass der Künstler gut behandelt wurde, dann …"

„Nein."

„Nein?" Rona blickte überrascht auf. „Wolltest du noch etwas sehen? War mit den Skizzen etwas nicht in Ordnung?"

„Nein“, sagte Patrick noch einmal. „Du gehst nicht in dein Büro zurück, um ein paar Dinge zu ordnen und dich mit deinem Vater in Verbindung zu setzen.“

Lachend ging Rona weiter. „Es dauert nicht lange, höchstens zwanzig Minuten.“

„Sie haben Dinner mit mir zugestimmt, Miss Swan“, erinnerte er sie.

„Sobald ich meinen Schreibtisch aufgeräumt habe.“

„Das kannst du am Montagmorgen machen. Gibt es etwas Dringendes?“

„Nun, nein, aber …“ Sie verstummte, als sie etwas an ihrem Handgelenk fühlte, und starrte auf die Handschelle. „Patrick, was machst du da?“ Rona zog an ihrem Arm, der jedoch fest an seinen gekettet war.

„Ich gehe mit dir essen.“

„Patrick, nimm mir das Ding ab!“, verlangte sie amüsiert.

„Später“, versprach er, bevor er sie zu dem Aufzug zog. Er wartete dort ruhig, während zwei Sekretärinnen ihn, die Handschellen und Rona entgeistert betrachteten.

„Patrick“, raunte Rona ihm zu. „Nimm mir das Ding sofort ab. Sie starren uns an.“

„Wer?“

„Patrick, ich meine es ernst!“ Sie stöhnte leise auf, als sich die Aufzugstüren öffneten und den Blick auf mehrere Mitarbeiter von ‚Swan Productions‘ freigaben. Patrick betrat die Kabine und ließ ihr keine Wahl, als ihm zu folgen. „Dafür wirst du mir bezahlen“, murmelte sie.

„Sagen Sie, Miss Swan“, sagte Patrick freundlich und sehr laut, „ist es immer so schwierig, Sie zum Einhalten einer Verabredung zu bringen?“

Rona murmelte etwas Unverständliches und starrte geradeaus. Unverändert an Patrick gefesselt, überquerte sie mit ihm den Parkplatz.

„Also gut, der Spaß ist vorbei“, drängte sie. „Nimm mir die Dinger ab! Ich habe mich in meinem Leben noch nie so geschämt! Hast du eine Ahnung, wie …“

Aber ihr hitziger Vorwurf wurde von seinen Lippen erstickt. „Das will ich schon den ganzen Tag über tun“, sagte Patrick und küsste sie wieder, ehe sie antworten konnte.

Rona versuchte ihren Ärger aufrechtzuerhalten. Sein Mund war so sanft, seine Hand auf ihrem Rücken so zart! Sie schmiegte sich enger an ihn, aber als sie die Arme um seinen Nacken legen wollte, hinderten sie die Handschellen daran.

„Nein“, sagte sie fest. „Du wirst dich nicht aus der Affäre ziehen.“ Sie wich zurück und war bereit, gegen ihn zu wüten, doch er lächelte sie an. „Zum Teufel mit dir, Patrick“, sagte sie seufzend. „Küss mich noch einmal.“

Er küsste sie sanft. „Sie sind sehr aufregend, wenn Sie wütend sind, Miss Swan“, flüsterte er.

„Ich war wütend“, murmelte sie und erwiderte seinen Kuss. „Und ich bin wütend. Und ich werde ewig wütend bleiben.“

„Und sehr aufregend.“ Er zog sie weiter zu seinem Wagen.

„Ja und?“ Sie hielt ihre zusammengebundenen Handgelenke hoch und warf ihm einen fragenden Blick zu. Patrick öffnete die Wagentür und machte eine einladende Handbewegung. „Patrick!“ Rona zerrte empört an der Fessel. „Nimm die Dinger ab! So kannst du nicht fahren.“

„Doch, du musst hinüberrutschen.“ Er schob sie in den Wagen.

Rona saß für einen Moment auf dem Fahrersitz und starrte Patrick zornig an. „Das ist absurd.“

„Ja“, stimmte er zu. „Und es gefällt mir. Rutsch!“

Rona überlegte, ob sie sich weigern sollte, aber dann hätte er sie einfach auf den Beifahrersitz gehoben. Sie schaffte es selbst mit viel Schwierigkeiten und wenig Anmut.

Patrick lächelte ihr noch einmal zu, als er den Motor startete. „Leg deine Hand auf den Schalthebel, dann klappt es fein.“

Rona gehorchte. Seine Hand lag auf der ihren, als er den Wagen zurücksetzte. „Wie lange sollen wir noch diese Dinger tragen?“

„Interessante Frage. Ich habe mich noch nicht entschieden.“ Er verließ den Parkplatz und fuhr Richtung Norden.

Rona schüttelte den Kopf und musste lachen. „Hättest du mir gesagt, dass du so hungrig bist, wäre ich friedlich mitgegangen.“

„Ich bin nicht hungrig“, meinte er beiläufig. „Ich dachte, wir halten unterwegs und essen eine Kleinigkeit.“

„Unterwegs?“, wiederholte Rona erstaunt. „Unterwegs wohin?“

„Nach Hause.“

Ein Blick ins Freie zeigte ihr, dass er Los Angeles in der entgegengesetzten Richtung zu ihrem Apartment verließ. „Zu dir nach Hause?“, fragte sie ungläubig. „Patrick, das sind von hier hundertfünfzig Meilen.“

„Ungefähr“, bestätigte er. „Du wirst nicht vor Montag in Los Angeles gebraucht.“

„Montag! Willst du sagen, dass wir über das Wochenende zu dir fahren? Aber ich kann nicht!“ Sie war außer sich. „Ich kann nicht einfach in den Wagen steigen und für das Wochenende wegfahren.“

„Warum nicht?“

„Nun, ich …“ Bei ihm klang es so vernünftig, dass sie nach einem Haken suchen musste. „Ich habe nichts anzuziehen, das ist das eine. Und …“

„Du brauchst keine Kleider.“

Das ließ sie erst einmal verstummen. Rona starrte ihn eine Weile mit einer Mischung aus Erregung und Panik an. „Das ist Kidnapping.“

„Irgendwelche Einwände?“, fragte er mit einem kurzen Blick.

„Ich lasse es dich am Montag wissen“, erklärte sie und lehnte sich auf ihrem Sitz zurück, um ihre Entführung zu genießen.

12. Kapitel

Rona erwachte in Patricks Bett. Helles Sonnenlicht strömte in den Raum. In der Morgendämmerung hatte Patrick sie geweckt und ihr zugeraunt, dass er nach unten arbeiten ging. Rona tastete nach seinem Kissen, zog es an sich und blieb noch einige Minuten im Bett liegen.

Was für ein überraschender Mann er doch ist, dachte sie. Nie hätte sie von ihm erwartet, dass er sie, mit Handfesseln an ihn gekettet, mit nicht mehr als den Kleidern am Leib in ein gemeinsames Wochenende verschleppte. Sie hätte eigentlich empört sein sollen.

Rona vergrub ihr Gesicht in seinem Kissen. Wie hätte sie das gekonnt? Wie grollte man einem Mann, der einem mit einem Blick oder einer Berührung zeigte, dass man gebraucht und begehrt wurde?

Rona streckte sich genüsslich und nahm ihre Uhr von dem Nachttischchen. Halb zehn! Wie konnte es schon so spät sein? Patrick schien sie erst vor Minuten verlassen zu haben. Sie sprang aus dem Bett und jagte unter die Dusche. Sie hatten nur zwei gemeinsame Tage, die sie nicht mit Schlafen verschwenden wollte.

Als Rona mit einem Handtuch um den Körper gewickelt in das Schlafzimmer zurückkam, betrachtete sie zweifelnd ihre Kleider. Es war ganz bestimmt etwas daran, von einem sagenhaften Magier entführt zu werden, aber es war wirklich schlimm, dass er sie nichts hatte einpacken lassen. Ergeben zog sie über der Bluse ihre hochgeschlossene dunkelblaue Kostümjacke mit den schmalen roten Karostreifen und den langen Ärmeln und ihren Rock an. Patrick musste ihr einfach etwas zum Anziehen besorgen, aber im Moment ging es auch so.

Etwas betroffen stellte Rona fest, dass sie nicht einmal ihre Handtasche dabeihatte. Sie lag noch in der untersten Schreibtischschublade in ihrem Büro in Los Angeles. Als sie sich im Spiegel betrachtete, zog sie die Nase kraus. Ihr Haar war zerzaust, ihr Gesicht ungeschminkt. Nicht einmal Kamm und Lippenstift, dachte sie und seufzte. Patrick musste sich etwas einfallen lassen. Sie dachte darüber nach, während sie hinunterging.

Als sie den Fuß der Treppe erreichte, wollte Link gerade gehen. „Guten Morgen", grüßte sie und wusste nicht, was sie noch sagen sollte. Er war am Vorabend bei ihrer Ankunft nicht zu sehen gewesen.

„Hallo!" Er lachte ihr entgegen. „Patrick hat gesagt, dass du hier bist."

„Ja, ich … Er hat mich für das Wochenende zu sich eingeladen." So ließ es sich vermutlich am einfachsten ausdrücken.

„Ich bin froh, dass du hier bist. Er hat dich vermisst."

Ihre Augen leuchteten auf. „Ich habe ihn auch vermisst. Wo ist er?"

„Er telefoniert, in der Bibliothek." Link zögerte und wurde ein wenig rot.

Lächelnd nahm sie die letzte Stufe. „Was ist los, Link?"

„Ich – hm – ich habe das Lied beendet, das dir gefallen hat."

„Das ist wunderbar. Ich möchte es gern hören."

„Die Noten liegen auf dem Piano." Schrecklich verlegen betrachtete er seine Schuhe. „Du kannst es später spielen, wenn du möchtest."

„Wirst du nicht hier sein?" Sie hätte am liebsten seine Hand wie die eines kleinen Jungen genommen, fühlte aber, dass es ihn nur noch verlegener gemacht hätte. „Ich habe dich noch nie spielen hören."

„Nein, ich …" Seine Wangen färbten sich noch dunkler, und er warf ihr einen schnellen Blick zu. „Bess und ich … also, sie will nach San Francisco fahren." Er räusperte sich. „Sie fährt so gern mit den Cablecars."

„Das ist aber nett, Link." Impulsiv beschloss Rona, Bess ein wenig zu helfen. „Sie ist schon ein tolles Mädchen, nicht wahr?"

„Oh, sicher. Keine ist wie Bess", stimmte er bereitwillig zu und starrte wieder auf seine Schuhe.

„Sie denkt genauso über dich."

Seine Augen blickten Rona kurz an, richteten sich dann über ihre Schultern hinweg auf einen Punkt an der Wand. „Glaubst du?"

„Oh ja." Obwohl sie ein Lächeln kaum noch unterdrücken konnte, sprach Rona ernst weiter. „Sie hat mir erzählt, wie sie dich kennengelernt hat. Ich fand es schrecklich romantisch."

Link lachte nervös. „Sie war wahnsinnig hübsch. Auch heute drehen sich die Männer nach ihr um, wenn wir über die Straße gehen."

„Das kann ich mir vorstellen", meinte Rona und gab ihm einen Anstoß. „Aber ich glaube, dass sie für Musiker schwärmt. Für Klavierspieler", fügte sie hinzu, als er sie wieder ansah. „Klavierspieler, die schöne romantische Lieder schreiben. Man sollte keine Zeit verschwenden, meinst du nicht?"

Link starrte sie an, als versuche er, ihre Worte zu zerpflücken. „Wie? Oh ja." Er runzelte die Stirn und nickte. „Ja, du hast recht. Ich sollte Bess jetzt abholen und sie nicht länger warten lassen."

„Das halte ich für eine sehr gute Idee." Jetzt nahm sie doch seine Hand und drückte sie kurz. „Viel Vergnügen!"

„Okay." Er lächelte und ging zur Tür. Mit der Hand an der Klinke sah er über die Schulter zurück. „Rona, mag Bess wirklich Klavierspieler?"

„Ja, Link, wirklich."

Er lächelte wieder und öffnete die Tür. „Auf Wiedersehen."

„Auf Wiedersehen, Link. Grüß Bess von mir."

Als sich die Tür schloss, blieb Rona noch eine Weile stehen. Was für ein reizender Mann, dachte sie und hielt Bess den Daumen. Sie wären ein großartiges Paar, wenn sie nur erst über das Hindernis der Schüchternheit hinwegkamen. Nun, dachte Rona, ich habe mein Bestes getan in meinem ersten Versuch als Heiratsvermittlerin. Alles Weitere lag bei den beiden.

Durch den Korridor gelangte Rona zu der offenen Tür der Bibliothek. Sie hörte Patricks gedämpfte Stimme, deren bloßer Klang sie innerlich aufwühlte. Er war hier bei ihr, und sie waren allein.

Als sie in die offene Tür trat, trafen sich ihre Blicke. Patrick lächelte und setzte sein Gespräch fort, winkte sie aber herein.

„Ich schicke Ihnen noch die exakten schriftlichen Erläuterungen", sagte er und beobachtete Rona, wie sie zu einem Bücherbrett ging. Wieso erregte ihn jedes Mal ihr Anblick, sogar in ihrer nüchternen Berufskleidung? „Nein, ich brauche alles fertig in drei Wochen.

Mehr Zeit kann ich Ihnen nicht lassen. Ich muss selbst noch damit arbeiten, bevor ich es sicher benützen kann."

Rona drehte sich um und stützte sich auf die Seitenlehne eines Sessels. Sie beobachtete Patrick. Er trug Jeans und ein kurzärmeliges Sweatshirt, und sein Haar war zerzaust, als wäre er mit den Fingern durchgefahren. Wie er so in einen weichen Sessel zurückgesunken saß, erschien er ihr attraktiver und entspannter als sonst. Die Energie war noch immer vorhanden, diese gespannte Energie, die ihn auf der Bühne und privat umgab. Aber in diesem Haus fühlte er sich lockerer als irgendwo sonst.

Er gab weiter seine Anweisungen, doch Rona sah, wie er sie kurz musterte. Eine übermütige Idee durchzuckte sie. Vielleicht konnte sie so seine Ruhe erschüttern.

Sie stand träge auf, ging wieder durch den Raum und streifte dabei ihre Schuhe ab, nahm ein Buch aus dem Regal, blätterte es durch und stellte es zurück.

„Sie müssen mir alles hierher liefern", erklärte Patrick und sah, wie Rona ihre Jacke auszog und über eine Sessellehne hängte. „Ja, genau das will ich. Wenn Sie …" Er brach ab, als sie ihre Bluse aufknöpfte. Sie blickte auf, als er stockte, und lächelte ihm zu. „Wenn Sie mich anrufen, sobald Sie …" Die Bluse glitt auf den Boden. Rona öffnete den Reißverschluss ihres Rocks. „Sobald Sie …" Patrick hatte Schwierigkeiten, sich daran zu erinnern, was er sagen wollte. „Die … äh … Wenn Sie alle Teile haben, sorge ich für den Transport."

Nachdem Rona sich ihres Rocks entledigt hatte, löste sie ihre Strümpfe.

„Nein, das wird nicht … wird nicht nötig sein."

Sie strich ihr Haar zurück und warf Patrick ein aufreizendes Lächeln zu.

„Ja", murmelte er in das Telefon. „Ja, sehr gut."

Rona ließ die Strümpfe auf den Rock fallen und richtete sich auf. Mit einem Finger zog sie an der kleinen Schleife, die ihr Unterkleid über den Brüsten hielt. Sie hielt ihren Blick auf seine Augen gerichtet und lächelte wieder, als er auf ihren Finger starrte.

„Was?" Patrick schüttelte den Kopf. Die Stimme seines Gesprächspartners war für ihn nur ein undeutliches Summen im Ohr. „Was?“, fragte er noch einmal, als Rona das Unterkleid sehr langsam auszog. „Ich melde mich wieder.“ Er ließ den Hörer auf den Apparat fallen.

„Schon fertig?“, fragte sie und ging auf ihn zu. „Ich wollte mit dir über meine Garderobe sprechen.“

„Mir gefällt, was du da anhast.“ Er zog sie zu sich in den Sessel und küsste sie auf den Mund.

Unter seinem wilden Verlangen erschlaffte sie. „War das ein wichtiger Anruf?“, fragte sie, als seine Lippen zu ihrem Hals wanderten. „Ich wollte dich wirklich nicht stören.“

„Und wie du stören wolltest!“ Er tastete nach ihrer Brust und stöhnte, als er seine Hand daraufpresste. „Himmel, du machst mich verrückt! Rona …“ Seine Stimme klang heiser vor Hektik, als er sie auf den Boden zog. „Jetzt!“

„Ja“, murmelte sie, als er auch schon in sie eindrang.

Bebend lag er auf ihr. Sein Atem ging stoßweise. Niemand, dachte er, niemand hat jemals meine Kontrolle dermaßen zerstört. Es war erschreckend. Ein Teil von ihm wollte weggehen, nur um zu beweisen, dass er überhaupt noch weggehen konnte. Aber er blieb, wo er war.

„Gefährlich“, flüsterte er ihr ins Ohr und ließ seine Zungenspitze über den Rand ihrer Ohrmuschel gleiten. Er hörte sie seufzen. „Du bist eine gefährliche Frau.“

„Mmm, wie das?“

„Du kennst meine Schwäche, Rona Swan. Vielleicht bist du meine Schwäche. Meine größte und allgegenwärtige Schwäche.“

„Ist das schlimm?“, flüsterte sie.

„Ich weiß es nicht.“ Er hob den Kopf und starrte auf sie hinunter. „Ich weiß es nicht.“

Rona strich zärtlich sein Haar aus seiner Stirn. „Heute ist das nicht wichtig. Heute gibt es nur uns beide.“

Er blickte sie lang und genauso intensiv an wie beim allerersten Mal. „Je mehr ich mit dir zusammen bin, desto mehr gibt es nur uns beide.“

Rona lächelte, zog ihn wieder an sich und umschlang ihn mit ihren

Armen. „Als du mich das erste Mal geküsst hast, ist die ganze Welt für mich verschwunden. Ich habe mir eingeredet, dass du mich hypnotisiert hast."

Patrick lachte und streichelte ihre Brust. Ihre Knospen waren noch versteift, und sie erschauerte unter seiner Berührung. „Ahnst du überhaupt, wie sehr ich mich in jener Nacht danach gesehnt habe, mit dir ins Bett zu gehen?" Er rieb seinen Daumen träge über ihre Brustspitze und lauschte auf ihren schneller werdenden Atem. „Ich konnte nicht arbeiten, ich konnte nicht schlafen. Ich lag da und dachte daran, wie du in diesem Nichts von Satin ausgesehen hast."

„Ich habe dich begehrt", sagte Rona heiser, als neue Leidenschaft in ihr aufzüngelte. „Ich war schockiert, dass ich dich begehrte, obwohl ich dich erst seit ein paar Stunden kannte."

„Ich hätte dich gern in jener Nacht so geliebt wie jetzt." Patrick küsste sie so lange, bis ihre Lippen heiß und weich und nachgiebig wurden. Er vergrub seine Hände in ihrem Haar, strich es gleich darauf aus ihrem Gesicht, während seine Zunge sanft in ihren Mund eindrang.

Er schien sie endlos zu küssen. Sie stöhnten leise, als sich ihre Lippen trennten und wieder trafen, immer wieder, heftig, zärtlich und unerträglich süß. Er streichelte ihre Schultern, während der Kuss noch länger dauerte und sich die ganze Welt auf seine Lippen beschränkte.

Wo immer er sie auch mit den Händen streichelte, sein Mund lag auf ihren Lippen. Rona krallte sich an seinen Schultern fest, grub ihre Fingernägel in seine Haut und merkte es nicht einmal. Ihr einziger Gedanke war, den Kuss ewig dauern zu lassen.

Er wusste, dass ihr Körper völlig ihm gehörte. Auf den leichtesten Druck hin öffneten sich ihre Schenkel für ihn. Mit einer Fingerspitze fuhr er an ihrer Schenkelinnenseite hinauf und hinunter und genoss ihre seidige Haut und ihr Zittern. Nur kurz strich er über die Mitte zwischen ihren Schenkeln, während er zu ihrem anderen Schenkel fuhr, und die ganze Zeit spielte er mit ihren Lippen.

Rona murmelte wie im Fieberwahn seinen Namen und jagte damit neue Schauer über seine Haut. Er strich über ihre sanft gerundeten Hüften und die Seiten ihres Oberkörpers. Ihre Arme waren glatt wie Satin. Es bereitete ihm grenzenloses Vergnügen, sie nur zu berühren. Sie gehörte ihm! Er musste seinen übermächtigen Wunsch kontrollieren, sie rasch zu nehmen. An seinem Kuss erkannte Rona sein tiefes Verlangen und seine unendliche Zärtlichkeit.

Sogar als er in sie glitt, genoss Patrick weiter ihren Mund. Er nahm sie langsam und ließ ihrem Verlangen Zeit zum Wachsen, indem er seine eigene Leidenschaft zurückdrängte, bis es ihm nicht länger mehr möglich war.

Ihre Lippen waren noch immer miteinander verschmolzen, als Rona im Höhepunkt des Genießens aufstöhnte.

Keine andere außer ihr, dachte er benommen, während er heftig atmend den Duft ihres Haars einsog. Keine andere außer ihr.

Ronas Arme umschlangen ihn, um ihn festzuhalten. Er wusste, dass er gefangen war.

Stunden später schob Rona zwei Steaks in den Grill. Sie trug jetzt eine von Patricks Jeans, in der Taille von einem Gürtel gehalten und die Beine ein paarmal umgeschlagen, um den Größenunterschied zwischen ihnen auszugleichen. Das Sweatshirt schlenkerte um ihre Hüften. Rona schob die Ärmel bis über die Ellbogen zurück, während sie Patrick bei der Vorbereitung des Dinners half.

„Kochst du so gut wie Link?“, fragte sie und sah zu, wie er Croutons zu dem Salat tat, den er angerichtet hatte.

„Nein. Wenn Sie gekidnappt werden, Miss Swan, können Sie kein Gourmetessen erwarten.“

Rona stellte sich hinter ihn und schlang ihre Arme um seine Hüften. „Wirst du ein Lösegeld verlangen?“ Seufzend presste sie ihre Wange gegen seinen Rücken. Nie zuvor in ihrem Leben war sie glücklicher gewesen.

„Vielleicht. Aber erst, wenn ich mit dir fertig bin.“

Sie kniff ihn hart, aber er zuckte nicht einmal. „Du Laus“, sagte sie liebevoll, schob ihre Hände unter sein Hemd und fuhr über seine Brust. Jetzt fühlte sie, wie er erschauerte.

„Du lenkst mich ab, Rona.“

„Das hoffe ich doch. Das ist nämlich gar nicht so einfach, weißt du das?“

„Du hattest bisher aber eine beachtliche Glückssträhne“, bemerkte er, während sie über seine Schultern strich.

„Kannst du deine Schultern wirklich auskugeln, um aus einer Zwangsjacke zu schlüpfen, Patrick?“, überlegte sie laut, als sie die Stärke und Festigkeit seiner Muskeln fühlte.

Amüsiert würfelte er Käse für den Salat. „Wo hast du das gehört?“

„Ach, irgendwo“, antwortete sie vage. Sie wollte nicht zugeben, dass sie alles verschlungen hatte, was über ihn geschrieben worden war. „Ich habe auch gehört, dass du über deine Muskeln totale Kontrolle besitzt.“ Die Muskeln spannten sich unter ihren forschenden Fingern an.

„Hast du auch gehört, dass ich nur bestimmte Kräuter und Wurzeln esse, die ich bei Vollmond gesammelt habe?“ Er schob ein Käsestückchen in seinen Mund, bevor er sich umdrehte und Rona in seine Arme zog. „Oder dass ich die magischen Künste in Tibet studiert habe, als ich zwölf war?“

„Ich habe gelesen, dass du von Houdinis Geist geleitet wurdest“, konterte sie.

„Wirklich? Den Artikel muss ich übersehen haben. Sehr schmeichelhaft.“

„Dir machen diese lächerlichen Dinge Spaß, die man über dich schreibt, nicht wahr?“

„Natürlich.“ Er küsste sie auf die Nase. „Andernfalls wäre es um meinen Humor traurig bestellt.“

„Und wenn Tatsachen und Erfindung so miteinander vermischt sind, weiß niemand, was wahr und was gelogen ist und wer du bist.“

„Das kommt hinzu.“ Er wickelte eine ihrer Locken um seinen Finger. „Je mehr über mich gedruckt wird, Rona, desto mehr bin ich in meinem Privatleben ungestört.“

„Und dein Privatleben ist wichtig für dich.“

„Wenn man so aufwächst wie ich, lernt man es schätzen.“

Rona presste ihr Gesicht gegen seine Brust und klammerte sich an ihn. Patrick legte seine Hand unter ihr Kinn und hob es an. In ihren Augen schimmerten schon Tränen.

„Rona“, sagte er behutsam. „Du brauchst kein Mitleid mit mir zu haben.“

„Nein." Sie schüttelte den Kopf und verstand seine Abneigung gegen Mitgefühl. Bei Bess war es genauso gewesen. „Ich weiß das, aber es ist schwierig, kein Mitleid mit einem kleinen Jungen zu haben."

Lächelnd fuhr er mit seinem Finger über ihre Lippen. „Er war sehr zäh, der kleine Junge." Er schob sie von sich. „Du solltest die Steaks umdrehen." Und damit war dieses Thema für ihn erledigt.

Rona kümmerte sich um das Fleisch. Sie wusste, dass er das Thema fallen lassen wollte. Wie konnte sie ihm klarmachen, dass sie jedes Detail seines Lebens wissen wollte, alles, was ihn ihr näherbrachte? Aber vielleicht war es falsch, an die Vergangenheit zu rühren, solange sie fürchtete, an die Zukunft zu rühren.

„Wie willst du die Steaks?", fragte sie, als sie sich zu dem Grill hinunterbeugte.

„Medium." Er interessierte sich mehr für ihren Anblick, den sie im Vorneigen bot. „Link hat für den Salat sein eigenes Dressing vorbereitet. Es ist ganz ausgezeichnet."

„Wo hat er kochen gelernt?" Sie drehte das zweite Steak um.

„Es war einfach nötig", erzählte Patrick. „Er isst gern. Als wir anfangs noch herumzogen, war alles sehr knapp. Es stellte sich heraus, dass Link mit einer Dose Suppe viel besser umgehen konnte als Bess oder ich."

Rona wandte sich lächelnd um. „Du weißt doch, dass sie heute nach San Francisco gefahren sind?"

„Ja." Er runzelte die Stirn. „Und?"

„Er ist genauso verrückt nach ihr wie sie nach ihm."

„Das weiß ich auch."

„Nach so vielen Jahren hättest du eigentlich die Dinge ins Rollen bringen können", stellte sie fest und fuchtelte mit der Küchengabel herum. „Immerhin sind sie deine Freunde."

„Genau aus diesem Grund mische ich mich nicht ein", sagte er sanft. „Was hast du getan?"

„Nun, ich habe mich nicht eingemischt", antwortete sie. „Ich habe ihm nur einen sehr sanften Stoß in die richtige Richtung gegeben. Ich habe erwähnt, dass Bess eine Vorliebe für Klavierspieler hat."

„Verstehe."

„Er ist so schüchtern!“, rief sie aus. „Er wird das Rentenalter erreichen, bevor er endlich genug Schneid hat, um zu … zu …“

„Um zu was?“, fragte Patrick lächelnd.

„Einfach alles“, stellte Rona fest. „Und sieh mich nicht so boshaft an!“

„Tue ich das?“

„Das weißt du sehr gut! Außerdem …“ Sie stieß einen kleinen Schrei aus und ließ die Küchengabel klirrend fallen, als etwas an ihren Knöcheln vorbeistrich.

„Das ist nur Circe.“ Patrick lachte, als Rona erleichtert aufseufzte. „Sie riecht das Fleisch.“ Er hob die Gabel auf und spülte sie, während sich die Katze an Ronas Bein rieb und liebevoll schnurrte. „Sie wird ihr Bestes geben, um dich davon zu überzeugen, dass sie einen Anteil verdient.“

„Deine Haustiere scheinen mich gern zu erschrecken.“

„Bedaure.“ Aber er lächelte und wirkte gar nicht bedauernd.

Rona stemmte die Hände in die Hüften. „Du möchtest mich gern zähneklappernd sehen!“

„Ich möchte dich gern sehen“, antwortete er einfach, lachte und nahm sie in die Arme. „Und ich muss zugeben, dass es aufreizend ist, wie du meine Kleider trägst, während du barfuß durch die Küche tappst.“

„Oh“, meinte sie. „Das Höhlenmensch-Syndrom.“

„Oh nein, Miss Swan.“ Er knabberte an ihrem Hals. „Ich bin dein Sklave.“

„Wirklich?“ Rona überdachte die interessanten Möglichkeiten, die sich aus dieser Erklärung ergaben. „Dann deck den Tisch“, wies sie ihn an. „Ich verhungere.“

Sie aßen bei Kerzenlicht. Rona schmeckte überhaupt nichts von dem Essen. Sie war zu sehr von Patrick erfüllt. Es gab Wein, angenehm und mild, aber es hätte Wasser sein können. Es wäre nicht anders gewesen. Sie hatte sich nie weiblicher gefühlt als in dem zu weiten Sweatshirt und der Jeans. Seine Augen versicherten ihr pausenlos, dass sie schön, interessant, begehrenswert war. Es war, als hätten sie sich nie geliebt, als wären sie nie intim gewesen, so sehr bemühte er sich um sie.

Mit einem Blick, einem leisen Wort oder einer Berührung ihrer Hände brachte er sie innerlich zum Glühen. Immer wieder gefiel es ihr und überwältigte es sie sogar, wie viel Romantik in Patrick steckte. Er wusste, dass sie unter allen Umständen bei ihm bleiben würde, und dennoch machte er ihr den Hof. Blumen, Kerzenschein und zärtliche Worte nahmen Rona gefangen. Sie verliebte sich erneut.

Noch lange nach Beendigung des Essens blieben sie sitzen. Der Wein wurde warm, die Kerzen brannten herunter. Patrick war damit zufrieden, Rona in dem flackernden Licht zu betrachten und sich von ihrer sanften Stimme einhüllen zu lassen. Sein Verlangen konnte er damit stillen, dass er seine Finger bloß über ihren Handrücken gleiten ließ. Er wollte nichts mehr, als mit ihr zusammen zu sein.

Leidenschaft würde später kommen, das wusste er, in der Nacht, in der Dunkelheit, wenn sie neben ihm lag. Aber im Moment genügte es, sie lächeln zu sehen.

„Wartest du im Wohnzimmer auf mich?", murmelte er und küsste einzeln ihre Finger.

„Gut, dann fange ich mit dem Spülen an."

„Nein, ich kümmere mich darum." Patrick drehte ihre Hand und presste seine Lippen auf ihre Handfläche. „Warte auf mich!"

Ihre Knie zitterten, aber sie stand auf, als er sie auf die Füße zog. Sie konnte ihren Blick nicht von ihm wenden. „Es dauert nicht lange?"

„Nein!" Er strich mit den Händen an ihren Armen hinunter. „Es wird nicht lange dauern, Liebling." Sanft küsste er sie.

Rona ging wie benommen in das Wohnzimmer. Nicht der Kuss, sondern das einfache Kosewort ließ ihr Herz hämmern. Nach allem, was sie miteinander erlebt hatten, schien es unmöglich, dass dieses eine Wort ihren Puls zum Rasen brachte, aber Patrick ging mit Worten vorsichtig um.

Und es ist eine Nacht, wie für Verzauberung geschaffen, dachte sie, als sie das Wohnzimmer betrat. Eine Nacht für Liebe und Romantik. Sie ging an das Fenster, um zum Himmel emporzusehen. Es war sogar Vollmond, als wüsste der Mond, dass es so sein musste. Es war so still, dass sie das Donnern der Wellen an der Klippe hörte.

Wir sind auf einer Insel, stellte Rona sich vor, auf einer kleinen, windumtosten Insel irgendwo auf dem dunklen Meer. Und die Nächte sind lang. Es gibt kein Telefon, keinen Strom. Impulsiv wandte sie sich von dem Fenster ab und begann, die im Raum verteilten Kerzen anzuzünden. Das Kaminfeuer war schon vorbereitet. Sie brauchte nur noch ein Streichholz daranzuhalten. Das trockene Holz fing knackend Feuer.

Sie stand auf und sah sich im Raum um. Das Licht war genau, wie sie es wollte, schwebend und mit fließenden Schatten. Das erzeugte einen Hauch von Rätselhaftigkeit und reflektierte ihre Gefühle Patrick gegenüber.

Rona blickte an sich hinunter und strich über das Sweatshirt. Hätte sie doch bloß etwas Hübsches zum Anziehen gehabt, etwas Weißes und Anschmiegsames. Aber vielleicht war Patricks Fantasie genauso aktiv wie ihre eigene.

Musik, dachte sie plötzlich und sah sich um. Sicher hatte er eine Stereoanlage, aber sie hatte keine Ahnung, wo. Einer Idee folgend, ging sie an das Piano.

Links Noten lagen bereit. Im Feuerschein und dem Licht der Kerzen an dem Piano sah Rona die Noten deutlich genug. Sie setzte sich und begann zu spielen. Schon nach wenigen Sekunden war sie von der Melodie gefangen.

Patrick stand in der Tür und betrachtete sie. Obwohl ihre Augen auf die Noten gerichtet waren, schien sie zu träumen. Er hatte sie noch nie so gesehen, gefangen in ihren eigenen Gedanken. Um ihre Stimmung nicht zu zerstören, blieb er stehen. Er hätte ihr ewig so zusehen können.

Im Kerzenschein wirkte ihr Haar wie Nebel, der um ihre Schultern spielte. Ihre Haut war hell. Nur ihre Augen schimmerten dunkel und von der Musik bewegt. Der Geruch von Holzrauch und schmelzendem Wachs zog ihm entgegen. An diesen Moment würde er sich für den Rest seines Lebens erinnern. Jahre um Jahre mochten vergehen, aber er musste nur die Augen schließen, um Rona genau so zu sehen, die schwebenden Klänge zu hören und die brennenden Kerzen zu riechen.

„Rona." Patrick wollte ihren Namen nicht laut aussprechen und hatte ihn auch nur geflüstert, aber sie wandte ihm den Kopf zu.

Sie lächelte, doch das flackernde Licht glitzerte in ihren Tränen. „Es ist so schön."

„Ja." Patrick wagte kaum zu sprechen. Ein Wort, eine falsche Bewegung konnte die Stimmung zerschlagen. Außerdem mochte alles, was er sah und fühlte, nur eine Illusion sein. „Bitte, spiel es noch einmal."

Auch nachdem sie begonnen hatte, kam er nicht näher. Das Bild sollte genauso bleiben, wie es war. Ihre Lippen waren ein wenig geöffnet. Er meinte, sie zu schmecken, während er an der Tür stand. Er wusste, wie sich ihre Wange anfühlte, so als hätte er sie mit seiner Hand berührt. Sie würde lächelnd und mit dieser unvergleichlichen Wärme in ihren Augen zu ihm aufblicken.

Die Kerzenflammen brannten ruhig. Ein Holzscheit verrutschte lautlos im Kamin. Und dann beendete Rona ihr Spiel.

Sie sah ihn an. Patrick ging zu ihr.

„Ich habe dich nie mehr begehrt", flüsterte er sanft. „Und ich habe nie diese Angst verspürt, dich zu berühren."

„Angst?" Sie hatte ihre Finger noch leicht auf den Tasten liegen. „Warum?"

„Würde ich dich berühren wollen, könnten meine Hände durch dich hindurchgreifen. Vielleicht bist du nur ein Traum."

Rona ergriff seine Hand und presste sie an ihre Wange. „Es ist kein Traum", murmelte sie. „Für keinen von uns."

Ihre Haut fühlte sich unter seinen Fingern warm und real an. Er wurde von einer Welle unglaublicher Zärtlichkeit getroffen. Patrick nahm ihre andere Hand, als wäre sie aus Porzellan. „Wenn du einen Wunsch hättest, Rona, nur einen einzigen, was würdest du dir wünschen?"

„Dass du heute Nacht, nur heute Nacht an nichts anderes und niemanden anderen als an mich denkst."

Ihre Augen waren in dem schwachen Licht hell und leuchtend. Patrick zog Rona auf die Beine und nahm ihr Gesicht in seine Hände. „Du verschwendest deine Wünsche für etwas, Rona, das schon dir gehört." Er küsste ihre Schläfen, dann ihre Wangen, dass ihr Mund vor Sehnsucht bebte.

„Ich will deine Gedanken ausfüllen", sagte sie mit schwankender Stimme. „Ich will sie so ausfüllen, dass kein Raum mehr für anderes bleibt. Heute Nacht soll nur ich in deinen Gedanken sein, und morgen …"

„Ssst." Er brachte sie mit einem so leichten Kuss zum Schweigen, dass es nur ein Vorgeschmack auf Kommendes war. „Es gibt niemanden außer dir, Rona." Mit den Lippen strich er sachte über ihre geschlossenen Augen. „Komm zu Bett", murmelte er. „Ich werde es dir zeigen."

Er nahm sie an der Hand, ging durch den Raum und löschte die Kerzen. Eine nahm er mit, damit ihr flackerndes Licht ihnen den Weg zeigte.

13. Kapitel

Rona und Patrick mussten sich wieder trennen. Rona wusste, dass es im Zuge der Vorbereitungen des Specials nötig war. Wenn sie sich einsam fühlte, musste sie sich nur an die letzte magische Nacht erinnern, die sie zusammen verbracht hatten. Daran konnte sie sich festhalten, bis sie einander wiedersahen.

In den nächsten Wochen trafen sie sich ein paarmal, allerdings rein beruflich. Er kam zu Besprechungen oder in einer eigenen Angelegenheit, über die er sich ausschwieg. Rona wusste noch immer nichts über seine geplanten Hilfsmittel. Er gab ihr lediglich eine Liste der Illusionen, die er vorführen wollte, ihre Dauer und eine schwache Andeutung über ihren Ablauf.

Rona fand das frustrierend. Dafür konnte sie sich über sonst nichts beklagen. Das Set entstand allmählich nach den Grundsätzen, auf die sie sich mit Bloomfield und Patrick geeinigt hatte. Elaine Fisher wurde für den Gastauftritt unter Vertrag genommen. Rona hatte sich bei allen harten und emotionsgeladenen Besprechungen durchgesetzt. Patrick hatte es ebenfalls geschafft, wie sie sich amüsiert erinnerte.

Mit einem langen Schweigen und einem oder zwei ruhigen Worten konnte er mehr sagen als ein Dutzend hektischer, streitsüchtiger Abteilungsleiter. Er hörte sich ihre Forderungen und Klagen mit unerschütterlicher Freundlichkeit an und erreichte hinterher doch, was er wollte.

Er lehnte ein Drehbuch für die Show ab. Einfach so. Er sagte Nein. Und er blieb dabei, weil er wusste, dass er recht hatte. Er brachte seine eigene Musik mit, seinen eigenen musikalischen Leiter und seine eigene Bühnenmannschaft. Nichts brachte ihn davon ab, seine Leute in Schlüsselpositionen einzusetzen. Sechs Kostümvorschläge lehnte er mit einem ungerührten Kopfschütteln ab.

Patrick tat alles auf seine Weise und fügte sich nur, wenn es ihm passte. Dennoch beklagten sich Ronas künstlerische Mitarbeiter nur wenig über ihn, so heftig sie sich manchmal auch gebärdeten. Er gewinnt sie mit seinem Charme, stellte Rona fest. Er konnte mit Leuten umgehen. Mit einem einzigen Blick konnte er die Leute an sich ziehen oder gefrieren lassen.

Bess hatte die letzte Entscheidung über ihre Garderobe. Patrick erklärte bloß, dass sie selbst am besten wisse, was ihr stand. Er weigerte sich zu proben, bevor das Set fertig war. Bis dahin unterhielt er die Bühnenarbeiter mit Fingerfertigkeiten und verschiedenen Kartentricks. Er verstand es, die Kontrolle zu behalten, ohne Staub aufzuwirbeln.

Rona hatte allerdings Schwierigkeiten, ihre Aufgaben trotz der Beschränkungen zu erfüllen, die Patrick ihr und ihren Mitarbeitern auferlegte. Sie versuchte mit ihm zu verhandeln, zu streiten und ihn anzuflehen. Sie erreichte nichts.

„Patrick." Rona überfiel ihn förmlich in einer Probenpause. „Ich muss mit dir sprechen."

„Hm?" Er beobachtete, wie seine Leute Fackeln für die nächste Nummer aufstellten. „Genau acht Zoll auseinander", wies er sie an.

„Patrick, es ist wichtig."

„Ich höre."

„Du kannst Ned nicht während der Proben vom Set aussperren", sagte sie und zupfte an seinem Ärmel, um seine Aufmerksamkeit voll auf sich zu lenken.

„Doch, ich kann. Ich habe es schon getan. Hat er es dir nicht gesagt?"

„Ja, er hat es mir gesagt." Sie seufzte verzweifelt. „Patrick, als Produktionskoordinator hat er eine Berechtigung, hier zu sein."

„Er steht mir im Weg." Er wandte sich an die Arbeiter. „Sorgt dafür, dass zwischen den Reihen genügend Platz bleibt!"

„Patrick!"

„Was denn?", fragte er freundlich und wandte sich zu ihr. „Habe ich Ihnen schon gesagt, dass Sie heute entzückend aussehen, Miss Swan?" Mit Daumen und Zeigefinger fuhr er über den Aufschlag ihrer cremefarbenen, mit stilisierten Blättern bedruckten Bluse, die sie zu einem klein karierten schwarzen und weißen Rock trug. „Das sieht hübsch aus.“

„Hör zu, Patrick, du musst meinen Leuten etwas mehr Platz lassen.“ Sie versuchte, das Lächeln in seinen Augen zu übersehen, und fuhr fort: „Deine Crew ist sehr tüchtig, aber in einer so großen Produktion müssen mehr Leute arbeiten. Deine Leute kennen deine Arbeit, aber sie kennen das Fernsehen nicht.“

„Deine Leute dürfen nicht meine Hilfsmittel sehen, Rona, oder überall herumlaufen, während ich meine Sachen aufbaue.“

„Lieber Himmel, sollen sie einen Blutschwur leisten, dass sie deine Geheimnisse nicht verraten?“, fragte sie und fuchtelte nervös mit ihrem Clipboard. „Wir könnten einen Termin für den nächsten Vollmond vereinbaren.“

„Gute Idee, aber ich weiß nicht, wie viele deiner Leute mitmachen würden. Dein Produktionskoordinator jedenfalls nicht“, fügte er lächelnd hinzu. „Ich glaube nicht, dass er gern sein eigenes Blut sehen möchte.“

Rona hob die Augenbraue. „Bist du eifersüchtig?“

Er lachte so fröhlich, dass sie ihn schlagen wollte. „Sei nicht albern! Der ist doch wohl kaum eine Bedrohung.“

„Darauf kommt es nicht an“, murmelte sie verstimmt. „Er ist in seinem Job sehr gut, kann ihn aber kaum durchführen, wenn du nicht vernünftig bist.“

„Rona“, sagte er und wirkte ehrlich überrascht. „Ich bin immer vernünftig. Was soll ich denn machen?“

„Du sollst Ned seine Pflichten erfüllen lassen. Und du sollst meine Leute ins Studio lassen.“

„Sicher“, stimmte er zu. „Aber nicht, wenn ich probe.“

„Patrick“, sagte sie gefährlich leise. „Du bindest mir die Hände. Du musst für das Fernsehen bestimmte Konzessionen machen.“

„Das ist mir bewusst, Rona, und das werde ich auch.“ Er küsste sie auf die Augenbraue. „Sobald ich bereit bin. Nein“, fuhr er fort, bevor sie etwas sagen konnte, „du musst mich mit meiner eigenen Crew arbeiten lassen, bis ich sicher bin, dass alles glattläuft.“

„Und wie lange wird das dauern?“ Sie wusste, dass er sie für sich gewann, wie er das bei allen getan hatte, vom Regisseur Coogar abwärts.

„Noch ein paar Tage." Er ergriff ihre freie Hand. „Deine wichtigsten Leute sind ja auf jeden Fall hier."

„Also gut", gab sie seufzend nach. „Aber am Ende der Woche muss die Beleuchtercrew bei den Proben sein. Das ist wichtig."

„Einverstanden." Er schüttelte ihr ernsthaft die Hand. „Noch etwas?"

„Ja." Rona straffte die Schultern und sah ihn gelassen an. „Der erste Block ist zehn Sekunden zu lang. Du musst ihn ändern, damit er zu den vorgesehenen Werbeeinschaltungen passt."

„Nein, du musst die vorgesehenen Werbeeinschaltungen ändern." Er gab ihr einen leichten Kuss, ehe er wegging.

Bevor sie ihm etwas hinterherschreien konnte, entdeckte Rona an ihrem Blusenaufschlag eine Rosenknospe. Freude mischte sich mit Zorn, bis es zu spät zum Schreien war.

„Er ist schon was, nicht wahr?", vernahm sie eine Stimme.

Rona drehte sich zu Elaine Fisher um. „Allerdings", stimmte sie zu. „Ich hoffe, Sie sind mit allem zufrieden, Miss Fisher", fuhr sie fort und lächelte der kleinen, kindlich wirkenden Blondine zu. „Ist Ihre Garderobe in Ordnung?"

„Sehr hübsch." Elaine zeigte ihr gewinnendes Lächeln. „Allerdings ist an meinem Spiegel eine Glühbirne durchgebrannt."

„Ich kümmere mich darum."

Elaine beobachtete Patrick und lachte perlend. „Ich muss Ihnen gestehen, ich hätte nichts dagegen, ihn in meiner Garderobe zu finden."

„Ich fürchte, das kann ich für Sie nicht arrangieren, Miss Fisher", erwiderte Rona knapp.

„Ach, meine Liebe, das könnte ich schon ganz allein für mich arrangieren, wenn es nicht wegen der Art wäre, wie er Sie ansieht." Sie blinzelte Rona freundlich zu. „Sollten Sie natürlich nicht interessiert sein, könnte ich versuchen, ihn zu trösten."

Es war nicht leicht, dem Charme der Schauspielerin zu widerstehen. „Das wird nicht nötig sein", erwiderte Rona lächelnd. „Es ist die Aufgabe des Produzenten, den Künstler bei Laune zu halten!"

„Eigentlich bin ich auch Künstler und müsste bei Laune gehalten werden." Sie ließ Rona stehen und ging zu Patrick. „Bereit?"

Während Rona den beiden bei der Arbeit zusah, erkannte sie, dass ihr Instinkt ins Schwarze getroffen hatte. Sie passten perfekt zusammen. Elaines blonde Schönheit und ihr harmloser Charme maskierten hervorragendes Talent und Sinn für Komödie. Sie war das genaue Gegengewicht zu Patrick, auf das Rona gehofft hatte.

Rona wartete und hielt den Atem an, als die Fackeln brannten. Zum ersten Mal sah sie die ganze Illusion. Die Flammen brannten für einen Moment hoch und strahlten blendendes Licht aus, ehe Patrick die Hände ausbreitete und das Licht besänftigte. Dann wandte er sich an Elaine.

„Verbrenn mir nicht die Klamotten", ächzte sie. „Die sind nur geliehen!"

Rona kritzelte auf ihren Block, diese Bemerkung in der Nummer zu belassen, als Patrick Elaine bereits schweben ließ. Sekunden später hing sie schon über den Flammen.

„Es läuft gut", bemerkte Bess, die plötzlich bei Rona auftauchte.

„Ja, trotz aller Probleme, die er verursacht, kann es bei ihm gar nicht anders gehen", erwiderte Rona lächelnd. „Er lässt nie locker."

„Mir brauchst du nichts zu erzählen." Bess beobachtete ihn eine Weile schweigend. Dann drückte sie Ronas Arm. „Ich halte es nicht mehr aus", sagte sie leise, um die Probe nicht zu stören. „Ich muss es dir sagen."

„Was denn?"

„Ich wollte es Patrick zuerst sagen, aber ..." Sie lächelte von einem Ohr zum anderen. „Link und ich ..."

„Oh, ich gratuliere!" Rona umarmte sie.

Bess lachte. „Du hast mich doch gar nicht aussprechen lassen."

„Du wolltest mir sagen, dass ihr heiraten werdet."

„Nun, ja, aber ..."

„Gratuliere", sagte Rona noch einmal. „Wann ist es geschehen?"

„Praktisch jetzt." Bess wirkte ein wenig benommen und kratzte sich am Kopf. „Ich habe mich in meiner Garderobe fertig gemacht, als er klopfte. Er ist nicht hereingekommen, sondern blieb in der Tür stehen und hat mit den Füßen gescharrt. Du kennst das ja. Und dann auf einmal hat er mich gefragt, ob ich heiraten möchte." Bess schüttelte lachend den Kopf. „Ich war so überrascht, dass ich ihn fragte, wen."

„Oh Bess, nein!“

„Doch, das habe ich gefragt. Na ja, man erwartet eben nach zwanzig Jahren diese Frage nicht mehr.“

„Armer Link“, murmelte Rona lächelnd. „Was hat er gesagt?“

„Er stand bloß da, starrte mich an und wurde rot, und dann sagte er: ‚Na ja, mich, denke ich doch.‘“ Sie lachte leise. „Es war wirklich romantisch.“

„Ich finde es reizend“, versicherte Rona. „Ich freue mich so für dich.“

„Danke.“ Nach einem tiefen Seufzer sah sie wieder zu Patrick. „Sag Patrick nichts, okay? Ich finde, Link soll es ihm erzählen.“

„Ich werde nichts sagen“, versprach Rona. „Werdet ihr bald heiraten?“

Bess lächelte ihr grimmig zu. „Darauf kannst du wetten, Süße. Wie ich das sehe, sind wir schon seit zwanzig Jahren verlobt, und das ist lang genug.“ Sie zerknüllte den Saum ihres Sweatshirts zwischen den Fingern. „Wir werden wahrscheinlich warten, bis das Special gesendet wird, und dann den Sprung wagen.“

„Werdet ihr bei Patrick bleiben?“

„Sicher!“ Sie betrachtete Rona fragend. „Wir sind ein Team. Natürlich werden Link und ich bei mir wohnen, aber wir würden auf keinen Fall nicht mehr mitmachen.“

„Bess“, begann Rona langsam. „Ich wollte dich etwas fragen. Es geht um die Schlussnummer.“ Sie warf Patrick einen besorgten Blick zu. „Er ist in diesem Punkt so verschwiegen. Er sagt nur, dass es eine Entfesselungsnummer ist, die vier Minuten und zehn Sekunden dauert. Was weißt du darüber? Ich brauche mehr Einzelheiten.“

Bess zuckte unruhig die Schultern. „Er ist darüber so verschwiegen, weil er noch nicht alle Probleme ausgeschaltet hat.“

„Was für Probleme?“, drängte Rona.

„Ich weiß es nicht wirklich, außer …“ Sie zögerte, zwischen Zweifeln und Loyalität hin und her gerissen. „Außer, dass Link die Nummer nicht mag.“

„Warum nicht?“ Rona legte ihre Hand auf Bess’ Arm. „Ist sie gefährlich? Wirklich gefährlich?“

„Sieh mal, Rona, alle Entfesselungsnummern können gefährlich sein, wenn es sich nicht bloß um Handschellen und eine Zwangsjacke handelt. Aber er ist der Beste." Sie beobachtete, wie Patrick Elaine auf den Boden sinken ließ. „Er braucht mich gleich."

„Bess!" Rona hielt den Arm der Rothaarigen fest. „Sag mir, was du weißt!"

„Rona." Bess blickte seufzend auf sie hinunter. „Ich weiß, was du für ihn fühlst, aber ich kann nicht. Patricks Arbeit ist Patricks Arbeit."

„Ich verlange nicht von dir, dass du den Ehrenkodex der Magier brichst", sagte Rona ungeduldig. „Er muss mir ohnedies sagen, was für eine Illusion es ist."

„Dann wird er es dir auch sagen." Bess tätschelte ihre Hand, ging dann jedoch ohne eine weitere Erklärung weg.

Die Probe dauerte länger, wie bei Patrick fast immer. Nach einer Produktionsbesprechung am späten Nachmittag beschloss Rona, in seiner Garderobe auf ihn zu warten. Das Problem mit der Schlussnummer hatte den ganzen Tag an ihr genagt. Der besorgte Ausdruck in Bess' Augen hatte ihr gar nicht gefallen.

Patrick hatte eine große, bequeme Garderobe. Der Teppich war dick, das Sofa schwer und breit genug, um zu einem Bett aufgeklappt zu werden. Es gab einen großen Fernseher, eine perfekte Stereoanlage und eine bestens eingerichtete Bar, die Patrick nie benützte. An den Wänden hingen einige sehr gute Lithografien. Diese Art von Garderoben reservierte Swan für die ganz besonderen Künstler. Rona bezweifelte, dass Patrick sich täglich länger als dreißig Minuten darin aufhielt.

Rona stöberte durch den Kühlschrank und fand Orangensaft. Mit dem kühlen Drink ließ sie sich auf das Sofa sinken und nahm ein Buch vom Tisch. Es gehörte Patrick, noch ein Werk über Houdini. Geistesabwesend blätterte sie es durch, bis ihr Interesse erwachte.

Als Patrick eintrat, fand er sie auf dem Sofa zusammengerollt und in der Mitte des Buches.

„Forschungsarbeit?"

Rona blickte auf. „Konnte er wirklich all diese Dinge?", fragte sie.

„Ich meine, Nadeln schlucken und ein Garnknäuel und dann einen fertig gestrickten Streifen aus dem Mund ziehen? Das hat er doch nicht wirklich getan?"

„Doch." Patrick zog sein Hemd aus.

Rona betrachtete ihn angespannt. „Kannst du das denn auch?"

Er lächelte nur. „Ich kopiere nie Illusionen. Wie war dein Tag?"

„Fein! Hier steht, dass einige Leute dachten, er habe in seiner Haut eine Tasche gehabt."

Jetzt lachte Patrick. „Meinst du nicht, dass du inzwischen meine Hauttasche schon gefunden hättest, falls ich eine hätte?"

Rona legte das Buch beiseite und stand auf. „Ich möchte mit dir sprechen."

„In Ordnung." Patrick zog sie in die Arme und bedeckte ihr Gesicht mit Küssen. „In ein paar Augenblicken. Es waren drei lange Tage ohne dich."

„Du warst derjenige, der immer wegging", erinnerte sie ihn und fing seinen wandernden Mund mit ihren Lippen ein.

„Ich musste ein paar Details klären. Hier kann ich nicht ernsthaft arbeiten."

„Dafür hast du dein Verlies", murmelte sie und fand wieder seinen Mund.

„Richtig. Gehen wir heute Abend essen. Ein Lokal mit Kerzen und dunklen Ecken."

„Mein Apartment hat Kerzen und dunkle Ecken", murmelte sie an seinen Lippen. „Dort sind wir allein."

„Du könntest dann wieder versuchen, mich zu verführen, Rona."

Rona lachte und vergaß, worüber sie mit ihm hatte sprechen wollen. „Ich werde dich verführen."

„Sie sind vorlaut geworden, Miss Swan." Er schob sie von sich. „Ich bin nicht immer so leicht zu haben."

„Ich liebe Herausforderungen."

Er rieb seine Nase an der ihren. „Hat dir die Blume gefallen?"

„Ja, danke." Sie schlang ihre Arme um seinen Nacken. „Sie hat mich daran gehindert, dich anzubrüllen."

„Ich weiß. Du findest es schwierig, mit mir zu arbeiten."

„Außerordentlich. Und solltest du dein nächstes Special von jemand anders produzieren lassen, werde ich jede einzelne deiner Illusionen sabotieren."

„Na, dann muss ich dich behalten und mich schützen."

Seine Lippen berührten sanft ihren Mund, und der Ansturm der Liebe traf sie mit solcher Kraft und so plötzlich, dass Rona sich an ihn klammerte.

„Patrick." Sie wollte es schnell sagen, bevor die alte Furcht sie daran hinderte. „Patrick, lies meine Gedanken." Die Augen fest geschlossen, barg sie ihr Gesicht an seiner Schulter. „Kannst du meine Gedanken lesen?"

Über Ronas drängenden Ton verwirrt, schob Patrick sie von sich, um sie zu betrachten. Sie öffnete ihre Augen weit, und er las in ihnen, dass sie ein wenig Angst hatte und etwas benommen war. Und er sah noch etwas, das sein Herz schneller schlagen ließ.

„Rona?" Patrick legte eine Hand an ihre Wange. Er fürchtete, dass er nur etwas sah, das er unbedingt sehen wollte. Und er fürchtete auch, es könnte wahr sein.

„Ich habe Angst", flüsterte sie. „Ich finde keine Worte. Kannst du sie nicht lesen?" Ihre Stimme bebte. Sie biss sich auf die Lippe. „Wenn du es nicht kannst, würde ich das verstehen. Das muss aber ja nichts ändern."

Ja, er sah die Worte, doch sie täuschte sich. Einmal ausgesprochen, würde sich alles ändern. Er hatte nicht gewollt, dass es geschah, aber irgendwie hatte er gewusst, dass sie beide zu diesem Punkt gelangen würden. Er hatte es in dem Moment gewusst, in dem sie an jenem ersten Tag die Treppe zu seinem Arbeitsraum heruntergekommen war. Sie war die Frau, die alles verändern würde. Über welche Kräfte er auch immer verfügte, sie würden zum Teil ihr gehören, sobald er drei Worte gesagt hatte. In der Welt der Illusionen war das der einzig wahre Zauber.

„Rona." Er zögerte einen Moment, aber was bereits da war, ließ sich nicht aufhalten. „Ich liebe dich."

Sie stieß den Atem erleichtert aus. „Oh, Patrick, ich hatte solche Angst, dass du es nicht erkennen wolltest." Sie umarmten einander und klammerten sich aneinander fest. „Ich liebe dich so sehr, so sehr." Sie seufzte. „Das ist gut, nicht wahr?"

„Ja." Er fühlte, wie ihr Herzschlag mit seinem im Takt schlug. „Ja, es ist gut."

„Ich wusste nicht, dass ich so glücklich sein könnte. Ich wollte es dir schon früher sagen", murmelte sie gegen seinen Hals. „Aber ich hatte solche Angst. Jetzt erscheint es mir dumm und unwichtig."

„Wir hatten beide Angst." Er zog sie näher, aber es war noch nicht nahe genug. „Wir haben Zeit verschwendet."

„Aber du liebst mich", flüsterte sie. Sie wollte nur die Worte noch einmal hören.

„Ja, Rona, ich liebe dich."

„Gehen wir nach Hause, Patrick." Sie fuhr mit ihren Lippen an seinem Kinn entlang. „Gehen wir! Ich begehre dich."

„Oh nein! Jetzt gleich."

Rona warf den Kopf zurück und lachte. „Jetzt? Hier?"

„Hier und jetzt", bestätigte er und genoss das teuflische Aufblitzen in ihren Augen.

„Jemand könnte hereinkommen." Sie wich vor ihm zurück.

Wortlos wandte Patrick sich zur Tür und schloss ab. „Das glaube ich nicht."

„Oh." Rona biss sich auf die Lippe und versuchte, nicht zu lächeln. „Sieht so aus, als würdest du über mich herfallen."

„Du könntest um Hilfe rufen", schlug er vor und schob die Jacke von ihren Schultern.

„Hilfe", sagte sie leise, während er ihre Bluse aufknöpfte. „Ich glaube nicht, dass mich jemand gehört hat."

„Dann werde ich vermutlich über dich herfallen."

„Oh, gut", flüsterte Rona. Ihre Bluse glitt auf den Boden.

Sie berührten einander und lachten mit der unbekümmerten Freude von Verliebten. Sie küssten und umklammerten sich, als gäbe es kein Morgen. Sie murmelten sanfte Worte und seufzten vor Lust. Sogar als allmählich die Leidenschaft von ihnen Besitz ergriff, blieb ihnen ihre unschuldige Freude erhalten.

Er liebt mich, dachte Rona und strich mit ihren Händen über seinen kraftvollen Rücken. Er gehört mir. Sie beantwortete glühend seinen Kuss.

Sie liebt mich, dachte Patrick und fühlte ihre Haut unter seinen

Fingern brennen. Sie gehört mir. Er suchte ihren Mund und kostete ihn aus.

Sie gaben einander und nahmen voneinander, bis sie eins waren. Sie erlebten wachsende Leidenschaft, unendliche Zärtlichkeit und eine neue Freiheit. Als die Lust vorüber war, konnten sie noch lachen, berauscht von dem Bewusstsein, dass es für sie erst der Anfang war.

„Weißt du", murmelte Rona, „ich dachte, dass eigentlich der Produzent den Künstler zur Couch schleppt."

„Hast du das nicht ohnedies getan?" Patrick ließ ihre Haare wie einen rauschenden Wasserfall durch seine Finger gleiten.

Leise lachend küsste Rona ihn auf die Stirn. „Du solltest es für deinen Einfall halten." Sie richtete sich auf und griff nach ihrer Bluse.

Patrick setzte sich hinter ihr auf und ließ eine Fingerspitze über ihr Rückgrat gleiten. „Willst du weg?"

„Sehen Sie, Patrick Atkins, Sie bekommen Ihre Probeaufnahmen." Sie quietschte auf, als er sie in die Schulter biss. „Versuchen Sie nicht, meine Meinung zu ändern", sagte sie, ehe sie außer Reichweite glitt. „Ich bin mit Ihnen fertig."

„Ja?" Patrick lehnte sich zurück und stützte sich auf seinen Ellbogen, während er ihr beim Ankleiden zusah.

„Nur, bis wir zu Hause sind." Rona zog ihre Strümpfe an und betrachtete seinen nackten Körper. „Du solltest dich anziehen, ehe ich meine Meinung ändere. Wir werden sonst noch über Nacht hier eingesperrt."

„Ich könnte uns jederzeit hinauslassen."

„Es gibt Alarmanlagen."

Er lachte. „Also, Rona, wirklich!"

Sie schoss ihm einen Blick zu. „Wahrscheinlich ist es sehr gut, dass du kein Verbrecher geworden bist."

„Es ist einfacher, für das Aufbrechen von Schlössern Geld zu verlangen. Die Menschen finden es immer faszinierend, zu bezahlen und zu sehen, ob es funktioniert." Lächelnd setzte er sich auf. „Sie schätzen es nicht, wenn man es gratis macht."

„Bist du je auf ein Schloss gestoßen, das du nicht öffnen konntest?", fragte sie neugierig.

Patrick griff nach seinen Kleidern. „Wenn ich genug Zeit habe, kann ich jedes Schloss öffnen."

„Ohne Werkzeug?"

„Es gibt Werkzeuge, und es gibt Werkzeuge", antwortete er geheimnisvoll.

Rona runzelte die Stirn. „Ich muss noch einmal nach dieser Tasche in deiner Haut suchen."

„Jederzeit", stimmte er sofort zu.

„Du könntest so nett sein und mir nur beibringen, wie man aus diesen Handschellen herauskommt."

„Oh nein!" Er schüttelte den Kopf und schlüpfte in seine Jeans. „Die kann ich vielleicht noch brauchen."

Rona tat, als wäre sie gar nicht interessiert, und knöpfte ihre Bluse zu. „Ach, richtig, ich wollte mit dir über das Finale sprechen."

Patrick holte ein frisches Hemd aus dem Schrank. „Was ist damit?"

„Das will ich eben wissen", meinte sie. „Was planst du genau?"

„Es ist eine Entfesselung." Er zog das Hemd an.

„Ich muss mehr wissen, Patrick. Die Show steigt in zehn Tagen."

„Ich arbeite noch daran."

Rona trat auf ihn zu. „Nein, das ist keine Einmann-Produktion. Ich bin die Produzentin, Patrick. Du wolltest es so. Also, ich kann mit einigen deiner Launen bezüglich der Mitarbeiter umgehen." Sie übersah seine Verärgerung. „Aber ich muss genau wissen, was gesendet wird. Du kannst mich nicht knapp zwei Wochen vor der Sendung im Dunkeln lassen."

„Ich werde aus einem Safe ausbrechen", sagte er einfach und gab Rona ihren Schuh.

„Aus einem Safe ausbrechen! Da ist doch noch mehr, Patrick. Ich bin nicht dumm."

„Meine Hände und Füße werden zuerst gefesselt."

Rona bückte sich nach ihrem zweiten Schuh. Sein Zögern rief bei ihr echte Angst hervor. „Sprich weiter, Patrick!"

Er schwieg, bis er sein Hemd zugeknöpft hatte. „Es ist ein Spiel mit einer Schachtel in einer Schachtel in einer Schachtel. Ein alter Trick."

Ihre Angst wuchs. „Drei Safes? Einer im anderen?“

„Stimmt. Jeder ist größer als der andere.“

„Sind die Safes luftdicht?“

„Ja.“

Rona überlief ein eisiger Schauer. „Ich mag das nicht.“

Er betrachtete sie mit einem ruhigen, abschätzenden Blick. „Du musst es nicht mögen, Rona, aber du brauchst dir auch keine Sorgen zu machen.“

Rona schluckte und wusste, dass es wichtig war, jetzt nicht die Nerven zu verlieren. „Da ist noch mehr, nicht wahr? Ich weiß es!“

„Der letzte Safe hat ein Zeitschloss“, sagte Patrick ausdruckslos. „Ich habe es schon früher geschafft.“

„Ein Zeitschloss?“ Ein eisiger Hauch strich über ihren Rücken. „Nein, das kannst du nicht machen! Das ist doch verrückt!“

„Bestimmt nicht verrückt“, erwiderte er. „Ich habe Monate darauf angewendet, die Technik und das Timing auszuarbeiten.“

„Timing?“

„Ich habe für drei Minuten Luft.“

Drei Minuten, dachte sie und kämpfte um ihre Selbstbeherrschung. „Und wie lange dauert die ganze Nummer?“

„Im Moment etwas mehr als die besagten drei Minuten.“

„Etwas mehr“, wiederholte Rona betäubt. „Etwas mehr! Was ist, wenn etwas schiefgeht?“

„Ich habe nicht die Absicht, etwas schiefgehen zu lassen. Ich bin es immer und immer wieder durchgegangen, Rona.“

Sie drehte sich weg und wirbelte wieder zu ihm herum. „Ich werde das nicht erlauben! Das kommt nicht infrage. Nimm die Nummer mit dem Panther für das Finale, aber nicht das.“

„Ich nehme die Entfesselung, Rona.“ Seine Stimme klang sehr ruhig und endgültig.

„Nein!“ In Panik packte sie seine Arme. „Ich streiche es! Die Nummer ist gestorben, Patrick. Du kannst eine deiner anderen Illusionen nehmen oder eine neue erfinden, aber diese ist gestrichen.“

„Du kannst sie nicht streichen.“ Sein Tonfall veränderte sich nicht, während er auf sie hinunterblickte. „Ich habe die letzte Entscheidung. Lies den Vertrag.“

Sie erbleichte und wich zurück. „Zum Teufel, ich schere mich nicht um den Vertrag. Ich kenne ihn. Ich selbst habe ihn aufgesetzt!“

„Dann weißt du, dass du die Entfesselung nicht streichen kannst“, sagte er ruhig.

„Ich lasse es dich nicht machen.“ Tränen stiegen ihr in die Augen, aber sie blinzelte und drängte sie zurück. „Du kannst das nicht machen.“

„Es tut mir leid, Rona.“

„Ich finde einen Weg, um die Show platzen zu lassen.“ Sie atmete heftig vor Wut und Angst und Hoffnungslosigkeit. „Ich finde eine Möglichkeit, um den Vertrag zu brechen.“

„Vielleicht.“ Er legte seine Hände auf ihre Schultern. „Ich werde die Entfesselung trotzdem machen, Rona, und zwar nächsten Monat in New York.“

„Mein Gott, Patrick!“ Verzweifelt klammerte sie sich an seine Arme. „Du könntest dabei sterben. Das ist es nicht wert. Warum musst du so etwas versuchen?“

„Weil ich es kann, Rona. Versteh doch, das ist meine Arbeit.“

„Ich verstehe, dass ich dich liebe. Zählt das nicht?“

„Du weißt, dass es zählt“, sagte er heiser. „Du weißt auch, wie sehr.“

„Nein, das weiß ich nicht.“ Hektisch riss sie sich von ihm los. „Ich weiß nur, dass du es machen wirst, ganz gleich, wie sehr ich dich auch bitte. Du erwartest, dass ich danebenstehe und zusehe, wie du dein Leben für Beifall und einen Pressebericht riskierst.“

„Es hat nichts mit Beifall oder Presseberichten zu tun.“ In seinen Augen erschienen die ersten Anzeichen von Ärger. „Du solltest mich besser kennen.“

„Nein, nein, ich kenne dich nicht“, rief sie verzweifelt. „Wie soll ich verstehen, dass du unbedingt so etwas machen willst? Das ist für die Show und deine Karriere nicht nötig!“

Er kämpfte um eine ruhige Antwort. „Es ist für mich nötig.“

„Warum?“, fragte sie wild. „Warum ist es nötig, dein Leben zu riskieren?“

„Das ist deine Sicht der Dinge, Rona, nicht meine. Das gehört zu meiner Arbeit und zu mir." Er unterbrach sich, kam aber nicht zu ihr. „Das musst du akzeptieren, wenn du mich akzeptierst."

„Das ist nicht fair."

„Vielleicht nicht", stimmte er zu. „Es tut mir leid."

Rona schluckte und kämpfte die Tränen zurück. „Was bedeutet das für uns?"

Patrick sah sie unverwandt an. „Das hängt von dir ab."

„Ich werde nicht zusehen." Sie wich an die Tür zurück. „Ich werde es nicht tun. Ich werde nicht mein Leben lang darauf warten, dass du einmal zu weit gehst. Ich kann nicht." Mit zitternden Fingern tastete sie nach dem Schlüssel. „Zum Teufel mit deiner Magie", schluchzte sie, als sie aus der Tür rannte, ohne sich nochmals umzudrehen.

Nachdem sie Patrick verlassen hatte, ging Rona geradewegs in das Büro ihres Vaters. Zum ersten Mal in ihrem Leben trat sie ein, ohne anzuklopfen. Ärgerlich über die Störung unterbrach Bennett Swan, was er soeben am Telefon sagte, und sah ihr finster entgegen. Einen Moment betrachtete er sie. So hatte er Rona noch nie gesehen, bleich, zitternd, die Augen groß und von zurückgehaltenen Tränen schimmernd.

„Ich melde mich wieder", murmelte er und legte auf. Sie stand noch immer an der Tür, und Swan wusste ausnahmsweise nicht, was er sagen sollte. „Was ist los?", fragte er schließlich und räusperte sich.

Rona lehnte sich gegen die Tür, bis sie ihren Beinen wieder vertrauen konnte. Sie kämpfte um Haltung und kam an den Schreibtisch ihres Vaters. „Ich muss … Ich will, dass du das Atkins-Special absetzt."

„Was?" Er sprang auf und funkelte sie an. „Was, zum Teufel, soll das? Wenn du unter dem Druck in die Knie gehst, lasse ich dich ersetzen. Ross kann es übernehmen. Verdammt!" Er schlug mit der Hand auf den Schreibtisch. „Ich hätte dich gar nicht erst damit beauftragen sollen." Er griff schon zum Telefon.

„Bitte!" Ronas ruhige Stimme hielt ihn auf. „Ich bitte dich, uns aus dem Vertrag freizukaufen und die Show zu löschen."

Swan wollte bereits eine Schimpftirade loslassen, betrachtete ihr Gesicht noch einmal genauer und ging an die Bar. Wortlos goss er einen ordentlichen Schuss Cognac in einen Schwenker. Verdammt! Das Mädchen sorgte dafür, dass er sich wie ein plumper Ochse vorkam. „Hier“, sagte er rau, als er ihr den Schwenker in die Hand drückte. „Setz dich und trink das!“

Er wusste nichts mit seiner Tochter anzufangen, die am Boden zerstört und hilflos wirkte. Er klopfte ihr unbeholfen auf den Rücken und kehrte hinter seinen Schreibtisch zurück.

„Also.“ In seinem Sessel fühlte er sich eher Herr der Lage. „Was ist denn überhaupt los? Ärger bei den Proben?“ Er hoffte, sein Lächeln würde verständnisvoll wirken. „Du bist lange genug im Geschäft, um zu wissen, dass das zum Spiel gehört.“

Rona holte tief Luft und stürzte den Cognac hinunter. Sie ließ ihn durch die Schichten von Angst und Elend brennen. Ihr nächster Atemzug war schon ruhiger. Sie sah erneut ihren Vater an. „Patrick plant für das Finale eine Entfesselung.“

„Ich weiß“, antwortete er ungeduldig. „Ich habe das Skript gesehen.“

„Sie ist zu gefährlich.“

„Gefährlich?“ Swan verschränkte seine Hände auf dem Schreibtisch. Damit konnte er fertig werden. „Rona, der Mann ist ein Profi. Er weiß, was er tut.“ Swan drehte sein Handgelenk so, dass er auf seine Uhr sehen konnte. Er gestand seiner Tochter fünf Minuten zu.

„Das ist aber etwas anderes“, hakte sie nach. Um nicht loszuschreien, spannte sie fest die Finger um den Schwenker. Ihr Vater würde niemals auf Hysterie reagieren. „Sogar seine eigenen Leute mögen die Nummer nicht.“

„Also gut, was plant er?“

Rona nahm noch einen Schluck. „Drei Safes“, begann sie. „Immer einer im anderen. Der letzte …“ Sie stockte für einen Moment. „Der letzte Safe hat ein Zeitschloss. Sobald Patrick in den ersten Safe eingeschlossen wird, hat er nur für drei Minuten Luft. Er hat … aber er hat mir vorhin gesagt, dass die Nummer länger dauert.“

„Drei Safes“, überlegte Swan und schürzte die Lippen. „Eine Sensation. Das wäre wirklich ein absoluter Knüller.“

Rona knallte ihr Glas auf den Tisch. „Besonders, wenn er erstickt.

Das treibt vielleicht die Einschaltquote hoch! Sie können ihm posthum den Emmy verleihen!“

Swan zog drohend die Brauen zusammen. „Beruhige dich, Rona.“

„Ich werde mich nicht beruhigen.“ Sie sprang auf. „Das dürfen wir nicht zulassen. Wir müssen den Vertrag lösen.“

„Kann ich nicht.“ Swan tat den Vorschlag mit einem Achselzucken ab.

„Willst du nicht“, verbesserte Rona ihn wütend.

„Will ich nicht“, bestätigte Swan im gleichen Ton. „Zu viel steht auf dem Spiel.“

„Alles steht auf dem Spiel!“, schrie Rona ihn an. „Ich liebe ihn!“

Swan blickte seine Tochter entgeistert an. In ihren Augen standen Tränen der Verzweiflung. Wieder fühlte er sich hilflos. „Rona.“ Er seufzte und griff nach einer Zigarre. „Setz dich.“

„Nein!“ Sie riss ihm die Zigarre aus den Fingern und schleuderte sie durch den Raum. „Ich setze mich nicht! Ich beruhige mich nicht! Ich bitte dich um Hilfe. Warum siehst du mich nicht an?“, verlangte sie in wütender Verzweiflung. „Sieh mich richtig an!“

„Ich sehe dich an“, fauchte er sie verteidigungsbereit an. „Und ich bin gar nicht zufrieden. Setz dich jetzt hin und hör mich an!“

„Nein, ich habe dir genug zugehört und genug versucht, dich zufriedenzustellen. Ich habe alles getan, was du je von mir verlangt hast, aber es war nie genug. Ich kann nicht dein Sohn sein. Das kann ich nicht ändern.“ Sie bedeckte ihr Gesicht mit den Händen und brach völlig zusammen. „Ich bin nur deine Tochter, und ich brauche deine Hilfe!“

Bennett Swan war sprachlos. Ronas Tränen entmachteten ihn. Er konnte sich nicht daran erinnern, dass sie jemals geweint hatte, ganz sicher nicht so leidenschaftlich. Er stand umständlich auf und tastete nach seinem Taschentuch.

„Na, na.“ Er schob ihr das Tuch zwischen die Finger und überlegte, was er jetzt tun sollte. „Ich war immer …“ Er räusperte sich und sah sich hilflos im Raum um. „Ich war immer stolz auf dich, Rona.“ Als sie daraufhin noch verzweifelter weinte, steckte er die Hände in seine Hosentaschen und verfiel in Schweigen.

„Es spielt keine Rolle.“ Ihre Stimme klang durch das Taschentuch gedämpft. Sie fühlte sich wegen ihrer Worte und Tränen beschämt. „Es spielt keine Rolle mehr.“

„Ich würde dir helfen, wenn ich könnte“, murmelte er endlich. „Ich kann Patrick nicht aufhalten. Selbst wenn ich die Show absetzen und mit den Klagen fertig werden könnte, die Patrick Atkins und der Sender gegen mich erheben würden, würde er die verdammte Nummer trotzdem bringen.“

Angesichts der nackten Tatsachen wandte Rona sich von ihm ab. „Es muss etwas geben …“

Swan rutschte unbehaglich auf seinem Sessel hin und her. „Liebt er dich?“

Rona wischte die Tränen weg. „Es spielt keine Rolle, was er für mich fühlt. Ich kann ihn nicht aufhalten.“

„Ich werde mit ihm sprechen.“

Sie schüttelte matt den Kopf. „Nein, das würde nichts helfen. Es tut mir leid.“ Sie wandte sich wieder an ihren Vater. „Ich hätte nicht herkommen sollen. Ich habe nicht richtig nachgedacht.“ Sie knüllte das Taschentuch zusammen. „Tut mir leid, dass ich mich so aufgeführt habe.“

„Rona, ich bin dein Vater.“

Sie sah ihn daraufhin mit ausdruckslosen Augen an.

„Ja.“ Er räusperte sich und wusste nicht, was er mit seinen Händen tun sollte. „Ich will nicht, dass du dich dafür entschuldigst, dass du zu mir gekommen bist!“ Er berührte ihren Arm. „Ich werde tun, was ich kann, um Atkins zu überreden, diese Illusion auszulassen, wenn du das willst.“

Rona seufzte tief, ehe sie sich setzte. „Danke, aber du hast recht. Er wird es auf jeden Fall ein anderes Mal versuchen. Er selbst hat es mir gesagt. Ich werde nur einfach nicht damit fertig.“

„Soll Ross übernehmen?“

Sie presste die Finger an ihre Augen. „Nein, ich werde beenden, was ich begonnen habe.“

„Gutes Mädchen“, meinte er zufrieden. Er suchte die passenden Worte. „Du und der Magier. Planst du … ich meine, soll ich mit ihm über seine Absichten sprechen?“

Rona hätte nicht gedacht, jetzt noch lächeln zu können. „Nein, das ist nicht nötig." Sie sah die Erleichterung ihres Vaters und stand auf.

„Rona." Swan wusste nicht so recht, wie er sich ausdrücken sollte. „Komm, wir beide gehen essen."

Wann hatte er sie zum letzten Mal ausgeführt? Ein Bankett bei einer Preisverleihung? Eine geschäftliche Party? „Essen?"

„Ja." Swans Stimme wurde schärfer, als er den gleichen Gedankenpfad verfolgte wie Rona. „Ein Mann kann seine Tochter zum Essen ausführen, nicht wahr?" Er legte seinen Arm um ihre Hüften und führte sie zur Tür.

14. Kapitel

„Mr. Atkins ist hier, Mr. Swan“, meldete am nächsten Morgen Swans Sekretärin.

„Schicken Sie ihn herein.“

Swan ging Patrick entgegen und begrüßte ihn. „Danke für Ihr Kommen.“

„Mr. Swan.“

„Bennett, bitte“, sagte Swan und zog Patrick zu einem Stuhl.

„Bennett“, stimmte Patrick zu.

Swan setzte sich ihm gegenüber. „Ist alles in Ordnung?“

Patrick hob eine Augenbraue. „Ja.“

Swan nahm sich eine Zigarre. Der Mann ist zu kühl, dachte er grimmig. „Coogar meint, dass die Proben glattlaufen. Macht ihm Sorgen.“ Swan lächelte. „Abergläubischer Bastard!“

„Er ist ein guter Regisseur.“

„Der beste!“ Swan zündete die Zigarre an. „Wir machen uns Sorgen wegen Ihres Finales. Das hier ist Fernsehen, wissen Sie. Vier Minuten zehn Sekunden ist für eine Nummer etwas lang.“

„Es ist nötig.“ Patricks Hände lagen auf den Armlehnen des Sessels. „Rona hat es Ihnen sicher gesagt.“

Swans Augen begegneten seinem direkten Blick. „Ja, Rona hat es mir gesagt. Sie kam gestern Abend zu mir. Sie war außer sich.“

„Ich weiß. Es tut mir leid.“

„Patrick, wir sind vernünftige Menschen. Einige Änderungen …“

„Ich ändere meine Illusionen nicht.“

„Kein Vertrag ist in Stein gemeißelt“, drohte Swan.

„Brechen Sie ihn“, meinte Patrick. „Das bringt Ihnen mehr Schwierigkeiten als mir. Letztlich würde ich nichts ändern.“

„Verdammt! Mann, das Mädchen ist verzweifelt!“ Swan schlug mit der Faust auf den Tisch. „Sie liebt Sie! Was werden Sie machen?“

Patrick ignorierte den Knoten in seinem Magen. „Fragen Sie mich als Ronas Vater oder als der Herrscher von ‚Swan Productions'?"

Swan zögerte einen Moment. „Als ihr Vater", entschied er.

„Ich liebe Rona." Patrick hielt Swans Blick ruhig stand. „Wenn sie mich will, werde ich mein Leben mit ihr verbringen."

„Und wenn sie nicht will?"

Patricks Augen verschleierten sich. Er schwieg.

Swan erkannte seinen Vorteil. „Eine verliebte Frau ist nicht immer vernünftig", sagte er mit einem onkelhaften Lächeln. „Ein Mann muss einfach gewisse Konzessionen machen."

„Es gibt kaum etwas, das ich nicht für Rona tun würde", erwiderte Patrick. „Aber ich kann mich nicht selbst ändern."

„Wir sprechen über eine Nummer." Swan verlor allmählich die Geduld.

„Nein, wir sprechen über meine Art zu leben. Ich könnte diese Entfesselungsnummer streichen, aber irgendwann müsste ich es wieder tun und dann wieder. Wenn Rona die jetzige nicht akzeptieren kann, wie will sie eine spätere akzeptieren können?"

„Sie werden sie verlieren", warnte Swan.

Patrick stand auf. „Vielleicht hatte ich sie nie." Er konnte mit dem Schmerz fertig werden, dachte er. „Rona muss sich entscheiden", fuhr er ruhig fort. „Und ich muss ihre Entscheidung akzeptieren."

Swan stand ebenfalls auf. „Ich will verdammt sein, wenn Sie für mich wie ein verliebter Mann klingen!"

Patrick musterte ihn mit einem langen kalten Blick, der Swan schlucken ließ. „In einem Leben voller Illusionen", sagte er rau, „ist Rona für mich das einzig Wirkliche." Er drehte sich um und verließ den Raum.

Die Sendung sollte um 18.00 Uhr Westküstenzeit beginnen. Um 16.00 Uhr hatte Rona sich mit allen möglichen Leuten herumgeschlagen, von einem aufgebrachten Requisiteur bis zu einem nervösen Haarkünstler. Eine Live-Sendung trieb die abgebrühtesten Veteranen zum Wahnsinn. Wie sich ein fatalistischer Bühnenarbeiter ausdrückte: „Was überhaupt schiefgehen kann, wird schiefgehen." Genau das wollte Rona aber nicht hören.

Aber die Hektik hinderte sie wenigstens daran, sich in einer Ecke zu verkriechen und zu weinen. Sie wurde gebraucht. Wenn ihr nur ihre Karriere blieb, musste sie das Beste geben.

Seit zehn Tagen mied sie Patrick, indem sie gefühlsmäßig Abstand hielt. Sie mussten manchmal zusammentreffen, aber nur als Produzent und Star. Er versuchte nicht, den Riss zwischen ihnen zu schließen.

Die drei Safes waren geliefert worden. Rona hatte sich dazu gezwungen, sie zu inspizieren. Der kleinste war nur neunzig Zentimeter hoch und sechzig Zentimeter breit.

Patrick hatte plötzlich hinter ihr gestanden. Rona hatte das Verlangen, die Liebe und die Hoffnungslosigkeit gefühlt, die von ihm ausgingen, ehe sie sich zurückgezogen hatte. Weder mit einem Wort noch mit einer Geste hatte er sie gebeten zu bleiben.

Mit verkrampftem Magen und steinernem Gesicht wartete Rona im Regieraum, während der Regieassistent den Countdown zählte.

Es begann …

Patrick war auf der Bühne, kühl, kontrolliert. Das Set war perfekt, nicht überladen und mysteriös beleuchtet. Ganz in Schwarz gekleidet, war Patrick auch ohne Zauberstab und Spitzhut ein Magier des zwanzigsten Jahrhunderts.

Wasser floss zwischen seinen Handflächen hin und her, Flammen schossen aus seinen Fingerspitzen. Rona sah zu, wie er Bess auf der Spitze eines Säbels balancierte und sie wie einen Kreisel wirbeln ließ, bis er den Säbel wegzog und sie sich frei in der Luft drehte.

Elaine trieb über den brennenden Fackeln, während das Publikum den Atem anhielt. Patrick schloss sie in eine durchsichtige Glaskugel, bedeckte diese mit einem roten Seidentuch und ließ sie drei Meter über der Bühne schweben. Die Kugel schwankte sanft zu Links Musik. Als Patrick sie herunterholte und das Tuch wegzog, hatte Elaine sich in einen weißen Schwan verwandelt.

Seine Illusionen waren waghalsig, spektakulär und einfach schön. Er beherrschte die Elemente, brach die Naturgesetze und verblüffte alle.

„Läuft ja traumhaft“, hörte Rona jemanden aufgeregt sagen. „Dafür kriegen wir doch glatt ein paar Emmys. Dreißig Sekunden, Kamera zwei. Himmel, der Bursche ist fabelhaft."

Rona verließ den Regieraum und ging in die Kulisse. Die Scheinwerfer verstrahlten Hitze, aber ihre Haut war eisig. Sie beobachtete eine Abwandlung der Transportation, die er in Las Vegas gebracht hatte.

Er sah nicht in ihre Richtung, aber Rona fühlte, dass er wusste, wo sie war. Er musste es wissen, weil alle ihre Gedanken auf ihn gerichtet waren.

„Läuft gut, nicht wahr?"

Rona blickte auf und sah Link neben sich. „Ja, perfekt."

„Der Schwan hat mir gefallen. Hübsch."

„Ja." Kurz und einsilbig war Ronas Antwort.

„Du solltest in Bess' Garderobe gehen und dich hinsetzen", schlug er vor und wünschte, sie wäre nicht so blass. „Du könntest den Fernseher einschalten und zusehen."

„Nein. Nein, ich bleibe."

Patrick hatte einen Tiger auf der Bühne, ein schlankes, rastlos auf und ab schleichendes Raubtier in einem vergoldeten Käfig. Er bedeckte den Käfig mit einem Tuch, zog es weg. Elaine saß in dem Käfig. Der Tiger war verschwunden. Rona wusste, dass es die letzte Nummer vor der Entfesselung war. Sie holte tief Luft.

„Link." Sie tastete nach seiner Hand, brauchte einen Halt.

„Er wird es schaffen, Rona." Er drückte ihre Finger. „Patrick ist der Beste. Nur er schafft das."

Der kleinste Safe wurde auf die Bühne gebracht. Die Tür stand weit offen, während er herumgedreht wurde, um seine Stabilität zu zeigen. Rona verspürte eisige Furcht. Sie hörte nicht Patricks Erklärungen für das Publikum, während er von einem Captain des „Los Angeles Police Department" an Händen und Füßen gefesselt wurde. Ihr Blick blieb an seinem Gesicht haften. Sie wusste, dass er in seinen Gedanken bereits in dem Safe eingeschlossen war. Er begann im Geiste bereits, sich einen Weg ins Freie zu bahnen. Daran klammerte sie sich genauso fest wie an Links Hand.

Patrick passte kaum in den ersten Safe. Seine Schultern stießen an die Seitenwände.

Er kann sich da drinnen nicht bewegen, dachte sie mit einem Anflug von Panik. Als die Tür geschlossen wurde, tat sie einen Schritt auf die Bühne zu. Link hielt sie an den Schultern fest.

„Das geht nicht, Rona."

„Mein Gott, er kann sich nicht bewegen. Er kann nicht atmen!" Mit wachsendem Entsetzen sah sie, wie der zweite Safe gebracht wurde.

„Er hat schon die Handschellen abgestreift", sagte Link beschwichtigend, obwohl es ihm auch nicht gefiel, wie der Safe mit Patrick hochgehoben und in dem zweiten eingeschlossen wurde. „Jetzt öffnet er die erste Tür", sagte er, um sich selbst genau wie Rona zu trösten. „Er arbeitet schnell. Du weißt es doch. Du hast ihn gesehen."

„Oh nein!" Der Anblick des dritten Safes steigerte ihre Angst fast ins Unerträgliche. Sie fühlte sich benommen und wäre geschwankt, wenn Link sie nicht gestützt hätte. Der größte Safe verschluckte die beiden anderen und Patrick darin. Der Safe wurde geschlossen und verriegelt. Das Zeitschloss wurde auf Mitternacht eingestellt. Es gab absolut keine Möglichkeit mehr, bis 12 Uhr nachts an den „Inhalt" heranzukommen.

„Wie lange?", flüsterte Rona. Sie starrte auf den Safe, ließ den schimmernden, komplizierten Zeitmechanismus nicht aus den Augen. „Wie lange ist Patrick schon drinnen?"

Link fühlte Schweiß über seinen Rücken strömen. „Er hat noch reichlich Zeit."

Er wusste, die Safes passten so genau ineinander, dass die Türen nur so weit geöffnet werden konnten, dass ein Kind gerade noch herauskriechen konnte. Er hatte keine Ahnung, wie Patrick seinen Körper dermaßen krümmen und falten konnte. Aber er hatte es mehrmals erlebt, dass Patrick es schaffte. Anders als Rona hatte Link unzählige Male gesehen, wie Patrick die Entfesselungsnummer geübt hatte. Der Schweiß lief ihm trotzdem über den Rücken.

Die Luft wurde dünn. Rona konnte sie kaum noch in ihre Lungen ziehen. So ist das in dem Safe, dachte sie benommen. Keine Luft, kein Licht. „Die Zeit, Link!" Sie zitterte jetzt wie Espenlaub.

Der riesengroße Mann hörte zu beten auf. „Zwei Minuten und

fünfzig Sekunden", antwortete er. „Es ist schon fast überstanden. Er arbeitet bereits an dem letzten Safe."

Rona krampfte die Hände zusammen und zählte im Geist die Sekunden mit. In ihren Ohren dröhnte es, und sie biss sich in die Lippen. Sie war in ihrem Leben noch nie in Ohnmacht gefallen, aber sie wusste, dass sie gefährlich nahe davorstand. Als sich ihre Sicht verschleierte, kniff sie ihre Augen fest zusammen, um sie wieder zu klären. Sie konnte nicht atmen. Patrick hatte keine Luft mehr, und sie auch nicht. Inmitten aufsteigender Hysterie glaubte sie zu ersticken, so sicher, wie Patrick jetzt in den drei Safes erstickte …

Dann sah sie, wie sich die Tür öffnete, hörte das einstimmige erleichterte Aufatmen des Publikums und dann den donnernden Applaus. Patrick stand auf der Bühne, schweißüberströmt und nach Luft ringend.

Rona schwankte gegen Link, als sich Dunkelheit über die Scheinwerfer senkte. Sie verlor nur für Sekunden das Bewusstsein und kam wieder zu sich, als Link sie rief.

„Rona! Rona, es geht ihm gut! Er ist raus! Er ist okay!"

Sie klammerte sich an Link und schüttelte den Kopf, um ihre Gedanken zu klären. „Ja, er ist heraus." Sie warf noch einen Blick auf Patrick, drehte sich um und lief davon.

Sobald die Kameras abblendeten, ging Patrick von der Bühne. „Wo ist Rona?", fragte er Link.

„Sie ist weg!" Link sah Schweiß über Patricks Gesicht strömen. „Sie war ziemlich besorgt. Ich glaube, sie ist einen Moment ohnmächtig geworden." Er reichte ihm ein Handtuch.

Patrick wischte sich den Schweiß nicht ab und lächelte nicht, wie sonst nach einer gelungenen Entfesselungsnummer. „Wohin ist sie gegangen?"

„Ich weiß es nicht. Sie ist einfach weggelaufen."

Wortlos ging Patrick Rona suchen. Nur sie zählte jetzt.

Rona ließ sich in der heißen Sonne braten. Sie hatte eine Woche auf der Jacht ihres Vaters verbracht. Swan hatte sie auf ihre Bitte hin wortlos fahren lassen. Er hatte alles für sie arrangiert und sie selbst zum Flughafen gebracht, zum ersten Mal überhaupt.

Seit Tagen war sie nun hier auf St. Croix. Die Yacht lag vor Anker. Rona war nur mit den Kleidern angekommen, die sie am Leib getragen hatte. Alles andere hatte sie auf der Insel gekauft. Eine Woche lang sprach sie mit niemandem und war einfach wie vom Erdboden verschwunden.

Sie wusste, dass ihr irgendwann die richtige Antwort einfallen würde, falls sie sich nicht zum Nachdenken zwang. Bis dahin wartete sie.

Patrick mischte in seinem Arbeitsraum die Tarotkarten. Er musste sich entspannen.

Nach dem Special hatte er Rona nirgendwo gefunden. Daraufhin hatte er eine seiner Grundregeln gebrochen und war in ihre Wohnung eingedrungen. Dort hatte er bis zum nächsten Morgen auf sie gewartet. Sie war nicht gekommen. Link hatte Patricks ungezügelte Zornesausbrüche schweigend ertragen, einen Zorn, den Patrick sich früher nie erlaubt hatte.

Er hatte Tage gebraucht, um zu sich zu kommen. Er arbeitete nicht mehr. Er hatte keine Kraft. Sobald er sich konzentrierte, sah er Rona vor sich. Er wusste, dass er bald wieder seinen Rhythmus bekommen musste, sonst war er erledigt.

Link und Bess machten Flitterwochen in den Bergen. Er war allein und musste sein leeres Leben wieder ausfüllen. Doch auch das machte ihm Angst. Er war nicht sicher, ob er noch Magie besaß.

Patrick konzentrierte sich auf die Karten, blickte auf und sah sie …

Er starrte auf die Vision. Rona war ihm bisher nicht so deutlich erschienen. Er hörte sogar ihre Schritte, als sie auf die Bühne zukam. Ihr Duft erreichte ihn zuerst und ließ sein Blut kochen. Fast teilnahmslos fragte er sich, ob er verrückt wurde.

„Hallo, Patrick." Rona sah, wie er zusammenzuckte, als hätte sie ihn aus einem Traum gerissen.

„Rona?"

„Die Haustür war nicht abgeschlossen. Ich bin einfach hereingekommen. Hoffentlich macht es dir nichts."

Er starrte sie schweigend an, als sie zur Bühne hochstieg.

„Ich habe dich bei der Arbeit gestört, nicht wahr?"

Er legte die Karten weg. „Arbeit? Nein, nein, geht schon in Ordnung."

„Es dauert nicht lange", sagte Rona lächelnd. Sie hatte ihn noch nie verwirrt gesehen und war sicher, ihn auch nie wieder so zu sehen. „Wir müssen über einen neuen Vertrag sprechen."

„Vertrag?", wiederholte er, unfähig, seinen Blick abzuwenden.

„Ja, deshalb bin ich hier."

„Verstehe." Er wollte sie berühren, ließ seine Hände jedoch auf dem Tisch liegen. Er würde nicht berühren, was ihm nicht mehr gehörte. „Du siehst gut aus. Wo warst du?" Er wollte nicht mehr sagen, weil er fürchtete, gefährlich nahe an eine Anklage heranzukommen.

Rona lächelte nur. „Ich war weg." Sie kam einen Schritt näher. „Hast du an mich gedacht?"

Patrick wich zurück. „Ja, ich habe oft an dich gedacht."

„Oft?", wiederholte sie ruhig und kam näher.

„Nicht, Rona!" Seine Stimme klang abwehrend scharf, während er weiter zurückwich.

„Ich habe oft an dich gedacht", fuhr sie fort, als hätte er nichts gesagt. „Ständig, obwohl ich versucht habe, es nicht zu tun. Braust du auch Liebestränke, Patrick? Hast du einen an mir ausprobiert?" Sie kam noch einen Schritt näher. „Ich habe mich bemüht, dich zu hassen, und noch mehr bemüht, dich zu vergessen. Dein Zauber ist zu stark."

Ihr Duft wirbelte durch seine Sinne und Gedanken, bis er ganz von ihr erfüllt war. „Rona, ich bin nur ein Mann, und du bist meine Schwäche. Tu das nicht." Patrick schüttelte den Kopf und raffte seine letzten Reserven an Selbstbeherrschung zusammen. „Ich muss arbeiten!"

Rona warf einen Blick auf den Tisch. „Das muss warten. Weißt du, wie viele Stunden eine Woche hat?", fragte sie lächelnd.

„Nein. Hör auf, Rona!" Das Blut dröhnte in seinem Kopf. Sein Verlangen wurde überwältigend.

„Hundertachtundsechzig", flüsterte sie. „Wir müssen eine Menge nachholen."

„Wenn ich dich berühre, lasse ich dich nicht mehr gehen."

„Und wenn ich dich berühre?“ Sie legte ihre Hand auf seine Brust.

„Nicht“, warnte er ruhig. „Du solltest gehen, solange du noch kannst.“

„Du wirst diese Entfesselungsnummer wieder machen, nicht wahr?“

„Ja, ja, verdammt noch mal!“ Es kribbelte ihn in den Fingerspitzen vor Verlangen, sie zu berühren. „Rona, um Himmels willen, geh!“

„Du wirst es wieder machen“, fuhr sie fort. „Und andere, vielleicht noch gefährlichere oder wenigstens noch entsetzlicher anzusehende Nummern, weil das deinem Wesen entspricht. Hast du mir das nicht gesagt?“

„Rona …“

„Und diesen Mann liebe ich“, sagte sie ruhig. „Ich weiß nicht, warum ich dachte, ich könnte oder sollte dich ändern. Ich habe dir einmal gesagt, du seist genau das, was ich wollte, und das war die Wahrheit. Aber ich musste wahrscheinlich erst lernen, was das bedeutet. Willst du mich noch, Patrick?“

Er antwortete nicht, aber sie sah das Aufleuchten in seinen Augen. „Ich kann gehen und ein sehr ruhiges, anspruchsloses Leben führen.“ Rona tat den letzten Schritt auf ihn zu. „Willst du, dass ich das tue? Habe ich dich so sehr verletzt, dass du mir ein Leben voll unerträglicher Langeweile wünschst? Bitte, Patrick“, murmelte sie. „Willst du mir nicht verzeihen?“

„Es gibt nichts zu verzeihen.“ Er wurde schwach unter dem Blick ihrer Augen, ganz gleich, wie sehr er sich auch dagegen wehrte. „Rona, um alles in der Welt!“ Verzweifelt stieß er ihre Hand weg, die sie auf seine Brust gelegt hatte, um seinen Herzschlag zu fühlen. „Siehst du denn nicht, was du mit mir machst?“

„Ja, und ich bin froh. Ich hatte Angst, du könntest mich wirklich zurückweisen.“ Sie atmete erleichtert auf. „Ich bleibe, Patrick. Dagegen kannst du gar nichts machen.“ Sie schlang die Arme um seinen Nacken. Ihr Mund war nur einen Hauch entfernt. „Sag mir noch einmal, dass ich gehen soll.“

„Nein.“ Patrick zog Rona an sich. „Ich kann nicht.“ Er umschloss ihren Mund mit seinen Lippen. Kraft floss in ihn zurück, heiß und schmerzhaft. Er presste Rona enger an sich und fühlte, wie ihr Mund auf seinen wilden Kuss reagierte. „Es ist zu spät", murmelte er. „Viel zu spät." Erregung brannte in ihm. Er konnte sie gar nicht nahe genug an sich drücken. „Ich könnte dich jetzt nicht mehr durch diese Tür gehen lassen, Rona. Verstehst du das?" Noch nie hatte er so ernst gesprochen.

„Ja. Ja, ich verstehe das." Sie legte den Kopf zurück, um in seine Augen zu sehen. „Aber die Tür wird auch für dich geschlossen sein. Ich werde dafür sorgen, dass du dieses Schloss nicht öffnen kannst."

„Keine Entfesselungsnummer, Rona. Nicht für uns." Er legte seinen Mund wieder auf den ihren, in einem heißen und verzweifelten Kuss. Er fühlte, wie Rona ihm nachgab, als er sie an sich drückte. Ihre Hände lagen stark und fest an seinem Körper. „Ich liebe dich, Rona", flüsterte er, während er ihr Gesicht und ihren Hals mit Küssen bedeckte. „Ich liebe dich. Ich habe alles verloren, als du mich verlassen hast."

„Ich werde dich nie wieder verlassen." Sie nahm sein Gesicht zwischen ihre Hände, um seine wandernden Lippen aufzuhalten. „Meine Bitte war falsch. Es war falsch, wegzulaufen. Ich hatte nicht genug Vertrauen."

„Und jetzt?"

„Ich liebe dich, Patrick, so, wie du bist."

Er zog sie wieder fest an sich und presste seinen Mund an ihren Hals. „Wunderschöne Rona! So klein, so weich! Himmel, wie ich dich begehre! Komm mit mir nach oben, komm ins Bett! Ich möchte dich richtig lieben."

Ihr Puls jagte bei den leisen, deutlichen Worten, die er an ihrem Hals hauchte. Rona holte tief Luft, legte ihre Hände auf seine Schultern und wich zurück. „Da ist noch diese Sache mit dem Vertrag."

„Zum Teufel mit Verträgen", murmelte er und versuchte sie wieder an sich zu ziehen.

„Oh nein!" Rona trat von ihm zurück. „Ich möchte das vorher regeln."

„Ich habe deinen Vertrag schon unterschrieben", erinnerte er sie ungeduldig. „Komm her!"

„Da ist jetzt ein neuer“, erklärte sie ungerührt. „Ein Exklusivvertrag auf Lebenszeit.“

Er runzelte die Stirn. „Rona, ich werde mich doch nicht für den Rest meines Lebens an ‚Swan Productions‘ binden.“

„Nicht an ‚Swan Productions‘“, entgegnete sie. „An Rona Swan.“

Die ärgerliche Antwort, die ihm auf der Zunge lag, kam nicht über seine Lippen. Der Ausdruck seiner Augen wechselte, wurde angespannt und eindringlich. „Was für ein Vertrag?“

„Ein Zweipersonenvertrag mit einer Exklusivitätsklausel und einer lebenslangen Laufzeit.“ Rona schluckte. Sie verlor etwas von dem Selbstvertrauen, das sie so weit getrieben hatte.

„Weiter!“

„Sofortige Gültigkeit mit der Abmachung, eine gesetzlich bindende Zeremonie bei nächstmöglicher Gelegenheit folgen zu lassen.“ Sie verschränkte ihre Finger. „Dazu kommt eine Klausel über mögliche Nachkommenschaft.“ Sie sah, wie Patrick die Augenbrauen hob. Er sagte jedoch nichts. „Über die Anzahl besagter Nachkommenschaft kann verhandelt werden.“

„Verstehe“, sagte er nach einem Moment. „Gibt es eine Konventionalstrafe?“

„Ja. Wenn du versuchst, den Vertrag zu brechen, bin ich berechtigt, dich umzubringen.“

„Sehr vernünftig. Ihr Vertrag ist sehr verlockend, Miss Swan. Was bekomme ich dafür?“

„Mich.“

„Wo muss ich unterschreiben?“, fragte er und nahm sie wieder in seine Arme.

„Genau hier.“ Sie stieß seufzend den Atem aus, als sie ihm ihr Gesicht entgegenhob. Der Kuss war sanft und viel versprechend. Stöhnend presste Rona sich fester an ihn.

„Diese Zeremonie, Miss Swan.“ Patrick knabberte an ihrer Lippe, während er sie mit den Händen zu streicheln begann. „Was verstehen Sie unter der nächstmöglichen Gelegenheit?“

„Morgen Nachmittag.“ Rona lachte und löste sich noch einmal aus seinen Armen. „Du glaubst doch nicht im Ernst, dass ich dir Zeit lasse, nach einem Notausstieg zu suchen?“

„Ich habe meinen Meister gefunden."

„Absolut", stimmte sie zu und nickte. „Ich habe ein paar Tricks auf Lager." Sie nahm die Tarotkarten und überraschte Patrick, indem sie sie mit einigem Erfolg auffächerte. Sie hatte es endlos geübt.

„Sehr gut." Patrick lächelte und kam zu ihr. „Ich bin beeindruckt."

„Du hast noch gar nichts gesehen", versprach sie. „Zieh eine Karte", befahl sie mit lachenden Augen. „Irgendeine Karte!"

– ENDE –

Suzanne Brockmann

Zwischen Gefühl und Geheimnis

Roman

Aus dem Amerikanischen von
Gabriele Ramm

mtb

1. Kapitel

Der Verkehr bewegte sich im Schneckentempo.

Maggie Stanton saß in ihrem Wagen, zu müde, den Radiosender zu wechseln und einen Song zu suchen, der weniger nervig war als der, den sie gerade hörte. Sie fühlte sich zu müde, um überhaupt etwas zu tun.

Vielleicht war müde nicht das richtige Wort. Vielleicht war entmutigt passender. Oder unterdrückt.

Andererseits beinhaltete unterdrückt einen gewissen Widerstand, doch selbst den brachte sie nicht auf. Sie fühlte sich wie ein Fußabtreter. Ein Schwächling ohne eigenes Leben. Sie war jetzt neunundzwanzig Jahre alt und lebte bei ihren Eltern. Notgedrungen war sie wieder bei ihnen eingezogen, nachdem ihre Wohnung ausgebrannt war.

Das war vor drei Jahren gewesen.

Anfangs hatte ihre Mutter sie gebeten, zu bleiben, um bei der Hochzeit ihrer Schwester zu helfen, und ehe sie es sich versehen hatte, war ein Jahr um gewesen. Dann, gerade als sie eine passende Wohnung in der Stadt gefunden hatte, war ihre Großmutter gestorben, und sie hatte es nicht übers Herz gebracht, ihre Mutter allein zu lassen.

Inzwischen war es höchste Zeit auszuziehen, und was machte ihre Mutter? Sie erklärte, es wäre doch albern, sich eine neue Wohnung zu suchen, wenn man doch bald heiraten würde.

Du meine Güte, heiraten. Maggie seufzte. Sollte die Braut nicht zumindest in den Bräutigam verliebt sein?

Allerdings. Aber wie bei den meisten Entscheidungen in ihrem Leben war es durchaus möglich, dass auch diese wieder von ihren Eltern getroffen wurde. Und sie, Maggie, würde wie immer einfach nur dastehen, nicken und lächeln.

Was war sie bloß für ein jämmerliches Etwas!

Maggies Handy klingelte und erlöste sie von weiteren Selbstvorwürfen. „Hallo?“

„Hey, Äffchen.“

Maggie fröstelte. Warum tat sie sich das an? Warum ging sie mit einem Mann aus, der sie Äffchen nannte? Nein, sie ging nicht nur mit ihm aus, sie war – wie ihre Mutter es nannte – so gut wie verlobt mit ihm.

Brock Donovan hatte sie tatsächlich gefragt, ob sie ihn heiraten wollte. Sie hatte sich während der vergangenen Wochen um eine Antwort herumgedrückt, was sich als großer Fehler herausgestellt hatte. Es wäre besser gewesen, sofort abzulehnen und schreiend aus dem Zimmer zu laufen. Stattdessen hatte sie die Entscheidung aufgeschoben, weil sie zu feige war. Sie hatte sich eingeredet, dass sie den richtigen Zeitpunkt, ihm den Laufpass zu geben, ohne seine Gefühle zu verletzen, schon finden würde.

Leider hatte Brock nach seinem Antrag nichts Eiligeres zu tun gehabt, als zu Vanessa, Maggies älterer Schwester, zu rennen, um ihr zu berichten, dass er die entscheidende Frage gestellt hatte. Und Vanessa hatte es ihren Eltern erzählt.

Ihre Mutter hatte daraufhin sofort Brautzeitschriften gekauft und Verhandlungen mit diversen Restaurants aufgenommen. Ihre Eltern waren völlig aus dem Häuschen gewesen und hatten sogar eine Verlobungsfeier ausrichten wollen. Glücklicherweise war der einzig freie Tag ihrer Mutter der Samstag in dieser Woche – der Tag, an dem am „Eastfield Community Theater“ das Vorsprechen für das diesjährige Sommer-Musical stattfand. Ihre Mutter wusste genau, dass dieser Termin tabu war.

Maggies Engagement beim Theater war das Einzige, was sie sich nie hatte nehmen lassen. Ihre Eltern hatten gewollt, dass sie nach Yale ging, also war sie nach Yale gegangen. Yale hatte einen sehr guten Theaterfachbereich, doch ihre Eltern hatten sie so vehement vor hungernden Künstlern gewarnt, dass sie ihren Abschluss in Wirtschaftswissenschaften und nicht in Theaterwissenschaften gemacht hatte. Anschließend hatte sie dann, wieder auf Drängen ihrer Eltern, noch ein Jurastudium angehängt, statt nach New York zu ziehen und sich um eine Rolle in einer Seifenoper zu bewerben.

Ihr Vater hatte gewollt, dass sie für seine Anwaltsfreunde Andersen und Brenden in New Haven arbeitete, und genau das tat sie inzwischen.

Deshalb steckte sie jetzt im Stau und war so gut wie verlobt mit einem Mann, der sie Äffchen nannte. Hauptsache, sie musste niemanden enttäuschen.

Maggie ertrug dieses Leben nur, weil es das „Eastfield Community Theater" gab und ihre Rollen, die sie dort spielte.

„Ich bin noch im Büro", erklärte Brock ihr am Telefon. „Es geht alles drunter und drüber hier. Deshalb muss ich für heute leider absagen. Das macht dir doch nichts aus, oder?"

Obwohl sie mit Brock zum Essen verabredet war, hatte Maggie in weiser Voraussicht ihre Sporttasche mitgenommen, denn er sagte ständig ihre Verabredungen ab.

Allerdings hatte sie ihm an diesem Abend den Laufpass geben wollen. Behutsam, ohne zu schreien und ohne ihm wehzutun. Einerseits war sie erleichtert wegen seiner Absage, andererseits ärgerte sie sich darüber. Dieser Mann liebte sie angeblich. Brock wollte sie heiraten, und trotzdem sagte er ständig ihre Verabredungen in letzter Minute ab.

Maggie stellte sich ihre Hochzeit vor – während sie in ihrem Hochzeitskleid in der Limousine saß, die sie zur Kirche bringen sollte, würde Brock sie anrufen. „Äffchen", würde er ins Handy brüllen, „mir ist was dazwischengekommen. Wir müssen es verschieben. Das macht dir doch nichts aus, oder?"

Vermutlich ist das einer der Gründe, weshalb Brock dich heiraten will, ging es Maggie durch den Kopf. Du bist immer so verdammt entgegenkommend.

Natürlich machte es ihr nichts aus. Es machte ihr nie etwas aus. Sie tat immer das, worum man sie bat oder was von ihr erwartet wurde, und lächelte dabei auch noch.

Du bist wirklich erbärmlich, Maggie, dachte sie resigniert.

„Ich rufe dich morgen an", sagte Brock. Und damit beendete er das Gespräch, ohne dass Maggie auch nur einen Ton gesagt hatte.

Mit seinem lockigen Haar und dem Grübchen im Kinn war Brock ein gut aussehender Mann. Und, wie Maggies Mutter immer wieder betonte, er hatte Anspruch auf sechs Wochen Urlaub im Jahr. Das war doch mal ein guter Grund zum Heiraten – der großzügige Urlaubsanspruch des Mannes.

Sieh dich vor, hatte Angie beim letzten Telefonat gesagt. Maggies Schulfreundin war davon überzeugt, dass Maggie, wenn sie nicht achtgab, eines Morgens aufwachen und mit Brock verheiratet sein würde. Ungefähr so, wie sie eines Morgens wieder in ihrem alten Kinderzimmer aufgewacht war, mit einem Juraabschluss und einem Job bei „Anderson & Brenden".

Aber Maggie war Maggie, und Angie war Angie. Die Freundin hatte gerade einen Engländer geheiratet und lebte jetzt in London, wo sie am Theater arbeitete. Sie hatte einen Traumjob und einen Traummann. Freddy Chambers, ein grundsolider Brite, war der perfekte Ehemann für Angie, die im Gegensatz zu ihm ein ziemlich leidenschaftliches Naturell besaß.

Deshalb war auch die ruhige Maggie so gut mit Angie ausgekommen.

Obwohl ihr Schulabschluss schon mehr als zehn Jahre zurücklag, vermisste Maggie die Highschool noch immer. Sie und Angie sowie Angies Freund, Matt Stone, alle theaterbesessen, waren unzertrennlich gewesen, und das Leben war ein endloser Spaß. Abgesehen von den Zeiten, in denen Angie und Matt sich gestritten hatten. Was jeden zweiten Tag vorkam, denn Matt war genauso impulsiv wie Angie.

Das Leben hatte voller Erwartungen, Aufregungen und Möglichkeiten gesteckt. Es gab immer ein neues Stück, das geprobt, einen neuen Tanz oder Song, der gelernt werden musste. Die Zukunft hatte sich strahlend vor ihnen aufgetan.

Matt wäre genauso entsetzt wie Angie, wenn er wüsste, dass Maggie jetzt Firmenanwältin war und dass ihr Büro nicht einmal über ein Fenster verfügte. Aber er war damals direkt nach seinem Schulabschluss verschwunden. Die Freundschaft zwischen ihm und Angie war nach dem letzten furchtbaren Streit nicht mehr zu retten gewesen. Matt hatte danach die Stadt verlassen und war nicht mehr zurückgekehrt. Nicht einmal zur Beerdigung seines kürzlich gestorbenen Vaters war er erschienen.

Maggie war die Einzige von ihnen, die noch immer in Eastfield lebte. Und sie musste zugeben, dass es ihr sogar gefiel, abgesehen von der Tatsache, dass sie bei ihren Eltern wohnte.

Angie hatte vorgeschlagen, Brock zum Teufel zu jagen und sich mit dem fantastisch aussehenden, muskulösen Typen, den Maggie im Fitness-Club entdeckt hatte, auf und davon zu machen. Tarzan hatte Maggie ihn getauft, nachdem er vor gut einer Woche im Club aufgetaucht war. Sie stellte ihn sich jetzt vor, wie er auf sie zukam, indem er über die Dächer der parkenden Autos hinwegschritt.

Er würde wie in Zeitlupe gehen – Männer, die so aussahen wie er, taten das immer, zumindest im Kino. Das T-Shirt würde sich über seiner breiten Brust spannen, die Jeans würde hauteng sitzen, sein blondes Haar würde ihm über die Schultern fallen, während ein Lächeln seinen sinnlichen Mund umspielen und seine goldgrünen Augen gefährlich glitzern würden.

Zwar war Maggie ihm noch nie so nahe gekommen, dass sie seine Augenfarbe gesehen hatte, doch sie hatte schon immer eine Schwäche für diese exotische Farbe gehabt, die sie an Raubkatzen erinnerte. Mühelos würde er sich von der Motorhaube ihres Wagens schwingen und die Fahrertür öffnen.

„Ich fahre", würde er mit tiefer, sinnlicher Stimme verkünden.

Sie, Maggie, würde über die Handbremse hinweg auf den Beifahrersitz rutschen, ganz graziös natürlich, während Tarzan das Lenkrad übernahm.

„Wohin fahren wir?", würde sie fragen.

Lächelnd würde er erwidern: „Ist das wichtig?"

Sie würde nicht mit der Antwort zögern. „Nein."

Glut und Zufriedenheit würden in seinen herrlichen Augen aufblitzen, und sie würde wissen, dass er sie an einen wunderbaren Ort bringen würde.

Hinter ihr wurde gehupt. Der Verkehr floss wieder. Maggie trat aufs Gas und nahm die nächste Ausfahrt. Wenn sie Glück hatte, konnte sie im Fitness-Club noch einen Blick auf ihren Tarzan werfen. Dann wäre der Abend wenigstens nicht ganz verloren.

Du meine Güte, dachte sie. Das ist wirklich erbärmlich.

2. Kapitel

Matt Stone brauchte Hilfe.

Er war seit zwei Wochen wieder in Eastfield und konnte nicht länger so tun, als wäre er in der Lage, die Sache allein zu bewältigen. Sein Vater schaffte es, sich selbst nach seinem Tod noch in Matts Leben einzumischen. Er hatte Matt ein Vermögen hinterlassen und die Verantwortung für das Schicksal der zweihundertundzwanzig Angestellten der „Yankee Potato Chip Company". Vorausgesetzt, Matt tanzte nach seiner Pfeife.

Was ihn, Matt, betraf, hätte sein Vater das Geld mit in die Hölle nehmen können, aber zweihundertzwanzig Menschen den Job nehmen? Bei dieser Wirtschaftslage?

Er würde wohl lernen müssen zu tanzen.

Deshalb brauchte Matt einen Anwalt an seiner Seite. Er brauchte jemanden, der sich in geschäftlichen Dingen auskannte, jemanden, dem er vertrauen konnte.

Er brauchte Maggie Stanton.

Er hatte sie im Fitness-Club gesehen, doch sie war immer in Eile gewesen. Mal war sie in den Umkleideraum gehastet, mal zu ihrer Aerobic-Stunde, oder sie war nach Hause gefahren.

Am vergangenen Abend hatte er sie dabei ertappt, wie sie ihn beobachtet hatte. Sehr diskret natürlich. Maggie würde niemals jemanden offen anstarren, doch sie hatte ihn in den Spiegeln gemustert, während er trainiert hatte. Sie hatte ihn nicht erkannt. Matt wusste nicht, ob er beleidigt oder froh darüber sein sollte. Schließlich hatte er sich tatsächlich verändert.

Sie dagegen sah noch genauso aus wie früher. Blaue Augen, braunes Haar, niedliches Gesicht mit winzigen Sommersprossen auf ihrer süßen kleinen Nase.

Es war jammerschade, dass sie einen Juraabschluss gemacht hatte, statt nach New York an den Broadway zu gehen. Sie hatte eine

Stimme, die ihm immer den Atem geraubt hatte, und sie konnte schauspielern und tanzen wie eine Göttin.

Auf der Highschool hatte Maggie sämtliche Hauptrollen in den Musicals gespielt. Sie war Eliza Doolittle, als er den Henry Higgins spielte, und in seinem Abschlussjahr spielten sie Tony und Maria, die Hauptfiguren in der „West Side Story".

Es war der Anfang vom Ende seiner Freundschaft mit Angie und Maggie gewesen, denn Angie hatte es gewusst. Als Tony und Maria mussten er und Maggie sich auf der Bühne küssen. Und diese Küsse waren völlig anders als der keusche Kuss, den sie sich als Eliza und Henry im Jahr davor gegeben hatten. Diesmal waren sie leidenschaftlich und hemmungslos. Beim ersten Mal war Matt einfach den Anweisungen des Regisseurs gefolgt, hatte Maggie in seine Arme gezogen und sie mit all der aufgestauten Frustration und dem Verlangen geküsst, wie es seine Rolle verlangt hatte.

Maggie hatte sich in Maria verwandelt und den Kuss stürmisch erwidert, während sie sich an ihn geschmiegt hatte. Von da an hatte er aufgehört, sich etwas vorzumachen.

Er hatte sich eingestanden, dass er sich in die beste Freundin seiner Freundin verliebt hatte.

Und natürlich hatte Angie es gewusst. Der einzige Mensch, der es nicht erkannt hatte, war Maggie gewesen. Oder vielleicht hatte sie es doch gewusst und war genauso wütend auf ihn gewesen wie Angie.

In dem Fall würde sie seinen Anruf nicht erwidern.

Was bedeuten würde, dass er einfach weiter anrufen würde. Denn er brauchte Maggie Stanton, und diesmal würde er kein Nein akzeptieren.

Den Arm voller Akten, stolperte Maggie in ihr Büro. Es war fünf Uhr nachmittags, und sie hatte gerade einen sechsstündigen Termin mit einem Mandanten hinter sich.

Auf ihrem Schreibtisch stapelten sich die Nachrichten, die die Sekretärin für sie hingelegt hatte. Daneben lag ein Aktenstapel, an dem ein Zettel befestigt war, auf dem stand: „Bitte bis morgen bearbeiten."

Kein Problem, vorausgesetzt, sie blieb bis Mitternacht.

Maggie ließ den Kopf auf den Schreibtisch sinken. „Ich hasse diesen Job“, flüsterte sie und wünschte, sie wäre mutig genug, das so laut zu sagen, dass Andersen oder Brenden sie hören konnten.

Es klopfte. Maggie hob den Kopf und stellte sich vor, dass dies sein Auftritt war. Der Auftritt ihres Tarzans. Die Tür würde sich öffnen, und dort stünde er und würde sie mit seinen goldgrünen Augen anschauen.

Er würde hereinkommen, die Tür hinter sich schließen und fragen, ob sie bereit sei.

Sie würde seine ausgestreckte Hand ergreifen und Ja sagen.

Die Tür wurde einen Spalt aufgeschoben und Janice, die Empfangssekretärin, steckte den Kopf herein. „Sie sind ja immer noch da.“

Maggie nickte niedergeschlagen.

„Da war noch ein Anruf für Sie.“ Janice reichte ihr einen Zettel.

Matt Stone, las Maggie. „Halt, warten Sie! Hat er keine Nummer hinterlassen?“

„Er meinte, Sie würden sie kennen“, erklärte Janice. „Es tut mir leid, ich hätte trotzdem …“

„Nein, ist schon gut.“

Matt. Die einzige Nummer, die sie von ihm hatte, war die in dem großen Haus, in dem er damals mit seinem Vater gelebt hatte.

Als Janice gegangen war, nahm Maggie den Telefonhörer und begann zu wählen, doch dann legte sie wieder auf.

Sie hatte sich immer etwas unwohlgefühlt, weil sie sich damals, während des letzten großen Streits zwischen Matt und Angie, auf Angies Seite geschlagen hatte. Es war der Streit, der Matts und Angies Beziehung und damit auch ihre eigene Freundschaft zu Matt beendet hatte.

Angie hatte ihr nie verraten, worum es bei diesem Streit gegangen war. Maggie wusste nur, dass er kurz nach dem Beginn der Proben zur „West Side Story“ angefangen hatte. Eines Abends war Angie dann zu Maggie gekommen, um sich Trost zu holen. Kurz darauf war auch Matt aufgetaucht. Sie hatte an seinem Atem gerochen, dass er Whiskey getrunken hatte, was ihr Sorgen bereitet hatte, denn normalerweise trank er nur Bier.

Matt hatte sich auf die Treppe der Veranda fallen lassen. Als sie sich neben ihn gesetzt hatte, wusste sie sofort, dass tatsächlich etwas nicht stimmte. Nicht nur, dass er zu viel getrunken hatte, er hatte auch ängstlich ausgesehen und sich unbehaglich gefühlt. Er hatte ihr nicht in die Augen geschaut, als er meinte: „Maggie, es gibt da etwas, was ich dir sagen muss."

In dem Moment war Angie aufgetaucht und hatte ihn wütend aufgefordert, zu verschwinden. Sie hatte wie eine wilde Furie gewirkt.

Matt hatte resigniert geflucht, und sie selbst hatte nur von Angie zu Matt schauen können, hoffnungslos hin und her gerissen. Sie wollte sich aus dem Streit heraushalten, doch Matt hatte sie deswegen ausgelacht, und Angie hatte ihn wütend in den Rücken getreten. Er war von der Treppe und in die Büsche gefallen. Fuchsteufelswild hatte er sich wieder aufgerappelt.

„Lass mich in Ruhe!", hatte Angie ihn angeschrien. „Ich warne dich, Matt, halt dich von Maggie fern!"

Nie zuvor hatte Maggie solch einen Hass in den Augen ihrer Freundin gesehen. Matt hatte sich demonstrativ von Angie abgewandt und sie, Maggie, angeschaut. „Ich würde gern mit dir sprechen", hatte er gesagt. „Allein. Lass uns eine kleine Tour mit dem Auto machen."

Ehe Maggie etwas erwidern konnte, hatte Angie ihn beschimpft und ihn aufgefordert, endlich zu verschwinden. Darauf hatte sie, Maggie, nur eine lahme Entschuldigung herausgebracht und sich von Angie ins Haus ziehen lassen.

Danach hatte sie Matt nur noch bei den Theaterproben gesehen. Sie hatte ihn gedrängt, die Sache mit Angie wieder ins Reine zu bringen, doch er hatte nur gelächelt und gemeint: „Du begreifst es immer noch nicht, oder?"

Schließlich hatte sie es begriffen. Matt und Angie hatten sich getrennt, und ihre Dreierfreundschaft war damit beendet.

Im nächsten Jahr war Matt aufs College gewechselt, Angie hatte einen neuen Freund gefunden, und das Leben war weitergegangen. Eine Zeit lang hatte Maggie Matts Leben noch verfolgt, doch die letzte Adresse, die sie von ihm hatte, war schon fast sieben Jahre alt. Damals hatte er in Los Angeles gelebt. Seitdem hatte sie nichts mehr von ihm gehört.

Und jetzt war er zurück.

Maggie nahm den Telefonhörer und wählte.

Nach dem vierten Klingeln ertönte eine atemlose Stimme. „Hallo?"

„Hallo, Matt."

„Maggie!", rief er erfreut. „Danke, dass du so schnell zurückrufst. Wie geht es dir?"

Schrecklich, hätte sie fast erwidert. „Mir geht's gut. Willkommen zurück an der Ostküste."

„Na ja", er klang etwas zögernd, „ich bin aus geschäftlichen Gründen hier, und das ist auch einer der Gründe, weshalb ich dich angerufen habe. Ich meine, abgesehen davon, dass ich wissen wollte, wie es dir geht. Es ist ja ewig her."

„Du klingst noch genauso wie früher."

„Ehrlich? Wie erschreckend."

Maggie lachte. „Und in was für Geschäfte bist du verwickelt?"

„Erbgeschäfte", erklärte er. „Kannst du heute Abend mit mir essen gehen? Ich möchte dich um einen riesigen Gefallen bitten, und das möchte ich lieber nicht am Telefon tun. Ich brauche alle mir zur Verfügung stehenden Überredungskünste."

Er klang wirklich wie früher. „Wie groß ist der Gefallen?"

„Ungefähr fünfundzwanzig Millionen Dollar groß."

Maggie verschluckte sich fast. „Was?"

„Ich würde das wirklich lieber persönlich mit dir besprechen", meinte Matt. „Wie wäre es, wenn ich dich um halb sieben abhole?"

Maggie schaute auf ihren überfüllten Schreibtisch. „Besser etwas später. Ich habe noch einiges hier im Büro zu tun und wollte außerdem gern noch in den Fitness-Club. Mein Kurs ist um acht zu Ende. Wäre das zu spät?"

„Kein Problem. Heute Abend ist dieser Tanzkurs, in den du gern gehst, oder? Ich habe dich dort gesehen."

„Du macht wohl Witze. Du hast mich im Club gesehen und nicht mal Hallo gesagt?" Maggie konnte es nicht glauben. „Na vielen Dank."

„Du hast mich nicht gesehen?"

„Wenn, dann hätte ich dich doch wohl begrüßt."

Matt lachte. „Vielleicht hast du mich nicht erkannt. Ich habe zugenommen."

„Wirklich?" Maggie versuchte sich einen Matt vorzustellen, der fünfzig Pfund mehr auf den Hüften hatte. Wahrscheinlich waren ihm auch schon die ersten Haare ausgegangen, als Strafe dafür, dass er mit siebzehn so überaus gut ausgesehen hatte.

„Warum treffen wir uns nicht im Club", fragte er. „Wir können dort im Café etwas Gesundes essen."

Maggie schnaubte. „Seit wann machst du dir Gedanken über gesundes Essen?"

Matt lachte nur. „Bis nachher. Ich meine kurz nach acht."

Dank der Aktenberge auf ihrem Schreibtisch versäumte Maggie ihren Tanzkurs. Es war Viertel nach acht, als sie auf den Parkplatz des Fitness-Clubs fuhr.

Und da war er. Ihr Tarzan. Er stand lässig am Eingang. Genau wie in ihrer Fantasie trug er Jeans und ein weißes T-Shirt.

Nur dass dies die Realität war.

Er stand einfach da, als würde er auf sie warten. Und sie würde an ihm vorbeieilen müssen, weil Matt auch schon wartete.

Doch als sie sich ihm näherte, kam Tarzan auf sie zu. Sein glänzendes Haar fiel auf seine breiten Schultern. Er sah noch besser aus, als sie es sich vorgestellt hatte, obwohl es schwer war, sein Gesicht in der Dämmerung genau zu erkennen.

Er lächelte, als sie näher kam, und Maggie stellte fest, dass er fantastisch aussah mit seinen hohen Wangenknochen. Mit diesem Lächeln auf den wunderbar geformten Lippen, und diesen goldgrünen Augen, die … du lieber Himmel! Es waren Matts Augen! Maggie konnte sich nicht daran erinnern, wann sie das letzte Mal derart sprachlos gewesen war.

Ihr Fantasie-Tarzan war tatsächlich ihr alter Freund Matt. Er hatte wirklich zugelegt, aber nur was die Muskeln betraf.

„Hallo, Maggie." Matt strahlte sie an.

Er wusste genau, dass sie ihn im Club bemerkt, aber nicht erkannt hatte, das war Maggie sofort klar. Komm schon, ermahnte sie sich, du bist Schauspielerin.

„Hallo, Matt“, sagte sie betont gelassen. „Entschuldige, dass ich mich verspätet habe.“

„Kein Problem. Ich bin froh, dass du da bist. Du siehst toll aus.“

„Ich sehe immer noch wie vierzehn aus“, erklärte sie. „Du hast dich ja prächtig entwickelt. Himmel, Matt, ich habe dich hier im Club gesehen, ohne dich zu erkennen.“

„Na ja, ich habe mich schon etwas verändert“, erwiderte er nun ernst.

Maggie musste fortschauen. Plötzlich fühlte sie sich unwohl bei seinem Anblick. Matt Stone war zum Mann geworden. Irgendwie hatte sie den jugendlichen Matt erwartet. Dieser Mann war nicht nur größer und breiter, sondern er hatte auch die nervöse Energie verloren, die ihn als Jugendlichen angetrieben hatte. Damals hatte er kaum eine Minute stillsitzen können und hatte eine Zigarette nach der anderen geraucht.

Der neue Matt hingegen strahlte eine unglaubliche Ruhe aus. Wegen dieser Ausstrahlung hatte sie ihn nicht erkannt – abgesehen von seinen langen Haaren und seinem muskulösen Körper.

Matt lächelte sie an, nicht unbekümmert wie früher, sondern mit ehrlicher Freude. „Ich habe dich wirklich vermisst.“

„Ich dich auch. Aber jetzt muss ich noch einmal kurz verschwinden. Es ist eine lange Fahrt von New Haven hierher.“

„Kein Problem. Ich gehe schon ins Café. Soll ich dir etwas bestellen?“

„Ja, bitte“, sagte sie, als er ihr die Tür aufhielt. Das war auch neu. Matt, der eine Tür aufhielt? „Einen Salat, bitte.“

„Mit italienischem Dressing“, sagten sie beide wie aus einem Munde.

Matt grinste. „Einige Dinge ändern sich nie.“

3. Kapitel

Als Maggie ins Café kam, stand Matt an der Obst-Bar und unterhielt sich mit drei jungen Studentinnen. Was hatte er noch gesagt? Einige Dinge ändern sich nie.

Matt drehte sich um, als hätte er Maggies Blick gespürt, und entschuldigte sich schnell. Lächelnd kam er auf sie zu. „Hallo."

Ihr Essen war bereits da, und sie setzten sich an einen Tisch. Vor Matt stand ein riesiger Salat und ein Teller mit Gemüse.

Matt aß Gemüse?

„Bevor wir über den millionenschweren Gefallen sprechen", sagte Maggie, „brenne ich darauf zu erfahren, was du in den letzten zehn Jahren gemacht hast."

Und wo war das Bier? Schon mit siebzehn hatte sich Matt nie ohne Zigarette und ohne Bier zum Essen hingesetzt.

„Es würde zehn Jahre dauern, um dir alles zu erzählen", meinte er grinsend, während er sich über seinen Salat hermachte.

„Rauchst du noch?", fragte Maggie.

„Nein. Ich hab vor drei Jahren aufgehört. Auch mit dem Trinken. Außerdem habe ich angefangen, mich vegetarisch zu ernähren. Na ja, ich … war krank und hatte das Gefühl, ich müsste mal etwas für meinen Körper tun. Ich weiß nicht, ob es wirklich geholfen hat, aber auf jeden Fall hat es meinem Kopf gutgetan, verstehst du?"

„Wie lange warst du krank?"

„Ziemlich lange. Macht es dir etwas aus, wenn wir das Thema wechseln? Es ist … na ja, ich bin ein wenig abergläubisch."

„Es tut mir leid", erwiderte Maggie. „Natürlich. Du hast in Kalifornien gelebt, oder?"

„Ja, nachdem mich mein alter Herr vor die Tür gesetzt hatte. Er hat mich rausgeworfen, wusstest du das?"

Maggie schüttelte den Kopf.

„Es gab Probleme auf dem College, und er wollte sich nicht einmal meine Version anhören. Es war zwar das vierte College, auf dem ich war, aber dieses Mal war es wirklich nicht mein Fehler gewesen. Trotzdem hat mein Vater erklärt, ich solle ihm nie wieder unter die Augen kommen."

„Das ist ja furchtbar."

„Eigentlich war es gut. Denn so habe ich endlich gelernt, für mich selbst zu sorgen. Eine Weile habe ich so vor mich hingelebt. Habe an einem kleinen Theater in Phoenix gespielt und dafür sogar Geld bekommen."

„Das ist doch toll." Maggie lächelte.

„Na ja, so toll auch wieder nicht. Sie haben nicht viel gezahlt, und die Hauptdarstellerin hätte einem Vergleich mit dir nicht standgehalten."

„Danke."

Als er sie ansah, spürte Maggie plötzlich eine knisternde Spannung zwischen ihnen. Tief in ihr breitete sich ein Kribbeln aus. Sie hatte sich so lange darauf trainiert, für Matt nichts als freundschaftliche Gefühle zu empfinden, dass die Anziehungskraft, die er auf sie ausübte, ihr merkwürdig und unnatürlich vorkam.

Matts Augen funkelten vergnügt. „Oh, hier ist noch eine Geschichte, die dir bestimmt gefallen wird. Als ich in Los Angeles war, hatte ich diesen furchtbaren Agenten. Er erzählte mir, er könnte mir Rollen beim Film verschaffen. Nichts Großes, aber immerhin. Er hat mich dann auch zum Vorsprechen geschickt."

Maggie beobachtete Matts Gesicht, während er sprach, und sah, dass seine Mundwinkel vor unterdrücktem Lachen zuckten. Es war kaum zu glauben, dass sie sich zehn Jahre nicht gesehen hatten. Es kam ihr so natürlich vor, hier mit ihm zu sitzen.

„Als ich dort eintraf", erzählte er weiter, „stellte ich fest, dass es nicht wie sonst üblich von Leuten wimmelte, die vorsprechen wollten. Der Regisseur kam sogar zu mir, schüttelte mir die Hand und führte mich ins Studio. Ich war total perplex. Die Szene war schon aufgebaut – ein typisches Wohnzimmer, so wie bei einer Seifenoper, weißt du?"

Er nahm einen Schluck Wasser. „Du kannst dir sicherlich meine Überraschung vorstellen, als ich vom Regisseur aufgefordert wurde, mich auszuziehen."

„Was?“

„Ja.“ Matt grinste. „Es war gar kein Vorsprechen – sie wollten einen Porno drehen. Unglaublich, oder?“

Maggie musste lachen. Armer Matt. Da hatte er gedacht, er bekomme eine Rolle in einem großen Film und stattdessen … „Hast du es gemacht?“

Matt verschluckte sich und funkelte sie in gespieltem Zorn an. „Natürlich nicht!“

Maggie lachte noch immer. „Deine letzten zehn Jahre waren viel aufregender als meine.“

„Du hast einen Abschluss in Yale gemacht, hast Jura studiert. Deine Wohnung ist abgebrannt, und du bist wieder bei deinen Eltern eingezogen. Du bist vier Jahre lang mit jemandem namens Tom ausgegangen, und jetzt gehst du mit einem Typ namens Brock Donovan. Und hier am Theater hast du die Hauptrollen in diversen Musicals gespielt.“

„Woher weißt du das alles?“, fragte Maggie fassungslos.

Matt schloss die Augen und legte theatralisch die Fingerspitzen an seine Schläfen. „Mathieu spürt alles“, sagte er mit übertriebenem Akzent. „Ich weiß außerdem, dass Angie inzwischen verheiratet ist“, fügte er mit normaler Stimme hinzu.

Da war etwas an seiner Miene und an seinem Ton, das Maggie nicht interpretieren konnte. „Ja“, sagte sie. „Freddy ist nett. Du würdest ihn mögen. Aber sie leben in London.“

„Das muss ja hart für dich sein. Ihr seid immer noch befreundet, oder?“

Maggie nickte. „Ich vermisse sie.“

„Hat sie dir je erzählt …“

„Was?“

„Warum wir uns getrennt haben. Es kommt mir jetzt alles so dumm vor.“ Er schaute sie an, und Maggie errötete.

„Warum habt ihr euch getrennt?“

„Vielleicht erzähle ich es dir ein anderes Mal“, erwiderte Matt. Sein Blick war voller Wärme. Voller Glut …

„Wohin fahren wir?“

„Ist das wichtig?“

„Nein."

Maggie räusperte sich. „Wirst du für das Sommer-Musical vorsprechen? Ich meine, wirst du für eine Weile hierbleiben?"

„Mindestens drei Monate. Ich habe die Anzeige für das Vorsprechen gesehen. Es ist morgen, oder? Allerdings sagt mir der Titel des Musicals gar nichts."

„Es ist ein neues Stück. Es ist lustig, und die Musik ist auch gut." Maggie merkte, dass sie vor sich hinplapperte, nervös geworden durch die körperliche Anziehung, die plötzlich zwischen ihnen aufgeflammt war.

Als Matt sich zurücklehnte, während er sie weiterhin eingehend musterte, verfiel sie in Schweigen. Als er sich bewegte, bemerkte sie das Muskelspiel seiner Arme und seines Oberkörpers. Es war hypnotisierend. Mit einer Geste, die offensichtlich gut geübt war, warf er sein Haar über die Schulter zurück.

„Ich denke, ich werde vorsprechen", meinte er. „Wenn du auch …"

„Matt, warum trägst du dein Haar so lang?", fragte Maggie. „Ich meine, es sieht großartig aus, aber du hattest immer kurze Haare. In der Schule hast du dich über die langhaarigen Jungs lustig gemacht."

„Das ist eine komplizierte Geschichte", erklärte er ausweichend. Er deutete auf ihren Salat. „Isst du den noch?"

Maggie war nicht sonderlich hungrig. „Willst du ihn?"

„Nein, ich würde nur gern gehen, um dir etwas zu zeigen." Er stand auf und zog seine Jeans hoch, eine Bewegung, die typisch für ihn war. Wie oft hatte sie ihn das schon tun sehen. Aber dass er Vegetarier war und nicht mehr trank und rauchte, dazu dieser ungewohnte, supergesunde Körper, das musste sie erst noch verdauen.

Als sie das Café verließen und die Treppe hinuntergingen, bemerkte Matt Maggies verwirrten Blick und fragte: „Was ist?"

Mit dem T-Shirt, der Jeans und dem langen Haar war er eine merkwürdige Mischung aus ihrem Freund Matt und dem Tarzan aus ihren erotischen Fantasien. Einerseits sah er aus wie Matt, bewegte sich und sprach auch wie Matt, aber es gab so viel, was anders an ihm war. Vor allem seine Selbstsicherheit und die solide, ruhige Stärke, die er ausstrahlte. Wieder spürte Maggie die Anziehung zwischen ihnen, und auch das war ein merkwürdiges Gefühl.

„Ich versuche herauszufinden, wer du wirklich bist“, erwiderte sie offen. „Ich frage mich, was für ein Mensch du geworden bist.“

Einen Moment lang sah Matt überrascht aus, dann lachte er. „Weißt du was, Maggie, ich habe dich wirklich vermisst. Dich und deine Ehrlichkeit.“

Er öffnete ihr die Tür und als sie hinaus in die kühle Abendluft trat, erschauerte Maggie ein wenig. Matt legte ihr wie selbstverständlich einen Arm um die Schulter, und Maggie verspürte das Bedürfnis, den Kopf an seine Brust zu legen und ihren Arm um seine Taille zu schlingen.

Dabei meinte er es doch nur als freundschaftliche Geste. Oder?

Maggie entzog sich ihm. „Dein Auto oder meins?“

Matt drehte sich zu ihr um und bedachte sie mit einem Blick, der sie zum Lachen brachte.

„Ich vermute, das heißt, dass du noch immer derjenige sein musst, der fährt?“

Matt grinste. „Ich fahre den Maserati von meinem alten Herrn. Er hat bisher nur in der Garage gestanden. Wozu hat man so einen Wagen, wenn man ihn nicht benutzt?“

„Erinnerst du dich noch daran, wie du ihn gestohlen hast, um Angie zum Abschlussball zu fahren?“

Matt hielt die Beifahrertür des schwarzen Sportwagens für Maggie auf. „Wie könnte ich das vergessen? Dafür habe ich vier Tage im Gefängnis gesessen. Himmel, mein Vater war ein Mistkerl.“ Matt stieg auf der Fahrerseite ein. Traurig sah er Maggie an. „Und ich war eine einzige Enttäuschung für ihn. Bis zum Schluss.“

Maggie hätte ihn gern nach seinem Vater gefragt, doch sie hielt den Mund. Mr. Stone war vor einem Jahr gestorben. Und obwohl er und Matt nie gut miteinander ausgekommen waren, hatte es sie doch überrascht, dass Matt nicht einmal zur Beerdigung aufgetaucht war.

„Wohin fahren wir?“, fragte sie.

„Ins Büro meines Vaters“, entgegnete Matt. „In mein Büro“, korrigierte er sich dann lachend. „Kannst du dir vorstellen, dass ich ein Büro habe?“

Maggie war verwirrt. „Drüben in der Fabrik?“

„Nein, er hatte sein Büro bei uns im Haus.“

Matt sah Maggie an. Ihr Gesicht wurde in regelmäßigen Abständen von den Straßenlaternen beleuchtet. Sie war noch hübscher, als er sie in Erinnerung hatte, und sie hatte noch immer die größten blauen Augen, die er je gesehen hatte. Sie waren von dichten Wimpern umrahmt und strahlten einen warmen Glanz aus. Maggies Teint war hell und stand im Kontrast zum Dunkelbraun ihres weichen lockigen Haars. Ihre Nase war klein und perfekt geformt, ihre Lippen weich und voll und stets zu einem Lächeln bereit.

Zum ersten Mal, seit Matt wieder in der Stadt war, war er froh, zurück zu sein.

„Ich möchte dir einen Job anbieten“, sagte er, als sie sich dem Haus näherten. „Ich möchte dich als meine Firmenanwältin und Geschäftsberaterin einstellen – für dreihunderttausend Dollar im Jahr.“

Entgeistert starrte Maggie ihn an.

Sie schwieg noch, als sie die Auffahrt zu dem riesigen viktorianischen Haus hinauffuhren. Die Außenbeleuchtung war eingeschaltet, sodass es in der Dunkelheit erstrahlte. Maggie musste daran denken, dass Matt in diesem Haus aufgewachsen war, dass er auf dem riesigen Grundstück direkt am Meer gespielt hatte. Es war ein wundervolles altes Haus, voller geheimer Ecken und Winkel.

„Wo ist der Haken?“ Maggie hatte endlich die Sprache wiedergefunden.

Matt parkte hinter dem Haus, wo das Büro war. „Der Haken“, sagte er, nachdem er den Motor ausgeschaltet hatte. „Ja, den gibt es. Du weißt, dass mein Vater Geld hatte. Viel Geld.“

Maggie nickte. Die „Yankee Potato Chip Company“, das Haus, die riesige Garage, in der zwölf Wagen standen, das alles sprach Bände.

„Der gute alte Dad entschloss sich, alles mir zu hinterlassen – die gesamten fünfundzwanzig Millionen, vorausgesetzt …“ Matt holte tief Luft. „Vorausgesetzt, ich beweise innerhalb von drei Monaten, dass ich die Firma leiten und erfolgreicher machen kann. Die Frist läuft seit letzter Woche. Wenn ich es nicht kann – dann ist alles weg. Die Firma wird geschlossen, die Fabrik versteigert, und das gesamte Geld kommt wohltätigen Zwecken zugute. Wenn das geschieht, bekomme ich nichts. Und wenn ich nichts bekomme, wirst auch du wie alle anderen Mitarbeiter keinen Job mehr haben." Er schaute sie an. „Ein ziemlich dicker Haken, oder?"

Maggie nickte. „Das stimmt. Was genau steht im Testament?"

Matt öffnete die Wagentür. „Drinnen habe ich eine Kopie, die du dir anschauen kannst."

Sie stieg aus und starrte auf das Haus. „Weißt du was, Matt? All die Jahre, als wir befreundet waren, bin ich niemals in diesem Haus gewesen."

„Das lag daran, dass mein Vater Angie gehasst hat", erklärte Matt. „Angie hat ihm seine Attacken allerdings mit gleicher Münze heimgezahlt. Dich hätte er jedoch gemocht."

„Ist das ein Kompliment oder eine Beleidigung?", fragte sie lachend.

„Ein Kompliment natürlich." Und, dachte Matt, war das nicht merkwürdig? Er und sein alter Herr wären sich damit zumindest über eine Sache einig gewesen.

Maggie folgte Matt in das Vorzimmer zum Büro. Es war modern eingerichtet, strahlte aber einen viktorianischen Charme aus.

Matt ging hinüber zu einer dunklen Holztür, die in das Büro seines Vaters führte. Es war voller Bücherregale, in denen sich neben einigen Astronomie- und Geologiebüchern und einer ganzen Reihe medizinischer Bücher über Krebs fast nur Krimis befanden. Ein großer Schreibtisch aus Kirschholz beherrschte den Raum, und als Maggie näher trat, nahm sie das einzige Teil, das darauf stand, in die Hand. Es war ein Foto von Matt, als er ungefähr sechs Jahre alt war. Besitzergreifend hing er am Hals seiner lächelnden Mutter.

„Warum bist du nicht zu seiner Beerdigung gekommen?", fragte sie.

Matt wandte sich ab.

„Entschuldige", meinte sie hastig und stellte das Foto wieder hin. „Ich hätte nicht fragen sollen."

„Ich habe ihn zwei Wochen vor seinem Tod gesehen. Es war zu der Zeit, als ich krank war. Irgendwie war es ihm gelungen, mich ausfindig zu machen. Er war ins Krankenhaus gekommen, um mich zu besuchen."

Matt lehnte lässig am Türrahmen, doch Maggie konnte die Anspannung in seiner Stimme spüren. Er lachte, aber es war kein fröhliches Lachen. „Ich weiß nicht, wie er es gemacht hat, aber er hat es geschafft, selbst da einen Streit vom Zaun zu brechen. Ich meine, ich lag da, womöglich im Sterben, und er hielt mir vor, ich hätte nie in meinem Leben etwas Sinnvolles getan."

Ohne zu zögern, ging Maggie zu Matt und schlang die Arme um ihn. „Es tut mir so leid."

„Ich hab ihm gesagt, er soll zur Hölle fahren." Matt legte seine Wange an Maggies Kopf. „Und er soll aus meinem Leben verschwinden, denn es ist mein Leben, egal, wie kurz es auch sein mag. Also stand er auf, um zu gehen. In der Tür drehte er sich noch einmal um. Er sagte, dass er mich liebt und dass er nicht will, dass ich sterbe. Und ich sagte …"

Seine Stimme brach, und Maggie drückte ihn fest an sich. Sie spürte, wie er tief durchatmete.

„Ich sagte, ich würde ihn hassen", fuhr Matt fort, „und dass ich es kaum abwarten könnte, dass er endlich das Zeitliche segnete." Matt schluckte hart. „Himmel, warum konnte ich mich nur nicht zurückhalten? Natürlich musste er dann zwei Wochen später diesen Herzinfarkt bekommen. Das war seine ultimative Rache."

„Matt, er hat dich geliebt. Er wusste, dass du es nicht so gemeint hast."

Matt seufzte. „Ich hoffe es."

In diesem Licht wirkten seine Augen mehr grün als golden. Grün und voller Wärme. Seine Miene verriet eine Traurigkeit und eine Zärtlichkeit, die sie in all den Jahren noch nie wahrgenommen hatte. Höchstens auf der Bühne. Es war natürlich möglich, dass er seine Gefühle damals einfach nicht zeigen wollte.

Sie standen noch immer in enger Umarmung da, wie sie es auch früher schon oft getan hatten – Matt war immer freizügig mit seinen freundschaftlichen Umarmungen gewesen. Aber diesmal war es anders.

Als sie ihn anschaute, sah sie, dass auch er dieses Verlangen spürte.

Es erschien ihr unpassend. Es war Jahre her, doch noch immer hatte Maggie das Gefühl, dass Matt Angies Freund war.

Aber Angie war jetzt verheiratet. Und diese neue Version von Matt, der Tarzan aus ihren Fantasien, war hier und schaute sie, Maggie, an, als würde er sie gleich küssen. Und zwar würde es ein richtiger Kuss werden, nicht so ein typisch freundschaftlicher, mit denen er früher ziemlich freigiebig war.

So wie auf der Bühne, als Tony Maria geküsst hatte. In Maggies Magen begann es zu kribbeln, als sie daran dachte, wie sie Matt auf der Bühne geküsst hatte. Aber da hatten sie nur eine Rolle gespielt – es waren die Figuren des Stückes, die sich so leidenschaftlich geküsst hatten. Und trotzdem …

Maggie machte sich von ihm los und ging zum Schreibtisch. Es war alles mehr als verwirrend.

„Es tut mir leid", sagte Matt ruhig. „Ich hätte dich nicht damit belasten sollen."

„Ich bin froh, dass du es mir erzählt hast", sagte sie und drehte sich wieder zu ihm um. „Dafür sind Freunde doch da, oder?"

Ihre Blicke begegneten sich. Und wieder nahm Maggie die elektrisierenden Funken wahr, die zwischen ihnen zu sprühen schienen. Freunde?

„Du wolltest mir eine Kopie des Testaments geben", erinnerte sie ihn atemlos. Matt machte einen Schritt auf sie zu, und noch einen, und sie wusste, jetzt würde er sie küssen. Doch es wurde nur ein flüchtiger Kuss auf die Wange. Dann ging er zurück in das andere Büro. Maggie folgte ihm enttäuscht und sah zu, wie er den Kopierer anschaltete.

„Du kannst es mit nach Hause nehmen und dir in Ruhe anschauen", sagte er. „Aber lass mich bis Montag deine Entscheidung wissen. Ich weiß, es ist sehr kurzfristig, aber wenn du nicht an dem Job interessiert bist, muss ich einen anderen Anwalt suchen, der mir sofort helfen kann."

Maggie beobachtete ihn, während er kopierte.

Ein Dreihunderttausend-Dollar-Job, der garantiert in drei Monaten platzen würde, wenn sie es nicht schaffte, aus Matt einen guten Geschäftsmann zu machen.

War das aufregend? Auf jeden Fall. War es verrückt? Völlig.

Was würden ihre Eltern, was würde Brock denken?

Sie würden sie für unverantwortlich, dumm und leichtsinnig halten.

Aber was dachte sie selbst? Wie wäre es, wenn sie diese Frage ausnahmsweise als Erstes klären würde?

Sicher, es bestand die Gefahr, dass diese Entscheidung sich als Fehler erwies. Sie könnte ohne Job dastehen, verspottet von ihren Freunden und ihrer Familie. Aber es bestand auch die Chance, dass hier etwas Besonderes passierte, dass sie endlich die Möglichkeit bekam, ihr Leben in die eigenen Hände zu nehmen, aus ihrer Zelle herauszukommen und etwas Vernünftiges anzufangen.

Etwas zu tun, was sie tun wollte, etwas, worauf sie stolz sein könnte …

Aber das Risiko … Ihr Magen begann zu kribbeln – genau wie früher auf dem Jahrmarkt, wenn sie in der Reihe vor dem Riesenrad gewartet und vor Aufregung geschwitzt hatte.

Würde sie es wagen oder würde sie kneifen?

Sie hatte nach oben gestarrt auf dieses riesige Gebilde, das so wackelig ausgesehen hatte und sie in ungeahnte Höhen bringen würde. Doch dann erinnerte sie sich an das Hochgefühl, das sie überkommen hatte, als der Wind in ihren Haaren gespielt und sie auf die winzigen Menschen ganz weit unten geschaut hatte.

Es hatte sich gelohnt. Es hatte sich immer gelohnt.

Sie sah zu Matt, der den Kopierer ausstellte und die Kopien in eine Hülle tat.

„Wohin fahren wir?“

„Ist das wichtig?“

„Nein.“

„Ich nehme den Job an“, erklärte sie.

Matt drehte sich um und starrte sie an. „Aber du hast doch noch nicht einmal …“

„Das macht nichts. Du hast ihn mir angeboten, und ich nehme ihn an.“

Matt lachte. „Seit wann triffst du eine Entscheidung ohne achtundvierzigstündige Bedenkzeit?“

„Seit eben.“

„Bist du sicher?“ Er sah besorgt aus.

Leichte Unsicherheit überkam Maggie. „Bist du sicher, dass du mich willst?“

„Auf jeden Fall!“

„Dann bin ich auch sicher.“

Matt schaute sie an. Mit dem gleichen beunruhigenden Funkeln in seinen Augen wie vorhin. „Ich habe schon seit einiger Zeit darüber nachgedacht, mein Leben zu verändern“, gab sie zu. „Und wenn ich dein Angebot annehme, muss ich nicht mehr in dieses furchtbare Büro ohne Fenster zurück.“

„Dein Büro hat kein Fenster?“

„Bei ‚Andersen & Brenden‘ muss man sich ein Fenster erst verdienen.“

„Du meine Güte.“

„Ich müsste nicht mehr pendeln, und ich bräuchte keine unbequemen Schuhe mehr zu tragen – oder?“

„Auf keinen Fall.“ Er grinste sie an. „Wenn du für mich arbeitest, brauchst du überhaupt keine Schuhe zu tragen. Natürlich besteht die Gefahr, dass du in drei Monaten nicht mehr in der Lage sein wirst, dir Schuhe kaufen zu können …“

„Nicht, wenn ich es verhindern kann“, erwiderte sie. „Das hier ist ein herrliches Büro. Es ist nur zehn Minuten vom Haus meiner Eltern entfernt, liegt direkt am Meer …“ Sie verzog ihr Gesicht. „Obwohl es keine Freude sein wird, Dad zu sagen, dass ich nicht länger für ‚Andersen & Brenden‘ arbeite.“

Sein Lächeln schwand. „Maggie“, meinte Matt ernst. „Ich möchte dich nicht unter Druck setzen.“ Er machte eine Pause. „Versteh mich nicht falsch. Ich möchte, dass du zustimmst. Ich möchte es wirklich. Aber es wird nicht einfach werden. Dein Job wird es sein, mir dabei zu helfen herauszufinden, wie ich diese Firma leiten soll. Im Moment kann ich mich kaum daran erinnern, wie man addiert oder subtrahiert. Du wirst viele Überstunden machen müssen. Ich habe nur drei Monate, und offen gestanden könnte ich diese Firma nicht führen, selbst wenn mein Leben davon abhinge. Also, wenn du dir nicht absolut sicher bist, oder wenn du es nur tust, um mir zu helfen, oder wenn du es morgen bereuen wirst …“ Er schaute sie forschend an. „Ich möchte, dass du dir wirklich sicher bist.“

Maggie erwiderte den Blick dieses Mannes, der halb Matt, halb ihr Fantasie-Tarzan war, und zögerte nicht. „Ich bin mir sicher."

Eine Flut von Gefühlen spiegelte sich auf seinem Gesicht. „Sehr schön", sagte er und reichte ihr die Kopien. „Dann lass uns morgen nach dem Vorsprechen zusammen essen und mit der Arbeit beginnen."

Maggie überflog das Testament. „Wir sollten das Musical vergessen. Wenn wir nur drei Monate Zeit haben …"

„Nein", entgegnete Matt. „Ich werde mir die Chance nicht entgehen lassen, noch einmal mit dir in einer Show aufzutreten. Und es sind doch nur ein, zwei Proben pro Woche, oder?"

„Mit Ausnahme in der Woche vor der Premiere", gab sie zu bedenken. „Dann wird jeden Abend geprobt. Wir können wirklich nicht …"

Er lächelte sie an. „Du machst dir zu viele Sorgen."

„Du machst dir zu wenig Sorgen", widersprach sie.

„Dann passen wir ja perfekt zusammen."

4. Kapitel

Die Luft im Theater war kühl im Vergleich zu der Wärme des sonnigen Frühlingsmorgens. Es roch nach Sägespänen und Farbe, nach staubigen Vorhängen, ein wenig nach Schweiß und nach Nervosität.

Maggie lächelte und winkte Freunden aus vergangenen Produktionen zu, während sie ihre Sporttasche auf einen Sitz in der ersten Reihe stellte. Auf der Bühne lag eine Vorsprechliste, in die sie ihren Namen eintrug.

„Trag mich auch ein."

Maggie drehte sich um und sah Matt hinter sich stehen und ihr über die Schulter schauen. Er war ihr so nahe, dass sie den Pfefferminzgeruch seiner Zahnpasta wahrnehmen konnte. Er war ganz in Schwarz gekleidet – enges T-Shirt, bequeme Hose und Tanzschuhe, die offensichtlich schon häufig getragen worden waren. Howard Osford, der leicht übergewichtige und etwas glatzköpfige Tenor, der aus Mangel an Konkurrenz meist die romantische Hauptrolle bekam, hatte heute keine Chance.

„Was singst du vor?", fragte Maggie, als sie seinen Namen in die Liste eintrug.

Matt zuckte mit den Schultern, folgte ihr zu ihrer Tasche und ließ sich auf einen Sitz fallen. „Wollen wir ein Duett singen?" Er streckte seine langen Beine aus und schaute Maggie mit einem Funkeln in den Augen an.

Maggie, die sich gerade ihre Straßenschuhe auszog, hielt inne. „Das hat mich immer total geärgert."

„Was?" Matt grinste und wusste genau, wovon sie sprach.

„Die Art, wie du zum Vorsprechen kommst. Du bist völlig unvorbereitet, und gehst mit der Hauptrolle wieder raus. Das ist nicht zu fassen!"

Matt versuchte, Maggie nicht allzu offensichtlich anzustarren, als sie ihr T-Shirt auszog und ihren Sport-BH zurechtzog. Darüber trug sie ein buntes Top, das ihren Bauchnabel frei ließ, und eine enge schwarze Hose.

„Es ist schon mehr als drei Jahre her, dass ich irgendwo vorgesprochen habe“, meinte er.

„Hast du Angst?“

Matt versuchte, ängstlich auszusehen. „Nicht, wenn du ein Duett mit mir singst.“

Sie lachte nur. „Auf keinen Fall. Ich habe nämlich hart daran gearbeitet, ein Stück vorzubereiten.“

Zehn Minuten später trat das erste zitternde Opfer auf die Bühne, und Maggie flüsterte Matt zu: „Ich bin die Zwanzigste. Du kommst direkt nach mir. Hast du jetzt entschieden, was du singst?“

Er nickte. „Ich nehme etwas aus meinem Lieblingsmusical.“

„Welches?“

„Die ‚West Side Story‘. Bei der Produktion hatte ich den größten Spaß, den ich je auf einer Bühne gehabt habe.“

Maggie sah ihn überrascht an. „Du meinst damals auf der Highschool?“

„Ja.“

Matt schaute zur Bühne, wo der Regisseur gerade die Sängerin mitten im Lied unterbrach. Maggie betrachtete sein Profil und dachte an all die Aufregung in seinem letzten Schuljahr.

Der nächste Sänger erklomm die Bühne und schaffte ungefähr sechzehn Takte, bevor er unterbrochen wurde.

„Oh, oh“, meinte Matt. „Der Regisseur ist brutal. Sie fallen um wie die Fliegen. Er lässt einem nicht einmal Zeit zum Aufwärmen. Wenn es so weitergeht, bist du in weniger als einer Minute dran.“

„Er ist ziemlich hart“, stimmte Maggie zu, bevor sie fragte: „Wie kann die ‚West Side Story‘ deine Lieblingsproduktion sein? Dir ging es damals miserabel. Du hattest diesen großen Streit mit Angie …“

„Als Matt ging es mir schlecht, aber ich habe es genossen, Tony zu sein.“

Ein merkwürdiges kleines Lächeln erschien auf seinem Gesicht, und der Blick aus seinen Augen ließ Maggies Herz schneller schlagen.

„Maria war eine tolle Rolle“, sagte sie leise. „Aber es war jeden Abend furchtbar, dich sterben zu sehen.“

Den Blick, den er ihr jetzt zuwarf, konnte sie beim besten Willen nicht deuten.

„Maggie Stanton“, rief eine füllige Frau mit einem Clipboard in der Hand. „Sie sind die Nächste.“

Matt griff nach ihrer Hand, als sie zur Bühne gehen wollte, und zog sie in seine Arme. „Hals- und Beinbruch, Maggie.“

Sie schaute ihn an und bekam weiche Knie, als sie erkannte, dass sie sich sehnlichst wünschte, von ihm geküsst zu werden. Er sah gut aus, war dynamisch und voller Leben, und sie wollte, dass er sie küsste. Er war nicht länger Angies Freund, und sie wollte tatsächlich von ihm geküsst werden.

Und er tat es.

Er küsste sie auf die Wange.

Maggie schluckte ihre Enttäuschung hinunter, als sie zur Bühne ging. Diese Funken, von denen sie gedacht hatte, sie würden zwischen ihnen sprühen, schienen nur in ihrer Einbildung zu existieren. Sonst hätte er sie doch richtig geküsst, oder? Er betrachtete sie anscheinend lediglich als gute Freundin, als einen Kumpel.

Was gut so war – schließlich wollte sie mit ihm arbeiten.

Und sie würde mit ihm arbeiten.

Maggie hatte ihren Chef bei „Andersen & Brenden“ am Morgen angerufen, und er hatte ihre Kündigung akzeptiert. Er hatte ihr sogar gesagt, dass sie sofort gehen könnte. Die Zeiten waren hart, und sogar die großen Anwaltsfirmen waren davon betroffen. Sie brauchte nur noch einmal hinzufahren und ihren Schreibtisch zu räumen.

Jetzt reichte sie ihre Noten lächelnd der Klavierspielerin, ging zur Mitte der Bühne und nickte dem Regisseur zu. Es war jemand, mit dem sie noch nie gearbeitet hatte, jemand, der sie nicht schon seit Ewigkeiten kannte. Sie konnte sehen, wie er ihre Unterlagen studierte.

Als die ersten Takte ertönten, schloss Maggie die Augen und holte tief Luft, während sie in ihre Rolle eintauchte. Sie wurde die gut dreißigjährige Tänzerin, die um eine zweite Chance auf der Bühne bat.

Als Maggie anfing zu singen, schaute Matt auf. Himmel, sie war gut. Er hatte vergessen, wie gut. Er würde nie verstehen, weshalb sie nicht zum Theater gegangen war. Bei diesem Gedanken musste er grinsen. Doch, er verstand es, schließlich hatte er ihre Eltern kennengelernt. Und es war eine Schande.

Während des ersten Teils des Liedes stand Maggie völlig regungslos, aber spannungsgeladen da, doch als sie beim Refrain ankam, ging sie unglaublich aus sich heraus, sowohl was die Lautstärke als auch was die Bewegungen anging. Sie war fantastisch, ihre Stimme war klar und ungekünstelt, ihr Körper voller Grazie.

Matt ging näher an die Bühne heran. Er konnte den Hinterkopf des Regisseurs sehen. Der Mann hatte sich kein bisschen bewegt, seit Maggie angefangen hatte zu singen. Er grinste, als der Regisseur sich das Lied bis zum Ende anhörte.

Der ganze Saal applaudierte, und Maggie, typisch für sie, sah total überrascht aus. Errötend verbeugte sie sich.

„Sehr schön", rief der Regisseur, und in seiner sonst so gelangweilten Stimme schwang sogar Interesse mit. „Gehen Sie nicht weg. Ich möchte, dass Sie mir noch einen Text vorlesen."

Maggie holte ihre Noten und ging die Treppe hinunter, als Matt hinaufkam. Er hob den Daumen.

„Hals- und Beinbruch für dich", sagte sie.

„Es ist schwer, nach dir zu singen", meinte er.

Maggie setzte sich in die erste Reihe und merkte, wie ihr Adrenalinspiegel sich langsam wieder senkte. Matt trat in die Mitte, schaute zu ihr hinunter und lächelte. Sofort stieg der Adrenalinspiegel wieder, und ihr Herz begann heftig zu klopfen.

Die Musik setzte ein, und Maggie erkannte das Lied sofort. „Something's Coming". Natürlich. Matt hatte dieses Lied immer geliebt. Es ging darin um Hoffnung und Aufregung und unendliche Möglichkeiten. Sie musste lächeln. Es war praktisch sein Lied.

„Moment", rief der Regisseur. „Matt Stone?"

„Ja", meinte Matt.

„Aus Los Angeles?"

„Ja, da habe ich eine Weile gelebt." Matt kniff die Augen zusammen und blinzelte gegen die Scheinwerfer in den Zuschauerraum. „Dan Fowler? Sind Sie das?"

„Ja. Danke. Der Nächste", sagte der Regisseur mit gelangweilter Stimme.

Matts Augen funkelten. „Was? Sie wollen mich nicht einmal singen hören?“

„Ich will Sie nicht auf meiner Bühne“, erklärte Fowler.

Im Raum war es plötzlich ganz still. Niemand wagte sich zu bewegen.

Maggie starrte zu Matt und hielt den Atem an, während sie darauf wartete, dass er ausrastete. Aber er verschränkte lediglich seine Arme.

„Würden Sie mir wenigstens sagen, warum nicht?“, fragte er mit fast zu ruhiger Stimme.

„Weil Sie beim letzten Mal, als ich Sie in einer Show hatte, während der Proben plötzlich wie vom Erdboden verschwunden waren. Das hat mir ziemlich viel Ärger eingebracht.“

„Ich habe angerufen“, erinnerte Matt ihn. „Ich habe mich entschuldigt. Ich lag im Krankenhaus.“

„Es war eine Entzugsklinik, oder?“, erwiderte Fowler.

„Eine Entzugsklinik?“ Matt lachte. „Ja, so kann man es wohl auch nennen.“ Er schaute zum Regisseur. „Das war vor drei Jahren, Dan.“

Entzug? Himmel! Maggie hatte immer gewusst, dass Matt gern Grenzen überschritt. Es war nicht schwer zu glauben, dass er irgendwann entweder dem Alkohol oder Drogen verfallen war.

„In meiner Erinnerung ist es noch sehr lebendig, Stone.“

„Ich werde nicht von dieser Bühne gehen, ehe Sie mich angehört haben.“ Matt sprach ganz locker, aber so, dass niemand bezweifelte, dass er es ernst meinte.

Fowler brummte. „Sie können so viel vorsingen, wie Sie wollen. Ich werde Sie nicht besetzen. Sie verschwenden nur unsere Zeit.“

Maggie stand auf und griff nach ihrer Tasche. „Matt, lass uns gehen. Es gibt noch andere Shows.“

„Moment“, meinte Fowler. „Maggie Stanton?“ Einen Augenblick lang flüsterte Fowler mit seinen Produzenten und Assistenten. „Kommen Sie mal kurz her“, rief er schließlich.

Maggie sah unsicher zu Matt, der ihr zunickte, bevor er sich gelassen auf den Bühnenrand setzte.

Sie ging hinüber zum Regisseur, empört über die Art, wie er mit dieser Situation umging. Jemanden derart öffentlich zu demütigen war unprofessionell. Es war unhöflich und unentschuldbar.

Dan Fowler war ungefähr fünfunddreißig Jahre alt, doch die grauen Haare in seinem Bart ließen ihn älter wirken. Er sprach erst, als Maggie direkt vor ihm stand.

„Gehören Sie zusammen?“, fragte er und deutete zu Matt.

„Ja“, erwiderte sie knapp. „Ich weiß nicht, was vor drei Jahren war, aber jetzt ist er clean.“

Fowler schaute von Maggie zu Matt und wieder zurück. „Würde er einem Urintest zustimmen?“

„Fragen Sie ihn doch“, entgegnete sie, „ich bezweifle es allerdings.“

„Hey, Stone“, rief Fowler. „Ich bin bereit, Sie anzuhören, wenn Sie einem Drogentest zustimmen.“

„Ich meinte, Sie sollten ihn unter vier Augen fragen“, zischte Maggie. Sie riskierte einen Blick zur Bühne, besorgt, wie Matt reagieren würde, doch er kam wieder auf die Füße und schaute sie ernst an.

In Matt brodelte es, doch das ließ er sich nicht anmerken. Er hatte zwar Alkohol und Drogen konsumiert, aber das hatte nichts mit seiner Einlieferung ins Krankenhaus zu tun. Das war jedoch etwas, das er hier nicht erläutern würde. Nicht vor all den Leuten und vor allem nicht vor Maggie.

Er konnte an der Spannung in ihren Schultern sehen, dass sie wütend war. Aber er wusste, dass sie die Rolle wollte – sie verdiente sie auch –, und er wollte nicht, dass sie sie seinetwegen verlor. Und wenn er jetzt ginge, würde sie mit ihm gehen. Das war ihm klar. Hinzu kam, dass er sich nichts sehnlicher wünschte, als an ihrer Seite zu spielen.

„Okay“, sagte er.

„Gut“, erwiderte Fowler. „Singen Sie Ihr verdammtes Lied, und verschwinden Sie dann von meiner Bühne.“

Matt nickte, und begann sein Lied zu singen, während er mit den Augen Maggie folgte, die wieder zu ihrem Sitz ging. Ihretwegen hatte er Fowler erlaubt, ihn herumzukommandieren. Und sie würde das zweifellos ihrer alten Freundschaft zuschreiben. Er war nur ihr guter alter Freund Matt, der etwas Nettes für seinen Kumpel Maggie tat.

Und doch knisterte es zwischen ihnen. Aber, wenn es sie auch nur halb so ängstigte wie ihn, war es dann ein Wunder, dass sie versuchte, es zu ignorieren?

Aber, Himmel, wenn er sich vorstellte, sie würde ihn lieben …

Maggie schaute zu ihm hinauf, und er legte all seine Gefühle in das Lied, das er sang. Wie die meisten Schauspieler war er ziemlich kritisch, was die eigenen Darbietungen anging, aber dieses Mal … nun, selbst er hätte sich für die Hauptrolle ausgesucht.

Nach der Hälfte des Liedes hielt er inne und schaute zum Regisseur. „Das reicht, meinen Sie nicht auch, Dan?"

„Danke", kam die Standardantwort. Dann: „Bleiben Sie in der Nähe zum Vorsprechen."

Gewonnen. Er bekam eine weitere Chance.

Matt sprang leichtfüßig von der Bühne und sah, dass Maggie schon auf ihn wartete. Sie nahm seine Hand und zog ihn mit sich, ohne auf die neugierigen Blicke der anderen zu achten.

„Wohin willst du?", fragte er.

„Wir gehen."

Matt blieb abrupt stehen. „Auf keinen Fall."

„Doch. Der Mann ist ein Mistkerl." Sie war fuchsteufelswild.

„Er ist ein guter Regisseur. Ehrlich."

Jetzt war sie wütend auf ihn. „Das machst du doch nur für mich, oder?"

Ja. Und er würde noch viel mehr für sie tun, wenn sie ihn nur ließe. „Nein", versicherte Matt ihr. „Ich tue es für mich."

Das kaufte Maggie ihm nicht ab. „Matt, du hast schon genug Sorgen mit dem Testament. Du musst dich nicht auch noch hiermit herumplagen."

„Hey!" Er nahm sie bei den Schultern und schüttelte sie sanft. „Es ist okay. Wirklich. Es ist nur meine schreckliche Vergangenheit, die mich einholt. Das kommt vor. Es macht mir nichts aus, mich testen zu lassen."

„Lügner."

Matt lachte über ihren entrüsteten Gesichtsausdruck. Er fand sie wundervoll. „Na gut“, gab er zu. „Es gefällt mir nicht. Aber das Leben ist nicht immer fair, und es ist keine große Sache.“

Maggie wollte etwas sagen, doch er legte ihr einen Finger auf die Lippen. „Wirklich. Wenn es etwas gibt, was ich in den letzten Jahren gelernt habe, dann, den Unterschied zwischen großen und kleinen Problemen zu erkennen. Und Dan Fowler ist eindeutig ein kleines Problem.“

Die Frau mit dem Clipboard tauchte hinter ihnen auf. „Stone und Stanton?“, fragte sie. „Er sucht nach ihnen. Sie sollen vorsprechen.“

„Ich möchte es“, sagte Matt und schaute Maggie in die Augen. „Lass es uns tun, okay?“

Maggie nickte und ließ sich von Matt wieder nach vorn bringen. Er nahm ihr die Tasche ab und stellte sie auf den Stuhl, bevor er Maggie mit auf die Bühne zog.

„Lesen Sie es sich kurz durch“, rief Fowler von unten.

Maggie überflog die Szene und errötete. Natürlich musste es ausgerechnet diese Szene sein! Sie schaute zu Matt. Er hob eine Augenbraue, bevor er auf sein Skript sah.

„Kann es losgehen?“, fragte Fowler träge.

„Ich habe das ganze Stück letzte Woche gelesen“, flüsterte Maggie Matt zu. „Diese Szene ist Teil einer Fantasie, die Lucy, die Frau, die ich spiele, hat. Sie stellt sich nur vor, dass du in ihrem Schlafzimmer bist, okay?“

„Verstanden“, sagte Matt und rief dann: „Wir sind so weit, Dan.“

„Ruhe“, brüllte Fowler, und sofort herrschte Stille im Saal.

Auf geht’s, dachte Maggie. Sie konnte gar nicht fassen, dass sie noch immer da waren und diesem Tyrannen vorsprachen. Aber dann las Matt seine erste Zeile, und sie dachte an nichts anderes als an das Skript.

Es begann mit einem Geplänkel zwischen den beiden Charakteren Cody und Lucy, das sie beide überzeugend spielten, doch als Matt sagte: „Ich weiß, warum ich hier bin“, und langsam auf der Bühne auf sie zukam, war Maggies Panik nicht nur gespielt.

Sie starrte ihn regungslos an. Würde er sie wirklich küssen?

„Du überlegst, wie es wäre, mich zu küssen“, las Matt ab und kam noch näher. „Oder nicht?“

„Nein!“

Er war jetzt ganz nahe, aber noch immer berührte er sie nicht.

Matt war an der Reihe, doch er wartete einen Moment, bevor er weiterlas. Seine Miene drückte eine perfekte Mischung aus Nervosität und Verlangen aus.

Oh, er ist so ein guter Schauspieler, dachte Maggie sehnsüchtig.

„Du überlegst, wie es wäre, wenn ich die Arme um dich legte“, las er, bevor er das Skript auf den Boden warf und sie in die Arme nahm.

„Und du überlegst, wie es wäre, wenn du die Arme um meinen Nacken schlängtest.“ Matt spielte jetzt aus der Erinnerung, aber von diesem Punkt an war es einfach.

Maggie ließ ihr eigenes Skript fallen, als sie fast wie in Trance die Hände auf Matts Brustkorb legte und sie langsam nach oben gleiten ließ. Sie spürte, wie er den Atem anhielt, als ob er ihre Berührung aufregend fände. Seine schauspielerische Leistung wurde immer besser.

Als sie die Arme um Matts Nacken legte, konnte sie sein weiches Haar an ihren nackten Armen fühlen. Sie war Lucy. Und das war Theater. Sie spielten nur.

„Und du überlegst, wie es wäre“, fuhr Matt langsam fort, „wenn du mir das Gesicht entgegenhieltest.“ Er hob sanft ihr Kinn an und strich ihr zärtlich die Haare aus dem Gesicht. „Und wenn ich meine Lippen auf deine senkte …“

Maggie war auf einen sanften Kuss gefasst, aber in dem Moment, als ihre Lippen sich berührten, explodierten ihre Gefühle. Sie spürte, wie Matt den Griff um ihre Taille verstärkte, als er sie küsste, und sie erwiderte den Kuss voller Leidenschaft.

Himmel, sie war verloren.

Doch genauso schnell, wie der Kuss begonnen hatte, war er zu Ende. Matt stieß sie von sich und machte ein paar hastige Schritte von ihr fort.

„Nun, vergiss es“, sagte er. Die Emotionen in seiner heiseren Stimme wirkten täuschend echt. „Denn ich werde dich nicht küssen.“

Sie starrten sich beide schwer atmend an.

„Sehr schön“, unterbrach Dan Fowler sie. „Bleiben Sie in der Nähe für die Tanzprobe.“

Maggies Hände zitterten, als sie sich bückte, um ihr Skript aufzuheben. Matt nahm es ihr ab.

„Alles okay?“, fragte er besorgt.

„Sicher“, log sie und schaute zu dem Mann, der anscheinend darauf aus war, ihre Welt auf den Kopf zu stellen. „Mir geht es gut.“

5. Kapitel

Maggie schleppte sich die Treppe hinauf in ihr Zimmer. Das Vortanzen war hart gewesen. Eigentlich hatte sie danach nur noch heiß duschen und sich mit einem guten Buch ins Bett legen wollen, doch sie hatte sich von Matt überreden lassen, wie verabredet mit ihm essen zu gehen.

„Nichts Vornehmes“, hatte er erklärt und sie mit diesem kleinen Lächeln bedacht, das ihr die Knie weich werden ließ.

Wusste er es? Ahnte er, dass sie jetzt auch das Matt-Stone-Fieber erfasst hatte? So hatte Angie es verächtlich genannt, als ein hübsches Mädchen nach dem anderen Matts Charme verfallen und ihm bewundernd hinterhergelaufen war.

„Jeder bekommt es“, hatte Angie festgestellt.

„Ich nicht“, hatte Maggie beharrt.

Jetzt überlegte sie, ob es in diesem Fall vielleicht wie mit anderen Kinderkrankheiten war – viel gefährlicher, wenn man sie als Erwachsener bekam. Sie schloss ihre Zimmertür hinter sich, zog sich schnell aus und warf sich gerade einen Bademantel über, als es klopfte. Vor der Tür stand ihr Bruder Stevie und gähnte, als wäre er gerade aus dem Bett gekommen.

„Morgen“, meinte er.

„Es ist fünf Uhr nachmittags. Sag mir nicht, dass du den ganzen Tag geschlafen hast.“

„Ich kann nicht lügen“, erklärte Stevie mit einem Grinsen auf seinem noch jungenhaften Gesicht. „Dein Abend ist mein Morgen.“

„Das klingt lächerlich.“ Sie milderte ihre Worte mit einem Lächeln.

„Die gestrige Nacht war erst heute Mittag zu Ende“, verriet er ihr.

„Machst du Witze?“

„Es war Abschlussball.“ Ihr Bruder grinste. „Aber es war absolut gesund. Ich war auf zwei verschiedenen Partys, und auf keiner gab es Alkohol. Hat trotzdem Spaß gemacht. Und das Gute daran ist, ich habe heute keinen Kater."

„Wie lief es mit Danielle?"

Stevie verdrehte die Augen. „Wunderbar – wenn mein Ziel gewesen wäre, unsichtbar für sie zu sein."

„Das Problem scheint in der Familie zu liegen", entgegnete Maggie. „Ich weiß, was du meinst."

Stevie kniff die Augen zusammen. „Du kannst den alten Brock doch nicht beschuldigen, dich nicht wahrzunehmen. Er will dich heiraten. Was geht hier vor, Schwesterchen? Hast du einen heimlichen Liebhaber?"

Maggie versetzte ihm einen leichten Schlag mit dem Handtuch. „Das geht dich nichts an. Aus dem Weg, ich muss duschen."

„Sei nett zu mir", meinte Stevie. „Ich bin gekommen, um dich zu warnen. Ich hab gehört, dass Ihre Hoheit zum Abendessen kommt, Königin Vanessa höchstpersönlich."

„Oh, zum Glück habe ich eine Entschuldigung. Ich gehe mit einem Freund essen."

„Etwa mit dem heimlichen Liebhaber?", scherzte Stevie und duckte sich, als sie wieder mit dem Handtuch drohte. „Ruf mich, wenn du aus der Dusche raus bist."

Maggie gab gerade ihrem Make-up den letzten Schliff, als es an der Haustür klingelte. Es war erst Viertel nach sechs. Matt war nie überpünktlich gewesen, aber in letzter Zeit tat er eine Menge ungewöhnlicher Dinge.

Sie trat zurück und begutachtete sich noch einmal im Spiegel. Jeans, ein rotes Top, Sandalen. Wer hätte gedacht, dass sie einmal etwas so Lässiges zu einem Abendessen mit ihrem Chef tragen würde?

Ein Chef, der erotische Fantasien bei ihr auslöste. Und das war etwas, was sie nicht zulassen durfte. Es könnte ihre Freundschaft zerstören, und außerdem, was würde Angie dazu sagen?

Es klingelte erneut. Maggie lief die Treppe hinunter und riss die Tür auf.

„Hallo." Sie lächelte in der Erwartung, Matt zu sehen.

Vor ihr stand jedoch Brock, die Hände voller Koffer. Dahinter Vanessa, ebenfalls mit Koffern beladen.

Maggies Schwester hatte immer eine Menge Gepäck dabei, aber sieben Koffer für ein zweistündiges Abendessen ...

„Mir fallen gleich die Arme ab", stöhnte Vanessa, und Maggie trat zurück, um sie einzulassen.

Brock stapelte die Koffer neben der Treppe und lächelte Maggie an. „Hallo, Äffchen. Ich wette, du hast mich heute nicht erwartet."

„Nein", meinte Maggie schwach.

Stevie kam die Treppe herunter. Er starrte von Vanessa zu Brock, zu dem Gepäckstapel und dann zu Maggie. Maggie sah ihm deutlich an, dass er das Gleiche dachte wie sie.

Maggies Vater kam hinzu und schüttelte Brock herzlich die Hand. „Schön, dass du auch kommen konntest", sagte er und wandte sich an Maggie. „Vanessa hat uns erzählt, dass Brock sie heute herfahren würde, also haben wir ihn zum Essen eingeladen."

„Oh." Maggie schaute anklagend zu Stevie.

Der zuckte entschuldigend mit den Schultern und fragte Vanessa: „Hast du vor, dich zwischen jedem Bissen umzuziehen?"

„Ich bleibe für eine Weile." Vanessas Stimme klang belegt.

Stevie warf Maggie einen alarmierten Blick zu. Sie mochten ihre Schwester, aber es war viel einfacher, sie zu mögen, wenn sie unter einem anderen Dach lebte. „Wieso? Ist Mitch geschäftlich unterwegs oder so?"

„Oder so."

Das Telefon klingelte.

„Ich gehe ran!", riefen Maggie und Stevie gleichzeitig, aber ihre Mutter hatte schon in der Küche abgenommen.

„Es ist für dich, Schatz", rief sie ihrem Mann zu.

„Ich nehme im Arbeitszimmer ab." Er verschwand.

„Helft mir, die Sachen nach oben zu bringen", kommandierte Vanessa.

„Jawohl, Ma'am!" Stevie stand stramm, als Vanessa und Brock vorangingen. „Sie bleibt für eine Weile", murmelte er Maggie zu.

„Matt wird jede Minute hier sein", murmelte Maggie zurück.

„Matt?“ Stevie war begeistert. „Der Freund, mit dem du ausgehst, ist Matt? Höchst interessant.“

„Das Essen ist fast fertig“, rief ihre Mutter.

„Ich gehe zu einem Geschäftsessen“, rief Maggie zurück, laut genug, dass auch Brock es hören konnte. Doch der lauschte andächtig Vanessas Worten.

„Ich kann dich nicht verstehen, das Wasser läuft!“, rief ihre Mutter.

„Was willst du tun?“, flüsterte Stevie. „Ich weiß was – du könntest ihn bitten, auch zum Essen zu bleiben.“

„Bist du verrückt?“

Stevie lachte. „Es ist die einzige Möglichkeit. Mir scheint, dieser Abend wird viel interessanter, als ich dachte.“

Maggie rammte ihm Vanessas Koffer in die Kniekehle.

„Au!“, brüllte er.

„Maggie!“, rief ihr Vater. „Ich möchte mit dir reden. Sofort.“

Maggie erstarrte und sah Stevie an.

„Himmel, was hast du angestellt?“

„Ich bin fast dreißig Jahre alt“, flüsterte sie. „Warum komme ich mir vor wie dreizehn und so, als hätte ich den Basketball auf der Auffahrt liegen gelassen?“

Es klingelte.

Verflixt. „Ich gehe!“, rief Maggie und versuchte normal zu klingen, während sie nach unten eilte.

„Ich komme mit!“ Stevie ließ Vanessas Koffer fallen und flitzte hinterher.

Beide knallten fast mit ihrem Vater zusammen, der plötzlich wie aus dem Nichts aufgetaucht war. Er sah nicht gerade amüsiert aus.

„Maggie, das war Bob Andersen am Telefon“, sagte er. „Er erwähnte, dass du heute Morgen gekündigt hast!“

„Bravo, Maggie! Machst du endlich einen Karrieresprung?“, meinte Stevie anerkennend.

„Was hast du getan?“ Vanessa kam mit Brock auf den Fersen die Treppe herunter.

Es klingelte erneut.

„Sie hat bei ‚Andersen & Brenden‘ gekündigt.“ Ihr Vater schüttelte ungläubig den Kopf.

„Kann endlich mal jemand die Tür aufmachen?" Maggies Mutter kam aus der Küche.

„Ich gehe", sagte Maggie erneut und eilte zur Tür. Sie holte tief Luft und öffnete sie.

Matt stand da, wie immer in Jeans und weißem T-Shirt. Mit dem langen Haar, das offen über seine Schultern fiel, sah er aus wie der Traummann aus einem Musikvideo. „Hallo", sagte er mit einem Lächeln, das sein Gesicht zum Strahlen brachte.

Maggie griff nach seiner Hand und zog ihn herein. Matts Lächeln wich der Überraschung, als er die ganze Familie versammelt sah.

„Ich möchte euch meinen neuen Chef vorstellen. Matt Stone", verkündete Maggie mit ihrer besten Bühnenstimme.

„Ach du meine Güte", stieß Vanessa hervor.

„Der und dein Chef?", fragte Brock und maß Matt mit skeptischen Blicken.

„Cool." Stevie war beeindruckt.

„Schließ die Tür, Liebes", sagte Maggies Mutter leicht geschockt, „sonst kommen die Mücken herein."

Maggie saß umringt von ihrer Familie am Esstisch und fragte sich, wie das geschehen konnte. Sie hatte gedacht, sie hätte alles unter Kontrolle. Sie hatte sich an ihren Plan halten und mit Matt ausgehen wollen. Schließlich ging es um geschäftliche Dinge.

„Sie haben wie lange Zeit, um was zu tun?", wandte ihr Vater sich gerade an Matt, während ihre Mutter das Essen herumreichte.

„Wir haben ein Quartal lang Zeit", erwiderte Matt. Es schien ihm nichts auszumachen, dass alle ihn anstarrten. „Ich bin ehrlich gesagt nicht ganz sicher, was ich zu tun habe, um die Firma zu erben." Er lächelte Maggie an. „Das gehört zu den Sachen, die wir nachher noch besprechen müssen."

„Und wozu hast du Maggie eingestellt?", wollte Vanessa wissen.

„Sie wird sowohl meine Anwältin als auch meine Geschäftspartnerin sein."

Maggie sah zu Stevie, der Matt leicht geschockt anstarrte. Ihr Bruder sah sie an und schien auf einmal etwas zu begreifen, denn langsam begann er zu grinsen.

Oh, verdammt, dachte Maggie. Stevie hat erkannt, dass Matt der Mann war, über den sie vorhin gesprochen hatten. Wie hatte Stevie ihn noch genannt, heimlicher Liebhaber? Sie warf ihrem Bruder einen warnenden Blick zu. Er lächelte und legte einen Finger auf seinen Mund.

Ja, du hältst besser den Mund, Junior, sonst …

„Maggie, bist du nicht hungrig? Du hast ja kaum etwas gegessen", sagte ihre Mutter.

Maggie starrte auf ihren Teller, ihr war der Appetit vergangen.

Brock legte ihr einen Arm um die Schultern und drückte sie. „Du weißt doch, wie die Mädchen sind", sagte er. „Immer auf Diät."

Matt warf Maggie einen ungläubigen, amüsierten Blick zu. Sie wusste, was er dachte: Mädchen. Brocks feministischer Bewusstseinsquotient lag noch unter dem eines Neandertalers.

Und sie wünschte, er würde sie nicht berühren.

„Ich verstehe gar nicht, warum du Matts Angebot nicht erst mit Brock besprochen hast", meinte Vanessa. „Du willst ihn doch heiraten, oder?"

Jetzt sahen alle Maggie an.

Himmel, sie konnte Brock doch nicht vor der versammelten Familie eine Abfuhr erteilen.

Stevie hielt ein Glas Milch in der Hand, und Matt, der direkt neben ihm saß, stieß ihn mit dem Ellenbogen an.

Niemand sah es, mit Ausnahme von Maggie.

Die Milch schwappte über, und Vanessa sprang auf, um nichts abzubekommen.

„Wie ungeschickt von mir", murmelte Stevie.

Matt, der seine Serviette benutzte, um den schlimmsten Schaden zu beheben, sah zu Maggie und lächelte.

Niemand beachtete sie mehr. Maggie lächelte Matt dankbar an.

Er hauchte einen Kuss in ihre Richtung, was Vanessa mitbekam.

„Bist du nicht in der Highschool mit Maggie gegangen?", fragte sie Matt, nachdem die Milch aufgewischt war und alle wieder saßen.

Er schüttelte den Kopf. „Nein, ich war mit Angie zusammen."

„Aber du wolltest mit Maggie gehen", beharrte Vanessa. „Habe ich recht? Wobei wir natürlich alle wissen, dass miteinander gehen nur eine höfliche Umschreibung für miteinander schlafen ist."

„Vanessa!", sagte Maggie. Was hatte ihre Schwester vor? Brock war doch ohnehin schon leicht angesäuert.

„Matt streitet es nicht ab", stellte Vanessa fest. Sie hatte inzwischen reichlich getrunken, und Maggie hatte Mitleid mit ihr. Ihre Mutter hatte sie vorhin beiseitegezogen und ihr mitgeteilt, dass Vanessa zu Hause war, weil Mitch die Scheidung einreichen wollte.

Maggie sah hinüber zu Matt, und der Ausdruck auf seinem Gesicht war ... Himmel, stimmte es wirklich? Matt hatte mit ihr gehen wollen? Aber ...

„Ich war siebzehn", meinte Matt zu Vanessa. „Ich wollte mit allen gehen."

Maggie stand auf. Es reichte. „Wir müssen an die Arbeit."

„Nur um es klarzustellen", sagte ihr Vater, „ich bin nicht glücklich über deinen Jobwechsel."

„Nur um es klarzustellen", erwiderte Maggie, „ich schon."

Matt stand gegen den Maserati gelehnt da und sah zu, wie Maggie sich von Brock verabschiedete, der noch bleiben und Vanessa Gesellschaft leisten wollte.

Er biss die Zähne zusammen, als der andere Mann Maggie küsste. Okay, sie drehte ihr Gesicht weg, sodass der erste Kuss auf der Wange landete. Aber Brock war ein hartnäckiger Kerl, und Matt musste den Blick abwenden. Er zuckte überrascht zusammen, weil Stevie plötzlich neben ihm stand.

„So, du bist jetzt also Millionär."

„Noch nicht." Matt ließ Maggie nicht aus den Augen. Sie hatte sich von Brock gelöst, doch er hielt immer noch ihre Hand.

„Antworte mir ehrlich", sagte Stevie. „Sind deine Absichten gegenüber meiner Schwester ehrenhaft?"

Matt blickte Stevie verblüfft an. Der Junge war schon genauso groß wie er, besaß jedoch noch die Schlaksigkeit eines Teenagers.

„Ich nehme an, es geht mich nichts an, oder?", fuhr Stevie achselzuckend fort. „Weißt du, sie hat mir mehr oder weniger zu verstehen gegeben, dass sie den Kerl nicht heiraten wird."

„Hat sie?“

Stevie lächelte. „Na ja“, imitierte er Brocks tiefe Stimme. „Das weiß man bei den Mädchen nie so genau. Sie ändern ja ständig ihre Meinung.“

Matt lachte. „Er scheint ein ziemlicher Idiot zu sein.“

„Wer ist ein Idiot?“, fragte Maggie und trat zu ihnen.

„Niemand“, erklärten Matt und Stevie gemeinsam.

„Na toll, das fehlt mir gerade noch, dass ihr zwei euch zusammentut. Als wenn ich nicht wüsste, über wen ihr redet. Komm, Matt, lass uns gehen.“

„Viel Spaß“, meinte Stevie. Matt den Rücken zukehrend, zwinkerte er Maggie zu.

Maggie schaute ihn honigsüß an. „Dir auch, mein Kleiner. Vielleicht hast du ja Glück und kannst Brock und Vanessa zu einem Monopoly-Spiel überreden.“

„Ach nein, heute nicht“, entgegnete Stevie. „Ich habe andere Pläne. Ich werde so zwanzig oder dreißig Mal an Danielles Haus vorbeifahren.“ Er schaute zu Matt. „Unerwiderte Liebe.“

Maggie stieg in den Maserati ein, und Stevie lehnte sich ins offene Fenster. „Vielleicht kannst du mir ja einen Rat geben“, meinte er zu Matt. „Aus deinem reichen Erfahrungsschatz. Es gibt da dieses Mädchen …“

„Danielle“, sagte Matt.

„Genau. Sie ist einfach großartig, schön, wunderbar … na ja, du weißt schon. Aber sie sieht mich nicht als Mann. Wir sind nur Freunde, mehr nicht.“

Maggie beugte sich vor, um an Matt vorbei nach draußen zu Stevie schauen zu können. „Klopf einfach an ihre Tür, und sag ihr, dass du sie liebst, verflixt noch mal!“

„Oh, niemals!“, meinte Matt.

„Himmel!“ Stevie zuckte geschockt zurück. „Das wäre total uncool.“

„Ja und wahrscheinlich beschämend“, erklärte Matt. „Ich an deiner Stelle würde mir Zeit lassen, um sie nicht zu verschrecken.“

„In der Zwischenzeit hat der Kapitän der Footballmannschaft den direkten Weg genommen und sie zum Abschlussball ausgeführt", meinte Maggie.

„Oh nein!" Matt erschauderte.

„Oh ja." Stevie nickte. „Traurig, aber wahr. In diesem Sinne wünsche ich euch einen schönen Abend." Er verschwand in der Dunkelheit.

„Dein kleiner Bruder ist nicht mehr so ganz klein", meinte Matt.

„Beängstigend, oder?"

Er startete den Motor. „Manchmal wünschte ich, ich wäre noch einmal achtzehn. Was würde ich nicht alles dafür geben, das alles noch einmal zu erleben."

Maggie stöhnte. „Ich nicht. Einmal war genug, danke."

Matt fuhr aus der Einfahrt. „Es gibt einige Dinge, die ich auf jeden Fall anders machen würde."

„Was denn?"

„Ich würde nicht anfangen zu rauchen. Ich würde nicht trinken oder Drogen nehmen. Ich würde besser auf mich achtgeben." Er sah zu ihr hinüber. „Ich würde dich fragen, ob du mit mir gehst."

Maggie schaute ihn an, doch er hatte die Augen wieder auf die Straße gerichtet. Vanessa hatte recht gehabt. Matt hatte wirklich mit ihr gehen wollen. Wow, das hatte sie nicht gewusst. „Warum hast du es nicht getan?", fragte sie.

Er lächelte. „Wärst du mit mir gegangen, wenn ich dich gefragt hätte?"

„Nein." Ihre Loyalität gegenüber Angie wäre zu groß gewesen. Die Freundschaft hätte sie nicht aufs Spiel gesetzt. „Matt, um ehrlich zu sein, ich habe dich immer nur als Freund angesehen."

Vor zehn Jahren. Jetzt machte er sie so verrückt, dass sie an nichts anderes denken konnte.

„Deshalb habe ich nie gefragt. Ich war nicht sonderlich scharf auf eine Ablehnung."

Einige Minuten lang fuhren sie schweigend weiter, dann meinte Maggie: „Es tut mir leid wegen des Abendessens eben. Bist du sicher, dass du mich wirklich einstellen willst? Es ist doch offensichtlich, dass in meiner Familie der Wahnsinn angeboren ist."

Er lachte nur und hielt vor „Sparky's", einer beliebten Kneipe.

„Was machst du? Warum halten wir hier? Du trinkst doch nicht mehr, oder?“, fragte sie.

„Nein, aber du. Und nach diesem Abendessen brauchst du definitiv etwas Alkoholisches.“

Maggie war schon seit Jahren nicht mehr im „Sparky's“ gewesen, doch es hatte sich kaum verändert, stellte sie fest, als Matt zwei Barhocker hervorzog und dann zurücktrat, damit Maggie sich setzen konnte. Er schob seinen eigenen Hocker so nah an ihren heran, dass ihre Oberschenkel sich berührten. Dann bestellte er zwei Bier.

Die Berührung an ihrem Bein machte Maggie fast verrückt. Matt hatte nie sonderlich auf körperlichen Abstand geachtet, hatte immer wieder einen Arm um sie gelegt und sich hinter sie gestellt, um ihr den Nacken zu massieren oder ihr Haar zu flechten. Seine zwanglosen Berührungen waren Teil ihrer Freundschaft gewesen, oder war sie einfach nur zu naiv gewesen, um zu merken, dass da mehr war?

Er lehnte sich gegen die Theke und berührte dabei ihre Schulter mit seiner, und Maggie erschauerte. Der Barkeeper stellte zwei Gläser Bier vor sie, und dankbar nahm sie einen großen Schluck. Dann riskierte sie einen Blick zu Matt. Er hatte die Ellenbogen auf der Theke abgestützt, und sein T-Shirt spannte sich über seinem kräftigen Rücken. Er beobachtete sie, und sein Gesicht, das im Halbschatten lag, erinnerte sie daran, dass er in gewisser Weise ein Fremder für sie war.

Vor zehn Jahren hätte sie niemals davon geträumt, ihn zu küssen. Jetzt hatte sie Mühe, an etwas anderes zu denken.

Maggie erinnerte sich an den Ratschlag, den sie Stevie eben in Bezug auf Danielle gegeben hatte, und erkannte, wie unmöglich er gewesen war. Nie im Leben wäre sie in der Lage, sich zu Matt zu drehen, um ihm zu sagen, dass sie dabei war, sich in ihn zu verlieben.

Aber so war es.

Doch sie durfte es nicht. Was würde Angie sagen? Was würde Matt sagen?

Sie nahm noch einen großen Schluck Bier und realisierte erst jetzt, dass Matt ebenfalls ein Bier vor sich stehen hatte. Was tat ein Mann, der vor drei Jahren in einer Entzugsklinik gewesen war, mit einem Glas Bier?

„Das willst du doch nicht etwa trinken, oder?"

„Nein." Matt lachte. „Ich bin kein Alkoholiker, trotz der Ausführungen von Dan Fowler. Ich trinke nicht, weil ich es so will. Und nicht, weil ich es nicht kann."

Sie errötete. „Es tut mir leid."

Was war ihm vor drei Jahren zugestoßen? Maggie wünschte, er würde darüber reden, doch das tat er nicht. Und sie traute sich nicht nachzubohren.

Er griff hinüber und schob ihr leeres Glas dem Barkeeper zu, bevor er ihr sein volles Glas gab. „Ich habe das für dich bestellt. Lass uns eine Runde Billard spielen."

„Ich dachte, wir wollten über Geschäftliches reden."

„Das können wir auch noch morgen tun."

„Morgen ist Sonntag", erklärte sie. „Ich gehe mit Brock essen." Sie konnte Matts Meinung über Brock an seiner Miene ablesen.

„Warum verschwendest du deine Zeit mit ihm?"

„Tue ich doch gar nicht", sagte sie. „Ich meine, ich werde es nicht länger."

Etwas blitzte in Matts Augen auf. Befriedigung. Und noch etwas anderes.

„Gut. Denn er ist …" Matt lachte. „Ich fange lieber nicht an. Ich kann es nicht fassen, dass du seit … wie lange mit ihm gehst? Sechs Monate?"

„Fünf Monate", korrigierte sie ihn. „Und wir gehen nicht richtig miteinander …" Sie verstummte.

Vanessa hatte ja vorhin erklärt, was es damit auf sich hatte, und Matt verstand, was sie sagen wollte. „Wow", meinte er. „Das ist ja …" Er lachte. „Okay, wenn du nicht mit ihm zusammen bist, weil er großartig im Bett ist, warum zum Teufel bist du dann öfter als einmal mit ihm ausgegangen?"

Maggie schloss die Augen. „Weil er mit mir zusammen sein wollte", erklärte sie. „Weil nette Männer nicht gerade vom Himmel fallen. Weil ich gehofft hatte, ich würde ihn irgendwann mögen. Weil ich eine Familie und Babys haben möchte. Habe ich dir übrigens erzählt, dass Angie schwanger ist?"

Sie schaute ihn an und erwartete wegen dieser Neuigkeit pure

Ungläubigkeit. Stattdessen schaute er auf den Boden und wirkte ziemlich traurig.

War es möglich, dass er Angie immer noch liebte?

Maggie berührte seinen Arm. „Alles okay? Ich meine, ich weiß, dass es ein Schock sein muss. Angie hat schließlich immer beteuert, dass sie niemals Kinder haben wollte, aber …"

Jetzt sah er perplex aus. „Was hast du über Angie gesagt? Ich glaube, ich habe nicht alles mitbekommen."

„Sie und Freddy bekommen ein Baby", wiederholte Maggie.

„Ehrlich? Toll!"

Jetzt war sie diejenige, die verwirrt war. Wenn es nicht die Neuigkeit über Angie war, was hatte ihn dann so unglücklich aussehen lassen?

Maggie leerte ihr zweites Glas, und wie von selbst stand plötzlich wieder ein Bier vor ihr. „Willst du mich betrunken machen, damit ich nicht mehr übers Geschäft reden kann? Noch ein Bier, und wir müssen wirklich Billard spielen."

„Ich versuche nur, dich zu entspannen", gab er zu. Er rutschte vom Hocker, stellte sich hinter sie und glitt dann mit den Händen unter ihre Haare. Zärtlich und gleichzeitig kraftvoll massierte er ihren Nacken.

Das fühlte sich gut an. Viel zu gut. Maggie spürte, dass sie sich noch mehr verspannte.

„Du bist aber auch verkrampft. Liegt das an deinem anstrengenden Job?"

Es lag an ihm. Sie schloss die Augen und genoss das wunderbare Gefühl seiner Finger auf ihrer Haut, während sie sich vorstellte, dass Matt mehr als ein Freund war, dass seine Berührungen nichts mit Freundschaft zu tun hatten.

Matt konnte Maggies Gesicht im Spiegel hinter der Bar sehen. Unter seinen Händen entspannten sich ihre Muskeln langsam. Ihre Augen waren geschlossen, die Lippen leicht geöffnet.

Oh, Himmel. Es war einfach zu einladend. Er sehnte sich danach, sie so zu küssen wie am Morgen beim Vorsprechen. Sie hatte ihm doch tatsächlich zu seiner guten schauspielerischen Leistung gratuliert, ohne zu wissen, dass er überhaupt nicht geschauspielert hatte.

Er hoffte, sie würden beide die Hauptrollen bekommen, damit er sie wieder und wieder küssen konnte. Er empfand eine merkwürdige Mischung aus Qual und Freude. Freude darüber, dass sie ihn küssen konnte und sein Blut damit zum Kochen brachte. Qual, weil sie dabei so unbeteiligt schien.

Und, dachte er erleichtert, sie hat nie mit Brock geschlafen.

„Wir sollten über deine Firma sprechen. Wann wollen wir morgen anfangen?", murmelte Maggie, die Augen immer noch geschlossen.

„Wann bist du mit Brock verabredet?", fragte er.

„Um sechs."

„Dann lass uns früh loslegen", flüsterte er ihr ins Ohr. „Acht Uhr. Lass uns zusammen frühstücken, okay?"

Es war ein unschuldiger Vorschlag, aber mit seinen Händen auf ihren Schultern, seinen Fingern, die ihre nackte Haut streichelten, erschien es Maggie, als wäre es eine andere Art von Einladung. Ihr Puls beschleunigte sich, als Matt sich vorbeugte und sie direkt unter ihrem Ohr küsste.

Er drehte sie mitsamt ihrem Barhocker zu sich herum.

Jetzt wird er mich küssen. Oder nicht? Maggie war aufgeregt, doch als sie in seine Augen blickte, sah sie nur Unsicherheit. Himmel, wahrscheinlich schaust du ihn an, als wolltest du ihn mit Haut und Haaren verschlingen, was ihn bestimmt verschreckt, wenn dieser Kuss, der sich so sinnlich angefühlt hatte, lediglich Ausdruck seiner Freundschaft war.

„Als deine Anwältin", sagte sie, um die Stille zu beenden, „schlage ich vor, dass wir uns erst einmal Zugang zu den anderen Papieren verschaffen, die vielleicht noch bei Gericht liegen."

Matt kam blinzelnd zurück in die Realität und trat zurück. „Andere Papiere?", fragte er verwirrt.

„Im Testament deines Vaters steht nur, und ich zitiere, dass du die Firma erfolgreicher machen sollst, und zwar innerhalb von drei Monaten. Das ist viel zu vage. Was genau hat dein Vater damit gemeint?"

„Mehr Geld", sagte Matt. „Das war immer sein größtes Ziel."

Maggie runzelte die Stirn. „Ich muss mir die Firmenbilanzen ansehen und die letzten Vierteljahresberichte. Soweit wir beide wissen, geht es der Firma trotz der Rezession gut."

Und es würde nicht so einfach sein, innerhalb von drei Monaten aus einer so gesunden Firma noch mehr Profit herauszuholen. Dafür war die Zeit zu kurz.

„Was denkst du?", fragte Matt.

„Ich habe gerade überlegt, was wohl in dem Kodizill steht."

„Was ist ein Kodizill?"

„Es ist ein Anhang zu einem Dokument. Am Ende vom Testament war eine Notiz, von deinem Vater unterschrieben, mit dem Hinweis, dass ein Kodizill existiert. Es ist erst wenige Wochen vor seinem Tod hinzugefügt worden, aber es war nicht bei den Papieren, die du mir gegeben hast. Das Gericht hat eine Kopie. Die müssen wir uns anschauen."

„Meinst du, dass das helfen wird?"

„Ich weiß es nicht. Wahrscheinlich gibt es auch eine Kopie irgendwo in deinem Büro. Wir sollten hinfahren und danach suchen." Sie glitt vom Hocker und wäre fast auf dem Boden gelandet.

„Ich werde später danach suchen", meinte Matt, als er sie auffing. „Ich glaube, du bist jetzt eher bereit für eine Partie Billard."

6. Kapitel

Maggie schloss die Tür auf und ging ins Haus, ohne Licht anzumachen. Sie war ein wenig wackelig auf den Beinen von all dem Bier, das sie getrunken hatte. Normalerweise trank sie nicht einmal eins, ganz zu schweigen von vier. Oder waren es fünf gewesen? Es war nach Mitternacht, und ihre Eltern lagen schon im Bett. Das Haus war dunkel, sodass sie die Tür hinter sich abschloss und ins Wohnzimmer schlich.

Und da, im Schein der Straßenlaterne, sah sie Vanessa.

Sie küsste Brock.

Vanessa trug nur ein Nachthemd, Brock hatte seine Jacke ausgezogen, und sein Hemd war nicht zugeknöpft. Es war ziemlich offensichtlich, dass er mit ihr zusammen gewesen war – in ihrem Schlafzimmer.

Maggie beobachtete ihre Schwester und den Mann, der erst vor wenigen Wochen um ihre Hand angehalten hatte. Obwohl sie geplant hatte, ihm am nächsten Morgen zu sagen, dass sie ihn nicht heiraten würde, versetzte ihr dieser Anblick einen Stich.

„Wow", sagte Maggie. „Das ging ja schnell."

Vanessa und Brock fuhren auseinander. „Maggie", stöhnte Vanessa, „du hast mich zu Tode erschreckt."

Maggie schaltete das Licht an. Zumindest Brock besaß den Anstand, verlegen auszusehen, während Vanessa noch betrunkener zu sein schien als sie selbst. Maggie setzte sich auf die Couch. „Dein Wagen steht gar nicht vor der Tür", sagte sie zu Brock.

„Ich, äh, habe weiter unten an der Straße geparkt", gab er zu. „Pass auf, Maggie, es tut mir leid …"

„Ich dachte, du wärst Mitchs Freund", sagte sie.

„Bin ich auch."

„Ach, wirklich?"

Vanessa nahm Anstoß an ihrem Ton. „Mitch ist ein Mistkerl", erklärte sie.

„Der die Scheidung eingereicht hat, weil du ihn betrogen hast“, stellte Maggie klar. Sie sah zu Brock. „Wusstest du das?“

„Weil er mich auch betrogen hat!“ Vanessa begann zu weinen. „Du bist so selbstgerecht.“

„Hey“, fuhr Maggie sie an. „Ich denke, ich kann mir ein wenig Selbstgerechtigkeit erlauben, wenn ich nach Hause komme und feststellen muss, dass du mit meinem Freund geschlafen hast.“

„Ich dachte, du würdest nicht nach Hause kommen“, entgegnete Vanessa. „Keine Frau mit ein bisschen Verstand würde Matt Stone ausschlagen. Mit Ausnahme von dir natürlich. Du bist so perfekt, Maggie. So perfekt und anständig und kalt.“

„Das ist wahrscheinlich kein guter Zeitpunkt für eine Diskussion“, warf Brock ein.

„Sei still“, meinte Vanessa, während Maggie zischte: „Halt den Mund.“

„Vielleicht sollte ich …“

„Wie konntest du mit ihr schlafen?“, fragte Maggie. Die Antwort stand ihm ins Gesicht geschrieben, und plötzlich fiel es ihr wie Schuppen von den Augen. Die ganze Zeit über hatte er Vanessa gewollt, die selbst betrunken, mit verschmiertem Make-up und zerzausten Haaren noch begehrenswert aussah. Brock hatte nur an ihre Schwester herankommen wollen. Maggie schaute ihn erstaunt an. „Vielleicht sollte ich lieber fragen, wieso du mich heiraten wolltest, obwohl du in Vanessa verknallt bist.“

„Es tut mir leid. Ich dachte …“ Er schüttelte den Kopf. „Es tut mir leid.“

Nun war Maggie einiges klar. Deshalb hatte er sie nicht gedrängt, als sie gesagt hatte, sie wolle noch warten, bevor sie die Nacht zusammen verbrachten. Und sie hatte gedacht, er wäre nur nett. „Hast du schon öfter mit ihr geschlafen?“

„Nein“, sagte Brock hastig.

„Nein“, wiederholte Maggie. „Du wolltest nur mit ihr schlafen.“ Du meine Güte, fast hätte sie ihr Leben mit einem Mann verbracht, der eigentlich ihre Schwester wollte. Sie stand auf und sah zu Vanessa. „Und du wusstest es. Du Flittchen.“

„Fein“, sagte Vanessa. „Dann bin ich eben ein Flittchen. Lieber das als deine Hochnäsigkeit: Nein, nein, nein. Wir gehen erst seit vier Monaten aus, wir können noch nicht miteinander schlafen."

„Das ist ja wohl unglaublich", Maggie sah empört zu Brock. „Du hast unser Liebesleben mit meiner Schwester diskutiert?"

„Welches Liebesleben?" Vanessa lachte. „Ihr hattet doch gar keins."

„Nein. Ich hatte nicht mit Fremden auf dem Parkplatz einer Bar Sex", erwiderte Maggie wütend. „Im Gegensatz zu dir!"

„Stimmt, Miss Tugendhaft", schoss Vanessa zurück. „Du hattest einfach gar keinen Sex. Ich kann mir gar nicht vorstellen, warum Matt sich überhaupt mit dir abgibt. Sicher, er schläft mit allem, was einen Rock trägt, aber so wie du dich anziehst, kann man nicht einmal erkennen, dass du eine Frau bist. Solltest du es tatsächlich jemals bis in sein Bett schaffen, könnte ich darauf wetten, dass Matt schon nach zehn Minuten mit dir zu Tode gelangweilt wäre."

Maggie schnappte nach Luft. „Was für eine Gemeinheit!"

„Vanessa ...", mischte Brock sich ein.

„Ist doch wahr." Vanessa begann zu weinen. „Du bist so perfekt. Ich hasse dich."

„Und ich werde nicht mit dir unter einem Dach leben", erklärte Maggie ihrer Schwester. „Sag Mom und Dad, dass ich ausgezogen bin. Endgültig", fügte sie hinzu. Trotz all der Wut, dem Schmerz und dem flauen Gefühl in ihrem Magen wurde ihr auf einmal leichter ums Herz.

„Vielleicht sollten wir das lieber morgen früh besprechen", versuchte es Brock erneut.

„Vielleicht solltest du zur Hölle fahren", entgegnete Maggie, nahm ihre Aktentasche und ging.

Sie stieg in ihren Wagen, doch ihr war schwindelig und schlecht. Maggie starrte auf die Autoschlüssel. Wie viele Biere hatte sie getrunken? Zu viele, um zu fahren. Rigoros öffnete sie die Wagentür und stieg wieder aus. Wie aufs Stichwort begann es zu regnen. Maggie straffte die Schultern, nahm ihre Aktentasche und machte sich auf den langen Weg in die Stadt.

Stevie drehte das Radio lauter, als der Regen heftiger wurde. Eine einsame Gestalt marschierte am Straßenrand entlang, und er schaltete das Fernlicht aus, um den Ärmsten nicht auch noch zu blenden. Doch dann trat er auf die Bremse. Das war seine Schwester! Er wendete, fuhr langsam neben ihr her und ließ das Fenster herunter.

„Hallo, Maggie."

Maggie schaute nicht einmal auf. Sie war bis auf die Knochen nass, die Haare klebten an ihrem Kopf, und sie schlenkerte wild mit ihrer Aktentasche.

„Wohin willst du?", fragte Stevie vorsichtig.

„In die Stadt", antwortete sie, als wäre das völlig normal um diese Zeit.

„Soll ich dich vielleicht fahren?"

„Nein, danke."

Stevie hielt den Wagen an und lief dann hinter seiner Schwester her. „Maggie, ist alles in Ordnung?"

Sie blieb stehen. „Stevie, wenn du nicht aus dem Weg gehst, dann werde ich mich über deine Füße übergeben."

Er sprang zur Seite, und Maggie ging weiter.

„Maggie, warte", rief er, doch sie ignorierte ihn.

Maggie war auf dem Weg ins „Sachen's Inn Motel". Sie fühlte sich nicht wohl, aber es ging ihr etwas besser, seitdem sie sich in die Büsche übergeben hatte. Es waren noch ein paar Meilen in die Stadt, und ihr graute davor, doch wenn sie einfach nur einen Schritt nach dem anderen machte, würde sie es schon schaffen.

Ein Wagen hielt, und Maggie blieb abrupt stehen.

Matt.

Er stieg aus und sie sah, dass er nur mit einer kurzen Jogginghose bekleidet war. Im Licht der Straßenlaterne glitzerte der Regen auf seiner nackten Haut. Es war so kalt, dass sein Atem als heller Nebel sichtbar war, doch er stand still da und beobachtete sie.

„Hallo, Tarzan", sagte Maggie. „Ich bin von zu Hause weggelaufen."

„Das habe ich schon gehört", meinte Matt. „Stevie hat mich angerufen. Wurde ja auch Zeit, dass du endlich ausziehst. Kann ich dich mitnehmen?“

Maggie starrte auf seine nackten Füße und seine muskulösen Beine. Dann ließ sie ihren Blick weiter nach oben gleiten, zu seinem Waschbrettbauch und seinem muskulösen Oberkörper.

Vanessa hatte recht. Matt sah nicht gerade so aus, als wollte er nur ein guter Freund für sie sein. „Bringst du mich, wohin ich will?“, fragte sie schließlich.

„Kommt darauf an.“

„Dann vergiss es. In dem Fall gehe ich lieber zu Fuß.“

Sie trat an ihm vorbei, doch er griff nach ihrem Arm. „Wenn du gehst, gehe ich mit dir, Maggie.“ Das war keine leere Drohung.

Maggie registrierte, dass es eiskalt war. „Du trägst nicht gerade das geeignetste Outfit für einen Spaziergang im Regen.“

„Du auch nicht. Komm schon, steig ein.“

Maggie schaute ihn nachdenklich an.

„Bitte.“

„Ich schätze, ich wirke, als wäre ich völlig durchgeknallt, oder?“

Matt lächelte. „Ein bisschen. Aber ich nehme an, du hast eine gute Erklärung dafür. Warum steigst du nicht ein und erzählst es mir?“

„Bringst du mich, wohin ich will?“

„Ja“, sagte er diesmal.

Maggie stieg ein, und Matt ließ den Motor an und drehte die Heizung auf.

„Ich möchte ins ‚Sachen’s Inn‘“, sagte sie.

„Wirklich?“ Er warf ihr einen Seitenblick zu. „Mit mir?“

„Sehr witzig. Bring mich einfach hin.“

Matt seufzte. „Ich werde dich auf keinen Fall dorthin bringen und einfach verschwinden.“

„Du hast es versprochen.“

„Habe ich nicht. Wir fahren zu mir.“

„Schuft.“ Maggie begann zu weinen. Einerseits war sie froh, sozusagen gerettet worden zu sein, andererseits wollte sie gar nicht gerettet werden, nicht einmal von Matt, von ihrem Tarzan. „Ich möchte es auf meine Weise tun, Matt.“ Sie schluchzte. „Bitte bring mich ins Motel.“

„Ich glaube nicht, dass es eine gute Idee wäre, dich heute Nacht allein zu lassen. Wenn du darauf bestehst, ins Motel zu gehen, dann komme ich mit dir."

„Ich bestehe darauf. Und ich brauche keinen Babysitter."

„Schade, denn ich bin fest entschlossen."

„Ich ebenfalls, und ich werde allein bleiben."

Sie sahen sich in die Augen. Keiner gab nach.

„Lass uns einen Kompromiss schließen", meinte Matt. „Komm erst mit zu mir. Wir können uns aufwärmen, vielleicht etwas essen und reden ..."

„Ich will nicht reden." Maggie verschränkte ihre Arme und starrte stur geradeaus.

„Auch gut", erklärte er. „Wir können schweigend im Whirlpool sitzen. Wenn du dann immer noch allein sein willst, bringe ich dich danach ins Motel."

„Im Whirlpool?" Maggie starrte Matt entgeistert an.

„Das Wasser ist schon heiß", sagte Maggie verwundert. Sie stand zitternd im Badezimmer in Matts Haus und starrte auf den Dampf, der aus dem Whirlpool stieg.

„Ich saß drin, als Stevie anrief." Matt nestelte ungeduldig am Reißverschluss von Maggies Jacke. Schließlich gelang es ihm, ihn zu öffnen, sodass er ihr die Jacke ausziehen konnte. Ihre Haut war eiskalt. Er griff nach dem Knopf an ihrer Jeans, doch Maggie stieß seine Hände weg.

„Das kann ich selbst."

Matt seufzte. Natürlich konnte sie das, aber es war immer eine seiner Wunschvorstellungen gewesen, das zu tun. Doch ihm war klar, dass dies kein guter Zeitpunkt war, ihr das zu erzählen. „Dann tu es", befahl er. „Komm schon, sieh zu, dass du ins Wasser kommst, sonst stirbst du noch an Unterkühlung."

„Ich habe keinen Badeanzug."

„Du brauchst keinen Badeanzug für den Whirlpool. Himmel, Maggie, jetzt steig endlich rein. Ich dreh mich um."

Matt drehte sich um, und als Maggie sich nun tatsächlich auszog, wurde ihm klar, dass sie betrunken sein musste. Ja, sie war definitiv betrunken, sonst hätte sie sicherlich bemerkt, dass der Raum voller Spiegel war. Matt konnte ihre ganze Schönheit bewundern, bevor sie ins Wasser glitt. Sicher, ein Gentleman hätte die Augen geschlossen, aber seine Devise war: Das Leben ist einfach zu kurz.

Er zögerte kurz, weil ihm bewusst war, dass Maggie seine Erregung kaum übersehen konnte, dann zog er sich ebenfalls aus.

„Oh", war jedoch alles, was Maggie herausbrachte, als er seine Shorts herunterließ. Sie schloss hastig die Augen, bis er ihr gegenüber in der Wanne saß.

Matt streckte seine Beine aus und berührte dabei ihre. Verflixt, dachte er, das solltest du lieber lassen. Er hatte sich absichtlich ihr gegenüber gesetzt, um ihr nicht zu nahe zu sein. Auf keinen Fall durfte er zu ihr hinüberrutschen und den Arm um sie legen. Er zog im Geiste eine Grenze um sie und nahm sich vor, diese Grenze nicht zu übertreten, was auch immer geschehen mochte. Jedenfalls nicht in dieser Nacht.

„Weißt du, ich habe da diesen Traum", sagte Maggie unvermittelt, „wo dieser perfekte Fremde mir einfach seine Hand hinstreckt und mich aus meinem Leben entführt."

„Davon träumen wahrscheinlich viele Menschen."

„Ich weiß, es ist ziemlich erbärmlich", meinte sie. „Na ja, ich lehne mich einfach zurück und will gerettet werden."

„Völlig normal."

„Nein", widersprach sie. „Wer sagt mir denn, dass seine Entscheidungen besser für mich wären? Ich sollte davon träumen, dass ich zu Tarzan gehe und sage: Komm mit mir – lass uns flüchten, aber wir machen es auf meine Art."

Tarzan? Hatte sie ihn nicht vorhin so genannt? „Das ist ein schöner Traum." Matt lachte. „Maggie, ich habe das Gefühl, dass du mir irgendetwas sagen willst, aber ich bin nicht sicher, was. Können wir aufhören, um den heißen Brei herumzureden? Ich würde wirklich gern über das sprechen, was heute vorgefallen ist."

Maggie ließ sich tiefer ins Wasser gleiten, bis ihr Mund bedeckt war.

„Stevie meint, du und Vanessa hättet Streit gehabt?"

Maggies Augen füllten sich mit Tränen.

„Sprich mit mir“, bat Matt.

Nachdem sie sich wieder aufgesetzt hatte, fragte Maggie: „Stell dir vor, wir würden uns lieben, würde ich dich dann schon nach zehn Minuten langweilen?“

„Was?“, fragte Matt entgeistert.

Verflixt, Maggie biss sich auf die Unterlippe. Sie schloss die Augen. „Nichts. Vergiss es einfach.“

„Nein.“ Matt wollte zu ihr hinüberrutschen, hielt sich jedoch im letzten Moment zurück. Halt, stopp, sagte er sich und blieb, wo er war, allerdings nicht so weit wie vorher von ihr entfernt, doch noch immer deutlich hinter der Grenze. „Kommt gar nicht infrage. Du willst wissen, ob ich dich im Bett langweilig finden würde, oder?“ Verdammt. „Hat Vanessa das gesagt? Maggie, sie hatte schon beim Abendessen zu viel getrunken. Und davon abgesehen, ist sie ein wenig verrückt ...“

Maggie saß noch immer da, die Augen geschlossen und sah aus, als würde sie ihm kein Wort glauben.

„Um deine Frage zu beantworten“, fuhr Matt fort, „nein. Nein, das glaube ich ganz und gar nicht.“

Maggie schlug die Augen auf und schaute ihn kurz an, dann senkte sie hastig wieder den Blick. „Es war dumm von mir, zu fragen. Ich meine, was sollst du darauf schon antworten? Etwa: Ja, es tut mir leid, aber ich fürchte, es würde mich langweilen, mit dir ins Bett zu gehen?“

Okay. Das reichte. Matt überquerte die Grenze und setzte sich direkt neben Maggie. „Um das klarzustellen“, sagte er und hob ihr Kinn an, sodass sie ihn ansehen musste, „ich glaube ganz und gar nicht, dass es langweilig wäre, dich zu lieben. Auch nach hundert Stunden noch nicht. Und das ist etwas, was nicht besonders schwierig zu beweisen wäre.“

„Was würdest du denn tun, wenn ich sage, okay, beweise es?“

Matt genoss es, ihre weiche Haut zu fühlen. Er hatte den Eindruck, ihr war endlich warm geworden. Maggies Lippen waren leicht geöffnet, ihre Wangen waren gerötet, und ihre Augen funkelten.

Matt schüttelte den Kopf. „Ich kann nicht“, sagte er. „Jedenfalls nicht heute Nacht. Du bist betrunken. Es wäre nicht fair.“

„Ich bin nicht betrunken“, sagte sie so indigniert, wie nur ein Betrunkener es konnte.

„Ich glaube doch“, meinte Matt sanft. „Aber okay, lassen wir das außer Acht. Selbst wenn du nicht betrunken bist, so bist du doch durcheinander. Ich möchte nicht mit dir schlafen, nur weil du auf deine Schwester sauer bist.“

„Siehst du.“ Maggie machte sich von ihm frei. „Du willst nicht mit mir schlafen. Du hast es selbst gesagt.“

„Habe ich nicht! Nimm das zurück, oder ich tauche dich unter!“

Maggie war vorher bis ans andere Ende der Wanne gerutscht, doch als Matt wieder an sie heranrückte, kam sie ihm jetzt sogar entgegen.

„Matt, küss mich.“

Diesem Flehen konnte er nicht widerstehen. Matt beugte sich langsam vor, bis sein Mund zärtlich ihren berührte. Ihre Lippen waren weich und warm, und sie kam ihm bereitwillig entgegen. Matt blieb sorgfältig darauf bedacht, sie sonst nirgends zu berühren. Sie waren beide nackt, und ihm war klar, wenn er erst einmal ihren weichen Körper an seinem gespürt hatte, wäre er verloren. Und obwohl es nur ein zärtlicher, vorsichtiger Kuss war, war es der Kuss, auf den er sein Leben lang gewartet hatte.

Es war Maggie, die ihn küsste. Sie gab nicht vor, jemand anderes zu sein. Es raubte ihm den Atem. Schweren Herzens beendete Matt den Kuss und drehte sich kurz um, damit Maggie die Tränen nicht sah, die ihm in die Augen geschossen waren. Dann zwang er sich zu einem Lächeln.

Maggie wusste nicht, ob sie lachen oder weinen sollte. Matt behandelte sie, wie alle anderen es taten, als wäre sie zerbrechlich. Auch wenn sie sich morgen dafür schämen würde – und das würde sie –, nun war es ihr egal. Sie wollte die Art von Kuss, für die Matt auf der Highschool berühmt war, die Art von Kuss, die einem die Socken auszog, vorausgesetzt, man hatte welche an.

„Ich glaube, das sollten wir noch einmal versuchen“, sagte sie.

„Ich glaube, ich sollte aus der Wanne steigen.“

„Ich glaube, es tauchen plötzlich Zweifel auf, wer wen im Bett langweilen könnte.“ Maggie war selbst erstaunt über ihre Worte.

„Ach, ja?“

Maggie sah ein merkwürdiges Funkeln in Matts Augen, doch er rührte sich nicht. Sie bewegte sich ein wenig, sodass das Wasser ihre Brüste kaum noch bedeckte, und bemerkte, dass Matt kurz den Blick senkte, bevor er ihr wieder in die Augen schaute.

„Ich werde dich nicht ausnutzen“, verkündete er, rührte sich aber immer noch nicht von der Stelle.

„Es ist kein Ausnutzen, wenn es das ist, was ich will“, erwiderte sie. Sie stand auf, und das Wasser perlte an ihrem Körper ab.

Matt kam ebenfalls hoch, kletterte aus der Wanne und schnappte sich ein Handtuch, das er sich hastig um die Taille schlang. „Du bist zu wütend und beschwipst, um zu wissen, was du willst.“

„Bin ich nicht!“

„Bitte, sei ...“

„Zum ersten Mal treffe ich endlich einmal meine eigenen Entscheidungen.“

„Das ist keine Entscheidung. Es ist einfach eine Reflexhandlung.“ Matt hatte die Stimme gehoben, um sie zu unterbrechen. „Wenn wir uns heute Nacht lieben, wird sich alles zwischen uns verändern. Vielleicht wäre es wundervoll. Vielleicht würdest du am Morgen aufwachen und mich immer noch wollen. Vielleicht wären wir zusammen bis zu dem Tag, an dem ich sterbe. Vielleicht aber auch nicht.“

Er reichte ihr ein Handtuch. „Vielleicht wäre es nur ein One-Night-Stand“, fuhr er fort. „Mir macht es wirklich nichts aus, wenn du mich benutzt, Maggie, aber unsere Freundschaft ist mir zu wichtig, als dass ich sie für eine Nacht wegwerfen würde.“

„Es tut mir leid“, flüsterte sie.

Matt ging zur Tür. „Trockne dich ab. Ich suche dir etwas zum Anziehen. Dann können wir entscheiden, ob ich dich zum Motel fahre oder nicht.“

Matt kam mit den kleinsten Shorts, die er finden konnte, einem T-Shirt und einem Sweatshirt wieder ins Bad und stellte fest, dass Maggie weg war. Er fand sie auf dem Bett im Nebenzimmer. Sie lag zusammengekauert da. Es war nicht sein Bett, aber das wusste sie ja nicht. Matt seufzte. Er beugte sich über sie und stellte fest, dass sie schlief.

Mit dem dunklen Haar, das auf dem Kissen ausgebreitet war, sah sie aus wie das junge Mädchen, das er vor so vielen Jahren kennengelernt hatte. Als Siebzehnjähriger hätte er in so einer Situation nicht widerstehen können, sich auszuziehen und sich neben sie zu legen. Als Dreißigjähriger fluchte er leise und hob das Handtuch auf, das sie auf den Boden fallen gelassen hatte. Er brachte es ins Badezimmer, warf die Sachen, die er für Maggie mitgebracht hatte, auf einen Stuhl, deckte den Pool ab und schaltete das Licht aus.

Okay. Verschwinde. Geh nach oben, ermahnte er sich.

Stattdessen kam er zurück, um sie noch einmal zu betrachten. Er setzte sich auf die Bettkante und beruhigte sich damit, dass er in einer Minute gehen würde.

Verdammt, er war ein Dummkopf. Er hätte sie haben können, hätte sie lieben können. Er könnte jetzt neben ihr liegen und das Nachspiel genießen.

Doch es gab ja noch ein Morgen. Und morgen hätten sie mit den Konsequenzen leben müssen.

Vielleicht konnte er Maggie dazu bringen, sich in ihn zu verlieben. Vielleicht. Und dann? Dann würde sie jemanden lieben, der nichts versprechen konnte. Maggie wollte einen Ehemann, der für sie da war, und Kinder. Matt konnte ihr das nicht garantieren.

Aber er wusste, was er wollte. Zum ersten Mal seit Jahren war er sich sicher. Er wollte Maggie. Nach all der Zeit wollte er sie immer noch.

Er erinnerte sich noch genau an den Tag vor mehr als zehn Jahren, als er erkannt hatte, dass er in Maggie verliebt war. Er war geschockt gewesen und hatte es nicht glauben wollen. Der große Herzensbrecher, Matt Stone, verliebte sich nicht. Dann, nach einiger Zeit, als er zugeben musste, dass es ihn wirklich erwischt hatte, wurde ihm klar, dass sie in ihm lediglich einen guten Freund sah.

Während seiner College-Zeit hatte er keine Party ausgelassen, überzeugt, dass er Maggie vergessen würde, schließlich war sie nur eine Jugendliebe. Er hatte sich mit einer endlosen Anzahl langbeiniger Blondinen eingelassen, viel getrunken und war schrecklich unglücklich gewesen.

Irgendwann hatte er dann aufgehört, Maggie zu vermissen.

Zumindest hatte er das gedacht.

Matt streckte die Hand aus, um sie zu berühren. Ihre Haut war so weich, so zart. Er wollte sie küssen, sie schmecken, ihren Duft einatmen. Er wusste, er sollte gehen, doch stattdessen streckte er sich neben ihr aus und küsste sie sanft auf die Schulter. Sie lächelte im Schlaf und kuschelte sich an ihn. Da wusste er, dass er nirgendwo hingehen würde, und schlang die Arme um sie.

Am Morgen würde Maggie aufwachen und ihn neben sich finden. Und wenn sie ihn dann noch immer wollte, würde er nicht mehr protestieren und die Konsequenzen außer Acht lassen.

7. Kapitel

Maggie wachte durch das Klopfen des Fensterladens auf, der leicht vom Wind gegen das Fenstersims gedrückt wurde.

Das Zimmer war schummrig, aber helles Sonnenlicht drang durch die Ritzen der Fensterläden. Es musste schon später Morgen sein, wenn nicht gar Mittag.

Sie streckte sich aus und berührte jemanden, der neben ihr lag. Sofort kehrten die Erinnerungen an die letzte Nacht zurück. Es war tatsächlich Matt, der neben ihr schlief. Sein langes Haar bedeckte sein Gesicht. Er lag auf der Seite, die Beine unter der Decke hervorgestreckt. Sie sah, dass er Shorts trug, und war erleichtert, denn sie war sich ihrer eigenen Nacktheit deutlich bewusst.

Maggie erinnerte sich daran, dass sie letzte Nacht versucht hatte, Matt zu verführen, doch er hatte sich geweigert. Sie errötete. Sie hatte sich ihm an den Hals geworfen, aber er hatte keinen Zweifel daran gelassen, dass er nur ihr Freund bleiben wollte.

Was machte er also bei ihr im Bett?

Das Telefon klingelte, und Matt bewegte sich. Er öffnete die Augen und sah sie kurz an, bevor er sich umdrehte und nach dem Telefon auf dem Nachtschrank griff.

„Hallo?" Matts Stimme klang schlaftrunken. Er setzte sich auf und fluchte leise. Einen Moment hörte er zu, dann reichte er den Hörer an Maggie weiter. „Es ist dein Bruder."

„Stevie?", sagte Maggie. Ihr Kopf dröhnte, und ihre Stimme klang rau.

„Hallo, Maggie", sagte Stevie leicht erstaunt. „Seid ihr etwa noch im Bett?"

„Äh, ja ... Aber es ist nicht so, wie du denkst."

„Ich bin beeindruckt. Und froh, dass ich angerufen habe. Mom und Dad sind auf dem Weg zu euch."

„Du meine Güte!“ Maggie sah Matt an. Sein Gesichtsausdruck verriet ihr, dass er mitgehört hatte.

„Ich gehe duschen“, flüsterte Matt ihr zu. „Im Bad liegt etwas für dich zum Anziehen.“

„Sie wollen sich mit dir unterhalten, wenn du weißt, was ich meine“, hörte Maggie ihren Bruder sagen. „Bleib hart. Und lass sie auf keinen Fall so nah an dich heran, dass sie dir eine Zwangsjacke verpassen können.“

„Sehr witzig“, entgegnete Maggie. „Danke für deinen Anruf, Stevie.“

„Jederzeit. Viel Glück. Und vergesst nicht, Safer Sex zu praktizieren.“

Sie und Matt hatten den sichersten Sex gehabt, den es gab – nämlich gar keinen. Aber wenn er nur ihre Freundschaft wollte, wieso hatte er bei ihr im Bett gelegen? Die Frage würde sie später klären müssen. Jetzt legte Maggie den Hörer auf und ging ins Bad. Sie trank reichlich Wasser, in der Hoffnung, dass ihr Kopf dann aufhören würde, wie verrückt zu pochen. Hastig zog sie das an, was Matt ihr hingelegt hatte, und schaute dann in den Spiegel. Ihr Haar sah schrecklich aus und würde sich nur als Pferdeschwanz bändigen lassen.

Sie machte sich auf die Suche nach Matt, der sicherlich irgendwo ein Haargummi hatte. Dem Geräusch von fließendem Wasser folgend, stieg sie eine riesige Wendeltreppe in den dritten und dann in den vierten Stock hinauf, bis sie in Matts Zimmer kam. Dass es seins war, daran bestand kein Zweifel.

Es war das große helle Turmzimmer. Die achteckigen Wände bestanden nur aus Fenstern. Es gab keine Gardinen, nur Jalousien, und die waren alle hochgezogen, sodass das Licht aus allen Richtungen hereindrang und den Holzfußboden zum Glänzen brachte. Das Zimmer war ganz in Weiß eingerichtet, mit nur wenigen Farbtupfern, doch dafür stellte die Natur draußen sämtliche Farben bereit, die man sich wünschen konnte.

Der Ausblick war atemberaubend. Der Himmel war strahlend blau. Maggie konnte das glitzernde blaugrüne Wasser sehen, wenn sie in die eine Richtung schaute. Und wenn sie sich umdrehte, sah sie auf die sanften grünen und gelben Hügel, die vor der Stadt lagen.

Eine Tür wurde geöffnet, und Matt kam ins Zimmer. Maggie errötete, denn er trug nur einen weißen Slip.

„Ein herrliches Zimmer, oder?“, sagte er, während er sich die Haare mit einem Handtuch trocken rieb. Er machte keine Anstalten, sich zu bedecken, so als wäre es völlig normal, dass sie hier in seinem Zimmer war.

„Es ist wunderschön“, antwortete sie. „Aber eigentlich bin ich hier, weil ich ein Haargummi suche.“

„Im Bad, in der Schublade“, er deutete zur offenen Tür.

Sie ging hinein und durchwühlte die Schublade.

„Ich denke, du solltest deinen Eltern sagen, dass du für eine Weile hier wohnen wirst“, sagte Matt, der ihr gefolgt war.

„Ich halte das für keine gute Idee.“ Maggie benutzte Matts Bürste in dem Versuch, ihr Haar zu bändigen. „Und ich schätze, meine Eltern auch nicht.“

„Ich habe acht freie Schlafzimmer“, meinte er. „Sie brauchen sich keine Gedanken um deine Unschuld zu machen.“

Und sie anscheinend auch nicht.

„Maggie, wir müssen über das, was letzte Nacht geschehen ist, reden“, sagte er, als könnte er ihre Gedanken lesen.

„Was gibt es da noch zu sagen?“ Sie drängte sich an ihm vorbei und ging wieder nach unten. „Außer vielleicht, dass ich mich wohl entschuldigen sollte. Und dir danken. Ich wäre heute wirklich verlegen gewesen, wenn wir … na, du weißt schon.“ Es wäre ihr furchtbar peinlich gewesen, denn wenn er sie geliebt hätte, dann doch nur, um ihr einen Gefallen zu tun.

Matt folgte ihr die Treppe hinunter.

Maggie drehte sich zu ihm um. „Du bist wirklich ein guter Freund“, erklärte sie. „Und du hattest recht. Unsere Freundschaft ist zu wertvoll, um sie aufs Spiel zu setzen.“

Seine Miene war undurchdringlich.

In dem Moment klingelte es.

„Wir reden später darüber“, sagte er. „Jetzt ist erst mal Showtime.“

Er schob sich an ihr vorbei, als er die Treppe hinunterging, und Maggie musste sich am Geländer festhalten, geschockt darüber, wie stark ihr Körper selbst auf so eine flüchtige Berührung reagierte. Ein typisches Symptom des „Matt-Fiebers".

Konnte sie wirklich in einem Haus mit ihm leben, ohne sich noch mehr in Verlegenheit zu bringen? Andererseits, konnte sie sich die Gelegenheit entgehen lassen, ihm nahe zu sein? Denn sie wollte ihm nahe sein. Vielleicht ging es ja vorüber. Vielleicht entpuppten ihre Gefühle sich einfach als vorübergehende Verliebtheit.

Ihre Eltern standen in Sonntagskleidung vor der Tür.

„Mister und Misses Stanton", sagte Matt höflich. „Bitte kommen Sie herein."

„Maggie, bist du in Ordnung?", fragte ihr Vater.

Ihre Mutter umarmte sie. „Mein armes Baby. Hol deine Sachen. Wir bringen dich nach Haus."

„Ich will nicht nach Hause", erklärte Maggie.

„Liebling, wir wollen mit dir reden, und das ist viel einfacher bei uns", warf ihr Vater ein.

„Ist jemand durstig?", fragte Matt. „Ich hole uns Limonade."

„Nein", sagte Maggie scharf. „Weder ich noch meine Eltern sind durstig."

„Maggie, ich wollte nur höflich sein – und euch allein lassen."

„Das ist nicht nötig." Sie wandte sich wieder an ihre Eltern. „Ich werde für eine Weile hierbleiben."

Ihre Eltern wirkten verärgert.

„Maggie, ich verstehe, dass du unglücklich über Brock und Vanessa bist", sagte ihre Mutter.

„Vanessa ist mit zu Brock gegangen", unterbrach Maggies Vater sie. „Was sie getan hat, ist unentschuldbar, und es wäre nicht fair, wenn du diejenige wärst, die geht. Und dass du hierherziehst, kommt ein wenig überraschend und …"

„Moment", unterbrach Maggie ihn. „Komm nicht auf falsche Gedanken. Matt hat viel Platz und hat mir angeboten, hierzubleiben. Wir sind Freunde, Dad. Es ist so, als würde ich mit Angie zusammenziehen."

Ihr Vater maß Matt mit einem prüfenden Blick. „Du erwartest

doch nicht wirklich, dass wir das glauben, oder?“ Er wandte sich an Matt. „Vielleicht sollten Sie jetzt doch die Limonade holen.“

Matt wusste, dass Maggie im Moment absolut nicht mit ihren Eltern allein sein wollte. „Gern“, meinte er locker. Und dann an Maggie gewandt: „Hilfst du mir?“

Maggie rannte geradezu in die Küche.

„Gehen Sie doch bitte ins Wohnzimmer“, hörte sie Matt sagen, bevor er ihr folgte und die Küchentür hinter sich schloss.

„Was hat das mit Vanessa und Brock auf sich?“, fragte er, während er vier Gläser aus dem Schrank holte.

„Ich bin gestern Abend gerade rechtzeitig nach Hause gekommen, um mitzuerleben, wie Brock Vanessa einen Gutenachtkuss gegeben hat“, erzählte sie ihm. „Sie hat mit ihm geschlafen.“

Matt fluchte.

„Anscheinend war Brock die ganze Zeit nur an ihr interessiert. Vanessa und ich haben uns gestritten.“

„Was für ein Mistkerl“, schimpfte Matt. „Darum ging es also gestern Nacht.“

Maggie nickte und wagte es nicht, ihn anzusehen. „Wie konnte ich nur so dumm sein und nicht merken, dass ich gar nicht diejenige war, die er wollte?“

Matt holte die Limonade aus dem Kühlschrank. „Maggie, der Mann hat dir immerhin einen Heiratsantrag gemacht.“

„Aber seit Vanessa zur Verfügung steht, habe ich keine Chance mehr.“

„Aber du wolltest ihn doch gar nicht.“

„Das ist doch egal“, brüllte sie ihn fast an. „Himmel, wie oft wurde ich auf der Highschool eingeladen, weil die Jungs über mich an Vanessa herankommen wollten?“

„Zu oft“, sagte Matt ruhig. Und als sie jetzt zu ihm gekommen war, hatte er sie auch zurückgewiesen. Verdammt, er hatte vergangene Nacht gedacht, er würde das Richtige tun, dabei war es genau das Falsche gewesen.

„Maggie …“, begann er, doch sie unterbrach ihn.

„Ich werde schon darüber hinwegkommen. Aber was machen wir jetzt mit meinen Eltern?“

„Ganz einfach." Matt reichte ihr den Glaskrug. „Nimmst du das mit?"

„Was hast du vor?"

„Sie werden uns sowieso nicht glauben, dass zwischen uns nichts ist. Wir können es leugnen, aber sie werden denken, wir leben hier zusammen." Matt nahm das Tablett mit den Gläsern.

„Aber es stimmt nicht."

„Ich weiß das, und du weißt es, aber sie werden es nicht glauben. Mach einfach mit", sagte er lächelnd. „Tu so, als wäre es ein improvisiertes Theaterstück."

„Ich hasse Improvisationen", murmelte Maggie, als sie Matt folgte.

Die Stantons schauten auf, als Maggie und Matt ins Wohnzimmer kamen. Matt setzte das Tablett auf dem Tisch ab.

„Stell die Limonade einfach her, und dann komm zu mir, Schatz", sagte er zu Maggie.

Maggie sagte nichts, doch der Blick, den sie ihm zuwarf, brachte ihn fast zum Lachen. Matt schenkte die Limonade ein, reichte ihren Eltern je ein Glas und klopfte dann auf die Couch neben sich.

Langsam kam Maggie näher und setzte sich. Matt legte einen Arm um ihre Schultern. „Maggie und ich haben in der Küche darüber gesprochen", sagte er, „und wir meinen, dass Sie die Wahrheit wissen sollten."

Mr. Stanton nickte. „Das denke ich auch."

„Ich habe Maggie gestern Abend gefragt, ob sie mich heiraten will", erklärte Matt. Er konnte Maggies Fassungslosigkeit förmlich spüren und musste sich sehr beherrschen, um nicht laut loszulachen.

„Was?", sagten Maggies Eltern wie aus einem Mund.

„Matt!", rief Maggie.

Er unterdrückte ihren Protest mit einem kurzen Kuss. „Es ist kein Geheimnis, dass ich seit Jahren verrückt nach dir bin", sagte er. „Das stimmt doch, Schatz, oder?"

Die Stantons – alle drei – schauten ihn völlig geschockt an.

„Aber ..." Mrs. Stanton fehlten die Worte.

„Sie hat Ja gesagt", erklärte Matt und drückte Maggies Schulter.

„Ich habe Nein gesagt“, widersprach sie und stieß ihm ihren Ellenbogen in die Rippen.

„Offensichtlich sind wir noch dabei, das auszudiskutieren“, meinte Matt hastig, legte ihr die Hand aufs Knie und strich an ihrem nackten Oberschenkel entlang. „Sie verstehen sicherlich ihr Zögern. Sie ist sich nicht sicher, ob ihre Gefühle für mich tief genug sind.“

„Ich verstehe.“ Mr. Stanton schaute auf Matts Hand, die sich auf Maggies Schenkel weiter nach oben schob, bis Maggie sie verzweifelt festhielt.

„Wir haben beschlossen, dass es das Beste ist, wenn wir zusammenleben, um zu sehen, wie es funktioniert“, sagte Matt.

Maggies Eltern waren entsetzt. „Sie werden verstehen, dass wir das nicht gutheißen.“

„Das ist mir völlig klar, Sir“, erwiderte Matt ernst. „Aber ich will Maggie, und ich fürchte, wenn sie mit Ihnen nach Hause geht, wird sie sich nie entscheiden.“

Schuft, dachte Maggie und warf ihm einen bösen Seitenblick zu, doch Matt weigerte sich, sie anzusehen.

Maggies Vater schüttelte den Kopf. „Na ja, Entscheidungen zu treffen war noch nie ihre große Stärke.“

Maggie starrte ihn fassungslos an. Er sprach über sie, als wäre sie ein Pferd, das zum Verkauf stand. „Ich kann mich sehr wohl entscheiden“, entgegnete sie aufgebracht. „Hier gibt es auch gar nichts zu entscheiden. Das ist doch alles lächerlich und …“ Sie hielt inne, als ihr plötzlich etwas klar wurde. Wenn sie so weitermachte, müsste sie mit ihren Eltern nach Hause gehen.

Die anderen sahen sie an. Ihre Eltern voller Erwartung, Matt mit einer hochgezogenen Augenbraue, die Miene völlig ausdruckslos. Aber seine Augen blitzten, und es sah aus, als würde er überlegen, worüber sie nachdachte.

Wie würde er reagieren, wenn sie seinen Heiratsantrag annehmen würde? Würde ihn das zu Tode erschrecken? Maggie lächelte und stellte sich vor, wie Matt krampfhaft einen Rückzieher machen würde, wenn ihre Mutter ihren Fotoapparat herauszog, um ein Verlobungsfoto zu schießen, das sie dann an die Lokalzeitung schicken konnte.

Matt sah Maggie lächeln und erkannte, dass sie tatsächlich Ja sagen würde. Das würde ihre Eltern umhauen. Komm schon, Maggie, drängte er sie in Gedanken. Sag es.

Allerdings musste er ihr dann die Wahrheit sagen. Musste ihr erklären, wo er die letzten drei Jahre gewesen war. Wenn sie tatsächlich heiraten sollten, musste er es ihr sagen und auch das andere.

Beruhige dich, ermahnte er sich. Das hier ist nur Theater. Dies ist nicht das wahre Leben. Trotzdem beugte er sich zu Maggie vor. „Sag es", flüsterte er.

Maggie starrte ihn an.

„Sag es", wiederholte er. „Komm schon, Maggie. Heirate mich." Er glitt von der Couch und fiel vor ihr auf die Knie. Während das Publikum – ihre Eltern – in ungläubigem Entsetzen zusah, nahm er ihre Hand. „Bitte."

Maggie konnte es nicht fassen. Matt übertrieb maßlos. Verflixt, sie hasste Improvisationen, weil sie nie wusste, was die anderen Schauspieler von ihr erwarteten. Wollte Matt, dass sie wirklich zustimmte? Oder hatte ihn die Sache so mitgerissen, dass er nicht mehr klar denken konnte? Sie musterte Matt, der immer noch vor ihr kniete. Zur Hölle mit ihm! Wenn sie sich doch nur nicht wünschen würde, es wäre alles echt.

„Das ist albern", erklärte sie. „Matt, komm hoch. Wir müssen ihnen die reine Wahrheit erzählen."

Was auch immer er erwartet hatte, das jedenfalls nicht. Matt übertünchte sein Lachen mit einem Hüsteln. „Die reine Wahrheit." Er setzte sich wieder auf die Couch. „Ach so, na gut."

Maggie schaute ihn erwartungsvoll und voller Unschuld an und wartete darauf, dass er die Führung übernahm. Was er natürlich nicht konnte, da er keine Ahnung hatte, was ihr vorschwebte.

Maggie gab ihm einen Tipp: „Die Internetsache", sagte sie. „Du weißt doch, Vegas-Hochzeit, dot, com."

Matt überspielte einen Lachanfall, indem er Maggie küsste. „Ich liebe dich", sagte er mit so viel Gefühl in der Stimme, dass sie ihm fast geglaubt hätte.

Ihr Vater räusperte sich. „Was für eine Internetsache ist das?"

„Man braucht nicht mehr nach Las Vegas zu fahren, um schnell zu heiraten“, erklärte Matt. Würden sie das tatsächlich schlucken? „Man geht einfach online, ruft die entsprechende Website auf, und dann wird man in einer virtuellen Zeremonie getraut.“ Er küsste Maggies Hand. „Das haben wir heute Nacht gemacht.“

„Ist das legal?“, fragte Maggies Mutter.

„Natürlich“, sagte Matt. „Sie schicken die Heiratsurkunde mit der Post. Es dauert ein paar Wochen, weil ... Na ja, sie muss erst laminiert werden.“

Maggie sah, dass ihr Vater protestieren wollte, und hielt ihn auf: „Dad, ich bin neunundzwanzig Jahre alt.“

Er nickte. „Richtig. Ich denke, es ist ein Fehler, wenn du hier lebst, und ich denke, es ist ein Fehler, jemanden, den du seit zehn Jahren nicht mehr gesehen hast, so überhastet zu heiraten. Wir würden es begrüßen, wenn du mit uns nach Hause kämst. Um dir das zu sagen, sind wir hergekommen. Und weil wir dich lieben.“ Er sah zu Matt. „Und wenn Sie ihr wehtun, dann werden Sie sich wünschen, niemals geboren worden zu sein.“

Er stand auf und streckte Matt die Hand hin, dann umarmte er Maggie und flüsterte: „Das ist der größte Quatsch, den ich je gehört habe, aber deine Mutter glaubt es. Du entscheidest dich jetzt schleunigst, ob du ihn heiraten willst oder nicht, verstanden?“

Maggie nickte und küsste ihn auf die Wange, bevor sie ihre Mutter umarmte und die beiden zur Tür begleitete.

Matt legte Maggie den Arm um die Schultern, als sie ihren Eltern hinterhersahen. „Wollen wir ihnen noch einen Kuss bieten?“, fragte er und knabberte an ihrem Hals.

Maggie stieß mit dem Ellenbogen in seine Rippen. „Du hattest deine Chance letzte Nacht, Schatz“, erklärte sie. „Wie konntest du ihnen nur erzählen, dass wir zusammenleben?“

„Etwas anderes hätten sie ohnehin nicht geglaubt“, meinte Matt und rieb sich die Seite. „Aber diese Idee mit der Internetseite war genial. Ich wünschte, ich wäre darauf gekommen. Weißt du, das war die beste Improvisation seit Langem. Hast du ihre Gesichter gesehen?“

Maggie funkelte ihn wütend an. „Das war keine Improvisation, Matt, das war mein Leben! Jetzt denkt meine Mutter, wir sind verheiratet.“

„Aber es hat geklappt“, stellte er fest. „Sie haben dich nicht mehr gedrängt, mit ihnen zu kommen.“

„Sie wird sich die laminierte Heiratsurkunde anschauen wollen. Laminiert! Ich bitte dich, Matt!“

„Ich musste improvisieren“, verteidigte er sich, als sie wieder ins Haus gingen.

Maggie drehte sich zu ihm um. „Gib mir die Schlüssel zu deinem Wagen.“

Er ging in die Küche und kam mit dem Maseratischlüssel wieder. „Wohin willst du?“, fragte er, als er ihn ihr reichte. „Kann ich mitkommen? Es sind schließlich unsere Flitterwochen.“

„Vergiss es“, sagte sie. „Ich gehe einkaufen.“

8. Kapitel

Die Sonne ging bereits unter, als Maggie endlich vom Einkaufen zurückkam. Matt saß auf der Veranda und sah ihr dabei zu, wie sie eine Tüte nach der anderen auslud.

„Liebling, ich bin wieder zu Hause!“, trällerte sie.

„Na, wenn das nicht meine kleine Ehefrau ist“, meinte er und ging ihr entgegen, um ihr zu helfen. „Zum Glück hast du deinen Sinn für Humor wiedergefunden.“

„Es geht eben nichts über ein bisschen Shopping, um das Gemüt zu beruhigen.“

„Ein bisschen?“ Matts Arme waren voll beladen. „Du wirst bis an dein Lebensende deinen Überziehungskredit abzahlen müssen.“

„Deinen Überziehungskredit“, korrigierte sie ihn sanft. „Wir sind doch jetzt verheiratet, schon vergessen?“

„Oh, gut. Ich werde daran denken, wenn wir nachher ins Bett gehen“, meinte Matt verschmitzt.

„Ich hab nur Spaß gemacht. Es ist alles bar bezahlt. Schließlich habe ich drei Jahre lang bei meinen Eltern gewohnt und konnte mein Einkommen beiseitelegen. Ich kann es mir leisten, verschwenderisch zu sein. Also habe ich mir endlich Sachen gekauft, die mir gefallen.“ Es war nicht eins dieser langweiligen Geschäftskostüme dabei.

Matt zog ein Sommerkleid aus einer der Tüten. „Zieh das an“, sagte er und legte es ihr über die Schultern. „Ich lade dich zum Essen ein. Wir feiern.“

„Was feiern wir denn? Und wenn du jetzt sagst, unsere Heirat, dann schlag ich dich.“

„Dann sollten wir vielleicht feiern, dass wir die Hauptrollen in dem Musical bekommen haben.“

„Ehrlich?“ Maggies Gesicht leuchtete auf.

„Ja.“ Matt erwiderte ihr Lächeln. „Dan Fowler hat angerufen. Morgen Abend ist die erste Probe.“

„Das ist ja wundervoll.“ Maggie vollführte einen Freudentanz. „Ich hab mir diese Rolle so sehr gewünscht.“

„Also, wollen wir nun feiern gehen? Abendessen – und dann vielleicht eine weniger öffentliche Feier?“

„Auf jeden Fall.“ Sie strahlte ihn an.

Maggie drückte die Tür auf und trat auf die Veranda. Matt hatte eine Kerze angezündet und saß in einem der Schaukelstühle, die Füße, die in Cowboystiefeln steckten, auf das Geländer gelegt.

„Du siehst fantastisch aus“, sagte er schlicht und stand auf.

„Du auch.“ Maggie lachte. „Ich dachte, du besitzt nur T-Shirts und Jeans.“

Matt trug eine braune Hose und ein weiches, weit geschnittenes weißes Hemd. Mit dem offenen Haar sah er aus wie ein Zeitreisender aus der Vergangenheit.

Sein gutes Aussehen brachte diverse Frauen dazu, die Hälse nach ihm zu recken, als er mit Maggie das kleine Hafenrestaurant betrat, das nur wenige Kilometer von Matts Haus entfernt lag. Doch es war Maggie, der er seinen Arm um die Schultern legte – eine Tatsache, der sie sich nur allzu bewusst war, als sie an ihren Tisch geleitet wurden. Er ist nur ein Freund, versuchte sie sich immer wieder einzureden.

Das Essen war wunderbar, und Matt und sie blieben bei unverfänglichen Themen. Da sie sich zehn Jahre nicht gesehen hatten, ging ihnen der Gesprächsstoff nicht aus. Als sie ihren Nachtisch gegessen hatten, brachte die Kellnerin eine große Schachtel und reichte sie Maggie.

Maggie sah verwundert zu Matt, doch der lächelte nur.

Sie zog die Schleife auf und hob den Deckel an. Wunderschöne dunkelrote Rosen lagen darin. „Oh, wie herrlich.“

„Es sind nur elf“, sagte Matt leise. „Du bist die zwölfte.“

Zwischen den Blumen lag eine winzige Karte, und darauf stand: „Liebe mich heute Nacht.“

Maggie schaute Matt an. Sein Blick wirkte mysteriös im Kerzenschein. Seine Augen funkelten golden. Ihr war zum Weinen zumute, denn sie wusste genau, weshalb er das tat. Doch Matt schien von ihren Gefühlen nichts zu merken, denn er griff über den Tisch nach ihrer Hand, hob sie an seine Lippen und küsste sie zärtlich.

Es war einfach perfekt. Matt war perfekt. Alles war perfekt. Nur, dass nichts davon echt war. Er tat es nur aus Mitleid.

„Matt“, begann sie, doch er schüttelte den Kopf.

„Sag jetzt nichts“, meinte er. „Lass uns ein Stück spazieren gehen.“ Er warf ein paar Geldscheine auf den Tisch und streckte ihr seine Hand hin. Dann führte er sie aus dem Restaurant und ging mit ihr in Richtung Hafen.

Es war eine klare Nacht, und Maggie zitterte ein wenig, doch als Matt ihr einen Arm um die Schultern legen wollte, rückte sie von ihm ab.

Er nahm ihre Hand. „Ich habe letzte Nacht einen Fehler gemacht“, sagte er.

„Matt, ich weiß …“

„Warte. Hör mich an, ja?“

Maggie stellte sich ans Geländer eines Bootsstegs und starrte auf das dunkle Wasser.

„Ich wollte edel sein“, erklärte Matt. „Ich dachte, ich müsste auf dich Rücksicht nehmen. Aber das war ein Fehler, und ich möchte noch einmal von vorn anfangen.“

Sie schloss die Augen.

„Komm, Maggie, sieh mich an.“

Langsam drehte sie sich um.

„Ich möchte mit dir schlafen.“ Matt zog sie an sich.

Maggie wusste nicht, wie er es schaffte, aber es gelang ihm tatsächlich, seine Augen leidenschaftlich aufblitzen zu lassen. „Matt …“

„Ich will dich, seit wir in der Highschool waren“, sagte er und begann ihren Hals, ihre Wange, ihr Kinn zu küssen.

„Bitte, hör auf“, flüsterte sie schwach. Sie war sich nicht sicher, ob sie ihn noch abwehren könnte, wenn er sie erst auf den Mund küsste.

Und dann fand er ihre Lippen, und er küsste sie gefühlvoll und ausgiebig, wobei seine Zunge ihren Mund erkundete.

Maggie schlug ihm mit ihrer Blumenschachtel auf den Po. Matt ließ sie los und schaute sie an, als wäre sie verrückt geworden.

Vielleicht bin ich das, dachte Maggie. Jeder, der so einen Kuss abbrach, musste es sein.

„Ich weiß, was du tust." Sie trat zurück, um Distanz zu schaffen. „Ich dachte mir schon, dass du etwas in der Art versuchen würdest, nachdem du heute von Vanessa und Brock erfahren hast. Du hast Mitleid mit mir und versuchst, mich zu trösten."

Matt lachte. „Maggie, nein …"

„Es funktioniert nicht", unterbrach sie ihn. „Du kannst aufhören, Theater zu spielen."

„Das ist kein Theater." Matt wollte nach ihr greifen, doch sie zückte wieder die Blumenschachtel.

„Maggie, ich schwöre …"

„Ich habe dich auf der Bühne schon häufig genug geküsst, um zu wissen, dass du die Rolle des leidenschaftlichen Liebhabers perfekt spielen kannst."

„Komm schon …"

„Bitte, Matt", flehte Maggie. „Ich bin erschöpft, und ich will mich nicht mit dir streiten. Mach es nicht noch schlimmer, als es ist."

Er schüttelte den Kopf und wollte etwas sagen, hielt dann aber inne. Schweigend führte er sie zurück zum Wagen. Schweigend fuhren sie nach Hause. Dort versuchte er es noch einmal: „Es ist kein Theater."

„Gute Nacht", sagte Maggie und rannte fast ins Haus, um in ihrem Zimmer Zuflucht zu suchen. Dort verschloss sie die Tür hinter sich. Aber sie war sich nicht sicher, ob sie Matt aus- oder sich einschloss.

Matt öffnete die Augen, als die Sonne in sein Turmzimmer schien.

Es war Viertel nach sechs. Vier Stunden Schlaf. Nicht schlecht nach den Ereignissen des vergangenen Tages.

Maggie befand sich nur ein Stockwerk unter ihm, aber nach dem, was am vergangenen Abend geschehen war, könnte sie genauso gut eine Million Meilen entfernt sein. Er hatte den größten Teil der Nacht damit verbracht, sich unruhig herumzuwälzen in dem Bemühen, zu vergessen, wie sehr er sie begehrte. Es war ihm ja schon einmal gelungen. Vor zehn Jahren war er auch leidenschaftlich in sie verliebt gewesen und hatte es überstanden.

Oder nicht?

Vielleicht war es ganz gut, dass sie ihn abgewiesen hatte, denn in zehn Tagen musste er zur Nachuntersuchung ins Krankenhaus. Er hatte schon fast beschlossen, nicht hinzugehen, weil er sich dabei jedes Mal wie bei einem Hightech-Wahrsager vorkam. Natürlich war es ihm nicht egal, ob er noch ein, zehn oder hundert Jahre zu leben hatte, aber das Wissen darüber würde nicht dazu führen, dass er seinen Lebensstil änderte.

Doch jetzt war alles auf den Kopf gestellt, und er wollte es unbedingt wissen.

Er stieg aus dem Bett. Es gab noch viel zu tun.

„Du hast was getan?“ Angies Stimme klang erstaunlich klar, trotz der weiten Entfernung.

Maggie lächelte, als sie sich den Gesichtsausdruck ihrer Freundin vorstellte. „Ich bin ausgezogen. Direkt nach dem Streit mit Vanessa, die wieder zu Hause eingezogen ist, weil ihr Mann die Scheidung eingereicht hat, und jetzt will sie zu Brock ziehen, also hat er mich sitzen lassen, aber das ist okay, weil er sowieso ein Idiot ist. Und das ist alles an dem Tag passiert, an dem ich meinen Job gekündigt habe, weil ich jetzt für Matt arbeite.“

Angies Schweigen war schon deshalb bemerkenswert, weil sie Angie war und selten geschockt oder still war.

„Und was gibt es sonst noch Neues?“, fragte Angie schließlich.

„Ich habe die Hauptrolle im Sommer-Musical bekommen.“

„Verdammt, Maggie, ist das alles?“, wollte Angie aufgebracht wissen.

„Kann man so sagen, ja.“

Maggie saß im Nachthemd am Schreibtisch des verstorbenen Mr. Stone. Obwohl sie und Matt am Abend vorher lange gearbeitet hatten, war sie früh aufgestanden, um Angie anzurufen.

„Lass mich das klarstellen. Du arbeitest für Matt?“

„Ja.“

„Er bezahlt dich?“

„Glaubst du etwa, ich würde es umsonst machen?“

„Du ja.“

Maggie lachte. „Wahrscheinlich hast du recht."

„Wie geht es ihm?", fragte Angie.

„Gut. Sehr gut sogar. Er hat sich ziemlich verändert, Angie."

Ihre Freundin schnaubte. „Darauf solltest du dich nicht verlassen. Bei Matt weiß man nie, was echt und was Theater ist. Ich vermute, jetzt spielt er die Rolle des heimgekehrten Sohnes, imitiert seinen Vater, kleidet sich wie ein Geschäftsmann und schwingt große Reden."

„Nein", erwiderte Maggie. „Tut er nicht. Ich weiß nicht genau, was geschehen ist, aber er hat anscheinend eine schwere Zeit hinter sich. Er ist verändert. Du würdest ihn vermutlich gar nicht wiedererkennen."

„Das kann ich nun überhaupt nicht glauben", meinte Angie. „Hey, was ist aus dem Tarzan-Typ vom Fitness-Club geworden? Hast du ihn inzwischen getroffen?"

„Äh", sagte Maggie vorsichtig. „Ja, das habe ich."

„Und ..."

„Ich weiß nicht." Sie konnte Angie nicht erzählen, dass ihr Traummann und Matt ein und dieselbe Person waren.

„Ist er menschlich?"

„Außerordentlich menschlich", versicherte Maggie. „Sogar unglaublich menschlich."

„Oh, oh." Angie lachte. „Dich hat es ja schlimm erwischt, was?"

„Es ist furchtbar", gab Maggie zu. „Vielleicht erhole ich mich nie mehr davon."

„So ging es mir mit Freddy auch. Offensichtlich hast du keine Wahl. Du musst Tarzan heiraten."

Maggie schloss die Augen. „Ich glaube nicht. Pass auf, Angie, ich muss los. Ich rufe dich bald wieder an, okay?"

„Maggie, du hast mir noch nicht gesagt, wohin du gezogen bist."

„Ich wohne bei einem Freund", wich Maggie aus und kam sich doppelt unehrlich vor. „Jetzt muss ich mich beeilen. Bis bald!"

Sie legte den Hörer auf und ließ den Kopf auf den Schreibtisch sinken. Sie hätte Angie die Wahrheit sagen sollen, aber deren endlose Predigt über das Böse in Matt hätte sie jetzt nicht ertragen können.

Vielleicht würde sie Angie nie etwas davon erzählen müssen. Vielleicht würden ihre beunruhigenden Gefühle für Matt wieder verschwinden. Aber dann fielen ihr ihre eigenen Worte ein: Vielleicht erhole ich mich nie mehr davon.

Als sie an Angies Vorschlag dachte, musste sie lächeln. Heirate Tarzan. Angie wäre bestimmt entsetzt, wenn sie wüsste, dass sie, wenn auch unbeabsichtigt, eine Heirat zwischen Maggie und Matt befürwortet hatte. Noch entsetzter wäre sie, wenn sie wüsste, dass ihre Eltern sie bereits für verheiratet hielten.

Verheiratet mit Matt. Eher würde sie im Lotto gewinnen. Matt war einfach kein Mann zum Heiraten. Sex im Whirlpool, das ja, aber bestimmt nicht heiraten.

Die „Yankee Potato Chip Company“ war ein riesiges Gebäude am Rande der Stadt.

Maggie griff nach ihren Unterlagen, während Matt auf den Parkplatz einbog, der dem Direktor vorbehalten war.

„Ich weiß nicht, ob ich das kann“, sagte er.

„Natürlich kannst du das.“ Sie schaute auf. „Dir gehört diese Firma. Du hast ein Recht, sie zu inspizieren.“

„Nein, ich meinte, ich weiß nicht, ob ich hier parken kann.“

Maggie schaute auf den Parkplatz, dann zu Matt.

„Direktor“, sagte er. „Das beinhaltet eine gewisse Würde, gewisse Kompetenz. Vielleicht sollte ich ein neues Schild aufstellen lassen mit der Aufschrift ‚unfähiger Sohn‘.“

Maggie lachte. „Da hätte ich bessere Ideen, um das Geld auszugeben.“

„Du hast recht.“

In der Fabrik machte der Manager mit ihnen einen Rundgang und erklärte ihnen die Stärken und Schwächen der Firma aus seiner Sicht. Matt begriff schnell und stellte intelligente Fragen. Häufig blieb er stehen und redete mit den Angestellten, denen er aufmerksam zuhörte. Als sie nach fünf Stunden erschöpft wieder nach Hause fuhren, schwieg Matt. Auch in seinem Arbeitszimmer starrte er eine ganze Weile nachdenklich aus dem Fenster, bevor er fragte: „Hast du schon irgendwo die Grundrisse der Fabrik gesehen?“

„Die hatte ich gerade in der Hand." Maggie wühlte in den Papierstapeln auf dem Schreibtisch und zog die Unterlagen heraus. „Wofür brauchst du die?"

Anstatt zu antworten, griff Matt zum Telefon, stellte den Lautsprecher an und wählte. „Hallo, Stevie, hier ist Matt."

Stevie? Ihr Bruder? Maggie hatte zwar scherzhaft vorgeschlagen, sie könnten ihn einstellen, weil er sicher billiger wäre als die Aushilfskräfte der Zeitarbeitsfirmen, und sie hatte Matt erzählt, dass Stevie viel am Computer saß, aber sie hätte nicht gedacht, dass Matt es ernst meinte.

„Hallo, Matt." Es war tatsächlich Stevie. „Was gibt's?"

„Wie gut bist du darin, Informationen im Internet zu finden?"

„Na ja, ich habe schon ab und zu mal gesurft, um an Infos für eine Hausarbeit zu kommen", meinte Stevie. „Wieso?"

Maggie verdrehte die Augen. „Er ist super."

„Pst, Maggie", sagte Stevie. „Wenn du das zu laut sagst, ruinierst du meinen Ruf. Die Mädels stehen nicht auf Intelligenzbestien."

„Bist du dir da so sicher?", fragte Maggie.

„Stevie, willst du dir zwanzig Dollar die Stunde verdienen?", wollte Matt wissen.

„Sag mir, wen ich umbringen soll", erwiderte Stevie. „Ich werde keine Fragen stellen."

„Betrachte dich als engagiert", sagte Matt.

„Wann fange ich an?"

„Jetzt. Ich will, dass du mir alles heraussuchst über … Hast du was zu schreiben?"

„Nein", erklärte Stevie, „aber für zwanzig Mäuse die Stunde schneide ich mir eine Ader auf und schreibe mit meinem eigenen Blut."

„Hol dir einen Stift", meinte Matt. Er schaute zu Maggie und lächelte. „Ich glaube, ich weiß einen Weg, wie ich den Umsatz der Firma steigern kann."

„Okay, Leute." Dan Fowler hob seine Stimme, und sofort schwiegen alle. „Wir haben noch viel zu tun, also schaltet euer Gehirn noch nicht ab. Wir gehen die Eröffnungsnummer noch einmal durch. Macht euch bereit!"

Die Akteure gingen auf ihre Plätze.

„Okay“, rief Dan. „Lucy ist in der Mitte. Ein Scheinwerfer ist auf sie gerichtet. Der Rest der Bühne ist dunkel und neblig. Von den Seiten kommen die Männer, gekleidet in Frack und Zylinder, das Licht wird heller. Sie heben Lucy hoch und tragen sie herum ...“

Maggie schaute nervös zu den acht Männern, die sie in dieser Szene auf ihre Schultern heben würden. Jetzt taten sie es nicht, weil es nur ein Probedurchlauf war, aber es war noch eine Menge Übung nötig, bis es spielerisch und leicht wirken würde.

„Die anderen kommen hinzu. Sie reden, reden, singen, singen. Die Bühne ist voll, doch die Menge teilt sich, wenn Cody seinen Auftritt hat.“

So weit waren sie vor der Pause gekommen.

„Okay, Cody.“ Dan deutete auf Matt. „Sie kommen direkt durch die Mitte auf Lucy zu. Sie singen Ihr Lied, und dann reden Sie. Lucy, Sie bleiben dort. Ich möchte, dass ihr bei dem Kuss mitten auf der Bühne steht.“

Maggie nickte und schaute zu Matt, der sich Notizen machte.

„Es soll ein Hollywood-Kuss sein“, fuhr Dan fort. „Gefühlvoll und leidenschaftlich. Die Musik wird anschwellen, sodass ihr es genau timen müsst. Ich glaube, ihr habt acht Takte Zeit. Rhonda, können Sie es mal spielen?“

Maggie und Matt lauschten der Musik. Acht Takte waren ganz schön lang.

„Versucht es!“, befahl Dan.

Matt legte sein Skript ab und stellte sich neben Maggie. „Dein letzter Satz ist: Dann geh doch“, erinnerte er sie. „Du solltest mir dann den Rücken zukehren, als wolltest du weggehen. Ich werde dich am Arm festhalten und dich herumwirbeln, okay?“

Maggie nickte. Sie war plötzlich schrecklich nervös.

„Gib uns ein paar Takte vor, bevor wir uns küssen“, rief Matt Rhonda zu, die zu spielen begann.

Maggie wartete auf den musikalischen Einsatz und drehte sich dann von Matt weg. Er zog sie heftig zurück, sodass sie gegen seinen Oberkörper prallte. Als Matts Lippen ihre berührten, musste sie kichern.

„Halt!“ Dans nasale Stimme unterbrach sie. „Stanton, Sie sind so steif wie ein Brett. Versetzen Sie sich in Ihre Rolle. Dies ist eine von Lucys Fantasien, und sie ist mehr als scharf auf Cody, auch wenn sie es nicht zugeben will. Kommt, Leute, wo ist die Chemie zwischen euch, die ich beim Vorsprechen gesehen habe? Ich will Leidenschaft! Versucht es noch mal.“

Wieder begann Rhonda zu spielen. Matt zog sie an sich, diesmal etwas sanfter, aber Maggie wusste, dass sie immer noch zu steif war.

„Entschuldigung“, sagte sie und entzog sich ihm, bevor er sie küssen konnte.

„So geht das nicht“, meinte Dan gelangweilt. „Übt zu Hause. Wir machen jetzt weiter.“

„Ich konnte mich heute einfach nicht in meine Rolle hineinversetzen“, klagte Maggie, als sie nach der Probe mit Matt nach Hause fuhr. „Was ist nur los mit mir?“

Matt schaute sie kurz an. Ihre Miene verriet ihm ihre Niedergeschlagenheit. Sie war mit ihren eigenen Dingen beschäftigt, das war das Problem. Er bog kurz entschlossen in eine Seitenstraße, hielt an und schaltete den Motor und das Licht aus, sodass es plötzlich stockfinster war.

„Matt …“

Matt zog Maggie an sich und küsste sie.

„So“, meinte er, als er sie wieder losließ. „So lang sind acht Takte. Das war doch gar nicht so schlimm, oder?“

„Nein“, stimmte Maggie schwach zu.

„Gut.“ Matt bemühte sich, so gelassen wie möglich zu klingen. Am liebsten hätte er Maggie für immer in seinen Armen gehalten. Er startete den Motor, wendete und fuhr wieder auf die Hauptstraße, froh darüber, dass es im Auto so dunkel war, denn seine Augen hätten ihn sicher verraten.

9. Kapitel

Maggie las einen weiteren Bericht aus dem endlosen Stapel Geschäftsunterlagen, während sie ein Müsli aß. Matt saß ihr mit einem Teller Obst direkt gegenüber. Sie schaute ihn an, und er lächelte.

„Isst du gar nichts anderes als Obst zum Frühstück?", fragte sie.

Matt lachte. „Wir würden in einer Show für frisch Verheiratete nicht gut abschneiden. Vor dem Mittag esse ich nur Obst."

„Warum?"

„Weil es mir guttut."

Maggie wünschte, er würde ihr erzählen, warum er vor drei Jahren im Krankenhaus war. Aber immer, wenn sie das Thema auch nur andeutungsweise ansprach, wich er aus. So wie jetzt.

„Heute Abend haben wir Probe."

Maggie nickte.

„Wir wollen die ersten vier Szenen durchspielen", erinnerte er sie.

Sie nickte wieder und konzentrierte sich auf ihr Müsli.

„Das heißt, wir werden auch den Kuss aus der Eröffnungsszene vorführen müssen."

Der Kuss. Oh, Himmel.

„Wir sollten noch mal üben", meinte Matt. „Findest du nicht?"

Maggie holte tief Luft. „Ja, sollten wir wohl. Wie wäre es nach dem Mittag?"

„Wie wäre es mit jetzt?"

Sie schaute auf die Uhr. Stevie wollte in einer Viertelstunde kommen. Das gab ihr ein Gefühl der Sicherheit. „Okay." Maggie stand auf und ging zur Treppe.

Matt folgte ihr. „Wo willst du hin?"

„Zähne putzen."

Er schnappte nach ihrem Arm, zog sie an sich und küsste sie. „Hm", sagte er. „Zucker schmeckt viel besser als Pfefferminz."

Maggie bekam weiche Knie. Er hatte sie seit dem Kuss im Wagen nicht mehr berührt. Sie hatte gedacht, sie wäre dabei, über ihn hinwegzukommen – oder sich zumindest an ihn zu gewöhnen. Aber wenn schon ein kleiner und unbedeutender Kuss genügte, um sie völlig aus dem Gleichgewicht zu bringen, dann war sie in großen Schwierigkeiten.

„Pass auf", erklärte er. „Lucy ist verrückt nach Cody, trotz aller gegenteiligen Beteuerungen. Das sollten wir von Anfang an zum Ausdruck bringen."

Maggie brauchte Matt nur in die Augen zu sehen, um Lucys Motivation genau zu verstehen. Sie wollte Matt ebenfalls, sosehr sie es auch leugnen mochte. Vielleicht war das ihr Problem. Diese Rolle war ihr zu sehr auf den Leib geschnitten. Aber vielleicht würde es funktionieren, wenn sie ihn nicht als Lucy, sondern als Maggie küsste. Er würde den Unterschied nicht merken, und sie würde ihrer Rolle mehr Authentizität geben.

„Bereit?", fragte Matt.

„Ja."

Wie die Rolle es vorsah, zog Matt sie an sich. Dieses Mal waren Maggies Bewegungen flüssig, sie schien in seine Arme zu schweben. Maggie hob den Kopf und küsste Matt mit all der Leidenschaft, die sie für ihn empfand.

Sie hörte Matt aufstöhnen und spürte, wie er mit den Händen über ihren Rücken bis zu ihrem Po glitt, während er sie immer leidenschaftlicher küsste. Sein Oberschenkel berührte ihren, und sie öffnete sich für ihn, indem sie ein Bein um seines schlang. Das Gefühl ihrer nackten Haut an seiner entfachte ein loderndes Feuer ihrer Gefühle, das sie zu verbrennen drohte. Die acht Takte der Hintergrundmusik wären lange vorbei gewesen.

Matt schob seine Hand unter ihr T-Shirt, und Maggie erschauerte bei dieser intimen Berührung. Dann umfasste er ihre Brust, und ihr Herzschlag setzte fast aus.

„Hallo, Leute … Oh, sieht aus, als wäre ich zur falschen Zeit gekommen."

Maggie und Matt fuhren auseinander.

„Wir haben nur geprobt", sagte Maggie atemlos und errötete.

Matt setzte sich auf den Küchentisch und vergrub das Gesicht in seinen Händen. Als er schließlich zu Stevie sah, war seine Miene düster, nur in seinen Augen spiegelte sich eine Andeutung von Humor.

„Ach, mir fällt gerade ein, dass ich noch was besorgen muss …“, meinte Stevie.

„Vergiss es.“ Maggie war verärgert. „Es war nicht so, wie es aussah.“ Sie drehte sich zu Matt und errötete erneut, als sie an seine Hand auf ihrer Brust dachte. Doch sie bemühte sich um Professionalität. „Ich glaube, wir sind ein wenig übers Ziel hinausgeschossen, aber wenigstens war ich nicht mehr so steif.“

Matt unterdrückte ein Lachen. Sie war vielleicht nicht steif gewesen …

„Wollen wir es noch einmal üben?“, fragte sie.

„Nein“, erwiderte Matt. Er konnte nicht. Er konnte im Moment nicht einmal aufstehen. „Vielleicht später.“

Stevie folgte Maggie ins Büro, drehte sich aber noch einmal zu Matt um, um ihm einen entschuldigenden Blick zuzuwerfen. Matt schnitt eine Grimasse, schüttelte den Kopf und verdrehte frustriert die Augen.

Stevie kam kurz zurück in die Küche. „Vielleicht geht es mich nichts an“, sagte er zu Matt, „aber sie ist verliebt in dich.“

„Schön wär's.“

„Glaub mir.“ Stevie war ernst. „Ich kenne sie. Sie ist … Tu ihr nur nicht weh, okay?“

Matt schwieg, weil er nicht wusste, was er darauf antworten sollte. Er wusste nicht, welche Vorstellung schlimmer war – dass sie ihn nicht liebte oder dass sie es vielleicht doch tat.

Wie immer waren Maggie und Matt etwas vor Probenbeginn im Theater.

Die Regieassistentin Dolores kam sofort auf Matt zu, sie hielt einen Plastikbecher in der Hand. „Zeit für du weißt schon was“, sagte sie und reichte Matt den Becher. „Die Regel besagt, dass ich dich zum Örtchen begleiten muss.“

Matt wirkte gelassen und lachte nur, doch als er zu Maggie schaute, wusste sie, dass es ihn mehr störte, als er zu erkennen gab.

Sie sah ihm hinterher und überlegte, wie es wohl war, wenn man von einem schlechten Ruf verfolgt wurde. Es schien ihr nicht fair, dass die Menschen nicht sahen, wie sehr er sich verändert hatte.

„Stanton!“

Maggie drehte sich um und sah Dan Fowler auf der Bühne, der sie zu sich winkte.

„Kommen Sie doch mal kurz her.“

„Was gibt es?“, fragte Maggie und setzte sich neben Dan. Hatte er womöglich plötzlich Bedenken, weil er ihr die Hauptrolle gegeben hatte? Glaubte er, dass sie die Szene mit dem Kuss nicht hinbekam?

„Wie lange sind Sie schon mit Stone zusammen?“, fragte Dan.

Sie blinzelte. „Ich ... wir sind kein Paar, wenn Sie das meinen.“

„Sie kommen immer mit ihm und gehen mit ihm.“

Was sollte das? „Wir wohnen zusammen.“

„Sie leben zusammen?“

„Ja, aber als Freunde“, erklärte sie. „Wir waren zusammen auf der Highschool.“

„Sie haben also nichts mit ihm?“

„Nein.“ Wieso wollte er das wissen?

Dan lächelte, etwas, was selten vorkam. Es machte ihn fast sympathisch.

„Ich wollte Sie fragen, ob Sie morgen Abend mit mir essen gehen wollen“, sagte er.

Sie gingen die Eröffnungsnummer durch und wagten es sogar, Maggie auf die Schultern der acht Männer heben zu lassen. Sie kicherte, denn es kam ihr etwas merkwürdig vor, doch sie waren auf dem richtigen Weg. Dann kam der gefürchtete Kuss. Matt drückte ihr aufmunternd die Hand, bevor sie loslegten.

Er zog sie an sich, doch statt sie sofort zu küssen, schaute er ihr einen Moment lang in die Augen. Als seine Lippen ihre schließlich berührten, schmolz Maggie dahin. Sie zwang sich, die Umarmung locker zu halten, und legte ihm erst gegen Ende der acht Takte die Arme um den Nacken.

Als er sich von ihr löste, trat er nicht sofort zurück, sondern schaute ihr noch einmal in die Augen und lächelte.

„Perfekt!“, rief Dan. „Das ist genau das, was ich sehen möchte.“

Maggie beendete ihr Lied und fühlte sich vor Erleichterung und Verlangen wie auf einer Wolke.

Al, der Choreograf, war fast genau so ein Sklaventreiber wie Dan Fowler. Schweiß tropfte Maggie von der Stirn, als sie eine Pause machten.

„Eines Tages“, schwor sie, als sie sich neben Matt auf die Bühne fallen ließ, „werde ich in einem Theater mit Klimaanlage auftreten.“

Sie drehte sich auf den Bauch. „Matt? Wie gut kennst du Dan?“

„Ich weiß nicht. Gut genug, um zu wissen, dass er ein guter Regisseur ist. Warum?“

Sie zuckte mit den Schultern.

„Warum?“, fragte Matt erneut. „Was ist?“

Himmel, er kannte sie zu gut. „Nichts.“

„Sag es mir.“

Maggie lachte. „Nein.“

„Sag es mir.“ Matt drehte sich auf die Seite, und seine Miene verriet, dass er nicht lockerlassen würde.

Gut. Vielleicht könnte sie ihn ein wenig aus der Reserve locken. Maggie schaute sich um, um sich zu vergewissern, dass niemand etwas mitbekam. „Dan hat mich zum Essen eingeladen.“

Matt lachte. „Das ist wohl ein Scherz.“

War das Eifersucht in seinem Blick oder nur Belustigung? „Nein.“

„Abendessen mit Dan“, murmelte Matt. „Meinst du, er nimmt sich die Zeit für irgendetwas anderes als Fast Food?“

Nein, es war keine Eifersucht. War es möglich, dass es ihm wirklich egal war, ob sie mit Dan ausging? „Ich werde es dir berichten“, sagte sie, obwohl sie dem Regisseur einen Korb gegeben hatte.

Matt erstarrte. „Du gehst?“

Das war schon eine wesentlich bessere Reaktion.

„Genau genommen …“, sagte sie, aber Matt unterbrach sie.

„Es tut mir leid. Ich wollte nicht … Er ist ein netter Kerl. Er ist perfekt für dich, Maggie. Er ist ehrlich und solide und …“

„Wir machen weiter“, verkündete Dan.

Matt lächelte ihr zu, als er auf die Füße kam.

Verflixt, Maggie hatte auf Eifersucht gehofft, nicht auf Matts Segen zu diesem Treffen.

10. Kapitel

Um ein Uhr nachts stand Matt müde vom Schreibtisch auf.

Bei der Tanzprobe am Abend hatte er Muskeln bewegt, von denen er schon gar nicht mehr gewusst hatte, dass es sie gab.

Außerdem war der Abend auch emotional ziemlich anstrengend gewesen. Je länger er darüber nachdachte, desto überzeugter war er, dass Dan Fowler genau der Richtige für Maggie war. Er war ehrlich und zuverlässig. Nicht gerade taktvoll, aber das war gewollt, denn es kostete zu viel Zeit, taktvoll zu sein.

Matt wusste zudem, dass Dan sonst nie mit Frauen aus seinen Shows ausging. Seine Gefühle für Maggie mussten schon ziemlich heftig sein, wenn er bereit war, seine eigenen Regeln zu brechen. Natürlich überraschte Matt das nicht im Geringsten. Überraschend wäre gewesen, wenn Dan sich nicht Hals über Kopf in sie verliebt hätte.

Wenn er einen Mann für Maggie hätte aussuchen müssen, würde Dan weit oben auf der Liste stehen.

Trotzdem saß er jetzt hier, krank vor Eifersucht und überzeugt, dass niemand, nicht einmal Dan, Maggie so sehr lieben konnte, wie er es tat.

Aber er wusste auch, dass seine Liebe ihr absolut nichts nützen würde, wenn er nicht mehr da war.

Matt streckte sich. Er würde sowieso nicht mehr schlafen können. Statt wach im Bett zu liegen, konnte er es sich wenigstens so gemütlich wie möglich machen. Er ging hinüber ins Bad und deckte den Whirlpool ab. Er versuchte leise zu sein, als er anschließend hinauf in sein Zimmer ging. Er wollte sich ein Buch holen, das er vor ein paar Tagen angefangen hatte zu lesen. Er würde es lange vor Morgenanbruch beendet haben, aber zumindest würde es ein paar Stunden überbrücken.

Er hielt inne, als er im dritten Stock angekommen war, und starrte auf die geschlossene Tür zu Maggies Zimmer. Langsam ging er darauf zu, blieb jedoch davor stehen und starrte auf die Klinke, wobei er sich zum ersten Mal seit Jahren nach einem Bier sehnte.

Wenn er ein paar Bier getrunken hätte, könnte er den Alkohol als Entschuldigung nutzen, um diese Tür zu öffnen. Ohne das Bier lag die Verantwortung allein bei ihm.

Maggie setzte sich im Bett auf. Ihr Herz raste. Hoffnungsvoll lauschte sie auf Matts Schritte, hörte dann aber enttäuscht, wie er sich wieder entfernte. Frustriert sank sie zurück aufs Bett. Lange würde sie das nicht mehr aushalten. Dann hörte sie ihn von oben wieder herunterkommen und hielt erneut den Atem an. Aber diesmal ging er an ihrer Tür vorbei, ohne stehen zu bleiben.

Überleg nicht, tu es einfach, dachte sie.

Entschlossen stand sie auf, ging die Treppe hinunter, am Wohnzimmer vorbei bis zum Schlafzimmer. Die Badezimmertür daneben war nur angelehnt. Als sie sie leise öffnete, sah sie Matt, der neben dem Pool hockte und gerade die Temperatur testete.

„Hallo", sagte sie, und Matt sprang auf.

Schweigend sah er sie an.

Jetzt, da sie tatsächlich hier war, schwand ihr Mut. Sie verschränkte die Arme vor der Brust, als ihr plötzlich bewusst wurde, dass sie nur ihr Nachthemd trug. „Ich habe dich gehört", sagte sie. „Du kannst wohl auch nicht schlafen, oder?"

Er schüttelte den Kopf.

„Möchtest du reden?"

Erneut schüttelte Matt den Kopf. Er fühlte sich in ernsthaften Schwierigkeiten, denn er konnte durch ihr Nachthemd hindurch ihren wundervollen Körper sehen. Er begehrte sie schrecklich, und deshalb musste er hier raus, sonst würde er die Beherrschung verlieren.

„Ich wollte dir sagen, dass ich nicht mit Dan ausgehen werde", sagte Maggie. „Es wäre einfach zu merkwürdig."

Nein, müsste er jetzt eigentlich sagen, das wusste Matt, es ist okay. Dan ist okay. Du solltest mit ihm ausgehen. Doch er brachte es nicht über die Lippen.

Maggie verdrehte die Augen. „Was würde zum Beispiel meine Mutter sagen, wenn sie hier anriefe, während ich weg bin? Was würdest du ihr erzählen? Maggie ist verabredet? Sie denkt doch, wir sind verheiratet."

„Aber wir sind es nicht", meinte Matt gequält. Er zwang sich, sich abzuwenden.

„In Wahrheit habe ich dir gesagt, ich würde mit ihm ausgehen, um dich eifersüchtig zu machen."

Einerseits freute Matt sich darüber, denn sein Plan schien zu funktionieren, andererseits war er nun umso mehr davon überzeugt, dass Maggie einen Mann wie Dan und nicht einen wie ihn verdiente.

„Du solltest lieber wieder ins Bett gehen", sagte er und hoffte, dass sie nichts weiter sagen würde. „Bitte. Ich möchte im Moment wirklich nicht reden."

Wir brauchen nicht zu reden, hätte Maggie gern geantwortet, traute sich aber nicht.

„Bitte", sagte Matt eindringlich, und es klang wie ein leiser Schmerzenslaut. „Geh."

Maggie lief davon. Zu verunsichert, um etwas zu sagen.

Matt drehte sich nicht um, als sie das Bad verließ.

Maggie lag in der Dunkelheit auf ihrem Bett und verwünschte sich.

Hasenfuß. Feigling. Angsthase. Nur ein Angsthase ergriff die Flucht.

Die Anzeige auf ihrem Wecker wechselte auf zwei Uhr.

Sie fluchte leise. Bisher hatte sie nie unter Schlaflosigkeit gelitten. Allerdings hatte sie auch noch nie jemanden so geliebt wie Matt. Aber wenn sie ihn liebte, warum lag sie dann allein hier?

Weil sie ihre Freundschaft zu ihm nicht ruinieren wollte? Das war inzwischen keine Entschuldigung mehr, denn ihre Freundschaft war bereits beeinträchtigt. Sie konnte nicht länger so tun, als empfände sie nichts für ihn. Und sie konnte nicht länger nur sein Kumpel sein.

Was sollte sie also tun?

Sie wusste, wenn sie zu ihm gehen und ihn bitten würde, die Nacht mit ihr zu verbringen, würde er sich nicht weigern.

Aber wie würde sie sich am Morgen fühlen?

Das war eine Frage, die sie erst am Morgen würde beantworten können. Jetzt stellte sich die Frage, wie fühlte sie sich im Moment?

Maggie erschauerte, als sie an die Empfindungen dachte, die Matts Kuss und seine Berührungen bei ihr hervorgerufen hatten. Sie wollte ihn, und sie wusste, dass auch er sie begehrte. Sie hatte es an dem Blick gesehen, den er ihr zugeworfen hatte, als sie ihn eben im Bad überrascht hatte.

Maggie stand auf und ging zur Tür. Tief Luft holend, streckte sie die Hand aus und drückte die Klinke herunter, um die Tür aufzuziehen.

Draußen stand Matt.

Seine Haare fielen ihm über die Schultern. Obwohl es kühl war, trug er lediglich Shorts. Bei jedem Atemzug, den er machte, konnte Maggie sehen, wie sich die Muskeln seines Oberkörpers hoben und senkten.

Als sie in seine funkelnden Augen schaute, wusste Maggie, dass das Verlangen, das sie dort sah, sich in ihren Augen widerspiegelte. Ob er hören konnte, wie laut ihr Herz pochte?

Matt streckte die Hand nach ihr aus, als sie wie von selbst in seine Arme fiel.

Er küsste sie voller Verzweiflung und Leidenschaft. Und sie klammerte sich an ihn, die Arme fest um seinen Nacken geschlungen, als er sie noch enger an sich zog. Ihre Zungen vollführten einen wilden Tanz, während Matt mit seinen Händen Maggies Körper erkundete. Er wusste, er sollte es nicht tun, doch er konnte nicht anders.

Leise stöhnend rieb sie sich an ihm. Und Matt löste seinen Mund von ihrem, um sie anschauen zu können.

Sie erwiderte den Blick, ihre Wangen waren gerötet von der Hitze, die sie heraufbeschworen hatten, und ihm wurde beinah schwindelig. Er vergrub sein Gesicht an ihrem Hals und atmete ihren Duft ein. Sie roch nach Maggie – frisch und süß. Wie oft war er früher dicht an sie herangetreten, nur um diesen Duft einzuatmen, dicht genug, um sich selbst verrückt zu machen vor Verlangen.

Maggie zog seinen Kopf zu sich heran und küsste ihn.

Matt lehnte sich zurück. „Noch können wir aufhören“, flüsterte er atemlos, hoffte aber inständig, sie würde nicht zustimmen.

„Wer sagt das?“, widersprach Maggie und schmiegte sich eng an ihn. Als sie Matts Gesichtsausdruck sah, musste sie lachen.

Beim nächsten Kuss taumelten sie hinüber zu Maggies Bett und ließen sich darauf fallen, während Matt sie wieder und wieder küsste.

„Ich bin hochgekommen, um mit dir zu reden“, versuchte er ihr zu sagen.

„Ich kann im Augenblick nicht reden“, sagte sie und küsste seine Wangen, seine Augen, seine Lippen. „Ich bin beschäftigt.“

Matt lachte. Maggie küsste seinen Hals, und er schloss die Augen. Als er sie berührte, als er mit den Händen ihre wundervollen Brüste umschloss, als er ihre weiche Haut streichelte, wurde aus seinem Lachen ein lustvolles Aufstöhnen.

„Es ist wichtig“, meinte er atemlos.

„Ich höre.“ Sie verteilte kleine Küsse auf seinem Oberkörper.

Matt spürte, dass sie an seinen Shorts zupfte, und griff nach ihrem Handgelenk. Er drehte sie auf den Rücken und hielt sie mit seinem Körper gefangen.

„Jetzt höre ich wirklich.“ Maggie lächelte.

Unfähig, der Versuchung zu widerstehen, beugte Matt sich herab und küsste sie zärtlich, aber ausgiebig. Als er den Kopf hob, zitterte Maggie.

„Ich wollte mich wirklich von dir fernhalten“, gab er zu. „Ich weiß, das hier ist selbstsüchtig, aber ich konnte nicht anders, weil …“ Er holte tief Luft. „Ich liebe dich, Maggie.“

„Das brauchst du nicht zu sagen“, meinte Maggie ruhig.

„Aber ich tue es“, erklärte er. „Ich bin seit Jahren in dich verliebt. Es ist mir wichtig, dass du das weißt.“

Maggie schaute prüfend in seine Augen. „Matt, ich bin keine von den Frauen, denen man das sagen muss, ehe man mit ihnen …“

„Nein, Maggie, ich weiß das. Das hier ist kein Theater. Ich liebe dich wirklich. Himmel, in meinem ganzen Leben habe ich nie etwas ernster gemeint.“

Maggie schüttelte den Kopf. „Es ist unerheblich …“

„Für mich nicht. Verdammt, ich liebe dich! Glaub mir doch endlich.“

Maggie starrte ihn an. In seinem Blick lag eine Entschlossenheit, die ihr zum ersten Mal aufgefallen war, als er verkündet hatte, er werde die Firma übernehmen, und plötzlich erkannte sie, dass er es tatsächlich ernst meinte.

Matt liebte sie.

Es war gut, dass sie schon lag, sonst hätte diese Erkenntnis sie umgehauen. „Ich glaube dir“, flüsterte sie.

Erleichterung und Befriedigung leuchteten in seinen Augen auf, bevor er sich niederbeugte und sie erneut küsste. Mit den Lippen streichelte er sie, anfangs sanft, dann mit immer größerem Verlangen. Er lag auf ihr, und sie schlang die Beine um ihn, um ihn noch besser zu spüren.

Maggie hatte das Gefühl, lichterloh zu brennen, und Matts Berührungen schürten dieses Feuer in ihr noch.

„Maggie …“ Matt löste sich von ihr. Seine Miene war sehr ernst.

Sie legte ihm einen Finger auf den Mund. „Matt, ich liebe dich auch“, erklärte sie lächelnd. „Lass uns jetzt nicht reden.“

Aber er erwiderte ihr Lächeln nicht. Stattdessen sah er noch besorgter aus. „Es gibt so viel, was ich dir sagen muss.“

Maggie schob ihn von sich herunter. „Nicht jetzt.“ Sie ging hinüber zur Kommode und wühlte in ihrer Handtasche. „Du hast mir gerade gesagt, dass du mich liebst.“ Sie fand, wonach sie gesucht hatte, und kam wieder zu ihm. „Dann beweise es“, meinte sie und drückte ihm ein kleines Päckchen in die Hand.

Matt schaute sie erstaunt an. „Du hast Kondome in deiner Handtasche?“

Maggie verschränkte die Arme. „Willst du jetzt auch noch darüber diskutieren?“, fragte sie mit gespieltem Ärger.

Matt zog sie aufs Bett und küsste sie stürmisch. Als sie wieder zu Atem kam, trug sie kein Nachthemd mehr. Maggie hatte keine Ahnung, wie es geschehen war.

Matt ließ seine Hände forschend über ihren Körper gleiten, verschlang sie mit den Augen, bis sie errötete. Eine unglaubliche Hitze durchströmte sie, als er begann, sie zu küssen und an ihren Brustknospen zu saugen.

Genüsslich ließ sie die Finger durch Matts langes glänzendes Haar gleiten und hob ihm ihre Hüften entgegen. Sie konnte seine Erregung durch die Shorts hindurch spüren, doch das reichte ihr nicht mehr.

Matt dachte das Gleiche. Er rollte zur Seite, zog sich hastig aus und streifte sich das Kondom über. Für eine Sekunde durchzuckte ihn der Gedanke, dass er es eigentlich nicht brauchte – er konnte keine Kinder zeugen, und er war schon seit Ewigkeiten mit niemandem mehr zusammen gewesen. Aber es würde zu lange dauern, das zu erklären, und Maggie hatte ausdrücklich gesagt, dass dies nicht der richtige Zeitpunkt für Erklärungen war.

Matt lag neben Maggie und küsste sie, fest entschlossen, sich Zeit zu lassen. Er hatte so lange auf diesen Moment gewartet. Jede Minute, jede Sekunde wollte er auskosten. Doch als sie ein Bein über seine Hüften schlang, wusste er, dass er nicht länger warten konnte. Maggie schien es genauso eilig zu haben, denn mit einer Kraft, die ihn überraschte, zog sie ihn auf sich und führte ihn mit den rhythmischen Bewegungen ihres Körpers ins Paradies.

Matt stöhnte erregt auf.

Maggie flüsterte seinen Namen, küsste ihn, berührte ihn und nahm ihn tief in sich auf.

Die Zeit schien für Matt stillzustehen. Nur noch Maggie zählte, nur diese unglaublichen Empfindungen, die sie in ihm hervorrief. Das Verlangen nach ihr durchströmte ihn, das Blut pulsierte in seinen Adern. Die Leidenschaft überrollte ihn, und er hörte sich ihren Namen rufen, als sie sich lustvoll in seinen Armen aufbäumte und ihren Gefühlen freien Lauf ließ. Sein eigener Höhepunkt brachte sein Herz fast zum Stillstand.

Als er Maggie anschließend voller Zärtlichkeit küsste, wusste er, dass es für ihn kein Zurück mehr gab. Dass er sie lieben würde, bis zu dem Tag, an dem er sterben musste.

Bitte, lass es nicht so bald sein, betete er.

Matt rollte sich auf die Seite und zog Maggie mit sich, sodass ihr Kopf an seiner Schulter ruhte. Wieder und wieder küsste er sie und genoss ihre weichen Lippen und ihren süßen Mund.

„Ich liebe dich“, flüsterte er.

Sie lächelte. „Ich glaube dir. Du bist ein guter Schauspieler, aber so gut nun auch wieder nicht.“

Matt lachte, verstummte aber, als ihm einfiel, was er jetzt tun musste. Er konnte es nicht länger aufschieben. „Wir müssen reden.“

Maggie seufzte. Sie ließ die Finger aufreizend langsam über seine Brust und seine Arme gleiten und machte Matt damit schon wieder verrückt. Er konnte es nicht hier tun. Nicht so, das wurde ihm klar. „Warum gehen wir nicht in die Küche“, schlug er vor, „und machen uns einen Tee?“

Etwas in seiner Stimme verriet seine Besorgnis, und Maggie setzte sich auf und nickte.

11. Kapitel

Nachdem er den Teekessel aufgestellt hatte, machte Matt die Küchenfenster zu. Die Nachtluft war kalt geworden, und es blies ein scharfer Wind. Maggie trug ein Sweatshirt über ihrem Nachthemd, zitterte aber trotzdem leicht.

Matt setzte sich ihr gegenüber an den Tisch. „Ich weiß nicht recht, wie ich es sagen soll", meinte er zögernd.

Sie legte eine Hand auf seine. „Was es auch ist, so schlimm kann es doch auch wieder nicht sein, oder?"

Er schaute ihr in die Augen. „Maggie, es geht um die Zeit, die ich im Krankenhaus verbracht habe. Und es ist schlimm."

Maggie sah einen Moment auf ihre ineinander verschlungenen Finger. Als sie wieder aufschaute, lag so viel Liebe in ihrem Blick, dass es Matt fast den Atem raubte. „Nichts, was du sagst, wird mich daran hindern, dich zu lieben, Matt. Nichts."

„Ich hatte Krebs", sagte er. Endlich war es heraus.

Maggie stockte der Atem. Sie starrte ihn an, hoffte und betete, dass es ein Scherz war, dass er gleich anfangen würde zu lachen.

„Lymphknotenkrebs", sagte Matt leise.

„Oh nein", flüsterte sie.

„Ja", sagte er und schüttelte dann den Kopf. „Ich will dich nicht belügen. Die Wahrheit ist, ich hoffe, dass er weg ist, aber ich bin nicht sicher. Es ist jetzt fast ein Jahr her, dass ich meine letzte Chemotherapie hatte. Im ersten Jahr ist die Gefahr eines Neuausbruchs relativ hoch …"

„Wie hoch?" Tränen liefen ihr über die Wangen.

„Fünfzig Prozent, sechzig, vielleicht sogar mehr. Bei mir liegt die Gefahr eher höher, weil der Krebs bei mir schon einmal wiedergekommen ist."

Wie konnte er so ruhig dasitzen und ihr erzählen, dass die Chancen, erneut an Krebs zu erkranken, so hoch waren?

„Aber weißt du, statt zu sagen, es besteht eine sechzigprozentige Chance zu sterben, sage ich lieber, ich habe eine vierzigprozentige Chance, ein alter Mann zu werden. Und das ist wunderbar. Es gab eine Zeit während meiner zweiten Chemotherapie, als meine Chancen zu überleben, unter zehn Prozent lagen", erklärte er ruhig.

„Du hast Chemotherapie bekommen", sagte Maggie und wischte sich die Tränen von den Wangen. „Wie lange?"

„Zwei Mal sechs Monate. Das zweite Mal war eine neuartige Intensivbehandlung."

„Himmel, Matt, warum hast du mir das nicht schon vorher erzählt?"

„Bevor wir uns geliebt haben? Ich habe es versucht, aber …"

„Nein, verdammt! Als du im Krankenhaus warst."

Der Teekessel begann zu pfeifen, und sie standen beide auf. Maggie war zuerst am Herd und schaltete ihn aus. Dann drehte sie sich wieder zu Matt um. „Warum hast du mich nicht angerufen?"

Er schüttelte den Kopf. „Ich konnte nicht. Außerdem, was hätte ich sagen sollen? Hallo, es ist Jahre her. Ach, und übrigens, ich habe Krebs?"

„Warum nicht? Verflixt, die Vorstellung, dass ich mein albernes, mondänes Leben gelebt habe, ohne zu wissen, dass du vielleicht jeden Moment sterben könntest, ist furchtbar." Sie fing wieder an zu weinen.

Matt schlang die Arme um sie. „Ich bin nicht gestorben", sagte er. „Ich werde nicht sterben. Vor allem nicht jetzt."

Maggie funkelte ihn wütend an. „Krebs kann man nicht einfach wegwünschen."

Er zuckte mit den Schultern. „Hey, warum nicht? Ich bin willig, alles zu versuchen." Er küsste sie zärtlich. „Heute Nacht, das war so perfekt. Es tut mir leid, dass ich es ruinieren musste."

„Was? Jetzt fängst du noch an, dich dafür zu entschuldigen, dass du Krebs hattest?" Er hatte sich so stark, so lebendig angefühlt. Es war für Maggie unvorstellbar, dass in Matts perfektem Körper ein bösartiges Geschwür wachsen sollte.

Sie berührte sein Haar. „Als du die Chemotherapie bekommen hast …"

Er lächelte bedauernd. „Ja, da war ich glatzköpfiger als Yul Brynner. Nur dass ich nicht so gut aussah wie er."

„Du hast es seitdem wohl nicht mehr geschnitten, hm?"

„Nur die Spitzen." Matt setzte sich und zog Maggie auf seinen Schoß. „Ich bin da ein wenig abergläubisch. Es ist albern", gab er zu, „aber nachdem mein Haar wieder zu wachsen anfing, sah ich es irgendwie als ein Symbol für das Leben. Und ich hatte diese verrückte Idee, wenn ich es abschneiden ließe, käme der Krebs zurück. Im Grunde weiß ich natürlich, dass es Quatsch ist, aber trotzdem ..."

Sie strich durch sein Haar. „Na, wenn du es nie wieder schneiden willst, dann wird es ziemlich lang werden. In fünf Jahren wirst du dann jemanden einstellen müssen, der es hinter dir herträgt."

„Ich hoffe", sagte Matt.

Er schaute sie ernst an, und Maggie erkannte erschrocken, dass die Möglichkeit groß war, dass Matt in fünf Jahren nicht mehr am Leben war. „Wann wirst du Näheres wissen?", fragte sie.

„Ich fliege Ende nächster Woche nach Kalifornien."

„Kalifornien?"

„Ja, ich könnte natürlich auch hier ins Krankenhaus gehen, doch ich fahre lieber zu dem Arzt, der mich behandelt hat. Wir kennen uns inzwischen ziemlich gut. Sie werden eine Reihe von Tests machen, um herauszufinden, ob ich immer noch gesund bin."

„Und wenn du es bist?", fragte sie. „Was dann?"

„Dann werde ich glücklich sein." Er legte seine Hand unter ihr Kinn und strich mit dem Daumen über ihre Lippen. „Dann komme ich nach Hause, und wir werden uns für den Rest unseres langen, glücklichen Lebens lieben."

Maggie begann wieder zu weinen.

„Hey", sagte Matt. „Das war die gute Alternative."

„Ich liebe dich", schluchzte sie. „Wehe, du stirbst!"

Matt hielt sie fest umschlungen. Ihm brach fast das Herz, denn er wusste, dass er nichts versprechen konnte.

Maggie ging ins Büro des verstorbenen Mr. Stone. Sie brauchte nicht lange, um zu finden, was sie suchte – sie hatte die Bücher schon vorher gesehen, ohne deren Bedeutung zu verstehen. Sie zog das dicke

Handbuch der amerikanischen Krebsgesellschaft sowie einige andere Bücher über Krebs heraus.

Als sie die Bücher durchblätterte, bestätigte sich ihre Vermutung. Mr. Stone hatte von Matts Krankheit gewusst. Die relevanten Abschnitte waren markiert, und sie dankte ihm insgeheim dafür. Eine Stunde später saß sie noch immer über die Bücher gebeugt, als Matt hereinkam.

Nach einem Blick auf ihre Lektüre meinte er: „Manchmal ist es beängstigend, darüber zu lesen. Die Bücher werfen immer wieder neue Fragen auf. Und wenn sie die Sache detailliert beschreiben, muss man Medizin studiert haben, um es zu verstehen."

„Es gibt so vieles, was du mir nicht erzählt hast." Maggies Stimme bebte. „Du hast mir nicht erzählt, dass selbst dann, wenn es kein Anzeichen einer Wiedererkrankung gibt, es nicht heißen muss, dass der Krebs besiegt ist. Es bedeutet nur, dass die Chance, fünf weitere Jahre zu leben, besser ist. Und so geht es immer weiter. Für immer."

„Maggie, die Leute, die fünf Jahre leben, ohne dass der Krebs zurückkehrt, sind so gut wie geheilt."

Schweigend sah sie ihn an. Er starrte einen Moment auf den Teppich, bevor er fortfuhr: „Ich weiß, es ist schwer, damit klarzukommen. Wenn du dich nicht mehr mit mir abgeben willst, kann ich das verstehen."

„Nein!" Maggie stand so abrupt auf, dass ihr Stuhl ins Schwanken geriet. „Ich muss nur alles wissen. Verheimliche mir bitte nichts mehr, okay?"

„Okay. Es gibt da noch etwas, was ich dir sagen sollte."

Maggie erstarrte. „Was?"

„Die Chemotherapie hat mich unfruchtbar gemacht", sagte Matt. „Ich werde niemals Kinder haben können." Er lachte tonlos. „Jedenfalls nicht auf normalem Weg."

Erleichterung durchströmte Maggie. Sie hatte mit einer weiteren schlimmen Neuigkeit gerechnet.

„Ich habe aber Sperma auf einer Samenbank deponiert. Es ist zwar nicht sehr romantisch …"

„Das ist doch eine gute Lösung." Maggie schluckte. „Aber … Wie kannst du mit dieser Bedrohung leben?", fragte sie leise. „Sag es mir, damit ich es auch lernen kann."

Matt lächelte sie an. „Du fängst damit an, dass du an Wunder glaubst. Als die Krankheit bei mir diagnostiziert wurde, gab man mir sieben Monate. Höchstens. Aber jetzt, drei Jahre später, bin ich immer noch hier." Er legte die Arme um sie und küsste sie. „Jeden Tag, an dem ich morgens aufwache, betrachte ich als Geschenk. Ich habe einen weiteren Tag bekommen, und ich werde ihn nicht vergeuden."

„Aber findest du nicht, dass es unfair ist? Kommst du dir nicht betrogen vor?"

„Betrogen?" Matt lachte. „Nein. Ich habe eine zweite Chance bekommen. Ich habe gewonnen, Maggie. Sie haben mir gesagt, ich würde sterben. Ich war schon so gut wie tot. Aber Wunder geschehen." Er küsste sie erneut. „Nach der letzten Nacht bin ich davon umso überzeugter. Ich bin nicht nur am Leben, sondern ich erlebe meinen Traum. Ist das nicht unglaublich?"

Er zog sie fest an sich.

„Lass uns wieder ins Bett gehen", flüsterte er ihr ins Ohr.

Maggie zwang sich zu einem Lachen. „Mitten am Tag?", neckte sie ihn. „Fällt das nicht in die Kategorie, Zeit vergeuden?"

Matt grinste. „Ganz sicher nicht." Er nahm ihre Hand und ging mit Maggie in sein Turmzimmer. Die Fenster waren geöffnet, sodass die Sonne und die Meeresbrise hereinkamen.

Langsam zogen sie sich gegenseitig aus und ließen sich Zeit, um einander zu berühren und zu küssen, bis sie schließlich nackt im Sonnenlicht standen. Eng umschlungen fielen sie aufs Bett, wo sie ihre Erkundungen fortsetzten.

Matt hätte stundenlang mit dem Vorspiel verbringen können, doch Maggie wurde ungeduldig. Sie drückte ihn auf den Rücken, setzte sich rittlings auf ihn und nahm ihn tief in sich auf. Sie lachte, als er aufstöhnte, während sie sich auf ihm bewegte und ihn fast zur Raserei brachte.

„Hey, wenn du so weitermachst, verliere ich die Beherrschung", warnte er sie.

„Ich weiß. Gerade das gefällt mir ja."

Matt konnte die Liebe, die Maggie für ihn empfand, in ihren

Augen sehen, in ihrem Lächeln, auf ihrem Gesicht. Er wusste, dass die Hölle, die er durchquert hatte, das alles wert gewesen war. Allein schon für diesen Moment hatte es sich gelohnt. Und er wusste, es würde noch mehr solche Augenblicke geben, nicht nur, wenn sie sich liebten, sondern wenn sie diese Liebe lebten.

Maggie liebte ihn. Diese Erkenntnis brachte sein Blut noch mehr zum Sieden. „Jetzt!", keuchte er.

Sie beschleunigte ihren Rhythmus, doch jede Bewegung schien Matt eine Ewigkeit anzudauern, und er drängte sich ihr wie in Zeitlupe entgegen. Und dann erlebte auch sie einen gewaltigen Höhepunkt, und er genoss dieses unglaubliche Gefühl.

Schließlich sackte Maggie auf ihm zusammen, und Matt hielt sie fest umschlungen.

„Mir gefällt es, wenn du die Beherrschung verlierst", flüsterte sie.

Matt lachte. „Ja, mir auch." Er kam sich vor wie der glücklichste Mann auf Erden. „Ich liebe dich so sehr", sagte er.

Plötzlich begann sie zu weinen.

„Maggie", ihm brach fast das Herz. „Bitte, weine nicht." Er küsste sie. „Sei nicht traurig."

„Bin ich nicht", schluchzte sie. „Ich weine, weil ich so glücklich bin. Oh, Matt, ich bin so froh, dass du nicht gestorben bist."

Er drückte sie fest an sich. „Ich auch, Maggie", flüsterte er. „Ich auch."

12. Kapitel

Maggie saß im Theatersaal und schaute auf die Bühne, wo Matt gerade ein Lied gemeinsam mit einer Frau namens Charlene geprobt hatte, die mit ihm zu flirten versuchte.

Matt schaute zu Maggie und verzog das Gesicht ein wenig.

„Einige Dinge ändern sich nie“, gab sie ihm zu verstehen, und er lachte.

Die Sängerin beobachtete sie beide, und Maggie lächelte sie freundlich an. Pech gehabt, Charlene. Matt ist schon vergeben, dachte sie zufrieden.

„Fünfzehn Minuten Pause“, rief Dan Fowler, und die Schauspieler machten sich eilig davon. „Stone! Es wird Zeit, dass wir uns um Ihr Haar kümmern.“

„Ja, tut mir leid, Dan.“ Matt grub in seiner Tasche nach einem Haargummi und strich sich das Haar zurück. „Ich binde es zusammen.“

„Ich will, dass es abgeschnitten wird“, verkündete Dan. „Ich habe Besuch von einer Freundin aus New York. Sie ist Friseurin und bereit, Ihnen die Haare zu schneiden.“

Matt erstarrte. Maggie beobachtete, wie er sich bemühte, einen Muskel nach dem anderen zu entspannen, bevor er antwortete.

„Sagen Sie ihr vielen Dank, aber ich lasse mein Haar nicht schneiden.“

„Langes Haar passt nicht zu Ihrer Rolle. Cody arbeitet für eine der größten Werbefirmen in Manhattan“, meinte Dan.

„Tut mir leid“, erwiderte Matt, „aber da müssen wir uns etwas einfallen lassen. Ich binde es zurück und stecke es unter mein Hemd. Ich trage sogar eine Perücke, wenn Sie wollen. Aber schneiden lasse ich es nicht.“

Dan kam zur Bühne. „Was soll das, Stone? Es wächst doch wieder. Sich die Haare schneiden zu lassen wird Sie nicht umbringen.“

Matt trat einen Schritt zurück. „Ausgeschlossen“, erklärte er scharf.

Dan blieb stehen. „Was ist los mit Ihnen, Stone? Sie scheinen ein wenig … ich weiß nicht. Überdreht?“ Er drehte sich um. „Dolores!“

Dolores erschien auf der Stelle, als hätte Dan sie herbeigezaubert. Sie hielt einen Plastikbecher in der Hand.

Matt atmete tief durch. „Ich will einfach nur meine Haare nicht abschneiden lassen. Das heißt nicht, dass ich unter Drogen stehe.“

„Nehmen Sie den Becher. Sie wissen, was Sie zu tun haben.“

„Soll das heißen, ich darf mit Ihnen nicht verschiedener Meinung sein, ohne einen Urintest machen zu müssen?“ Matt wurde lauter, obwohl er sich bemühte, ruhig zu bleiben.

„Dies ist keine Meinungsverschiedenheit“, entgegnete Dan. „Das ist merkwürdiges Verhalten. Nun verschwinden Sie schon, und dann kommen Sie zurück und lassen sich die Haare schneiden. Dolores, gehen Sie mit ihm.“

Matt rührte sich nicht. Er starrte Dan nur an.

„Sie wollen nicht?“, fragte Dan. „Dann verschwinden Sie von meiner Bühne.“

Matt rührte sich noch immer nicht.

„Sie denken, Sie sind unersetzlich? Nun, da haben Sie sich getäuscht. Ich kann die Rolle selbst übernehmen. Kein Problem. Es wäre mir ein Vergnügen.“ Dan betrachtete Maggie, und Matt wusste genau, was er meinte.

Zwei kleine Worte lagen ihm auf den Lippen. Zwei kleine Worte, die Dan Fowler genau sagen würden, was er tun konnte. Aber Maggie beobachtete ihn, also schloss er stattdessen die Augen und atmete tief durch die Nase ein, wartete einen Moment, bevor er durch den Mund wieder ausatmete. Noch immer mit geschlossenen Augen wiederholte er den Vorgang.

„Was macht er da?“, fragte Dan.

„Ich denke, er versucht, Sie nicht umzubringen“, meinte Dolores trocken.

Matt atmete noch einige Male kräftig durch, bevor er die Augen wieder öffnete. Er nahm Dolores den Becher aus der Hand und schaffte es sogar, sie anzulächeln. „Ich mache Ihren Drogentest“, sagte er ruhig zu Dan. „Aber ich werde mir nicht die Haare schneiden lassen.“

Dan Fowlers Miene war ausdruckslos, als Maggie ihm erklärte, warum Matt sich nicht die Haare schneiden lassen wollte. Dann lachte er. „Sie glauben diesen Quatsch wirklich, oder?“

Maggie klappte der Mund auf. „Wollen Sie damit sagen, dass Sie es nicht tun?“

„Genau. Stone ist ein pathologischer Schauspieler“, meinte Dan. „Bei ihm wissen Sie nie, was echt und was gespielt ist. Ich bin nicht sicher, ob er selbst den Unterschied weiß.“ Er lachte erneut. „So viel dazu, dass ihr beiden nichts miteinander habt, was? Seit wann geht das denn nun schon?“

Maggie antwortete nicht.

„Ich nehme an, das habe ich davon, dass ich euch gesagt habe, ihr sollt das Küssen zu Hause üben“, fuhr er fort. „Stone treibt sein Spielchen mit Ihnen, Maggie. Krebs ... du meine Güte.“

Maggie stand auf. „Sie mögen vielleicht kein Problem haben, Matt zu ersetzen, aber wenn er geht, gehe ich auch“, fuhr sie ihn an.

„Entspannen Sie sich“, meinte Dan. „Wir werden die Sache mit den Haaren hinkriegen. Ich will weder Sie noch ihn ersetzen müssen, okay? Ich denke nur, dass Sie das, was Stone sagt, nicht unbedingt alles glauben sollten. Hat er gesagt, in welchem Krankenhaus er war?“

„Im Krebszentrum der Universität in Südkalifornien. Vielleicht sollten Sie da anrufen und sich vergewissern, dass er wirklich dort war.“

„Vielleicht tue ich das. Oh, und falls es Sie interessiert, bis jetzt waren alle Urintests in Ordnung.“

„Ist es Ihnen nicht manchmal zuwider, Sie selbst zu sein?“, fragte Maggie.

Er nickte. „Ja, es ist kaum zu glauben, aber im Moment wünschte ich, ich wäre Stone. Ich bin da, wenn Sie mich brauchen, Sie wissen schon, wenn Sie aus Ihrem Traum erwachen.“

„Ich werde Sie nicht brauchen“, sagte Maggie indigniert und marschierte davon.

Als der Wecker um acht Uhr klingelte, war Maggie bereits wach.

Seit Matt vor zwei Tagen nach Kalifornien geflogen war, hatte sie weder richtig essen noch schlafen können. Das Einzige, was sie tun konnte, war arbeiten, also hatte sie sich bis spät in die Nacht hinein in die Monatsberichte vertieft und nach juristischen Möglichkeiten gesucht, falls sie es nicht schaffen sollten, die Profite zu steigern. Stevie und Matt hatten während der vergangenen Woche ständig die Köpfe zusammengesteckt, doch Matt hatte ihr nichts verraten wollen.

Maggie versuchte noch immer, das mysteriöse Kodizill ausfindig zu machen, es zu finden gestaltete sich schwieriger, als sie gedacht hatte. Sie stand auf und ging ins Büro.

Wie schon tausend Mal vorher wünschte sie, sie hätte Matt überreden können, sie mit nach Los Angeles zu nehmen. Doch er war standhaft geblieben. „Ich habe viel Schmerz und Angst im Krebszentrum hinter mir gelassen“, hatte er ihr erklärt. „Ich weiß, dass sie mir dort das Leben gerettet haben – zumindest haben sie mir mehr Zeit verschafft –, aber es ist kein schöner Ort. Die Tests sind kein Vergnügen. Und auf die Ergebnisse zu warten auch nicht.“

„Deshalb will ich ja mit dir kommen“, hatte sie gesagt.

„Und deshalb will ich dich nicht mitnehmen. Bitte. Ich möchte nicht, dass du mich dort siehst.“

Also war sie hier und wartete auf ihn. Er hatte sie bereits mehrmals angerufen und erzählt, dass die ersten Testergebnisse bald vorliegen würden.

Maggie sah auf die Uhr. Halb neun. Es würde wieder ein langer Tag werden.

Gegen neun Uhr am Abend klingelte das Telefon.

„Hallo, Maggie.“ Matt klang erschöpft.

Maggie schloss kurz die Augen und atmete tief durch. „Matt.“ Sag es mir, dachte sie flehentlich. Sag es!

„Tut mir leid, dass ich nicht früher anrufen konnte.“

Wenn er okay wäre, hätte er es mir sofort gesagt, oder? Maggie bemühte sich, ihre Angst zu unterdrücken. „Matt, sag es mir.“

„Na ja, es gibt gute und schlechte Neuigkeiten“, erwiderte er.

„Ich dachte, ich könnte heute Abend den letzten Flug nach Hause nehmen …"

„Oh nein", flüsterte sie.

„Warte, das war die schlechte Nachricht."

„Und die gute?"

„Die gute ist, dass es keine eindeutig schlechte Neuigkeit gibt", meinte er. „Die Testergebnisse kamen heute zurück … waren aber merkwürdig. Sie wollen mich noch einmal testen, bevor sie mir irgendetwas sagen."

„Merkwürdig inwiefern?"

„Ich weiß es nicht. Ich weiß nur, dass wieder Warten angesagt ist. Ich glaube, dass es im Labor irgendeinen Fehler gegeben hat, und das wollten sie mir bloß nicht erzählen. Ich wünschte, sie würden es tun. Es wäre besser, als zu hoffen …"

„Matt, ich komme zu dir", sagte Maggie.

„Nein. Bitte nicht. Ich stelle mir immer vor, wie du in meinem Bett schläfst oder unten arbeitest. Das ist mir eine große Hilfe, Maggie. Ich brauche dich dort, brauche es, dass du auf mich wartest." Am anderen Ende der Leitung schien jemand leise auf Matt einzureden. „Ich muss Schluss machen", sagte er. „Ich rufe dich an, sobald ich etwas weiß. Ich liebe dich."

„Ich fliege zu dir", rief sie, doch die Verbindung war bereits unterbrochen.

Der nächste Flug nach Los Angeles ging einige Stunden nach Mitternacht. Maggie buchte ihn am Morgen über das Internet und machte sich dann an die Arbeit.

Sie musste in New Haven noch einige Papiere unterschreiben, um an den verflixten Anhang zum Testament heranzukommen. Und um neunzehn Uhr war die nächste Probe angesetzt. Sie würde ein wenig eher gehen müssen, um rechtzeitig zum Flughafen zu kommen.

Der Tag verging unendlich langsam. Maggie verbrachte viel Zeit im Gericht, nur um schließlich herauszufinden, dass ein Formular fehlte, das zudem noch von Matt unterschrieben werden musste, bevor das Kodizill freigegeben werden konnte.

Entmutigt machte sie sich im Feierabendverkehr wieder auf den Weg nach Hause.

Dan war erstaunlich friedlich gewesen, als Maggie ihm erzählt hatte, dass Matt nicht zur Probe erscheinen würde und dass sie eher gehen musste. Er bat einen der Männer aus dem Chor, für diese Probe die Rolle des Cody zu übernehmen.

Sie waren gerade im zweiten Teil des zweiten Aktes, der mit einem von Maggie gesungenen Solo begann. Lucy war in dieser Szene allein in ihrem Schlafzimmer, und darauf folgte die Szene, die Matt und sie beim Vorsprechen gespielt hatten. Die Erinnerung daran führte Maggie wieder einmal vor Augen, wie sehr sie Matt vermisste.

Rhonda, die Pianistin, begann zu spielen, und Maggie versuchte, sich auf ihr Lied zu konzentrieren. Es war eine traurige Ballade, in der Lucy darüber nachdachte, warum sie so traurig war, obwohl sie eigentlich keinen Grund dazu hatte. An diesem Abend fiel es Maggie nicht schwer, sich in Lucy hineinzuversetzen.

Endlich endete das Lied, und Maggie schloss die Augen, so wie es das Drehbuch vorsah.

„Lucy, bist du noch wach?“

Die Stimme war unverkennbar, und Maggies Herz machte einen Hüpfer, bevor sie den Kopf hob. Matt stand auf der anderen Seite der Bühne. Er sah müde und auch ein wenig blass aus, aber er lächelte sie an.

„Matt!“

Mit zwei großen Schritten war er bei ihr. Maggie warf sich in seine Arme, und Matt küsste sie voller Leidenschaft und Dankbarkeit.

Maggie löste sich ein wenig von ihm und schaute ihn an.

Er hatte sich die Haare schneiden lassen. Es war kurz, ähnlich dem Schnitt, den er in der Highschool getragen hatte. Maggie versuchte ihre Angst zu unterdrücken, als sie überlegte, ob er es hatte schneiden lassen, weil es als Glücksbringer nicht funktioniert hatte.

„Ich bin okay“, sagte er. „Maggie, ich bin gesund. Sie haben keine Anzeichen für ein Geschwür oder Metastasen gefunden.“

Ihre Erleichterung war so groß, dass Maggie schwankte. Doch Matt hielt sie fest in seinen Armen und küsste sie erneut.

„Äh, Leute." Dans Stimme durchdrang Maggies Euphorie. „Diese kleine Wiedervereinigung ist sehr ergreifend, bringt uns aber nicht weiter. Könnt ihr euch bitte ans Skript halten?"

„Es gibt so viel, was ich dir sagen möchte", flüsterte Matt Maggie zu. Er gab ihr noch einen Kuss, bevor er zurück auf die andere Seite der Bühne ging.

Fast automatisch spielten sie ihre Rollen, während Maggie Matt nicht aus den Augen ließ. Sie traute sich kaum zu blinzeln, aus Angst, er könnte genauso plötzlich verschwinden, wie er aufgetaucht war.

Seine neue Frisur betonte perfekt seine leicht exotisch wirkenden Gesichtszüge. Er sah noch besser aus als sonst. Und als er ihr den Rücken zudrehte, sah sie, dass er sich nur vorn und an den Seiten die Haare hatte abschneiden lassen. Hinten waren sie noch lang und im Nacken zu einem Pferdeschwanz zusammengebunden. Er konnte ihn unter sein Hemd stecken, und niemand würde wissen, dass ihm die Haare bis weit über die Schultern reichten.

„Und du überlegst, wie es wäre", sprach Matt seinen Theatertext, „wenn du mir deine Lippen entgegenstrecktest …" Er hob ihr Kinn an, und Maggie stockte der Atem, als sie die Liebe sah, die aus Matts Augen leuchtete. Einen langen Moment schwieg er. Sie konnte sein Herz spüren, so eng an sich gepresst hielt er sie.

„Oh, verdammt." Dans Stimme dröhnte durch den Saal. „Einsatz! Kann ihm nicht mal jemand auf die Sprünge helfen?"

„Und wenn ich meine Lippen auf deine senkte …", kam es prompt von Dolores.

Aber Matt schien sie gar nicht zu hören. „Maggie", sagte er mit heiserer Stimme. „Willst du mich heiraten?"

Maggie stockte der Atem. Heiraten. Für immer bei ihm sein. Für den Rest seines Lebens. Also glaubte er, dass er leben würde. Und er wollte, dass sie dieses Leben mit ihm teilte.

Freude und Erleichterung durchströmten sie. Das war der ultimative Beweis dafür, dass Matt davon überzeugt war, den Krebs besiegt zu haben.

„Ja“, rief sie.

Erleichtert lachte Matt auf und küsste sie, während die anderen Schauspieler spontan applaudierten.

„Ach herrje!“ Dans gelangweilte Stimme übertönte das Klatschen. „Ich denke, es ist besser, wir machen eine Pause.“

13. Kapitel

„Stevie kommt zu spät“, sagte Maggie.

„Nein“, erwiderte Matt ruhig „Wir sind zu früh.“

„Bist du überhaupt nicht nervös?“, fragte sie. Es kam ihr noch immer alles unwirklich vor. Sie hatten die Heiratslizenz beantragt, und jetzt waren sie hier in dieser Kirche.

Matt lächelte sie an. „Nein.“

Maggie, mit ihrem hochgesteckten Haar und dem schlichten weißen Kleid, war die schönste Braut, die er je gesehen hatte. Nein, er war nicht nervös. Dankbar, glücklich, froh, aufgeregt – ja, das schon, aber nicht nervös.

Als er im Krankenhaus gewesen war, als niemand ihm vernünftige Antworten geben wollte, weshalb er noch einen und noch einen Test machen lassen sollte, war er sich schon sicher gewesen, dass er sein Glück erschöpft hatte.

Bis er schließlich eine direkte Antwort von seinem verwirrten Arzt bekommen hatte. Nicht nur, dass keine neuen Krebsgeschwüre gewachsen waren, auch die bereits angegriffene Lunge war wieder gesund. Niemand konnte sich erklären, wie das geschehen war. Die Ärzte hatten ihm erst nichts sagen wollen, weil sie ihm keine Hoffnungen machen wollten, aus Angst, die Testergebnisse wären vielleicht vertauscht worden. Vor allem, weil sie sich vor einem Jahr so sicher gewesen waren, dass er nicht überleben würde. Und doch waren alle Tests bestens ausgefallen. Er war offensichtlich bei bester Gesundheit.

Im Moment zumindest.

Matt wusste nicht, ob es fünf, zehn oder hundert Jahre gut gehen würde, aber er wusste, dass er die ihm verbleibende Zeit mit Maggie verbringen wollte.

Nein, er war nicht nervös.

Aber Maggie war es. „Bist du wirklich sicher, dass du es tun willst?“, fragte sie. „Es ist so … dauerhaft. Und plötzlich.“

„Maggie, ich liebe dich seit mehr als zehn Jahren", erinnerte er sie. „Es kommt nicht plötzlich. Aber auf jeden Fall ist es dauerhaft." Er verschränkte seine Finger mit ihren. „Du bist meine beste Freundin und die Liebe meines Lebens." Er musste über sich selbst lächeln. „Das klingt so kitschig, aber …"

„Das ist es nicht", sagte sie. Ihre Augen strahlten.

Himmel, sie ist so schön, dachte Matt. „Ich weiß", sagte er und gab ihr einen Kuss.

„Hey, solltet ihr damit nicht bis nach der Trauung warten?", unterbrach Stevie sie.

„Du solltest mal an deinem Timing arbeiten", meinte Matt grinsend zu ihm.

„Leute", sagte Stevie und verbeugte sich theatralisch. „Darf ich euch meine Freundin Danielle Trent vorstellen?"

Das war also das Mädchen, das Stevie in letzter Zeit so viele schlaflose Nächte beschert hatte. Groß und schlank mit kurzen blonden Locken und Sommersprossen im Gesicht war sie nicht unbedingt schön, wirkte aber nett. Matt gefiel sie sofort.

„Ich habe schon viel von euch gehört", sagte Danielle. „Als Stevie mich gefragt hat, ob ich mit zur Hochzeit komme, konnte ich nicht widerstehen. Ich hoffe, es ist okay?"

„Natürlich", erwiderte Maggie.

„Du bist ein wichtiger Teil der Zeremonie", erklärte Matt. „Ohne dich können wir nicht heiraten – wir brauchen zwei Trauzeugen."

Der Pastor kam herein und schüttelte ihnen strahlend die Hände. „So eine kleine Hochzeit habe ich ja lange nicht mehr gehabt", sagte er, während er sie durch die Kirche nach vorn führte. „Wir werden hier im Altarraum die Ringe tauschen und das Gelübde ablegen. Dann können wir in mein Büro gehen, um den Papierkram zu erledigen."

„Ringe!", rief Maggie frustriert. „Ich wusste, dass wir etwas vergessen haben!"

Aber Matt streckte die Hand aus, und Stevie ließ eine kleine Samtschatulle hineingleiten. „Ich habe mich darum gekümmert", sagte er. „Die Ringe sind nicht graviert und auch noch nicht in der richtigen Größe, aber ich dachte, wir könnten sie erst einmal benutzen."

Maggie sah Matt an und erkannte erneut, wie sehr er sich seit der Schulzeit verändert hatte. Da stand er, groß und kräftig und völlig gelassen, und sie wusste ohne den geringsten Zweifel, dass es die klügste Entscheidung ihres Lebens war, ihn zu heiraten.

„Bereit?", fragte der Pastor.

Maggie schaute Matt in die Augen und lächelte. Ja, sie war bereit.

Matt erwiderte diesen Blick voller Liebe, als er kurz darauf die Worte wiederholte, die sie aneinanderbinden würden. Seine Stimme erklang klar und deutlich in der leeren Kirche. Es war nicht der geringste Zweifel in seinem Gesichtsausdruck, nicht der kleinste Hauch von Unsicherheit in seiner Stimme.

Matt ließ den schlichten Goldring über Maggies Finger gleiten und lächelte sie an, als er hinzufügte: „Ich werde dich immer lieben, Maggie."

Immer. Dieses Wort hatte angesichts seiner Krankheit eine besondere Bedeutung für sie. Maggie spürte, dass ihr Tränen in die Augen traten, doch sie lächelte ihn an. Ihre eigene Stimme zitterte ein wenig, als sie das Gelübde ablegte. Sie schob Matt den Ring auf den Finger und hielt seine Hand ganz fest, als sie sagte: „Ich verspreche, dass ich dich immer lieben werde, Matt."

„Hiermit erklärte ich euch zu Mann und Frau." Der Pastor lächelte. „Sie dürfen die Braut jetzt küssen."

Matt beugte sich vor und strich zärtlich über Maggies Lippen, bevor er die Arme um sie schlang und sie ausgiebig küsste. „Jetzt gehörst du mir", flüsterte er ihr zu. „Ganz allein mir." Er hob sie hoch und wirbelte sie lachend herum.

Stevie schaute zu dem lächelnden Pastor und hob eine Augenbraue. „Ich weiß nicht", meinte er zu Danielle. „Ich glaube, er mag die beiden."

Maggie rekelte sich. Als sie die Augen öffnete, sah sie, dass Matt sie anlächelte.

Die ersten Sonnenstrahlen schienen durch die Fenster im Turmzimmer. Maggie stockte wieder einmal der Atem, als sie die unzähligen Rosen sah, die überall im Zimmer standen. Diese Rosen waren der Grund gewesen, weshalb Stevie und Danielle so spät in die

Kirche gekommen waren. Sie hatten wunderbare Arbeit geleistet. Im Kerzenlicht hatte das Zimmer märchenhaft gewirkt, und selbst jetzt, nach zwei Tagen, sah es noch wundervoll aus.

„Wie spät ist es?", fragte sie Matt.

„Fast sechs."

„Wie lange bist du denn schon wach?", wollte sie wissen, während sie sich an ihn kuschelte.

„Schon eine ganze Weile."

„Es macht mir nichts aus, wenn du aufstehst, wenn du nicht schlafen kannst."

„Ich weiß. Aber ich wollte nicht aufstehen. Ich wollte hier bei dir sein."

„Liegst du einfach nur da und denkst nach?", fragte sie und verspürte den inzwischen vertrauten Anflug von Erregung, als sie ihre Beine mit seinen verschlang.

„Manchmal. Ich verbringe ganz gern jeden Tag ein wenig Zeit damit, mich auf mich selbst zu konzentrieren, um nicht aus den Augen zu verlieren, was wichtig und was unwichtig ist. Vorhin bin ich übrigens aufgestanden und habe meine Aktentasche geholt. Dann habe ich mich darüber schlau gemacht, welche Verpackung am besten für Chips geeignet ist." Er verdrehte die Augen.

„Nachdem wir das Erbe sicher haben", meinte Matt, zog Maggie näher an sich und ließ seine Hände über ihren Körper gleiten, „sollten wir dem Fabrikmanager eine dicke Gehaltserhöhung geben, damit er die Stellung hält, während wir unsere Flitterwochen in irgendeinem exotischen Paradies verbringen, wo wir nackt am Strand herumlaufen können."

Er küsste sie, und Maggie spürte, dass auch er erregt war.

„Oder vielleicht Europa", meinte er mit leiser, hypnotisierender Stimme. „Ich wollte schon immer mal nach Europa. Wie ist es mit dir, Maggie?"

Maggie Stone. Sie seufzte vor Wonne.

Das Telefon klingelte schrill, und Maggie zuckte zusammen, bevor sie nach Matts Arm griff. „Geh nicht ran, bitte. Überlass das dem Anrufbeantworter."

Matt schaute sie an. „Wer ist es, mit dem du nicht sprechen willst, hm?"

Maggie küsste ihn, um ihn abzulenken, doch Matt löste sich von ihr.

„Angie, stimmt's? Wer sonst würde um sechs Uhr morgens anrufen."

Maggie seufzte.

Matt lachte. „Maggie, Angie kann nicht wissen, dass wir am Freitag geheiratet haben. Stevie und Danielle haben geschworen, es niemandem zu erzählen."

„Meine Mutter denkt, wie sind seit fast zwei Monaten verheiratet", sagte Maggie. „Das ist etwas, was sie bestimmt erwähnen würde, falls Angie sich bei ihr melden sollte, um nach mir zu fragen."

„Vielleicht weiß Angie es, vielleicht auch nicht." Matt musterte sie. „Ich finde, du solltest sie anrufen und ihr von uns erzählen. Dann kannst du aufhören, dich schuldig zu fühlen."

„Ich fühle mich nicht schuldig." Maggie klang empört.

„Doch, das tust du."

„Tue ich nicht."

„Schau dich doch an – dir steht das Wort Schuld quer über die Stirn geschrieben." Matt grinste. „Dabei kannst du dich gar nicht mehr schuldig fühlen, weil du mit mir ins Bett gehst, denn wir sind verheiratet. Wir müssen es geradezu tun."

Maggie schloss die Augen und stöhnte lustvoll auf, als Matt mit seinen Händen und Lippen ihren Körper liebkoste.

„Ruf sie an, Maggie", sagte er. „Heute."

„Okay."

„Versprochen?"

Sie öffnete die Augen. „Das ist unfair. Du weißt, dass ich dir im Moment alles versprechen würde."

Matt lächelte und küsste sie wieder. „Dann ist das vielleicht auch eine gute Zeit, um mit dir über die Einladung zu deinen Eltern heute zu sprechen."

„Müssen wir gehen?"

„Ja", erklärte er fest. „Wir können die Gelegenheit nutzen, um ihnen zu sagen, dass wir verheiratet sind. Allerdings werden wir deinem Vater wohl die Heiratsurkunde als Beweis zeigen müssen."

„Du meinst, die neue, nicht laminierte Urkunde?“

Matt lachte und küsste sie, dann schwiegen beide, zumindest für eine kleine Weile.

„Hallo?“ Angie hatte das Gespräch schon nach dem zweiten Klingeln angenommen.

„Hallo, Angie.“ Maggies Magen verkrampfte sich. Auf dem Anrufbeantworter war am Morgen keine Nachricht hinterlassen worden, doch Maggie war überzeugt davon, dass es Angie gewesen war, die bei ihr angerufen hatte. Irgendwie hatte ihre Freundin sie ausfindig gemacht. „Ich bin es.“

„Maggie.“ Angies Stimme klang kühl und distanziert, was nichts damit zu tun haben konnte, dass sie auf der anderen Seite des Atlantiks war. „Wird ja auch Zeit, dass du dich meldest. Wie geht's Matt?“

„Lustig, dass du fragst ...“

„Weißt du, ich habe dich immer für besonders klug gehalten, denn von all meinen Freundinnen warst du die einzige, die Matt nicht verfallen war. Verdammt, Maggie, was denkst du dir eigentlich dabei, mit ihm zusammenzuleben? Weißt du, deine Mutter hat mir gesagt, dass ihr verheiratet seid, aber ich wusste, dass du nicht so dumm sein kannst ...“

„Angie ...“

„Oder so naiv zu glauben, dass Matt sich je auf eine Ehe einlassen würde. Der Mann ist eine Schlange, Maggie. Er mag ja gut aussehen und fantastisch im Bett sein, aber du kannst ihm nicht trauen. Er wird dir den Mond versprechen, doch dann wird er gehen und jemand anderen finden.“

„Nein, Angie ...“

„Er lügt. Er ist ein Lügner und Betrüger. Verschwinde, Maggie, bevor es zu spät ist.“

„Stopp! Angie, hör auf!“, rief Maggie. Ihre Stimme zitterte, sodass sie sich räuspern musste, bevor sie fortfahren konnte. „Ich weiß nicht, was er dir angetan hat“, sagte sie ruhig, „aber zu mir war er immer nett und ehrlich.“

„Oh, ich bitte dich ...“

„Sei still", sagte Maggie zornig. „Sei einmal in deinem Leben still, und hör mir zu."

Schweigen.

„Ich liebe ihn."

Schweigen.

„Und vor zwei Tagen habe ich ihn geheiratet."

„Was? Oh nein! Du Idiotin!"

„Er ist wunderbar und lustig und clever, und ich bin verrückt nach ihm", schwärmte Maggie.

„Ich dachte, du wärst in diesen Tarzan aus dem Fitness-Club verliebt."

„Matt ist der Tarzan. Ich habe ihn anfangs nicht erkannt."

„Oh, komm schon! Du hast ihn nicht erkannt? Du meine Güte, ich weiß nicht, warum Matt dich geheiratet hat, aber er wird schon seine Hintergedanken dabei gehabt haben."

„Vielen Dank." Maggies Stimme bebte vor unterdrücktem Zorn. „Welche denn? Sag mir, welche Hintergedanken man haben müsste, mich zu heiraten?"

„Ich weiß nicht ..."

„Wie wäre es mit Liebe? Was hältst du davon?"

„Nein", sagte Angie. „Matt weiß gar nicht, was Liebe ist. Du bist nur eine Trophäe für ihn."

„Was?"

„Eine Trophäe. Du bist etwas, was er immer gewollt, aber nie bekommen hat. Jetzt ist er der Gewinner. Doch nun, da er mit dir verheiratet ist, sind alle anderen Frauen auf diesem Planeten etwas, was er nicht haben kann. Wie lange wird es wohl dauern, bis er nach einer neuen Trophäe Ausschau hält? Einen Monat oder zwei?"

„Nein." Maggie umklammerte den Telefonhörer. „Er liebt mich, Angie. Er ist jetzt mein Ehemann, ob es dir gefällt oder nicht."

„Es gefällt mir nicht. Verdammt, Maggie, wie konntest du mir das antun?"

„Dir antun? Wo liegt dein Problem? Du klingst eifersüchtig, so als wärst du noch immer in ihn verliebt. Geht es darum? Bist du wütend, weil ich etwas habe, was du nicht bekommen konntest?"

„Nein!"

„Verdammt richtig, nein! Du hast ihn nicht gewollt. Du hast jemand anderen geheiratet, wie du dich vielleicht erinnerst. Es ist ja nicht so, dass ich mit deinem Freund geschlafen habe …“

„Hast du?“, fragte Angie.

„Was?“

„Hast du mit ihm geschlafen, als er noch mein Freund war?“ Angies Stimme bebte vor Wut. „Himmel, die ganze Zeit habe ich versucht, dich vor ihm zu schützen, und dabei warst du vielleicht diejenige, die die Initiative ergriffen hat.“

„Ich fasse es nicht, beschuldigst du mich wirklich …“

„Und ich kann nicht glauben, dass du tatsächlich diesen lügenden Schuft geheiratet hast und von mir erwartest, dass wir weiterhin Freundinnen bleiben, so als wäre nichts geschehen“, zischte Angie.

„Ich werde nicht länger mit dir reden, wenn du ihn weiter beschimpfst.“

„Dann haben wir uns offensichtlich nichts mehr zu sagen“, erklärte Angie gepresst. „Ich wünsche dir noch ein schönes Leben, Maggie. Vielleicht hast du Glück, und er stirbt jung, sodass du noch anderweitig dein Glück finden kannst.“

Es klickte, als Angie auflegte. Maggie starrte entsetzt auf das Telefon.

Wie schrecklich, so etwas zu sagen – unter den gegebenen Umständen noch schrecklicher. Angie wusste nichts von Matts Kampf gegen den Krebs, aber das war keine Entschuldigung.

Tränen traten ihr in die Augen, und sie begann zu schluchzen.

Maggie stand in der Küche ihrer Mutter und schnitt Tomaten, als Stevie hereingestürmt kam.

„Hallo“, sagte er. „Bin ich zu spät?“

Maggie warf ihm eine Gurke zu. „Wasch die mal“, meinte sie. „Und deine Hände auch.“

„Für wie alt hältst du mich eigentlich?“, fragte er beleidigt. Er ging zum Spülbecken. „Wie geht es Matt? Hast du ihn mitgebracht, oder hat er sich im Büro eingeschlossen und hockt über irgendwelchen Finanzberichten?“

„Er ist im Wohnzimmer und redet mit Dad“, antwortete Maggie.

„Hast du es Mom schon erzählt?“, wollte Stevie wissen.
„Mir was erzählt?“, fragte Mrs. Stanton.
„Nichts“, antworteten sie im Chor, während Maggie ihrem Bruder einen bösen Blick zuwarf.
„Maggie, sei so gut und frag Matt und deinen Vater, was sie zum Essen trinken wollen“, meinte ihre Mutter. „Und wo ist Vanessa?“
„Ja, wo ist Vanessa?“, wiederholte Stevie. „Komisch, dass sie immer verschwunden ist, wenn es etwas zu tun gibt.“
Maggie verdrehte die Augen und ging ins Wohnzimmer, wo ihr Vater allein in einem Sessel saß und las.
„Dad, ein Bier?“, fragte Maggie.
Er schaute auf und lächelte. „Ja, gern.“
„Hast du Matt gesehen?“, fragte sie. „Oder Vanessa?“
„Ich glaube, sie sind auf der Veranda.“ Ihr Vater stand auf. „Ich gehe besser mal nachschauen, ob deine Mutter Hilfe braucht.“
Maggie ging zu den Glastüren, die hinaus auf die Veranda führten. Sie konnte Matt hören. Als sie hinausschaute, sah sie ihn auf dem Geländer sitzen. Vanessa stand neben ihm.
„... wahrscheinlich heiraten wir nächsten Sommer“, sagte Vanessa gerade. „Sobald die Scheidung durch ist.“
„Bist du sicher, dass du sofort eine neue Ehe eingehen willst?“, fragte Matt sie. „Willst du dir nicht lieber erst mal eine Auszeit nehmen?“
Vanessa schnaubte. „Du bist gerade der Richtige, mir solche Ratschläge zu geben. Ich kann es immer noch nicht glauben, dass du Maggie geheiratet hast.“ Sie lachte. Gerade, als Maggie die Glastür aufschieben wollte, um zu ihnen zu gehen, sagte Vanessa: „Erinnerst du dich an die Nacht, als wir oben im Wildwood waren?“
Maggie stockte der Atem. Matt und Vanessa? Im Wildwood? Da, wo sich die Liebenden von Eastfield trafen, um Partys zu feiern und zu schmusen?
„Wie sollte ich das vergessen?“, entgegnete Matt trocken.
Maggie ging zurück in die Küche. Ihr war ganz schwindelig. Matt war mit Vanessa ausgegangen? Wann? Und warum wusste sie nichts davon? Wie konnte er nur? Er hatte Vanessa doch nie gemocht. Jedenfalls hatte er das immer behauptet.

Benommen saß sie am Küchentisch und versuchte sich zu beruhigen. Es war unerheblich. Es war vor zehn Jahren gewesen. Matt liebte sie. Er hatte sie geheiratet.

Draußen auf der Veranda schaute Matt zu Vanessa. „Du hattest Glück, dass du in meinen Wagen geklettert bist damals. Wenn es jemand anderes gewesen wäre …“

Sie lachte. „Ich war so betrunken.“ Sie schüttelte den Kopf. „Und so frustriert, weil Bill Fitch mich hatte sitzen lassen. Es war einfach … beschämend.“ Sie schaute zu Matt. „Ich hätte mit dir geschlafen, das weißt du, oder?“

Er nickte.

„Aber du warst schon damals in Maggie verliebt, nicht?“

„Ja.“

„Sie hat wirklich Glück. Habe ich mich eigentlich jemals dafür bedankt, dass du mich damals nach Hause gefahren hast?“

Matt lachte. „Nicht wirklich.“

Stevie kam zur Tür. „Essen steht auf dem Tisch.“

Vanessa nahm Matts Arm. „Danke“, sagte sie. „Sei gut zu meiner Schwester.“

Er lächelte. „Ganz bestimmt.“

Auf dem Weg nach Hause war Maggie sehr schweigsam. Matt musterte sie nachdenklich. „Das war doch gar nicht so schlimm, oder?“

Nein, es war furchtbar.

„Da deine Familie jetzt weiß, dass wir verheiratet sind, können wir es ja auch dem Rest der Welt erzählen“, meinte Matt. „Ich würde es am liebsten von jedem Berg rufen. Allerdings, ist dir schon mal aufgefallen, dass es in Connecticut einen erheblichen Mangel an Bergen gibt?“

Maggie brachte nur ein gequältes Lächeln zustande. Sosehr sie es auch versuchte, sie konnte das Bild von Matt mit Vanessa nicht aus ihrem Kopf bekommen. Hatten sie sich in Matts Auto geliebt? Es war Vergangenheit und sollte ihr nichts mehr bedeuten. Aber sie musste ihn danach fragen.

Als sie ins Haus gingen, nahm Matt sie in die Arme und küsste sie. Frag ihn, befahl sie sich.

„Wenn du nichts dagegen hast, werde ich noch ein wenig arbeiten“, erklärte er.

„Matt“, Maggie klang ein wenig atemlos. „Hast du jemals … bist du je mit Vanessa ausgegangen?“ Sie kannte die Antwort ja schon, aber sie wollte Gewissheit.

„Nein“, sagte er. Er lachte, so als fände er ihre Frage amüsant.

Maggie starrte ihn geschockt an.

„Bin ich nie“, meinte er. „Ich fand sie nicht so attraktiv. Tue ich immer noch nicht. Sie wirkt so verzweifelt, weißt du?“

„Kein einziges Mal?“, brachte Maggie heraus. Himmel, log er sie tatsächlich an?

Matt lächelte, und seine Miene drückte nichts als Wärme und Ehrlichkeit aus. „Kein einziges Mal.“

Er log. Er log sie tatsächlich an.

„Kommst du?“, fragte Matt und schaltete das Licht im Büro an.

„Ich muss noch was von oben holen“, entschuldigte Maggie sich und eilte davon.

„Bring doch bitte die Unterlagen über die neue Verpackung aus dem Schlafzimmer mit, ja? Es sind drei Ordner“, rief er ihr hinterher.

Sie antwortete nicht, sondern nahm zwei Stufen auf einmal, um rasch von ihm wegzukommen. Eine ganze Weile saß Maggie dann auf Matts Bett und dachte nach.

Matt hatte sie angelogen.

Besonders erschreckend war der Gedanke, dass sie niemals auf die Idee gekommen wäre, er könnte lügen, wenn sie die Wahrheit nicht schon gewusst hätte. Seine Stimme und sein Gesichtsausdruck waren so ehrlich gewesen, und seine Augen …

Dan Fowlers Worte schossen ihr durch den Kopf: „*Er ist ein pathologischer Schauspieler. Bei ihm wissen Sie nie, was echt und was gespielt ist.*“

Und auch Angie war unerbittlich gewesen und hatte Matt wieder und wieder als Lügner bezeichnet.

Aber Maggie liebte ihn. Und er liebte sie.

Oder nicht?

Würde er sie bei so wichtigen Dingen belügen? Er hatte sie doch geheiratet!

Entschlossen stand sie auf. Sie würde ihm erzählen, was sie belauscht hatte. Es musste eine gute Erklärung dafür geben.

Maggie schaute sich suchend nach den Ordnern um, die sie Matt mitbringen sollte. Auf dem Nachtschrank lagen nur zwei, also öffnete sie seine Aktentasche und suchte nach dem dritten. Es steckten mehrere darin, doch keiner war beschriftet. Hastig blätterte sie einen nach dem anderen durch, um den richtigen zu finden. Plötzlich stieß sie auf ein amtlich aussehendes Dokument. Geschockt las sie es.

Es war das Kodizill zum Testament.

Matt hatte die ganze Zeit eine Kopie davon gehabt. Warum hatte er es ihr nicht gegeben? Es war ein langes Dokument, das sich auf eine Sache reduzieren ließ: Wenn Matt vor Ende des Vierteljahres heiratete, bekam er sein Erbe automatisch.

Benommen setzte Maggie sich. Das Kodizill listete bestimmte Bedingungen zu dieser Heirat auf – die Frau, die Matt auswählte, musste über fünfundzwanzig sein, sie musste studiert haben und ein Mitglied der Gemeinde sein sowie möglichst schon lange in Eastfield wohnen.

Maggie war diese Frau. Die Beschreibung passte perfekt. Zu perfekt.

Sie erinnerte sich an Angies Worte über Matts Hintergedanken und war fassungslos. Indem er sie geheiratet hatte, erbte Matt automatisch ein Vermögen.

Er liebte sie nicht. Er hatte sie nur geheiratet, weil sie die Bedingungen des Testaments erfüllte und zu haben gewesen war. Ihr Verstand listete all die Beweise auf, doch ihr Herz protestierte noch immer.

Das Telefon neben dem Bett klingelte, und Maggie nahm ab.

„Hallo." Sie konnte an Matts Stimme hören, dass er lächelte. „Bist du da oben verloren gegangen? Wo bleiben meine Ordner? Und viel wichtiger, wo bleibt meine Frau?"

„Ich komme gleich", hörte Maggie sich sagen.

Vielleicht war es gar nicht das echte Kodizill. Vielleicht lautete das ganz anders. Bitte, betete Maggie, lass es anders lauten. Lass das alles ein großes Missverständnis sein.

„Morgen hole ich die Eheringe beim Juwelier ab", sagte Matt, als sie vom Parkplatz zum Theater gingen. „Solange können wir dann auch noch warten, bis wir allen erzählen, dass wir geheiratet haben, oder?"

Maggie antwortete nicht, und Matt lachte. „Maggie, aufwachen."

Erschrocken zuckte sie zusammen.

„Bist du okay?", fragte Matt.

Sie nickte, aber er konnte die Anspannung auf ihrem Gesicht erkennen.

„Das Essen mit deinen Eltern hat dich geschafft, was?" Er strich ihr eine Locke aus dem Gesicht.

„Matt, liebst du mich?", fragte sie.

„Du weißt doch, dass ich das tue."

Maggie nickte, aber ihr Lächeln wirkte gequält.

„Du hast doch ..." Matt räusperte sich und begann erneut. „Du hast doch keine Zweifel daran, oder?"

„Sei nicht albern", meinte sie und ging hastig hinein.

Gegen Ende der Probe, als Matt auf der Bühne eine seiner Solonummern sang, schlüpfte Dan Fowler auf den Sitz neben Maggie.

„Das Krebszentrum an der Universität in Kalifornien?", sagte er ohne Umschweife.

Maggie erstarrte. „Ja. Dort ist er gewesen."

„Ist er nicht."

Maggie starrte Dan an, doch der schaute auf die Bühne zu Matt. „Na gut", sagte sie mit klopfendem Herzen. „Was werfen Sie ihm jetzt wieder vor?"

„Ich werfe ihm gar nichts vor." Dans Stimme war ruhig. „Ich sage nur, dass ich dort angerufen habe, um seine Krebsgeschichte zu überprüfen, und es gibt keinen Hinweis darauf, dass ein Matt Stone jemals dort gewesen ist." Er zuckte mit den Achseln und stand auf. „Die Schlussfolgerungen überlasse ich Ihnen."

14. Kapitel

Maggies Finger zitterten, als sie die Nummer ins Telefon eingab. Es war die reinste Tortur gewesen, bis Mittag zu warten – bis es endlich neun Uhr in Kalifornien war.

Matt und Stevie waren in der Küche und bereiteten ein Mittagessen zu, und sie war dankbar, dass sie ungestört diesen Anruf tätigen konnte.

Ein Anruf, der beweisen würde, dass Dan Fowler unrecht hatte.

Eine Frau meldete sich: „Krebszentrum. Kann ich Ihnen helfen?"

„Ja." Maggie musste einmal tief durchatmen. „Mein Mann war vor Kurzem bei Ihnen, und ich brauche das genaue Datum für die Versicherungsunterlagen. Können Sie mir weiterhelfen?"

„Die Informationen müsste ich auf dem Computer haben", erklärte die Frau. „Wie heißt Ihr Mann?"

Maggie sagte es ihr.

„Hm", kam als Antwort, und Maggies Magen krampfte sich zusammen. „Stone, richtig?"

„Ja."

„Ich habe hier keinen Matt Stone", sagte sie. „Weder diesen Monat noch davor. Vielleicht verwechseln Sie uns mit dem Krankenhaus an der Universität von Los Angeles?"

„Oh, Entschuldigung", sagte Maggie und legte auf. Lügen, nichts als Lügen, dachte sie benommen.

„Hallo, Maggie." Stevie kam ins Büro. „Matt hat dir einen Salat gemacht. Möchtest du ihn hier essen oder in der Küche?"

Maggie schüttelte nur den Kopf. Zumindest hatte Matt nicht Krebs. Er würde nicht sterben.

„Ach, hier ist übrigens der Brief vom Gericht, auf den du gewartet hast", meinte Stevie.

Maggie legte den Kopf auf den Schreibtisch und begann zu weinen.

Entgeistert starrte Stevie sie an. „Was ist los?"

„Wie konnte Matt mir das antun?", sagte sie. „Wie konnte er mich das alles durchmachen lassen? So zu tun, als würde er ins Krankenhaus fahren, mich glauben lassen, er könnte vielleicht sterben?"

„Spielst du mal wieder Theater?", fragte Stevie besorgt. „Ich hoffe doch."

„Gib mir den verflixten Brief." Maggie schnappte sich den Umschlag und riss ihn auf. Mit zitternden Händen breitete sie das Dokument auf dem Schreibtisch aus.

Es war das Kodizill – und es war dasselbe, das sie in Matts Aktentasche gefunden hatte.

Er liebte sie nicht. Er benutzte sie nur. Doch damit war jetzt Schluss.

„Bist du mit deinem Auto hier?", fragte sie Stevie.

„Ja, warum?" Ihr Bruder sah nervös aus. „Was geht hier vor?"

„Ich brauche jemanden, der mich fährt."

„Ach ja?" Matt kam lächelnd herein. „Wohin willst du denn?"

Maggie schaute ihn an. Wie konnte jemand, der so gut aussah, etwas so Schreckliches tun? Und wie hatte sie nur so dumm sein können, auf ihn hereinzufallen?

Sein Lächeln schwand, als er sie ansah. „Was ist los?"

„Ich weiß Bescheid", sagte Maggie. Sie würde vor ihm nicht in Tränen ausbrechen. „Du Mistkerl."

Völliges Unverständnis zeichnete sich in seinem Gesicht ab. „Was?"

„Himmel, du bist so gut", sagte sie. Tief durchatmend hielt sie die Tränen zurück. Weinen konnte sie später. Jetzt ließ sie nur ihre Wut zu. „Du kannst mit dem Theater aufhören, Matt. Eben ist das Kodizill gekommen. Du brauchst mir nichts mehr vorzuspielen."

„Maggie, du machst mir Angst. Wovon redest du?"

Sie schnappte sich die Papiere vom Schreibtisch und knallte sie ihm gegen die Brust. „Es steht alles hier drin. Also kannst du mit dem Quatsch aufhören. Ich weiß, dass du die Kopie davon schon gesehen hast."

Matt runzelte die Stirn und überflog das Dokument.

„Aber vielleicht denkst du nur, du hättest gewonnen“, fuhr sie fort. „Ich glaube, ich werde eine Annullierung beantragen.“

Stevie stand der Mund offen, als er von Maggie zu Matt schaute.

„Wovon redest du?“, wiederholte Matt. Er sah völlig verwirrt aus. „Maggie, das kannst du doch nicht ernst meinen.“

„Todernst.“

„Was steht hier drin?“ Matt hielt das Dokument hoch. „Du weißt, dass ich diesen juristischen Kram nicht verstehe.“

„Du weißt verdammt gut, was darin steht.“ Sie stürmte zur Tür.

Er lief hinter ihr her und hielt sie am Arm fest.

„Lass mich los!“, zischte Maggie.

„Ich glaube, ich gehe lieber mal“, meinte Stevie.

„Nein!“, rief Maggie.

„Doch“, widersprach Matt. „Stevie, bitte warte draußen. Lass uns einen Moment allein, okay?“

„Wenn ich in fünfzehn Minuten nicht da bin“, sagte Maggie zu ihrem Bruder, „ruf die Polizei.“

Matt zuckte zurück. „Maggie! Du glaubst doch nicht, dass ich dir wehtun könnte, oder?“

„Das hast du bereits.“

„Wie?“, fragte er bestürzt. „Himmel, Maggie, sag mir, worum es hier geht.“

Sie ging aus dem Büro die Treppe nach oben.

„Maggie, sprich mit mir“, bat er sie, während er ihr in das Zimmer folgte, in dem sie ihre Sachen hatte. „Ich liebe dich, und du liebst mich. Wir sind verheiratet …“

Sie wirbelte zu ihm herum. „Nicht mehr.“

„Warum nicht?“, rief er verzweifelt. „Verdammt, Maggie, sag mir, warum nicht?“

„Na gut, wenn du das Spielchen weiterspielen willst. Das Kodizill besagt, dass du automatisch erbst, wenn du vor Ablauf der drei Monate verheiratet bist. Aber du kannst nicht einfach irgendjemanden heiraten. Die Bedingungen sind im fünften Absatz genau aufgelistet.“

Matt glättete das zerdrückte Papier und las. Langsam schien ihm die Bedeutung klar zu werden.

„Bravo“, Maggie applaudierte. „Eins muss man dir lassen, Matt, du bist wirklich ein ausgezeichneter Schauspieler. Aber spar dir das für den Oscar auf, denn ich weiß, dass du das Kodizill bereits gesehen hast. Ich habe eine Kopie in deiner Aktentasche gefunden.“

„Wenn es da war, wusste ich es nicht“, protestierte er.

Maggie lachte verbittert. „Weißt du, das hätte ich dir vielleicht sogar geglaubt. Aber kombiniert mit all den anderen Sachen ...“

„Welche anderen Sachen?“ Auch Matt wurde jetzt wütend.

„All die Lügen.“ Mit einem Ruck zog sie ihre Sporttasche vom Schrank. Während sie weitersprach, nahm sie ihre Sachen aus den Schubladen und legte sie aufs Bett. „Die anderen hatten recht, aber ich war dumm genug, dir zu glauben.“

„Wer hatte recht?“

„Angie ...“

„Verdammt! Ich hätte wissen müssen, dass sie dahintersteckt.“

„Und Dan Fowler.“

„Er ist nicht gerade der Präsident meines Fanclubs“, rief Matt. „Na, komm schon, ich brenne darauf, es zu hören. Was haben sie dir über mich erzählt?“

„Dass du ein Lügner bist“, brüllte Maggie zurück. „Und sie haben recht! Du hast mich angelogen, du Schuft. Du hast miese Tricks und Lügen benutzt, um mich dazu zu bringen, dich zu heiraten!“

„Himmel, Maggie, das kann doch nicht dein Ernst sein. Ich dachte, du glaubst an mich, vertraust mir ...“ Seine Stimme zitterte, und er brach ab. Tränen standen in seinen Augen. „Verdammt.“

Der Schmerz auf seinem Gesicht ist nur gespielt, erinnerte Maggie sich. Eine Träne löste sich und rann über seine Wange. Auch das war nur Theater.

„Ich habe dich nie angelogen“, sagte Matt.

„So?“ Sie stopfte die Sachen in ihre Tasche. „Jemandem zu erzählen, du hättest Krebs, obwohl es nicht stimmt, ist wohl ein bisschen mehr als eine kleine Notlüge, oder?“ Sie drehte sich zu ihm um. „Ich habe im Krebszentrum angerufen, Matt. Sie kannten dich nicht. Du warst nie da. Du hast mir gesagt, du wärst nie mit Vanessa ausgegangen, doch ich habe gehört, wie du mit ihr darüber gesprochen hast, dass ihr im Wildwood geparkt habt!“ Sie hielt inne und holte tief Luft. „Du hast mir ins Gesicht gelogen, als ich dich nach ihr gefragt habe!"

„Nein", sagte er. „Das kann ich dir er…"

Maggie baute sich wütend vor ihm auf. „Aber die größte Lüge war unsere Hochzeit." Es fiel ihr immer schwerer, die Tränen zurückzuhalten. „Du hast gesagt, du liebst mich, aber ich weiß jetzt, dass es nicht stimmt. Ich weiß, warum du mich geheiratet hast, und es hat nichts mit Liebe zu tun." Sein Gesichtsausdruck hätte ihr das Herz gebrochen, wenn sie nicht genau gewusst hätte, dass er gespielt war.

„Aber weißt du was?", flüsterte sie. „Ich habe auch gelogen, als ich dir gesagt habe, ich würde dich immer lieben. Denn ich liebe dich nicht mehr."

Matt drehte sich um und verließ das Zimmer.

Einen Moment später kam er mit einem leeren Koffer zurück. Er warf ihn aufs Bett. „Ich werde Stevie bitten, dir beim Tragen deiner Sachen zu helfen", sagte er ruhig. Er war schon fast wieder draußen, als er sich noch einmal umdrehte. „Ich dachte, du glaubst an mich, Maggie. Ich dachte, du vertraust mir. Aber warum solltest du anders sein als die anderen."

Als Maggie ins Theater kam, stand Matt bei der Bühne. Er war ganz in Schwarz gekleidet und wurde von den anderen Schauspielerinnen umringt. Trotzdem schaute er auf und sah sie an, als besäße er einen sechsten Sinn, der ihm verriet, wann sie in seiner Nähe war. Eine Welle der Verzweiflung überkam sie.

Maggie war plötzlich klar, dass sie wegziehen musste. Sie konnte unmöglich in einer Stadt mit Matt leben. Es wäre furchtbar, ständig daran erinnert zu werden, was für ein Dummkopf sie gewesen war.

„Geht auf eure Plätze!", rief Dolores. „Wir spielen das Stück heute Abend komplett durch."

Maggie ließ ihre Tasche auf einen Sitz fallen und kletterte müde auf die Bühne.

Sie war sich bewusst, dass Matt sie beobachtete, und es fiel ihr schwer, sich auf das Stück zu konzentrieren. Sie konnte nur daran denken, dass er gleich die Bühne betreten würde, und dann würde sie ihn küssen müssen. Nur wenn sie wütend blieb, würde sie die Sache überstehen können.

Matt beobachtete Maggie. Ihm war zum Heulen zumute. Wann hatte sie angefangen, an ihm zu zweifeln? Oder hatte sie ihm die ganze Zeit misstraut? Wenn sie diese Art von Mensch war, konnte er froh sein, sie los zu sein. So gesehen hatte sie ihm einen Gefallen getan.

In dem Moment wurde Maggie auf den Schultern der acht Männer über die Bühne getragen. Dabei lächelte sie bezaubernd.

Verlangen durchflutete Matt, und er schloss die Augen, wütend über seine Reaktion. Sie traute ihm nicht – und er begehrte sie noch immer. Und in weniger als einer Minute würde er sie küssen.

Verdammt. Er konnte es nicht.

Aber der Bühnenmanager gab ihm ein Zeichen, und er trat hinaus auf die Bühne, bis er direkt vor Maggie stand. Ihre Blicke trafen sich. Irgendwie öffnete er den Mund und sprach die Sätze, die er auswendig gelernt hatte. Maggie kam ihm so ungerührt und ruhig dabei vor.

Doch als er sie an sich zog, um sie zu küssen, bemerkte er die Wut in ihren Augen. Auch in ihm regte sich wieder der Zorn, und er küsste sie hart, zu hart, während er sich selbst verfluchte, weil er sie noch immer wollte und wusste, dass er zu ihr gehen und sie bitten würde, zu ihm zurückzukommen, noch ehe der Abend vorbei war.

Maggie saß hinter der Bühne in einer der hintersten Ecken und hoffte, die Pause zwischen den Akten wäre schnell vorüber. Sie musste schon all ihre Kraft aufbringen, um mit Matt auf der Bühne fertig zu werden – sie wollte nicht auch noch jetzt mit ihm konfrontiert werden.

Doch er fand sie. „Maggie."

Sie stand auf, um vor ihm zu flüchten, aber er hielt sie fest. „Wir müssen reden."

Maggie entzog sich ihm. „Es gibt nichts mehr zu sagen."

Sie eilte davon auf die Bühne ins helle Licht, doch Matt folgte ihr. „Es gibt noch eine Menge zu sagen. Komm schon. Gib mir wenigstens eine Chance, mich zu verteidigen."

„Lass mich in Ruhe."

„Maggie, bitte. Ich liebe dich."

Sie schaute ihn an und sah, dass ihm Tränen in den Augen standen. Ihre Wut kehrte zurück. „Tolle Vorstellung. Du klingst wirklich echt. Aber die Tränen sind doch ein wenig übertrieben, findest du nicht?" Sie strich sich das Haar aus dem Gesicht. „Gib auf, Matt. Ich glaube dir nicht mehr. Außerdem brauchst du mich auch nicht mehr. Ich werde keine Annullierung beantragen. Wir werden uns scheiden lassen – nachdem du dein Erbe bekommen hast."

„Du glaubst wirklich, dass es mir darum geht?", fragte er. „Ums Geld?"

Maggie schwieg.

Er nickte. „Du hast mich genügend geliebt, um mich zu heiraten", sagte er. „Du schuldest mir zumindest die Chance, dir zu erklären …"

„Ich schulde dir gar nichts."

„Wie kannst du das sagen?" Matt wurde übel. Glaubte sie das wirklich? „Du solltest deine Schwester fragen. Wenn du mir nicht glaubst, frag sie. Und ich rufe meinen Arzt an. Er kann dich anrufen. Ich war da …"

„Vergiss es, Matt", sagte Maggie. „Es ist mir egal."

Matt starrte sie an. Es war ihr egal. Er war bereit, sie anzuflehen, vor ihr auf die Knie zu fallen, aber verdammt, sie war diejenige, die ihm unrecht getan hatte. Sie war diejenige, die ihm nicht vertraute. Doch er war sogar bereit zu akzeptieren, dass sie ihn für schuldig hielt, bis das Gegenteil bewiesen wurde, wenn es bedeutete, dass er sie so zurückbekam.

Aber es war ihr egal.

Der letzte Funken Hoffnung, den er noch gehabt hatte, verflog.

15. Kapitel

„Wo zum Teufel ist er?", brüllte Dan Fowler. „Ich wusste es. Ich hätte diesem Kerl niemals die Hauptrolle in meiner Show geben dürfen!"

„Mein Bruder arbeitet mit Matt", erklärte Maggie ihm. „Ich habe gerade mit ihm telefoniert – er sagt, er hat den ganzen Tag nichts von Matt gehört."

Draußen tobte ein Sturm, und ein Donnerschlag dröhnte direkt über ihnen.

„Wunderbar, einfach wunderbar." Dan stöhnte. „Ihr zwei habt euch gestritten, stimmt's?"

„Wir haben uns getrennt", sagte Maggie. Es laut zu sagen tat noch mehr weh.

„Und jetzt ist er weg." Dan lief auf und ab und fluchte. „Die Zweitbesetzung ist grauenvoll. Wir müssen die Tanznummern alle ändern ..."

„Ich denke, Sie sollten erst einmal tief Luft holen", meinte Maggie, „denn Matt würde die Show nicht einfach sausen lassen. Er wird kommen."

Dan blieb stehen und starrte sie einen kurzen Moment an. „Sie sehen aus, als wären Sie von einem Laster überrollt worden. Der Typ tut Ihnen das an, und trotzdem verteidigen Sie ihn noch?"

„Ich glaube einfach nicht, dass er uns einen Tag vor der Premiere sitzen lassen würde", beharrte Maggie. „Er wird kommen."

„Na, das hätte ich ja nicht erwartet, dass ausgerechnet du dich für mich einsetzt."

Maggie wirbelte herum und sah Matt hinter sich stehen. Er sah erschöpft aus und war klatschnass.

Dan fluchte erneut. „Sie sind zu spät. Wir bezahlen unser Orchester nach Zeit, verdammt. Wo zum Teufel sind Sie gewesen?"

Matt wandte den Blick von Maggie ab. „Wir bekommen eine

Sturmflut. Ich musste die Leute in der Fabrik einteilen, um Sandsäcke zu schichten. Ich wollte ja anrufen, aber seit Stunden war ich ständig auf dem Sprung und wurde immer wieder aufgehalten. Es tut mir leid, dass ich zu spät komme."

„Alle auf ihre Plätze!", brüllte Dan. „Stone, ab in die Maske!"

Nach der Generalprobe zog Maggie gerade den Reißverschluss des Abendkleides auf, das sie während der Abschlussnummer getragen hatte, als sie eine warme Hand auf ihrer Schulter spürte.

Hinter ihr stand Matt.

Inzwischen war ihre Wut verflogen. Sie spürte nur noch den Schmerz. Und es schmerzte sehr. Denn trotz allem, was er getan hatte, liebte sie ihn noch immer.

In Matts Augen blitzte es gefährlich, wie schon während des ganzen Abends, doch er sprach ruhig und höflich: „Du warst gut heute Abend."

Maggie lachte tonlos. „Ich weiß genau, wie gut ich war. Das hier ist eine Art Härtetest für mich, Matt. Aber glaub mir, ich kann es kaum erwarten, dass es vorbei ist."

Er nickte, und jetzt drückte seine Miene Schmerz aus. „Ja, das geht mir ähnlich." Er räusperte sich. „Ich wollte dir nur sagen, dass ich wieder nach Kalifornien gehe, wenn die Theatersaison vorüber ist. Ich habe schon einen Scheidungsanwalt angerufen ... Ich will, dass du das Haus bekommst."

Maggie starrte ihn an.

„Ich kann nicht hierbleiben, wenn du auch hier wohnst", sagte er. „Ich weiß, dass du sehr gern hier lebst, und deshalb ..."

„Das ist ... verrückt." Das Haus musste Millionen wert sein.

„Nicht verrückter als alles andere", sagte er und ging.

Maggie stand hinter der Bühne und lauschte auf die Geräusche aus dem Saal, wo das Publikum seine Plätze einnahm. In zehn Minuten würde sich der Vorhang zur Premiere heben. Matt war in der Maske und lachte und scherzte mit den anderen. Sie schloss die Augen und wünschte, sie könnte sich auch so leicht verstellen.

„Hallo, Maggie", flüsterte jemand hinter ihr.

Maggie fuhr herum und sah Stevie. Er trug Jeans, die voller Schlammspritzer waren, und ein T-Shirt, das einmal weiß gewesen war.

„Na“, meinte sie. „Du hast dich ja fein gemacht.“

Er grinste. „Ich komme morgen Abend zum Zuschauen. Mit Danielle.“ Er lachte. „Wir haben tatsächlich eine richtige Verabredung. Matt leiht mir sogar seinen Maserati.“

„Eine Verabredung? Heißt das, dass du endlich …“

„Ja, ich habe doch deinen Ratschlag befolgt. Na ja, wir waren mit den anderen unterwegs, und ich konnte es keine Sekunde länger aushalten. Also sagte ich: ‚Danielle, ich bin schrecklich verliebt in dich, und wenn du mich nicht sofort küsst, werde ich sterben.‘“

„Tatsächlich?“ Maggie lachte. „Du meine Güte.“

„Sie hat auch gelacht“, berichtete Stevie weiter. „Und ich war entsetzt, weil ich dachte, sie macht sich nichts aus mir. Doch dann …“, er machte eine dramatische Pause, „… küsste sie mich. Peng. Direkt vor allen anderen.“ Er lächelte. „Sie ist auch in mich verliebt.“

„Das ist doch wundervoll“, meinte Maggie.

„Deshalb bin ich hergekommen, um dir zu danken und um dir Hals- und Beinbruch zu wünschen.“

„Danke.“

„Du und Matt, habt ihr euch wieder vertragen?“

Maggie schüttelte den Kopf. „Ich glaube nicht, dass das geschehen wird.“

Stevie verdrehte die Augen. „Du bist so ein Dummkopf. Er liebt dich, Maggie.“

„Er hat mich geheiratet, um an sein Erbe zu kommen“, sagte sie. Doch noch während sie die Worte aussprach, wusste sie, dass sie falsch klangen. Und Stevie sah sie an, als wäre sie völlig übergeschnappt.

„Das glaubst du doch nicht wirklich, oder?“

„Ich weiß es nicht“, gab sie zu.

„Doch, du weißt es. Du kennst ihn, Maggie. Er ist ein grundehrlicher Mensch. Ein bisschen merkwürdig mit seiner komischen Diät und den ungewöhnlichen Schlafenszeiten, aber du kennst ihn.“

Das hatte sie gedacht.

„Er hängt in letzter Zeit so lange in der juristischen Bibliothek herum, dass es bestimmt ungesund ist", berichtete ihr Bruder. „Er arbeitet an etwas, was du wahrscheinlich in fünf Minuten erledigen könntest. Er könnte deine Hilfe gebrauchen. Ich meine, es sei denn, es ist dir egal, ob er sich krankarbeitet …"

Maggie sah ihren Bruder skeptisch an. „Das ist ja wohl ein bisschen übertrieben."

„Bitte, rede einfach mit ihm, okay? Wenn du es nicht für ihn oder für dich tun willst, dann tu es wenigstens meinetwegen."

Sie schüttelte nur den Kopf.

„Auf eure Plätze!", rief Dolores.

„Sprich mit Matt", flüsterte Stevie ihr noch einmal zu, bevor er verschwand.

Und was sollte sie ihm sagen?

Maggie holte tief Luft und trat auf die Mitte der Bühne, wo sie stehen würde, wenn sich der Vorhang hob. Sie schloss die Augen, senkte den Kopf und versuchte sich zu entspannen.

Heute Abend würde Lucy ein Happy End erleben.

Maggie würde alles geben, um ihr eigenes Happy End zu bekommen.

Der letzte Vorhang fiel, und das Ensemble war völlig aus dem Häuschen. Das Musical war ein riesiger Erfolg – die Zuschauer hatten bei allen Witzen gelacht, und der Applaus für die musikalischen Nummern war ohrenbetäubend gewesen.

Lachend hob Matt Maggie hoch und schwang sie herum. Sie lächelte ihn an, während sie die Arme um seinen Nacken schlang. Ohne nachzudenken, küsste er sie. Bereitwillig erwiderte Maggie den Kuss, und Matt genoss einfach den Augenblick, wobei sein Herz heftig klopfte.

Doch dann entzog Maggie sich ihm, und sofort ließ er sie los. Sie schauten sich in die Augen, und Maggie räusperte sich leicht verlegen.

„Cody und Lucy konnten sich noch nie so richtig bremsen", meinte sie.

Cody und Lucy. Nicht Matt und Maggie. „Entschuldige", sagte er.

„Du warst großartig heute Abend", meinte sie.

„Du auch."

„Ich will dein Haus nicht", sagte Maggie ruhig.

„Zu schade."

„Ernsthaft, Matt. Stevie hat erzählt, dass du an etwas Juristischem arbeitest, aber das brauchst du nicht. Wir können nächste Woche zum Gericht gehen und unsere Heiratsurkunde vorlegen. Du hast die Bedingung erfüllt und gewonnen."

Er lachte angewidert. „Das nennst du gewinnen?", fragte er zornig und wandte sich ab, doch dann drehte er sich um und kam zurück. Es fiel ihm schwer, ruhig zu bleiben, doch er riss sich zusammen. „Ich gebe dir nicht nur das Haus", erklärte er. „Du bekommst auch die Hälfte der Firma."

Maggie sah ihn geschockt an. „Matt …"

„Hey, es ist, wie du gesagt hast", meinte er bitter. „Ich habe gewonnen. Und das nur aufgrund deiner Hilfe. Dafür bekommst du das Haus. Die Hälfte der Firma bekommst du, weil ich dich – ob du es glaubst oder nicht – tatsächlich als meine Frau betrachtet habe. Aber wenn es dir angenehmer ist, kannst du es ja auch als Bezahlung für den Sex ansehen."

Maggies Augen funkelten wütend. Als Antwort bekam er von ihr einen Wortschwall zu hören, mit Ausdrücken, die sie vorher noch nie verwendet hatte, jedenfalls nicht in seiner Gegenwart.

Erst als er in seinem Wagen saß und zu schnell vom Parkplatz fuhr, fiel ihm auf, dass sie nicht so wütend wäre, wenn ihr wirklich alles egal wäre. Vielleicht packte er die ganze Sache nicht richtig an. Statt ihr zu beweisen, wie ruhig und gelassen er war, wie sehr er sich in den letzten Jahren verändert hatte, sollte er ihr vielleicht zeigen, wie sehr ihr Verhalten ihn verletzte. Zum ersten Mal seit Tagen schöpfte Matt Hoffnung.

Er fuhr eilig zu „Sparky's", wo das gesamte Ensemble sich zur Premierenfeier traf. Er wollte vor Maggie da sein.

Lustlos stieß Maggie stieß die Tür zur Bar auf.

Die Premierenfeier hatte Tradition, und sie konnte sich nicht drücken. Sie war allerdings entschlossen, nur kurz mit den anderen anzustoßen und dann wieder zu verschwinden.

Als sie hereinkam, sah sie, dass Matt bereits da war und an der Bar saß. Neben ihm saß Charlene, die sich gerade sehr weit zu ihm hinüberbeugte, um ihm etwas zu sagen. Und, verflixt, Matt hatte doch tatsächlich den Arm um sie gelegt.

Maggie schaute hastig weg, bemerkte jedoch, dass Matt sie im Spiegel beobachtet hatte. Zu ihrem Verdruss besaß er auch noch die Frechheit, sie anzulächeln. Blind vor Tränen der Eifersucht starrte sie auf die altmodische Musikbox. Nein, nicht Eifersucht, korrigierte sie sich, sondern Tränen der Wut. Sie konnte noch immer nicht fassen, was er vorhin zu ihr gesagt hatte. Bezahlung für den Sex … Und jetzt saß er da, mit Charlene.

Plötzlich merkte sie, dass Matt direkt hinter ihr stand.

Hastig blinzelte sie die Tränen fort und kramte in ihrer Tasche nach einem Geldstück. Sie steckte es in die Musikbox und tat so, als wollte sie ein Lied aussuchen, doch Matt langte über ihre Schulter und drückte die Zahlen für einen alten Beatles-Song.

„Tanz mit mir“, sagte er.

Maggie schaute ihn an, auf einmal völlig erschöpft. Sie hatte den ganzen Abend mit ihm getanzt, doch das hatte nichts gelöst. „Warum tanzt du nicht mit Charlene?“

„Sie hat sich neben mich gesetzt. Was sollte ich tun?“

„Und dein Arm hat sich ganz von selbst um sie gelegt, was?“ Maggie ertrug es nicht länger. „Ich denke, es ist offensichtlich, dass es zwischen uns aus ist“, erklärte sie. „Warum entspannst du dich nicht, trinkst ein Bier, rauchst eine Zigarette und schnappst dir Charlene, wenn du schon dabei bist.“

„Willst du das wirklich?“, fragte Matt. Sie spielte ihm ja direkt in die Hand. Es war perfekt. Und er hatte recht damit, dass er ihr nicht egal war. Sie machte sich doch noch etwas aus ihm. Er hätte sie am liebsten geküsst, doch stattdessen zuckte er mit den Schultern. „Fein. Bitte sehr.“

Matt erinnerte sich daran, wie er sich früher aufgeführt hatte, bevor er gelernt hatte, seine Wut zu zügeln. Es war nicht schwierig, wieder in diese Rolle zu schlüpfen. Er hatte jahrelang den Bösewicht gespielt, und drüben an der Bar mit Charlene hatte er schon damit angefangen.

Er wirbelte herum und wäre fast mit einer Kellnerin zusammengestoßen. Kurz entschlossen nahm er ein großes Glas Bier von ihrem Tablett, ignorierte ihren Protest und ließ sich von einem der Schauspieler eine Zigarette geben. Ohne Maggie aus den Augen zu lassen, trank er einen großen Schluck Bier, bevor er an der Zigarette zog.

Himmel, dachte Matt erschrocken, als der Rauch seine Kehle reizte. Er musste sich bemühen, nicht zu husten. Er hasste den Geschmack von Rauch und Bier, doch das durfte er sich jetzt nicht anmerken lassen.

„So ist es besser, oder? Das ist es doch, was du von mir erwartest, stimmt's? Der Himmel bewahre mich davor, dass ich mich jemals ändere."

Maggie traten Tränen in die Augen. „Matt, hör auf."

„Ich weiß nicht, Maggie", meinte er laut. „Ich meine, du hast mich doch für diese Rolle vorgesehen. Ich bin ein Lügner und Betrüger, oder? Jedenfalls für Angie und Dan. Ein Lügner, der zu viel raucht und trinkt. Wir wollen auch Charlene nicht vergessen. Sie geht bestimmt gern mit mir nach Hause. Aber warte, vielleicht will sie das nicht mehr, wenn sie das hier sieht."

Matt tat so, als wollte er den Rest des Bieres hinunterstürzen, schüttete es sich aber über das T-Shirt. „Oder dies!", rief er und knallte das Glas mit solcher Wucht auf die Musikbox, dass die Musik abrupt abbrach.

In der Bar herrschte plötzlich Stille.

Matt beendete das Schauspiel, indem er die Zigarette im Aschenbecher ausdrückte.

„Du bist bereit, all das über mich zu glauben", sagte er leise zu Maggie, „aber du willst mir nicht glauben, dass ich dich liebe. Wenn das wirklich so ist, dann fahr zur Hölle, Maggie. Dann will ich dich gar nicht mehr." Er drehte sich um und ging aus der Bar, wohl wissend, dass seine Worte ihn genau zu dem gemacht hatten, wofür sie ihn hielt: zu einem Lügner.

Maggie folgte Matt hinaus auf den Parkplatz. Sie fand ihn auf Knien neben seinem Wagen, wo er sich übergeben hatte.

Er fluchte. „Geh weg."

Sie suchte in ihrer Handtasche nach Taschentüchern und hockte sich neben ihn.

Matt nahm eins, wischte sich den Mund ab und setzte sich auf. „Erinnere mich daran, dass ich nie wieder rauche." Belustigung blitzte in seinen Augen auf, als er sie ansah. „So viel zu meiner Rolle als harter Mann, was?"

„Soll ich dich nach Hause fahren?", fragte sie.

Matt schüttelte den Kopf. „Nein, ich bin okay. Es war nur … Ich habe so lange nicht mehr geraucht und … Verdammt, mein Magen …"

„Du warst sehr beeindruckend vorhin. Wie du die Musikbox zum Verstummen gebracht hast … nicht schlecht."

„Es war ein bisschen übertrieben, oder?"

„Nein." Maggie begann zu weinen. „Es war perfekt."

„So bin ich nicht mehr."

Maggie nickte. „Ich weiß." Sie traute sich nicht, ihn anzusehen. Sie konnte nur noch daran denken, was er gesagt hatte: *„Dann will ich dich nicht mehr."*

„Oh, Matt, wirst du mir jemals vergeben?"

„Ich denke mal darüber nach." Er stand auf und schloss den Wagen auf. Im Becherhalter stand eine Flasche Wasser. Er nahm einen Schluck und spülte seinen Mund damit aus.

Maggie wischte sich die Tränen ab. „Stevie hat mir erzählt, du arbeitest an etwas."

„Ja. Ich will unsere Heirat nicht dazu benutzen, um das Erbe zu bekommen", erklärte er. „Ich würde es tun, wenn es sein muss, dafür stehen zu viele Arbeitsplätze auf dem Spiel. Aber ich habe dich nicht wegen dieser dämlichen Zusatzklauseln im Testament geheiratet. Ich wusste nicht, was drinsteht."

„Ich glaube dir, und es tut mir so leid."

„Hast du inzwischen mit Vanessa gesprochen, oder im Krebszentrum angerufen? Ich habe ihnen die Erlaubnis erteilt, dir Auskunft zu geben."

„Nein."

Matt war überrascht. „Du willst keine Beweise?" Er lachte. „Hat Stevie dir gesagt, woran ich arbeite?"

„Nein“, widersprach Maggie. „Er sagte nur, du könntest wahrscheinlich juristische Hilfe gebrauchen. Mehr nicht.“

Matt versuchte gelassen zu wirken, doch er spielte die Rolle des enttäuschten Ehemannes miserabel. „Also hast du einfach so entschieden, dass du mir glaubst? Ohne Beweise, einfach so?“

„Es war etwas, das Stevie heute Abend gesagt hat“, gab Maggie zu. „Er hat mich daran erinnert, dass ich dich kenne. Matt, bitte vergib mir. All die schrecklichen Dinge, die ich zu dir gesagt habe, tun mir furchtbar leid.“ Sie schaute ihm in die Augen. Sie gehörte zu Matt, und sie wusste, sie musste alles daransetzen, um bei ihm zu bleiben. Als er sie an sich zog und sie fest umarmte, begann sie wieder zu weinen. „Ich liebe dich, Matt, und wenn du mir nicht vergibst, werde ich sterben“, wiederholte sie Stevies Worte.

Matts Augen funkelten. Lachend drückte er Maggie an sich. „Als gäbe es einen Zweifel, dass ich dir verzeihe.“

„Du hast gesagt, du müsstest darüber nachdenken.“

„Das war ein Scherz! Du meine Güte, wenn dieses Theater heute Abend fehlgeschlagen wäre, hätte ich meinen Arzt aus Kalifornien einfliegen lassen und ihn dafür bezahlt, dir zu folgen, bis du mir geglaubt hättest. Ich hätte einen Lügendetektortest machen lassen. Ich wollte …“

„Ich liebe dich, Matt. Liebst du mich auch noch?“

„Für immer“, versprach er.

Sie wollte ihn küssen, doch er wandte den Kopf ab. „Jetzt nicht“, meinte er. „Aber wenn du mit mir nach Hause kommst, dann werde ich mir die Zähne putzen, und du kannst dein Glück erneut versuchen.“

Maggie hielt ihn fest umschlungen. „Ich habe doch versprochen, dich in guten wie in schlechten Zeiten zu lieben.“

Matt lachte. „Steig ein.“

Sie stieg ein, und er brachte sie nach Hause.

16. Kapitel

Maggie seufzte, als sie neben Matt in seinem Bett lag. Ihrem Bett. Es war so schön, zu Hause zu sein.

„Ich war so eine Idiotin", sagte sie.

„Ja, das warst du."

Sie kniff die Augen zusammen. „Es ist nicht in Ordnung, dass du mir zustimmst."

„Ich werde nicht lügen", sagte Matt und berührte sanft ihr Gesicht. „Nicht einmal bei so etwas. Ich werde dich nie belügen, Maggie."

„Ich weiß", flüsterte sie.

Er küsste sie, und Maggie schmolz förmlich dahin. Und dann fing sie an zu lachen.

„Was ist?"

„Ich bin verrückt nach dir", sagte sie, „und wenn du dich nicht sofort auf mich legst, werde ich sterben."

Er lachte laut auf. „Das geht natürlich nicht. Himmel, wie ich dich vermisst habe!"

Maggie wachte auf und sah Matt neben sich im Bett sitzen und in einem Ordner lesen. Ein Blick auf den Wecker zeigte ihr, dass es kurz nach fünf war.

„Hallo", sagte Matt lächelnd.

Sie streckte sich. „Hast du überhaupt geschlafen?"

Matt schüttelte den Kopf. „Ich glaube, ich hatte Angst, wenn ich einschlafe, entpuppt sich unsere Versöhnung als Traum."

„Keine Angst, ist es nicht."

Er nickte. Und reichte ihr den Ordner. „Bist du wach genug, um deine Anwaltsrobe anzulegen?"

Sie setzte sich auf und stopfte sich ein Kissen in den Rücken. „Meine Robe scheint mit dem Rest meiner Sachen verschwunden zu sein."

Er grinste sie an. „Ich meinte im übertragenen Sinn. Und da wir uns ja Ehrlichkeit geschworen haben, sollte ich dir vielleicht sagen, dass der Gedanke, dass du mir juristischen Beistand leistest, während du nackt bist, mich ziemlich anmacht."

„Soll ich dich mit Mister anreden?", fragte sie scherzhaft, als sie den Ordner öffnete und zu lesen begann.

„Bist du dir wirklich sicher?", fragte sie nach einer Weile.

Matt nickte.

Sie las weiter. Matt hatte seinen Plan zur Verbesserung der Firma dargelegt. Er beinhaltete einen Betriebskindergarten und einen Fitness-Raum. Er beinhaltete außerdem die Teilhaberschaft für alle Angestellten, von den Managern bis zum Reinigungspersonal.

Maggie blätterte durch die Notizen. „Du willst, abgesehen von fünfundzwanzig Prozent, sämtliche Firmenanteile deinen Angestellten überlassen?" Sie schaute ihn an. „Du willst sie ihnen einfach schenken?"

Matt zuckte mit den Schultern. „Diese Menschen haben hart gearbeitet, um die Firma erfolgreich zu machen. Was meinst du, wie hart sie erst arbeiten werden, wenn die Firma mehr oder weniger ihnen gehört?"

Maggie blätterte weiter. „Und was ist das? Ein Stipendienprogramm?"

„Finanziert durch den Verkauf einiger Vermögenswerte meines Vaters. Ich werde zum Beispiel nur zwei seiner Wagen behalten – ich meine, wer braucht schon dreizehn Autos? Einige davon sind Oldtimer und eine Stange Geld wert. Der gesamte Erlös wird in die Stiftung fließen. Ich habe auch schon einige Berechnungen angestellt. Du solltest das noch einmal überprüfen, aber ich glaube, wir können mit circa drei Millionen Zinsen jedes Jahr rechnen. Geld, das wir vergeben können."

„Und du wirst diese Stiftung leiten", vermutete sie.

„Mit dir", erwiderte er. „Falls du den neuen Posten annehmen möchtest."

Maggie schaute ihn an. „Matt, das ist ..."

„Verrückt?" Er zuckte erneut mit den Achseln. „Ich habe das Geld meines Vaters nie haben wollen – das habe ich dir von Anfang an gesagt. Ich wollte nur die Firma retten. Allerdings, versteh mich nicht falsch – meine fünfundzwanzig Prozent werden uns ein angenehmes Leben ermöglichen. Ich gebe ja nicht alles weg."

Maggie schloss die Akte. „Gut." Sie runzelte kurz die Stirn. „Ich glaube, mein juristischer Ratschlag an dich wäre: Lass es uns versuchen. Wir werden es schriftlich fixieren und dem Gericht vorlegen. Ich kann dir nicht mit Gewissheit sagen, ob sie es als die Art von Verbesserung akzeptieren, die deinem Vater vorschwebte, aber ich bin bereit, dafür zu kämpfen. Und wir haben ja noch einen Trumpf im Ärmel – unsere Heiratsurkunde. Ich weiß, dass du sie nicht verwenden willst, aber wir wollen ja, dass deine Mitarbeiter auch zu Weihnachten noch einen sicheren Job haben."

Maggie begann, sich Notizen zu machen, doch Matt nahm ihr den Stift aus der Hand und küsste sie.

„Wir können die Details später ausarbeiten", meinte er. „Ich möchte dich nur noch um eins bitten. Sieh heute meine Aktentasche durch, damit wir sicher sein können, dass dort nicht noch mehr böse Überraschungen verborgen sind." Er küsste sie erneut. „Wirst du das für mich tun?"

„Das brauche ich nicht."

„Aber ich möchte es", beharrte er, während er sich auf sie rollte. „Später."

„Später", stimmte sie zu.

Matts Aktentasche war voller Rosen.

Und ganz unten lagen die Krankenhausberichte aus Kalifornien.

Außerdem hatte er ihr aufgeschrieben, was es mit der Nacht im Wildwood auf sich hatte, als Vanessa betrunken zu ihm ins Auto gestiegen war, nachdem sie sich von ihrem Freund getrennt hatte. Sie hatte versucht, ihn zu verführen, doch er hatte sie nach Hause gefahren. Das war alles gewesen.

Dann war noch ein kurzer Brief von Dan Fowler darin, der sich dafür entschuldigte, Maggie eine Falschinformation gegeben zu haben. Er erklärte, dass Matt sich im Krebszentrum für eine Geheimhaltungsklausel entschieden hatte, die besagte, dass sämtliche Informationen über seine Krankheit – einschließlich der Informationen, die er selbst beantragte – schriftlich eingereicht werden mussten.

Und es war die Kopie einer E-Mail von Angie darin.

Liebe Maggie,

Matt hat mir vor ein paar Tagen eine E-Mail geschickt. Ich habe einige Zeit darüber nachgedacht und bin zu der ziemlich erschreckenden Erkenntnis gelangt, dass ich unrecht hatte.

Ich werde Dir nicht alles erzählen, was Matt mir geschrieben hat, es könnte Dir zu Kopfe steigen, aber ich glaube jetzt, dass er Dich wirklich liebt. Er liebt Dich seit Langem, und ich vermute, es ist meine Schuld, dass Ihr zwei nicht schon früher zusammengekommen seid.

Du hattest recht – ich war eifersüchtig. Selbst jetzt noch, obwohl ich verheiratet und verrückt nach Freddy bin. Ich bin ein schlechter Mensch. Wenn ich Matt nicht haben konnte, solltest Du ihn auch nicht haben. Ich glaube, damals auf der Highschool war mir klar geworden, dass seine Gefühle für Dich unsere Beziehung weit in den Schatten stellten. Ich glaube, ich hatte Angst, wenn Ihr beide zusammenkommt, hätte keiner von Euch mehr etwas für mich übrig.

Jetzt weiß ich, dass das nicht stimmt. Ich liebe Freddy so sehr, wie Matt Dich liebt, und solch eine Liebe ist wie ein Feuer. Es breitet sich immer weiter aus und brennt immer heller und strahlender. Ich entschuldige mich für die Dinge, die ich Dir gesagt habe, und hoffe, Du kannst mir vergeben.

Ach, ich weiß ja, dass Du es tun wirst. Du hast mir immer vergeben – Du bist einfach zu gut. Daran solltest du mal arbeiten.

Also, bleib noch eine Woche lang wütend auf mich – ich bin so eine alte Hexe –, und dann ruf mich an und sag mir, dass Du mir verzeihst, okay?

In Liebe, Angie

Maggie sah Matt in der Bürotür stehen. „Ich hätte das alles nicht gebraucht“, sagte sie. „Ich brauche weder Beweise noch die Erlaubnis von irgendjemandem, um …“

„Ich weiß."

Sie ging die Taschen der Aktenmappe durch, doch sie waren leer.

„Das war alles", meinte Matt. Er hatte sich vorher vergewissert.

„Bist du sicher?"

„Habe ich etwas vergessen?"

Maggie seufzte. „Ich hatte gehofft, du würdest mich fragen …" Sie stand auf. „Ich vermute, ich muss es wohl selbst tun." Sie nahm eine der Rosen, ging zu Matt und ließ sich auf ein Knie nieder. „Matt, willst du dich nicht von mir scheiden lassen?"

Matt lachte.

Maggie lachte ebenfalls, doch an ihrem Blick sah er, dass es nicht nur Spaß war.

„Oh, Maggie." Er ließ sich ebenfalls auf die Knie nieder und küsste sie. „Ja", antwortete er. „Halt, warte, vielleicht sollte ich erst mit meiner Anwältin reden. Deine Frage war kompliziert formuliert. Ja, ich will mich nicht von dir scheiden lassen", wiederholte er dann sicherheitshalber.

Maggie küsste seinen Hals, sein Kinn, seine Wange, doch dann, einen Hauch von seinen Lippen entfernt, hielt sie inne. „Ich möchte meinen Ehering."

Stürmisch eroberte Matt ihre Lippen, bevor er sich von ihr löste und in seine Tasche griff. Seit Tagen schon trug er die kleine Schachtel mit sich herum. Er öffnete sie und nahm die beiden Goldringe heraus. Ihrer war klein und zierlich im Vergleich zu seinem, aber beide trugen die gleiche Inschrift: *Maggie und Matt. Für immer.*

Maggie sah Matt an, als er ihre Hand nahm. „Ich verspreche, dass ich dich immer lieben werde", sagte er leise, bevor er den Ring auf ihren Finger schob.

In diesem Moment wusste Maggie, dass sie nie wieder an ihm zweifeln würde. Was die Zukunft auch bereithielt, sie würde an Matts Seite stehen.

Sie streckte die Hand aus, und er legte ihr seinen eigenen Ring darauf. Er war groß und solide, genau wie Matt selbst. Trotzdem zögerte Maggie. „Matt", sagte sie. „Ich habe dich angelogen, als ich gesagt habe, ich würde dich nicht mehr lieben. Ich war so wütend. Ich habe versucht, dich nicht mehr zu lieben, aber das konnte ich nicht."

„Wir haben beide viele dumme Dinge gesagt", meinte er. „Es ist okay."

„Ich wollte, dass du weißt, dass ich mein Versprechen nicht gebrochen habe. Ich habe versprochen, dich für immer zu lieben, und dieses Versprechen will ich auch einhalten." Sie schob den Ring auf seinen Finger und küsste seine Handfläche.

„Ich bin verrückt nach dir", sagte Matt lächelnd, „und wenn du mich nicht sofort küsst, werde ich sterben."

Maggie lachte. Und dann küsste sie ihn.

– ENDE –

Cheryl Biggs

Gefährliche Affäre

Roman

Aus dem Amerikanischen von
Leonore Hoffmann

1. Kapitel

Der Motor des Flugzeugs röchelte erneut, und der Frontpropeller blieb stehen.

„N299V, falsche Landebahn. Wiederhole: falsche Landebahn!“

Suzanne Cassidy blickte zum Funkgerät, biss sich auf die Lippen und umklammerte den Steuerknüppel noch fester. Sie hatte keinen Treibstoff mehr, sie musste es darauf ankommen lassen.

Plötzlich gingen vor ihr sechs schwarze Cobra-Helikopter herunter.

Sie schrie auf, riss den Knüppel nach hinten und schloss die Augen.

Die Maschine bockte, die Nase kam kurz hoch, dann trafen die Räder hart auf dem Boden auf.

Suzanne wurde in den Sitz zurückgeworfen. Sie öffnete die Augen wieder und sah, wie die Cobras abrupt abdrehten. Die nagelneue Cirrus SR20, die sie und ihr Partner für die Firma erstanden hatten, schlidderte die Landebahn entlang.

Suzanne fluchte und bremste stärker.

Das Flugzeug brach seitwärts aus, runter von der Asphaltpiste. Die Räder gruben sich in Gras und Erde. Steine schlugen gegen das Fahrwerk.

Das rechte Rad verfing sich in einer flachen Grube, die Cirrus kreiselte und stand.

Irgendwo begann eine Sirene zu heulen.

Suzanne rang nach Luft. Das Herz hämmerte ihr gegen die Rippen, ihre Hände zitterten, sie fühlte sich völlig kraftlos. Dennoch stieß sie die Tür auf und kletterte hinaus auf die Tragfläche.

„He, was zum Teufel haben Sie hier verloren? Dies ist Militärgelände und keine Flugschule. Sie hätten uns alle umbringen können.“

Beim Klang der tiefen Stimme fuhr sie herum. Sie ließ sich auf den

Boden gleiten und klammerte sich an den Tragflügel, um nicht den Halt zu verlieren. Panik überkam sie.

Sie war noch nicht bereit dazu, ihm gegenüberzutreten. Nicht hier. Nicht so.

Doch sie stand da wie gelähmt, atemlos, während er auf sie zukam. Und dann erkannte er sie.

Fast hätte sie die Nerven verloren. Vor beinahe einem Jahr hatte sie Three Hills verlassen, aber es war kein Tag vergangen, an dem sie nicht an ihn gedacht hatte.

Die Erinnerungen überwältigten sie, doch sie wehrte sie ab. Dafür war jetzt kein Platz. Nicht, wenn sie überleben wollte.

„Suzanne!" Er spuckte ihren Namen aus wie einen Fluch.

Die heiße Nachmittagssonne schien sein dunkelblondes Haar in geschmolzenes Gold zu verwandeln. In seiner Pilotenbrille spiegelten sich der Hangar, die Wüste und sogar ihr Bild, während seine Augen verhüllt blieben. Suzanne brauchte seine Augen gar nicht zu sehen, sie erinnerte sich lebhaft daran. Sie waren so tiefblau wie der Himmel über der Wüste vor einem Gewitter. Dunkel, turbulent, drohend und anscheinend stets auf sie gerichtet.

Ein Beben ging durch ihren Körper, und sie versuchte wegzusehen. Stattdessen glitt ihr Blick über seine hohe, sehnige Gestalt in der Fliegeruniform. Sie nahm seine kantigen Gesichtszüge wahr. Züge, die alles andere als gefällig waren. Und dennoch, er wirkte unglaublich anziehend, ja sogar gewinnend.

War er Freund oder Feind? Die Frage beschäftigte sie seit Stunden, sie jagte ihr kalte Schauer über den Rücken. Jemand versuchte, sie zu vernichten, vielleicht zu töten, und Hart Branson war entweder ihre Rettung – oder der Verantwortliche dafür.

Sie war gekommen, um sich Klarheit zu verschaffen.

Wortlos drehte Hart sich um und ging auf einen Hangar zu.

Verwirrt sah Suzanne ihm nach. Sie griff nach ihrer Tasche und folgte ihm. Es mochte unklug sein, sich an ihn zu wenden, vielleicht sogar gefährlich, aber sie konnte nicht mehr zurück. Er war ihre einzige Chance.

„Hart, bitte, so hör doch …"

Er fuhr herum. „Was willst du von mir, Suzanne?"

Seine Feindseligkeit war offensichtlich. Warum? Womit hatte sie ihn dermaßen erbost?

Am liebsten wäre sie vor seinem kalten, bohrenden Blick geflohen. Sie widerstand. „Das … das FBI war bei mir zu Hause."

Hart rührte sich nicht. Seine Züge waren wie versteinert.

Sie schluckte und zwang sich fortzufahren, obwohl sie seine Verachtung geradezu körperlich empfand. „Sie sagten, dass bei Ricks letztem Einsatz Militärgeheimnisse entwendet wurden."

Da er nicht reagierte, sprach Suzanne weiter. „Sie hatten die Sache nicht weiter verfolgt, aber nun werden diese Informationen international gehandelt und sie … sie …"

Die Luft über dem Asphalt waberte in der gnadenlosen Hitze Arizonas, doch sein Schweigen war eisig.

„Sie behaupten, dass Rick lebt, Hart." Suzanne nahm den Anflug von Hysterie in ihrer Stimme wahr, die andrängenden Tränen, und fügte hastig hinzu: „Sie glauben, er habe seinen Tod vorgetäuscht und die Geheimnisse verraten – und dass ich seine Komplizin sei."

Abgründige Wut stieg in Hart auf, doch er riss sich zusammen. Er hatte Verrat erfahren und würde vermutlich wieder verraten werden, aber so etwas würde er Rick nie unterstellen, und das wusste sie. Warum also war Suzanne hier? Er hatte nicht damit gerechnet, sie je wieder zu sehen, und das war ihm nur recht. Denn seiner Meinung nach trug sie die Schuld an Rick Cassidys Tod.

Er nahm die Sonnenbrille ab, betrat den Hangar, warf seinen Helm auf eine Werkbank und wandte sich um. „Und das soll ich dir wirklich glauben, Suzanne?"

Sie war ihm nach drinnen gefolgt, doch jetzt blieb sie stehen. Sein Hohn traf sie wie ein Hieb. Tränen traten ihr in die Augen, heiß und stechend. Verzweiflung stieg in ihr auf.

Sie nahm alle ihre Kraft zusammen, reckte die Schultern und richtete sich kerzengerade auf. „Es ist die Wahrheit." Es sollte klar und überzeugend klingen, doch es wurde nur ein bebendes Flüstern.

Mit schmalen Augen musterte Hart sie, das Misstrauen stand in sein Gesicht geschrieben. Jede Frau, die ihm nahegestanden hatte, jede hatte gelogen und betrogen. Zuerst seine Mutter, dann seine einzige Tante, diverse Pflegemütter und schließlich seine Exfrau. Doch

Suzannes Schuld war die schwerste, denn sie hatte ihren Mann auf dem Gewissen.

Hart hatte früh genug gelernt, dass er nur sich selbst trauen durfte. Und einer Frau gar zu vertrauen war pure Dummheit.

Er wandte sich zu einer Werkbank, auf der eine Kaffeekanne stand. Während er danach griff, ballte er die andere Hand zu einer Faust. Sein Zorn wuchs.

Noch vor einem Jahr war Suzanne Cassidy die Frau des besten, des einzigen Freundes gewesen, den er je gehabt hatte. Dennoch hatte er sich vom ersten Augenblick an zu ihr hingezogen gefühlt. Er hatte sich dafür verabscheut und versucht, die Gefühle mit Willenskraft zu verdrängen.

Er erinnerte sich an einen Abend, an dem Suzanne zum Stützpunkt kam, um sich vor einem unvorhergesehenen Einsatz von Rick zu verabschieden. Als Hart sah, wie sie Rick küsste und ihm liebevolle Worte zuflüsterte, war ihm klar geworden, dass sie ihm mehr bedeutete, als für seinen Seelenfrieden gut war.

Am Tag seiner Rückkehr zur Basis hatte er um Versetzung gebeten. Aus den Augen, aus dem Sinn, hatte er sich gesagt. Die Versetzung wurde jedoch nicht gewährt.

Und dann war Rick umgekommen, und Hart gab Suzanne die Schuld, denn sie hatte etwas Unverzeihliches getan.

Warum also verspürte er nun den fast unwiderstehlichen Drang, sie in die Arme zu nehmen und sie zu küssen? Warum dieses brennende Verlangen bei ihrem Anblick?

Er empfand Selbstekel.

Heftig knallte er die Kaffeekanne wieder auf die Werkbank und merkte in seiner Wut nicht, dass das heiße Getränk auf seine Hand spritzte. Er drehte sich zu ihr um. „Rick war kein Verräter, Suzanne.“

Durch das Fenster hinter ihm fielen Sonnenstrahlen auf ihre Tränen, sodass sie glitzerten. Hart hielt sich an seinen Zorn, um das Mitgefühl abzuwehren, aber er konnte sich an ihrer Schönheit nicht sattsehen. Diese Mischung aus Zartheit und Kraft in ihren Zügen fesselte ihn. Und sie war inzwischen noch schöner geworden.

Suzannes Lippen waren von einer lockenden Fülle, die Konturen weich geschwungen. Die leichte Stupsnase verlieh ihr etwas Kesses, während das tiefe Braun ihrer Augen, durchsetzt mit goldfarbenen Pünktchen, ihn an die Unergründlichkeit der Wüste in einer mondlosen Nacht erinnerte.

Sein Blick glitt zu ihrer blassgelben Bluse, verharrte auf der Rundung ihrer Brüste, der schmalen Taille, dem sanften Schwung ihrer Hüften und den Jeans, die ihre langen Beine eng umhüllten.

Plötzlich brachen all die alten Sehnsüchte wieder über ihn herein. Es prickelte ihm in den Fingern, die dunkle seidige Fülle ihres Haars zu berühren, durch die üppigen Wellen zu fahren, die ihr über die Schultern fielen, sie im Nacken zu fassen und an sich zu ziehen, diesen verführerischen Körper zu streicheln, ihre Leidenschaft zu entfachen, bis ...

Hart ballte jetzt beide Hände zu Fäusten, geschüttelt von trügerischen Emotionen. Er wollte diese Gefühle nicht.

„Ich weiß, dass Rick kein Verräter war“, sagte sie und beendete damit das eisige Schweigen. „Aber ich schwöre, ich sage die Wahrheit. Ich brauche Hilfe, Hart, und da dachte ich ...“ Ihre Stimme versagte, doch sie zwang sich, weiter zu sprechen. „Ich dachte, du könntest vielleicht ... du würdest ...“

Er strahlte nichts als Feindseligkeit aus – nein, Hass.

Diese Erkenntnis schockierte Suzanne. Aber warum? Nun, das war nicht mehr wichtig. Ihre letzte Hoffnung war gerade gestorben.

Sie wandte sich zum Gehen. Wie dumm von ihr, hierherzukommen. Sie ließ ihren Tränen freien Lauf, drehte sich um, stieß gegen einen Stuhl, wischte sich über die Augen und hastete zum Tor.

Schuldgefühl und Mitleid überkamen Hart, aber das schob er ebenso entschlossen beiseite wie den Drang, sie aufzuhalten. Tränen waren bloß eine der weiblichen Strategien, ihren Willen durchzusetzen. Auch das gehörte zu seinen bitteren Erfahrungen.

Er lehnte sich an eine UH-60 Blackhawk. Trotz seiner lockeren Haltung war jeder Muskel seines Körpers, jeder Nerv angespannt. Er durfte nicht wankend werden, durfte ihren Worten keinen Glauben schenken.

Aber neugierig war er doch. „Falls deine Geschichte wahr ist, was erwartest du dann von mir, Suzanne?“ Seine Stimme war hart und unnachgiebig, genau wie seine Züge. Ein Teil von ihm wünschte, sie würde wortlos gehen. Der andere Teil – gegen den er ständig ankämpfte – drängte ihn, ihr zu folgen, sie in die Arme zu schließen und sich das zu nehmen, was er sich seit Langem ersehnte.

Suzanne drehte sich um, und als ihre Blicke sich trafen, stockte ihr der Atem. Eine Sekunde lang sah sie das Begehren in seinen Augen, und es entfachte erneut das Feuer, das in ihr schon vor Ricks Tod für ihn gebrannt hatte.

Im nächsten Moment war es erloschen, und sie sah nur noch kalte Wut.

Erinnerungen überschwemmten sie. Der Augenblick, als sie Hart zum ersten Mal sah … die unmittelbare Anziehung … die Schuldgefühle. Für Suzanne spielte es keine Rolle, dass ihre Ehe praktisch nicht mehr existierte, dass ihr Mann ständig Affären hatte – sie hatte an der Beziehung festgehalten. Und sie hatte sich unablässig mit Selbstvorwürfen gequält.

Ihre Mutter, die sich unbekümmert dauernd neu verliebte, war bei ihrer sechsten Ehe angelangt. Suzanne wollte es ihr nicht gleichtun. In guten wie in schlechten Zeiten, bis dass der Tod uns scheidet – dieses Versprechen nahm sie ernst.

Und dann hatte Rick die Scheidung gefordert.

Sie schob die Erinnerungen von sich und sah Hart an. Wie gut kannte sie ihn wirklich? Er war Ricks Vorgesetzter und Freund gewesen, nicht ihrer.

Freund oder Feind? Machte sie sich Illusionen? Doch trotz ihrer Zweifel und Ängste zogen diese unerklärlichen Schwingungen, die vom ersten Tag an zwischen ihnen bestanden hatten, sie zu ihm.

Vielleicht war das Durcheinander ihrer Gefühle nur auf ihre gegenwärtige Verstörtheit zurückzuführen. Vor einem Monat war das FBI bei ihr aufgetaucht und hatte sie unerbittlich verhört. Nach dem dritten Verhör in der letzten Woche hatte Suzanne beschlossen, selbst aktiv zu werden und ihre Unschuld zu beweisen. Sie hatte ihre Cousine Molly angerufen, die im Außenministerium arbeitete, den einzigen Menschen, dem sie vertraute. Doch Molly war nicht zu erreichen. Sowohl Mollys Chef als auch ihre Mutter erklärten, sie sei bei einem Überlebenstraining in der Wildnis von Montana.

Und da hatte Suzanne an Hart gedacht. Nur er konnte Ricks Tod bezeugen.

Sie spürte seinen Blick und riss sich zusammen. „Ich wende mich an dich", beantwortete sie seine Frage, „weil ich sonst niemanden habe. Ich will nicht umgebracht werden oder mein restliches Leben in Haft verbringen. Du kannst mir helfen, Hart."

Wenn nicht er genau derjenige ist, dachte sie, vor dem ich mich hüten muss.

In Hart stritten Vernunft und der Zorn, der sich seit Ricks Tod in ihm aufgestaut hatte. Ihre Behauptungen waren absurd. Schlichtweg lächerlich. Dennoch würde das erklären, warum neuerdings Nachforschungen über ihn angestellt wurden.

Er versuchte, ruhig und vernünftig zu überlegen.

Vor einer Woche hatte sein Kommandant ihn informiert, dass jemand aus Washington angerufen und gezielte Fragen in Bezug auf Hart gestellt hatte. Das war nichts Ungewöhnliches. Über die Cobra Corps wollte oft jemand etwas wissen, obwohl fast alle Einsätze dieser Eliteeinheit topsecret waren.

Die Truppe bestand aus 32 Piloten, Offizieren der Luftwaffe, und den dazugehörigen Mechanikern, Assistenten, Funkern, den Crew Chiefs sowie einem Arzt. Ihre Basis lag in Three Hills, Arizona, doch sie wurden oft abberufen. Die Einsätze waren meistens höchst gefährlich: politische Geiseln befreien, politische Erpressungen „umgehen", Putsche verhindern, Terroristen in Schach halten.

Die Nachfragen aus Washington hatten jedoch Hart persönlich gegolten. Trotzdem machten weder er noch der Kommandant sich Gedanken darüber. Hart war Flugleiter und stand vor der Beförderung. Die Überprüfung war zwar nicht Vorschrift, aber vielleicht war da jemand übergenau. Eine Formalität.

Oder sollte er sich wirklich Gedanken machen? Am Vortag hatte jemand aus Washington – ohne seinen Namen zu nennen – Harts Dienstakte angefordert. Das war in der Tat ungewöhnlich. Es musste nichts weiter bedeuten, es mochte mit der Beförderung oder mit einem Spezialeinsatz zusammenhängen. Oder aber seine Karriere war ernsthaft gefährdet.

Bestand zwischen Suzannes plötzlichem Auftauchen, ihren unglaublichen Behauptungen und diesen Vorgängen eine Verbindung?

Er schüttelte den Kopf. Unsinn. Zudem hatte sein Kommandant die Bitte abgewiesen und Harts Personalakte nicht herausgegeben.

„Auch das FBI kann einen Toten nicht auferstehen lassen, Suzanne“, sagte er kühl. Seine Stimme klang bitter.

„Hart, ich weiß nicht …“

„Rick ist tot, Suzanne. Ich habe gesehen, wie sein Chopper direkt getroffen wurde, wie er explodierte und in Einzelteile zerfetzt abstürzte. Das überlebt niemand.“

In erneuter Panik tat sie einen Schritt auf ihn zu. Mochte er sie vernichten wollen – sie würde sich nicht abweisen lassen. Jedenfalls nicht, bevor sie die Wahrheit erfuhr.

„Freunde dich mit dem Feind an“, hatte Rick mal gesagt, „dann wird er vertrauensselig.“

Sie sah in Harts Augen und suchte nach einer Antwort auf Fragen, die zu stellen sie niemals gewagt hätte. Doch das war, bevor das FBI vor ihrer Tür stand.

Hatte Hart vielleicht Rick umgebracht, um sich selbst abzusichern? War er der Verräter, den das FBI suchte? Vielleicht sogar ein Mörder? Sie holte tief Luft. War es möglich, dass die aufgefundene Leiche gar nicht Rick war? Sie musste Hart dazu bringen, ihr zu helfen, und gleichzeitig herausfinden, ob er unschuldig war oder aber ihr diese Sache eingebrockt hatte.

„Das FBI glaubt nicht an Ricks Tod.“ Sie nahm eine Akte aus ihrer Tasche und legte sie mit bebenden Händen auf eine Arbeitsplatte neben Hart.

Misstrauisch blickte er auf den Ordner.

„Das ist ein Kontoauszug von einem Konto, das ich nie eröffnet habe.“ Sie wies auf ein Blatt.

Er sah näher hin. Das Konto bestand erst seit sechs Wochen. Der Kontostand betrug 155 000 Dollar.

Sie zeigte auf ein Foto. „Und hier spreche ich angeblich mit einem Spion aus Europa.“

Suzanne war zu erkennen, jedoch nicht ihr Gesprächspartner. Hart schaute auf, noch immer nicht bereit, ihr zu glauben. Sie hätte das Geld selbst einzahlen können und der Mann auf dem Foto mochte irgendjemand sein – ihr Komplize, ein Freund, ihr Liebhaber oder gar ein völlig Fremder auf der Straße. Aber warum sollte sie sich so komplizierte Lügen ausdenken? Was wollte sie wirklich?

„Er kam in das Auktionshaus, wo ich arbeite …“ Sie brach ab. Hart wusste ja nichts von ihrem neuen Job. „Ich bin nicht mehr Lehrerin“, erklärte sie. „Ich bin jetzt Partnerin in einem Antiquitätengeschäft und Auktionshaus in Beverly Hills.“ Wie sehr sich ihr Leben doch verändert hatte, seit sie Hart zum letzten Mal gesehen hatte und in das Geschäft ihres Cousins Clyde eingestiegen war.

Sie war nach Los Angeles gegangen mit dem festen Vorsatz, wieder als Lehrerin an einer High School zu arbeiten. Doch nach zwei Tagen in ihrem neuen Job hatten mehrere Schüler in ihrer Klasse einen Streit angefangen, und sie konnte sie nicht besänftigen. Im nächsten Moment knallten Schüsse, und einer der Jungen fiel zu Boden.

Suzanne ließ sich beurlauben, denn der Vorfall hatte sie so mitgenommen, dass sie nicht mehr vor die Klasse treten konnte. Eine Woche darauf, als sie in einem kleinen Antiquitätenladen herumstöberte, lief sie Clyde in die Arme, der sich gerade mit dem Geschäftsinhaber unterhielt.

Clyde Weller war Suzannes Cousin väterlicherseits und ihr bester Freund aus Schulzeiten. Im Laufe der Jahre hatten sie sich aus den Augen verloren, und diese Begegnung war ein echter Glücksfall.

Sie gingen zusammen essen und redeten und redeten. Irgendwann machte Clyde einen Vorschlag, der so naheliegend war, dass Suzanne sofort Ja sagte. Sie war verwitwet, hatte nach Ricks Tod eine beträchtliche Abfindung bekommen, die sie anlegen wollte, und besaß einen Hochschulabschluss in Kunstgeschichte. Clyde ersteigerte seit geraumer Zeit bei Auktionen Antiquitäten für Kunden und kannte sich in der Branche bestens aus. Er plante schon lange, eine eigene Galerie zu eröffnen und selbst Auktionen zu veranstalten.

Das Schicksal schien seine Hand im Spiel zu haben, als sie sich jetzt wieder trafen. Sie legten ihre Ersparnisse sowie ihre Nachnamen zusammen und gründeten „Casswell's“.

Hart sah sie aufmerksam an, stellte jedoch keine Fragen. Also beschloss sie, die Geschichte für sich zu behalten. Offenbar interessierte ihn ihr Privatleben nicht, und das war ihr recht so. Sie brauchte lediglich seine Hilfe, um sich von den lächerlichen Beschuldigungen des FBI reinzuwaschen.

„Wie dem auch sei, vor ungefähr zwei Monaten kam der Mann auf dem Foto in die Galerie und stellte sich als Mason Brunswick vor", fuhr Suzanne fort. „Er sagte, er wolle ‚Casswell's' – das ist der Name unserer Firma – einige alte Gemälde für eine Auktion überlassen. Am nächsten Tag begegnete ich ihm auf dem Heimweg auf der Straße. Wir plauderten eine Weile, er fragte mich etwas über eins der Gemälde. Bei der Gelegenheit wurde wohl dieses Foto aufgenommen."

„Angenommen, deine Geschichte stimmt", sagte Hart jetzt. „Angenommen, Rick hätte den Absturz irgendwie überlebt, die Leiche wäre nicht seine. Was sollte ich für dich tun können?" Er wusste nicht, wieso er überhaupt fragte. Ihre Geschichte stimmte natürlich hinten und vorne nicht. Die Army hatte Ricks Leiche erst nach einem halben Jahr aufgefunden, aber es war seine. Was also wollte Suzanne?

Anstatt ihr Fragen zu stellen, sollte er ihr diese dubiose Akte zurückgeben und sich verabschieden.

„Nur du hast gesehen, wie Rick starb, Hart", beharrte sie, obwohl sie den Zynismus in seinem Blick sah. „Du kannst bezeugen, dass er an jenem Tag die Cobra flog."

Hart antwortete nicht.

Sie hielt seinem Blick stand, während Zweifel sie überkamen. Wenn sie nun in eine Falle getappt war? Wenn das Ganze eine Finte von ihm war und sie bereits genau das tat, was er wollte? Oder wenn der einzige Mensch, der ihr helfen konnte, ihr nicht glaubte? Eine Flut von „Wenns"... Und eine Flut von Empfindungen: Angst, Anziehung, Misstrauen, Verlangen.

Ihr Puls begann zu rasen, das Atmen fiel ihr schwer, als er sie lange und intensiv ansah. Ihr wurde fast schwindelig.

Sag doch etwas, flehte sie stumm. Sie verschränkte ihre zitternden Hände ineinander. Nur jetzt nicht zusammenbrechen! Sie wollte den

Blick abwenden, diesen erbarmungslosen Augen entkommen – es gelang ihr nicht.

Es war jedoch nicht sein Schweigen und nicht ihre eigene Angst, was sie am meisten irritierte. Es war der beinah unwiderstehliche Drang, Hart zu berühren, der Wunsch, seine Körperwärme, seine Kraft zu spüren.

Wie oft hatte sie im vergangenen Jahr an ihn gedacht, von ihm geträumt? Hatte versucht, ihn zu vergessen, all die Erinnerungen und Fantasien auszulöschen?

„Das FBI bereitet eine Anklage gegen mich vor, Hart." Ihre Stimme klang hilflos und flehend, sie konnte es nicht ändern. „Sie gehen davon aus, dass Rick den Absturz überlebte – oder den Helikopter an dem Tag gar nicht selbst flog." Sie atmete tief durch. „Meine einzige Chance, ihre sogenannten Beweise zu widerlegen, bist du."

„Man hat Ricks Leiche identifiziert", gab Hart knapp zurück. „Glaubst du, das war ein Irrtum?"

Sie zuckte die Schultern. „Das FBI glaubt es wohl."

Er sah, wie sie die Angst und Verzweiflung zu verbergen suchte und gegen Tränen ankämpfte. Seit er Suzanne auf dem Rollfeld erkannt hatte, stritten in ihm die widersprüchlichsten Gefühle: Begehren und Zorn, Anklage und Sehnsucht. Das alles war ihm nicht neu, er hatte es das ganze Jahr über ertragen, doch jetzt waren diese Gefühle stärker, heißer denn je.

Einerseits wollte er nur vergessen. Er wollte sie in die Arme nehmen, endlich die Süße ihrer Lippen kosten, ihren schlanken Körper an seinem spüren und in der Leidenschaft versinken, die – das wusste er – in ihr schlummerte.

Wie viele Nächte hatte er seit ihrer Abreise schlaflos verbracht, während er ihren Körper neben sich wahrzunehmen meinte. Hatte sich vorgestellt, wo sie sein mochte – und mit wem? In manchen Nächten war ihm, als brächten die Erinnerungen ihn um. In anderen wünschte er sich, es wäre so.

Seit etwa einem Monat jedoch hatte er nicht mehr von ihr geträumt. Er glaubte, er hätte es überstanden und seine Gefühle für sie wären abgestorben. Jetzt wusste er, dass er sich geirrt hatte.

Allerdings empfand er nicht nur Verlangen. Er wollte sie gleichzeitig so einschüchtern, dass sie ihm die Wahrheit sagte. Er wollte sie packen und die Lügen aus ihr herausschütteln.

„Bitte, Hart“, flehte Suzanne. „Du musst mir zuhören. Ich …“

Er schüttelte den Kopf und ging an ihr vorbei zum Tor. „Rick ist tot, Suzanne. Du weißt es, ich weiß es, die Army weiß es. Und ich bin sicher, das verflixte FBI weiß es auch.“

2. Kapitel

„Kann ich Ihnen helfen, Miss?“ Der Sekretär blickte von seinem Karteikasten hoch.

„Ja, ich …“ Suzanne sah zu Harts Bürotür hinüber. Sie wusste, dass er da war und zuhörte. Nur die Nerven behalten. „Ich möchte bitte Captain Branson sprechen.“

„Wen darf ich melden, Miss?“, fragte der Soldat.

„Suzanne Cassidy.“ Warum kam Hart nicht an die Tür? Er bekam doch sicherlich alles mit.

Der Sekretär verschwand in Harts Büro und schloss die Tür. Kurz darauf kam er zurück, sprach jedoch kein Wort, sondern verließ den Raum.

Sie war überrascht, als sie Hart im Türrahmen lehnen sah. Durch das Fenster in seinem Büro flutete Sonnenlicht und ließ sein Haar golden schimmern, sodass die Schatten auf seinem Gesicht noch tiefer wirkten.

Sie wollte ihn nicht anstarren, doch sie konnte nicht anders.

„Suzanne“, sagte er und brach damit den Bann.

„Ich …“ Ihre Kehle war plötzlich trocken, und sie umklammerte den Gurt ihrer Tasche so fest, dass die Fingerknöchel weiß hervortraten. „Ich habe sonst niemanden, an den ich mich wenden kann, Hart“, brachte sie schließlich heraus.

Er zuckte die Schultern.

Unwillkürlich erschrak sie, harrte jedoch aus. Er war ein alter Freund und zugleich ein Fremder. Sie brauchte ihn und fürchtete ihn gleichzeitig.

Sein ganzer Körper strahlte Kraft aus, in seinen Augen lag Härte. Um die Augen- und Mundwinkel hatte er unzählige kleine Falten, aber Suzanne wusste, dass Hart nicht oft lachte. Und sie wusste auch, dass sie es sich nicht erlauben durfte, seinen Worten zu trauen.

„Ich kann nichts für dich tun, Suzanne“, entgegnete er steif. Er konnte nicht zulassen, dass sie wieder in sein Leben trat.

Er ging durch den Raum und machte die Tür zum Flur auf. Dabei fing sie einen kurzen Blick von ihm auf – er war kalt, wachsam und voll Zorn. Während sie ihm nachlief, hörte sie ihren Namen rufen.

„Suzanne?“ Es war der Crew Chief. „Suzanne Cassidy? “

Sie blieb stehen. Alles an ihm war fleischig – Nacken, Brust, Bauch, Arme, sogar die Hände. Seine Augen waren von fast demselben trüben Grau wie sein Haar, und sein Gesicht war von Falten zerfurcht.

„Chief Carger“, begrüßte sie ihn.

Zu Beginn ihres Aufenthalts in Three Hills hatte Rick montags Fußballabende veranstaltet, bei denen für ein paar Piloten, Mechaniker und den Crew Chief auf der Terrasse gegrillt und das Spiel im Fernsehen angeschaut wurde. Rick hatte ihr erzählt, dass der Chief seine Angehörigen vor Jahren bei einem Brand verloren hatte. Danach war die Army seine Heimat und das Corps zu seinen Kindern geworden.

Anfangs hatte Suzanne den Chief gemocht und ihn ebenfalls als Vaterfigur betrachtet. Doch nach einer Weile fühlte sie sich in seiner Gegenwart merkwürdig unbehaglich.

„Nett, dass Sie sich an mich erinnern, Ma’am“, sagte Carger. „Wie schön, Sie wiederzusehen.“ Er maß sie mit hastigen Blicken, und nun wusste sie, was sie an ihm störte. „Ich hoffe, es geht Ihnen gut?“ Er sah zu Hart hinüber. „Aber ich will nicht stören, Sir.“

Hart waren die schnellen, forschenden Blicke ebenfalls nicht entgangen. Schon damals hatte er gemutmaßt, dass der Chief sich mehr als nur oberflächlich für Suzanne interessierte, hatte es aber seiner eigenen unsinnigen Eifersucht zugeschrieben. Jetzt sah er seinen Verdacht bestätigt. Sie fühlten sich beide zu der Frau ihres Kameraden hingezogen.

„Was gibt’s, Chief?“, wollte Hart wissen, wobei er sich über Carger ebenso wie über sich selbst ärgerte.

„Ich wollte melden, Sir, dass wir ein Problem mit Cowboys Vogel haben. Die Benzinleitung. Könnte ein paar Tage dauern, bis ich die Ersatzteile kriege.“

Hart nickte. „Gut. Reb hat Urlaub. Cowboy soll notfalls seinen Chopper nehmen."

„Das war auch meine Idee, Sir." Carger sah erneut Suzanne an. „Suzanne … Mrs. Cassidy. War nett, Sie zu sehen."

Suzanne wartete, bis er gegangen war. „Bitte, Hart, bedenk doch…", machte sie noch einen Versuch.

Er wandte den Blick ab. „Nein."

Am liebsten wäre sie vor Verzweiflung auf die Knie gefallen und hätte ihn um Hilfe angefleht. Doch sie bewahrte einen Rest von Haltung und lief an ihm den Flur hinunter bis zum Ausgang.

Auf der Straße entdeckte sie eine Telefonzelle und ging hinein. Mit Tränen in den Augen blätterte sie in dem halb zerfetzten Telefonbuch. „Das kann er mir nicht verweigern", murmelte sie vor sich hin. Sie fand die Nummer eines Taxi-Unternehmens und wählte sie auf ihrem Handy.

Hart würde es sich noch einmal überlegen und ihr helfen. Er musste einfach. Er war ihre letzte Rettung.

Hart legte den Hörer auf und warf den Stift auf die Schreibtischplatte. Sein vorgesetzter Offizier würde behaupten, dass niemand ihn wegen der anstehenden Beförderung überprüfte. Doch Hart wurde überprüft.

Sein Instinkt sowie seine Überzeugung, dass es keine Zufälle gab, legten eine Verbindung zu Suzanne nahe.

Er wählte eine Nummer, von der er geglaubt hatte, sie niemals zu benötigen.

„Senator Trotwin bitte", sagte er der Sekretärin. „Hier ist Captain Hart Branson."

Vor drei Jahren hatten Terroristen Senator Keith Trotwin während einer Reise in den Vorderen Orient entführt. Die CIA bemühte sich erfolglos, ihn zu befreien. Dann hatte man das Cobra Corps um Hilfe gebeten, und Hart hatte es mit einem waghalsigen Einsatz geschafft.

Der Senator war sofort am Apparat. „Captain, schön, von Ihnen zu hören. Neulich erst sagte ich zu Julie …"

„Senator", unterbrach Hart. „Ich muss Sie um einen Gefallen bitten."

„Jederzeit. Ich verdanke Ihnen mein Leben, Captain."
„Ich habe nur meine Pflicht getan, Senator."
„Es war ein Selbstmordkommando, Captain, das wissen wir beide. Nun, Sie haben es geschafft, und wir leben beide noch. Was kann ich für Sie tun?"
„Ich werde überprüft, Sir. Ich möchte wissen, von wem und warum."
„Ich rufe Sie zurück."
Hart legte auf und begann, auf und ab zu gehen. Ihm war keineswegs wohler. Er bat ungern um Gefälligkeiten.
Das Telefon klingelte. „Offenbar verdächtigt die Bundespolizei Sie des Verrats", erklärte der Senator ohne Umschweife.
Harts Atem stockte.
„Es fiel sogar das Wort ‚Mord'."
„Mord?", wiederholte Hart entsetzt.
„Bei einer geheimen Operation, die Sie vor einem Jahr leiteten, wurde ein neues Abwehrsystem getestet. Die Pläne für das System wurden während des Einsatzes oder kurz danach gestohlen, Captain."
„Senator, Sie wissen, ich würde nie …"
„Mich brauchen Sie nicht zu überzeugen, Captain. Das FBI hat zwei Theorien. Entweder der Pilot des Hubschraubers wurde bei dem Absturz nicht getötet. Sein Tod war vorgetäuscht, und Sie waren Komplizen, zusammen mit seiner Frau. Oder Sie und die Ehefrau verabredeten, die Pläne zu stehlen, töteten den Piloten, und die Witwe bietet die Papiere jetzt über eine Galerie in Los Angeles zum Kauf an."
„Das ist unerhört", empörte sich Hart. „Ich …"
„Hören Sie, Captain", warf der Senator ein, „das kann unangenehm werden. Rufen Sie mich an, wenn Sie mich brauchen. Ich werde tun, was ich kann."
Hart vernahm ein Klicken. Dann war Stille.
Das sah in der Tat übel aus. Er dachte an Suzannes Worte, die Angst in ihrem Blick, die Panik in ihrer Stimme. Aber war das echt?
„Verdammt." Er schlug mit der Faust auf den Tisch. Er konnte seine Karriere, vielleicht sogar sein Leben nur retten, wenn er ihrer

beider Unschuld bewies – oder die Schuld der Frau, von der er beinahe jede Nacht träumte.

Er starrte aus dem Fenster und überlegte. Rick war tot, somit unschuldig. Aber wenn Suzanne eine Spionin war? Wenn Sie Rick ohne sein Wissen benutzt hatte? Hart fluchte. Das alles wirkte an den Haaren herbeigezogen, und dennoch – wenn sie ihm nun die Schuld zuschieben wollte? Wenn sie gar nicht seine Hilfe suchte, sondern versuchte, ihn reinzulegen?

Er riss die Tür auf. „Tragen Sie alles über die Vergangenheit von Lieutenant Rick Cassidy zusammen", forderte er Private Roubechard auf. „Er diente bis vor einem Jahr im Corps."

An der Tür zum Flur hielt Hart inne. „Und auch über seine Frau Suzanne Cassidy. Es ist dringend."

Dann ging er zu seinem Wagen. Er traute Suzanne nicht, aber er musste noch einmal mit ihr sprechen.

Das Taxi schien eine Ewigkeit zu brauchen. Auf halber Strecke nach Tucson beschlich Suzanne das Gefühl, verfolgt zu werden. Sie spähte aus dem Rückfenster. Die Straße war schmal, gewunden und völlig leer. Doch sie wurde dieses merkwürdige Unbehagen nicht los. In den vergangenen Tagen hatte sie es zwar immer wieder verspürt, aber jetzt war es stärker denn je.

Beklommen blickte sie über die endlose Wüste. Vor einem Jahr hatte sie Three Hills verlassen und in Los Angeles ein neues Leben begonnen.

Sie hatte jedoch nicht aufgehört, an Hart zu denken.

Eine heiße Welle von Begehren überschwemmte Suzanne und ließ sie erzittern. Es ging ihr durch und durch, als sie an den Moment kurz nach ihrer Landung dachte – den Moment des Wiedererkennens. Noch jetzt spürte sie Hart Bransons bohrenden Blick, seine starke Ausstrahlung.

Es war, als würde er in ihr Bewusstsein eindringen, ihre geheimsten Gedanken erforschen und dann ganz sanft ihre Seele berühren.

So hatte er sie noch nie angesehen. Kein Mann hatte das.

Ihr Handy klingelte. Hart! Er hatte sich besonnen! Aber nein, er hatte ja ihre Nummer gar nicht. Vermutlich ihr Partner Clyde.

Sie meldete sich. Richtig.

„Suzanne, Darling, wo bist du denn?“, erklang die laute, etwas quäkige Stimme. „Ich mache mir die größten Sorgen!“

Schaudernd erinnerte Suzanne sich an das Erlebnis gestern Abend beim Verlassen der Galerie. Als sie die Straße überqueren wollte, tauchte plötzlich ein Wagen wie aus dem Nichts auf und hielt geradewegs auf sie zu. Nur die Tatsache, dass sie umgekehrt war, weil sie etwas in der Galerie vergessen hatte, hatte sie gerettet.

Dieser Schreck hatte sie bewogen, heute in aller Frühe nach Three Hills zu fliegen.

„Entschuldige, Clyde, ich hätte anrufen sollen, aber …“ Ja, was? Die Wahrheit konnte sie ihm nicht erzählen. „Ich bin in Arizona“, sagte sie dennoch ehrlich.

„Was?“, fragte Clyde überrascht. „Du hast das Flugzeug genommen?“

„Ja, ich hatte keine Zeit, dir zu …“

„Ich weiß. Du hast bestimmt ein tolles Stück aufgetan und konntest nicht erwarten, es dir zu sichern, stimmt's?“

Eine hervorragende Ausrede. „Tut mir leid, ich hätte erst dich …“

„Schon gut.“ Die Aussicht auf ein gutes Geschäft besänftigte ihn. „Bleib nicht zu lange. Und mach mir keine Kratzer in unser Goldstück.“

Schuldbewusst dachte sie an das „Goldstück“, das mit Schlagseite auf dem Militärgelände stand. Sie würde sich darum kümmern müssen, dass die Maschine wieder auf die Landebahn gesetzt wurde. Aber sie würde nicht zurückfliegen, ehe sie die Wahrheit kannte. Und das hing von Hart ab.

Er könnte ein kaltblütiger Killer sein, mahnte ihre Vernunft. Er könnte die Pläne gestohlen und Rick umgebracht haben. Er könnte hinter den Beschuldigungen des FBI stecken, um sie ans Messer zu liefern.

Es war möglich, doch sie wollte es nicht wahrhaben.

Plötzlich verspürte sie ein Kribbeln im Nacken. Sie fuhr herum, blickte erneut nach hinten und hätte fast aufgeschrien.

Eine schwarze Corvette war unmittelbar hinter dem Taxi. Die

Sonne spiegelte sich in der Frontscheibe, sodass Suzanne den Fahrer nicht erkennen konnte.

Der Wagen folgte dem Taxi bis nach Tucson und hielt ebenfalls vor dem Hotel, das Suzanne gebucht hatte. Angst zog ihr den Magen zusammen. Sie beschloss zu warten, bis der Fahrer der Corvette ausgestiegen war, um dann den Taxifahrer zu bitten, Gas zu geben und sie zu einem anderen Hotel zu bringen.

Die Fahrertür ging auf und Suzanne erstarrte.

Es war Hart. Die hellbraune Uniform saß wie angegossen und ließ seinen muskulösen Körperbau erkennen. Er sah einfach umwerfend aus.

Erleichterung sowie andere, unerwünschte Gefühle durchströmten Suzanne. Rasch bezahlte sie den Taxifahrer und stieg aus. Ihre Beine zitterten, sodass sie sich kurz an den Wagen lehnen musste.

„Hart", sagte sie, als er näher kam, „ich hatte ja keine Ahnung, dass du das warst. Ich dachte ..."

„Wir müssen miteinander reden, Suzanne." Er nahm ihren Koffer, ergriff entschlossen ihren Oberarm und führte sie ins Hotel. „Bring dein Gepäck aufs Zimmer", verlangte er kurz angebunden, „und komm dann ins Café."

Sie nickte und ging zum Empfang. Bei Hart fühlte sie sich sicher, obwohl sie sein Misstrauen spürte. Außerdem war er ihr nachgefahren, und das war im Augenblick das Wichtigste.

In ihrem Zimmer zog sie sich eilig eine frische weiße Bluse und Sandalen an. Dann zog sie die Gardinen zum Balkon auf, um Sonne hereinzulassen. Der Ausblick auf die weite Wüste Arizonas war großartig, und sie merkte, wie sehr ihr das gefehlt hatte. Plötzlich erblickte sie einen Mann auf einem gewundenen Pfad in den Büschen, die den Pool umgaben.

Er sah zu ihr hinauf.

Erschrocken trat Suzanne zurück. Wurde sie beobachtet? Oder litt sie langsam unter Verfolgungswahn?

Es klopfte an der Tür. Ihr Puls setzte einen Schlag aus.

„Suzanne."

Sie fuhr herum, und ihre Furcht legte sich, als sie Harts Stimme erkannte. Sofort ermahnte sie sich, nicht alle ihre Hoffnungen auf

Hart Branson zu setzen. Sie musste vorsichtig sein und mit dem Schlimmsten rechnen. Er könnte ein Verräter, ein Killer sein.

Sie öffnete.

Sein Blick traf sie, hielt ihren gefangen. Und trotz der hässlichen Verdächtigungen ging ein warmer Strom durch ihren Körper. „Ich dachte, wir treffen uns im Café“, bemerkte sie erstaunlich ruhig.

„Ich dachte, du hättest es dir vielleicht anders überlegt.“ Er ging an ihr vorbei ins Zimmer. „Und gemerkt, dass du mit deinen Lügen nicht durchkommst.“

Lügen? Schock und dann Wut fegten alle Vorsicht beiseite. Verflogen war das Verlangen, das sie bei seinem Anblick immer wieder empfunden hatte.

Sie schloss die Tür und unterdrückte den Impuls, ihn zu ohrfeigen. Der Zorn gab ihr Kraft. „Ich weiß, meine Aussagen klingen unglaublich, Hart. Aber wenn du mir nicht glaubst …“ Sie zuckte die Schultern. „Wenn du mich für eine Lügnerin hältst, dann vergeuden wir unsere Zeit und wir haben nichts mehr zu bereden.“

„O doch.“ Sein Blick hielt ihren.

Nach einem endlos scheinenden Moment riss sie ihren Blick von ihm los und trat an die Kaminattrappe. Sie fand ihn noch immer körperlich äußerst anziehend, sie hätte mit diesem Chaos der Gefühle rechnen müssen.

„Ich habe inzwischen einige Anrufe getätigt.“ Er stand starr mitten im Raum. „Und ich weiß jetzt, dass hinter den Kulissen etwas vorgeht.“

„So? Aber mir glaubst du trotzdem nicht?“

„Rick ist tot, Suzanne“, stieß er aufgebracht hervor. „Es war kein Doppelgänger oder Klon, der die Cobra an jenem Tag flog. Und Rick konnte den Absturz unmöglich überleben.“ Hart schüttelte den Kopf. „Das bedeutet, er kann die Pläne nicht gestohlen haben und sie jetzt verkaufen. Ich bin sicher, das FBI ist nicht so dumm, das anzunehmen.“

„Wer dann?“, fragte Suzanne.

Er starrte sie an, und ihr wurde auf einmal klar, dass er sie verdächtigte. Ihre Hoffnungen erstarben. „Du wirst doch nicht … Nein, das kannst du nicht.“ Sie schüttelte den Kopf. „Du glaubst doch nicht etwa, ich war es? Wie sollte ich denn? Ich hatte mit dem Einsatz gar nichts zu tun!"

Harts Gesicht war eine versteinerte Maske. „Ich weiß es nicht. Ich weiß nur, dass Rick es nicht war."

Halt suchend lehnte sie sich an die Wand. Er würde ihr nicht helfen, ihre Unschuld zu beweisen. Er würde kalten Herzens zusehen, wie sie dazu verurteilt wurde, den Rest ihres Lebens im Gefängnis zu verbringen. Tiefes Entsetzen überkam sie.

„Aber das spielt vorerst keine Rolle", fuhr er kühl fort.

Überrascht und mit neuer Hoffnung sah Suzanne auf.

„Sie glauben, ich hätte mit dir gemeinsame Sache gemacht."

„Was?" Es verschlug ihr fast die Sprache.

Er beobachtete sie scharf und sah ihre Bestürzung, doch das mochte gespielt sein.

Suzannes Knie zitterten, sie sank in einen Sessel. Dass das FBI diese Möglichkeit in Erwägung ziehen könnte, wäre ihr nie in den Sinn gekommen. „O Hart, das tut mir leid. Ich hätte dich da nicht mit hineinziehen sollen. Ich hatte nie vor ..."

Nicht was? Rick umzubringen? Dich erwischen zu lassen? Mein Begehren zu erregen? Die Fragen hallten in Harts Kopf, doch er ließ sie nicht über die Lippen kommen. „Mein Sekretär stellt Nachforschungen über Ricks Vergangenheit an. Ich müsste den Bericht morgen haben." Er erwähnte nicht, dass er auch einen über sie erstellen ließ.

Verblüfft sah sie ihn an. „Warum? Rick war ein guter Soldat. Du sagtest, du hast den Absturz gesehen. Du sagtest ..."

„Ich weiß, was ich gesagt habe", unterbrach er schroff. Er rang um Selbstbeherrschung. „Aber das FBI ist anderer Ansicht, und irgendwo muss ich ja anfangen."

Suzanne nickte. „Kann ich den Bericht auch lesen?"

„Wozu?", fragte er misstrauisch zurück.

„Ich weiß es selbst nicht so recht", erwiderte sie zögernd. „Ich möchte nur das Meine dazu tun. Schließlich habe ich dich in diese Lage gebracht."

Er setzte sich in den Sessel ihr gegenüber. *Das Spiel des Gegners spielen.* Diese Grundregel hatte er in der Ausbildung gelernt für den

Fall, dass er in Kriegsgefangenschaft geriet. *Sich in die Denkweise des Feindes versetzen.* Das war oft für einen Soldaten die einzige Chance zu überleben.

Aber Feinde begehrte man nicht.

Er entschloss sich zu einem sanfteren Ton. „Dein Kommen macht keinen Unterschied", sagte er. „Ich wurde schon vorher überprüft."

„Tatsächlich?" Sie runzelte die Stirn. Stimmte das, oder log er, um sie abzulenken? „Von wem? Weshalb?"

„Keine Ahnung." Er rutschte nach vorn, stützte die Unterarme auf die Schenkel und beugte sich ihr entgegen. „Hat Rick etwas Besonderes geäußert, bevor er zu seinem letzten Einsatz aufbrach?" Er wollte ihre Hand ergreifen, besann sich jedoch. „Denk nach, Suzanne, es könnte wichtig sein. Sagte oder tat er etwas Ungewöhnliches?"

Allerdings, er verlangte die Scheidung, dachte sie im Stillen. „Nein. Wieso auch?", antwortete sie.

Sie log. Er hatte es an ihrem Zögern gemerkt, hatte es in ihren Augen gesehen. „Ich glaube, ihn belastete an jenem Tag etwas", gab Hart zurück.

Sie musterte ihn. Wie viel wusste er tatsächlich?

3. Kapitel

Hart ging in Suzannes Hotelzimmer auf und ab. Er kämpfte gegen Groll und Wut, da er nicht weiterkam. Und je mehr sie redeten, je länger er in diese unergründlichen braunen Augen blickte, desto stärker fühlte er sich hin und her gerissen zwischen üblen Verdächtigungen und dem unvernünftigen Wunsch, ihr zu glauben.

Sie stellte ihr Wasserglas auf den Couchtisch, und Hart drehte sich bei dem Geräusch herum. Ihre Blicke trafen sich, und für den Bruchteil einer Sekunde meinte er, seine Sehnsucht und sein Misstrauen in ihren Augen gespiegelt zu sehen.

„Ich hätte nicht zurückkommen sollen", wiederholte sie, doch mehr zu sich selbst.

Hart fuhr sich durchs Haar und dachte über seinen nächsten Schritt nach. Er beherrschte die Spielregeln, und nun war er am Zug. Er ging auf sie zu und kniete vor ihr hin. „Suzanne."

Unschuld oder Betrug? Was war es, das in ihren Augen stand, das sich hinter ihrem verführerischen Lächeln verbarg?

In dem Moment, als er ihre Hand berührte, stieg das alte Verlangen in ihm auf, glühender als je zuvor. Er wollte mit der Geste nur ihr Vertrauen gewinnen, doch es war ein Fehler, der ihn teuer zu stehen kommen würde.

Er war allerdings darin geübt, unerwünschte Gefühle auszublenden, wenn er sich zum Beispiel für einen gefährlichen Einsatz bereitmachte. Er durfte sich nicht beirren lassen. Denn vielleicht war sie der gefährlichste Feind, mit dem er je zu tun gehabt hatte.

„Entschuldige", bat er leise. „Ich weiß, du hast Angst, und ich hätte dich nicht Lügnerin nennen sollen. Aber kannst du mich nicht verstehen, Suzanne? Das Ganze klingt so unglaublich, und ich wollte dich testen."

Er sah die Wachsamkeit in ihrem Blick, die Furcht. Aber fürchtete sie womöglich nur, dass er ihr auf die Schliche kam?

„Es tut mir ehrlich leid." Seine Stimme wurde noch weicher. „Ich weiß, du hast keinen Grund zum Lügen."

Sie blickte auf seine Hand herunter. „Ich habe nicht gelogen, Hart, aber ich hätte nicht kommen dürfen", sagte sie. „Jetzt wirst du auch verdächtigt."

„Ich sagte doch, das war schon vorher so. Dein Auftauchen hat mir die Augen geöffnet." Eine faustdicke Lüge.

Verblüfft sah sie auf.

„Wir werden herausbekommen, was dahintersteckt", versprach er.

Suzanne nickte. Sie hatten einst gegenseitige Anziehung verspürt, doch es war der falsche Zeitpunkt gewesen. Auch jetzt war der Zeitpunkt nicht richtig, wahrscheinlich würde er es nie sein. Ricks Geist stand zwischen ihnen.

Hart wollte aufstehen.

„Warte", bat sie ihn zu ihrer eigenen Überraschung. Sie hatte Angst, allein zu sein, Angst, er würde vielleicht nicht mehr wiederkommen. „Bleib bitte noch ein bisschen. Wir müssen reden. Wollen wir zusammen zu Abend essen?"

Damit du mir noch mehr Lügen auftischen kannst? dachte Hart, noch immer kniend. Er meinte jedoch, in ihren Augen Aufrichtigkeit zu erkennen. Oder war sie eine geschickte Spionin, die ihn in ihr tödliches Netz lockte?

Ein guter Soldat konnte den richtigen Moment zum Angriff abschätzen. Dies war keiner. Hier war Diplomatie gefragt. Vielleicht sogar Verführung. „Mit Vergnügen", willigte er ein und lächelte zum ersten Mal seit ihrem Wiedersehen.

Suzanne warf Hart einen verstohlenen Blick über den Tisch zu. Sie reagierte so unverschämt stark auf ihn. Doch das konnte nur rein körperlich sein. Seit Ricks Tod war sie sehr einsam. Eigentlich war sie das schon vorher gewesen. Doch sie war nicht auf eine neue Romanze aus wie damals mit Rick. Im Grunde wollte sie nichts und niemanden. Sie mochte ihr gegenwärtiges Leben, unabhängig, erfolgreich und …

Einsam, fügte eine leise Stimme in ihrem Herzen hinzu.

Sie hörte nicht darauf. Sie war hier, weil sie Harts Hilfe brauchte – mehr nicht. Das musste sie ihm klarmachen.

Plötzlich wurde ihr Augenmerk auf einen Vorgang an der Tür des Hotelrestaurants gelenkt. Sie vergaß, was sie sagen wollte. Der Mann, den sie vorhin am Pool gesehen hatte, sprach mit dem Oberkellner.

Er war untersetzt, kräftig, hatte kleine Augen und schwarzes, öliges Haar, dunkle Haut und einen schmalen Lippenbart. Er erinnerte sie an ein flinkes Wiesel.

Der Oberkellner führte ihn in die Richtung, wo Suzanne und Hart saßen, und an ihrem Tisch vorbei.

Sie erstarrte.

Der Mann fing ihren Blick auf, lächelte leicht und nickte ihr kurz zu.

Instinktiv lehnte sie sich zurück. Wollte er ihr damit zu verstehen geben, dass sie überwacht wurde?

Hart bemerkte ihre Reaktion und beobachtete, wie der Mann Platz nahm. War das Suzannes Komplize? Oder hatte sie einen FBI-Agenten wieder erkannt? Bedeutete ihr Blick eine Warnung an den Mann oder Angst vor ihm?

„Wer war das?“, wollte er wissen. Er machte sich auf weitere Lügen gefasst.

„Ich weiß es nicht, aber er hat mich vorhin beobachtet.“

„Wirklich?“ Vermutlich log sie, doch er beugte sich mit gespielter Besorgnis vor. „Wann?“

„Als ich …“

„Verzeihen Sie, Señorita.“

Der Mann stand an ihrem Tisch. Er nickte Hart zu und blickte mit einem breiten Lächeln auf Suzanne herab, doch seine dunklen Augen wirkten seltsam traurig.

Hart sah, wie Suzanne den Stiel ihres Wasserglases umklammerte und ihre Finger zitterten. Das zumindest konnte sie nicht vor ihm verbergen.

„Ja?“, entgegnete sie.

„Mein Name ist Salvatore DeBraggo.“ Der Mann verbeugte sich und zog Suzannes freie Hand an die Lippen. „Sie sind doch

Señorita Cassidy von der Casswell's Galerie in Beverly Hills, nicht?"

Erleichtert lächelte Suzanne. Sie hatte fast erwartet, dass er eine Pistole oder ein Messer ziehen würde. „Allerdings, aber ich fürchte, wir sind uns noch nicht begegnet, Mr. ..."

„O nein, Señorita. Ich hatte nur mit Ihrem Partner Señor Weller zu tun. Ich besitze eine umfangreiche antike Schmucksammlung von meiner verstorbenen Frau. Aber wir haben keine Kinder ..." Er wedelte mit der Hand. „Und ich könnte etwas Bargeld gebrauchen."

„Ich verstehe", bemerkte Suzanne knapp.

„Gut. Ich würde die Stücke gern versteigern lassen. Und Señor Weller meinte, da Sie gerade hier sind ..."

Hart kochte innerlich. Seine Karriere stand auf dem Spiel, es ging um Spionage, Verrat und Betrug, er kämpfte gegen seine Triebe an, und dieser geschniegelte Lackaffe redete von Auktionen? Sein Geduldsfaden riss.

„Hören Sie, Braggo", unterbrach Hart.

„Señor DeBraggo", korrigierte der Mann höflich lächelnd, während er den Blick nicht von Suzanne wandte.

„Señor DeBraggo", wiederholte Hart mit erkennbarem Spott, „Mrs. Cassidy ist im Urlaub, wenn Sie also die Güte hätten ..."

DeBraggo reichte Suzanne seine Karte. „Gewiss. Entschuldigen Sie nochmals die Störung, Señorita. Señor Weller bestand darauf, dass ich Sie sofort kontaktiere, er erwähnte nichts von Urlaub."

„Kein Problem, Señor DeBraggo", sagte Suzanne mit einem vorwurfsvollen Blick in Harts Richtung. „Ich verbinde oft Geschäft und Vergnügen."

DeBraggo verneigte sich. „Ich erwarte also Ihren Anruf, Señorita Cassidy. Ich wohne hier im Hotel. Vielleicht finden Sie Zeit, meine Stücke anzuschauen." Er schlug die Hacken zusammen und ging, ohne Hart eines Blickes zu würdigen.

Hart sah ihm nach. Der Mann gefiel ihm nicht. Sein Instinkt sagte ihm, dass er nicht der war, der er zu sein vorgab, sondern eher ein gefährlicher Gegner. Vielleicht ein tödlicher. DeBraggos Augen waren zu hart, zu kalt.

Hart wandte sich Suzanne zu. „Passiert dir so etwas öfter?“, fragte er scharf. Er begriff nicht, warum er so unbeherrscht reagiert hatte. Was ging ihn das Ganze schließlich an?

„Nein, nicht oft.“ Suzanne betrachtete die Visitenkarte.

Hart trank einen großen Schluck Eiswasser und hoffte unsinnigerweise, das würde seine Wut sowie sein heißes Verlangen kühlen. Könnte er nicht auch Dienst mit Vergnügen verbinden? Konnte er sie in die Arme nehmen, sie küssen, von ihrer Leidenschaft kosten und dennoch ernstlich annehmen, dass sie ihn vernichten wollte?

Suzanne runzelte die Stirn. „Hart“, begann sie leise. Eine neue Furcht stand in ihren Augen. „Ich habe Clyde gar nicht gesagt, in welchem Hotel ich wohne.“

Sofort schoss Hart hoch und hinter Salvatore DeBraggo her. Doch von dem Spanier war keine Spur mehr zu sehen.

Hart lag auf seinem Bett und starrte in die Dunkelheit. Er dachte an den Vorfall beim Dinner. War das ein Trick, den dieser DeBraggo und Suzanne ausgeheckt hatten, um sich sein Vertrauen zu erschleichen? Spielte sie die verfolgte Unschuld, die an seine Hilfsbereitschaft appellierte?

Oder wurde sie selbst unwissentlich als Köder benutzt?

Er schlug das Laken zurück und setzte sich auf. Die Uhr neben dem Bett zeigte auf drei. Wenn er schon nicht schlafen konnte, sollte er wenigstens vernünftig überlegen.

Warum war Suzanne wirklich zurückgekommen?

Nervös ging er zum Schreibtisch und schaltete seinen Computer ein. Wenn er sein sexuelles Verlangen nicht in den Griff bekam, würde er womöglich hinter Gittern enden. Vor allem, wenn die Frau, um die seine Sehnsüchte unablässig kreisten, sein Verderben plante.

Vielleicht konnte er im Internet etwas über DeBraggo und Suzanne erfahren. Er rief verschiedene Suchmaschinen auf, bevor er sich für eine entschied. Fünf Minuten später hatte er einige Seiten zu „DeBraggo“. Eine gehörte einem Reisebüro in Texas, eine andere einem Finanzberater, eine dritte einem Steuerberater in New Mexico. Keine kam Hart verdächtig vor, doch er konnte ja nicht hinter die Kulissen dieser Anbieter schauen.

Plötzlich unterbrach das Geräusch von quietschenden Reifen die nächtliche Stille. Hart eilte ans Fenster. An der Straßenecke erblickte er zwei Autos, der Kühler des einen hatte sich in die Beifahrertür des anderen geschoben. Aus der Kühlerhaube entwich Rauch. Die Fahrer standen wild gestikulierend daneben.

Gedankenverloren betrachtete Hart die Szene. Das qualmende Fahrzeug erinnerte ihn an ein anderes Bild: Ricks Chopper war in Flammen aufgegangen.

Die Einheit hatte sich in Zweiergruppen aufgeteilt, die den Gegner umzingeln und von mehreren Seiten angreifen sollten. Rick und Hart näherten sich von hinten.

Das neue System zur Ortung von Waffen meldete eine in den Wäldern versteckte Raketenabschussbasis. Mit dieser Warnung hätten sie beide eigentlich einem Angriff ausweichen und den Feind unbemerkt unter Beschuss nehmen können.

„Da unten ist etwas“, funkte Hart an Rick. „Siehst du es auch?“

„Klar und deutlich, Ice“, gab Rick zurück, indem er den Spitznamen benutzte, den die Kameraden Hart gegeben hatten. Er blieb nämlich nicht nur in Stresssituation eiskalt, er verbarg auch seine Gefühle hinter einer kühlen Fassade.

Hart beobachtete, wie Rick auf sein Ziel herunterging.

Plötzlich schoss eine Rakete aus den Baumwipfeln hoch.

„Abdrehen, Rick!“, befahl Hart. „Abdrehen!“

Ricks Cobra explodierte in einem Feuerball.

Hart erstarrte vor Entsetzen. Er traute seinen Augen nicht. Für einen Moment schien die Welt still zu stehen, während der brennende Helikopter herabtaumelte, im dichten Wald aufschlug und erneut explodierte.

Eine weitere Rakete tauchte auf. Der pure Überlebensinstinkt ließ Hart den Knüppel zurückreißen …

Er schob die schmerzlichen Erinnerungen beiseite und versuchte, sich auf das Hier und Jetzt zu konzentrieren.

Was wusste er eigentlich von Suzanne Cassidy?

Er griff zum Telefon. An dem Abend vor Ricks letztem Einsatz hatte sie etwas getan, das kein Pilot jemals verzeihen würde: Sie hatte ihn in emotionalen Aufruhr versetzt. Wenn sie unschuldig war, hätte sie das nicht getan.

Der Gedanke daran hatte ihn das ganze Jahr über belastet. Vielleicht hatte Rick ihr Vertrauliches mitgeteilt – über das Corps oder über irgendwelche Einsätze. Und dieses Wissen mochte sie zu seinem Schaden verwendet haben.

Hart wählte die Nummer ihres Hotels, doch bevor dort abgenommen wurde, legte er auf. Nein, nicht so. Er musste ihr in die Augen sehen, wenn er ihr die Frage stellte.

Noch vor einer Woche hätte er die Idee, sie könnte Militärpapiere stehlen und Rick in eine tödliche Falle locken, als absurd abgetan. So ein Verdacht wäre ungerechtfertigt und absurd gewesen. Jetzt dachte er anders. Sie konnte durchaus vorhaben, ihm das gleiche Schicksal zu bereiten.

Oder war sie selbst ein Opfer und wurde unwissentlich von jemandem benutzt?

In seinem Kopf herrschte ein Chaos aus unbeantworteten Fragen.

Er zog sich an und verließ seine Wohnung. In einer Tüte hatte er das Wasserglas, das Suzanne im Restaurant benutzt und das er unter der Jacke verborgen hinausgeschmuggelt hatte. Im Labor würde man die Fingerabdrücke abnehmen und womöglich herausfinden, wer Suzanne Cassidy wirklich war. Nicht von ungefähr waren Spione meist unauffällige Durchschnittsbürger.

Er wusste von ihr nur, dass sie in Virginia aufgewachsen und früher Lehrerin gewesen war. Doch er musste mehr in Erfahrung bringen.

Auf dem Weg zur Basis hielt er spontan bei Suzannes Hotel. Wenn sie nicht in ihrem Zimmer war, würde er es durchsuchen. Sollte sie jedoch da sein, würde er sich für seine Unhöflichkeit von vorhin entschuldigen und erklären, dass er deswegen nicht schlafen konnte. Und vielleicht wäre sie trotz der späten Stunde bereit, mit ihm in der Lobby einen Kaffee zu trinken.

Als er die Lobby betrat, vernahm er die Glocke des ankommenden Fahrstuhls zu seiner Linken. Er sah hinüber.

Die Türen glitten lautlos auf, und aus der holzgetäfelten Kabine trat Suzanne.

Neben ihr ging Salvatore DeBraggo.

4. Kapitel

Es war fast Mittag, als Suzanne ihren Mietwagen neben dem Gebäude parkte, in dem sich Harts Büro befand. Sie hatte schon früher da sein wollen, doch sie hatte eine fast schlaflose Nacht hinter sich. Nachdem Hart das Hotel verlassen hatte, war sie in die Lobby gegangen, um sich im Geschenkladen etwas zum Lesen zu kaufen.

Und da sah sie Salvatore DeBraggo, der in einer Zeitschrift blätterte. Im ersten Moment wollte sie flüchten, doch er hatte sie bereits erblickt und sprach sie an.

„Mrs. Cassidy." Mit seinem spanischen Akzent klang ihr Name wie Musik.

„Ah, Mr. DeBraggo." Zu ihrer Beruhigung stellte sie fest, dass sich noch andere Personen im Laden befanden.

„Ich bitte nochmals um Verzeihung für die Störung vorhin", sagte er und lächelte.

Der Zorn stachelte ihre Kühnheit an, und sie beschloss spontan, ihn auf seine Lüge anzusprechen. „Ich hatte meinem Partner in L.A. nicht gesagt, wo ich wohne, Mr. DeBraggo."

Er nickte. „Ja, meine Frau sagte auch immer, ich sei kein guter Lügner." Er lächelte. „Ich wollte es wirklich lassen."

Suzanne erwiderte sein Lächeln nicht.

„Nun, die Wahrheit ist, ich habe Sie von einem Foto in der ‚New York Times' erkannt – aus dem Artikel letzten Monat über Ihre Galerie, als Sie den Brenrogets das Gemälde von Mastroniani abkauften. Ich fürchte, meine Impulsivität gewann Oberhand über meine guten Manieren, als ich Sie im Hotelrestaurant sah." Er hob die Schultern. „Vergeben Sie mir."

Es war ein Zufall gewesen, und Suzanne schalt sich für ihre Verdächtigungen: Auftragskiller, FBI-Agent, Spion, Kopfgeldjäger oder gar Terrorist.

Sie stellte den Motor ab und griff nach ihrer Tasche. Bevor sie zur Militärbasis aufgebrochen war, hatte sie einige Telefonate geführt wegen der Schmuckstücke, die DeBraggo verkaufen wollte. Irgendetwas war faul an der Sache. Und sie hätte schwören können, dass sie eins der Stücke schon mal gesehen hatte – in einem Museum.

Sie hatte auch Clyde angerufen, der ihr vorschlug, sie solle in das Haus eines seiner Freunde umziehen. Und dann hatte er sie gnadenlos fast eine Viertelstunde bearbeitet, um zu erfahren, mit wem sie zu Abend gegessen hatte.

Dass Hart noch immer in ihr Gefühle auslösen konnte, die sie nicht zulassen wollte, hatte sie am Vortag sehr verunsichert. Doch inzwischen hatte sie sich gefangen. Es war eine rein körperliche Anziehung. Es war nie mehr gewesen, und damit konnte sie umgehen.

Sie stieg aus und betrat das Gebäude. In Harts Vorzimmer stand der Sekretär an einem Aktenschrank. Harts Tür war geschlossen, doch sie wusste, dass er da war. Sie hatte ihn durchs Fenster gesehen. Sie fragte nach Hart.

Hart hörte ihre Stimme durch die Tür. Er empfand Zorn und Sehnsucht zugleich. Teils hatte er gehofft, sie hätte Three Hills verlassen und wäre aus seinem Leben verschwunden, andererseits hatte er genau das befürchtet – dass er sie nie wieder sehen würde. Es war irrational, aber er war zu vernünftig, um diese Gefühle näher in Augenschein zu nehmen.

Selbstzweifel, Gefühlsduselei und Frauen zu vertrauen waren die drei Dinge, die einen Mann zum Narren machten.

Vor ihm lag der Laborbericht über das Wasserglas, das er aus dem Hotel entwendet hatte. Man hatte nichts Ungewöhnliches festgestellt. Den Fingerabdrücken zufolge war sie Suzanne Cassidy, geborene Ramsey, hatte vor der Heirat als Büroangestellte bei der Army gearbeitet. Als sie acht war, hatten ihre Eltern sich scheiden lassen, der Vater war ehemaliger Soldat, die Mutter Malerin und zum sechsten Mal verheiratet.

Auch der Bericht seines Sekretärs enthielt nichts anderes. Hart hatte ihn wieder und wieder gelesen.

Demnach war Suzanne sauber. Aber das war Teresa Calderone

angeblich auch gewesen, so behauptete zumindest das FBI. Und weil Hart sich darauf verlassen hatte, hätte es ihn und einige weitere Corps-Mitglieder fast das Leben gekostet.

Vor etwas mehr als zwei Jahren war die Tochter eines erbitterten Anti-Drogen-Anwalts aus Peru von einem Mitglied des Drogenkartells entführt worden. Der CIA, der dort Dienst tat, bat das Cobra Corps um Hilfe. Der Plan war ganz simpel: hingehen, das Mädchen einpacken, verschwinden.

Der Hauptkontakt des CIA für Informationen über die peruanische Szene war Teresa. Leider hatte der Geheimdienst übersehen, dass ihr Verlobter von einem Mitglied des Kartells ermordet worden war.

Teresa war nicht wirklich daran interessiert, die Geisel zu befreien oder den Drogenhandel zu bekämpfen. Nicht einmal ihr eigenes Leben bedeutete ihr noch viel. Sie wollte nur Rache – den Mann tot sehen, der ihren Verlobten umgebracht hatte. Nur deshalb half sie dem CIA und dem Cobra Corps.

Teresa hatte Guilermo Ortega, den Anführer des Kartells, erfolgreich verführt, doch er erwies sich als schlauer. Als sie versuchte, ihn zu töten, war er darauf vorbereitet. Rein zufällig war Hart in der Nähe und bekam den Kampf mit. Ein gut gezielter Fausthieb setzte den älteren Mann außer Gefecht, und Hart brachte Teresa in Sicherheit.

Doch innerhalb von Sekunden wurden Hart und seine Männer zu Gejagten. Mit knapper Not entkamen sie aus Ortegas Lager.

Nicht jedoch Teresa Calderone. Sie riss sich im letzten Moment von Hart los und lief zurück zu Ortega. Danach wurde sie nie wieder gesehen.

Sich auf Teresa und den CIA zu verlassen war ein großer Fehler gewesen. Und so etwas sollte ihm nicht mehr passieren.

„Captain Branson?" Die Stimme seines Sekretärs drang aus der Sprechanlage. „Mrs. Cassidy möchte Sie sprechen, Sir."

Hart klappte den Ordner zu, schob seine Gefühle beiseite und öffnete die Tür.

Suzanne stand vor Roubechards Schreibtisch und plauderte mit dem jungen Mann. Sie drehte sich um, als spürte sie Harts Blick. Ein weißes Top mit Trägern und weiße Hosen ließen die sanften Rundungen ihres Körpers erkennen, betonten die Üppigkeit ihres dunklen Haars und die milchweiße Haut.

Er konnte nicht anders als sie gierig ansehen. Plötzlich verspürte er einen Druck auf der Brust, er schluckte. Sie war schön, beinahe hypnotisierend. Er verfluchte sich für sein Hinstarren und seinen Körper für dessen Reaktion.

Wenn er sich nicht endlich zusammenriss, würde es sein Untergang sein.

„Guten Morgen, Suzanne." Nichts in seiner Stimme deutete auf das Chaos in seinem Innern hin. Er lächelte und wappnete sich wie für eine Schlacht. „Komm herein."

„Danke." Sie ging an ihm vorbei, ohne ihn anzusehen.

Er folgte ihr mit seinen Blicken. „Möchtest du einen Kaffee?"

„Nein, danke." Sie schaute sich nervös um. „Hast du den Bericht über Rick?" Ihr Ton war kühl, ja fast schroff.

Ihre Blicke trafen sich für einen Moment, bevor sie wieder wegsah.

Hart schloss die Tür und kehrte zum Schreibtisch zurück, während sie davor Platz nahm.

„Guten Morgen, Suzanne", wiederholte er betont und sah ihr fest in die Augen. Er wusste, was sie plante. Doch während sie versuchte, die körperliche Anziehung zu ignorieren, die sichtlich zwischen ihnen bestand, setzte Hart auf die gegenteilige Strategie. Er war entschlossen, auch dies zu nutzen, um die Wahrheit ans Licht zu bringen.

Suzannes Lächeln wirkte gezwungen. Sie faltete die Hände im Schoß und blickte überallhin, nur nicht zu ihm. „Entschuldige. Guten Morgen, Hart. Hast du den Bericht? Steht etwas Wichtiges darin?", fragte sie hastig.

Er sah auf den Ordner vor ihm. Nichts in dem Bericht wies darauf hin, dass Richard Jonathan Cassidy etwas anderes war als ein ehrbarer, pflichtbewusster Offizier. Und nichts anderes hatte Hart erwartet.

„Ja, ich habe ihn", gab er zurück. „Nein, es steht nichts Auffälliges darin, Suzanne." Doch das wusste vermutlich auch sie. Er fing ihren

Blick auf und sah ihr tief in die Augen, forschte nach einer Reaktion, nach Lüge oder Wahrheit, und merkte, dass er sich beinah darin verlor.

Er riss sich zusammen. „Kein Anhaltspunkt, warum das FBI ihn oder seine Frau", das sagte er betont, „des Verrats verdächtigen könnte." Er stand auf und trat ans Fenster, wo eine Thermoskanne mit Kaffee stand. Er goss sich einen Becher ein und nahm einen großen Schluck von dem heißen starken Getränk.

Was hatte Rick ihr über den Einsatz erzählt? Hoffentlich nichts, denn er war geheim. Und wenn doch? Womöglich etwas, das seinen Tod besiegelt hatte?

Bei der Untersuchung des Absturzes hatte man die Ursache nicht mehr feststellen können.

Hart ging zu seinem Stuhl zurück, und ein Hauch ihres Parfums wehte zu ihm herüber, ein berauschender Duft, der seine Sinne ebenso reizte wie ihre Schönheit, ihre Nähe.

„Wer immer dahintersteckt, er muss mit dem Cobra Corps zu tun haben", vermutete Suzanne. „Derjenige wusste Bescheid über diesen Einsatz. Meinst du nicht?"

Hart überlegte. Er hielt ihren Blick gefangen – verhörte sie wortlos. „Kann sein", äußerte er schließlich. Doch im Grunde schloss er diese Möglichkeit aus. Das Corps war seine Familie. Undenkbar, dass einer seiner Männer ein Verräter, ein Mörder war.

Alles in ihm sträubte sich, weiter in diese Richtung zu denken. Suzanne war mit dem Militär aufgewachsen, sie kannte sich mit den Abläufen aus. Sie wäre bestens geeignet für diese Art von Betrug.

Suzannes Atem stockte, als sein Blick sie festnagelte, doch statt Nervosität oder Angst empfand sie Verlangen. Errötend wandte sie sich ab, stand auf und trat ans Fenster. Im Rücken spürte sie seinen Blick, abwartend, beobachtend, urteilend.

Erinnerungen überfielen sie. Als sie vor zwei Jahren feststellte, dass zwischen ihnen eine heftige Attraktion bestand, war sie fast dankbar gewesen. Schon lange hatte Rick kein Verlangen mehr nach ihr gehabt, und sie kam sich unattraktiv vor. Wie tröstlich, dass endlich wieder ein Mann sie begehrend ansah.

Dann hatte sie Harts Blicke erwidert, und die Möglichkeit irgendwelcher Annäherungen hatte sie in Angst und Schrecken versetzt. Schuldgefühle quälten sie Tag und Nacht, obwohl sie wusste, dass die Anziehung rein körperlich war – und nie mehr als das sein würde.

„Ich glaube, ich habe es dir noch gar nicht gesagt", bemerkte Hart, „aber es ist schön, dich wiederzusehen, Suzanne."

Sie drehte sich um und lächelte. „Das Gleiche gilt für mich, Hart. Sogar unter diesen Umständen." Ihr Puls beschleunigte sich, ihr wurde plötzlich heiß.

Einerseits tat es gut, in seiner Nähe zu sein, andererseits war ihr, als stünde Ricks Geist zwischen ihnen, beobachtend, anklagend. Sie seufzte. „Ich wünschte, die Umstände wären andere."

Hart nickte. Im Sonnenschein glänzte ihr langes Haar wie dunkle Seide, und er verspürte mehr denn je den Drang, zu ihr zu gehen, die Hände durch ihr Haar gleiten zu lassen und … „Ich auch", sagte er schließlich, die Stimme heiser vor unerwünschten Emotionen. „Aber wenn dies nicht geschehen wäre, Suzanne, wärst du wohl kaum noch mal zurückgekommen, oder?"

Die Frage war ausgesprochen, ohne dass er darüber nachgedacht hatte. Und im Grunde wollte er die Antwort gar nicht wissen.

Suzanne starrte ihn verblüfft an. Lag ihm tatsächlich etwas an ihr? Oder war die Frage eine Falle? Und hätte sie den Mut gefunden, ihm noch einmal gegenüberzutreten, wenn sie seine Hilfe nicht wirklich verzweifelt brauchte? Sie beschloss, nicht zu antworten, und wollte nach dem Ordner auf seinem Schreibtisch greifen. „Ist das der Bericht über Rick?"

Hastig nahm er ihre Hand. Sie blickte herunter, seine Hand war groß und kräftig.

Rick hatte ähnliche Hände gehabt, doch seine Berührungen waren ihr nie so warm und sanft vorgekommen.

Sie sollte sich zurückziehen. Abstand halten, sagte sie sich. Seine Nähe war beunruhigend genug. Ihn zu berühren, sich berühren zu lassen, war geradezu gefährlich. Doch sie blieb regungslos, die Hand auf dem Ordner und seine Hand auf ihrer.

„Er ist geheim", erklärte Hart leise und hielt ihren Blick fest.

„Ich bin immerhin seine Witwe."
Sie schwiegen, und die Spannung hing geradezu greifbar zwischen ihnen.
„Oder weißt du etwas, das ich nicht weiß?", fragte sie dann kühl weiter. Da war es wieder, sein Misstrauen.
Hart ließ sie los. Sie hatte recht. Die Vorschriften galten nicht, wenn es um die Wahrheit ging. Stumm reichte er ihr den Ordner.
Sie setzte sich und überflog den Bericht. Nachdem sie geendet hatte, sah sie zu Hart hinüber. „Stimmt, es steht nichts Überraschendes darin." Sie legte den Ordner auf den Schreibtisch. „Was tun wir als Nächstes?"
„Wir überprüfen jeden, der mit dem Einsatz befasst war."
„Und wenn die fragliche Person gar nicht zum Corps gehört, Hart?" Sie schaute zur Seite, um sich besser konzentrieren zu können. Jeder Blick in Harts Augen brachte sie aus dem Konzept. „Wenn derjenige im Pentagon sitzt oder in einer Behörde in Washington?"
„Nein." Er sah sie unverwandt an. „Der Dieb hatte direkten Zugang zu den Plänen, also müssen wir ihn hier suchen. Es gab mehrere Kopien, und einige der Piloten konnten sie einsehen. Zum Beispiel Rick."
Und du, dachte Suzanne.
„Ich habe meinen Assistenten gebeten, sämtliche Mitglieder des Corps zu überprüfen, die an dem Einsatz beteiligt waren – Piloten, Mechaniker, Strategen, Büropersonal, alle. Die Berichte werden nicht sehr detailliert sein, aber für den Anfang muss es genügen." Er schaltete die Sprechanlage ein. „Roubechard, sind die anderen Berichte da?"
„Soeben eingetroffen, Sir", kam die Antwort. „Ich bringe Sie ihnen rein."
Gleich darauf trat Private Roubechard mit einem Stapel Akten ein. Suzanne musterte ihn, während er den Raum durchquerte. Er war mittelgroß, stämmig und hatte extrem kurz geschnittenes, braunes Haar. Seine Züge erinnerten sie an einen Falken, seinem scharfen Blick schien nichts zu entgehen, und auf dem Rücken der linken Hand hatte er eine Tätowierung, die einem Familienwappen ähnelte – ein Pferdekopf auf einem Schild.

Wenn man von der militärischen Haltung absah, könnte er auch einer Gang in Los Angeles angehören. Er legte die Akten ab und ging.

„Wie lange ist er schon hier?“, erkundigte sich Suzanne.

„Marcus Roubechard?“ Hart sah auf. „Seit ein paar Monaten.“

„Dann ist er also unverdächtig.“

Hart teilte die Akten auf. „Roubechard ist gerade erst neunzehn“, erklärte er. „Sein Großvater und Vater waren bei der 1. Kavalleriedivision. Die Tätowierung auf seiner Hand ist deren Abzeichen. Nein, Suzanne, er ist nicht verdächtig.“

Sie schämte sich.

Hart reichte ihr die Hälfte der Berichte. „Ich sehe mir die Corpsmitglieder an“, entschied er. „Du beginnst mit den Angehörigen.“

„Die Angehörigen?“, fragte sie verwirrt. „Wieso?“

„Du warst Ricks Frau“, erwiderte Hart. „Und das FBI verdächtigt dich.“

Sie nickte. „Du hast recht.“

Hart lehnte sich zurück und strich sich über die Augen. Das Aktenstudium hatte zu nichts geführt, und er brauchte eine Pause. „Ich denke, das war’s fürs Erste. Wollen wir in die Stadt fahren und etwas essen?“

Suzanne sah von ihrer Akte auf. Seit über eine Stunde hatten sie kein Wort gewechselt und sich ganz auf die Unterlagen konzentriert. „Gern.“ Ihr Hals war trocken. „Lass mich noch schnell diese Akte zu Ende lesen.“

Die Sprechanlage summte. „Ein Anruf von General Walthorp für Sie, Sir.“

„Ich nehme ihn im Vorzimmer entgegen“, erklärte Hart und stand auf. „Wir haben ein paar dienstliche Fragen zu besprechen“, sagte er erklärend zu Suzanne. „Ich bin gleich wieder da.“

Suzanne nickte. Ob das der Wahrheit entsprach? „General Walthorp“ konnte der Deckname eines FBI-Agenten sein. Oder jemand hatte Informationen über Rick.

Oder der Anrufer war Harts Komplize.

Sobald Hart das Büro verlassen hatte, klappte Suzanne ihre Akte zu und griff nach ihrer geräumigen Schultertasche. Die Gelegenheit war zu günstig, um sie nicht zu nutzen.

Hastig durchstöberte sie den Stapel, den Hart sich vorgenommen hatte. Einigen Kameraden hatte Rick näher gestanden als den anderen: dem Piloten Lane Banner, dem Chefmechaniker Brenner Trent und den beiden Juniorpiloten Rand Towler und Zack Morrow.

Was sie vorhatte, war vielleicht unsinnig und außerdem illegal. Wenn Hart es entdeckte, würde er ihr jede weitere Unterstützung verweigern. Dennoch, sie musste es wagen. Sie zog die Berichte aus dem Stapel und steckte sie rasch in ihre Tasche.

Unter Zacks Akte lag eine mit der Aufschrift „Hart Branson".

Suzanne konnte nicht widerstehen, sie schob auch diese in ihre Tasche. Vielleicht stand in keinem der Berichte etwas Besonderes, aber sie wollte sich selbst davon überzeugen und sich nicht auf Harts Wort verlassen. Vor allem, was seine Akte betraf.

Sie ordnete die übrigen Mappen auf dem Schreibtisch, zum Glück waren es mehrere Dutzend. Das Fehlen der paar Unterlagen würde nicht gleich auffallen. Im nächsten Moment kam Hart bereits zurück.

„Fertig zum Lunch?", wollte er wissen.

Suzanne erhob sich. „Tut mir leid, Hart. Ich hatte ganz vergessen, dass ich mit Mr. DeBraggo verabredet bin, um seinen Schmuck zu schätzen. Du weißt doch, der Mann aus dem Restaurant."

Es war eine Lüge – sie hatte lediglich versprochen, DeBraggo anzurufen. Aber der Drang, die Berichte zu lesen und etwas Abstand zu Hart gewinnen, war zu stark.

Hart nickte. Am liebsten wäre er ihr gefolgt, doch der General wollte ihn in einer Stunde sehen. Insofern kam ihre Absage ihm sogar gelegen. „Dann also Dinner", schlug er vor.

Sein Telefon klingelte. Er nahm ab. „Um sieben", flüsterte er ihr noch zu.

Leise verließ Suzanne sein Büro.

„Suzanne?"

Suzanne, die gerade ihre Tasche in den Wagen legen wollte, drehte sich um. Chief Carger kam auf sie zu. „Chief", grüßte sie und lächelte, obwohl ihr nicht danach war.

Er zündete sich eine Zigarette an. „Wollen Sie auch in die Army eintreten?"

Sie lachte. Natürlich wollte er nur herausbekommen, weshalb sie in Three Hills war. „Wohl kaum, Chief", gab sie zurück. „Ich handele jetzt mit Antiquitäten und besuche hier einen Kunden. Und da wollte ich Captain Branson einfach mal Guten Tag sagen."

Er nickte und stieß eine Rauchwolke aus. „Freut mich, dass es Ihnen gut geht. Und dass Sie bei uns vorbeischauen. Der Captain ist ein prima Kerl, aber ich hatte nie den Eindruck, dass er aufs Heiraten aus ist." Er lächelte gewinnend. „Wenn Sie verstehen, was ich meine."

Sie verstand seine Bemerkung zwar nicht, doch sie würde gewiss nicht nachfragen. Offensichtlich mochte der Chief Hart nicht. Aber das konnte tausend Gründe haben, die vermutlich im dienstlichen Bereich lagen.

Oder wusste der Chief etwas über Ricks Tod? Vielleicht, dass Hart mehr damit zu tun hatte, als lediglich Augenzeuge zu sein? War die Bemerkung eine Warnung?

5. Kapitel

Halb sieben. Hart war absichtlich früher gekommen. Er sah auf den Zettel, auf dem Suzanne ihm den Weg zu dem gemieteten Bungalow beschrieben hatte.

Offenbar plante sie, eine Weile zu bleiben.

Hart stieg aus und betrachtete das flache, gemauerte Gebäude. Die Wände waren hellbraun gestrichen, die Fensterrahmen türkisfarben, das Dach mit Ziegeln gedeckt – der übliche Stil im Südwesten. Gesteinsbrocken und einige Kakteen säumten den Pfad zur Tür.

Er drückte auf die Klingel und horchte auf den melodischen Glockenklang. Mehrere Sekunden vergingen. Keine Reaktion.

Hart schaute zu ihrem Mietwagen hinüber, der in der Auffahrt stand, dann zu einem halb geöffneten Fenster neben der Tür. Leise Musik drang durch die Spitzengardine. Er trat näher und stellte fest, dass man durch das ganze Haus bis zu einer offenen gläsernen Schiebetür und auf den Patio hinaussehen konnte. Suzanne saß auf einer Terrassenliege.

Er folgte dem gepflasterten Weg zur Rückseite. Da vernahm er Suzannes Stimme und blieb stehen.

„Ich weiß, es ist spät." Sie telefonierte. „Aber das Paket sollte in spätestens zwei Tagen abgehen." Sie machte eine Pause. „Sobald die Zahlung eingetroffen ist." Sie stand auf.

Hart trat hinter einen Rosenbusch an der Hausecke und beobachtete sie durch das Blätterwerk. Sie nickte, ging ans Ende der Terrasse und blickte in die Wüste hinaus.

Sie trug einen langen weißen Frotteebademantel, eine Sonnenbrille, und ihr Haar steckte unter einer Art Turban.

„Persönliche Übergabe ist wichtig", sagte sie jetzt.

Erneut stiegen Zweifel und Misstrauen in ihm auf. Das Telefonat mochte völlig harmlos sein, doch solange seine Karriere, womöglich sein Leben auf dem Spiel stand, würde er auf der Hut sein. Auch Suzanne gegenüber.

Nachdem sie das Gespräch beendet hatte, blickte sie gedankenverloren zum Horizont. Dann legte sie das Handy auf den Terrassentisch und ging ins Haus.

Hart wartete angespannt, doch Suzanne kam nicht zurück. Lautlos überquerte er den Patio, griff nach dem Handy und zog sich wieder zurück. Entschlossen drückte er den Knopf für Wiederwahl und hielt den Hörer ans Ohr.

„Oui, hier Marsei."

Hart fluchte und unterbrach die Verbindung.

Vor einer Stunde erst hatte er erfahren, dass das FBI einen bekannten französischen Spion verdächtigte, die gestohlenen Pläne gekauft zu haben. Der Mann war für jede Regierung, jede Terroristen- oder Mafiavereinigung tätig, die bereit war zu zahlen. Sein Name war Robert Marsei.

Zufall? Hart umklammerte das Handy. Obwohl Marsei in Frankreich kein ungewöhnlicher Name war, glaubte Hart nicht an einen Zufall.

Er holte tief Luft, legte das Handy zurück und eilte zur Vordertür. Hoffentlich hatte sie nicht aus dem Fenster geschaut und seinen Wagen bemerkt.

Wieder klingelte er, und sie öffnete fast augenblicklich.

Suzannes Puls ging schneller, als ihre Blicke sich trafen. Sie hatte ihn erst vor ein paar Stunden gesehen, doch sie musterte ihn so aufmerksam, als wäre es Jahre her. Er trug keine Uniform, sondern eine dunkelbraune Hose umhüllte seine langen sehnigen Beine. Unter dem weißen Hemd zeichnete sich seine muskulöse Brust ab, und eine braune Lederjacke betonte seine breiten Schultern.

„Komm doch herein", brachte sie endlich heraus, überrascht davon, wie atemlos ihre Stimme klang.

Er ging an ihr vorbei in den Wohnraum und betrachtete die Einrichtung. „Hübsch hier, aber warum bist du aus dem Hotel ausgezogen?" Er drehte sich zu ihr um, während sie die Haustür schloss. Sie sah ihn an, kam jedoch nicht auf ihn zu.

„Ach, ich mag keine Hotels und …“ Sie zuckte die Schultern. „Ich habe heute Morgen mit Clyde telefoniert, und er schlug mir vor, hier zu wohnen, wenn ich noch ein paar Tage bleibe. Das Haus gehört einem Bekannten von ihm, der sich meistens in L.A. aufhält.“

Hart nickte. „Klingt vernünftig.“ Erneut blickte er sich um. Dem Eigentümer schien es an Geld nicht zu mangeln, die Einrichtung wirkte sehr kostspielig.

„Ich hole nur eine Jacke und meine Tasche. Dann können wir gehen.“

Er begehrte sie, und er verfluchte sich dafür. Er hatte sich mit Überlegungen und Mutmaßungen ablenken wollen, doch nun verschlang er sie mit Blicken, sein Körper reagierte augenblicklich, er konnte an nichts anderes mehr denken.

Bademantel, Sonnenbrille und Turban waren verschwunden, die langen dunklen Wellen ihres Haars fielen auf ihre nackten Schultern. Sie trug ein schlichtes, rostrotes Seidenkleid, das sich verführerisch an jede Kurve ihres Körpers schmiegte und die Kupfertöne ihrer braunen Augen betonte.

Verlangen, heiß und hungrig, wuchs in ihm wie ein verzehrendes Feuer. Keine Frau hatte ihn so unmittelbar und so tief berührt, aber wenn er etwas im Leben gelernt hatte, dann waren das Wachsamkeit und Selbstbeherrschung.

Und als er sich all die Verdachtsmomente in Erinnerung rief, löschten kalte Wut und der Instinkt vor der Gefahr sein brennendes Begehren. Dennoch gelang es ihm, sie bewundernd anzulächeln.

Hart konnte sich des Eindrucks nicht erwehren, dass ihnen jemand gefolgt war. Erneut sah er sich prüfend im Lokal um. Als sie Suzannes Haus verließen, war ihm ein schwarzes Auto aufgefallen, das auf der Straße parkte. Es war direkt nach ihnen gestartet und ihnen auf dem Weg zum Restaurant eine Weile gefolgt, wenn auch in gehörigem Abstand.

Irgendwann war der Wagen abgebogen, aber Hart blieb misstrauisch. Vermutlich war es jemand vom FBI, der sie beschattete.

Das italienische Lokal war von einer rustikalen Eleganz. Und es war ruhig. Suzanne setzte ihr Weinglas ab und warf einen Blick auf die Reste der Fettuccine mit Huhn. Es war ihr Lieblingsgericht, und sie hatte es kaum angerührt.

Aber es war nicht der Gedanke an die drohende jämmerliche Existenz in einem Staatsgefängnis, der ihr den Appetit nahm. Es war Harts Nähe, die sie nervös machte. Verstohlen sah sie ihn an, und sofort wurde sie von Empfindungen überschwemmt, die sie weder wahrhaben noch näher ergründen wollte.

„Es war sicherlich schwer für dich", sagte Hart gerade, „noch einmal ganz von vorn anzufangen."

Sie fragte sich, ob hinter der Bemerkung mehr stand als höfliches Interesse. „Ja und nein", erwiderte sie mit der Schulter zuckend. Sie hatte keine Lust, auf Einzelheiten einzugehen.

Vor langer Zeit hatte sie beschlossen, es nicht wie ihre Mutter zu machen. Lyla Russell fiel von einer Romanze in die nächste und war mittlerweile bei ihrem sechsten – oder siebten? – Ehemann angelangt. Suzanne zählte nicht mehr mit.

Doch selbst wenn Rick von jenem Einsatz lebend zurückgekehrt wäre, hätte sie ihr Leben neu ordnen müssen. Die Ehe hatte am Abend seiner Abreise geendet. Doch das hatte sie nie jemandem gestanden.

„Trauerst du ihm noch immer nach?"

Die Frage riss Suzanne aus ihren Gedanken. Trauerte sie ihm nach? Sie überlegte eine Weile. Ja, sie trauerte um den Mann, den sie glaubte, geliebt zu haben, aber nicht um den, mit dem sie dann tatsächlich verheiratet gewesen war. „Ja", sagte sie, weil sie wusste, dass Hart diese Antwort erwartete.

Eifersucht überfiel ihn, heiß und plötzlich, durchfuhr ihn, erschreckte ihn, bevor er dem Gefühl Einhalt gebieten konnte. Er wusste nicht, warum er sie nach all der Zeit, nach all den Geschehnissen noch immer begehrte. Was zum Teufel war mit ihm los? Schließlich war er in der Zwischenzeit mit anderen Frauen zusammen gewesen.

„Ja, ich auch", stieß er hervor. Er sah ihr tief in die Augen, und wieder überrannte sein Misstrauen die unerwünschten Emotionen.

Was er in ihren Augen sah, stimmte jedoch nicht mit ihren Worten überein.

Suzanne strich mit dem Finger über den Rand ihres Weinglases. Im Geist verglich sie die beiden Männer. Rick war 1,76 Meter groß gewesen, Hart maß 1,83. Rick hatte ebenmäßige klassische Gesichtszüge sowie einen natürlichen ihm eigenen Charme besessen, dem niemand widerstehen konnte.

Harts Körperbau war schlank und sehnig, seine Züge wirkten unbehauen wie das unfertige Werk eines Bildhauers. Suzanne dachte an Granit, als sie die Nase mit der leichten Delle von einem längst vergessenen Bruch des Nasenbeins betrachtete; die unnachgiebige Kinnlinie; die hohen Wangenknochen, die sie an Wüstenfelsen erinnerten. Wenn sie dann aber in seine Augen sah, war es, als versänke sie in einem mitternächtlichen Himmel, der von Sternen übersät war.

Wie oft hatte sie früher in unbewachten Momenten in diese Augen geschaut, wenn er mit etwas anderem beschäftigt war? Und hatte dabei gewusst, wenn sie zu lange dorthinsah, würde sie sich nie mehr abwenden wollen. Wie oft hatte sie davon geträumt, ihre Hände in seinem Haar zu vergraben, sich gefragt, wie seine Lippen sich auf ihren anfühlen würden?

Und seine Stimme. Oh, wie sehr hatte sie diesen tiefen tröstlichen Klang mit dem texanischen Akzent vermisst.

Hart strahlte sowohl Härte als auch Verletzlichkeit aus. Diese Kombination hatte sie stets verwirrt – und gleichzeitig maßlos angezogen.

„So, so“, meinte Hart, riss sie damit aus ihren Erinnerungen und sich selbst aus einem Wirbel von Emotionen, die er lieber ignorieren wollte. „Du bist nach Los Angeles gezogen, hast neue Freunde, einen neuen Beruf – und ansonsten? Bist du liiert? In festen Händen? Verlobt?“

Er sah das schwache Lächeln um ihre Mundwinkel. Wieder empfand er Eifersucht, doch er sagte sich, dass ihr Privatleben ihn nichts anging – es sei denn, ihr Lover wäre zugleich ihr Komplize. Er wollte sich bloß mit ihr unterhalten und so viel wie möglich über sie erfahren, um sich ein klareres Bild von ihr machen zu können.

Hart merkte, dass sie bei seiner Frage offensichtlich an einen Mann dachte, genau wie er es beabsichtigt hatte. Jetzt wollte er wissen, an wen.

„Ist das zu persönlich?“, fragte er nach, als sie nicht antwortete.

Suzanne gab seinen Blick zurück. Unschuld lag darin, aber das musste nichts bedeuten. So naiv würde er nicht in die Falle tappen. Der Bericht über sie war nichtssagend, aber er war oberflächlich und in aller Eile verfasst worden.

Wenn sie schuldig war, und die Möglichkeit bestand durchaus, musste sie logischerweise einen Komplizen haben. Vielleicht stand sogar ein ganzes Land hinter ihr.

„Nein“, sagte Suzanne endlich und unterbrach Harts Spekulationen. „Es gibt keinen Mann in meinem Leben. Es sei denn, du zählst meinen Kater Dooby oder meinen Geschäftspartner Clyde dazu, der gleichzeitig mein Cousin und so sehr in Antiquitäten verliebt ist, dass er sich für keine Frau begeistern könnte.“

„Der Mann weiß nicht, was ihm entgeht“, bemerkte Hart.

Oder er weiß es nur zu gut, widersprach eine boshafte Stimme in seinem Kopf und erinnerte ihn damit an all den Verrat und Betrug, den er von Frauen erfahren hatte, die ihn angeblich geliebt hatten.

„Und du?“, erkundigte sich Suzanne mit einem neckenden Unterton. „Wo ist die Glückliche, die dein Herz gefangen hat?“

Plötzlich fühlte Hart sich von Sehnsucht erfasst, es kam gänzlich unerwartet und war beinah schmerzend.

Sie ist schuld an Ricks Tod, redete er sich ein, um die unerwünschten Gefühle abzuwehren. Und das FBI verdächtigt sie des Verrats.

Aber das FBI glaubt auch, Rick sei noch am Leben, entgegnete eine andere Stimme in ihm.

Er zwang sich zu lächeln und verwünschte die nagenden Zweifel ebenso wie den schier unwiderstehlichen Drang, ihr die Hand in den Nacken zu legen, sie an sich zu ziehen und zu küssen. Er wollte sie küssen, bis sie keine Luft mehr bekam und ihm die Wahrheit gestand.

„Das siehst du ganz richtig, Suzanne“, antwortete er schließlich. „Sie hat Glück. Weil sie ohne mich ist.“

Suzanne schüttelte den Kopf. „Nein, ich würde sagen, da hat sie Pech.“

„Ich hatte fast vergessen, wie wunderschön der Duft der Wüste ist“, sagte Suzanne, als sie neben Hart zu ihrem Bungalow ging. Sie hatten die Gründe, die sie nach Three Hills zurückgeführt hatten, nicht angesprochen, und Suzanne war dankbar dafür. Ein paar Stunden hatte sie die Bedrohung vergessen können, die über ihr Leben hereingebrochen war. An der Tür blieb sie stehen und wandte sich ihm zu. „Es war ein wunderbarer Abend, Hart. Danke.“

Offenbar wollte sie ihn nicht hineinbitten. Weil sie ihrem Komplizen Bericht erstatten musste?

Hart hielt ihren Blick fest, suchte die Antwort darin, und für den Bruchteil einer Sekunde wünschte er sich nichts anderes, als seine Zweifel zu vergessen, die Welt zu vergessen, alles außer seinem Begehren.

Sie war ihm so nahe.

Plötzlich flammte die bislang verleugnete, doch stets schwelende Leidenschaft hoch auf, Hart konnte sie nicht ersticken. Sie verzehrte ihn, er verspürte ein nie gekanntes Verlangen. Es nahm ihm alle Vernunft, machte seine jahrelang geübte, so hoch gehaltene Selbstdisziplin zunichte.

Hart schlang die Arme um Suzanne, zog sie an sich, presste ihren Körper an seinen und den Mund auf ihre Lippen, schnell und unerwartet, wie ein Jäger seine Beute ergreift. Die Grundlagen seines Lebens waren Kampf und Angriff. Niemand hatte ihm beigebracht, wie man sich etwas auf sanfte Weise verschaffte.

Doch sosehr die körperliche Nähe seine Leidenschaft schürte, so stark war auch sein Zorn. Sie war Ricks Frau gewesen, und sie hatte seinen Freund in den Tod getrieben. Schmerzlich durchfuhr ihn der Gedanke. Er wollte sie bestrafen – für Ricks Tod und für ihre Reize, dafür, dass er sie begehrte.

Doch er konnte es nicht, denn sie erwiderte seinen Kuss. Ihre Lippen waren weich, berauschend und ebenso begierig wie seine. Ein Feuersturm raste durch seinen Körper.

Alles versank in Leidenschaft. Die Realität verschwamm. Verlangen trübte sein Denken.

Suzanne war alles, was er sich wünschte und was er gleichzeitig meiden musste. Sie brachte Licht in sein Leben und zugleich die

Dunkelheit, die ihn vernichten konnte. Sie war seine Hoffnung und sein Verderben.

Jetzt schlang sie ihm die Arme um den Hals, und seine Willenskraft verließ ihn. Eine Sehnsucht, die stärker war als alles andere, trieb ihn zu ihr.

Sein Kuss wurde intensiver, verzweifelter. Er spürte, wie ihre Zunge seine lockend umspielte. Sie stöhnte leise und erregte damit seine Leidenschaft noch mehr.

Suzanne presste sich an Hart. Mit jeder Faser ihres Körpers reagierte sie auf seinen Kuss, seine Berührung. Sie wusste, sie war kurz davor, sich zu vergessen. Zwar war Hart hier der Soldat, aber auch sie spürte Kampfeslust in sich aufsteigen. Sie begehrte ihn, und das schon so lange. Dennoch wollte sie ihn von sich stoßen und ihn zugleich näher an sich ziehen.

Plötzlich zerrissen Schüsse die Stille der Nacht.

Hart fuhr hoch und packte gleichzeitig Suzannes Arm. „Runter!", befahl er und stieß sie zu Boden, indem er neben ihr auf die Knie sank und instinktiv dem Angreifer den Rücken wandte, um sie mit seinem Körper zu schützen.

Ein weiterer Knall.

Und da wurde Hart klar, dass es sich nicht um Schüsse handelte. Er rappelte sich hoch, sein Herz pochte laut sowohl vom Nachhall der Angst wie aus Ärger über sich selbst wegen diese dummen Irrtums. Er drehte sich um und blickte auf die Straße.

Ein altes, zerbeultes Auto ratterte mit stotterndem Motor und neuerlichen Fehlzündungen über die Kreuzung.

Düster starrte Hart ihm nach. Im Stillen fluchte er.

„Ich dachte, jemand schießt auf uns", flüsterte Suzanne in die gespenstische Stille.

Hart stand auf. Er kam sich vor wie ein Idiot. Er war Soldat. Noch nie hatte er den Klang von Schüssen mit etwas anderem verwechselt. Bis jetzt.

„Wir sehen uns morgen", erklärte er knapp. Ohne auf eine Antwort zu warten, machte er auf dem Absatz kehrt und ging zu seinem Wagen.

Fehlzündungen mit Schüssen zu verwechseln war nicht der einzige Fehler, den er an diesem Abend gemacht hatte. Er stieg in die Corvette. Was hatte er sich nur dabei gedacht, Suzanne zu küssen? Eine Falle so alt wie die Menschheit, die jede Frau benutzte, um bei einem Mann etwas Bestimmtes zu erreichen. Wie lieb und anschmiegsam sie wurden, sobald sie Männer hinters Licht führen wollten.

Aber dies war Suzanne, widersprach leise die Stimme der Vernunft. Er lachte spöttisch. Die Frau, die ihn in einem Motelzimmer allein gelassen hatte, war seine Mutter gewesen.

In seinem momentanen Zustand ließ er zu, dass Erinnerungen hochkamen, die er normalerweise unter Verschluss hielt. Immerhin würden sie ihn ablenken und das brennende Begehren in ihm abtöten.

„Bleib schön brav hier, Schatz", hatte Corie Branson gesagt, „okay?"

„Darf ich noch ein bisschen Trickfilme sehen, Mommy?", hatte Hart geantwortet, den Blick bereits wieder auf dem Bildschirm.

„Natürlich, Liebes. Und vergiss nie, ich habe dich lieb." Sie zupfte die Bettdecke um seine Beine zurecht. „Gib Mommy einen Kuss."

Es war das letzte Mal, dass er seine Mutter gesehen hatte.

Viele Stunden später wachte er auf, als die Geschäftsführerin des Motels und ein Polizist ins Zimmer kamen. Sie waren nett, der Polizist hatte Hart einen Schokoriegel gegeben, und die Frau hatte ihm über den Kopf gestrichen. Sie sagten, er brauche keine Angst zu haben, und sie halfen ihm, seine Jacke anzuziehen. Dann hatten sie ihn in ein großes Haus gebracht, wo viele andere Kinder waren.

Damals hatte er nicht begriffen, was vorging. Später erklärte man ihm, dass seine Mutter die Polizei angerufen und gesagt hatte, sie könne nicht mehr zurückkommen. Dass sie ihren kleinen Sohn trotzdem sehr lieb habe und dass man sich bitte um ihn kümmern möge.

Es war eine gnädige Lüge, die die bittere Wahrheit überdecken und ihm Angst und Tränen ersparen sollte. Und diesen Zweck hatte sie auch erfüllt – für eine Weile.

Doch was immer die Sozialpflegerinnen und Erzieherinnen im Waisenhaus ihm auch erzählten, im Heranwachsen begriff Hart nur das eine: Seine Mutter hatte ihn verlassen und würde nie zurückkehren.

Die Erinnerungen waren ein Kaleidoskop des Schreckens, sie machten ihm das Herz schwer. Aber wenigstens vertrieben sie die Gedanken an Suzanne aus seinem Kopf und das Verlangen aus dem Körper.

Die Behörden hatten ihn zu seiner einzigen Verwandten gebracht, einer Tante. Die hatte jedoch bereits sechs eigene Kinder und einen Taugenichts zum Mann. Das Letzte, was sie gebrauchen konnte, war ein weiteres Kind, noch dazu nicht einmal ihr eigenes.

Seine erste Pflegemutter war eine freundliche, großmütterliche Frau mit einem starken Hang zum Sadismus.

Die zweite liebte ihn wie ihr leibliches Kind, so glaubte er zumindest. Nach einer Weile gab er seine Abwehrhaltung auf und erwiderte ihre Liebe. Es war ein Fehler. Zwei Tage bevor die Adoptionsurkunde unterschrieben werden sollte, machte sie einen Rückzieher. Den Grund hatte Hart nie erfahren.

Die restlichen Jahre bis zum Erwachsensein verbrachte Hart im Waisenhaus. Er schloss sich niemandem an und erwartete von keinem tiefere Gefühle.

Dann lernte er Francie kennen, verliebte sich Hals über Kopf und heiratete sie. Ein halbes Jahr später kam er eines Tages überraschend nach Haus und fand sie im Bett mit einem Freund ihres Bruders. Die Scheidung war schnell erledigt, und er betäubte sich monatelang mit Alkohol. Schließlich begrub er mit einem letzten Versuch zu überleben all seine Gefühle und ging zur Army.

Hart seufzte. Er merkte, dass selbst die unangenehmsten Erinnerungen die Qualen nicht linderten, in die Suzanne ihn immer wieder stürzte.

Ihre Aussagen über Spione, Verhöre und Verfolgung klangen absurd. Und doch, trotz seiner Zweifel und des sogenannten gesunden Menschenverstands wollte etwas in ihm der Witwe seines Freundes glauben.

Vielleicht glaubte er ihr im tiefsten Innern bereits.

Es war albern, unprofessionell und höchstwahrscheinlich gefährlich. Er seufzte erneut. Ja, ein Teil von ihm glaubte ihr.

Minuten später bog Hart auf die schmale Landstraße ein, die zum Stützpunkt führte. Er wollte Antworten finden, also warum nicht gleich mit der Suche beginnen?

Suzanne stand auf der Veranda und sah Hart davonfahren. Noch lange, nachdem die Rücklichter bereits um die Ecke verschwunden waren, verharrte sie regungslos.

Warum hatte sie ihn so hemmungslos geküsst? Er vertraute ihr nicht, glaubte ihren Aussagen nicht, spielte vielleicht sogar mit ihren Gefühlen in der Hoffnung, sie würde Verrat, Mord und wer weiß was noch alles gestehen. Und sie war ihm hingebungsvoll in die Arme gesunken.

Sie wollte gerade ins Haus gehen, als sie ein anderes Auto herankommen sah, die Scheinwerfer gelöscht.

Instinktiv trat sie aus dem Lichtkreis der Verandalampe in den Schatten eines hohen Kaktus neben der Haustür.

Vor dem Haus gegenüber beleuchtete eine Lampe die Einfahrt. Suzanne bemühte sich, den Fahrer des Wagens zu erkennen. Fast hätte sie aufgeschrien. Sie war nicht ganz sicher, aber der Mann am Steuer schien eine Uniform zu tragen.

Mit einem Mal waren alle ihre Zweifel über Hart wie weggeblasen. Sie empfand nur noch Angst.

Sobald das Auto vorbeigefahren war, rannte sie ins Haus und knallte die Tür hinter sich zu. Hart wurde überwacht.

Sie stürzte in die Küche und zum Wandtelefon. Hart musste sofort gewarnt werden. Doch sie konnte nur hilflos das Schlüsselbrett anstarren – sie hatte seine Nummer nicht.

Furchtbare Fantasien von Spionen und Mördern erstanden in ihrem Geist. Sie eilte ins Schlafzimmer, ergriff ihre Tasche und suchte nach den Autoschlüsseln.

Dann hetzte sie wieder hinaus. Atemlos hielt sie auf der Veranda inne. Zu spät. Der Wagen war nicht mehr zu sehen.

Als Hart seine Wohnung betrat, klingelte das Telefon.

„Hart?“ Es war Suzanne.

Voller Sorge setzte sein Herz einen Schlag aus. „Was ist passiert, Suzanne?“

„Nichts. Ich meine, nicht direkt, aber ich glaube, jemand ist dir gefolgt, als du von mir weggefahren bist. Ungefähr eine Minute danach kam ein Wagen vorbei, er hatte kein Licht an und …“

Sie lehnte sich an die Wand und schloss die Augen. Sie wirkte hysterisch, und vermutlich glaubte er ihr nicht.

„Ich habe mir Sorgen gemacht“, setzte sie zögernd hinzu und kam sich plötzlich kindisch vor. Vielleicht bildete sie sich nur ein, dass der Mann hinter Hart her war. Ebenso wie sie meinte, der Fahrer habe ausgesehen wie Chief Carger. Vermutlich war es nur ein Nachbar gewesen, der noch irgendwohin wollte. „Aber ich lag wohl falsch, Hart. Du bist in Sicherheit. Und es ist spät.“ Sie redete einfach weiter, sie wollte nicht auflegen. „Ich lasse dich besser schlafen gehen. Wahrscheinlich habe ich das alles bloß fantasiert. Rick sagte immer, ich hätte eine blühende Fantasie. Wir sprechen uns morgen.“

„Suzanne“, erklärte Hart, bevor sie auflegen konnte, „mir ist niemand gefolgt.“

„Ich weiß. Schön.“ Ihr Lachen klang brüchig, sogar in ihren eigenen Ohren. „Sicherlich war es nur ein Nachbar. Er hatte seine Lichter noch nicht eingeschaltet. Gute Nacht, Hart.“

Damit legte sie auf.

Mit gemischten Gefühlen hängte Hart ein. Wenn sie nun doch recht hatte? Wurde er überwacht? Oder war es ein weiterer Trick von ihr, damit er verunsichert war und ihre verrückten Behauptungen für bare Münze nahm?

Er ging zum Fenster und spähte durch die Jalousie nach draußen. Niemand war zu sehen, kein fremdes Auto parkte auf der Straße.

Dennoch war es denkbar, dass jemand ihm gefolgt war. Wenn das FBI annahm, er sei Suzannes Komplize bei Verrat und Mord, würde es einen Mann auf ihn ansetzen.

Er wollte gerade die Lamellen loslassen, als er einen langen dunklen Wagen um die Ecke verschwinden sah. Mit gelöschten Scheinwerfern.

Ob das der Wagen war, den Suzanne meinte? „Ach, zum Teufel damit“, fluchte er und wandte sich vom Fenster ab. Für heute reichte es.

Eine halbe Stunde darauf lag Hart in seinem Bett, die Gefühle in Aufruhr. Er starrte ins Dunkel und sah nichts als die Szene auf der Veranda vor sich, wieder und wieder. Er hatte Suzanne in die Arme genommen, sie geküsst, ihren Körper an sich gepresst. Er hatte sich vergessen und sich in dem Moment so lebendig gefühlt wie seit Jahren nicht. Vielleicht wie noch nie in seinem ganzen kläglichen Leben.

Aber war sie schuldlos und wurde von jemandem benutzt? Oder war sie noch gerissener und durchtriebener als die anderen Frauen, die er kannte?

Er warf sich herum und hieb genervt mit der Faust auf das Kopfkissen.

„Verdammt." Hart sprang aus dem Bett und begann, im Zimmer auf und ab zu gehen. Trotz aller Verwirrung und Wut hatte er nie eine Frau so sehr begehrt wie Suzanne Cassidy. Doch wenn er sich auf sie einließ, gefährdete er alles, was er sich inzwischen aufgebaut hatte.

Wenn die Regierung dieses Landes, für das er oft und oft sein Leben aufs Spiel gesetzt hatte, gegen eine schuldlose Frau intrigierte, sie gar vernichten wollte und ihn dazu gleich mit erledigen wollte, dann war sein Leben, seine Überzeugungen, dann war alles eine Farce.

Aber wenn sie schuldig war, bedeutete das …

Er mochte es drehen und wenden, wie er wollte. Was immer das Ergebnis sein würde, so oder so – er war geliefert.

6. Kapitel

Suzanne ließ ihre Zunge zwischen Harts Lippen gleiten, und er stöhnte auf vor Lust.

„Verführerin." Die Bezeichnung bedeutete zugleich Verehrung und Fluch.

Mit beiden Armen umklammerte sie seine Schultern und spielte mit den Fingern in den kurzen goldfarbigen Haaren an seinem Nacken, als wollte sie ihn nie mehr loslassen.

Ein Feuerstrom ergoss sich in seine Adern, Begehren durchzuckte ihn, heißer als alles, was er je empfunden hatte.

Mit der Hand umfasste er ihre Brust, und ein Alarm in seinem Hinterkopf schrillte. Aufhören – oder du wirst es in alle Ewigkeit bereuen. So aufgewühlt er auch war, er brachte den beharrlichen Alarmton nicht zum Schweigen.

Hart öffnete die Augen, das Telefon klingelte. Er fuhr hoch und sah sich verwirrt um.

Es klingelte wieder.

Er warf einen Blick neben sich auf das Bett. Sie war nicht da. Verlor er allmählich den Verstand?

Beim nächsten Ton griff er nach dem Hörer. „Ja?", knurrte er.

„Captain Branson?"

Er erkannte die Stimme seines Sekretärs und war schlagartig hellwach. Beim letzten Mal, als er einen Anruf mitten in der Nacht bekommen hatte, befand er sich eine Stunde später auf dem Weg nach Bosnien. „Ja, Roubechard, was ist los?" Er blickte zur Uhr. Es war acht Uhr früh.

„Ich wollte die Berichte wegräumen, die Sie gestern durchgesehen haben, Sir", erklärte Roubechard. „Äh, ich möchte nur wissen, ob Sie einige davon mit nach Haus genommen haben, Sir."

„Nein. Ich sagte Ihnen doch, ich brauche sie nicht mehr. Warum?"

„Weil … nun ja, einige fehlen."

Hart fluchte leise. Nur Suzanne konnte sie genommen haben. Aber wozu? Sie hatten die Akten gemeinsam in seinem Büro studiert. Wenn sie die eine oder andere noch einmal sehen wollte, brauchte sie die Papiere nicht zu stehlen.

„Überprüfen Sie, um welche es sich handelt", ordnete er an. „Ich bin gleich da." Plötzlich erinnerte er sich, wie Suzanne ihn nach Roubechard gefragt hatte.

„Nein, er ist unverdächtig", hatte er gesagt. Jetzt kam seine Überzeugung ins Wanken. Wäre es möglich, dass Roubechard mit der Sache zu tun hatte? Vielleicht war er ein FBI-Spitzel?

„Jawohl, Sir. Und da ist noch etwas, Sir."

Hart zuckte innerlich zusammen. Er wollte nichts mehr hören. „Was denn?"

„Ich habe Mrs. Cassidys Reisen in den letzten Wochen überprüft, Sir, wie Sie mir aufgetragen hatten."

Hart hatte ein ausgesprochen ungutes Vorgefühl.

„Ende letzten Monats war sie in Frankreich. Und gleich nach der Landung in Paris, Sir, äh … verschwand sie."

„Was heißt, sie verschwand?" Das war noch schlimmer, als er erwartet hatte.

„Ich meine, ich fand keine Spur mehr von ihr, Sir. Und nachdem sie wieder in den Staaten war", sprudelte Roubechard aufgeregt, „schickte sie sofort ein Päckchen nach Paris. Per Express."

Ein Päckchen. Ein hässlicher Verdacht stieg in ihm auf. Eine Reise nach Frankreich. Höchstwahrscheinlich zu Marsei. Dann ein Päckchen. Womöglich mit den gestohlenen Plänen?

Hart wusste, er sollte zum Stützpunkt fahren. Auf ihn wartete eine Menge Arbeit, die zwar nichts mit dieser leidigen Angelegenheit zu tun hatte, doch dringend erledigt werden musste.

Stattdessen ging er den Pfad zu Suzannes Bungalow entlang und klopfte laut an die Tür. Wenn sie die Akten genommen hatte, wollte er ihre Gründe wissen, und das auf der Stelle.

Sie machte jedoch nicht auf. Er warf einen Blick zu dem Fenster, aus dem bei seinem ersten Besuch Musik geklungen war. Die Vorhänge waren zugezogen, alles war still und die Tür verschlossen. Er schaute nach dem Stellplatz neben dem Haus, der Mietwagen war weg.

War sie abgereist oder nur außer Haus?

Ihm wurde übel bei dem Gedanken, sie könnte für immer gegangen sein. Fluchend kehrte er zu seiner Corvette zurück und stieg ein. Der Tag hatte unangenehm begonnen und schien auch so weiterzugehen.

Zwei Blocks von Suzannes Haus entfernt bog vor ihm ein dunkler Wagen aus einer Einfahrt. Hart bremste scharf und der Wagen fuhr schnell davon. Verblüfft starrte Hart ihm nach. Unterlag er bereits Sinnestäuschungen? Er hatte den Fahrer nur kurz gesehen, aber er hätte schwören können, dass es DeBraggo war.

Er gab Gas und fuhr zur Basis. In einer Stunde begann ein Training, das er angesetzt hatte. Anschließend kam eine Besprechung mit General Walthorp, mehrere Berichte waren abzuzeichnen und ein Stapel Schreibtischarbeit zu erledigen.

Dennoch war seine erste Handlung, sobald er sein Büro betrat, Suzanne anzurufen und ihr eine Nachricht auf Band zu sprechen. „Ich fand es gestern Abend schön mit dir, Suzanne, und ich würde mich freuen, wenn wir heute wieder zusammen essen könnten." Er bemühte sich, seiner Stimme einen verführerischen Klang zu geben und seinen Zorn zu verbergen. In keiner der Akten stand etwas Wichtiges oder Geheimes, warum also hatte sie die Dokumente mitgenommen? „Vielleicht im ‚Cactus Jack'." Das war ein ausgesprochen romantisches Lokal in Tucson und perfekt geeignet für ein unverdächtiges Verhör. „Ich hole dich um acht ab. Ruf mich an, wenn es dir nicht passt."

Er legte auf und starrte den Apparat an. Vielleicht war es ein Fehler, sie jetzt schon zur Rede zu stellen. Er sollte lieber das Spiel noch eine Weile weiter verfolgen und beobachten, wohin es führte.

Hart parkte auf der Straße kurz vor Suzannes Bungalow. Er war wieder absichtlich zu früh gekommen.

Die Häuser hier standen auf großen, meist naturbelassenen Grundstücken, wo Kakteen, niedrige Büsche und Wildgräser wuchsen. Die Sonne war fast untergegangen, und Harts dunkler

Sportwagen schien mit der einbrechenden Dämmerung zu verschmelzen.

Hart lehnte sich zurück und beobachtete die Umgebung, vor allem jedoch den Bungalow. Die breiten Fenster waren erleuchtet, und hin und wieder meinte er, Suzannes Gestalt zu erkennen. Er wusste nicht, auf was er eigentlich wartete.

Die Scheinwerfer eines Wagens leuchteten hinter ihm auf. Hart glitt tiefer in den Sitz, als der andere an ihm vorbeifuhr. Das Auto hielt vor Suzannes Haus, und Harts Puls ging schneller.

Salvatore DeBraggo stieg aus einer schwarz glänzenden Luxuslimousine.

Hart versteifte sich. Was tat DeBraggo hier?

Einen Moment später öffnete Suzanne die Tür, und der Mann trat ein. Fünf Minuten vergingen. Harts sonst so unerschütterliche Nerven waren zum Zerreißen gespannt.

Eine Frau mit Hund spazierte vorbei.

Wer zum Teufel war DeBraggo? Hart nahm ihm die Geschichte mit dem Verkauf vom Schmuck der verstorbenen Gattin nicht ab. Einen FBI-Agenten würde Suzanne kaum bei sich willkommen heißen, jedenfalls nicht wissentlich, aber die Alternativen waren womöglich noch schlimmer.

Die Tür des Bungalows ging auf, DeBraggo kam heraus und strebte zu seinem Wagen. Seine Hände waren leer.

Suzanne stand auf der Schwelle und sah zu, wie DeBraggo in die andere Richtung davonfuhr. Dann wandte sie sich um und blickte direkt zu Hart hinüber.

Er erstarrte. Hatte sie ihn gesehen? Wussten die beiden, dass er sie beobachtet hatte?

Suzanne ging hinein und schloss die Tür.

Hart atmete erleichtert auf und startete den Motor. Ein Mann joggte die Straße entlang. Ein paar Häuser weiter holte ein Mann Post aus dem Briefkasten am Gehweg, warf der Corvette einen Blick zu und kehrte ins Haus zurück. An diesem Abend schien die ruhige Straße ungewöhnlich geschäftig zu sein – oder wurde er langsam verrückt?

Vor Suzannes Bungalow hielt Hart, stieg aus und ging auf die Haustür zu. Auf sein Klopfen öffnete Suzanne sofort.

„Hart." Sie lächelte.

Freute sie sich über sein Kommen? Oder war sie nur erleichtert, dass er ihrem Besucher nicht in die Arme gelaufen war?

„Ich habe Mr. DeBraggo wegfahren sehen", erklärte er, entschlossen, den Stier sofort bei den Hörnern zu packen.

Suzanne hielt inne, die Hand nach der Tasche ausgestreckt, die sie ergreifen wollte. Sie drehte sich um. Überwachte er sie?

„Er hat mir ein paar Schmuckstücke seiner Frau gebracht." Sie ging ins Schlafzimmer und kam mit einem Etui zurück. „Eine hübsche antike Brosche, ein Paar Ohrringe und ein goldenes Armband." Sie hielt ihm das geöffnete Etui hin. „Ich bin zwar keine Expertin, aber die Kamee dürfte bei der Auktion einen guten Preis erzielen."

Hart schaute auf das mit Seide gefütterte Etui. Er verstand nichts von Schmuck. Es mochten Fälschungen sein, eine Tarnung für DeBraggo, ihren Partner, für den Fall, dass sie überrascht wurden, so wie jetzt.

„Was ist ein ‚guter Preis'?", fragte er interessiert.

„Nun …" Sie blickte auf die Kamee. Hart testete sie. „Ein Sammler würde fünftausend dafür zahlen, vielleicht auch zehn." Sie zuckte die Schultern. „Das kann man nie genau sagen."

Hart sah Suzanne in die Augen. Er würde ihr so gern glauben, obwohl es unvernünftig war.

Der „Cactus Jack" war ein gemütliches, aber gehobenes Westernlokal: Kerzen und frische Blumen auf den Tischen, Leinentischdecken, ein bezaubernder Blick auf die Berge und eine sündhaft gute Küche.

Hart interessierte das alles nur insofern, als es ihn seinem Ziel näher brachte, nämlich die Wahrheit von Suzanne zu erfahren.

„Hart, ich mache mir solche Sorgen", begann Suzanne, nachdem sie bestellt hatten. Eigentlich hätte sie sagen müssen, dass sie immer mehr Angst bekam, aber sie wollte nichts dramatisieren. „Die Berichte über die Familienmitglieder der Angehörigen des Cobra Corps, die ich durchgelesen habe, enthielten nichts Besonderes, und ich nehme an, deine auch nicht."

Er nickte. Sie war wirklich geschickt.

„Also eine Sackgasse“, fuhr sie erregter fort. „Was ist, wenn wir nichts finden?“

„Dann kommen wir in Haft“, gab er ungerührt zurück. „Oder Schlimmeres.“

Ihre Augen wurden groß. „Das finde ich nicht lustig.“

„Ich habe es auch nicht als Scherz gemeint.“ Wenn er Einschüchterung einsetzen musste, um die Wahrheit aus ihr herauszubekommen, würde er das tun.

Sie trank einen Schluck Wasser und setzte das Glas mit bebender Hand ab. „Was unternehmen wir als Nächstes?“

„Wir suchen weiter“, erwiderte er leise und hoffte, sein gelassener Ton würde sie in Sicherheit wiegen. Er rief sich die kalte Wut zurück, die er den ganzen Tag über in sich geschürt hatte, und legte seine Hand auf ihre.

Dennoch war er nicht genügend gewappnet.

Seine Sinne standen in Flammen, sobald er Suzanne berührte. Namenloses, tiefes Verlangen überrollte sein Denken. Warum reagierte er bloß dermaßen heftig auf sie?

Suzanne hatte den Schmerz in seinen Augen bemerkt, als sie ihm die Tür öffnete. Etwas war geschehen und hatte seine Zweifel an ihr neu entfacht. Und doch versuchte er zu tun, als wäre nichts, und das ängstigte sie noch mehr.

„Und wenn wir nichts finden?“, beharrte sie. Die Berührung seiner Hand weckte in ihr unerwünschte Gefühle, und sie konnte das Beben ihrer Stimme nicht verbergen. Sie wollte sich in seine Arme werfen, ihn anflehen, ihr zu glauben, sie zu …

Halt! befahl sie sich.

„Lass uns heute Abend nicht über Spione, Lügen und andere hässliche Dinge sprechen“, schlug Hart vor, als könnte er ihre Gedanken lesen.

Trotz der beruhigenden Worte und des Verlangens, das sie empfand, vergingen Suzannes Ängste nicht.

Hart strich zärtlich mit dem Daumen über ihre Finger und versuchte, seine Emotionen unter Kontrolle zu halten. Er musste dies durchziehen. „Erzähl mir, wie das vergangene Jahr für dich verlaufen ist, Suzanne“, bat er.

Sie überlegte. Wie viel sollte sie ihm offenbaren? Sie war keine geschickte Lügnerin. „Ich habe ein kleines Haus im Valley gemietet", begann sie vorsichtig. „Es wurde in der 30er-Jahren von einer Filmdiva gebaut." Sie lachte, doch es klang nervös. „Angeblich hat sie ihren Geliebten und sich getötet, nachdem sie erfuhr, dass er sie betrog. Sie soll manchmal in dem Haus spuken."

„Bist du ihrem Geist schon einmal begegnet?", wollte er wissen.

Suzanne schüttelte den Kopf. „Einmal hatte ich ein komisches Gefühl, aber es war nichts weiter."

Sie sprachen über dies und das, nur nicht über ihre Trennung und die Wiederbegegnung. Entschlossen steuerte Hart seinen geplanten Kurs und brachte das Thema auf eine längst vergangene Paris-Reise.

„Es hat mir sehr gefallen", erzählte er und lächelte. „Obwohl ich nur das übliche Touristenprogramm absolviert habe – Eiffelturm, Louvre, Straßencafés."

„Dazu habe ich leider keine Zeit, wenn ich dort bin", meinte Suzanne.

Er spielte den Überraschten. „Ich hätte nicht gedacht, dass dein Beruf dich auch nach Europa führt."

„Manchmal. Wir kaufen Antiquitäten in England und Frankreich ein. Übrigens war ich erst kürzlich in Paris."

„Wirklich?"

Sie nickte. „Ein mit Clyde befreundetes junges Paar wollte einige Erbstücke verkaufen, und Clyde war unabkömmlich." Sie seufzte. „Sie haben eine herrliche alte Villa auf dem Land, aber ich hatte kaum Zeit, die Umgebung zu genießen. Ich musste all die Gemälde, Möbel und den Hausrat katalogisieren."

„Hört sich ganz spannend an, dein Beruf." Freunde. Ein Haus auf dem Land. Das würde ihr „Verschwinden" gleich nach der Ankunft erklären. Und das Päckchen, das sie anschließend nach Frankreich schickte. Es mochte Quittungen und Preislisten enthalten haben.

Oder gestohlene Waffenpläne.

Sie lächelte. „Ja, er gefällt mir, obwohl ich noch viel zu lernen habe. Clyde kann jedes Stück sofort einschätzen, während ich ständig nachschlagen muss."

Eine überzeugende Story – und vielleicht sogar wahr, dachte Hart. Aber kein endgültiger Beweis. Zu viele Fragen blieben offen.

Sie beendeten ihr Essen, wobei sie sich beide Mühe gaben, die Unterhaltung locker und unverbindlich zu halten. Hart stieß auf nichts wirklich Brauchbares, doch mit jeder Minute fühlte er sich mehr zu ihr hingezogen.

Auch Suzanne spürte die Spannung zwischen ihnen. „Eigentlich wollte ich damals nicht abreisen, ohne mich zu verabschieden", erklärte sie. Das lag ihr auf der Seele, seit sie von Three Hills weggefahren war, weg von Hart, doch eigentlich hatte sie das nicht aussprechen wollen. Sie wurde rot.

Die Bemerkung erstaunte ihn. „Ich hatte auch damit gerechnet, dass du noch einmal vorbeikommen würdest, sobald du zur Abreise bereit warst."

Sie nickte und starrte auf ihre Kaffeetasse, unfähig, ihn anzusehen.

„Vermutlich warst du innerlich nicht bereit."

Der Ober kam, servierte den Kaffee und zog sich zurück. Hart war körperlich und emotional aufgewühlt, er wurde ungeduldig.

„Suzanne."

Sie zuckte leicht zusammen, aufgeschreckt von der unvermittelten Kälte in seinem Ton.

„Warum hast du Rick vor seinem letzten Einsatz um die Scheidung gebeten?" Die Frage überraschte sie, und Hart war erstaunt über seine eigenen Worte. Er hatte sie eigentlich fragen wollen, warum sie die Berichte entwendet hatte.

Suzanne starrte ihn an, schockiert und sprachlos.

Unter dem Tisch zerknüllte Hart die Leinenserviette, als die alte Wut in ihm aufstieg. „Du weißt, wie gefährlich, ja tödlich ein emotionaler Schock für einen Piloten sein kann, Suzanne. Vor allem unmittelbar vor einem Einsatz." Sein Ton war vorwurfsvoll, anklagend. Im Geist sah er Ricks Cobra, wie sie explodierte und zu Boden taumelte. „Verdammt, Suzanne, warum hast du das getan?"

Am liebsten hätte sie ihm ins Gesicht geschrien, dass damals das Gegenteil geschehen war. Zorn und Schmerz durchfuhren sie wie ein Stich.

Also hatte Rick vorgehabt, die Schuld für die misslungene Ehe allein ihr zuzuschieben. Mehr denn je wünschte sie, er wäre noch am Leben, damit sie ihn zur Rede stellen könnte.

Sie hatte geargwöhnt, dass er während ihrer Ehe mehrere Affären hatte, sogar eine mit der Frau eines Freundes. Aber sie hatte ihn nie darauf angesprochen, obwohl es sie belastete. Irgendwie schien nie der richtige Zeitpunkt zu kommen, er könnte zu einem Einsatz beordert werden, oder er würde wütend werden und …

Die Stelle an ihrer Wange, wo Rick sie einmal geschlagen hatte, begann plötzlich zu brennen, während sie erneut die Demütigung empfand.

Sie starrte Hart an, der auf eine Antwort wartete. Sie wusste, Rick hätte es nicht ertragen, vor seinen Freunden schlecht dazustehen, schon gar nicht vor Hart. Heute fragte sie sich, wie weit Rick wohl gegangen wäre – oder gegangen war, um sie zur Schuldigen in dem Stück zu stempeln. Hatte er womöglich erzählt, sie hätte Affären gehabt?

Tränen traten ihr in die Augen, aber sie kämpfte sie nieder. Sie würde nicht weinen.

„So war es nicht“, entgegnete sie schließlich. Sie war zornig auf Rick, doch nicht nur auf ihn. Wie konnte Hart so etwas von ihr glauben? Dass sie absichtlich und verantwortungslos Ricks Leben – und das der anderen – gefährdet hatte?

„Das sagen sie alle“, gab Hart kalt zurück. Er machte dem Kellner ein Zeichnen, die Rechnung zu bringen. Er wollte eine Erklärung, kein mattes Leugnen. Eine Aussage, die ihn davon überzeugte, dass er nicht zum Narren gehalten wurde. Er blickte Suzanne in die Augen und suchte nach Antworten.

Er hatte sie damals kaum gekannt, und was er von ihr wusste, hatte er von Rick.

Und aus seinen Fantasien.

Folglich herzlich wenig Konkretes. Aber wie gut hatte Rick sie tatsächlich gekannt?

„Entschuldige“, sagte er, als er den Zorn und die Ablehnung in ihren Augen wahrnahm. Er hatte sie vor den Kopf gestoßen, und das war vielleicht nie wiedergutzumachen. Er wollte ihr Vertrauen gewinnen, nicht sie verschrecken. „Ich weiß nicht, warum ich das gesagt habe."

„Weil es deine Überzeugung ist", erwiderte sie leise.

„Nein." Doch ihr Gesichtsausdruck, ihr Blick sagten, er könnte noch so lange widersprechen, es würde nichts ändern. Zwischen ihnen war ein unheilbarer Riss entstanden. Verflixt, was war er doch für ein Idiot! Wo war seine Ausbildung im Verhören von Feinden, im Erlangen von Vertrauen und Informationen von Gegnern?

„Jede Sache hat zwei Seiten", setzte er erneut an. Konnte sie tatsächlich eine Spionin sein? Eine Mörderin?

„Wir liebten uns nicht mehr", erklärte Suzanne schlicht. Mehr wollte sie ihm jetzt nicht gestehen, und vielleicht war auch das schon mehr, als ihm zustand.

„Das kommt vor", bemerkte Hart. Er zuckte die Schultern. „Nur hätte ich nicht gedacht, dass es euch beiden passiert." Sie hätte aus Besorgnis heraus Rick anzapfen und die Informationen weiterreichen können, vielleicht an ein anderes Mitglied des Corps. Der hätte Ricks Hubschrauber sabotiert und die Geheimpläne gestohlen.

Diese Version machte Sinn.

Sie gingen hinaus, doch Hart lenkte Suzanne am Parkplatz vorbei in die weitläufige Gartenanlage, die „Cactus Jack" umgab.

„Es tut mir leid", wiederholte er. „Ich weiß nicht, warum ich das vorhin gesagt habe. Du hättest Rick niemals absichtlich geschadet."

Suzanne nickte. „Und du warst sein bester Freund."

Die Antwort machte ihn betroffen. Aber vermutlich war es nur ein weiterer Versuch, sich sein Wohlwollen zu sichern.

Schweigend gingen sie nebeneinanderher. Die hohen Kakteen, das Wildgras und die gepflegten Rosenbüsche lagen im Mondlicht. An einigen Stellen waren Gartenfackeln platziert, die eine malerische Szenerie von Licht und Schatten schufen.

Die Lichter tanzten auf Suzannes Haar, tauchten es hier in Glanz, dort in Dunkelheit, es schimmerte in ihren Augen, übergoss ihre nackten Schultern und das schlichte weiße Kleid.

Ungeachtet seines Zorns und Grolls und der verdächtigen Vorfälle begehrte er sie mit einer Heftigkeit, die ihn schier um den

Verstand brachte. Das Begehren war wie ein verzehrender Brand, der seine Selbstbeherrschung und seinen Überlebensinstinkt bedrohte.

Was hatte diese Suzanne Cassidy, das ihn alle Vorsicht vergessen ließ? Das ihn drängte, sämtliche Warnungen in den Wind zu schlagen und sie in die Arme zu nehmen?

„Wie kann Schönheit so trügerisch, so tödlich sein?", sagte sie und blickte in die Wüste hinaus.

Einen Moment lang hatte Hart das Gefühl, die Worte wären ein Geständnis.

„Dort draußen leben so viele gefährliche Wesen", fuhr Suzanne fort. „Und doch nimmt man in Momenten wie diesem nichts als Schönheit wahr."

Er schwieg und sie sah ihn an. Als ihre Blicke sich trafen, sah Hart nur Unschuld in ihren Augen. Aber das mochte so trügerisch sein wie die Wüste. Dennoch war der Wunsch, sie an sich zu ziehen, übermächtig.

Mit einem stillen Fluch nahm er alle seine Willenskraft zusammen. Sie war seine Gegnerin, solange nicht das Gegenteil erwiesen war. Er glaubte nicht an Liebe, wohl aber an Begehren. Im Krieg war es eine Waffe wie jede andere. Und er befand sich im Krieg.

Suzanne versuchte, sich von seinem Blick loszureißen, vor ihm zu flüchten, doch es gelang ihr nicht.

Eine Sekunde lang schienen seine harten, unnachgiebigen Züge Zorn auszustrahlen – Zorn und eisige Verachtung und Feindseligkeit. Ihr wurde kalt. Und gleichzeitig fühlte sie sich unwiderstehlich von ihm angezogen, von seiner herausfordernden Männlichkeit, seiner Kraft.

Furcht und Verlangen stritten in ihr. Sie wollte ihren Blick abwenden, sich umdrehen und durch den Garten zurücklaufen, weit weg von ihm. Sie konnte es nicht.

Plötzlich trat er auf sie zu und nahm sie in die Arme.

Suzanne schrie vor Überraschung leise auf.

Spiel es zu Ende, befahl Hart sich. Er presste die Lippen auf ihren Mund, gab ihr keine Chance zum Ausweichen, fordernd und unnachgiebig.

Er umschlang sie fester, drückte sie an sich, bis ihr Körper sich an seine harten Konturen anpasste.

Andere Frauen hatten sein Verlangen erregt, seine Begierden entfacht und befriedigt, doch keine hatte seine Selbstkontrolle derartig ins Wanken gebracht wie Suzanne.

Stellte sie den Inbegriff all seiner Träume dar? Oder war sie die Verkörperung seiner Albträume? Er hätte es nicht sagen können, und im Augenblick war es ihm egal.

Spiel es zu Ende! rief erneut eine Stimme in seinem Kopf. Aber die Worte kamen ihm auf einmal bedeutungslos vor.

Er streichelte ihren Rücken, erkundete ihren zarten Körper und horchte auf ihren abgerissenen Atem. Er entfachte ihre Leidenschaft und spürte ihren schnellen Herzschlag, während sie sich ihm überließ.

Er vergrub die Hände in ihrem dunklen Haar, verlor sich in der seidigen Fülle.

„Hart", flüsterte sie, atemlos vor Erregung.

Sein Name klang aus ihrem Mund wie eine Liebkosung, wie eine leichte, verführerische Berührung. Da gab er jeden Widerstand auf.

Vergessen waren alle strategischen Pläne, als hätten sie nie existiert.

Er begehrte sie mit einer Intensität, gegen die es keinen Schutz gab, er brauchte sie wie die Luft zum Atmen.

Suzanne hatte nur noch den Wunsch, sich ihm auszuliefern. Ihr ganzes Sein drohte unterzugehen in der Woge von Leidenschaft, die er in ihr auslöste.

Sie hatte versucht, sich von ihm fernzuhalten. Hatte sich eingeredet, mit der Rückkehr nach Three Hills nur seine Unterstützung erbitten zu wollen. Damals war zwischen ihr und Hart nichts gewesen, und auch jetzt sollte da nichts anderes als Freundschaft sein – wenn überhaupt.

Doch seine Berührungen erregten ihre Sinne, bis sie vor Verlangen brannte. Mit Rick war es nie so gewesen. Sie hatten einander auf eine ruhige Art geliebt, so ruhig, dass die Liebe schließlich erstarb.

Jetzt liefen lustvolle Schauer durch ihren Körper, als Hart mit der Zunge in ihren Mund drang und ihre umspielte. Seine Erregung griff auf sie über wie ein unkontrollierbares Feuer und verdichtete sich tief in ihr zu einem pulsierenden Kern.

Dies hatte Suzanne nicht beabsichtigt, doch es war Realität, und sie kam nicht mehr dagegen an. Sie schlang die Arme fester um seinen Hals und drängte sich sehnsüchtig an ihn.

Seine Lippen waren fest und fordernd, seine Leidenschaft verlangte nach ihrer Antwort, seine Glut verschmolz mit ihrer. Sein Begehren fachte ihr Verlangen an, und ihr Verlangen trieb sein Begehren in die Höhe.

Eine solche Intimität hatte Suzanne noch nie erfahren, es war ein Rausch, den zu erleben sie nie erwartet hatte, von dessen Existenz sie nicht einmal etwas geahnt hatte.

Sie wusste, ihre Hingabe an Hart war unvermeidlich. Vielleicht hatte sie es schon immer gewusst.

Doch plötzlich riss sie sich los, als hätte ihr jemand einen Eimer kaltes Wasser über den Kopf geschüttet. Wenn sie nun als Lockvogel benutzt wurde? Wer zog im Hintergrund die Fäden und nutzte ihre Gefühle aus, um Hart zu vernichten? Wer?

7. Kapitel

Das Klingeln des Telefons riss Suzanne aus ihren Tagträumen über Hart. Rasch nahm sie ab, teils hoffend, teils fürchtend, er wäre es. Sie wollte seine Stimme hören und brauchte dennoch Abstand, um sich einzureden, dass ihre Empfindungen für ihn nichts zu bedeuten hatten.

„Suzanne?"

Erleichterung. Enttäuschung. „Hallo, Mom." Suzanne stöhnte unhörbar.

„Clyde gab mir deine Nummer. Ich brauche jemanden zum Reden."

Suzanne mochte ihre Mutter sehr, aber es gab nur einen Grund, aus dem Lyla Ramsey-Conners-Ponder-Njorney-Houston-Bracci-Drake ihre einzige Tochter mitten in der Nacht anrief. Einen Grund, auf den Suzanne keineswegs neugierig war.

Sie würde Clyde gehörig in die Mangel nehmen, weil er ihre Nummer weitergegeben hatte.

„Joey und ich haben uns getrennt." Lyla seufzte dramatisch. „Ich fürchte, es ist aus."

Na und? dachte Suzanne. Immerhin hatte diese Ehe ein halbes Jahr länger gehalten als die vorherigen drei. „Das tut mir leid", sagte Suzanne wie üblich.

„Es war unvermeidlich", erklärte Lyla. „Wir haben zu wenige Gemeinsamkeiten." Ohne auf eine Entgegnung zu warten, begann sie, sich in Einzelheiten zu ergehen. Eine halbe Stunde später beendete Lyla das recht einseitige Gespräch mit der Bemerkung, sie müsse jetzt aufhören, sonst würde sie am nächsten Tag bei dem Anwaltstermin aussehen wie ein Zombie.

Suzanne wünschte ihrer Mutter alles Gute und legte auf. Sie machte sich einen Kaffee und setzte sich hinaus auf den Patio.

Die Nacht war noch warm, der Himmel wie eine mit Diamanten

besetzte schwarze Samtdecke. Über den Bergen stand die Sichel des Mondes, und die Luft war erfüllt von den betörenden Düften der Wüste.

Warum hatte sie Harts Kuss so rückhaltlos erwidert? Sie durfte ihm nicht vertrauen. Suzanne verscheuchte ihre Bedenken und zwang sich, vernünftig zu überlegen.

In den Berichten über die Corps-Mitglieder und ihre Angehörigen stand nichts Auffälliges, doch ein Makel wäre leicht zu verheimlichen. Die Geheimpläne waren im Verlauf jenes Einsatzes verschwunden, also war jemand mit direkter Verbindung zum Cobra Corps der Täter – wenn nicht gar Hart selbst.

Sie wünschte verzweifelt, es gäbe eine andere Möglichkeit.

Hart stand neben seinem Wagen und starrte blicklos in den Nachthimmel. Er sah Suzanne vor sich, spürte ihre Lippen auf seinen, die Wärme ihres Körpers, ihre zarte Haut. Er kämpfte einen aussichtslosen Kampf.

Aufgewühlt ging er ins Haus. Hoffentlich würde er schlafen können. Er öffnete die Eingangstür, schaltete das Licht ein – und fluchte.

Rasch durchmaß er die Räume und begutachtete jeden der leicht verschobenen Gegenstände, als würden sie ihm verraten, wer in seiner Wohnung gewesen war.

Sofort dachte er an das FBI. Das war genau deren Stil. Keine offenen Verhöre, keine Haftbefehle. Einfach hingehen und suchen und notfalls mitnehmen, was ihnen interessant erschien. Er zog Schubladen auf, nahm ein Kissen vom Sofa hoch und warf es wütend durch den Raum.

Er hoffte, dass es das FBI war. Doch es gab eine andere Möglichkeit: Suzanne. Sie hatten sich vor Stunden getrennt, sie hätte ohne Weiteres herkommen und seine Wohnung durchsuchen können.

Er war wütend auf sich selbst. Warum war er auch noch so lange in der Nacht herumgefahren? Und was gab es überhaupt bei ihm zu suchen?

Dann kam ihm ein neuer Verdacht. Vielleicht hatten sie nichts gesucht, sondern etwas hinterlassen. Etwas, das ihn zum Verräter stempelte. Polizei, Militärpolizei ... Sie mochten bereits auf dem Weg zu ihm sein.

Sorgfältig durchkämmte er Schränke und Schubladen auf der Suche nach etwas, das nicht dahingehörte. Als er nichts fand, begann er von vorn. Allerdings forschte er dieses Mal nach Wanzen und versteckten Kameras unter Tischen, Stühlen, in Lampen und im Telefon.

Vergeblich. Und er war hellwach. Er schaltete den Computer an und schaute nach einer E-Mail. Im Laufe des Tages hatte er den Senator angerufen, doch die Sekretärin hatte behauptete Trowtin sei unterwegs. Der Senator hatte den Anruf nicht erwidert und auch keine E-Mail geschickt. Ob er den Kontakt mit Hart mied?

Hart erinnerte sich, dass Suzanne den Namen ihres Partners genannt hatte: Clyde Weller. Er gab den Namen ein und rief die Suchmaschine auf.

Als am nächsten Morgen das Telefon schrillte, hatte Hart das Gefühl, als schnitte es ihm durch den Schädel. Seine Schläfen pochten, eine Stelle zwischen den Augen schmerzte, der ganze Kopf tat ihm weh – und dabei sah er ständig Suzanne vor sich. Ächzend rollte er sich herum und griff nach dem Telefon.

Sein Leben taumelte auf einen Abgrund zu, und er hatte nichts anderes im Sinn, als mit der Frau zu schlafen, die ihn womöglich auf diesen Abgrund zustieß.

„Sir“, erklang Private Roubechards Stimme, „Commander Lewis möchte Sie in einer Stunde in seinem Büro sprechen.“

Augenblicklich war Hart wach, doch der Kopfschmerz hämmerte weiter. „Ich komme“, sagte er und legte auf. Er wusste genau, was mit ihm los war. Nur wusste er nicht, was er dagegen tun sollte.

Nach drei Tassen starken Kaffees und zwei Aspirin fuhr er zur Basis hinaus und meldete sich im Büro des Kommandeurs zehn Minuten zu früh.

„Rühren, Captain“, sagte Major Lewis und sah von seinen Papieren auf, als Hart eintrat und salutierte. Lewis nahm die Brille ab und rieb sich die Nasenwurzel. „Ich will gleich zur Sache kommen, Captain“, begann er und musterte Hart mit seinen durchdringenden blauen Augen. „Ich habe heute Morgen eine weitere Anfrage nach Ihrer Dienstakte erhalten, und dieses Mal hatte ich Anweisung, sie nicht zurückzuhalten. Ich weiß nicht, warum Washington sich plötzlich so für Sie interessiert oder wer dahintersteckt. Ich wollte Sie nur persönlich informieren, dass Ihre Akte unterwegs zum Pentagon ist."

Hart nickte benommen. „Danke, Sir." Die Zeit drängte.

„Wofür?", fragte Lewis schroff. „Ich an Ihrer Stelle würde mich nicht dafür bedanken, dass meine Dienstakte nach Washington geschickt wurde."

Fünf Minuten später stand Hart an Roubechards Schreibtisch, verärgert und alarmiert. „Sorgen Sie dafür, Private, dass Suzanne Cassidys Telefon angezapft wird, und zwar sofort. Ich möchte auch eine weitere Überprüfung ihrer Person, dieses Mal mit allen Einzelheiten. Forschen Sie zurück bis zu ihrer Geburt, wenn nötig."

Hart ging in sein Büro, kehrte jedoch auf der Schwelle um. „Roubechard, machen Sie jede Person ausfindig, die im letzten Jahr auch nur den geringsten Kontakt zum Corps hatte. Besonders was den Einsatz ‚Jaguar Loop' betrifft. Ich wünsche detaillierte Personalberichte über alle. Und den Autopsiebericht von Rick Cassidy." Er knallte die Tür zu und trat an seinen Schreibtisch. Wenn das FBI ihn, Rick und Suzanne des Verrats verdächtigte, würden sie nicht anderweitig ermitteln. Und das hieß, wenn er nicht den Rest seines Lebens hinter Gittern verbringen wollte, musste er selbst tätig werden.

Er sah auf die Uhr. Kurz vor neun. Wenn er sich beeilte, konnte er noch vor dem Frühstück bei ihr sein.

„Sir?", sagte Roubechard, als Hart an ihm vorbeistürmte.

„Ja?", fragte er ungeduldig.

„Ich möchte Sie nur daran erinnern, dass in zwei Stunden unser Tag der offenen Tür beginnt und dass Sie für das Flugfeld eingeteilt sind."

„Was, heute?"

„Ja, Sir."

Hart schimpfte leise. Das hatte er völlig vergessen. Er konnte nicht mit Suzanne frühstücken gehen, er musste zu seiner Wohnung fahren und seine Gala-Uniform holen. Vielleicht blieb ihm allerdings genug Zeit, bei ihr vorbeizufahren und sie zum Tag der offenen Tür einzuladen.

Er befand sich am Rand einer Katastrophe, und da wurde von ihm erwartet, ein lächelndes Gesicht zu zeigen und Flugvorführungen zu absolvieren.

Hart kletterte aus seinem Chopper, plauderte mit ein paar Kindern am Rand des Startplatzes und ging dann auf den Hangar zu, vor dem er sich mit Suzanne verabredet hatte.

Die zweite Lieferung der angeforderten Überprüfungen ließ auf sich warten – bürokratische Hürden, behauptete der Mitarbeiter in der Personalabteilung. Hart wurde den Verdacht nicht los, dass ihm absichtlich Steine in den Weg gelegt wurden. Und der Bericht über Ricks Autopsie war ihm schlicht verweigert worden. Das erregte seine Neugier – seinen Verdacht umso mehr. Er hatte Major Lewis gebeten, eine Kopie anzufordern, und erklärt, dass Ricks Witwe den Bericht sehen wollte.

Vom Senator hatte er noch immer keine Rückmeldung. Als er erneut anrief, teilte die Sekretärin ihm mit: „Der Senator ist auf Reisen und nicht zu erreichen.“ Eine Ausrede? Auf jeden Fall eine entmutigende Antwort.

Er erblickte Suzanne sofort neben einer der riesigen Hallen, in denen die Hubschrauber des Cobra Corps untergebracht waren. Ihr dunkles Haar glänzte in der Nachmittagssonne wie Seide und stand im Kontrast zu der ärmellosen weißen Bluse, die sie zu knielangen Shorts trug. Die Kleidung war schlicht. Hunderte von Frauen waren so angezogen, aber bei Suzanne sah es verführerisch aus, lenkte seinen Blick auf ihre lockenden Kurven, auf ihre nackten langen, wohlgeformten Beine. Es verschlug ihm schier den Atem.

Einen Moment lang trafen sich ihre Blicke, und es war wie beim ersten Mal. Als hätten Tragik und Schmerz sie nie berührt, als wären sie Fremde, die einfach nur Anziehung zueinander empfanden.

Doch sie waren keine Fremden. Der Schmerz und die Tragik ihrer Begegnung waren nur zu real, und das würde noch zunehmen, wenn sich der üble Verdacht des FBI bestätigte.

Suzanne lächelte und winkte ihm zu.

Willkommen in meinem Netz, sagte die Spinne zur Fliege. Er versuchte, den Gedanken abzuschütteln, aber er hakte sich fest, düster und unangenehm. Hart musste auf der Hut bleiben.

Er ging auf sie zu, ebenfalls lächelnd. Auf halbem Weg sah er, wie Chief Carger aus dem Hangar kam und sich Suzanne von hinten näherte.

„Mrs. Cassidy, nett, Sie zu sehen."

Suzanne drehte sich um, voll Unbehagen. „Oh, hallo, Chief."

Carger blickte zu Hart hinüber und runzelte die Stirn. „Passen Sie auch gut auf sich auf, Mrs. Cassidy?", meinte er.

Sie folgte seinem Blick und begriff seine Anspielung. „Mir geht es bestens, Chief", gab sie kühl zurück. „Machen Sie sich um mich keine Sorgen."

Carger nickte. „Ich will mich nicht einmischen, aber eins sollte eine Lady wie Sie nie vergessen …" Erneut sah er zu Hart hin. „Der Captain ist ein Kämpfer." Er steckte sich eine Zigarette zwischen die Lippen. „Solche Männer lieben die Gefahr und setzen gern ihr Leben aufs Spiel, Tag für Tag."

Sie hob die Brauen. Warum sagte er ihr das?

„Sie sollten sich von ihm fernhalten", fuhr der Chief fort, als könnte er ihre Gedanken lesen. „Sie haben etwas Besseres verdient."

„Wir sind lediglich Freunde, Chief", gab Suzanne zurück. Sofort fragte sie sich, warum sie das Bedürfnis verspürte, sich vor diesem Mann zu rechtfertigen. Schließlich ging es Carger nichts an, ob sie und Hart Freunde, Feinde oder ein Liebespaar waren.

Bei der Vorstellung von seinem Körper an ihrem, seinen starken Armen, seinen fordernden Küssen wurde ihr heiß. Sie wandte sich von Carger ab und Hart zu.

Augenblicklich nahm die Hitze zu, wie ein Feuer, das ihre Haut versengte. Ihre Reaktion auf Hart war verrückt, unverantwortlich – und unausweichlich. Im Näherkommen sah sie die Kälte in seinen Augen, als er Carger mit Blicken maß. Hatten die beiden Probleme miteinander? Oder im Gegenteil, war der Chief Harts Komplize?

Der Chief salutierte. „Sie werden auf der Startbahn gebraucht", sagte Hart. „Rand befürchtet, sein Chopper verliert Öl." Es stimmte nicht, aber das war ihm egal. Er wollte Carger aus dem Weg haben.

Hart sah dem Chief nach und fragte sich, warum er dem Mann gegenüber so feindselig war. Was kümmerte es ihn, ob Carger mit Suzanne flirtete? Solange er nicht ihr Kontaktmann, ihr Komplize war.

Carger war bei dem „Jaguar Loop"-Einsatz dabei gewesen.

„Deine Flugvorführung war bewundernswert", bemerkte Suzanne und unterbrach seine Überlegungen.

Nach Ricks Tod hatte sie keinen Helikopter mehr sehen wollen. Doch allmählich war sie zu der Einsicht gelangt, dass Rick zumindest in Ausübung seines geliebten Berufs gestorben war.

„Ich war mir nicht sicher, ob du kommen würdest." Im selben Moment hätte Hart die Worte am liebsten zurückgenommen. Sie sollte nicht denken, ihm läge etwas daran, ob sie hier war oder nicht.

„Das hätte ich mir auf keinen Fall entgehen lassen", erwiderte sie leise. Sie sah an ihm vorbei zu den Cobras auf der Startbahn. „Würdest du mich mal mitnehmen?"

Hart starrte sie an. Keine seiner Freundinnen hatte je um einen Flug in seiner Cobra gebeten. Und selbst wenn, hätte er abgelehnt. Doch Suzannes Bitte traf ihn an einem empfindlichen Punkt, er wollte Ja sagen, und plötzlich begehrte er sie heftiger denn je.

Die Frage hatte Suzanne ebenfalls überrascht. Sie hatte nie den Wunsch gehabt, in einem Hubschrauber zu fliegen, schon gar nicht nach Ricks Absturz. Doch jetzt stand das Bild vor ihr – sie allein mit Hart über den Wolken …

Sie sah ihn an, und ihr Atem stockte. Die Sehnsucht in seinem Blick war intensiv, eine dunkle Verlockung.

„Wann immer du möchtest", sagte er. Seine tiefe Stimme umhüllte sie wie ein samtener Mantel, der ihre Haut streichelte und ihre Sinne betörte. Er lächelte gelassen, sein Blick wurde herausfordernd. Seine männliche Ausstrahlung, die fast greifbare Aura von Kraft und Entschlossenheit schlug sie in den Bann.

Es durfte nicht sein. Ihre Vernunft sagte ihr, dass sie sich abwenden, ihn vergessen, sich vor ihm hüten sollte. Ihr Herz hörte jedoch nicht darauf. Sie forschte in seinen Zügen, obgleich sie nicht wusste, wonach sie suchte.

Das Sonnenlicht spielte auf seinem goldfarbenen Haar, spiegelte sich im tiefen Blau seiner Augen und warf scharfe Schatten auf seine kantigen Züge. Suzanne wollte ihn berühren, seine glatte Wange spüren, die klare Linie seines Kinns nachzeichnen und die Finger auf seine Lippen legen. Lippen, die so unerwartet sanft sein konnten.

Hart war bewusst, dass er die Beherrschung zu verlieren drohte. Doch im Moment war ihm das egal.

Suzannes Atem stockte. Sie wusste, was gleich geschehen würde, dass es ein Fehler war. Sie wusste auch, dass sie gehen sollte … und dass es zu spät war. Sie besaß weder den Willen noch die Kraft dazu.

Sie sah, wie er die Hand ausstreckte, spürte seine Berührung am Hals wie ein Brennen, das sie nie vergessen würde. Er fuhr mit der Hand in ihren Nacken und zog sie heran, sein Blick hielt sie gefangen. Dann senkte er den Kopf.

Jeder Nerv in ihrem Körper war gespannt vor Erwartung, sie war regungslos. Der Duft seines Rasierwassers umgab sie wie ein leichter frischer Hauch, sie musste an blauen Himmel und weiße Wolken denken, an eine kühle Brise und Sommerregen. Sein Atem strich über ihre Wange, eine zärtliche Liebkosung, die sie erschauern ließ. Sie beugte sich ihm entgegen.

Harts Augen wurden dunkel vor Verlangen. Er berührte ihre Lippen, ganz leicht, zögernd – und doch war es der intensivste, erotischste Kuss, den sie je erlebt hatte. Ihre Knie drohten nachzugeben. Furcht und Misstrauen schmolzen dahin, ihr mühsam errichteter Schutzschild brach in sich zusammen.

„Hart“, flüsterte sie und versuchte, das Pochen ihres Herzens zu ignorieren. „Wir sollten wirklich nicht … Ich finde …“ Sie bebte vor Begehren. „Das ist vielleicht ein Fehler.“

„Ich weiß.“ Er bedeckte ihren Mund mit ihren Lippen, sein Kuss wurde tiefer, fordernder. Sie spürte, wie er die Arme um sie legte, ihren Körper an sich presste.

Es war so gut. So richtig.

Die Menschenmenge auf den Startbahnen war vergessen, nur Hart existierte für Suzanne. Seine Lippen schürten ihre Leidenschaft, seine Berührungen ihr Verlangen. Und seine Arme hielten sie fest, sicher, geborgen.

Wie hatte sie sich nach diesem Moment gesehnt.

Plötzlich begann sein Piepser zu tönen.

Er beobachtete sie vom Hangar aus, verborgen vor ihren Blicken. Dieser verdammte Hart Branson. Alles war glattgelaufen, bis er auf der Bildfläche erschien. Aber eigentlich war es ihre Schuld. Ihre und die des verfluchten FBI-Agenten, der einfach nicht aufgab. Übereifrig, ja verbissen war dieser Typ. Und nun hatte er die Bescherung. Branson wurde gefährlich, er würde alles ruinieren, wenn sie ihn nicht zu Fall brächten.

Besucher liefen an ihm vorbei. Sie lachten und kommentierten die Vorführungen. Ein Jugendlicher fragte ihn etwas. Er antwortete freundlich, wobei er Hart und Suzanne nicht aus den Augen ließ.

Die Spannung fraß an seinen Nerven, heizte seine Wut an. Er hatte recht behalten. Er hatte geahnt, dass sie kommen und Branson um Hilfe bitten würde. Die anderen hatten ihm widersprochen und gemeint, Suzanne würde niemals nach Three Hills zurückkehren. Und sie waren im Irrtum.

Gemächlich schlenderte DeBraggo um eine der zu besichtigenden Cobras herum, während er Suzanne, den Offizier und den anderen Mann auf Beobachtungsposten im Blick behielt. Er zupfte an seinem angeklebten Schnurrbart, zog den Schirm seiner Baseballkappe tiefer und rückte die Sonnenbrille zurecht.

Es gab zu viele Spieler in diesem Match, mittlerweile wusste er nicht mehr, wer wen belauerte.

Suzanne ging in ihrem Wohnzimmer auf und ab, blickte durch die Glastüren hinaus auf die nächtliche Wüste, lief wieder zurück.

Es war spät. Hart würde nicht mehr anrufen. Umso besser. Was zwischen ihnen geschehen war und noch geschah, war verhängnisvoll.

Sie machte sich einen Kaffee, trat an die gläserne Schiebetür und starrte in die Nacht. Warum rief er nicht an?

Sie aß ein paar Schokokekse, trank noch eine Tasse Kaffee und lief unruhig umher. Wo war er?

Schließlich schaltete sie die Lampen aus, verriegelte die Türen und ging ins Schlafzimmer. Als sie die Schranktür öffnete, um ihr Negligé herauszuholen, schrie sie entsetzt auf.

Kleidungsstücke lagen am Boden. Die Brusttasche der gelben Seidenbluse war nach außen gestülpt. Jemand war im Bungalow gewesen.

Sie fuhr herum und nahm den Raum in Augenschein. Einige Gegenstände waren verschoben. Durch ein offenes Fenster, das zuvor geschlossen gewesen war, wehte Nachtluft herein. Ob jemand unter dem Bett lag? Hinter der Badezimmertür stand?

„Bitte nicht", wimmerte sie, zu verängstigt, um sich zu rühren.

Kein Laut war zu hören. Sie waren weg. Vermutlich durch das Fenster. Erleichtert atmete sie auf. Wer mochte das getan haben? Hart gewiss nicht, sie waren zusammen gewesen.

Aber nicht die ganze Zeit, flüsterte eine Stimme in ihr. Er wurde abberufen, und sie war danach noch etwa zwei Stunden auf dem Militärgelände geblieben.

Sie stürzte ans Telefon, griff nach dem Hörer – und legte wieder auf. Vielleicht war ein Komplize von ihm hier eingedrungen, während Hart sie in den Armen hielt.

Als Hart endlich in seine Wohnung zurückkehrte, war die Sonne längst untergegangen, und er fühlte sich gründlich erschöpft. Es war ein langer, anstrengender Tag gewesen, besonders weil zu allem Überfluss auch noch General Walthorp seine Dienste in Anspruch genommen hatte. Der Truppenhauptmann des Generals war plötzlich krank geworden, und so hatte Walthorp kurzerhand Hart angewiesen, eine Flugvorführung der Blackhawks für den Tag der offenen Tür zu leiten.

Chief Carger war der Schütze in dem Blackhawk, den Hart flog. Das hatte seine Nerven strapaziert, obwohl er gar nicht wusste, warum eigentlich. Er war bislang immer gut mit dem Chief ausgekommen.

Hart dachte daran, wie Carger mit Suzanne gesprochen hatte, und das ärgerte ihn. Doch es lag wohl nur an seinem Argwohn. Jemand vom Cobra Corps hatte Verrat und Betrug begangen, und dieser Mann konnte eben auch der Chief sein.

Nach der Vorführung hatten mehrere Journalisten Hart interviewt, und anschließend beantwortete er die schier endlosen Fragen des Publikums. Schließlich konnte er diese Verpflichtungen auf Cowboy abladen, als er erneut abgeordert wurde.

Er blickte zum Telefon und überlegte, ob er Suzanne noch anrufen sollte. Er entschied sich dagegen. Sein Drang, mit ihr zu sprechen, hatte nichts mit dem vorliegenden Fall zu tun.

Hart seufzte und legte sich aufs Bett, ohne sich die Mühe zu machen, sich auszuziehen. Er zwang sich, nicht an Suzanne zu denken.

Major Lewis hatte ihn in sein Büro gerufen, ihm zunächst für den Beitrag seines Teams zum Erfolg der Veranstaltung gratuliert und ihm für den Extra-Einsatz für Walthorp gedankt. Dann folgte die schlechte Nachricht. Aus Washington hatte wieder jemand angerufen. Dieses Mal wurden Fragen nach Harts Privatleben gestellt.

Hart hatte bloß gelacht. Auf dem Gebiet gab es nicht viel zu berichten. Sein Privatleben fand praktisch nicht statt.

Außer, was Suzanne betraf.

Er ignorierte die leise Stimme in seinem Inneren, wälzte sich herum und drückte das Gesicht ins Kopfkissen.

Eine Stunde später fand er sich schließlich mit der Tatsache ab, dass er nicht schlafen konnte. Er stand auf, setzte sich an den Schreibtisch und schaltete den Computer an. Das Erste, was er sah, war eine Nachricht vom Senator.

Hart verwünschte sich, weil er seine E-Mails nicht eher abgerufen hatte, und holte die Nachricht auf den Bildschirm.

Forschen Sie im Fall „Jaguar Loop" AUF KEINEN FALL weiter, und vertrauen Sie NIEMANDEM! stand da.

8. Kapitel

„Ich habe Ihre E-Mail erhalten, Senator", sagte Hart. Der Schock, den die Botschaft auf seinem Privatcomputer in ihm ausgelöst hatte, steckte ihm noch in den Knochen.

Vier Mal hatte er in der vergangenen halben Stunde versucht, den Senator zu erreichen, und endlich hatte die Sekretärin ihn durchgestellt.

„Ich hoffe, Sie verstehen, Captain", meinte Senator Trowtin.

„Nicht ganz, Sir, aber …" Hart fasste die Geschehnisse kurz zusammen. „Ich muss unbedingt wissen, was das FBI gegen Suzanne Cassidy in der Hand hat."

„Auch Sie werden verdächtigt, Captain", entgegnete Trowtin barsch, fast vorwurfsvoll. „Vergessen Sie das nicht."

„Das tue ich nicht, Sir. Ich hoffte nur, Sie könnten …"

„Nein, Captain", unterbrach der Senator. „Tut mir leid." Er legte auf.

Verblüfft starrte Hart den Apparat an. Offensichtlich war jemand an den Senator herangetreten. Hart fluchte und schlug mit der Faust auf den Schreibtisch. Aus der Ecke konnte er keine Hilfe mehr erwarten.

In diesem Moment klopfte es, und Roubechard trat ein. „Verzeihung, Sir, ich dachte, es würde Sie interessieren, was ich herausgefunden habe."

„Was denn?", fragte Hart brummig.

„Mrs. Cassidys Cousin und Geschäftspartner Clyde Weller … Nun, wie es scheint, hatte er in der Vergangenheit einige zweifelhafte Kontakte, Sir. Der Bruder seiner ehemaligen Verlobten ist Antony Giani."

Hart kannten den Namen: Giani war ein bekannter Bandenchef, den man vor zwei Jahren gefasst hatte.

„Mr. Wellers Mutter war mit Senator Rollstad verheiratet."

Der in einen Bestechungsskandal verwickelt war, wie Hart sich erinnerte.

„Und Robert Marsei ist Kunde der Galerie, die Weller und Mrs. Cassidy besitzen."

Der berüchtigte französische Spion!

„Na, großartig", schnaubte Hart.

„Sie hat gestern Abend mit Marsei telefoniert, Sir. Er sagte, die Zahlung sei getätigt und er erwarte die Lieferung innerhalb von zwei Tagen."

„Rufen Sie die Fluggesellschaften an, Roubechard." Hart stand auf und nahm seine Autoschlüssel. „Überprüfen Sie, ob sie oder ihr Partner planen, ins Ausland zu reisen."

„Was ist mit Mrs. Cassidys Mutter, Sir?"

„Auch überprüfen. Sowie deren diverse Ehemänner." Auf dem Weg zur Tür griff er nach einem der Dienst-Handys. „Ich habe Nummer fünf", erklärte er. „Rufen Sie mich an, sobald Sie auf etwas stoßen."

Er eilte hinaus und stieg in seinen Wagen. Verdammt, jetzt reichte es wirklich. Suzanne würde ihm endlich Rede und Antwort stehen müssen.

Zwanzig Minuten später bog er in ihre Straße ein. Auf ihrer Veranda stand ein Mann.

Geistesgegenwärtig bremste er und parkte versteckt hinter einem anderen Wagen.

Der Mann, der mit Suzanne sprach, wandte ihm das Profil zu, und Hart war wie vor den Kopf geschlagen. Was zum Teufel hatte Carger bei ihrem Bungalow zu suchen? Gespannt beobachtete er die beiden.

Heiße Wut überkam ihn, als er sah, wie der Chief sich zu ihr beugte und sie küsste.

War er ihr Komplize? Ihr Geliebter? Ein abscheulicher Gedanke. Carger war am „Jaguar Loop"-Einsatz beteiligt gewesen, als Schütze in einem der begleitenden Blackhawks, als Mannschaftsführer und Chefmechaniker. Er hätte die Pläne entwenden und mühelos Ricks Cobra sabotieren können. Und er wusste, wer anzusprechen, wer zu bestechen war, um den Verdacht auf einen Kameraden zu lenken.

„Ich verstehe nicht ganz", sagte Suzanne. Cargers eingehende Musterung war ihr unangenehm. Er war zu nah, sein Blick zu unverschämt, und er redete Unsinn. Sie hatte ihn damals schon nicht gemocht, und deshalb bat sie ihn jetzt auch nicht herein. Außerdem gefiel es ihr nicht, dass Harts Sekretär ihm ihre Adresse gegeben hatte.

„Ich wollte Sie nur noch einmal warnen", sagte Chief Carger. „Dem Captain ist außer seiner Karriere nichts wichtig. Er hat seine jetzige Position durch Rücksichtslosigkeit erlangt, und ich wette, er wird noch mehr Menschen benutzen, um seine weiteren Ziele zu erreichen."

Sie sah nicht, was das mit ihr zu tun hatte. „Chief, ich …"

„Unter den Männern gibt es immer wieder Spekulationen", fuhr Carger unbeirrt fort. „Besonders, wenn Captain Branson für gewisse Zeit verschwindet."

„Was meinen Sie mit ‚verschwinden'?", fragte Suzanne beunruhigt.

Der Chief zuckte die Achseln. „Er wird eben abberufen. Er hat den Status höchster Geheimhaltung."

Suzanne bekam Gänsehaut. Sie war Soldatenkind, Army-Angestellte und Soldatenwitwe. Sie wusste, dass diesen Status nur jemand bekam, der Zugang zu NATO-Plänen, Kampfstrategien und Nuklear-Informationen hatte.

War Hart, ebenso wie offenbar Rick, mehr, als er schien?

Ihre Knie zitterten, und ihre Welt wurde noch ein Stück düsterer.

„Ich wollte es Ihnen nur gesagt haben", erklärte der Chief. „Eine nette Frau wie Sie sollte sich nicht mit so einem Mann einlassen. Ich habe Sie immer gemocht, Mrs. Cassidy, und Rick mochte ich auch. Er war ein guter Mann. Sie sollten über den Captain Bescheid wissen."

Wahrscheinlich wusste sie noch längst nicht alles über Hart. Aber wozu auch?

Sie lächelte und reichte dem Chief widerstrebend die Hand. „Danke für Ihre Besorgnis, Chief Carger", sagte sie. Als er ihre Hand umschloss, wollte sie zurückzucken, doch sie lächelte tapfer. „Aber wie gesagt, der Captain und ich sind alte Bekannte, mehr nicht."

Lügnerin, schalt eine innere Stimme.

Ehe sie es sich versah, beugte der Chief sich vor und drückte seine Lippen auf ihre Wange. „Passen Sie gut auf sich auf", murmelte er dicht an ihrem Ohr. Dann ließ er sie wieder los. „Ich möchte nicht, dass Ihnen etwas passiert."

Sie schrak zusammen und fuhr zurück. Die Worte klangen fast wie eine Drohung. Forschend sah sie in seine dunkelbraunen Augen, doch sie waren unergründlich und leer.

„Wenn Sie etwas brauchen, rufen Sie mich einfach an", bot er an.

Sie sah ihm nach und merkte, dass ihr bei seiner Berührung eine Gänsehaut gekommen war. Der Mann war ihr ganz und gar nicht geheuer.

Suzanne wartete, bis der Chief weggefahren war, und kehrte ins Haus zurück. In der Küche starrte sie das Telefon an. Sie wollte Hart anrufen und ihm von dem Besuch erzählen. Aber wenn der Chief nun recht hatte? Ihr Vater war genau wie Hart gewesen – so karrierebewusst, dass er sich nicht um die Gefühle anderer gekümmert hatte. Das war auch ein Grund, warum die Ehe ihrer Eltern gescheitert war. Das und Lylas Flatterhaftigkeit.

Suzanne berührte ihre Lippen mit dem Finger und dachte an Harts Kuss. Auf einmal sehnte sie sich unsäglich nach ihm, und sie konnte nichts dagegen machen. Er hatte nicht angerufen, aber dafür mochte es triftige Gründe geben.

Sie wählte seine Nummer und legte auf, als Roubechard antwortete. Irgendwann würde sie Hart erzählen, was der Chief gesagt hatte, aber nicht am Telefon. Und nicht jetzt.

Es war höchste Zeit für ihre Verabredung in Tucson. Sie nahm die Autoschlüssel sowie ihre Tasche und eilte hinaus zu ihrem Mietwagen. Wenn sie nicht zu spät kommen wollte, musste sie sich beeilen.

DeBraggo hatte beobachtet, wie Hart hinter dem anderen Wagen parkte und seinerseits Suzanne und Chief Carger auf der Veranda beobachtete. Allerdings wünschte er, die beiden wären ins Haus gegangen, wo er Wanzen angebracht hatte. Vielleicht sollte er sich ein wenig mit dem Privatleben des Chiefs beschäftigen.

Er duckte sich hinter das Lenkrad, als Suzanne vorbeifuhr, und verharrte so, bis auch Hart startete und ihr folgte. Er hatte beide Wohnungen durchsucht und nichts gefunden. Suzanne hätte ihn um ein Haar erwischt, sodass er aus dem Fenster klettern musste.

Er startete die dunkle Limousine, machte eine Kehrtwendung und schlug die Richtung ein, die Suzanne und Hart genommen hatten.

Hart bog hinter Suzanne um die Ecke und hoffte, dass sie ihn nicht bemerkt hatte. Minuten später ließen sie das kleine Zentrum von Three Hills hinter sich und waren auf der langen geraden Wüstenstraße. Der Verkehr war spärlich und Hart hielt immer wieder an Raststellen, damit Suzanne nicht misstrauisch wurde.

Er glaubte, mehrfach eine bekannte schwarze Limousine hinter sich zu bemerken, aber seit zehn Minuten war sie verschwunden. Wahrscheinlich war es Einbildung gewesen.

Suzanne konnte nur nach Tucson wollen. Um jemanden zu treffen, mit dem sie nicht in Three Hills gesehen werden mochte?

Kurz vor der Stadtgrenze war der schwarze Wagen wieder da. Hart verlangsamte, um sich überholen zu lassen. Der andere blieb hinter ihm. Hart beschleunigte, der andere ebenfalls. Das Auto des Chiefs war von dunkler Farbe. Hart fluchte. Wenn dies Carger war, würde er dafür sorgen, dass der Chief ans Ende der Welt versetzt würde.

Suzanne fuhr ins Zentrum. Auf den Straßen herrschte viel Verkehr, Fußgänger drängten sich auf den Bürgersteigen. Hart durfte Suzanne jetzt nicht aus den Augen verlieren.

Er blickte in den Rückspiegel. Der dunkle Wagen war nicht mehr zu sehen. Hatte er sich unnötig verrückt gemacht?

Suzanne bog in den Parkplatz von Laurel Kays Café. Hart fuhr zwei Mal um den Block, parkte und betrat das Lokal. Suzanne saß in einer Nische im hinteren Bereich des geräumigen Cafés, ihr gegenüber eine Frau.

Hart blieb an der Tür stehen und spähte durch die Blätter einer hohen Topfpflanze. Die andere Frau war ungefähr so alt wie Suzanne, hatte kurzes blondes Haar und auffallendes Make-up. Am rechten Arm trug sie mehrere goldene Reifen, eine Uhr am linken Arm und einen breiten goldenen Halsreif. Der Schmuck wirkte teuer. Die Frau schien überhaupt Geld zu haben.

Und irgendwie kam sie ihm bekannt vor. Er wusste nur nicht, woher.

Als eine Bedienung ihn fragend ansah, setzte er sich an den Tresen, mit dem Rücken zu Suzanne. Er konnte die beiden Frauen jedoch im Spiegel hinter der Bar beobachten.

Eine Kellnerin trat mit gezücktem Block zu ihm. „Zum ersten Mal hier, schöner Mann?", redete sie ihn dreist und viel zu laut an.

Hart zuckte zusammen. Hoffentlich hatte Suzanne nichts gehört. Er lächelte gezwungen. „Ich habe meine Frau in die Stadt begleitet", erklärte er. „Ich denke, ich warte hier, bis sie mit ihren Einkäufen fertig ist."

Sie nickte. „Wie Sie meinen."

„Kaffee bitte und eine Bärentatze", bestellte Hart.

Kurz darauf stellte sie den Kaffee und das Gebäckstück unwirsch vor ihn hin und machte sich auf die Suche nach einem lohnenderen Opfer.

Hart seufzte erleichtert auf und blickte in den Spiegel. Er war noch in Uniform, schließlich hatte er nicht ahnen können, dass er Suzanne heimlich folgen würde. Er trank seinen Kaffee und biss in den Mürbeteig.

Plötzlich merkte er, dass er nicht der Einzige war, der die beiden Frauen beobachtete. In einer etwa zehn Meter entfernten Nische saß ein Mann, den Blick unverwandt auf Suzanne und ihre Gesprächspartnerin geheftet. War das jemand vom FBI? Es schien logisch, doch je länger Hart ihn musterte, desto unwahrscheinlich kam es ihm vor. Der Mann war zu elegant gekleidet, zu auffällig.

Und er hatte etwas merkwürdig Vertrautes an sich. Unbehagen beschlich Hart. Er versuchte, seinem Gefühl auf den Grund zu gehen, doch es blieb verschwommen. Trotzdem war er fast sicher, dem Mann schon mal begegnet zu sein.

Erneut blickte Hart zu Suzanne hinüber. Sie stocherte in einem Salatteller und hörte gleichzeitig gespannt der Frau ihr gegenüber zu.

Die Bedienung schenkte ihm wortlos Kaffee nach und ging. Hart sah den anderen Mann an. Der hatte begonnen, geistesabwesend mit einer Münze zu spielen, während er unablässig Suzanne anstarrte. Es war ein faszinierendes Spiel: Das Geldstück wanderte vom Daumen der linken Hand bis zum kleinen Finger und zurück, mal oben hinüber, mal unten hindurch, und wieder vor und zurück, wie an einer unsichtbaren Schnur.

Verblüfft hielt Hart den Atem an. Es war ein schwieriger, ungewöhnlicher Taschenspielertrick, doch Hart kannte zwei Menschen, die ihn beherrschten: Rick Cassidy und Brenner Trent, ein ehemaliger Chefmechaniker des Corps. Rick hatte den Trick als Kind von seinem Vater gelernt, einem Bankier, der stets einen Silberdollar mit einer besonderen Prägung bei sich trug, um bei Besprechungen damit zu spielen. Er betrachtete die Münze als Glücksbringer und hatte sie Rick zum achtzehnten Geburtstag geschenkt.

Hart hatte Rick nie ohne den Silberdollar erlebt. Und nun fragte er sich, ob das Bergungsteam die Münze in den Trümmern des Choppers gefunden haben mochte.

Brenner Trent war so fasziniert von dem Trick gewesen, dass er Rick monatelang bedrängt hatte, ihn ihm beizubringen. Schließlich hatte Rick eines Abends nachgegeben, als sie auf den Marschbefehl nach Panama warteten.

Aber beide Männer waren tot.

Brenner Trent war bei einem Autounfall ums Leben gekommen, kurz nach der Tragödie von „Jaguar Loop". Die Leiche war fast völlig verkohlt gewesen, doch seine Frau hatte Brenner identifiziert.

Hart starrte auf das Bild des Mannes im Spiegel. Mühelos tanzte die Münze in seiner linken Hand auf und ab. Mit der Rechten hob er die Kaffeetasse zum Mund. Er wirkte entspannt, lässig, völlig normal, außer dass er den Blick nicht von Suzanne wandte.

Sein Haar war dunkelbraun und leicht gelockt, es bedeckte seine Ohren und reichte bis zum Kragen. Und vermutlich hatte er sich seit ein, zwei Tagen nicht rasiert. Die Augenfarbe konnte Hart nicht erkennen. Er hatte ein schwarzes T-Shirt und ein schwarzes Jackett an. Seine Schultern waren breit, der Brustkorb muskulös, und er trug keine Uhr.

Hart wurde das Gefühl nicht los, den Mann zu kennen. Er strahlte etwas Vertrautes aus. Garantiert hatte er etwas mit dieser verworrenen Sache zu tun.

Wieder blickte Hart zu Suzanne hin. Wusste sie, dass dieser Mann hier war? Merkte sie denn nicht, dass er sie beobachtete?

Ein hässlicher, doch naheliegender Gedanke schoss Hart durch den Kopf. Vielleicht ging es diesem Menschen gar nicht um Suzanne, sondern um Hart. Könnte es nicht sein, dass er den dunklen Wagen gefahren hatte, von dem Hart sich auf der Fahrt nach Tucson verfolgt gefühlt hatte?

Plötzlich standen Suzanne und die Frau auf.

Hart griff nach einer Zeitung, die jemand auf dem Tresen liegen gelassen hatte, und hielt sie sich vors Gesicht, während die beiden hinter ihm vorbei zur Tür gingen.

Eine Sekunde später folgte der Mann ihnen.

Hart wartete noch eine Minute, bevor er ebenfalls hinterherging. Suzanne und ihre Begleiterin waren auf dem Parkplatz nach rechts gegangen, der Mann nach links. Ein jeder stieg in seinen Wagen.

Hart fluchte. Er musste sich entscheiden, ob er Suzanne oder dem Mann folgen wollte. Rasch stieg er in die Corvette und notierte die Autonummer des Mannes.

Suzanne fuhr los, der Mann hinterher.

Hart startete und verwünschte sein auffälliges Fahrzeug. Aber schließlich hatte er es nicht für solche Zwecke gekauft.

Ein roter Pick-up bog auf den Parkplatz und hielt direkt hinter Harts Wagen. Hart ging in die Bremsen und umklammerte ungeduldig das Lenkrad. Eine betagte Frau kletterte langsam aus der Führerkabine. Der Fahrer wartete, bis sie die Tür des Cafés erreicht hatte, bevor er sich eine Parklücke suchte.

Endlich konnte Hart auf die Straße. Suzannes Wagen stand an der roten Ampel an der Ecke. Der Mann war weg.

Eine halbe Stunde später sah Hart, wie Suzanne in die Zufahrt zu ihrem Bungalow bog und dann ins Haus ging.

Was zum Teufel hatte das alles zu bedeuten? Fragen über Fragen und keine Antworten. Der Wunsch, sie zur Rede zu stellen, war beinahe unerträglich. Und genau deshalb widerstand er. Er konnte sich keine unkontrollierten Reaktionen leisten.

Er wendete und fuhr zum Stützpunkt hinaus.

„Roubechard", sagte er, als er das Büro betrat, „ich habe hier eine Autonummer. Versuchen Sie, so viel wie möglich darüber herauszubekommen." Im Vorbeigehen legte er den knitterigen Zettel auf den Schreibtisch und ging türknallend in sein Zimmer. Er wollte allein sein, nachdenken.

Die offiziellen Berichte über den „Jaguar Loop"-Einsatz lagen noch auf dem Tisch. Er setzte sich und begann, darin zu blättern. Er konnte sich jedoch nicht konzentrieren. Ständig sah er Suzanne vor sich.

Unruhig lief er auf und ab, trank einen Kaffee nach dem anderen und starrte blicklos aus dem Fenster. Ärgerlich betrachtete er das Telefon, wenn es klingelte und der Anruf nicht von ihr kam. Immer wieder fragte er barsch bei Roubechard nach, was er über die Autonummer in Erfahrung gebracht hatte, was gleich null war.

Geduld zählte wahrlich nicht zu Harts Tugenden.

9. Kapitel

„Hart“, sagte Suzanne überrascht, als sie die Tür öffnete. „Entschuldige, ich hatte dich nicht erwartet.“

„Ich weiß, aber …“

Hart betrachtete sie von Kopf bis Fuß, bewundernd und lockend. Ihr Seidenpyjama in tiefem Bordeauxrot schimmerte im Licht der Verandalampe. Der Schnitt war schlicht und stilvoll, aber an ihr war es das aufregendste Kleidungsstück, das er je gesehen hatte.

Hart fluchte im Stillen. Zu kommen war keine kluge Idee gewesen, doch nun war es zu spät. Er streckte ihr die Schokoladentorte hin, die er unterwegs in einem 24-Stunden-Supermarkt gekauft hatte, denn er erinnerte sich, dass sie gern Schokolade aß. „Die wollte ich nicht allein essen.“

Suzanne versuchte, seinem Blick auszuweichen, es gelang ihr nicht. Sie sollte ihn wegschicken. Was zwischen ihnen geschehen war, hätte nicht sein dürfen, obwohl es sich lange angebahnt hatte und vielleicht unvermeidlich war. Doch sie lebten in zu verschiedenen Welten.

Das redete sie sich ein, seit sie den Tag der offenen Tür verlassen hatte, als er nicht anrief oder vorbeikam und sie sich unsäglich nach ihm sehnte. Doch jetzt, wo er vor ihr stand, so nah, dass sie seine Körperwärme wie eine zarte Liebkosung spürte, wollte sie nur noch, dass er blieb.

Endlich gelang es ihr, den Blick von ihm loszureißen und auf die rosa Schachtel zu sehen. „Ist das Schokolade?“, fragte sie neugierig.

Hart lachte leise. „Ist das nicht deine Lieblingstorte?“

Sie trat zur Seite, um ihn hereinzulassen. „Wie könnte ich da Nein sagen?“

„Ich hatte gehofft, dass du schwach würdest.“ Er ging in die Küche und stellte die Schachtel auf den Tisch.

Suzanne setzte zwei Tassen Kaffee und zwei Scheiben Torte auf ein Tablett und trug es ins Wohnzimmer. Der Mond schien durch die Glastüren auf die weißen Polstermöbel, den bunten Teppich mit indianischen Mustern, die hübschen Keramiken und Bilder. Sie stellte das Tablett ab und wollte Licht machen.

„Nicht“, bat Hart und setzte sich bewusst nicht auf die Couch, sondern in einen Sessel. Er musste mit Bedacht vorgehen, noch einen Fehltritt durfte er sich nicht leisten.

Verdutzt sah Suzanne auf.

„Ich mag Mondschein.“ Schummerige Beleuchtung entspannte, enthemmte und brachte vielleicht die Wahrheit eher ans Licht.

Sie nahm auf dem Sofa Platz und lächelte. „Ich auch.“

Die Zeit verging schnell, während sie plauderten. Als es auf Mitternacht zuging, stellte Hart fest, dass er sein Ziel aus den Augen verloren hatte und sich einfach nur wohlfühlte. Sofort rief er sich zur Ordnung. Er war doch sonst nicht so leicht abzulenken. Und um ein Haar wäre er in seine eigene Falle gegangen.

„Das war ein netter entspannender Abend“, meinte er. „Und ich kann dir sagen, Entspannung brauchte ich heute wirklich.“

Suzanne hob die Brauen. „So? Hattest du einen schweren Tag?“ Sie dachte an ihren eigenen Tag. Er war weder erfreulich noch ergebnisreich gewesen. Doch sie wollte Hart nicht erzählen, dass sie mit Brenner Trents Witwe gesprochen hatte, denn dann hätte sie den Grund angeben und gestehen müssen, dass sie die persönlichen Akten mitgenommen hatte. Dabei hatte er den Diebstahl vielleicht ohnehin bereits bemerkt.

„Allerdings“, bestätigte Hart. „Aber morgen könnte es noch schlimmer werden. Ich fürchte, ich muss ein hartes Wort mit meinem Assistenten reden.“

„Roubechard?“, fragte Suzanne überrascht. „Dieser nette junge Mann? Weshalb?“

„Einige von den Akten, die du und ich durchgesehen haben, fehlen. Ich vermute, der ‚nette junge Mann‘, wie du ihn nennst, hat sie dem FBI zugespielt.“

Sie verschluckte sich fast an ihrem Kaffee und warf einen schuldbewussten Blick auf ihre Tasche, die am Boden neben der Tür stand.

Sie hatte noch keine Gelegenheit gefunden, die Akten zurückzulegen.

„Leider", fuhr Hart fort, „denn ich mag ihn. Aus ihm wäre sicherlich ein guter Soldat geworden." Er beobachtete sie scharf.

Panik überfiel sie. „Aber warum sollte er das tun?"

Hart zuckte die Achseln. „Wer weiß, Suzanne? Vielleicht hat man ihm eine Beförderung in Aussicht gestellt, und er konnte nicht widerstehen. Roubechard möchte zu gern Karriere beim Militär machen, wie seine Vorfahren."

„Aber ... vielleicht wurden die Akten nur verlegt? Das kommt doch vor." Wie konnte das Fehlen der Ordner entdeckt worden sein? Sie hatte selbst gehört, wie Hart Roubechard aufgetragen hatte, sie wegzuräumen.

Hart schüttelte den Kopf. „Nein. Sie waren in verschlossenen Behältern und haben mein Büro nicht verlassen. Ich schließe den Raum ab, wenn ich gehe. Roubechard hat als Einziger einen Schlüssel."

Suzanne konnte unmöglich einen unschuldigen jungen Gefreiten für ihre Tat büßen lassen. Sie nahm ihren ganzen Mut zusammen und beschloss zu gestehen. „Ich habe die Berichte genommen, Hart."

Mit gespielter Überraschung starrte er sie an. „Du? Aber wozu denn?"

Sie wandte sich ab und betrachtete eingehend ein Gemälde an der Wand – eine dramatische Wüstenlandschaft. „Ich wollte sie selbst lesen."

„Traust du mir nicht? Dachtest du, ich hätte dir etwas vorenthalten?"

Sie spürte den Vorwurf in seiner Stimme und sah ihn an. Und das war ein Fehler. Seine unergründlichen dunklen Augen schlugen sie unmittelbar in ihren Bann und brachten ihr all das zu Bewusstsein, was sie sich von ihm wünschte und nicht haben konnte. „Du traust mir nicht."

Er lächelte zögernd. Leugnen war sinnlos. Sie wussten beide, dass es stimmte. Er traute niemandem mehr. „Da hast du recht", gestand er ein.

Tapfer sprach sie weiter. „Ich hege gewisse Bedenken, die du vermutlich nicht teilst, Hart. Gegenüber einigen von Ricks alten Kameraden."

„Mich eingeschlossen?“

„Es ist alles so verworren.“ Sie blickte erneut zur Seite, denn wenn sie noch länger in diese blauen Augen sah, würde der Bekennermut sie verlassen. „Ich dachte, ich könnte in den Unterlagen etwas Hilfreiches entdecken.“

„Und? Hast du?“

Sie seufzte. „Nein. Sie haben nur noch mehr Fragen aufgeworfen.“

„Lass mich hören“, bat er.

Nachdem sie ihm ihre Überlegungen mitgeteilt hatte, ging Suzanne in die Küche, um frischen Kaffee zu holen, und Hart ließ sich das Ganze durch den Kopf gehen.

Als sie wieder auf der Couch saß, sah er sie eindringlich an. Er beugte sich vor. Sie lehnte sich zurück, entzog sich.

„Ich war der Einzige, der Ricks Absturz mit ansah, Suzanne“, erklärte er, „denn die Einheit hatte sich in Zweiergruppen aufgeteilt, um den Gegner von verschiedenen Seiten anzugreifen. Mein Partner war Rick. Niemand sonst war in der Nähe.“

Sie versteifte sich. „Das heißt, es hätte auch anders sein können, als du sagst.“

„Das hätte es“, gab er kühl zurück. Sein Ton war barsch, und in seinen Augen stand eisige Kälte. „Es war aber so.“

Eine knisternde Stille breitete sich zwischen ihnen aus. Schließlich fuhr Hart fort: „Lane Banner quittierte sofort darauf den Dienst, weil seine Frau schwer krank war.“

Suzanne erinnerte sich gut an Lane und seine Frau Annie. Voll Mitgefühl fragte sie: „Ist Annie …?“

„Sie starb vor fünf Monaten. Sie hatte ihren Zustand verborgen, um Lanes Karriere nicht zu beeinträchtigen.“ Hart machte eine Pause. „Er kam wieder zur Army, aber nicht zu unserem Corps, obwohl er darum gebeten hatte. Ich würde ihn gern bei uns haben.“

Plötzlich schämte Suzanne sich für ihre Verdächtigungen. „Hart, vielleicht habe ich …“

„Brenner starb bei einem Autounfall zwei Wochen nach dem Einsatz.“ Hart ignorierte ihren Einwurf. „Er schlief am Steuer ein, und sein Wagen stürzte in eine Schlucht.“

Suzanne nickte. Trents Witwe hatte am Nachmittag im Café beinah die Fassung verloren, als sie von dem tragischen Ereignis erzählte.

„Der Chief und seine beiden Mechaniker sind noch beim Corps und von jedem Verdacht frei. Und Zack Morrow und Rand Towler waren zu dem Zeitpunkt junge Rekruten. Sie bildeten lediglich die Verstärkung für den Notfall."

Suzanne wandte sich ab und starrte in die Nacht hinaus. Hart hatte alle ihre Zweifel ausgeräumt – bis auf ihn selbst.

„Bleibe also nur noch ich als Verdächtiger, Suzanne", stellte er leise fest, als könnte er Gedanken lesen.

Sie sah in seine unergründlichen blauen Augen und verspürte einen scharfen Stich. Bitte nicht, nicht du, flehte ihr Herz.

„Ich habe mich heute mit Brenner Trents Witwe getroffen", gestand sie. Schluss mit den Lügen, den Halbwahrheiten, gelobte sie, zumindest von meiner Seite.

Hart hielt ihren Blick gefangen. Das war also die Frau im Café. Er war Trents Frau nur ein einziges Mal kurz begegnet. „Warum? Glaubst du nicht, dass Trent tot ist?"

Sein schneidender Ton traf sie. Doch sie holte tief Luft und beschloss, alles offen auf den Tisch zu legen. „Nein, aber ... Vor Jahren, als ich auf dem College war, arbeitete ich stundenweise als Bürokraft in Fort Monmouth in Virginia."

„Im Ausbildungszentrum für den militärischen Geheimdienst?" Harts Interesse war geweckt.

„Ja. Ich bearbeitete die Personalakten der eintreffenden Auszubildenden. Es war ein öder Job. Ich musste überprüfen, ob die Unterlagen vorständig waren, und sie mit einem Eingangsstempel versehen. Zum Zeitvertreib dachte ich mir ein Spiel aus." Leicht verlegen erläuterte sie: „Ich stellte mir die jeweilige Person zu den Unterlagen vor."

Hart hörte schweigend zu.

„Nach meinem Abschluss verließ ich Monmouth. Ein paar Monate später lernte ich Rick kennen, und wir heirateten. Wir zogen oft um, bis wir hier landeten. Eines Tages stellte Rick mir Brenner Trent vor, und ich erinnerte mich an den ungewöhnlichen Namen und das jungenhafte Gesicht aus einer Akte, die in Monmouth durch meine Hände gegangen war."

Harts Interesse wuchs. „Trent war in Monmouth?"

„Ja."

Wieso hatte er das nicht erfahren? Hatte Lewis davon gewusst? Und Rick? „Wusste Rick Bescheid?"

Sie schüttelte den Kopf. „Ich glaube nicht. Ich habe nichts verlauten lassen, denn meine Informationen waren vertraulich."

Hart stand auf und ging zur Terrassentür. Er blickte zum mondbeschienenen Horizont, ohne ihn wahrzunehmen, und rief sich den unauffälligen, stillen, umgänglichen Mechaniker in Erinnerung.

Ein halbes Jahr vor seinem Tod hatte Brenner geheiratet, und er sprach ständig völlig verzückt von seiner Frau, bis einige Kameraden – Rick eingeschlossen – ihn mit seiner „Besessenheit" aufzogen.

„Wie dem auch sei", fuhr Suzanne fort, „Brenner Trent ist tot und kann mit der Sache nichts zu tun haben. Trotzdem …" Sie schüttelte verwundert den Kopf. „Dass ein Flugzeugmechaniker geheimdienstlich geschult wurde und nichts davon in seiner Akte steht, das hat mich stutzig gemacht."

„Hast du das Trents Witwe gegenüber erwähnt?"

„Nicht direkt. Sein Tod nimmt sie noch immer sehr mit. Sie brach jedes Mal fast in Tränen aus, wenn sein Name fiel."

„Über was habt ihr denn dann gesprochen?"

„Ich sagte, ich sei geschäftlich in der Stadt und wollte ihr bei der Gelegenheit mein Beileid aussprechen."

Hart sah sie scharf an. War dies ein weiterer gerissener Schachzug von ihr? Er wagte ebenfalls einen Schritt – einen höchst riskanten. „Hast du bemerkt, ob dir jemand gefolgt ist?"

Sie runzelte die Stirn. „Nein. Wieso?" Ihre Stimme klang alarmiert, und ihre Hände zitterten leicht.

Einen Augenblick lang kam Hart sich vor wie eine lauernde Schlange im Gras, und er erwog, ob er ihr nicht von dem anderen Mann im Café erzählen sollte. Doch dann müsste er zugeben, dass er ihr gefolgt war, und darauf wartete sie vielleicht nur: auf den Beweis, dass sie ihn an der Angel hatte.

Nein, er war zu sehr Soldat, um sich so unbedacht aus der Deckung zu wagen. Und das, obwohl er sie begehrte. Aber mehr als Begehren war es nicht, denn für ihn gehörte Liebe ins Märchenbuch. Und Vertrauen würde er niemandem entgegenbringen, schon gar nicht Suzanne Cassidy.

„Ich meine nur, du musst vorsichtig sein, Suzanne", sagte er. „Du solltest nicht auf eigene Faust Leute befragen."

„Vorsichtig?" Sie nickte. Auch ihm gegenüber? „Es war eine alberne Idee, aber ich wollte irgendetwas tun. Immerhin war das Fehlen dieser Information über Trent auffällig, nicht?" Sie holte tief Luft. „Hart, ich wünschte, dies alles wäre ... du wärst ..."

Ihre Stimme versagte, und er sah in ihren Augen Tränen glitzern, die sich lösten und im Mondlicht silbrig schimmernde Bahnen über ihre Wangen zogen.

Der Drang, sie zu umarmen, zu beschützen, zu lieben, wurde übermächtig. Plötzlich war es ihm egal, wer hier log oder die Wahrheit sprach. Es war ihm gleich, was vor einem Jahr geschehen war und was der morgige Tag bringen würde. Ihm war nur dieser Moment wichtig. Und Suzanne.

Er setzte sich neben sie auf die Couch und zog sie an sich. Ihre Brüste drückten gegen seinen Oberkörper, und ihm stockte der Atem. Brennendes Verlangen breitete sich in seinem Körper aus, alle Vernunft war vergessen.

Jetzt könnte er sie haben, sich das nehmen, wovon er unablässig geträumt hatte. Und mit der Leidenschaft käme möglicherweise der Augenblick der Wahrheit.

„Hart", flüsterte sie, schlang die Arme um seinen Nacken und sah ihm in die Augen.

Er nahm ihre Lippen, er forderte das, was er ersehnte, was er brauchte. Sein Griff wurde fester, er presste ihren biegsamen, sinnlichen Körper an seine harten kräftigen Muskeln. Ihr Mund war weich und süß, gierig trank er ihre Küsse, wollte mehr und mehr. Sie ließ ihn vergessen, dass jede Tat Folgen hatte.

Suzanne schlug alle Vernunft in den Wind. Nach seinen Küssen hatte sie sich so sehr gesehnt, auf diese Empfindungen hatte sie ihr Leben lang gewartet. Dieser bedrohliche Mann machte einen Traum wahr, seine Berührungen, seine pure Gegenwart ließen alles andere in den Hintergrund treten – selbst die Furcht, dass es seinetwegen für sie keine Zukunft geben könnte.

Sie klammerte sich an ihn, als wollte sie ihn nie mehr von sich lassen. Der kühle Duft des frühen Morgens und die Schwüle der nächtlichen Wüste umgaben ihn, zusammen mit seinem unverwechselbaren männlichen Aroma von Rasierwasser und erhitzter Haut. Es war betörend, unwiderstehlich. Sie spürte, wie sein Begehren mit ihrem verschmolz, seine Hände schienen glühende Spuren auf ihrem Körper zu hinterlassen.

Dann gab er abrupt ihre Lippen frei.

Suzanne öffnete die Augen. Sie fühlte sich unendlich verlassen. Fragend blickte sie ihn an.

„Ich habe dich vom ersten Moment an begehrt", sagte Hart. Seine Stimme war heiser vor Gefühlen.

„Ich dich auch", flüsterte sie. Lustvolle Schauer liefen durch ihren Körper. Warum hatte sie dieses Geständnis so lange zurückgehalten?

Ihre Worte raubten Hart den letzten Rest von Vernunft. Er küsste ihren schlanken Hals, die sanfte Linie ihrer Schulter und kehrte aufreizend langsam zu ihrem Mund zurück. Sein Kuss verlangte alles, was sie zu geben hatte, und mehr. Doch dieses Mal war es auch ein Versprechen: Er würde ihr alles von sich geben.

Hart schob die Hände unter ihr Nachthemd, strich über ihre nackten Brüste, umfing sie. Sie hörte, wie er stöhnend einatmete, und Verlangen überschwemmte sie. Mehr, mehr – alles.

Draußen waren dunkle Wolken aufgezogen, und ein tiefes Donnergrollen kam von der Wüste her.

Harts Liebkosungen setzten lang aufgestaute, verleugnete Gefühle frei, sie fieberte nach ihm.

Ein greller Blitz kündigte das erste Sommergewitter des Jahres an.

Und plötzlich war Suzanne wieder nüchtern. Sie schob Hart von sich. Obwohl sie sich verzweifelt nach ihm sehnte, durfte sie dies nicht zulassen.

Alles in ihr schrie nach Vertrauen, nach Liebe.

Aber was wäre, wenn sie sich in ihm täuschte?

Verdammt. Warum hatte sie nicht auf ihn gehört? Er nahm eine Zigarette aus der Schachtel und ließ das silberne Feuerzeug aufschnappen, das seine Frau ihm zum zwanzigsten Hochzeitstag geschenkt hatte.

Er strich mit dem Daumen über die Gravur auf dem Feuerzeug. Er kannte die Worte auswendig: „Ich liebe dich für immer und ewig. D."

Mehr war ihm nicht geblieben.

Die Flamme beleuchtete kurz das Innere des Wagens und warf harte Schatten auf sein Gesicht.

Wenn sie ihn überwachten, hätten sie ihn jetzt gesehen, aber er wusste, das taten sie nicht.

Er wollte Suzanne auf keinen Fall allein lassen. Hart stand auf der dunklen Veranda und sah sie an. Er hatte verloren. Seine Selbstdisziplin, die Kontrolle über seine Reaktionen. Sie hatte ihn geküsst, und er hatte nur noch an seine Bedürfnisse gedacht, an die verzehrende Lust, die seinen Körper regierte. Er war ein Narr.

Er spürte noch ihre Lippen, ihren Körper an seinem, und er fragte sich, ob dieses Gefühl jemals verblassen würde.

Sie könnte eine Verräterin sein, sagte er sich. Eine Mörderin. Doch das kühlte seine verbotene Leidenschaft nicht. Er würde auch in dieser Nacht nicht schlafen können.

Er sah, wie sie die Veranda verließ, ins dunkle Haus zurückging und die Tür schloss. Das Außenlicht wurde gelöscht.

Obwohl noch alles in der Schwebe war, fiel es ihm stündlich schwerer, sie für schuldig zu halten. Hätte er doch nur so viel Verstand besessen und Major Lewis sofort von ihren Behauptungen unterrichtet. Dann müsste er sich jetzt nicht mehr mit der Sache herumschlagen.

Auf dem Heimweg fuhr Hart durch die Innenstadt. Three Hills war einer der ältesten Orte in der Gegend und hatte so gut wie jeden Pistolenhelden des Wilden Westens beherbergt. Die meisten alten Gebäude waren erhalten, und die Neubauten passten sich dem Stil an.

Normalerweise freute er sich über das Stadtbild, aber jetzt dachte er nur an Suzanne. Wenn Rick ihr nichts mitgeteilt hatte, konnte sie nichts von den Plänen für das Waffenabwehrsystem wissen. Er bog in seine Garage ein. Und wenn sie von den Plänen nichts wusste, hatte sie diese Papiere nicht stehlen können.

Es sei denn, sie steckte mit jemandem aus dem Corps unter einer Decke.

Verdammt. Er stieg aus und knallte wütend die Autotür zu.

Er hatte sie in den Armen gehalten, ihre Küsse genossen, dabei den Kopf verloren – und fast übersehen, dass sie vielleicht nur gekommen war, um ihn zu vernichten.

10. Kapitel

Suzanne stellte den gemieteten Laptop-Computer auf den Couchtisch, steckte die Leitung in die Steckdose neben dem Kamin und ließ sich im Schneidersitz nieder.

Innerhalb von Sekunden war sie im Internet. „Himmel hilf", murmelte sie. Mit Computern kannte sie sich nicht besonders aus. Ihr Partner Clyde dagegen war ein wahrer Computer-Freak.

Sie rief die Suchfunktion auf und schrieb „Branson". Doch sie fand nichts Brauchbares, und unter „Hart" erst recht nicht. Da gab sie auf und rief Clyde an.

„Suzanne, Schatz, weißt du eigentlich, wie spät es ist? Oder bist du inzwischen in einer anderen Zeitzone?", beschwerte Clyde sich, nachdem sie ihn begrüßt hatte.

Sie sah auf die Uhr: zwei Uhr morgens. Sie hatte über zwei Stunden lang im Internet gesucht. „Entschuldige", murmelte sie und setzte ihm ihr Anliegen auseinander.

Eine halbe Stunde später war sie überzeugt, dass sie im Netz nichts über Hart Branson finden würde. Immerhin wusste sie jetzt, was als Nächstes zu tun war. Sie dankte Clyde und legte auf.

Der Mond ging unter, und die Sonne erhob sich allmählich am Horizont. Der Himmel wechselte von Grau zu einem strahlenden Blau, und Suzanne schaltete unter lauten Verwünschungen den Computer ab. Sie war erschöpft und hatte rein gar nichts erreicht.

Sie setzte sich auf die Couch, lehnte den Kopf zurück und fiel in einen Dämmerschlaf.

Nach einer halben Stunde klingelte das Telefon. Es war Clyde.

Suzanne stöhnte. Vermutlich würde er sie gründlich nach Hart ausfragen. Aber nein.

„Entschuldige, aber ich hatte vergessen, dir zu sagen, dass gestern Abend ein Mann für dich angerufen hat."

Sie brauchte ihren Cousin nicht zu sehen, um zu wissen, dass er genüsslich grinste. „Hast du dir seinen Namen gemerkt?"

„Aber ja. Agent Smith oder Schmidt."

Ihr Puls stoppte, und ihr wurde kalt.

„Er sagte, er sei vom FBI und müsse dir ein paar Fragen stellen. Also, du solltest dich wirklich mit einfallsreicheren Männern abgeben, Suzanne."

„Hast du ihm gesagt, wo ich bin?" Sie kam sich vor wie auf der Flucht.

„Natürlich nicht", gab Clyde beleidigt zurück. „Wofür hältst du mich? Ich meine, wenn du es ihm sagen wolltest, hättest du das vermutlich selbst getan."

Sie lobte sich im Stillen dafür, dass sie Clyde nichts von der Sache erzählt hatte. „Ich komme bald nach Hause", versprach sie zum Abschied.

Dann wählte sie die Nummer ihrer Cousine in Washington. „Hoffentlich ist sie da", betete sie im Stillen.

„Molly, hier Suzanne. Ich brauche deine Hilfe", sagte sie, als ihre Cousine abnahm. Im Geist sah sie Hart vor sich, und das Herz tat ihr weh. Plötzlich hatte sie Tränen in den Augen, und Angst schnürte ihr die Kehle zu. Sie wollte nichts Schlechtes von ihm denken, sie wollte Molly nicht einbeziehen, doch ihr blieb keine andere Wahl.

Hart um Hilfe zu bitten war ein Fehler gewesen. Das war ihr mittlerweile klar. Die Gefühle vernebelten ihr Denken, und das konnte sie das Leben kosten.

„Verdammt!" DeBraggo warf den Hörer, über den er Suzannes Gespräche belauscht hatte, ins Handschuhfach seines Wagens und rieb sich das Ohr. Damit hatte er nicht gerechnet. Sein Kontaktmann im Außenministerium hätte dafür sorgen sollen, dass sie ihre Cousine einen Monat lang nicht erreichte.

Er fluchte noch ein zweites Mal. Jemand hatte versagt, und jetzt hatte er ein Problem. Denn wenn dieses Unternehmen schiefging, würde man es ihm zur Last legen.

DeBraggo wählte die Nummer seines Vorgesetzten. Natürlich bekam er nur das Band zu hören. Mr. Wichtig war nie da, wenn er gebraucht wurde. „Ihr Kontakt im Ministerium hat gepfuscht", schimpfte er. „Die Cousine ist wieder zurück, und Cassidy hat sie angerufen. Das kann uns alles verderben. Halten Sie die Cousine von den Datenbanken fern, schaffen Sie die Frau am besten aus der Stadt."

Als Suzanne auf sein Klopfen nicht reagierte, blickte Hart durch das Fenster neben der Tür und entdeckte sie auf dem Patio. Er ging um das Haus herum.

Suzanne drehte sich um, als sie Schritte auf den Steinplatten hörte.

Hart lächelte. „Ich wollte dich nicht erschrecken", sagte er und hoffte, dass es locker klang. Es war ihm nie schwergefallen, seine Gefühle zu verbergen, außer Suzanne gegenüber, während Rick noch lebte. Jetzt war es noch schwieriger, doch er musste sich zusammenreißen.

„Schon gut." Ihr Ton war kühl, und sie erwiderte sein Lächeln nicht. „Ich war in Gedanken und habe die Klingel nicht gehört." Eigentlich hatte sie auf Mollys Rückruf gewartet.

„Tut mir leid." Er zwang sich, weiter zu lächeln. „Ich habe nicht geklingelt. Ich habe durchs Fenster gesehen, dass du hier bist und …"

„Ach so."

Er beobachtete sie, wie sie ihre Kaffeetasse auf den Tisch neben der Liege stellte, und er merkte, dass sein unangemeldeter Besuch sie irritierte. Aber warum? Durchkreuzte er damit ihre Pläne?

Ihr Telefon läutete. „Einen Moment." Sie stand auf und ging ins Haus.

Hart ballte die Hand zur Faust. Normalerweise genoss er Katz-und-Maus-Spiele. Aber bei Suzanne verabscheute er es und war daher unachtsam geworden.

„Das war mein Geschäftspartner", erklärte Suzanne, als sie wiederkam.

Hart sah, wie sie auf ihn zutrat, wie ihre Lippen sich bewegten, wie sie die Arme verschränkte. Er dachte daran, wie sich ihr Körper angefühlt hatte, ihr Mund. Es war eine Ekstase gewesen, die er vielleicht nie mehr erleben würde.

„Hast du ihn nach DeBraggo gefragt?", wollte er wissen. „Woher der Mann dein Hotel kannte?"

„Nein, das war nicht nötig." Sie schüttelte den Kopf. „Ich vergaß, dir zu sagen, was Mr. DeBraggo mir gestanden hat. Er hat geflunkert, er hatte gar nicht mit Clyde gesprochen. Er hatte mein Foto in der Zeitung gesehen, wo es um einen Ankauf für die Galerie ging. Dass wir im selben Hotel wohnten, war reiner Zufall."

„Aha." Hart glaubte ihr kein Wort. Zufall. Er glaubte nicht an Zufälle.

Suzanne bemerkte seinen Sarkasmus und runzelte die Stirn. „Bezweifelst du seine Erklärung?" Seine Skepsis machte ihr Angst.

„Sagen wir mal so: Mir ist noch nie ein angenehmer Zufall begegnet", gab Hart langsam zurück.

Die Worte machten sie nervös. Wenn DeBraggo nicht der war, der zu sein er behauptete, wer war er dann?

Hart sah die Furcht in ihrem Blick. Er hatte sie erschreckt, und das hatte er vermeiden wollen. „Ach, das war nur so dahingesagt." Er lachte. „Ich bin ein ewiger Pessimist, ich glaube, ich würde nicht mal dem Papst über den Weg trauen."

Sie lachte ebenfalls, doch es klang gezwungen. „Hat es einen besonderen Grund, dass du hier bist?", fragte sie schnell. „Hast du etwas herausgefunden?"

„Ich dachte, wir könnten zusammen frühstücken", erwiderte er. „Vielleicht in dem neuen kleinen Café im Zentrum." Trotz allem war sein Verlangen nach ihr stärker denn je.

Sie hätte zu gern eingewilligt, aber sie durfte nicht. „Lieber nicht, Hart. Ich muss einige Anrufe für die Galerie erledigen, und ich fühle mich heute nicht ganz wohl." Damit war auch eine eventuelle Einladung zum Lunch abgewehrt. „Vielleicht habe ich etwas Falsches gegessen. Aber danke trotzdem für die Einladung." Sie musste auf Distanz gehen, bis Molly zurückrief. Das war die einzige Möglichkeit, ihre Gefühle in Zaum zu halten.

Vor ein paar Stunden hätten sie fast miteinander geschlafen, seitdem konnte sie kaum an etwas anderes denken. Und in seiner Nähe war es erst recht so, als würde nichts und niemand sonst existieren.

Hart lehnte am Einstieg seiner Cobra und beobachtete einen Rekruten beim Flugtraining. Doch seine Gedanken waren bei

Suzanne, bei dem unglaublichen Vorwurf, den man ihm machte, bei der rätselhaften Überprüfung seiner Dienstakte. Und bei der Einladung zum Frühstück, die sie abgelehnt hatte.

Sein Handy klingelte. Suzanne konnte es nicht sein, denn sie hatte die Nummer nicht.

„Senator Trowtin für Sie, Sir“, sagte Roubechard. Dann klickte es in der Leitung.

Hart verspannte sich.

„Captain“, begann der Senator, „ich rufe von einem abhörsicheren Apparat an, und ich hoffe, Ihr Sekretär ist so verschwiegen, dass er nichts von diesem Gespräch verlauten lässt.“

„Das ist er, Sir.“ Beziehungsweise hoffe ich das, fügte Hart im Stillen hinzu.

„Ich habe eine Information für Sie, aber Sie haben sie auf keinen Fall von mir, verstanden?“ Der Senator sprach hastig.

„Verstanden, Sir.“

„Verschaffen Sie sich den Autopsiebericht von Richard Cassidy sowie den Bericht der Bergungsmannschaft über die Trümmer des Helikopters.“

„Meinen Sie, dass …“

„Ich kann jetzt keine Fragen beantworten, Captain. Schauen Sie sich die Berichte genau an, und dann überprüfen Sie noch einmal Ihr Corps. Ich habe erfahren, dass mindestens ein Mann darunter ist, der beim Eintritt falsche Angaben über seine Vergangenheit gemacht hat. Er saß fünf Jahre im Gefängnis wegen eines Raubüberfalls. Und falls Sie es noch nicht wissen, Sie und Mrs. Cassidy werden von einem FBI-Agenten überwacht.“

„Wie heißt er?“

„Sal Buenotarres, aber er benutzt oft seinen Decknamen Salvatore DeBraggo.“

„DeBraggo“, wiederholte Hart verblüfft. Er hatte geahnt, dass der Spanier mit falschen Karten spielte.

„Das wär’s, Captain“, sagte der Senator. „Sollte ich noch etwas Wichtiges erfahren, lasse ich es Sie irgendwie wissen. Aber rufen Sie mich nicht an, solange es nicht um Leben und Tod geht.“

Trowtin legte auf.

Hart starrte gedankenverloren auf den Trainingshubschrauber, der in einiger Entfernung kreiste.

„Für einen Anfänger ist er ganz gut“, urteilte Zack und salutierte vor Hart.

Verwirrt fuhr Hart herum. Wie lange stand Zack schon da? Hatte er das Telefonat verfolgt?

Zack runzelte die Stirn. „Alles okay, Captain?“

Hart riss sich zusammen. „Ja, klar.“ Er musterte Lieutenant Zack Morrow. Die dunkel getönte Fliegerbrille verbarg seine Augen, ein schwarzer Stetson warf Schatten auf sein Gesicht. „Stimmt, nicht schlecht, der Junge“, stimmte er ihm zu. „Pass auf, dass er heil herunterkommt, Zack. Ich muss jetzt gehen.“

Die Sonne ging gerade unter, und die Luft kühlte sich ab, als Hart in sein Büro zurückkehrte.

Roubechard empfing ihn mit weiteren schlechten Nachrichten. „Ich habe … äh, das Band mit Mrs. Cassidys Telefonaten abgehört, Sir, wie Sie angeordnet hatten, und …“

Abgehört oder manipuliert? Der Verdacht schoss Hart spontan durch den Kopf. Augenblicklich jedoch schimpfte er sich dafür.

„Und … nun ja, Sir, ich fürchte …“

„Nun reden Sie schon, Roubechard“, fuhr Hart ihn an.

„Also, Sir, Mrs. Cassidy, Sir, hat mit jemandem in Frankreich gesprochen.“

Großartig, dachte Hart. Am liebsten hätte er mit der Faust gegen die Wand geschlagen. Absolut wunderbar.

„Ich dachte, Sie möchten es vielleicht selbst hören, Sir.“ Roubechard stellte den Rekorder an, während Hart sich setzte.

„Oui, hier bei Marsei.“

Harts Hoffnungen sanken, seine Träume erstarben, und der finstere Verdacht erwachte erneut.

Nach der Begrüßung erkundigte sich Robert Marsei, ob alles glattlaufe.

„Nein“, entgegnete Suzanne. „Es gibt ein paar Komplikationen. Aber ich denke, wir können sie lösen. Clyde möchte die Übergabe selbst vornehmen.“

„Sehr schön", meinte Marsei. „Ich habe ihn lange nicht gesehen. Nun, mon amie, es war mir ein Vergnügen, wie immer."

Harts Stimmung wurde noch trüber. Sie machte mit Robert Marsei Geschäfte „wie immer". Konnten jetzt noch Zweifel an ihrer Schuld bestehen? Alles sprach gegen sie, und doch wollte er an Suzanne glauben.

Nein, er musste kühl und logisch denken, durfte sich nicht von Gefühlen leiten lassen. Und wie ein Narr hatte er sich hinreißen lassen. Er war von der Wahrheit genauso weit entfernt wie zu Beginn, und noch dazu war er inzwischen weit weniger objektiv.

„Legen Sie es in meinen Safe", bat er Roubechard, als der das Band abstellte.

„Jawohl, Sir, aber da ist noch etwas, Sir."

„Was denn noch?", schnaubte Hart ungehalten.

„Mrs. Cassidy hat jemanden im Außenministerium angerufen und um Informationen über die Mitglieder des Corps gebeten. Sie eingeschlossen, Sir."

„Verfl..." Das fehlte gerade noch. Wütend fuhr er hoch und warf dabei beinahe seinen Stuhl um.

Roubechard sprang erschrocken zurück, als Hart an ihm vorbei zur Tür schoss. „Sir?"

Hart drehte sich zu ihm um. „Was ist? Haben Sie noch mehr solche Neuigkeiten?"

„Äh, nein, Sir. Ich wollte nur wissen, ob Sie für heute weg sind, Sir."

„Ja, ich bin weg", gab Hart zurück. „Und rufen Sie mich nur an, wenn das Land angegriffen wird."

„Jawohl, Sir." Roubechard salutierte.

Hart knallte die Tür hinter sich zu. Dann hielt er inne. Sein Sekretär nahm jeden Befehl wortwörtlich. Mit einem Fluch ging er ins Büro zurück. „Das war nicht so gemeint, Roubechard. Rufen Sie mich an, wenn irgendetwas ist." Er griff nach einem Handy und schob es sich in die Tasche.

„Egal was, Sir?"

„Ja, Roubechard. Egal was." Man konnte nie wissen, ob sich etwas Wichtiges ergab. Dann ging er zu seinem Wagen und stieg ein.

Verdammt. Er durfte keine Zeit mehr verlieren. Wenn Suzanne schuldig war, würde sie nach einer anderen Möglichkeit suchen, ihm die Schuld für Verrat und Mord zuzuschieben. Doch wenn sie unschuldig war, könnte ein Schnüffler im Außenministerium eine Menge Unheil anrichten.

Er legte den Gang ein und brauste davon. Wut und Angst tobten in ihm. Er musste sich Klarheit verschaffen.

11. Kapitel

Suzanne hörte das Quietschen der Reifen auf dem Pflaster und dann das Knirschen der Kiesel auf der Zufahrt zum Bungalow. Eine Autotür klappte.

Angst überkam sie, und sie erstarrte. Kam das FBI sie holen? Panisch blickte sie auf die Tür und horchte auf die Klingel.

Stattdessen pochte es vernehmlich.

Erschrocken sprang sie auf.

„Suzanne?"

Es war Hart, nicht das FBI. Erleichterung und Freude drängten alle Vorsicht in den Hintergrund. Sie rannte zur Tür und riss sie auf, ungeachtet der Tatsache, dass sie nur ein durchsichtiges Batistnachthemd trug.

„Was zum Teufel wollte Carger bei dir?", fragte Hart ganz direkt, als er an ihr vorbei ins Wohnzimmer stürmte. Er drehte sich um und machte sich auf eine heftige Konfrontation gefasst, doch da stockte ihm der Atem. Sie stand im Mondlicht in der Tür, das Nachthemd umgab ihren Körper wie eine zarte Wolke, jede Einzelheit zeichnete sich ab. Hart kämpfte das aufsteigende Begehren dennoch nieder. Dies war nicht der richtige Zeitpunkt, und sie war nicht die richtige Frau. Er schluckte. „Warum war der Chief hier, Suzanne?", wiederholte er schroff. „Und was zum Teufel hast du mit Robert Marsei zu schaffen?"

Erschrocken starrte sie ihn an. „Ich … der Chief war … Robert ist …"

Ungeduldig unterbrach er sie. „Wen hat du im Außenministerium angerufen? Ich habe alle Personalakten, du hättest sie bei mir einsehen können. Willst du mich fertigmachen, Suzanne?"

„Dich fertigmachen?", wiederholte sie verständnislos.

Zornig ging er auf sie zu. Wenn sie doch bloß nicht so verführerisch aussähe! Laut schlug er die Tür hinter ihr zu.

Plötzlich wurde Suzanne klar, dass sie kaum etwas anhatte, griff nach dem Hausmantel auf der Couch und zog ihn hastig über. „Hart, ich …“ Er machte ihr Angst.

Er packte ihren Oberarm und zog sie an sich. „Antworte, Suzanne. Was bedeutet dir Chief Carger?“

„Nichts.“ Sie wehrte sich gegen seinen Griff, doch vergeblich, er hielt sie unerbittlich fest. „Ich habe ihn noch nie gemocht. Er wollte mich vor dir warnen. Er sagte, du seist oft abwesend, weil du ein Geheimnisträger seist. Und dass eine Frau wie ich sich nicht mit dir einlassen sollte.“

Hart schien sie mit Blicken zu durchbohren, suchte nach Anzeichen von Lüge. „Was geht ihn das an?“

Sie zuckte die Achseln. „Er fand, ich hätte etwas Besseres verdient.“

„Und Marsei?“

Verwirrt gab sie zurück: „Robert ist ein Kunde, Hart, mehr nicht.“

Er ließ sie so unvermittelt los, dass sie taumelte. „Er ist ein Spion, Suzanne.“ Er durchquerte den Raum und drehte sich dann wieder zu ihr um. „Marsei handelt mit politischen Geheiminformationen wie andere mit Melonen. Er verkauft an den Meistbietenden.“

Suzanne starrte ihn ungläubig an. „Das kann nicht sein, Hart, du verwechselst ihn bestimmt mit jemand anderem. Robert ist ein alter Freund von Clydes Familie. Sein Vater ist mit Robert Marsei aufgewachsen und zur Schule gegangen.“

„So? Dann frag dich mal, was Clydes Vater treibt, bevor du mit dessen Freunden Geschäfte machst. Robert Marsei ist ein Spion, und zwar einer der besten und gefährlichsten, Suzanne. Es ist ihm egal, für wen er arbeitet oder wer durch ihn zu Schaden oder gar zu Tode kommt, solange er sein Geld bekommt.“

„Robert?“ Sie konnte Harts Anschuldigungen nicht mit ihrem Bild von dem sanften, gebildeten Mann in Einklang bringen.

„Wen hast du im Ministerium angerufen?“, forschte er weiter.

„Meine Cousine“, erwiderte sie automatisch.

„Weshalb?“

Ihr Blick versank in seinem. Sie wusste, sie sollte schweigen, ihn wegschicken, vorsichtig sein. „Um etwas über dich zu erfahren.“

Seine Kinnlinie wurde hart, sein Mund schmal vor Zorn. Er ballte die Hände.

Suzanne wollte zu ihm laufen, ihn berühren.

„Hast du Rick umgebracht, Suzanne?“

Mit offenem Mund sah sie ihn an. Die Frage war wie ein Schlag ins Gesicht. „Was?“, stammelte sie.

„Du hast mich genau verstanden.“ Sein Ton war kalt und ruhig. „Hast du seinen Tod arrangiert, die Pläne stehlen und seinen Helikopter sabotieren lassen?“

„Um Himmels willen.“ Ihre Beine zitterten, sodass sie auf die Couch sank. Sie bebte am ganzen Körper, ihr wurde eiskalt. „Nein. Du glaubst doch nicht, Rick wurde … dass jemand ihn …“

„Genau das glaube ich“, herrschte er sie an.

Tränen traten ihr in die Augen. Sie blickte zu ihm hoch. „Unmöglich. Er wurde nicht umgebracht.“ Abwehrend schüttelte sie den Kopf. „Nein!“ Die Tränen liefen ihr über die Wangen.

Als Hart zu ihr heruntersah, geschah etwas. Er hatte keine Erklärung dafür, doch auf einmal waren alle seine Zweifel wie weggeblasen. Es war wider alle Vernunft. Er ging auf sie zu und nahm sie in die Arme.

„Hart, warum sollte jemand …“

Er brachte sie zum Schweigen, indem er sie küsste. Er drang mit der Zunge zwischen ihre Lippen. Dies und nichts anderes brauchte er.

„Hart“, flüsterte Suzanne und legte ihm die Arme um den Hals. Sein Anfall von Zorn war vergessen, sie fühlte sich bei ihm geborgen.

Als sie seinen Namen aussprach, verlor er fast den Verstand. Es war wie eine Liebkosung, die unbändiges Verlangen in ihm entfachte. Er begehrte sie, wollte mit ihr schlafen, ihre Leidenschaft spüren.

Harts Körperwärme hüllte sie ein. Er hatte sie schon vorher geküsst, aber nicht so fordernd, nicht mit so hemmungsloser Wildheit, die ihr den Atem und den Protest nahm.

Sie klammerte sich an ihn, brennend vor Sehnsucht, berauscht von ihrem eigenen Begehren. Was immer kommen mochte – jetzt war es gut und richtig, in Harts Armen zu sein. Sie wollte nichts als ihn.

Sie nahm seine Kraft wahr, mit der er sie hielt, seinen Herzschlag, der sich mit ihrem vereinte. Instinktiv kam sie ihm mit der Zunge entgegen und focht ein lustvolles Duell mit seiner. Hart stöhnte auf und beflügelte so ihre Leidenschaft.

Wie hatte sie jemals leugnen können, was sie vom ersten Moment an für ihn gefühlt hatte? Sie fuhr mit den Fingern durch sein goldfarbenes Haar. Glühende Hitze strömte durch ihre Adern, in ihre Brüste, sie bebte vor Sehnsucht nach ihm.

„Ich will dich, Suzanne", stieß Hart heiser hervor.

„Ja", flüsterte sie.

Seine Lippen brannten auf ihrer Haut, berührten ihre Seele, während er ihren Hals, ihre Schultern küsste und dann zu ihrem Mund zurückkehrte.

Mit der Hand umfing er ihre Brust, knetete die weiche Fülle, mit dem Daumen strich er leicht über die harte Knospe. Er reizte sie, schürte ihr Verlangen, schenkte ihr Lust, bis sie sich ihm entgegendrängte. Sie brauchte ihn so sehr wie er sie.

Suzanne hatte eine solche Leidenschaft noch nie erlebt.

Er hielt ihre Lippen in einem aufregenden Kuss gefangen, während er den Hausmantel von ihren Schultern streifte und auf den Boden fallen ließ, eine zarte, weiche Wolke zu ihren Füßen. Eins nach dem anderen knüpfte er die seidenen Bänder vorn an ihrem Nachthemd auf, bis es ebenfalls geräuschlos heruntergleitt.

Hart sank auf die Knie und zog sie mit sich. Dann drückte er sie sacht auf den Teppich. Er kniete über ihr, betrachtete ihr Gesicht, ihren Körper, und sah ihr schließlich in die Augen.

Noch nie hatte sie nackt vor einem Mann gelegen, nicht einmal vor Rick, und sie errötete ein wenig.

„Du bist noch schöner als in meinen Träumen", gestand Hart leise.

Sie wusste, dass er es ehrlich meinte. Ihre Verlegenheit schwand, und kühn erwiderte sie seinen Blick. Plötzlich empfand sie all seine Einsamkeit und sein Sehnen, aber auch seine Träume und seine Freuden, sie erkannte die Tiefe seines Gefühls. Und sie wusste, dass es unzerstörbar war.

Er küsste erneut ihre Lippen, ihren Hals und dann die empfindliche Stelle zwischen ihren Brüsten. Sie stöhnte auf, als eine Woge von Lust sie erfasste.

Hart spürte am ganzen Körper ein heißes, drängendes Ziehen, doch als er Suzanne liebkosen wollte, entzog sie sich ihm. Alles in ihm schrie nach ihr, er konnte sie nicht von sich lassen.

Sie setzte sich auf und lächelte. „Jetzt bin ich an der Reihe, Captain."

Er war überrascht. Diese Ankündigung erregte ihn noch mehr.

Mit einem lockenden Funkeln in den Augen begann sie langsam, sein Hemd aufzuknöpfen. Dann löste sie seine Gürtelschnalle, den Bund seiner Hose. Sie schob die Hände unter sein Hemd und streifte es ihm bedächtig von den Schultern. Ihm war, als würde er langsam verglühen.

Sie streichelte die festen Muskeln seiner Arme, während sie ihm das Hemd auszog.

Er wollte sie an sich ziehen, doch sie gab ihm einen leichten Stoß vor die Brust. „Noch nicht", sagte sie leise.

Jetzt stand Suzanne auf und zog ihn hoch. Dann presste sie die Lippen auf seinen Brustkorb, die weichen hellen Haare kitzelten ihre Wangen. „Hmm, herrlich." Langsam zog sie seinen Reißverschluss auf und seine Boxershorts Zentimeter für Zentimeter über seine Hüften herunter.

Harts körperliches Verlangen wurde fast unerträglich. Er stöhnte, als sie seine nackten Beine berührte und seine Erregung an ihre Brüste stieß, während sie sich herabbeugte, um ihn von der Kleidung zu befreien. Der Drang, sie in die Arme zu nehmen, sie zu umschlingen und in sie einzudringen, war eine süße Folter, die er lustvoll ertrug.

Suzanne trat zurück und betrachtete ihn lächelnd.

Im Mondschein wirkte seine goldfarbene Haut wie dunkle Bronze, jeder Muskel trat scharf hervor und verstärkte den Eindruck von Kraft und Härte. „Gefällt dir der Anblick?", fragte er. Seine Stimme war rau vor Begehren und angespannt von der Anstrengung, sich zurückzuhalten.

Die Frage regte ihre Fantasie an. „Tja, also …" Sie legte den Kopf schräg und begutachtete ausgiebig seinen Körper, als müsste sie erst überlegen.

Sie sah seine kräftigen Muskeln und die Erwartung, die erfüllt werden wollte. Seine Schultern erinnerten sie an Hügel, ausladend und mit sanften Einbuchtungen, seine Arme waren wie starke Taue. Ein Gewirr von seidigem blonden Haar bedeckte seine Brust, zog sich in einem schmaleren, dunkleren Streifen über den Bauch herab bis zu dem üppigen Dreieck zwischen seinen Schenkeln.

Es bestand kein Zweifel daran, dass er sie begehrte, doch das Bild seiner Männlichkeit jagte ihr einen nervösen Schauer über den Rücken.

Hart lächelte. „Ich finde, du hast genug geguckt." Er konnte nicht mehr widerstehen, zog sie an sich und küsste sie.

Suzanne protestierte nicht mehr. Sie überließ sich der Sinneslust und drängte ihm entgegen. Ihre Zurückhaltung war dahin, sie empfand nichts als heißes, verzehrendes Verlangen.

Es war etwas Dunkles, Gefährliches um ihn, und sie hatte sich geschworen, sich von ihm fernzuhalten. Doch das spielte jetzt keine Rolle mehr. Es gab kein Leugnen, sie wollte Hart und nichts anderes. Mit Haut und Haar, mit Herz und Seele, für immer.

Die leichten Berührungen seiner Hände setzten ihren Körper in Flammen. Mit den Daumen strich er rhythmisch über die Knospen ihrer Brüste und erregte sie noch mehr. Dann glitt er mit den Händen quälend langsam abwärts über ihre Taille, ihre Hüften.

Die Wirklichkeit versank, und Suzanne gab sich seinen Küssen, seinen Liebkosungen hin, die sie sich so lange versagt hatte. Ihr einziger Wunsch war es, von ihm genommen zu werden.

„Du bist so schön", sagte er mit heiserer Stimme. Die Welt um ihn herum existierte nicht mehr, und ihm war es gleichgültig. Er drückte Suzanne fest an sich, bettete sie auf den weichen dicken Teppich, und während er zärtlich ihren Mund küsste, streichelte er ihren Körper.

Sie hatte Tränen des Glücks in den Augen. Mit beiden Beinen umschlang sie ihn, wollte ihn noch näher spüren. Seine Berührungen berauschten sie geradezu. Noch nie hatte sie einen Mann so sehr begehrt.

Als er die Hand zwischen ihre Schenkel schob, überflutete sie eine Welle purer Begierde, und sie raunte seinen Namen.

Er küsste ihr Gesicht, ihren Hals, die Brüste und flüsterte immer wieder ihren Namen, als könnte er nicht glauben, dass sie es wirklich war, dass dies endlich, endlich geschah.

Bis zu diesem Augenblick hatte Hart sich nicht eingestanden, wie einsam er war. Suzanne brachte Sonne und Hoffnung in sein Leben – wenn auch nur für kurze Zeit. Er zitterte, als er sich auf sie schob. Sie weckte Gefühle in ihm, die er mit keiner anderen Frau je erlebt hatte.

Suzanne spürte, wie er eindrang, sie ausfüllte und sich langsam zu bewegen begann. Sie schlang die Arme um ihn und nahm den uralten, beseligenden Rhythmus der Liebe auf. Harts Eroberung und das Verschmelzen ihrer erhitzten Körper waren wie ein Rausch. Seine weichen seidigen Brusthaare strichen über ihre Brüste und reizten die Knospen.

Sie sah in seine blauen Augen und erkannte all das Leid und die Einsamkeit, die er ertragen hatte, die Liebe, nach der er sich gesehnt hatte und die er geben wollte. Das Herz ging ihr über.

Sie stöhnte laut auf, als die Lust übermächtig wurde und sie sich ihm ganz hingab. So heftige Ekstase, so tiefe Befriedigung hatte sie nie für möglich gehalten. Sie rief seinen Namen, wieder und wieder, und wünschte, dieser Moment würde ewig dauern. Ihre Seelen berührten sich, und nichts würde wieder sein wie zuvor.

Unbeschreibliche Lust erfüllte Hart, schüttelte seinen Körper, brachte seinen Herzschlag zum Rasen. In diesem Augenblick wusste er, dass er von Suzanne alles das wollte, was zu verlangen er sich bislang verboten hatte.

Er wollte sie lieben und von ihr geliebt werden. Ungezählte Tage wollte er mit ihr verbringen und alle Nächte seines Lebens. Sie sollte da sein, wenn er vom Dienst kam, sollte auf ihn warten, wenn er im Einsatz war. Ihre Liebe sollte ihn wärmen und die kalte, grausame Dunkelheit vertreiben.

Er drückte sie an sich und flüsterte ihren Namen.

Tränen des Glücks und der Furcht, der Lust und der Angst standen in ihren Augen. Der Rausch wich einer warmen Schwere, eng umschlungen lagen sie auf dem Teppich und schliefen im Mondschein ein.

Irgendwann wachte Suzanne auf, blickte sich verwirrt um und seufzte selig, indem sie sich erneut an Hart kuschelte. Sie sah durch die Terrassentüren in die Nacht, zum sternenübersäten Himmel und dem silbernen Mond, auf die zerklüfteten Berge am Horizont.

Sie wünschte, dass die Euphorie nie enden würde, doch Zweifel und Misstrauen schlichen sich bereits wieder in ihr Herz. War sein Zornesausbruch von vorhin nur Verstellung gewesen, um sie gefügig zu machen? War der Liebesakt eine Fessel, die sie lähmen sollte?

Er hatte sie so glücklich gemacht, wie sie es noch nie in ihrem Leben erlebt hatte, dennoch konnte sie nicht umhin, ihn des Verrats und Mordes zu verdächtigen. Eine Träne lief ihr aus dem Augenwinkel, dann noch eine und noch eine, und plötzlich wollte sie nur noch schlafen und nie mehr aufwachen.

Hart spürte die Tränen auf seiner Brust, rührte sich jedoch nicht. Das Ausmaß der Leidenschaft, die Suzanne in ihm erweckt hatte, bestürzte ihn.

Sobald diese Geschichte ausgestanden war, würde sie ihn verlassen, das bezweifelte er keine Sekunde. Wenn sie schuldlos war, würde sie nach Kalifornien zurückkehren. Wenn nicht, stand ihr eine lebenslange Haft bevor. In jedem Fall würden die vertrauten Qualen der Einsamkeit und Wut mit doppelter Wucht wieder über ihn hereinbrechen. Und er wusste nicht, ob er noch einmal die Kraft hätte, das zu ertragen.

Minuten später versiegten ihre Tränen, sie atmete gleichmäßiger – sie schlief. Er zog den Arm unter ihr hervor, stand auf und trat ans Fenster. Gab es einen Weg aus diesem Spionagedschungel? War seine Karriere bereits beendet? Er sah zu Suzanne hinüber.

Vor zwei Stunden hatte er sie in den Armen gehalten, die Umwelt und seine Zweifel waren vergessen gewesen. Doch jetzt war die kalte, hässliche Wirklichkeit wieder da. Obwohl er sich dafür hasste, konnte er die Verdächtigungen nicht von sich schieben. Nein, er durfte sich nicht von Gefühlen leiten lassen.

Hart blickte in die mondhelle Nacht. Er hätte sich nicht gehen lassen sollen. Zwischen ihnen bestand nur körperliche Anziehung, und sollte es mehr sein, so beruhte das lediglich auf Angst, Attraktion, Lügen und sentimentalen Erinnerungen. Entschlossen reckte er sich.

Da hörte er, wie Suzanne sich rührte. Ihr dunkles Haar war auf dem Teppich ausgebreitet, ihre Haut schimmerte im Mondlicht. Erneut stieg Begehren in ihm auf, so heiß und stark, als hätte er sie noch gar nicht berührt. Hart wappnete sich gegen die Versuchung, sich wieder neben sie zu legen, sie noch einmal zu lieben.

Was wusste er wirklich von Suzanne Cassidy? Er hatte ihren Widerstand brechen wollen, stattdessen hatte sie ihn besiegt. Er war böse auf sich selbst und ärgerlich auf Suzanne wegen ihrer Verführungskünste. Sein Moment der Schwäche könnte sie beide das Leben kosten, wenn sie tatsächlich schuldlos war.

Oder aber es könnte ihm ein Leben in Qual einbringen, wenn sie schuldig war.

Er nahm seine Kleider und zog sich eilig an. Während er in die Stiefel stieg, glitt sein Blick ein letztes Mal über sie, nahm die Kurve ihrer Hüfte in sich auf, die schlanken Formen ihrer Beine –

Er musste gehen, bevor der Drang, sie zu lieben, unwiderstehlich wurde.

DeBraggo zog seine Jacke enger um sich und schob die Arme unter die Achseln, um sich zu wärmen. Sein Kaffee war längst kalt, sein Magen knurrte, und niemand hatte ihn gewarnt, dass es in der Wüste nachts so bitterkalt wurde.

Er blickte zum Bungalow hinüber. Captain Hart und Suzanne Cassidy schliefen vermutlich tief und fest. In der Nachbarschaft war alles ruhig bis auf ein paar streunende Katzen, niemand außer ihm schien das Haus zu beobachten.

Wenn jemand die beiden töten wollte, dann wäre dies der günstigste Zeitpunkt. Der 38er Revolver drückte gegen seine Rippen, aber DeBraggo fand es tröstlich, eine geladene, tödliche Schusswaffe bei sich zu haben.

Er seufzte. Wie lange war es her, seit er in einem warmen, bequemen Bett geschlafen hatte? Er verwünschte seinen Job.

Plötzlich vernahm er das Anspringen eines Automotors. Er schoss hoch und stieß sich schmerzhaft den Ellbogen. Die Scheinwerfer von Harts Wagen flammten auf und tauchten die Straße in grelles Licht.

Branson fuhr weg? DeBraggo warf einen Blick auf seine Uhr: fünf. Ob die beiden sich gestritten hatten?

Sobald die Corvette außer Sichtweite war, sprang DeBraggo aus dem Wagen und lief zum Fenster des Bungalows. Er wollte Suzanne nicht stören, aber wenn ihr etwas geschehen war …

Er sah sie auf dem Teppich liegen. Sein Puls tat einen Satz. Der Schuft hatte sie umgebracht!

Doch jetzt bewegte Suzanne sich. DeBraggos Knie gaben vor Erleichterung nach. Dann fuhr er herum. Wohin wollte Branson? Er hatte heute keinen Dienst.

DeBraggo rannte zum Auto.

Hart fuhr wie vom Teufel gehetzt. In seinem Kopf wirbelten die Gedanken durcheinander.

Es fiel ihm immer schwerer, an Suzannes Schuld zu glauben. Er hatte Aufrichtigkeit in ihren Augen gesehen, in ihrer Stimme gehört, in ihrer Umarmung gespürt. Hätte er es in diesen Momenten der Nähe nicht merken müssen, wenn sie log?

Oder war sie nur eine gute Schauspielerin?

Die Reifen quietschten, als er, ohne das Tempo zu drosseln, in eine Kurve ging. Er blickte in den Rückspiegel und sah Scheinwerfer hinter sich. Hart gab Gas.

Wieder eine Kurve. Der andere Wagen verschwand.

Er stellte die Corvette in der Garage bei seiner Wohnung ab. Selbst wenn sie unschuldig war – und sein Herz sagte, dass es so war –, würde es keine gemeinsame Zukunft mit ihr geben. Sie lebte in L.A., und sein Leben gehörte der Army.

Aber was bildete er sich denn ein? Hart fluchte leise. Dass sie für immer zusammenbleiben würden? Dass Suzanne ihn liebte? Dass er sie liebte?

Plötzlich lastete die Einsamkeit auf ihm wie ein erstickendes Tuch, und er empfand eine tiefe Niedergeschlagenheit. Er würde diese Nacht in ihren Armen nie vergessen. Die Erinnerung würde ihn verfolgen, die Sehnsucht nach ihren Küssen, nach ihrem warmen Körper.

Hart schüttelte die trüben Gedanken ab und beschloss, zu duschen und zum Stützpunkt zu fahren. Sollte es Roubechard oder Lewis nicht gelungen sein, den Bericht von Ricks Autopsie zu bekommen, würde Hart den Senator anrufen.

„Rufen Sie mich nicht an, es sei denn, es geht um Leben oder Tod“, hatte der Senator gesagt.

Nun, es ging um Tod oder Leben – für Hart.

12. Kapitel

Suzanne spürte die warme Morgensonne auf der Haut. Sie rekelte sich und streckte die Hand nach Hart aus.

Doch sie griff ins Leere.

Sie öffnete die Augen. Vielleicht hatte er sich nur zur Seite gerollt.

Nein, sie war allein.

Ihr Körper prickelte in der Erinnerung an seine Berührungen, seine Küsse, an den Liebesakt. Sie sehnte sich nach ihm.

„Hart?“ Ihre Stimme hallte durchs Haus.

Keine Antwort.

Er war gegangen. Ohne ein Wort des Abschieds. Sie setzte sich auf und zog die Knie an. Seine Hände waren so zärtlich gewesen, sie hatten ihr Lust gegeben und wilde Leidenschaft in ihr geweckt. Sie spürte seine Lippen noch auf ihren.

Erst nachdem sie geduscht hatte, bemerkte sie das Blinken des Anrufbeantworters. Sie lächelte. Er hatte angerufen. Sie drückte die Abspieltaste.

Mollys Stimme erklang. „Suz, ich bin’s, Molly. Ich kann jetzt nicht reden, ich versuche es später noch mal. Aber ich bitte dich inständig, halt dich aus allem heraus!“

Es klickte.

Mit hämmerndem Herzen starrte Suzanne den Apparat an. Sollte das eine Warnung sein? Molly hatte gehetzt geklungen, als hätte sie Angst.

Eisiger Schreck durchfuhr Suzanne. Hastig wählte sie die Nummer ihrer Cousine. Es klingelte drei, vier, fünf Mal. „Nimm schon ab“, bat Suzanne und trommelte ungeduldig gegen die Wand.

Doch Molly antwortete nicht. Und ihr Band auch nicht.

Dann wählte Suzanne Mollys Büro an.

Ein Mann gab ihr die Auskunft: „Miss Shipwell wurde versetzt. Sie ist momentan nicht zu sprechen.“

„Versetzt wohin?“, verlangte Suzanne zu wissen.

„Tut mir leid, ich kann Ihnen keine Auskunft geben.“ Damit legte der Mann auf.

Suzanne geriet in Panik. War Molly auf eine heiße Information gestoßen? Suzanne starrte ins Leere. Sie musste sofort mit Hart sprechen, es gab keine andere Möglichkeit. Er hatte sie in den Armen gehalten, sie geküsst, mit ihr geschlafen. Unwichtig, dass er wortlos gegangen war. Vielleicht hatte er Dienst und wollte sie nicht wecken.

Hart hatte sie geliebt, von ihm hatte sie nichts zu befürchten. Und wenn Molly nun etwas zugestoßen war … Sie weigerte sich, den Gedanken zu Ende zu denken.

„Seine Akte ist makellos“, erklärte Lewis. „Es sei denn, Sie bezeichnen eine wohlhabende ältere Schwester in einem Altenheim in Florida als Makel.“

„Eine wohlhabende Schwester“, wiederholte Hart. „Woher stammt ihr Geld?“

Major Lewis blätterte in Chief Cargers Akte. „Ich weiß nicht. Vielleicht ererbt.“

„Warum ist der Chief dann nicht auch reich?“, fragte Hart.

Lewis seufzte. „Captain, könnten Sie sich vorstellen, dass Sie auf der falschen Spur sind?“

Hart umklammerte den Hörer fester. „Mag sein. Aber Carger versucht, Suzanne Cassidy von mir fernzuhalten.“ Er erinnerte sich, wie sehr ihn die Information getroffen hatte, er hatte den Chief stets gemocht. Nun ja, ein weiterer Freundesverrat. „Und ich glaube nicht, dass er bloß eifersüchtig ist.“

„Vielleicht hegt er väterliche Gefühle“, meinte Lewis.

„Ja, und vielleicht können Schweine fliegen“, gab Hart lakonisch zurück.

Suzannes Handy klingelte. Während sie es aus der Tasche zu angeln versuchte, fuhr sie fast auf einen anderen Wagen auf. Zitternd hielt sie am Bordstein.

„Ja?“, meldete sie sich.

„Suz, hier Molly.“

„Dem Himmel sei Dank.“ Erleichtert sank Suzanne in den Sitz zurück.

„Ich habe nicht viel Zeit“, erklärte Molly. „Ich telefoniere von einer Zelle aus. Man hat mich versetzt.“

„Ich weiß. Wo bist du? War es meine Schuld?“

„Mach dir keine Sorgen, Suz, das wird schon wieder. Hör zu, jemand hat gemerkt, dass ich in den geheimen Daten des Corps herumgesucht habe, und das ist gar nicht gut.“

Suzannes Nerven waren zum Zerreißen gespannt. „Und?“, fragte sie matt.

„Also, über Lane Banner, Zack Morrow und Rand Towler habe ich nichts Negatives gefunden.“

Und die anderen? dachte sie angstvoll.

„Chief Carger ist lupenrein, er hatte nicht mal einen Strafzettel für Falschparken. Brenner Trent war in Fort Monmouth, wie du weißt, aber er hat die Geheimdienstausbildung nicht beendet. Er wurde gefeuert.“

Trent war unwichtig, er war tot.

„Und Hart Branson?“ Die Angst drückte ihr fast das Herz zusammen.

„Nichts. Halt, nicht ganz. Ich hatte keinen Zugang zu seinen Daten, sie sind topsecret.“

Suzanne hatte das Gefühl, dass die Welt plötzlich schwankte.

„Über Rick habe ich dagegen etwas Interessantes herausgefunden“, fuhr Molly fort. „Warum hast du mir nie erzählt, dass er ebenfalls in Monmouth war? Damit hättest du mir eine Menge Arbeit erspart.“

„Rick war nicht in Monmouth“, widersprach Suzanne.

Molly lachte bitter. „Nicht? Dann hatte dein Mann Geheimnisse vor dir, Suz, denn in seiner Akte steht, dass er für den militärischen Abschirmdienst ausgebildet wurde. Warte mal …“

Suzanne hörte Papier rascheln.

„Ich habe mir Notizen gemacht“, berichtete Molly hastig. „Er war im Sommer vor drei Jahren dort. Gleich nach eurer Heirat.“

Jetzt erinnerte sich Suzanne. Zwei Wochen nach der Hochzeit hatte Rick ihr mitgeteilt, er müsse sie am nächsten Morgen für einen sechswöchigen Kurs verlassen. Sie war während der Zeit enttäuscht und einsam gewesen und hatte ihm täglich geschrieben, obwohl er keine Post empfangen durfte. Bei seiner Rückkehr hatte sie ihm die Briefe gegeben, und er hatte gelacht.

„Und nicht nur das", setzte Molly hinzu. „Vor seinem Tod hatte er mehrere geheime Einsätze, und zwar nicht mit dem Cobra Corps."

Richtig, er war ein paar Mal länger weg gewesen. Die kalte Angst durchfuhr Suzanne. Warum hatte Rick sie angelogen? Wie konnte er für streng geheime Aufgaben eingesetzt werden, ohne dass seine Vorgesetzten im Corps davon erfuhren?

Aber vielleicht hatte Hart ja davon gewusst. Vielleicht wussten es alle – außer ihr.

„Molly, ich muss gehen", sagte sie hastig. In Panik fragte sie sich, ob Hart wohl ebenfalls beim Geheimdienst war. Der Chief hatte behauptet, dass Hart mitunter „verschwand". „Danke für alles, Molly. Ich rufe dich später zu Hause an."

Ich war der Einzige, der Rick sterben sah. Konnte sie glauben, was Hart gesagt hatte?

„Nein", entgegnete Molly schnell, „ruf mich nicht an. Ich fürchte, mein Telefon wird abgehört. Ich melde mich wieder."

„O nein", hauchte Suzanne, als sie auflegte. Lauf weg, befahl ihr eine innere Stimme. Sofort!

Doch sie durfte dem Impuls nicht nachgeben, durfte vor der Wahrheit nicht einfach davonlaufen. Und vor dem FBI konnte sie sich ohnehin nicht auf Dauer verstecken. Ihre einzige Chance war Hart. Nur er konnte ihr die Antworten liefern.

Wenn er nicht der Verantwortliche ist, flüsterte die Stimme der Angst.

Sie rief in seinem Büro an, doch man konnte ihr nicht sagen, wo Hart war. „Möchten Sie eine Nachricht hinterlassen?"

„Richten Sie ihm bitte aus, er möchte Suzanne anrufen", sagte sie so ruhig wie möglich. Sie gab dem Mann ihre Handynummer und wählte die Nummer von Harts Wohnung. Nach dem vierten Läuten schaltete sich der Anrufbeantworter ein.

Ihre Hände zitterten. „Hart, ich muss dich sprechen. Ich habe erfahren …"

Der Apparat unterbrach die Verbindung.

„Verflixt." Sie wählte erneut. Jetzt schaltete sich das Band gleich ab, bevor sie etwas sagen konnte.

Voller Unruhe fuhr sie an und schlug die Richtung zu Harts Wohnung ein. Vielleicht bestand gar kein Grund zu Panik. Wahrscheinlich hatte er dienstfrei oder außerhalb Dienst. Roubechard war auch nicht da gewesen, und der andere Sekretär war unsicher, ob er Informationen weitergeben durfte.

Und wenn er nun untergetaucht war?

Sehnsucht, Angst und die Aussicht auf viele einsame Tage ohne ihn jagten ihr einen Schauer über den Rücken.

Sie beschloss, den Stützpunkt noch ein zweites Mal anzurufen. Tatsächlich nahm jetzt Roubechard ab. Erleichtert fragte sie nach dem Captain.

„Er ist soeben eingetroffen, Miss."

Hart antwortete augenblicklich. „Suzanne? Ist etwas passiert?"

„Ja." Auf einmal war der Verdacht wieder da, er könnte hinter der ganzen Sache stecken. „Ich muss mit dir reden."

Er nahm die Furcht und Unsicherheit in ihrer Stimme wahr. Oder war sie nur nervös? „Ich wollte gerade nach Haus fahren und einige Papiere holen", gab er zögernd zurück.

„Ich bin ganz in der Nähe", sagte sie. „Wir können uns bei dir treffen."

Etwas später parkte Suzanne vor dem Wohnkomplex. Harts Garage war geschlossen, sodass sie nicht sah, ob sein Wagen da war. Sie ging durch die gepflegte Grünanlage, vorbei an dem herzförmigen Swimmingpool, der in der Morgensonne glitzerte.

Sie dachte an einen längst vergangenen Nachmittag. Hart hatte sie und Rick, die Trents sowie einige andere Freunde zu sich eingeladen. Man plauderte und scherzte, schwamm im Pool und grillte. Sie verdrängte die Erinnerung.

Sie betrat das Gebäude und hielt inne. Die Tür von Harts Wohnung war angelehnt.

Das konnte alle möglichen Gründe haben. Vielleicht war er schon da und hatte die Tür für sie offen gelassen. Doch das war unwahrscheinlich. Hart verschloss stets sein Büro, er würde nicht jedermann Einblick in seine Privatwohnung gewähren.

Vorsichtig trat sie näher. „Hart?“ Sie legte die Hand auf den Türknauf und spähte ins Innere. Die Jalousien waren heruntergelassen, der Raum lag im Dämmerlicht. „Hart?“, rief sie noch einmal.

Stille.

Plötzlich bemerkte sie eine Tischlampe auf dem Boden, der Schirm war zerbeult. Daneben erblickte sie einige verstreute Bücher. Sie bekam Gänsehaut, ihre Beine zitterten.

War er verletzt? Vielleicht war er gestürzt und hatte sich den Kopf angeschlagen. Oder jemand anderes ... Voller Sorge stürzte sie ins Apartment. Sie schaute in die Küche, ins Schlafzimmer. „Hart?“

Da spürte sie eine Bewegung hinter sich und fuhr herum.

Etwas Schweres traf sie an der Schläfe. Sie sah Sterne und grelles Licht, dann versagten ihr die Knie. Es wurde dunkel um sie, und sie fiel zu Boden.

Ein Serienauffahrunfall auf dem Highway hatte Hart auf dem Rückweg zu seiner Wohnung fast eine Stunde aufgehalten. Als er endlich ankam, hielt er auf dem Besucherparkplatz Ausschau nach Suzannes Auto, es war jedoch nicht da.

Vermutlich hatte sie gedacht, er versetzte sie, und war gegangen. Vielleicht war sie zur Basis rausgefahren. Auf dem Weg zum Haus stellte er fest, dass seine Jalousien geschlossen waren. Er ließ sie immer halb geöffnet. Nun, wahrscheinlich hatte er nur vergessen, sie aufzumachen.

An der Tür merkte er, dass sie nicht verschlossen war. Das hatte er garantiert nicht vergessen. Sofort verspannte er sich und wünschte, er hätte die kleine Pistole aus seinem Nachttisch bei sich. Mit dem Fuß stieß er die Tür auf, blieb jedoch auf der Schwelle stehen und horchte.

Nichts.

Im Apartment war es dunkel. Hart langte um den Türrahmen herum und schaltete das Licht ein. Mehrere Wandleuchten flammten auf. Entsetzt blickte er sich um. Das Zimmer wirkte wie von einem Tornado verwüstet.

Die Kissen im Wohnzimmer waren aufgeschlitzt, Tische waren umgekippt, Stühle umgeworfen. Der Inhalt der Küchenschubladen lag verstreut am Boden, und im Schlafzimmer sah es aus wie nach einer Schlacht.

„Verdammt!" Aus der Überraschung wurde Wut. Die letzte Durchsuchung seiner Wohnung war noch einigermaßen dezent verlaufen, aber dies war eine echte Verwüstung. Es könnte wieder das FBI gewesen sein. Vielleicht suchten sie nach Kopien der gestohlenen Pläne, und zwar jetzt vollkommen rücksichtslos.

Doch er verwarf den Gedanken sofort. Instinkt und Erfahrung sagten ihm, dass dies nicht das Werk von Profis war. Hier hatte jemand gewütet, der ihn hasste.

Hart dachte an den Mann im Café, der mit der Münze gespielt und Suzanne beobachtet hatte. Er dachte an Salvatore DeBraggo, den trauernden Witwer, der in Wahrheit vom FBI war. An Chief Carger, der Suzanne gewarnt hatte, dass Hart sie bloß unglücklich machen würde. Und an Rick, von dem das FBI glaubte, dass er gar nicht tot war.

Das Telefon klingelte, und Hart brauchte eine Weile, bis er den Apparat in dem Chaos fand.

„Branson", meldete er sich.

„Sir, Roubechard hier."

„Was zum Teufel gibt's, Roubechard?"

„Nun, Sir, ich weiß nicht, ob es wichtig ist, aber ich habe gerade entdeckt, dass eine Woche vor dem ‚Jaguar Loop'-Einsatz Lieutenant Brenner Trents Frau die Scheidung eingereicht hat."

Die Worte vermischten sich in Harts Kopf mit anderen.

„Es ist aus, Hart. Endgültig. Suzanne und ich lassen uns scheiden." Es waren fast die letzten Worte, die er und Rick miteinander gewechselt hatten.

Suzanne hatte die Scheidung verlangt, und Rick war tot. Kristen Trent hatte die Scheidung eingereicht, und Brenner Trent war tot.

Konnte das Zufall sein? Hart war ein Skeptiker, er glaubte nicht an Zufälle. Alles im Leben hatte eine Ursache. Oft waren die Zusammenhänge nicht zu erkennen, aber es gab sie zweifellos.

Erneut stieg der Verdacht in ihm hoch, unabweisbar, dazu Zorn und Enttäuschung. Er musste die Wahrheit finden. Wenn Suzanne schuldig war, würde er sie für den Rest seines Lebens vermissen. Und verfluchen.

Wenn sie unschuldig war, musste er sie retten.

„Roubechard, haben Sie den Bericht von Ricks Autopsie?", fragte er entschlossen.

„Nein, Sir. Ich habe drei Mal angefragt."

„Fragen Sie bei Major Lewis nach. Ich hatte ihn ebenfalls gebeten, den Bericht anzufordern. Und suchen Sie alles über Lieutenant Cassidy zusammen, was Sie finden können. Ebenso über Brenner Trent und seine Frau. Durchleuchten Sie seine ganze Familie, wenn es nötig sein sollte."

„Jawohl, Sir."

„Und ich möchte die Informationen auf meinem Schreibtisch haben, wenn ich komme", fügte er hinzu. „Das heißt in Kürze."

„Jawohl, Sir."

Hart knallte der Hörer auf. Er durfte keine Zeit mehr verlieren. Vielleicht wusste DeBraggo, wer die Wohnung verwüstet hatte. Womöglich war er selbst es gewesen. Doch wie sollte er Kontakt zu dem Agenten aufnehmen?

Er begann, die Nummer vom Büro des Senators zu wählen, als er einen dunkelroten Fleck auf dem Teppich bemerkte. Er ging in die Hocke und untersuchte den Fleck. Blut. Mit fliegendem Puls blickte er sich um. Sein Verstand weigerte sich, den naheliegenden Schluss zu ziehen, nämlich dass es Suzannes Blut war.

Sie musste lange vor ihm eingetroffen sein. Was, wenn sie den Einbrecher überrascht hatte?

Das Telefon klingelte erneut.

„Brigadekommandant Dellos rief eben an, Sir", berichtete Roubechard ohne Umschweife.

Dellos. Auch das noch. Hart ahnte, was als Nächstes kommen würde.

„Sie sollen sich innerhalb von vierundzwanzig Stunden im Pentagon melden, Sir."

Verdammt. Es konnte eine Routinesache sein, aber Hart vermutete, dass es mit dem FBI, Suzanne und den gestohlenen Plänen zu tun hatte. Und das bedeutete, ihm blieb keine Zeit mehr, seine und Suzannes Unschuld zu beweisen.

„Roubechard“, verlangte er, „machen Sie Brenner Trents Witwe ausfindig, und bringen Sie sie zum Verhör in mein Büro.“ Er blickte auf den roten Fleck herunter. „Schicken Sie die Polizei zu meiner Wohnung. Hier wurde eingebrochen, und auf dem Teppich ist ein Blutfleck.“ Sein Puls raste. „Und lassen Sie Suzanne Cassidy zur Basis bringen.“

„Jawohl, Sir.“

Hart legte auf und wählte anschließend Suzannes Nummer. Das Tonband lief.

„Suzanne“, sagte er nach dem Piepston, „bist du da? Bitte, nimm ab. Hier ist Hart.“ Er wartete, seine Nerven waren zum Zerreißen gespannt. „Suzanne!“

Er warf den Hörer auf die Gabel und versuchte, seine Gefühle unter Kontrolle zu bekommen. Vielleicht gab es eine harmlose Erklärung für den Fleck. Der Einbrecher konnte sich verletzt haben oder sonst etwas. Doch die Angst saß ihm in den Knochen.

Der Senator hatte allerdings gesagt, dass er und Suzanne vom FBI überwacht wurden. Das war beruhigend. Die Bundespolizei würde aufpassen, dass ihr nichts geschah.

Die Erinnerung an Suzanne in seinen Armen, an ihren nackten Körper, ihre Reaktionen auf seine Zärtlichkeiten, überkam ihn mit Macht. Seit Jahren fantasierte und träumte er von Suzanne. Ob er einverstanden war oder nicht, sie war für immer ein Teil seines Lebens geworden.

13. Kapitel

Hart zog eine frische Uniform an und war nach zwanzig Minuten in seinem Büro. Der Militärpolizist, der Suzanne abholen sollte, traf mit ihm zusammen ein.

„Sie war nicht zu Hause, Sir“, berichtete der Mann. „Keiner der Nachbarn hat sie gesehen.“

Damit hatte Hart bereits gerechnet.

„Aber an der Haustür hing dieser Zettel, Sir.“ Er reichte Hart ein Blatt Papier.

Kommen Sie um Mitternacht zu den Old Tucson Studios, und zwar allein, sonst sehen Sie Suzanne Cassidy nicht lebend wieder.

Kalte Angst kroch ihm den Rücken hinauf. Es konnte eine Falle sein – mit Suzanne als bereitwilligem Köder. Oder die Drohung war ernst gemeint, und Suzannes Leben war wirklich in Gefahr.

Hart fluchte. Sein Gegenüber tat, als hörte er nichts.

Warum hatte er sie nicht bewachen lassen? Und – wo zum Teufel – hatte der FBI-Agent gesteckt, der sie schützen sollte?

Er zerknüllte das Papier und überlegte fieberhaft. Plötzlich wusste er, dass sie schuldlos war. Zusammen mit dieser Überzeugung wuchs in ihm die kalte Entschlossenheit, den Kampf aufzunehmen. Die Erfahrung sagte ihm, dass es dumm wäre, den Anweisungen der Entführer zu gehorchen und sich allein zu stellen. Keiner von ihnen würde das überleben. Anschließend würde man es vor dem FBI so darstellen, als wären sie beide die Verräter.

Wenn Suzanne nicht bereits tot war.

Das Telefon klingelte. Roubechard stürzte in sein Büro. „Es ist Mrs. Cassidy.“ Er stellte durch. Hart riss den Hörer vom Apparat.

„Hart?“

„Suzanne, wo bist du? Bist du okay?"

„Ja ... ich weiß nicht, ich glaube." Die Wunde an ihrem Kopf schmerzte, aber sie blutete wenigstens nicht mehr. Sie versuchte, den Mann nicht anzusehen, der vor ihr stand. Wie hatte sie nur so unüberlegt handeln können?

„Hart, ich war in deiner Wohnung. Die Tür stand offen, und ich wusste, das war nicht deine Art. Ich fürchtete, dir wäre etwas zugestoßen, und bin hineingegangen." Sie überlegte krampfhaft, wie sie ihm einen Hinweis auf den Angreifer geben könnte.

Der Mann schubste sie grob an der Schulter, damit sie weitersprach.

Suzanne verspürte einen scharfen Stich, der ihr vom Kopf bis in die Zehenspitzen fuhr. „Au", jammerte sie und schloss die Augen.

„Suzanne?", rief Hart besorgt.

„Entschuldige", sagte sie matt. „Sie haben mir etwas über den Kopf geschlagen und ..."

Hart dachte an das Blut auf seinem Teppich. „Kannst du mir sagen, wo du bist, Suzanne?"

„Nein. Ich darf dich nur anrufen, aber ... au!" Sie schrie auf, als ihr der Hörer entrissen wurde.

„Sie sehen sie nicht lebend wieder, wenn Sie unsere Anweisungen nicht befolgen", drohte eine tiefe Stimme. „Um Mitternacht. Old Tucson Studios. Allein."

„Hören Sie, Sie Mist..."

Ein hässliches Lachen unterbrach ihn, dann wurde aufgelegt.

„Verdammt!", brüllte Hart. Immerhin, sie war am Leben, also bestand Hoffnung. Wenn die Entführer sie nicht bis Mitternacht töteten, da sie ja nun wussten, dass er kommen würde. Die Angst griff mit eisigen Fingern nach seinem Herzen, doch zugleich kam die Wut – die vertrauten Adrenalinstöße vor dem Kampf.

„Roubechard, schaffen Sie mir auf der Stelle Lieutenant Morrow und Towler her."

Ricks Tod hatte Hart gelehrt, keine Freundschaften mehr zu schließen. Doch Zack und Rand ließen nicht zu, dass er sich völlig abkapselte. Sie waren die beiden einzigen Menschen, denen er halbwegs vertraute.

Er überlegte. Wenn Suzanne nun doch schuldig war, der Anruf nur ein weiterer Trick? Nein, undenkbar. Zum ersten Mal zweifelte Hart an sich. Konnte es sein, dass Rick bei dem Absturz doch nicht umgekommen war?

Und noch etwas fiel ihm ein: Gerüchten zufolge hatte Rick mit Kristen Trent eine Affäre gehabt. Wenn das stimmte, und jetzt –

Roubechard kam herein. „Dies brachte eben ein Bote, Sir." Er gab Hart einen Umschlag.

Hart warf einen flüchtigen Blick darauf. Dann erkannte er den Absender: der Gerichtsmediziner. Es war Ricks Autopsiebericht.

Hastig riss er das Kuvert auf und überflog die Seiten. Ihm wurde kalt. Die Identifikation der Leiche war nicht gesichert.

Es klopfte, ein Militärpolizist trat ein und salutierte. „Captain Branson, wir konnten Mrs. Trent nicht ausfindig machen, Sir."

Unwillig starrte Hart den Mann an. Hatte Trents Witwe mit der Sache zu tun?

Zack und Rand trafen ein und salutierten.

„Rühren", befahl Hart.

„Was ist los?", wollte Zack wissen. „Roub sagte, es sei dringend."

„Ich brauche eure Hilfe."

„Dann brauchen Sie meine auch", ließ Salvatore DeBraggo sich vernehmen. Er betrat Harts Büro, sein Abzeichen auf der Brust.

„Verzeihung, Sir", keuchte Roubechard hinter ihm. „Ich wollte ihn aufhalten, aber er ging einfach an mir vorbei und …"

Wütend fuhr Hart auf. „Ihre Hilfe? Sie hätten sie bewachen sollen!", fauchte er. Am liebsten wäre er DeBraggo an den Hals gegangen. „Stattdessen haben Sie zugelassen, dass sie entführt wurde."

„Ich habe gar nichts zugelassen", zischte DeBraggo zurück. „Ich bin ihr zu Ihrer Wohnung gefolgt. Leider hat mir jemand fast den Schädel gespalten."

Erst jetzt bemerkte Hart den weißen Verband an DeBraggos Hinterkopf, doch das dämpfte seine Wut nicht. „Haben Sie denjenigen erkannt?", fragte er.

„Ja, einen. Aber den hatten wir ohnehin schon im Visier."

„Wen?" Hart war wie ein Tiger vor dem Angriff.

„Carger."

„Der Chief?“ Verblüfft sah Zack DeBraggo an.

„Was geht hier vor, Captain?“, fragte Rand ruhig.

Hart starrte DeBraggo an. „Sind Sie sicher?“

„Halten Sie mich für einen Scharlatan?“, knurrte der und griff in seine Jacke.

Rand, Zack und der Polizist stürzten vor und wollten ihn ergreifen.

„FBI“, sagte DeBraggo und wies auf sein Abzeichen.

Die Männer traten zurück, und DeBraggo nahm zwei Aspirin aus dem Röhrchen, das er aus der Tasche gezogen hatte. Er schluckte sie ohne Wasser.

„Wir verdächtigten Suzanne Cassidy des Verrats“, erklärte er, „und Sie dazu. Aber wir haben noch immer keine Beweise.“

„Und was glauben Sie jetzt?“, fuhr Hart ihn an. „Dass ich Suzanne entführt habe? Dass dies alles Taktik ist?“

Sal DeBraggo lächelte kühl. „Meine Kollegen denken, Captain, dass entweder Ihre Freundin in großer Gefahr ist oder dass Sie beide unglaublich gerissene Diebe und Mörder sind.“

„Mörder?“ Zack machte große Augen. „Würde mir das bitte jemand erklären?“

„Halt den Mund.“ Rand stieß ihn in die Seite.

DeBraggo zuckte die Achseln. „Mit Cassidys Chopper stürzte ein Mann ab, Captain. Es war Sabotage. Wer auch immer die Maschine flog – er ist tot, und es war Mord.“

„Warum erzählen Sie mir das“, fragte Hart misstrauisch, „wenn Sie mich verdächtigen?“

„Weil ich anderer Meinung bin“, erwiderte DeBraggo ruhig. „Lieutenant Cassidy meldete den Diebstahl der Pläne noch vor dem Einsatz. Ich glaube, dass er es war, der getötet wurde. Seine Frau ist ahnungslos, und Sie sagten die Wahrheit über den Hergang des Absturzes. Ich halte Sie nicht für einen Spion und Mörder. Zumal das Opfer Ihr bester und offenbar einziger Freund war.“

„Vielen Dank“, murmelte Hart.

„Das Problem ist, das FBI hat keinen anderen Verdächtigen. Da griff ich ein. Ich hatte einen Plan.“

„Was für einen?“

„Wir ahnten, dass Mrs. Cassidy Sie um Hilfe bitten würde, wenn sie stark unter Druck stünde. Ihre einzige andere Anlaufstelle war ihr Cousine im Außenministerium, und die brachten wir außer Reichweite."

„Sie haben wirklich an alles gedacht", bemerkte Hart bitter.

„Nein", gab DeBraggo niedergeschlagen zurück. „Wir dachten nicht, dass sie entführt werden würde."

In den folgenden zwei Stunden erklärten sie Zack und Rand die Hintergründe und planten Suzannes Befreiung.

Hart sah zur Uhr. Jeder Mann war auf seinem Posten und einsatzbereit. Es war fast Mitternacht. Er entfernte sich vom Eingangstor der Old Tucson Studios und kletterte über den Zaun. Auf der anderen Seite duckte er sich. Die Sicht durch die Nachtsichtgläser war so gut wie bei Tag. Als er niemanden bemerkte, ging er die dunkle Straße hinunter, wobei er sich eng an die Häuserfronten hielt. Zum Glück stand nur eine schmale Mondsichel am Himmel.

John Wayne, Gary Cooper, Henry Fonda – alle waren sie diese Straße hinuntergegangen, Pistolen um die Hüften geschnallt. Eine alte Dampflok glitzerte im Mondlicht auf den Schienen, daneben stand eine Postkutsche.

Hart hatte keine Ahnung, in welchem Gebäude Suzanne und die Entführer sich aufhielten, und das verschaffte ihnen einen Vorteil. Er bog um eine Ecke und sah Licht in einem alten Ranchhaus, das auf einer kleinen Anhöhe stand. Die Entführer hielten es offenbar nicht für nötig, sich zu verstecken.

In der Umgebung des Hauses gab es kaum Deckung. Hart holte ein Walkie-Talkie aus der Tasche seiner Kampfweste. „Ice an Cowboy", funkte er.

„Hier Cowboy", antwortete Zack.

„Sie sind im Ranchhaus."

„Hübscher Platz für ein Stelldichein", gab Cowboy zurück. „Wir kommen."

Hart nahm die Brille ab. Dicht an den Boden geduckt kroch er auf das Haus zu. Hinter einer großen Kiste neben der Veranda hielt er inne und spähte zum Fenster.

Der Mann, der Suzanne im Café beobachtet und mit der Münze gespielt hatte, trat ans Fenster und blickte hinaus.

Etwas Unbestimmtes an Ricks Autopsiebericht hatte Hart beschäftigt, und nun wusste er, was. Er starrte den Mann an und versuchte, sich die Ergebnisse der plastischen Chirurgie wegzudenken. Es gelang ihm nicht. Nichts erinnerte an den Mann, den er einst so gut gekannt hatte.

Hart schaute an dem Mann vorbei in den Raum. Er sah den Chief auf einer Bank an der Wand sitzen, die Füße auf dem Tisch. Carger wirkte völlig unbekümmert. Wütend ballte Hart die Hände zu Fäusten und biss die Zähne zusammen.

Neben ihm saßen Trents Witwe und Suzanne. Kristen Trent schien zu dösen, während Suzanne den Chief anstarrte. Gefangene oder Komplizin?

Suzanne sagte etwas zu Carger, der nicht antwortete. Doch der Mann am Fenster ging auf sie zu und baute sich drohend vor ihr auf.

Hart verspannte sich.

Suzanne sprach erneut und reckte trotzig das Kinn vor. Da schlug ihr der Mann ins Gesicht.

Ihr Kopf stieß gegen die Wand, und sie fiel beinah vom Stuhl.

Hart sprang vor, er kochte. Doch er fing sich und hockte sich wieder hinter die Kiste. Er würde das Schwein zur Rechenschaft ziehen, aber nicht jetzt. Er sah zur Uhr.

Noch eine Minute.

Er schlich zur Veranda und drückte sich neben eines der Fenster flach an die Wand. Jetzt konnte er verstehen, wie sie darüber diskutierten, ob er kommen würde und was sie tun sollten, wenn nicht.

Wopp-wopp-wopp.

Hart blickte zum Himmel, als in der Ferne die Rotoren von zwei Cobras sowie mehrerer Blackhawks zu hören waren. Er ging um die Hausecke und positionierte sich neben einem Seitenfenster.

Wopp-wopp-wopp.

Das Geräusch wurde lauter, fast ohrenbetäubend. Die Cobras kamen in Sicht.

Die zwei Männer im Haus rannten zur Tür, hinaus auf die Veranda und spähten zum Himmel.

„Dieser verdammte Mistkerl“, fluchte Carger und schnippte seine Zigarette in die Dunkelheit.

Acht Seile trafen auf, vier vor dem Haus, vier dahinter. Im nächsten Augenblick kletterten acht Männer aus den Blackhawks. Die beiden Cobras verharrten über dem Haus, während in jedem der Blackhawks ein Schütze sein Ziel anvisierte.

Hart nahm Anlauf und warf sich durch das Seitenfenster, schlug eine Rolle auf den Dielen und kam auf die Füße, die Waffe schussbereit in der Hand.

Carger und der andere stürzten ins Haus zurück. Carger rannte zur Hintertür, der andere langte nach Suzanne. Doch sie wich ihm aus und lief auf Hart zu.

„Runter!“, schrie er und schob sie hinter sich, wobei er seinen Gegner unvorsichtigerweise eine Sekunde aus den Augen ließ.

„Das war's dann wohl, Captain“, sagte der Mann. Sein Revolver wies direkt auf Hart.

Suzanne sah den Hass in seinen Augen und wusste, er würde Hart erschießen. Sie warf sich vor ihn, um die Kugel abzufangen.

Glas splitterte. Stimmen brüllten. Schüsse knallten.

Und Suzanne schrie.

Ihr Entführer zuckte plötzlich unbeholfen und ließ seine Waffe fallen. Blut quoll aus seiner Schulter, er ging in die Knie.

An einem der anderen Fenster stand Zack und klopfte sich Glassplitter vom Flieger-Overall, während Rand Chief Carger und Trents Witwe zurück in den Raum schob.

„Alles okay, Captain?“, erkundigte sich Zack.

Hart nickte und legte den Arm um Suzanne. Er musste ihre Nähe spüren, um sicher zu sein, dass ihr nichts passiert war. Noch nie hatte er solche Angst ausgestanden. Ihr Leben hatte an einem Faden gehangen.

Erleichtert sank Suzanne an Harts Brust. Er war gekommen, und sie war in Sicherheit. Alles andere spielte keine Rolle. Die Wärme seines Körpers vertrieb die kalte Angst, die sie seit Stunden gefangen hielt. Sie lebten. Der Schrecken war vorüber. Jetzt würde alles –

„Hart!“, rief sie, starrte an ihm vorbei und riss sich von ihm los.

Er fuhr herum.

Der Verletzte kam auf die Füße, wobei er die Hand an seine blutende Schulter presste. „Ich hätte Sie ebenfalls beim ‚Jaguar Loop' umbringen sollen", knurrte er voller Hass.

Unendliche Wut überkam Hart. Er ging durch den Raum und packte den Mann am Hemdkragen. „Du siehst aus wie ein Fremder", sagte er leise, „aber wir wissen beide, wer du bist, nicht wahr?"

Zum Beweis riss Hart das Hemd des anderen auf.

Verständnislos sah Suzanne zu.

Harts Blick wurde eiskalt. Am Abend vor dem ‚Jaguar Loop'-Einsatz hatten die Piloten zur Entspannung Volleyball gespielt. Brenner Trent hatte eine Wette auf die Siegermannschaft veranstaltet.

Kurz vorm Ende des Spiels war Rick über einen Ast am Boden gestolpert. Er trug eine böse Wunde auf der Brust davon, doch er wollte sich nicht verarzten lassen, um den Einsatz nicht zu verpassen. Rick mochte seine Gesichtszüge operativ verändert haben, aber der Narbe an der Brust würde er keine Beachtung geschenkt haben.

Hart musterte die Brust des Mannes. Die Haut war makellos. Er sah auf und in die kalten blauen, trotzigen Augen.

„Mistkerl", sagte er leise. Dann wandte er sich von Brenner Trent ab und kehrte zu Suzanne zurück.

„Ich habe dir gesagt, dass es nicht klappen würde, Brenner", rief Kristen, als Sal DeBraggo ihr Handschellen anlegte. „Aber du hast ja noch nie auf mich gehört."

Suzanne sah die beiden an, und plötzlich begriff sie. Brenner hatte nichts mehr von dem jungenhaften Soldaten, den sie gekannt hatte. Jetzt waren seine Züge kantig, hart und unnachgiebig.

DeBraggo blickte über Kristens Schulter zu Hart hinüber. „In Zukunft werde ich nur noch im Bodeneinsatz tätig, Captain."

Zack lachte. „Ich glaube, er fand keinen rechten Geschmack an meinen Flugkünsten."

Kristen und die zwei Männer wurden hinaus zu den Blackhawks gebracht.

Hart wandte sich an Suzanne. „Alles in Ordnung?", fragte er und nahm sie in die Arme.

Sie nickte, den Kopf an seiner Brust. „Ich hatte solche Angst, sie könnten dich erschießen."

Heiße Gefühle durchströmten ihn. „Und ich war halb tot vor Angst, sie könnten dich umgebracht haben."

„Aber ..." Verwirrt schüttelte sie den Kopf. „Was macht Mr. DeBraggo hier?"

„Er ist vom FBI", erklärte Hart. „Ich weiß es erst seit ein paar Tagen. Er hat dich und mich seit deiner Ankunft überwacht. Die Geschichte mit dem Schmuck seiner Frau war erfunden, er hat die Stücke von einem Museum in New York ausgeliehen. Seine Aufgabe war es, dich zu beschützen."

„Beschützen? Ich dachte, er wollte mich ins Gefängnis bringen."

„Wir dienten als Köder für die wahren Mörder."

„Dann ist Rick also wirklich ..."

„Tot. Carger stahl die Pläne von seinem Assistenten, und Brenner sabotierte Ricks Cobra, damit alle glaubten, die Pläne wären bei dem Absturz vernichtet worden. Deshalb hat DeBraggo auch nie angenommen, dass Rick noch lebte."

Harts Arme fühlten sich so gut an. Sie atmete seinen Duft ein, kuschelte sich an ihn, nahm seine Kraft in sich auf.

„Aber woher wusstest du, dass dies Brenner Trent war? Er ist doch vollkommen verändert."

Die Antwort fiel Hart schwer. „Ich sah ihn in dem Café, wie er dich beobachtete, als du dich mit Kristen Trent getroffen hast."

„Was?" Sie wich ein Stück zurück. „Du warst dabei?"

„Ja. Ich wusste nur nicht, dass es Brenner war", gestand Hart. „Aber er kam mir irgendwie vertraut vor."

Sie schob ihn von sich, genau wie er gefürchtet hatte. „Du bist mir gefolgt. Du hast alles gesehen. Warum hast du mir nichts gesagt? Mich gewarnt?"

Hart seufzte. „Ich war unsicher, ob ich dir trauen konnte. Ich wusste nicht, ob er dir nachspionierte oder dich deckte, ob er vom FBI war, ein Gegner oder ein Komplize."

„Mein Komplize." Sie nickte.

„Ja." Hart hatte das Gefühl, sein eigenes Grab zu graben. „Ich habe dich ungern verdächtigt, Suzanne, aber ich musste. Das Ganze wurde mir erst durch DeBraggos Hilfe klar. Und da war es zu spät. Brenner und Carger hatten dich bereits in ihrer Gewalt."

Auf einmal war das Glück, das Gefühl von Geborgenheit verflogen. Suzanne fühlte sich leer und unendlich einsam.

Tränen traten ihr in die Augen, das Herz wurde ihr schwer. „Ich hatte schreckliche Angst“, sagte sie mit brüchiger Stimme. „Um dich, Hart. Dass du umkommen könntest.“

„Jetzt ist doch alles gut“, entgegnete er leise.

Unkontrollierbare Wut stieg in ihr auf. „Aber du hast mir Verrat und Mord zugetraut. Und vermutlich warst du bis eben immer noch nicht sicher, ob ich dich nicht in eine Falle lockte, stimmt's?“

Er sagte nichts, doch sein Schweigen bewies, dass ihre Vermutung richtig war.

„Du hast mir nichts von ihm gesagt.“ Sie wies nach draußen. „Und um ein Haar hätten sie mich umgebracht.“

„Ich konnte dir nicht vertrauen.“

Sekundenlang starrte sie ihn an, es kam ihr wie eine Ewigkeit vor. War dies der Mann, in den sie sich verliebt hatte? Nein. Es war alles Einbildung gewesen, das Produkt ihrer Sehnsucht und Einsamkeit.

„Wie konntest du das tun?“ Tränen schimmerten in ihren Augen. Ohne eine Antwort abzuwarten, drehte sie sich um und rannte aus dem Haus.

Hart trat an die Tür und sah, wie sie auf die Polizeiwagen zulief, die inzwischen eingetroffen waren. Seit sie Three Hills verlassen hatte, lebte er mit dieser inneren Leere. Er hatte sich in Arbeit vergraben, war jede Woche mit einer anderen Frau ausgegangen, wollte sich ein paar Mal sogar im Alkohol ertränken. Nichts half. Er verdrängte den wahren Grund: dass sein einziger Freund tot war.

Jetzt sah er ein, dass es noch etwas anderes war. Er litt, weil Suzanne ihm fehlte. Und nun kehrte die wohlbekannte kalte Leere in sein Leben zurück.

Hart seufzte tief und blickte zum Himmel empor. Es war besser so. Liebe war eine Illusion. Sie verging, oder sie trog. Zwischen ihnen hatte nur körperliche Anziehung bestanden. Vielleicht wären sie einander bald über geworden, hätten sich sogar gehasst. Endete es nicht meistens so?

Er ging zu einem der Blackhawks und kletterte hinein.

14. Kapitel

Achtlos warf Suzanne ihre Kleider in den Koffer. „Zum Teufel mit ihm.“ Sie klappte den Deckel zu und schimpfte wieder. „Was soll ich bloß mit dir machen, Captain Branson?“ Unaufhörlich liefen ihr Tränen über die Wangen, seit sie Hart verlassen hatte.

Sie griff nach ihrem zweiten Koffer und hielt inne, als sie sich im Spiegel sah. „O nein!“, stöhnte sie. Was machte sie sich eigentlich vor? In Hart Bransons Armen hatte sie das gefunden, was sie ihr Leben lang gesucht, sich verzweifelt ersehnt hatte. Eine überwältigende Liebe, ohne die sie nicht leben wollte.

Aber er hatte ihr nicht vertraut. Er hätte sie in den Tod gehen lassen.

Sie lief ins Wohnzimmer, warf sich auf die Couch und starrte zum Horizont, während sie versuchte, sich einzureden, dass sie nicht auf seinen Anruf wartete.

Die zerklüftete Bergkulisse erhob sich schwarz vor dem Himmel, der mit Sternen übersät war. Sie blickte zur Uhr auf dem Kaminsims. Es war vier, vor drei Stunden hatte sie das Studiogelände verlassen. Er hätte längst anrufen können. Sie zog die Knie an und schlang die Arme um sie.

Wie konnte sie so dumm sein und sich in Hart verlieben? Er war genau der Typ, den sie stets gemieden hatte. Er lebte nur für das Militär und für gefahrvolle Einsätze. Von beidem hatte sie wahrlich genug.

Wenn ihr Vater nicht ebenso gewesen wäre – wenn er mehr Zeit für Frau und Tochter erübrigt hätte –, vielleicht wäre die Ehe ihrer Eltern von Bestand geblieben. Wenn sie Rick dazu gebracht hätte, die Army zu verlassen, einen normalen Beruf zu ergreifen, hätte er sie möglicherweise nicht betrogen. Vielleicht …

Es lag nicht am Militär, protestierte eine leise Stimme in ihrem Kopf. Suzanne hörte nicht hin und stand auf. Unruhig lief sie auf und ab. Warum wurde sie immer wieder betrogen?

Hart hatte ihr Verrat zugetraut. Und Mord. Es war unglaublich. Ungeheuerlich. Er hatte mit ihr geredet, gelacht, sie geküsst und geliebt, während er sie die ganze Zeit für eine Mörderin hielt.

Plötzlich hielt sie inne. Das alles hatte er von ihr geglaubt – und umgekehrt. Die Erkenntnis wirkte wie ein Schock. Sie hatte sich genau dasselbe vorzuwerfen.

Aber wenn er sie liebte, warum ließ er sie dann gehen? Warum rief er nicht an?

Hart verließ erschöpft den Raum, in dem Brenner und sein Komplize verhört worden waren. Er stieß die Tür auf und trat ins Freie. Er reckte sich, atmete tief durch und sog den süßen Duft der Wüste ein.

Doch die frische Luft nahm ihm nicht das Gefühl der Leere, das seit Stunden an ihm nagte. Und in seine Wohnung zurückzukehren war wenig verlockend. Dort herrschte Chaos, und vermutlich suchte der militärische Geheimdienst noch nach Spuren.

Der Vermerk in Brenners Dienstakte, dass er die geheimdienstliche Ausbildung abgebrochen hatte, war Tarnung gewesen. Er war als Verbindungsmann ins Cobra Corps eingeschleust worden, als das neue Abwehrsystem dort getestet werden sollte, denn der Geheimdienst befürchtete Verrat.

Und kurz vor dem ‚Jaguar Loop'-Einsatz hatte Trents Frau die Scheidung verlangt. Sie war nie so recht zufrieden mit seinem Militärsold, zudem argwöhnte Brenner, dass sie eine Affäre mit Rick hatte. Aber er vermied Auseinandersetzungen aus Furcht, sie zu verlieren. Und dann hatte ihn Panik ergriffen. Kaum jemand wusste, dass Ricks Familie Geld hatte, also hatte Rick Geld, und deshalb wollte Kristen ihren Mann verlassen. Brenner vermutete, wenn er ihr den begehrten Luxus bieten könnte, würde sie bei ihm bleiben.

Und fast wäre es gelungen.

Er hatte Carger, der kurz vor der Pensionierung stand, in seinen Plan eingeweiht. Auch Cargers Verhältnisse waren eher bescheiden, obwohl er eine reiche Schwester hatte, die allerdings nichts herausrückte.

Nach Ricks Absturz hielt die Offizierschaft ihn für den Hauptverdächtigen, zumal seine Überreste erst nach Monaten gefunden wurden und die Identität nicht geklärt war. Das alles passte hervorragend in Brenners Plan.

Da nie etwas von dem Geheimnisverrat nach außen drang, glaubte Trent sich in Sicherheit. Er wagte jedoch nicht, die Pläne sofort zu verkaufen. Er inszenierte seinen eigenen Tod, ließ sein Gesicht verändern und fand schließlich einen Käufer.

Allerdings geriet er in Panik, als ein FBI-Agent seine „Witwe" besuchte, die ihm nach Europa folgen wollte, sobald die Pläne übergeben waren. Brenner fürchtete, dass man ihm auf die Schliche gekommen war. Es war Chief Cargers glorreiche Idee, einen Toten wieder zum Leben zu erwecken und ihm die Schuld zuzuschieben, zusammen mit dessen lebender Frau.

Brenners Frau hatte Suzannes Rolle gespielt und das Bankkonto eröffnet. Der Spion aus Europa war ein purer Glücksfall und zudem ein Kunde von Suzanne, empfohlen von Robert Marsei. Und Suzanne hatte keine Ahnung gehabt, wer Robert Marsei wirklich war.

Brenner Trent hatte an alles gedacht – nur nicht daran, dass Suzanne sich an Hart wenden würde.

Hart war auf halbem Weg zurück in sein Büro, als er beschloss, einen Umweg über das Rollfeld zu machen. Alles war still, und das war ihm nur recht. Er kletterte in seine Cobra, und endlich fiel die Anspannung von ihm ab. Er lehnte den Kopf an den Pilotensitz und betrachtete die ersten Morgenstrahlen am Horizont.

Er sehnte sich so sehr nach Suzanne, wie er es nie für möglich gehalten hatte. Ein tiefer Seufzer löste sich in seinem Innern. Er hatte nie an Liebe geglaubt, hatte bestritten, dass sie existierte, doch nun konnte er nicht länger leugnen, dass Suzanne Cassidy sein Herz gestohlen hatte. Und er hatte ihr unbewusst vertraut, als er in das Ranchhaus stürmte, um sie zu retten.

Hart lachte bitter. Sein Herz und sein Vertrauen.

Stets hatte er geschworen, dies niemandem zu schenken, denn das bedeutete, sich auszuliefern. Dennoch hatte er ihr unbedacht beides gegeben. Er hielt sich alle seine Gründe vor, warum er die Gefühle für sie leugnete, warum er nie mehr jemanden lieben wollte, doch plötzlich wirkten diese Gründe schwach und hinfällig.

Er hatte Angst gehabt, sie zu lieben, weil er Angst hatte, betrogen zu werden. Sie dagegen hatte ihn um Hilfe gebeten, hatte ihm vertraut, und sie wäre beinahe umgekommen, als sie ihn schützen wollte.

Suzanne hatte ihn nicht hintergangen, und sie würde es nie tun.

Hart stieg aus der Cobra. Es war an der Zeit, die Ängste abzulegen.

Suzanne wusste, sie würde Hart auf dem Rollfeld finden, nachdem sie ihn in seiner Wohnung und im Büro nicht angetroffen hatte. Es kostete sie jedoch allen Mut, dort hinauszugehen.

Er hatte nie gesagt, dass er sie liebte, hatte ihr keine gemeinsame Zukunft versprochen, aber sie gestand sich endlich ein, dass sie sich genau das wünschte. Wenn er es nicht wollte, sollte er es ihr zumindest ins Gesicht sagen. Danach würde sie nach Los Angeles zurückkehren und nie mehr Kontakt zu ihm suchen.

Sie blieb stehen, als sie ihn aus der Cobra klettern sah. Nervosität und Furcht überfielen sie. Machte sie sich erneut zum Narren? Hatte er deshalb nicht von Liebe gesprochen, weil er sie nicht liebte? Wollte sie das wirklich von ihm selbst hören?

Hart drehte sich um und erblickte Suzanne, die über den Asphalt auf ihn zukam. Im ersten Moment dachte er, es sei Einbildung, geboren aus seiner unendlichen Sehnsucht. Er rührte sich nicht aus Angst, sie würde sich in Luft auflösen. Doch sie kam beharrlich näher.

Ein Wirrwarr von Gefühlen durchflutete ihn, doch das stärkste – das er sich bis vor Kurzem streng verboten hatte – war Liebe. Tief, aufrührend, verzweifelt, verzehrend.

Dann wieder überfiel ihn Furcht. Sie war gekommen, um sich zu verabschieden. Natürlich. Das Blut gefror ihm förmlich in den Adern.

Er wandte sich ab. Wenn er nicht hinsah, würde sie nicht vorhanden sein. Wenn sie nicht vorhanden war, konnte sie nicht Abschied nehmen. Einmal hatte er sie bereits ziehen lassen müssen, ein zweites Mal würde er es nicht durchstehen.

Als er den Blick abwandte, wurde Suzanne unsicher. Sie sah sein Profil, gegen die aufgehende Sonne zeichnete sich seine Gestalt scharf ab, und seine Züge waren nicht zu erkennen. Was mochte in ihm vorgehen?

Wie würde sie die Zukunft bewältigen, wenn er sie nicht wollte? Sie sollte gehen – sofort, bevor sie sich lächerlich machte.

Ihre Schritte stockten. Sie blieb stehen.

Hart bemerkte ihr Zögern, ihren Ansatz zum Umkehren, und die Angst überwältigte ihn. Sein Verlangen war stärker als jegliche Vernunft. Er ging auf sie zu und nahm sie in die Arme.

„Ich war ja so dumm", stieß er schroff hervor, während er sie an sich presste, um ihre Nähe zu spüren.

Sie schüttelte den Kopf. „Hart …"

Also doch – sie wollte sich nur verabschieden. Seine Angst wuchs, trieb ihn vorwärts. „Ich habe immer geglaubt, Liebe wäre eine Illusion, Suzanne, ein flüchtiger Traum, eine Fantasie, die nur in Ernüchterung und Kummer enden könnte."

„Hart", wiederholte Suzanne, gerührt von seinen Worten und dem flehenden Blick in seinen Augen. „Ich …"

„Und Vertrauen war etwas, das ich niemandem je entgegengebracht habe", fuhr er hastig fort. Er wollte ihre Erwiderung nicht hören. „Aber ich habe mich geirrt. Das weiß ich jetzt. Weil ich weiß, dass ich dich liebe. Es ist keine Illusion, keine Fantasie. Ich liebe dich mehr als mein Leben, Suzanne, mehr als alles auf der Welt."

Sie durfte sich nicht verabschieden. Er würde es nicht zulassen.

„Und wenn mein eingefahrener Militärgeist auch nicht sofort erkannt hat, dass du schuldlos bist …" Tränen standen in seinen Augen, und seine Stimme wurde zu einem stockenden Flüstern. „Mein Herz hat es gewusst. Ich schwöre dir, Suzanne, mit dem Herzen habe ich dir immer geglaubt."

„Hart", flüsterte sie unter Tränen.

Die Angst ließ ihn nicht los. Sie würde gehen. Sie weinte, weil sie ihn nicht liebte und ihn nicht verletzen wollte. Er wollte es nicht hören. „Ich brauche dich, Suzanne." Noch nie hatte er jemanden um etwas gebeten, doch nun flehte er um sein Leben. „Ich liebe dich, Suzanne, und ich möchte dich bei mir haben. Immer."

„Und ich möchte für dich da sein“, gab sie zurück und berührte sanft seine Wange mit den Fingerspitzen. „Ich möchte bei dir sein. Immer.“

Er konnte nicht glauben, was er hörte. „Ich werde dich ewig lieben“, sagte er. „Ich will dir jeden Tag neu beweisen, dass du das Wichtigste in meinem Leben bist.“

Sie dachte an all ihre Ängste und Zweifel und lächelte. „Ich liebe dich, Captain Branson“, erklärte sie schlicht. Dann zog sie seinen Kopf zu sich herunter und küsste ihn auf den Mund.

Zum ersten Mal in seinem Leben erkannte Hart, dass er seine Gefühle nicht mehr leugnen und unterdrücken musste. Ihre Worte klangen in seinem Kopf wider, drangen ihm ins Herz.

Sein Kuss war so leidenschaftlich, dass sie keinen Zweifel mehr hatte, was er empfand. Er streichelte ihren Körper, zog heiße Spuren auf ihrer Haut und entfachte das Feuer, das nur er in ihr entzünden konnte. Die Vergangenheit mit all ihren Unsicherheiten verblasste, das Morgen verhieß nichts als Glück.

Hart spürte, wie sein Körper sich vor Begehren mehr und mehr anspannte. Das Verlangen wurde so heftig, zerrte an jeder Faser, als würde es ihn zerstören, wenn es nicht befriedigt wurde.

Sie strich über sein Haar, und er schob die Hände unter ihre Bluse, umfasste ihre Brüste. Dies war der Himmel auf Erden, und er wünschte, es könnte immer so bleiben.

Suzanne hatte seine Seele berührt und ihm ein Glück gegeben, das er nie für möglich gehalten hätte. Er gehörte ihr, für immer. Und das war das schönste Gefühl der Welt.

Später erinnerte Suzanne sich nicht, wie sie auf den Rücksitz des Blackhawk gekommen waren, der wenige Meter neben Harts Cobra auf dem Rollfeld stand. Es war auch nicht wichtig. Jede Zelle ihres Körpers verlangte nach seiner Berührung, nach seinen feurigen Liebkosungen.

Im Nu hatten sie sich ausgezogen. Sein nackter Körper verschmolz mit ihrem, wortlos teilten sie einander ihre Liebe mit. Es war ein hemmungsloses Geben und Nehmen.

Sie erforschte jede Stelle, jede Linie seines Körpers. Er stöhnte, als die Lust ihn überwältigte und tiefe Erregung ihn durchflutete. Er drang mit der Zunge in ihren Mund und genoss ihre Süße, den exotischen Zauber, den sie auf ihn ausübte.

Sie rief seinen Namen, als er die Hand zwischen ihre Schenkel schob. Sie flüsterte ihm zu, wie sehr sie ihn liebte, begehrte, brauchte. Es waren die Worte, die Gefühle, nach denen er sich ein Leben lang gesehnt hatte.

Die lustvolle Qual seiner intimen Liebkosung entlud sich in einer Explosion, und sie sah, spürte nur noch ihn. Er fasste sie um die Taille und hob sie über sich.

Und dann füllte er sie aus mit seiner Liebe, die umfassender war als alles, was sie sich je erträumt hatte.

Epilog

Am Himmel standen drei Blackhawks.

Suzanne eilte über das Rollfeld. Sie war froh, dass sie es noch rechtzeitig geschafft hatte, an diesem wichtigen Tag.

Es war einen Monat her, dass Brenner Trent, Kristen und Chief Carger verhaftet worden waren. Und drei Wochen, seit sie und Hart Branson geheiratet hatten.

Suzanne lächelte in sich hinein, während sie sich ihren Weg durch die Menge bahnte. Es war eine schlichte, schöne Feier gewesen, in einer kleinen Wüstenkapelle in der Abenddämmerung. Und der Beginn ihres neuen Lebens erfüllte sie mit Freude und Hoffnung.

Clyde war zur Hochzeit gekommen, hatte sein geliebtes Flugzeug abgeholt und Hart beschimpft, weil er ihm seine Geschäftspartnerin nahm. Doch sie hatten einen Weg gefunden, die Partnerschaft über die Distanz hinweg aufrechtzuerhalten.

Suzannes Mutter war ebenfalls da, weinte während der ganzen Trauung und nahm Hart das Versprechen ab, Suzanne glücklich zu machen. Außerdem hatte sie den beiden ihren künftigen Ehemann Nummer sieben vorgestellt.

Suzanne zog die Krempe ihres Strohhuts gegen die Nachmittagssonne herunter und ging zu ihrem Platz auf der Tribüne. Die Hälfte der Vorführungen war bereits vorüber. Der Termin in der Stadt hatte Suzanne aufgehalten, doch das Ergebnis hatte das Warten gelohnt.

General Walthorps Frau winkte ihr zu, sie lächelte zurück. Sie sah den Senator in der ersten Reihe sitzen und nickte ihm grüßend zu. Sie wusste, was es für Hart bedeutete, dass der Senator gekommen war.

Bis zum Hauptpunkt der Veranstaltung blieben noch ein paar Minuten Zeit, und Suzanne plauderte mit einigen Soldatenfrauen. Dann sah sie zur Uhr und entschuldigte sich. Sie wollte auf ihrem Platz sein, wenn Hart auftauchte. Er legte allergrößten Wert auf ihre Anwesenheit.

Die Soldaten aus den Blackhawks versammelten sich vor der Tribüne und salutierten vor den Generälen. Das jungenhafte Gesicht eines von ihnen erinnerte Suzanne an einen anderen, ebenfalls jungenhaften, doch sehr gefährlichen Soldaten.

Plötzlich war die Luft erfüllt vom Knattern sich nahender Cobras. Lächelnd beobachtete Suzanne die Landung. Die Maschinen wirkten wie schwarze, bedrohliche Raubvögel, stark und majestätisch. Vor allem der erste Hubschrauber, der mit der weißen Schrift „Ice" auf der Front. Der Luftzug der Rotorblätter war eine willkommene Abkühlung an diesem heißen Tag.

Voll Stolz sah Suzanne, wie Hart aus seiner Cobra kletterte und auf das Podium zuging. Zack, Rand und einige andere Mitglieder des Corps folgten ihm.

Wie sich herausgestellt hatte, ging die Überprüfung seiner Dienstakte auf das Konto eines übereifrigen Mitarbeiters im Pentagon. Der Mann wollte sichergehen, dass jede Beförderung in seinem Bereich gründlich abgeklopft wurde. Und Hart war nicht der Einzige, den man durchleuchtet hatte.

General Walthorp hielt eine Rede, in der er die Leistung des Corps lobte und jedes Mitglied einen Helden nannte. „Heute jedoch", sagte er, „wollen wir den Mann ehren, der diese Helden anführt – Captain Hart Branson."

Der General stieg vom Podium herunter, das Corps salutierte und nahm Habtachtstellung ein, als Major Lewis auf das Podest trat. Er bat Hart zu sich auf das Podium.

„Captain Branson", begann der Major und befestigte das goldene Eichenlaub an Harts linker Epaulette. Er trat zurück und überreichte Hart die Beförderungsurkunde. „Herzlichen Glückwunsch, Major."

Lewis salutierte und mit ihm das gesamte Corps.

Als Hart herabstieg, lief Suzanne auf ihn zu. Zack und Rand eilten heran, schlugen ihm auf die Schulter und gratulierten ihm. Suzanne griff zu ihrer Kamera und bannte den Augenblick auf den Film.

Am Abend zuvor waren Zack und Rand bei ihnen zum Essen gewesen, und anschließend hatte Suzanne zu Hart gesagt, bessere Freunde könnte er sich nicht wünschen. Er hatte sofort zugestimmt, und da wusste sie, dass die Vergangenheit endgültig begraben war.

„Und wie fühlt man sich als Majorsgattin?", erkundigte sich Hart und nahm sie in die Arme.

„Nicht anders, als wenn du ein Gefreiter oder Präsident der Vereinigten Staaten wärst." Sie küsste ihn auf die Lippen, etwas länger als schicklich. „Aber …" Sie schob die Hand in seine und zog ihn beiseite. „Ich muss dir etwas sagen."

Ihr ernster Ton beunruhigte ihn. „Was denn?" Es konnte nicht sein. Alle seine alten Ängste kamen wieder hoch, als hätten sie ihn nie verlassen.

„Hey, wir laden euch zur Feier des Tages zum Essen ein", rief Zack. „Wo wollt ihr hin?"

„Wir sind gleich zurück", erwiderte Suzanne, während sie an Harts Hand zerrte.

„Was ist los, Suzanne?" Die Angst lähmte ihn fast. Er zog sie an sich, wollte sie nah bei sich spüren, sie festhalten. Sie durfte nicht gehen.

Suzanne legte ihm die Arme um den Nacken. „Hart, wir wollten zwar übers Wochenende wegfahren, aber ich kann nicht."

„Was?" Seine Bestürzung wuchs. „Fühlst du dich nicht wohl? Bist du krank?"

Sie lachte. „Nein, nein, Liebling. Ich finde nur, wir sollten das Gästezimmer herrichten."

Erleichtert fragte er: „Warum? Bekommen wir Besuch?"

Sie lächelte schelmisch. „Ja, in siebeneinhalb Monaten."

„Siebeneinhalb …?" Verwirrt starrte er sie an. Dann begriff er. „Du meinst … Ist das dein Ernst?"

Sie hatten nie von Kindern gesprochen, und plötzlich wurde Suzanne kalt. Wenn er nun gar keine Kinder wollte? In seinen Augen sah sie nichts als Verblüffung. „Ja, Hart", sagte sie leise. „Ist es okay für dich? Ich meine, möchtest du …"

„Okay?" Er lachte. „Da fragst du noch?" Er hob sie hoch, stieß einen lauten Jubelschrei aus, der die Köpfe aller Umstehenden herumfahren ließ, und schwenkte sie im Kreis herum. Doch dann setzte er sie abrupt ab. „Himmel, Suz, entschuldige. Habe ich dir wehgetan? Hat es dem Baby geschadet? Entschuldige, ich …"

Jetzt lachte Suzanne laut auf. „Nein, Liebling. Ich glaube, das Baby und ich, wir mögen Karussell fahren."

Hart zog sie an sich und küsste ihren Mund, genoss die Süße ihrer Lippen, und er wusste, er würde ihr sein Leben lang dankbar sein, dass sie ihn gewählt hatte.

Auf einmal wurde Suzanne klar, warum er so bestürzt ausgesehen hatte. Sie strich ihm über die Wange. „Ich liebe dich, Hart Branson, mit Herz und Seele, mehr, als du je ermessen kannst. Und ich verspreche dir, dass sich das nie ändern wird."

Tränen traten ihm in die Augen. „Ich danke dir", flüsterte er heiser.

Dann stieß er einen weiteren Jubelschrei aus, und Seite an Seite kehrten sie zu seinen Kameraden zurück, die ihnen lächelnd zugeschaut hatten.

„Kommt, Jungs, wir haben heute noch mehr zu feiern als meine Beförderung."

– ENDE –

Sara Orwig

In den Armen des Milliardärs

Roman

Aus dem Amerikanischen von
Valeska Schorling

Prolog

„Möge der Beste gewinnen“, verkündete Jared Dalton, nachdem er und seine beiden Cousins aus der Limousine ausgestiegen waren und den hellen Sonnenschein Houstons genossen. Auf der Landebahn standen schon drei Düsenjets bereit, jeder mit dem jeweiligen Firmenlogo versehen.

„Wettsieger ist, wer von uns nach Ablauf eines Jahres am meisten Geld gemacht hat“, wiederholte Chase Bennett ihre Abmachung.

„Richtig, und die Frist läuft nächstes Jahr am ersten Freitag im Mai ab“, bestätigte Matt Rome. „Jeder steckt fünf Millionen in den Topf, was bedeutet, dass der Sieger fünfzehn Millionen kriegt.“

„Stimmt.“ Jared nickte. „Zusätzlich zu den Pokergewinnen natürlich.“

Chase grinste. „Ich hatte dieses Mal einfach Glück. Jungs, es war toll, endlich mal wieder mit euch zusammen zu sein.“

„Es war mal wieder höchste Zeit für ein gemeinsames Wochenende“, erklärte Matt.

Die drei verabschiedeten sich und schüttelten sich die Hände. „Bis bald, Kumpels“, sagte Jared grinsend. „Wenn nichts dazwischenkommt, sehen wir uns Weihnachten beim Familientreffen wieder“, fügte er hinzu. „Bleibt cool.“

Er stieg in seinen Jet, entschied sich für einen Fensterplatz und beobachtete, wie einer seiner Cousins in den Flieger nach Paris stieg und der andere in den nach Wyoming. Ihre Mütter waren Schwestern, und sie drei waren praktisch zusammen aufgewachsen. Sie waren sogar zur selben Zeit auf demselben College gewesen und hatten gemeinsam Football gespielt. Alle drei waren sie vermögend und Inhaber und Geschäftsführer großer Unternehmen. Sie waren noch immer die besten Freunde und nach wie vor Junggesellen – vielleicht für immer.

Jared war fest entschlossen, die Wette zu gewinnen. Dieser Vorsatz würde seiner Arbeit endlich wieder einen Kick geben, ähnlich wie seine ersten geschäftlichen Erfolge. Er wartete ab, bis auch sein Jet sich in der Luft befand, dann zog er seinen BlackBerry aus der Tasche, um seinen Angestellten erste Anweisungen zu erteilen. Anschließend dachte er über laufende Projekte nach und erkannte plötzlich, dass die Wette ihm die unverhoffte Chance zu einer schon lange fälligen Rache bot.

Warum nicht ein Gebot für die Sorenson-Ranch in Dakota abgeben? Der Gedanke war erregend! Sollte Sorenson darauf eingehen, konnte er eine Menge Geld bei diesem Deal herausschlagen, doch eigentlich spielte es keine Rolle, ob Edlund verkaufte oder nicht. Es war schon eine große Genugtuung, seinem Erzfeind zu verstehen zu geben, dass er dessen Besitz mühelos aus der Portokasse bezahlen konnte. Geld verdienen machte Spaß, aber Rache zu nehmen war eindeutig besser.

1. Kapitel

Juni

Zu seiner Enttäuschung musste Jared feststellen, dass der alte Sorenson inzwischen verstorben war, und seine Ranch wurde tatsächlich zum Verkauf angeboten. Da Megan, Sorensons Tochter, nicht daran interessiert zu sein schien, war er davon ausgegangen, dass der Kauf kein Problem darstellen würde. Zu seiner Überraschung zog Megan ihr Verkaufsangebot jedoch zurück, nachdem sie erfuhr, dass er sich dafür interessierte. Daher hatte er beschlossen, zur Sorenson-Ranch zu fahren, um sie umzustimmen.

Er wollte Megan an einer Stelle auf dem Ranchgelände zur Rede stellen, wo sie ihm nicht ausweichen konnte. Deshalb hatte er die vergangene Nacht ohne ihr Wissen in einer ihrer komfortablen Gästehütten verbracht, um sie gleich frühmorgens abfangen zu können. Noch vor Tagesanbruch war er aufgestanden und wartete seitdem auf sie.

Irritierenderweise setzte sein Herzschlag für einen Moment aus, als er sie dann sah. Megan kam mit einem Sattel über dem Arm aus der Scheune und ging zum Korral. Leider war sie zu weit weg, sodass er nicht erkennen konnte, ob sie sich verändert hatte, doch ihr roter Pullover war genauso auffällig wie ihr sexy Gang, dem man die vielen Jahre Ballettunterricht ansah. Ihr schwarzes Haar hing ihr in einem dicken Zopf über den Rücken. Sie legte den Sattel und eine Decke über den Zaun. Die Pferde waren näher gekommen, und sie hielt ihnen Leckerlis hin. Kurz darauf hatte sie ein Pferd gesattelt und ritt davon.

Megans Anblick rief schmerzliche Erinnerungen bei Jared wach, und der Wunsch nach Rache war wieder da. Schade nur, dass ihr Vater nicht mehr lebte und nichts davon mitbekommen würde. Er begab sich ebenfalls zur Scheune, sattelte einen Fuchs und folgte Megan so unauffällig wie möglich.

In der weiten Graslandschaft hatte man einen freien Blick nach allen Seiten; nur unten am Fluss verdeckten Bäume die Sicht. Dort wollte er Megan einholen, wenn sie ihr Pferd tränkte, aber bis dahin durfte sie auf keinen Fall merken, dass er ihr auf den Fersen war. In der Ferne grollte Donner, und er sah zu den dunklen Wolken auf. Es würde wahrscheinlich bald regnen.

Bei den Bäumen angekommen, verschwand Megan aus seinem Gesichtsfeld. Plötzlich erinnerte er sich wieder an ihre damaligen Treffen am Fluss – und an die heißen Küsse. Seit der Trennung gelang es ihm nur selten, ohne bittere Gefühle an sie zu denken.

Jared kannte Megan schon sein ganzes Leben lang, hatte ihr früher jedoch nie Beachtung geschenkt, selbst dann nicht, als ihre Väter sich wegen der Wasserrechte überwarfen. Sie war sechs Jahre jünger als er – das magere kleine Mädchen von der Nachbarranch. Sie fiel ihm erst auf, als er seinen Abschluss an der Universität in Chicago machte, wo sie gerade mit dem Studium begann.

Nur zu genau konnte er sich an ihre erste Begegnung erinnern. Ihr schwarzes Haar fiel ihr über die Schultern, und ihr Blick aus faszinierenden türkisblauen Augen machte ihn nervös. Sie trug eine enge weiße Baumwollbluse und einen beigefarbenen Rock. Er hatte keine Ahnung, wer die junge Frau war, die ihn lächelnd grüßte. Doch wenn eine schöne Frau ihn ansprach, musste er natürlich reagieren.

„Erkennst du mich etwa nicht, Jared?“

Überrascht starrte er sie an und runzelte nachdenklich die Stirn. „Waren wir zusammen auf der UT?“, fragte er, wobei er sich auf die Universität von Texas bezog.

Lachend streckte sie ihm die Zunge raus. Beim Anblick ihrer rosa Zunge schnappte er nach Luft. Am liebsten hätte er diese Frau geschnappt und sie augenblicklich geküsst. Sie war unglaublich sexy, obwohl er noch immer keinen Schimmer hatte, wer sie war.

„Himmel, Jared!“, rief sie.

Er schüttelte ratlos den Kopf und berührte eine Strähne ihres weichen Haars. „Okay, ich geb's auf. Ich kann nicht begreifen, wie ich eine so tolle Frau vergessen konnte. Woher kennen wir uns?"

„Ich bin Megan Sorenson", antwortete sie lachend.

Verblüfft starrte er sie an. Stimmt, die türkisfarbenen Augen erkannte er wieder, aber das war auch schon alles. Das magere Mädchen war verschwunden, und an ihre Stelle war eine sinnliche Frau getreten.

„Du bist ja erwachsen geworden!", antwortete er fassungslos und provozierte damit einen weiteren Lachanfall.

„Ich wusste gar nicht, dass du hier noch studierst", sagte sie. „Ich dachte, du hättest deinen Abschluss schon."

„Stimmt. Ich bin frischgebackener Betriebswirt. Hättest du zufällig Lust, heute mit mir essen zu gehen?"

Megan legte den Kopf schief und sah ihn abwägend an. „Du weißt doch, dass unsere Väter verfeindet sind. Wir sollten lieber auf Distanz bleiben."

„Komm schon, Megan. Ihr Kampf hat nichts mit uns zu tun. Ich hatte nie etwas gegen dich."

„Lügner!", sagte sie mit einem belustigten Funkeln in den Augen. „Du hast mich eine Plage genannt und mich nie gegrüßt, wenn wir uns begegnet sind."

Er wurde rot. „Ich verspreche dir, es wiedergutzumachen, indem ich dir heute Abend meine volle und ungeteilte Aufmerksamkeit schenke."

In ihren Augen flackerte Interesse auf. Plötzlich schien die Luft zwischen ihnen zu knistern. Jareds Herzschlag beschleunigte sich.

„Okay, gehen wir essen", antwortete Megan atemlos.

„Um sieben hole ich dich ab."

Von da an war er rettungslos verliebt. Er wollte Megan sogar heiraten, und sie schmiedeten schon entsprechende Pläne. Doch dann, in dem Sommer nach ihrem ersten Universitätsjahr, als Megan in Sioux Falls bei ihren Verwandten Olga und Thomas Sorenson Ferien machte, beorderte ihr Vater ihn zu sich.

Der Alte zwang ihn dazu, den Staat zu verlassen, indem er drohte, seinem Vater und notfalls auch Megan etwas anzutun. Jared hatte sich seitdem immer gefragt, ob Megan eigentlich bewusst war, was ihr Vater damals getan hatte. Lange Zeit hatte er gelitten und sich nach ihr gesehnt. Sein Kummer hatte sich schließlich in Wut verwandelt, als sie auf seine Briefe nicht reagierte. Der Gedanke, ihre Ranch zu kaufen, bereitete ihm daher größte Genugtuung. Diese Rache war schon lange überfällig. Schade nur, dass Edlund Sorenson nicht mehr am Leben war. Er hätte zu gern das Gesicht des Alten gesehen.

Jared hatte die Erfahrung gemacht, dass sich die meisten Hindernisse überwinden ließen, erst recht, wenn man so reich war wie er. Diesmal würde es nicht anders sein.

Jared hörte Megans Pferd schon, bevor er die Lichtung erreichte, dann sah er sie. Sein Magen schien sich schmerzhaft zusammenzuziehen. Das plötzliche Verlangen nach ihr überkam ihn mit voller Wucht. Normalerweise war er nicht der Typ, der den Dingen lange hinterhertrauerte, aber plötzlich hatte er das Gefühl, er hätte sie nie verlassen dürfen. Er versuchte gerade, diesen unliebsamen Gedanken abzuschütteln, als sie sich plötzlich zu ihm umdrehte.

Sie wurde kreidebleich. Ihre Augen weiteten sich erschrocken, und sie schwankte einen Augenblick. Einen Moment dachte er, sie würde gleich in Ohnmacht fallen.

„Jared!", rief sie erschrocken.

„Ich wollte dir keinen Schreck einjagen, Megan, tut mir leid." Er stieg vom Pferd.

So rasch, wie sie die Fassung verloren hatte, beherrschte sie sich auch wieder. Er bekam Herzklopfen bei ihrem Anblick.

„Du bist schöner als je zuvor", sagte er und hätte sich im selben Moment am liebsten geohrfeigt. Ihre türkisfarbenen Augen flammten wütend auf – diese kristallklaren blaugrünen Augen, die ihn schon bei ihrem ersten Anblick an der Uni so beeindruckt hatten.

„Was fällt dir ein, einfach so hier einzudringen?", fragte sie.

Sie wirkte inzwischen so gefasst, dass er nicht sicher war, ob er sich ihre erschrockene Reaktion bei seinem Anblick vielleicht nur eingebildet hatte.

„Das hier ist nicht deine Ranch und wird es auch nie sein. Mach, dass du von meinem Land kommst."

„Sachte, sachte! Gib mir doch wenigstens eine Chance", antwortete er belustigt. Sie hatte sich offensichtlich verändert. „Sieben Jahre sind eine lange Zeit."

„Nicht lang genug. Ich habe deinen Leuten gesagt, dass die Ranch nicht mehr zum Verkauf steht. Du wirst dieses Land nie besitzen." Donner grollte über ihren Köpfen, und sie zog ein Handy aus der Hosentasche. „Ich weiß nicht, wie du an das Pferd gekommen bist, aber ich will, dass du es sofort dorthin zurückbringst, wo du es hergenommen hast, und gehst. Du hast dir unbefugt Zutritt zu meinem Besitz verschafft, und wenn du nicht augenblicklich hier verschwindest, rufe ich den Sheriff."

„Reagier doch nicht so emotional." Jared verspürte plötzlich den Wunsch, ihren Zopf zu lösen. „Hör mir wenigstens zu. Du hast schließlich nichts zu verlieren."

Wieder donnerte es, und Megan warf einen besorgten Blick zum Himmel.

„Wir sollten zur Scheune zurückreiten, es sei denn, es macht dir nichts aus, klatschnass zu werden", fügte er hinzu.

Sie funkelte ihn wütend an, drehte sich wortlos um und stieg auf ihr Pferd. Auch er schwang sich in den Sattel, wobei ihm nicht entging, wie sich ihre enge Jeans über ihrem knackigen Po spannte. Er ließ ihr den Vortritt.

Die ersten Tropfen fielen, und ein Blitz zuckte über den Himmel. Sie mussten so schnell wie möglich den Schutz der Scheune aufsuchen. Jared trieb den Fuchs an, bis das Gebäude schließlich vor ihnen auftauchte.

Noch während sie hineingaloppierten, begann es heftig zu gießen. Jared stieg ab, und die beiden Pferde schüttelten die Köpfe, dass die Tropfen nur so flogen. Begleitet vom lauten Prasseln des Regens, sattelten sie die Tiere ab, rieben sie trocken und brachten sie in den Stall zurück. Megan stellte sich an das offene Stalltor und starrte in den Regen.

„Das ist wahrscheinlich nur ein Schauer", sagte Jared. Er stand dicht genug bei ihr, um ihr exotisches Parfüm zu riechen. Früher hatte sie immer nach Rosen geduftet. „Warum hörst du dir meinen Vorschlag nicht wenigstens an? Ich weiß genau, dass du nicht hierherziehen willst."

„Woher willst du das wissen?“, fragte sie feindselig.

„Dann stimmt es also gar nicht?“, stellte er sie auf die Probe. Ihr wütender Gesichtsausdruck verriet ihm jedoch, dass er recht hatte.

„Ich werde meine Ranch auf keinen Fall an dich verkaufen“, wiederholte Megan klar und deutlich.

Jared betrachtete ihren Mund und musste daran denken, wie sie ihn früher geküsst hatte. Sie war damals achtzehn Jahre alt gewesen. Was für ein Gefühl wäre es wohl, sie jetzt zu küssen?

„Warum bist du überhaupt an dieser Ranch interessiert? Es gibt genug andere auf dem Markt.“

„Ich habe mit meinen Cousins Chase und Matt eine Wette abgeschlossen, dass ich innerhalb eines Jahres mehr Geld machen werde als sie.“

„Du willst meine Ranch also nur, um eine Wette zu gewinnen?“ Sie starrte ihn fassungslos an.

„Was macht das für einen Unterschied?“

„Ich verstehe nicht, wie dieser Kauf dir Geld bringen soll. Und woher hast du überhaupt gewusst, dass ich die Ranch verkaufen wollte?“

„Die Ranch allein reicht natürlich nicht. Ich habe noch andere Projekte am Laufen“, antwortete er leichthin. „Ich habe einen meiner Anwälte vorgeschickt, um ein Treffen einzufädeln. Er heißt Trent Colgin.“

Megan presste die Lippen zusammen. „Ich hätte es wissen müssen“, sagte sie und marschierte in den Stall zurück, um eine Pferdedecke zu holen. „Ich gehe jetzt ins Haus. Es kann den ganzen Tag so weiterregnen, und ich habe nicht die Absicht, noch länger hier bei dir zu bleiben. Mach, dass du fortkommst, egal, wie du hergekommen bist. Wenn du bis morgen nicht von meinem Land verschwunden bist, rufe ich den Sheriff.“

„Du wirst total nass werden.“

„Immer noch besser, als deine Gegenwart ertragen zu müssen“, antwortete sie, drehte sich um und rannte durch den Regen zum Haupthaus.

Jared lief hinter ihr her und holte sie mühelos ein. Es war ihm egal, dass er nass wurde. Hauptsache, er schaffte es, dass sie ihm überhaupt zuhörte. Schließlich liefen sie die Hintertreppe hoch auf die Veranda. Er schob seinen Hut nach hinten und beobachtete, wie Megan die tropfnasse Decke über einen Schaukelstuhl hängte.

Trotz der Decke, die sie sich über den Kopf geworfen hatte, war ihre Jacke vorn total durchnässt. Sie zog sie aus und legte sie über einen anderen Stuhl. Der feuchte Pullover klebte an ihren vollen Brüsten. Unwillkürlich musste Jared daran denken, wie er sie früher geküsst und dabei ihre Brüste liebkost hatte.

Er sah ihr in die Augen. Anscheinend wusste sie genau, was ihm gerade durch den Kopf ging. Langsam ließ er seinen Blick über ihren Körper gleiten, während sich ihre Brüste unter ihren raschen Atemzügen hoben und senkten. Als er ihr wieder in die Augen sah, sprühten zwischen ihnen geradezu Funken.

Herausfordernd schob Megan das Kinn vor und stemmte die Hände in die Hüfte. „Erwarte nicht, dass ich dich reinbitte."

„Megan, hör dir mein Angebot doch wenigstens an. Ich biete dir nämlich ein Vermögen. Du willst die Ranch doch ohnehin nicht. Lass dich nicht von deinen Gefühlen beherrschen."

„Ich weiß genau, was ich tue", antwortete sie trotzig.

„Triff keine vorschnelle Entscheidung. Komm doch heute Abend zum Essen zu mir, dann können wir über alles diskutieren."

„Bei diesem Wetter? Nein, danke." Sie schüttelte ablehnend den Kopf.

„Gegen Mittag soll es aufhören zu regnen. Warum willst du dir ins eigene Fleisch schneiden? Komm zum Essen, du hast schließlich nichts zu verlieren."

„Kein Angebot der Welt wird mich davon überzeugen, an dich zu verkaufen", entgegnete sie scharf, zog einen Schlüssel aus ihrer Hosentasche und steckte ihn ins Türschloss.

„Hast du etwa Angst vor mir?"

Ruckartig hob sie den Kopf und drehte sich wutentbrannt zu ihm um. Im Zorn schimmerten ihre Augen eher grün als blau.

„Nicht im Geringsten", antwortete sie hochmütig. „Also schön, ich komme, aber glaube bloß nicht, dass ich meine Meinung ändere!"

„Wie wär's mit sieben Uhr?"

„Ich werde dort sein."

„Den Weg kennst du ja", sagte er, und Megan wurde rot. „Bis später also." Auf dem Weg zur Hütte, wo er seinen Wagen geparkt hatte, widerstand er nur mit Mühe dem Impuls, sich nach ihr umzudrehen, dabei hätte er zu gern gewusst, ob sie ihm hinterhersah. Er hatte keine Tür zuschlagen gehört, aber bei dem heftigen Regen war das vielleicht einfach nicht möglich.

Immerhin bestand jetzt doch noch Hoffnung, dass Jared die Ranch bekam; bisher hatte er schließlich noch jede Frau rumgekriegt. Megan war wunderschön und viel souveräner als früher. Vor sieben Jahren war sie lieb und warmherzig gewesen. Jetzt erinnerte sie eher an eine Furie, doch hinter all der Wut verbarg sich eine selbstbewusste Frau. Sie war nicht mehr die naive, gutgläubige Achtzehnjährige, in die er sich damals verliebt hatte.

Der Gedanke an das Abendessen machte ihn kribblig. Wie lange würde er wohl dafür brauchen, sie zu verführen? Natürlich würde er sein Ziel, die Ranch zu kaufen, nicht aus den Augen verlieren, aber diese neue Megan war einfach zu attraktiv, um sie sich entgehen zu lassen.

In der Hütte packte er seine Sachen zusammen und fuhr zurück zu seiner Ranch, um alles Nötige für das Essen vorzubereiten. Die Natur schien auf seiner Seite zu sein. Der Regen ließ gegen Mittag nach, und die Sonne kam zum Vorschein und zauberte einen riesigen Regenbogen an den Himmel.

Nachdem er die TV-Nachrichten gesehen hatte, ging er ins Büro, um seinen Cousin Chase anzurufen. „Hi, hier ist Jared. In den Nachrichten sagen sie, dass du in Montana auf Öl gestoßen bist. Stimmt das?"

„Noch nicht, aber wahrscheinlich bald", korrigierte Chase. „Wenn alles wie geplant läuft, mache ich ein Riesengeschäft."

„Jetzt denkst du bestimmt, dass du die Wette gewinnen wirst", neckte Jared ihn.

„Das will ich doch hoffen! Ihr zwei werdet euch jedenfalls ranhalten müssen."

„Ich arbeite gerade an einem interessanten Projekt. Erinnerst du dich noch an Megan Sorenson? Ich will ihre Ranch kaufen."

„Klasse Idee! Ihr Vater wird außer sich sein."

„Leider ist es dafür zu spät; der Alte ist tot. Und nachdem Megan erfahren hat, dass ich der Käufer bin, hat sie die Ranch vom Markt genommen."

„Schade, das wäre wirklich ein gelungener Schachzug gewesen. Das Land ist ideal für die Fasanenjagd, obwohl ich nicht recht sehe, wie du damit unsere Wette gewinnen willst."

„Abwarten", antwortete Jared geheimnisvoll. „Ich muss jetzt auflegen. Ich wollte dir nur rasch gratulieren und dir mitteilen, dass ich trotzdem am Ball bleibe."

„Träum weiter", antwortete Chase mit einem gutmütigen Lachen.

„Das werde ich." Jared legte rasch auf, um das letzte Wort zu haben – seit Kindertagen eine Angewohnheit zwischen ihnen. Eine Weile saß er da und starrte aus dem Fenster. Was jetzt?

Der Tag zog sich unerträglich in die Länge, aber schließlich war es Zeit zu duschen. Anschließend rasierte er sich und zog einen beigefarbenen Pulli, eine Baumwollhose und handgefertigte Cowboystiefel an, die ihn noch größer erscheinen ließen, als er ohnehin schon war.

Megan erschien pünktlich um sieben, und er empfing sie auf der Veranda. Er beobachtete, wie sie aus ihrem Geländewagen stieg und auf ihn zukam. Ihr Anblick in dem marineblauen Kleid, dessen Rock um ihre schönen Waden schwang, verschlug ihm den Atem. Eine Schleife hielt ihr Kleid auf der linken Schulter zusammen, während die andere nackt war. Der geschlitzte Rock zeigte beim Gehen ihre langen Beine. Das Haar hatte sie im Nacken zu einem Knoten geschlungen. Sie sah äußerst elegant aus. In der Öffentlichkeit würde sie sofort sämtliche Blicke auf sich ziehen – bewundernde der Männer und neidische der Frauen.

Jared fragte sich, ob sich das Kleid beim Öffnen der Schleife lösen würde. Er begehrte Megan plötzlich mit einer Intensität, die ihm einen Schock versetzte. Ihr Anblick löschte jeglichen Gedanken an Rache, die alten Wunden und seine Wut aus. Alles, was er sah, war eine hinreißende Schönheit, die er verführen wollte.

„Guten Abend, Jared."

Ihre Begrüßung brachte ihn mit einem Ruck in die Realität

zurück. „Du siehst umwerfend aus“, entgegnete er heiser und sah in ihre kühlen, von dichten Wimpern umrahmten türkisblauen Augen. „Willkommen auf meiner Ranch“, fügte er hinzu. „Komm rein.“

Wortlos kam sie die Stufen hoch und ging an ihm vorbei. Wieder nahm er ihr Parfüm wahr, einen Duft, den er nicht identifizieren konnte. Den Blick auf ihren Hüftschwung gerichtet, folgte er ihr in die Eingangshalle. Megan war atemberaubend. Die offene, fröhliche Achtzehnjährige hatte sich in eine leidenschaftliche Schönheit verwandelt.

„Ich grille gerade Steaks. Lass uns nach hinten auf die Terrasse gehen“, schlug er vor, als er sie eingeholt hatte.

Weiterhin schweigend, ging sie neben ihm her. Auf der Terrasse stieg Rauch von einem großen Edelstahlgrill auf.

„Du hast dich hier anscheinend mit allem Nötigen eingerichtet.“ Sie sah sich um.

„Kann ich dir etwas zu trinken bringen?“

„Weißwein, bitte.“

Sie folgte ihm zur Bar, wo er ihr ein Glas einschenkte. Dann drehte er sich zu ihr um und reichte es ihr. Die flüchtige Berührung ihrer Finger wirkte elektrisierend.

Megan legte den Kopf schief und sah ihn forschend an. „Du kehrst vermutlich bald nach Texas zurück, stimmt’s?“

„Kommt darauf an, wie du dich entscheidest. Jetzt, nachdem ich dir begegnet bin, habe ich es nicht besonders eilig.“

„Hör auf zu flirten, Jared. Oder ist das etwa zu viel verlangt?“

„Nein, du hast recht, aber in deiner Gegenwart kann ich einfach nicht rein geschäftlich bleiben.“

„Vertraulichkeiten nützen dir auch nichts.“

Jared lächelte. „Warte nur ab. Vielleicht kann ich dich später noch eines Besseren belehren.“

Megan betrachtete den inzwischen wieder mit grauen Wolken bedeckten Himmel.

„Als ich über den Fluss gefahren bin, reichte das Wasser fast bis zur Brücke.“

„Hast du etwa Angst, hier festzusitzen?“, fragte er belustigt.

Sie drehte sich zu ihm um und sah ihn kühl an. „Keineswegs. Ich werde fahren, bevor es dazu kommt."

„Lass uns auf die Zukunft trinken und die Vergangenheit vergessen." Er ignorierte ihre Bemerkung und hob sein Glas.

„Das hat doch alles keinen Zweck, Jared." Sie nahm einen Schluck Wein.

„Megan, wir haben uns damals gegenseitig verletzt. Immerhin warst du zwei Monate nach mir schon mit einem anderen verheiratet." Jared hoffte, man hörte ihm nicht an, wie sehr diese Tatsache ihn noch immer schmerzte.

„Wie du sicher weißt, hat meine Ehe nicht viel länger als einen Monat gedauert." Jetzt war sie wütend.

Es hatte ihm damals buchstäblich den Boden unter den Füßen weggerissen, als seine Eltern ihm von dem Empfang erzählten, den ihr Vater für die Neuvermählten gegeben hatte. Die Nachricht von ihrer Scheidung hatte ihn daher mit Genugtuung erfüllt. „Wo steckt eigentlich dein Sohn?"

„Bei meiner Tante und meinem Onkel in Sioux Falls", antwortete sie kurz angebunden. „Er verbringt dort immer einen Teil der Sommerferien."

Sie wirkte plötzlich verschlossen und distanziert, und auf ihrem Gesicht spiegelte sich eine Mischung aus Furcht und Wut wider. Jared musste sich beherrschen, um seine bitteren Gefühle ihr gegenüber nicht offen zu zeigen. Schließlich wollte er den Kauf der Ranch nicht aufs Spiel setzen.

„Ich hatte damals keine Gelegenheit, dir alles zu erklären", sagte er. „Aber ich habe dir wirklich nie wehtun wollen." Das musste ihr als Erklärung genügen. Die schlichte Wahrheit über ihren Vater würde sie ohnehin nicht glauben.

Megan schlenderte über die Terrasse. „Jared, lass uns nicht über die Vergangenheit reden. Wie du selbst gesagt hast, es ist vorbei."

„Kein Problem. Allerdings kann ich mich des Eindrucks nicht erwehren, dass du wegen eben dieser Vergangenheit vom Verkauf der Ranch zurückgetreten bist. Gib es doch ruhig zu. Du wolltest verkaufen, bis du entdeckt hast, dass ich der Käufer bin."

„Das bestreite ich auch gar nicht. Mein Dad hätte nie an dich verkauft, und ich werde es auch nicht tun – niemals."

Ihre weit geöffneten Augen schimmerten wieder grünlich.

„Warte doch erst einmal ab, was ich zu zahlen bereit bin." Wenn sie die Summe hörte, würde sie mit Sicherheit nachgeben.

„Ich habe mich von dir schon zum Abendessen überreden lassen. Mach mir dein Angebot, und dann verschwinde aus meinem Leben."

Megan wandte den Blick ab, doch es kam ihm vor, als würde mehr hinter ihren Worten stecken. Er wurde das Gefühl nicht los, dass ihm etwas entgangen war, aber er hatte keine Ahnung, was.

„Denke ja nicht, dass ich dich so bald in Ruhe lasse. Zwischen uns ist noch viel zu viel ungeklärt."

„Du glaubst doch wohl nicht etwa, wieder an alte Zeiten anknüpfen zu können?"

Diese Frage stieß sie so vehement hervor, dass Jared richtig erschrak. Unruhig ging sie weiter auf und ab, und er starrte hinter ihr her. Warum war sie nur so feindselig und verbittert? Klar, er und sie hatten einst heiraten wollen, aber schließlich war es ja nicht so, dass er sie vor dem Altar hatte stehen lassen. So weit war es nämlich gar nicht gekommen. Er hatte gerade erst nach einem Verlobungsring Ausschau gehalten, als ihr Vater ihre Hochzeitspläne durchkreuzte. Das war lange her, trotzdem reagierte Megan so wütend, als wäre es erst letzte Woche und nicht vor sieben Jahren geschehen.

„Ich sehe mal nach dem Essen", sagte er und ging zum Grill. Er wendete die Steaks und warf zwischendurch einen Blick auf Megan, die noch immer unruhig auf der Terrasse umherwanderte. War sie wirklich so sehr an der Umgebung interessiert, wie sie tat, oder wich sie ihm einfach nur aus?

Kopfschüttelnd ging er ins Haus, um alles für das Dinner vorzubereiten. Da es jederzeit wieder regnen konnte, wollte er lieber drinnen essen.

Er nahm sich vor, Megan nicht unter Druck zu setzen. Auf keinen Fall durfte sie wieder nach Hause fahren, bevor er sie zum Verkauf der Ranch überredet hatte. Er wollte nicht mit leeren Händen nach Texas zurückkehren. Also musste er ihr ein Angebot machen, das sie nicht ablehnen konnte. Außerdem verfolgte er noch ein weiteres Ziel – er wollte mit ihr schlafen.

Als er nach draußen zurückkehrte, um die fertigen Steaks zu holen, lief sie noch immer auf der Terrasse herum. Er nutzte die Gelegenheit, um sie heimlich zu beobachten. Ihr Anblick weckte die Erinnerung an ihre leidenschaftliche erste Nacht, in der er ihr die Unschuld genommen hatte.

Irritiert legte er die Steaks auf zwei Teller und ging zu ihr hinüber. „Das Essen ist fertig. Ich dachte, wir bleiben lieber drinnen – da ist es gemütlicher."

„Gut", sagte sie lächelnd. „Obwohl Gemütlichkeit bei einem Geschäftsessen etwas unangebracht ist."

„Schön, dass du endlich mal lächelst. Steht dir gut."

„Ein Lächeln bedeutet noch gar nichts", antwortete sie auf dem Weg ins Haus.

Jared nahm ihren Arm und hielt sie fest, sodass sie sich zu ihm umdrehen musste. Es lag ihm auf der Zunge, mit der Wahrheit über ihren Vater herauszurücken, aber er beherrschte sich gerade noch rechtzeitig. Sie sollte nicht den Eindruck gewinnen, er wolle sich rechtfertigen. „Megan", sagte er ernst. „Gib doch endlich zu, dass du nur deshalb so feindselig bist, weil ich dich vor sieben Jahren verlassen habe. Die Fehde zwischen unseren Vätern spielt dabei keine Rolle. Es geht hier nur um dich und mich, nicht wahr?"

2. Kapitel

Megan sah mit klopfendem Herzen zu ihm auf. „Du hast völlig recht. Und ich hasse dich noch immer dafür, Jared.“ Sie wünschte ihn mit solcher Verzweiflung aus ihrem Leben fort, dass sie vor Nervosität zitterte. Sein Auftauchen am Morgen hatte ihr einen unglaublichen Schock versetzt.

Das Schlimmste war, dass er sie alles andere als kaltließ. Ihr Körper reagierte fast automatisch auf ihn. Er sah besser aus und war viel anziehender als in ihrer Erinnerung. Er war groß, dynamisch und sexy – alles Qualitäten, die sie nicht ignorieren konnte.

„Ich bin überrascht, dass du wegen dieser Sache selbst hergekommen bist. Du besitzt schließlich eine Kette sehr erfolgreicher Restaurants und ganze Hochhäuser mit Apartments. Damit hast du doch bestimmt genug um die Ohren.“

„Ich interessiere mich eben für deine Ranch. Für dich übrigens auch. Ich finde es seltsam, dass du nicht wieder geheiratet hast.“

„Warum?“ Ihre Handflächen wurden feucht vor Nervosität. Sie konnte nur hoffen, er merkte ihr das nicht an. „Ich bin eine geschiedene Singlemutter und beruflich stark eingespannt. Außerdem bin ich noch jung – sechs Jahre jünger als du, wie du weißt. Ich habe einfach noch nicht den Richtigen gefunden.“

„Ich werde das Gefühl nicht los, dass du mir nicht die ganze Wahrheit sagst.“

Megan wurde übel. „Mehr Erklärungen habe ich nicht zu bieten.“ Sie war so angespannt, dass sie sich für einen Moment in seinen dunklen Augen verlor. Sein Blick ging zu ihrem Mund, und ihre Lippen öffneten sich reflexartig. Schrecklich, wie sie auf ihn reagierte. Noch dazu lächelte er spöttisch. Anscheinend wusste er genau, welche Wirkung er auf sie hatte.

Er hob eine Hand, und sie ließ es zu, dass er langsam mit dem Zeigefinger über ihre Wange strich.

„Es könnte alles ganz anders zwischen uns laufen. Warum erneuern wir nicht einfach eine gute alte Freundschaft?"

„Sie war gut, bis du ohne ein Wort verschwunden bist!", entgegnete sie, warf den Kopf zurück und trat einen Schritt zurück. Am liebsten wäre sie sofort ins Auto gestiegen und davongefahren. „Das mit uns ist schon lange vorbei, Jared. Ich …"

„Lass uns essen", unterbrach er sie und ging mit großen Schritten ins Haus.

Es kam ihr vor, als hätte er ihre Gedanken erraten. Aufgewühlt und mit klopfendem Herzen folgte sie ihm mit Blicken. Warum wurde sie ausgerechnet jetzt mit ihrer Vergangenheit konfrontiert, wo sie endlich etwas Frieden gefunden hatte? Wenn er sie doch nur in Ruhe ließe! Hoffentlich dauerte das Essen nicht so lange. Sobald es vorbei war, würde sie nach Hause fahren, und er würde hoffentlich nach Texas verschwinden.

Kurze Zeit später saßen sie an einem Tisch, auf dem Teller mit saftigen Steaks, dampfende Kartoffeln und ein frischer Salat standen.

„Erzähl mir von deinem Leben in Santa Fe. Du besitzt inzwischen eine Galerie?"

Lächelnd nahm sie einen Schluck Wasser. „Du hast bestimmt genaueste Erkundigungen über mich eingeholt. Gib zu, dass du ein Dossier über mich hast."

„Eigentlich nicht", antwortete er. „Ich kenne nur ein paar Eckdaten. Du bist Töpferin und lebst mit deinem Sohn in Santa Fe. Du bist Single und hast deine eigene Galerie."

„Mehr gibt es auch nicht zu erzählen", antwortete sie. „Santa Fe ist eine friedliche, blühende Künstlerkolonie, in der man ein gewisses Maß an Privatsphäre wahren und trotzdem als Künstlerin in der Öffentlichkeit präsent sein kann, und das gefällt mir ausgezeichnet. Mehr brauchst du nicht zu wissen. Du hingegen stehst natürlich ständig im Mittelpunkt der Medien."

„Das hat überhaupt nichts zu sagen."

„Anscheinend hast du ein Vermögen mit deiner exklusiven Kette Dalton's Steakhouses verdient."

„Ich hatte einfach Glück. Das erste Restaurant in Dallas war ein größerer Erfolg, als ich mir je hätte träumen lassen. Die Leute buchen einen Monat im Voraus, um dort zu essen."

„Klingt beeindruckend. Du hattest also quasi aus dem Nichts einen Riesenerfolg."

Jared zuckte die Achseln. „Mein Dad hat mich nach dem Studium finanziell großzügig unterstützt. Meinen jüngeren Brüdern wollte er später ebenfalls helfen, aber das war dann nicht mehr nötig. Ich habe genug verdient, um sie mit ins Geschäft zu holen."

„Erzähl mir mehr von deinem Leben und deiner Arbeit."

Ihre offensichtliche Weigerung, über sich selbst zu reden, schien ihn zu belustigen. Doch trotz der höflichen Konversation konnte sie die unterschwellige Spannung zwischen ihnen nicht ignorieren, genauso wenig wie die starke und unerwünschte Anziehung, die Jared auf sie ausübte. So vieles an ihm war ihr vertraut. Sie fühlte sich innerlich zerrissen von Schuldgefühlen, Wut und Verlangen. Mehr als sechs Jahre lebte sie nun schon mit einem Geheimnis. War ihr Stillschweigen womöglich ein Fehler gewesen?

Das Essen schien kein Ende zu nehmen, und sie waren noch immer nicht zum eigentlichen Thema gekommen. Um sich von ihren quälenden Gedanken abzulenken, versuchte sie sich auf Jareds Worte zu konzentrieren.

„Mein Leben ist nicht halb so interessant, wie du vielleicht glaubst", erzählte er. „Ich arbeite viel, meistens in der Firmenzentrale in Dallas. Manchmal gehe ich abends aus, aber nichts Aufregendes. Ich reise viel und habe kein Liebesleben, das man ernst nehmen könnte. Gibt es in deinem Leben eigentlich irgendwelche Männer?"

Megan hätte am liebsten mit Ja geantwortet, ging aber lieber auf Nummer sicher. Vielleicht hatte er trotz seiner gegenteiligen Beteuerung doch gründliche Informationen über sie eingeholt. „Nein, mein Sohn und meine Arbeit füllen mich komplett aus."

„Du bist eine schöne, begehrenswerte Frau", sagte Jared überrascht. Seine Stimme klang plötzlich heiser. „Ich kann mir einfach nicht vorstellen, dass es in deinem Leben keinen Mann gibt. Das muss deine Entscheidung sein."

„Danke", sagte sie. Sie wollte ihm eine möglichst knappe Antwort geben und dann zu einem anderen Thema übergehen, doch ihre

Stimme klang verräterisch zittrig. „Vermutlich ist das tatsächlich meine Entscheidung, aber ich hätte ohnehin nicht genug Zeit für einen Mann. Die Tage sind immer viel zu kurz.“ Obwohl das Steak köstlich war, hatte sie keinen Appetit. Sie musste sich zu jedem Bissen zwingen.

„Erzähl mir von Ethan.“

Megan erschrak, als sie den Namen ihres Sohnes aus Jareds Mund hörte.

„Da gibt es nicht viel zu erzählen. Er ist ein ganz normaler Sechsjähriger. Er spielt Fußball und Tischtennis und hat eine Begabung für Zahlen, sogar schon in seinem zarten Alter. Er ist groß und hat mein schwarzes Haar geerbt.“

„Haben dein Exmann und du das gemeinsame Sorgerecht?“

Nervös schüttelte sie den Kopf. „Nein. Mike wollte unsere Ehe genauso schnell beenden wie ich. Als er von meiner Schwangerschaft erfuhr, waren wir bereits geschieden. Er hat mir das volle Sorgerecht übertragen. Ethan interessiert ihn nicht, die beiden kennen sich noch nicht einmal.“

„Ich finde es unfassbar, dass ein Mann keinen Kontakt zu seinem eigenen Sohn haben will. Es tut mir leid für den Jungen“, sagte Jared. „Aber wenigstens war er zu jung, um zu verstehen, was passiert ist.“

Draußen donnerte es wieder, und Megan drehte sich zum Fenster um. „Ich möchte lieber nach Hause zurückfahren, bevor es anfängt zu regnen.“ Als sie wieder Jared anschaute, begegnete sie seinem Blick aus dunklen Augen. Er verunsicherte sie. „Lass uns endlich zum Punkt kommen und dieses Gespräch hinter uns bringen. Meine Ranch steht nicht zum Verkauf.“

„Denk noch einmal darüber nach“, antwortete er leichthin und lehnte sich im Stuhl zurück. „Du willst doch in New Mexico bleiben, oder?“

„Stimmt, aber solange meine Tante und mein Onkel noch am Leben sind, fühle ich mich auch an South Dakota gebunden. Die beiden stehen Ethan genauso nahe wie mir.“

„Wenn du die Ranch zu dem Preis verkaufst, den ich dir biete, könntest du dir ein eigenes Flugzeug mit Pilot leisten oder jederzeit eins chartern. Die Ranch ist doch nur eine Last für dich. Außerdem wird sie herunterkommen, wenn du dich nicht ständig um sie kümmerst.“

„Ich bin mir der Problematik bewusst."

„Warum ziehen dein Onkel und deine Tante eigentlich nicht hierher?"

Megan schüttelte den Kopf. „Sie sind richtige Stadtmenschen. Ich habe ihnen angeboten, sie für die Leitung der Ranch zu bezahlen und ihnen einen Anteil daran zu überschreiben, aber sie bleiben lieber in Sioux Falls. Onkel Thomas und Dad haben sich nie gut verstanden; er hat einfach kein Interesse an der Ranch."

„Du willst doch hoffentlich nicht weiterhin Geld in ihren Unterhalt stecken, nur um mir eins auszuwischen? Das wäre pure Verschwendung."

„Unsere Ranch ist sehr profitabel, wie du weißt. Genau deshalb ist sie doch auch so attraktiv für dich."

Jared schüttelte den Kopf. „Sie ist nur profitabel, wenn sie vernünftig läuft. Dein Vater hat jede Menge Zeit und Geld in den Betrieb investiert. Du kannst nicht gleichzeitig in Santa Fe leben und hier alles so weiterführen wie er."

Jared hatte natürlich recht, aber das wollte sie nicht zugeben. Wenn sie auf ihrem Standpunkt beharrte, würde er sie vielleicht endlich in Ruhe lassen, und sie konnte dann später einen anderen Käufer suchen.

„Dann willst du also doch die Galerie schließen und hierher ziehen?"

Die Frage klang beiläufig, aber seine äußerliche Gelassenheit trog. Obwohl sie Jared seit Jahren nicht gesehen hatte, spürte sie das genau. „Das wird bestimmt nicht nötig sein", antwortete sie ähnlich gelassen wie er. „Falls doch, werde ich eben jemanden engagieren, der die Galerie übernimmt."

Die Atmosphäre war inzwischen so angespannt, dass sie zu essen aufgehört hatten. Draußen donnerte es immer häufiger. „Jared, ich muss jetzt los, bevor die Brücke überflutet ist."

„Du hast noch jede Menge Zeit", sagte er wegwerfend.

Anscheinend glaubte er, sogar Macht über das Wetter zu haben, was sie unter anderen Umständen amüsiert hätte.

„Ich mache dir einen Vorschlag. Ich zahle dir eine Million mehr, als du für die Ranch verlangst. Also überlege dir gut, ob du bei deiner Entscheidung bleiben willst."

Fassungslos starrte Megan ihn an. Eine Million mehr war kein Pappenstiel. Zusätzlich zu ihrem Preis war die Summe geradezu fantastisch. „Wirklich beeindruckend." Sie sah ihn prüfend an. „Warum willst du die Sorenson-Ranch eigentlich unbedingt haben?"

„Unter anderem wegen der Wasserrechte."

„Der Fluss fließt durch die Dakotas weit nördlich von uns. Du kannst nicht das ganze Wasser kontrollieren."

Er lächelte selbstgefällig. „Stimmt, aber je mehr Kontrolle ich habe, desto besser. Außerdem läuft deine Ranch gut. Wenn ich nicht absolut sicher wäre, dass sich die Investition lohnt, hätte ich kein Interesse. Ich habe dir ein verdammt gutes Angebot gemacht, Megan, das weißt du genau. Deine Wut auf mich trübt anscheinend dein Urteilsvermögen. So unprofessionell leitest du deine Galerie bestimmt nicht."

„Ich war auch noch bei keinem Geschäft emotional so involviert wie hier. Wie soll ich da objektiv bleiben?", fragte sie, obwohl es ihr gegen den Strich ging, die Tiefe ihrer verletzten Gefühle zu offenbaren. Jareds Augen weiteten sich ungläubig. Was dachte er sich eigentlich? Schon seine bloße Gegenwart tat ihr weh. Draußen donnerte es wieder. Es wurde allmählich höchste Zeit, den Abend zu beenden.

„Du bist ein skrupelloser Mensch, Jared", sagte sie ausdruckslos.

„Das stimmt nicht. Zumindest nicht in deinem Fall, wie du weißt. Mein Angebot ist mehr als großzügig. Es übersteigt sogar den Wert der Ranch. Nichts daran ist skrupellos. Die meisten würden es widerspruchslos akzeptieren."

Zu ihrem Schreck berührte er plötzlich ihre Hand. Ihr Herzschlag setzte für einen Moment aus.

„Aber schließlich bist du nicht wie die meisten", fügte er mit heiserer Stimme hinzu.

Megan holte tief Luft. Er senkte den Blick auf ihren Mund, der augenblicklich zu kribbeln begann.

„Denk darüber nach."

Noch immer hielt er sie fest und tastete mit dem Daumen nach ihrem rasenden Puls. Seine Augen glitzerten befriedigt; offensichtlich spürte er genau, dass sie körperlich noch immer stark auf ihn reagierte. Knisternde Spannung lag in der Luft. Megan wollte den Blick abwenden oder etwas sagen, um die angespannte Stille zu durchbrechen, war jedoch wie gebannt von seinem Blick. Unwillkürlich musste sie daran denken, wie es damals gewesen war, mit ihm zu schlafen. Sie konnte sich noch an jede Nuance seiner Küsse erinnern.

„Bleiben wir doch bitte beim Geschäftlichen." Sie rang mühsam um Fassung.

Plötzlich wurde ihr bewusst, dass es draußen regnete. Seit wann eigentlich? Sie war so vertieft in das Gespräch gewesen, dass sie nichts davon mitbekommen hatte, dabei goss es geradezu. Abrupt erhob sie sich. „Ich werde jetzt gehen. Eigentlich hatte ich schon vor dem Regen aufbrechen wollen."

„Bleib doch sitzen und warte, bis der Schauer vorbei ist", schlug Jared vor. „Wir können trotzdem noch höflich miteinander umgehen. Wenn du willst, reden wir auch nicht mehr über die Ranch."

„Ich habe sonst nichts mit dir zu besprechen, Jared." Sie betete innerlich, dass er nie erfuhr, wieso es so schwierig für sie war, mit ihm zusammen zu sein. Der ganze Tag war ein einziger Albtraum gewesen.

„Die Rückfahrt wird nicht leicht. Soll ich dich nicht lieber fahren und dir morgen den Wagen vorbeibringen lassen?"

„Nein." Sie nahm ihre Handtasche. Jared folgte ihr und holte sie ein.

„Hast du einen Regenmantel oder einen Schirm dabei?"

Sie schüttelte den Kopf. „Ich habe meinen Schirm im Auto liegen lassen."

„Warte einen Augenblick, ich leihe dir einen."

Sie sah ihm hinterher. Beim Anblick seines schlanken Körpers und der langen Beine fiel ihr wieder ein, wie gut er sich früher angefühlt und wie gern sie ihn berührt hatte. Genervt drehte sie sich zum Fenster um und sah, wie heftig der Regen dagegenprasselte. Sie wollte einfach nur raus. Irgendwie würde sie es schon über die Brücke schaffen. Jedenfalls würde sie auf keinen Fall die Nacht in Jareds Haus verbringen! Erleichtert sah sie ihn mit einer Regenjacke und einem Schirm zurückkehren.

„Hier, bitte. Ich kann beides entbehren."

„Danke. Wo willst du hin?", fragte sie, als er sich ebenfalls einen Regenmantel überzog.

„Ich werde dir in meinem Wagen folgen und aufpassen, dass du sicher über die Brücke kommst. Eigentlich habe ich sie schon lange ersetzen lassen wollen, aber sobald es mal länger nicht regnet, vergesse ich es. Manchmal wird sie jahrelang nicht überflutet."

„Ich komme schon allein klar. Danke für das Dinner, Jared. Ich werde über dein Angebot nachdenken und mich dann bei dir melden." Das sagte sie schon im Gehen über die Schulter. Er war dicht hinter ihr und streckte seinen Arm an ihr vorbei, um ihr die Autotür zu öffnen. Sein Wagen war nirgends zu sehen. Wahrscheinlich musste er erst durch das Haus zurück in die Garage gehen, um ihn zu holen. Egal, jetzt kam es nur noch darauf an, den Fluss zu überqueren.

Sie ließ den Motor des Geländewagens an und fuhr los. Angestrengt starrte sie durch die Windschutzscheibe, deren Scheibenwischer nicht ordentlich mit den Wassermassen fertig wurden.

Jeder Blitz machte sie noch nervöser. Das grelle Licht erhellte mit riesigen Pfützen bedeckte Felder, und im Straßengraben strömte das Wasser wie in einem Bach. Offensichtlich konnte der durchtränkte Boden den Regen nicht mehr aufnehmen.

Hoffentlich sind wir nicht schon von der Außenwelt abgeschnitten! Nicht hier und jetzt. Warum hatte sie sich nur von Jared zu diesem Essen überreden lassen? Sie hätten die Sache doch auch anders klären können.

Megan fuhr gerade über einen Hügel, als wieder ein Blitz über den Himmel zuckte. Beim Anblick des Flusses vor ihr stieß sie einen Schreckenslaut auf. Obwohl ihre Umgebung kurz darauf wieder in Dunkelheit gehüllt war, brannte sich das Bild unauslöschlich in ihr Gedächtnis ein: Die Brücke war verschwunden.

Sie warf einen Blick in den Rückspiegel und erlebte eine weitere Überraschung. Hinter ihr waren Scheinwerfer zu sehen, die sich rasch näherten. Das musste Jared sein.

Beim nächsten Blitz erkannte sie, dass nur noch der obere Teil des Brückengeländers aus dem Wasser ragte. Verzweifelt wurde ihr bewusst, dass die Überquerung des Flusses unmöglich war. Hinter ihr drückte Jared auf die Hupe, bremste und stieg aus seinem schwarzen Pick-up. Er kam zur Beifahrerseite ihres Wagens gelaufen. Widerstrebend entriegelte sie die Tür und ließ ihn rein.

„Du kannst die Brücke jetzt unmöglich überqueren. Tut mir leid, Meg!“ Er setzte sich und schlug die Tür zu.

„Megan, bitte schön!“, korrigierte sie ihn. Es war das erste Mal seit ihrem Wiedersehen, dass er sie Meg genannt hatte.

„Komm, lass uns zu mir zurückfahren. Ich habe genügend Gästezimmer.“

Ein weiterer Blitz ließ erkennen, dass der Fluss immer weiter über das Ufer trat.

„Wenn diese Nacht erst einmal überstanden ist, wirst du das alles bestimmt ganz schnell vergessen.“

Sie drehte sich zu ihm um und stellte fest, dass er sie beobachtete.

„Wenn du willst, werde ich deinen Wagen für dich wenden.“

„Nicht nötig, aber trotzdem danke“, antwortete sie. „Ich bin bislang immer gut allein zurechtgekommen.“ Es fiel ihr schwer, ihre Aversion zu verbergen.

Ihr Handy klingelte, und sie zog es aus der Tasche. Ihr Sohn war am Apparat. Sie warf Jared einen nervösen Blick zu. Angst und Schuldgefühle plagten sie, als sie sich meldete.

Jared winkte ihr zum Abschied zu und stieg aus dem Auto. Erleichtert seufzte sie auf, obwohl ihr klar war, dass jetzt auf den angespannten Abend eine noch anstrengendere Nacht folgen würde. Sie fasste sich kurz und versprach zurückzurufen, sobald sie im Trockenen war. Dann wendete sie den Wagen, dessen Räder bereits im Wasser standen.

Noch immer prasselte der Regen in Strömen herab, trommelte laut auf das Dach und tauchte alles außerhalb des Scheinwerferlichts in undurchdringliche Dunkelheit. Jareds Pick-up war bereits verschwunden. Der Gedanke, unter einem Dach mit ihm übernachten zu müssen, machte sie noch nervöser, als sie ohnehin schon war. Sein Haus konnte gar nicht groß genug sein, um sie seine Gegenwart vergessen zu lassen. Bis auf Weiteres waren sie dort trotzdem zusammengepfercht.

Megan versuchte, sich keine Sorgen zu machen. Irgendwie würde sie die Nacht schon hinter sich bringen und Jared, so gut es ging, aus dem Weg gehen. Er hatte sie den ganzen Abend so heiß und begehrlich angesehen, dass ihr Körper von Kopf bis Fuß zu prickeln schien. Sein Blick war alles andere als distanziert oder geschäftsmäßig gewesen.

Schon früher hatte er seine Ziele immer erbarmungslos verfolgt. Diesmal hatte er es auf die Ranch abgesehen, doch auf keinen Fall würde sie zulassen, dass er sie verführte, um das zu bekommen, was er wollte.

Megan straffte die Schultern. Sie musste ihn von sich und ihrem Leben fernhalten, bevor er herausfand, was er nie erfahren durfte.

Sie war so in ihre Gedanken und Sorgen versunken, dass sie kaum noch auf die Straße vor ihr achtete. Als der Wagen plötzlich unerwartet ins Schleudern geriet, riss sie sich zusammen und richtete ihre Konzentration voll aufs Fahren.

Wie sie vermutet hatte, wartete Jared bereits auf der beleuchteten Veranda, als sie vor dem Haus vorfuhr. Er hatte einen Fuß auf das Geländer gestützt, und sie fragte sich, wieso er nur so verdammt sexy aussah. Das machte es viel schwieriger, kühle Distanz zu wahren. Die gemeinsame Vergangenheit, für sie insgeheim die beste Zeit ihres Lebens, machte es unmöglich, in seiner Gegenwart neutral zu bleiben.

Megan schaltete den Motor aus und saß eine Minute einfach nur da, um sich zu sammeln. Draußen stürmte es inzwischen. Windböen peitschten über die Erde, was perfekt zu ihrem Gefühlchaos passte. Schließlich holte sie tief Luft, stieg aus und spannte den Regenschirm auf. Schnell rannte sie ins Haus. Ihre unpraktischen Pumps und den Schirm ließ sie in der Halle zurück. „Ich lasse die Schuhe lieber hier stehen, um den Fußboden nicht zu verschmutzen“, erklärte sie überflüssigerweise und folgte Jared durch die Halle.

„Kannst du dich eigentlich noch an dieses Haus erinnern?“

„Natürlich“, antwortete sie kurz angebunden. Er legte den Kopf schief und sah sie von der Seite an. Eine seiner Augenbrauen hob sich fragend. Ihr Herz begann schneller zu schlagen. Sie kannte diesen Blick nur allzu gut.

„Du hast hier nicht viel verändert, wenn ich mich recht erinnere." Sie musterte die Topfpalmen und die gerahmten Küstengemälde.

„In diesem Teil des Hauses nicht, aber ich habe die Küche erweitert und ein Schlafzimmer für mich angebaut. Wie gefällt es dir?"

Er stieß eine Tür auf, knipste einen Lichtschalter an und betrat ein Zimmer, das mit einem riesigen Pfostenbett und Walnussmöbeln ausgestattet war.

„Gut."

„Lass uns zurück in die Küche gehen und etwas Warmes trinken. Was hättest du gern? Heiße Schokolade, Tee oder doch lieber etwas Kaltes?"

„Heißen Tee, bitte. Ich habe meinem Sohn vorhin versprochen, ihn zurückzurufen. Wenn du mich bitte entschuldigen würdest?" Megan zog ihr Handy aus der Tasche und ging ins Wohnzimmer. Während sie mit Ethan telefonierte, stand sie vor dem Terrassenfenster und sah hinaus in den Regen. Sie vermisste ihren Sohn sehr und bedauerte, ihn jetzt nicht in die Arme nehmen zu können, aber bei ihren Verwandten war er bestens aufgehoben. Sie musste sich keine Sorgen machen. Dann sprach sie noch kurz mit ihrer Tante und erzählte ihr, dass sie auf Jareds Ranch festsaß.

Bei jedem Blitz konnte sie erkennen, dass der Regen noch nicht nachgelassen hatte. Die Pfützen wurden größer und größer. Es bestand die Gefahr, dass sie auch am kommenden Morgen noch nicht nach Hause fahren konnte.

Nachdem sie ihrer Tante versichert hatte, dass alles in Ordnung war, steckte sie ihr Handy weg und ging zu Jared in die Küche. Sie setzte sich auf einen Barhocker und beobachtete, wie er gelbe Porzellanbecher auf ein Tablett stellte. Seine Gesichtszüge waren ihr unglaublich vertraut, was kein Wunder war. Wenn er jemals Ethan sähe, wüsste er sofort Bescheid.

Bei dem bloßen Gedanken an diese Möglichkeit bekam sie Panik. Mit seinen braunen Augen und dem schwarzen Haar sah Ethan seinem Vater so ähnlich, wie es überhaupt nur möglich war; sogar das Grübchen im Kinn hatte er von ihm geerbt.

Ein lauter Donnerschlag ertönte und ließ für einen Moment das

Deckenlicht flackern. Jared trat zu ihr und warf einen Blick aus dem Fenster.

„Ich hole für alle Fälle Kerzen“, sagte er und ging in die Speisekammer.

„Das hat mir gerade noch gefehlt“, murmelte Megan vor sich hin. Hoffentlich musste sie nicht den Rest des Abends bei Kerzenschein mit ihm verbringen. Er war auch so schon verführerisch genug.

Als er mit den Kerzen zurückkam, lenkte sie das Gespräch vorsichtshalber auf seine Arbeit und folgte ihm ins Wohnzimmer. Dort kuschelte sie sich in einen Sessel. Das Licht war gedämpft, Jared hatte leise Musik angemacht, und draußen prasselte der Regen. Er setzte sich auf das Sofa neben ihr und stellte das Tablett mit dem dampfenden Teebecher und einer Kaffeetasse auf den Sofatisch. Normalerweise hätte sie die Atmosphäre als behaglich empfunden, aber in dieser Situation wollte sie einfach nur austrinken, auf ihr Zimmer gehen und die Tür hinter sich abschließen.

Während er ihre Fragen über seine Büros in Dallas und Paris, seine Geschäftsreisen und seine Häuser beantwortete, fragte sie sich plötzlich, ob sie damals nicht den größten Fehler ihres Lebens gemacht hatte. Hätte sie Jared nicht schon längst mitteilen müssen, dass er der Vater ihres Sohnes war?

War es falsch gewesen, keinen Kontakt zu ihm aufzunehmen? Im selben Moment wusste sie, dass sie jederzeit wieder genauso handeln würde. Jared hatte sie ohne ein Wort sitzen gelassen und bis zu diesem Morgen nie Kontakt zu ihr aufgenommen.

Ihre lange aufgestaute Wut auf ihn wallte für einen Moment wieder in ihr auf, als sie an Jareds Liebeserklärungen und die wilde Leidenschaft zwischen ihnen zurückdachte. Er hatte sie Knall auf Fall einfach so verlassen, ohne ihr auch nur den Ansatz einer Erklärung zu bieten. Als sie sich bei seinen Eltern nach ihm erkundigte, sagten sie ihr, er habe einen neuen Job in Texas angenommen. Sie gaben ihr seine Telefonnummer, doch sie hatte ihn nie kontaktiert. Der Schmerz darüber, verlassen worden zu sein, saß einfach zu tief und wurde noch unerträglicher, als sie von ihrer Schwangerschaft erfuhr.

Sie würde Jared nie verzeihen!

Trotzdem war sie machtlos gegen ihre Schuldgefühle. Hatte sie ihrem Sohn womöglich eine Beziehung vorenthalten, die sein Leben bereichert hätte? Andererseits war ein Mann, der jemanden einfach so sitzen ließ, kein gutes Vorbild. Vielleicht hätte Jared Ethan ohnehin keine Beachtung geschenkt, was die Sache nur noch schlimmer für ihn gemacht hätte.

Gegen ihren Willen stiegen wieder die Erinnerungen in ihr auf – schmerzliche an Jared und unangenehme an ihren Vater, der außer sich vor Wut über ihre Schwangerschaft gewesen war. Als er davon erfuhr, war Jared schon zwei Monate fort. Sie hatte sofort gewusst, dass sie ihr Baby ohne die Unterstützung ihres Vaters bekommen musste.

Dank ihrer Tante und ihrem Onkel in Sioux Falls war sie nicht völlig allein gewesen; sie hatten ihr bei der Geburt beigestanden.

Jared legte den Kopf schief und warf ihr einen fragenden Blick zu, der ihr nur allzu vertraut war. Wie oft hatte sie den gleichen Blick schon bei ihrem Sohn gesehen?

„Ich habe bisher viel zu viel über mich gesprochen. Erzähl mir von dir“, sagte er.

Er lehnte sich entspannt zurück und zog einen Fuß auf das andere Knie. Plötzlich folgte auf einen besonders grellen Blitz ein gewaltiger Donnerschlag, der die Fensterscheiben klirren ließ. Das elektrische Licht flackerte und erlosch.

„Bleib sitzen.“ Jared erhob sich. „Ich habe alles für den Notfall vorbereitet.“

Beim nächsten Blitz sah sie ihn mit Streichhölzern in der Hand. Er zündete mehrere Kerzen an und steckte sie in Ständer auf dem Tisch.

Das Rauschen des Regens war jetzt deutlicher zu hören, da die Musik verstummt war. Das flackernde Kerzenlicht tauchte Jared in einen goldenen Schein und betonte seine hohen Wangenknochen, die von dichten Wimpern umrahmten Augen, das Grübchen in seinem Kinn und sein glänzendes schwarzes Haar. Unwillkürlich musste Megan daran denken, wie es sich früher angefühlt hatte, ihm durch das Haar zu streichen, das sich bei nassem Wetter immer lockte. Er kam zu ihr und setzte sich wieder, diesmal direkt neben sie auf das Sofa.

„Du siehst fantastisch aus, vor allem bei Kerzenlicht."

„Danke." Gegen ihren Willen freute sie sich über das Kompliment. „Bei Kerzenlicht sieht jeder gut aus. Wechseln wir das Thema – arbeitest du mehr in den USA oder im Ausland?"

„Okay, reden wir weiter über Unverfängliches, wenn dir das lieber ist. Allerdings ist das nicht besonders interessant", antwortete Jared. „Ich arbeite meistens in den Staaten. Bist du gleich nach Santa Fe gezogen, als du mit der Töpferei anfingst?"

„Nicht sofort." Interessierte ihn das wirklich? „Ich habe für einen Innenarchitekten in Sioux Falls und nebenbei selbstständig gearbeitet", fuhr sie fort. „Durch meine Website und den Innenarchitekten wurde ich allmählich bekannt. Ich hielt es irgendwann für ratsam, mich in Santa Fe niederzulassen, und habe mich dort schließlich ganz selbstständig gemacht."

„Das hat deinem Vater bestimmt nicht gefallen."

„Richtig, aber er hielt es für eine lehrreiche Erfahrung. Er war sicher, ich würde scheitern und nach Hause zurückkehren." Sie hatte sich damals große Sorgen gemacht, ob sie die richtige Entscheidung damit traf, mit ihrem kleinen Sohn umzuziehen. Sie hatte Angst gehabt, Ethan damit zu viel zuzumuten. Wenn sie es recht bedachte, hatte sie damals ständig in Angst gelebt.

„Hat er dein Talent je anerkannt?"

Sie lächelte. „Als ich irgendwann genug Geld verdient habe, hat er seine Einstellung geändert."

„Typisch", sagte Jared. „Nichts ist so überzeugend wie Erfolg. Ich kann mir dich bei der Arbeit mit Ton gar nicht vorstellen." Er nahm ihre Hände. „Diese Hände sehen nicht so aus, als würdest du töpfern."

Seine Berührung steigerte ihr schwelendes Verlangen nach ihm noch, ein Verlangen, das sich weder durch Wut noch Vernunft unterdrücken ließ. Sie holte tief Luft und entzog ihm ihre Hände.

„Ich halte gern deine Hände", sagte Jared heiser.

„Das kommt vom Sturm und dem Kerzenlicht – und dem Wein, den du beim Essen getrunken hast. Wahrscheinlich hältst du die Hände jeder Frau gern, mit der du den Abend verbringst."

Er streichelte ihre Wange und schüttelte ernst und nachdrücklich den Kopf. „Kann schon sein, aber das hier ist anders. Ich hatte keine Ahnung, dass es so sein würde, als ich hierher zurückkehrte."

Megan wurde wütend. Auf keinen Fall würde sie zulassen, dass er die körperliche Anziehung zwischen ihnen zu seinem Vorteil nutzte. Sie fand ihn zwar immer noch attraktiv, aber bisher behielten ihre negativen Emotionen Gott sei Dank die Oberhand.

„Jared, du brauchst mich nicht mit Komplimenten zu umgarnen, bloß weil du etwas von mir willst", sagte sie brüsk. Sie musste ihn emotional auf Distanz halten.

Er lächelte schief. „Du missverstehst mich gründlich. Ich habe gerade überhaupt nicht mehr an die Ranch gedacht."

Seine heisere Stimme klang sanft wie eine Liebkosung. Megan trank ihren Tee aus und stand abrupt auf. „Ich gehe jetzt schlafen."

Er erhob sich ebenfalls. „Es ist noch früh, Megan."

„Die Zeiten haben sich geändert, Jared. Wir sind nicht mehr dieselben. Ich nehme eine Kerze mit." Als sie sich bückte, um ihr Geschirr zu nehmen, umfasste er ihr Handgelenk. Seine Berührung wirkte wie zufällig, ihr Herz machte trotzdem einen Satz, und es überlief sie heiß. Erschrocken sah sie hoch.

„Du weißt genau, dass das nicht stimmt. Lass das Geschirr stehen", sagte er.

Sie stand noch immer wie erstarrt über den Tisch gebeugt, nur wenige Zentimeter von Jared entfernt. Das Kerzenlicht zauberte goldene Reflexe in seine braunen Augen.

„Lass mich los", presste sie angestrengt hervor. Verlangen nach ihm überwältigte sie, gepaart mit Zorn, weil er noch immer eine solche Wirkung auf sie hatte. Ihr wurde bewusst, dass er sie gleich küssen würde – und dass sie sich das insgeheim sogar wünschte. „Nein!", sagte sie etwas bestimmter. Sie richtete sich auf, und er ließ sie los, wobei er sie jedoch unverwandt mit glühendem Blick ansah.

„Wie wär's mit einem Waffenstillstand?", schlug er leise vor. „Es ist alles so lange her, Megan."

Sie sah ihn wütend an. „Dieses Gespräch ist überflüssig." Sie musste um Fassung ringen. Warum konnte sie nicht einfach so tun, als würde die Vergangenheit ihr nichts mehr ausmachen? Sie zündete ein Streichholz an, und wieder umfasste er ihr Handgelenk, sodass sie die Kerze zusammen anzündeten.

Jareds Berührung machte ihr seine körperliche Nähe nur noch stärker bewusst. Noch dazu ließ er sich viel Zeit, den Docht in Brand zu setzen. Am liebsten hätte sie ihm die Hand entrissen, aber sie hatte ihm schon genug von ihren Gefühlen offenbart. Sie sah über die Streichholzflamme hinweg in seine Augen, die begehrlich ihren Mund betrachteten. Sein Blick verschlug ihr den Atem. Ihre Lippen teilten sich. Sie wollte ihn, egal, wie unvernünftig das war.

„Zünde die Kerze an, Jared", flüsterte sie.

Hauchzart strich er mit dem Daumen über ihr Handgelenk. Wie damals reagierte sie bei ihm auch auf die kleinste Berührung. Ihr Verlangen wuchs mit jedem Herzschlag. Jared stellte die Kerze ab und umfasste ihren Hinterkopf.

„Jared", flüsterte sie, doch ihr schwacher Protest klang eher wie eine atemlose Aufforderung.

Dann zog er sie an sich und küsste sie.

Seine Lippen waren warm und zärtlich; zart berührte er ihre Zunge mit seiner und ließ sie tief in ihren Mund gleiten. Leidenschaftlich gab sie sich seinem Kuss hin. Er legte den freien Arm um ihre Taille, kam um den Tisch herum und zog sie an sich.

Endlich lag sie wieder in seinen Armen. Wie oft hatte sie von diesem Moment geträumt und dann beim Aufwachen feststellen müssen, dass es nur eine Fantasie war und Jared ihr in Wirklichkeit das Herz gebrochen hatte? Jetzt stand sie tatsächlich hier, sie küsste ihn und fand ihn noch erotischer als in ihrer Erinnerung.

Aus Glut wurde Feuer. Sie widerstand dem Impuls, die Arme um ihn zu schlingen, um ihn noch fester an sich zu ziehen. Ein Teil von ihr sehnte sich verzweifelt nach ihm, und der andere wollte sich losreißen, um zu verhindern, was gerade geschah, aber seine Küsse raubten ihr den Verstand. Hungrig erwiderte sie sie, obwohl sie genau wusste, dass sie damit unweigerlich auf eine Katastrophe zusteuerte. Jede Sekunde, die verging, steigerte ihr seit Jahren aufgestautes Verlangen. Schließlich schob sie ihn unter Aufbietung ihrer gesamten Willenskraft von sich.

Nur widerwillig ließ er sie los und öffnete die Augen.

„Schluss damit, Jared", keuchte sie. „Dieser Kuss hat nichts zu bedeuten. Es ist einfach nur schon viel zu lange her, dass ich jemanden geküsst habe."

„Sei mir nicht böse, Meg. Ich küsse dich nun einmal gern", sagte er leise. „Es ist ja nichts Schlimmes passiert."

„Ich gehe jetzt ins Bett!", sagte sie schroff und ging zur Sicherheit auf die andere Seite des Tisches. „Du brauchst mich nicht zur Tür zu begleiten", fügte sie hinzu, als er auf sie zukam. „Gute Nacht, Jared!"

„Ich wünschte, ich könnte deine Meinung über mich ändern. Wir waren jung, Megan." Sein dunkles Hemd stand am Hals offen, und das Haar fiel ihm in die Stirn. Wegen des Regens war seine Naturkrause ausgeprägter als sonst, und schwarze Locken umrahmten sein Gesicht.

Sie schüttelte den Kopf. „Gute Nacht", wiederholte sie und ging emotional total erschöpft auf ihr Zimmer.

Sie spürte noch immer seine Lippen auf ihrem Mund und sehnte sich mit jeder Faser ihres Körpers nach ihm. Nicht zu fassen, wie sie auf ihn reagierte! Es war, als hätte er die Büchse der Pandora geöffnet. Vielleicht lag es ja wirklich daran, dass sie schon zu lange allein war, aber bisher hatte sie eigentlich nichts vermisst. Mit der Arbeit und Ethan war ihr Leben so ausgefüllt, dass sie Nacht für Nacht erschöpft ins Bett fiel. Mit einem einzigen Kuss hatte Jared mühelos alles zunichtegemacht. Sie war dahingeschmolzen und hatte diesen Kuss sogar erwidert. Jetzt hatte sie die Bescherung!

Sie durchquerte das Zimmer und versuchte den Gedanken zu verdrängen, dass Jared sich wahrscheinlich gerade auszog und ins Bett ging. Früher hatte er nackt geschlafen, und wahrscheinlich tat er das immer noch. Ihre Fantasien quälten sie so, dass sie nicht schlafen konnte.

Warum hatte sie ihm nicht bewiesen, dass sie gegen ihn immun war, anstatt seinen Kuss leidenschaftlich zu erwidern? Sie konnte an nichts anderes mehr denken, obwohl sie das nur noch mehr erregte.

Wie konnte sie nur so auf einen Mann reagieren, den sie verachtete?

Und was war mit der Million, die er ihr bot?

Wenn sie ihm die Ranch verkaufte, würde sie ihn wahrscheinlich nie wiedersehen. Ihr Verstand riet ihr, das Angebot zu akzeptieren. Sie hätte dann für immer finanziell ausgesorgt und wäre die Ranch los, an der ihr ohnehin nichts lag. Damit würde sie auch einen Großteil ihrer Bindungen an South Dakota kappen. Nur wenn sie ihre Tante und ihren Onkel besuchte, würde dann noch das Risiko bestehen, Jared über den Weg zu laufen. Dass er unter diesen Umständen die Wahrheit herausfand, war äußerst unwahrscheinlich.

Trotzdem war der Gedanke, ihm die Ranch zu übereignen, unerträglich. Ihre Wut über das, was er ihr angetan hatte, war noch immer so stark, dass sie es ihm unbedingt heimzahlen wollte. Sie träumte schon seit Jahren von einer solchen Gelegenheit.

Dazu kam noch, dass ihr Vater die Ranch nie an Jared verkauft hätte. Er hasste die Daltons. Jareds Vater und er stritten sich unaufhörlich über das Wasser, da jeder den anderen beschuldigte, sich mehr zu nehmen, als ihm zustand, Auseinandersetzungen, die auch auf andere Bereiche übergriffen. Wenn beispielsweise ein Zaun kaputtging, erklärte unweigerlich einer den anderen für schuldig.

Zudem hatte ihr Vater Jareds Vater für dessen einfache Herkunft verachtet, und als Jared sie verlassen hatte, war ihr Vater außer sich gewesen, auch wenn er ihr die Hochzeit vorher hatte ausreden wollen.

Was war wichtiger? Das Geld oder ihre persönliche Genugtuung?

Wenn sie daran zurückdachte, wie eiskalt Jared sie verlassen hatte und aus welchem Grund er jetzt zurückgekehrt war, wurde ihr klar, dass sie nicht an ihn verkaufen konnte – zu keinem Preis.

Was war, wenn sie sich und ihrem Sohn damit schadete? Jareds Geld würde reichen, um Ethans Ausbildung und einen komfortablen Lebensstil zu sichern, den sie sich sonst nicht leisten konnten. Von anderen Käufern würde sie wahrscheinlich nicht annähernd den gleichen Preis bekommen.

Außerdem kostete das alles Zeit. Der Betrieb der Ranch war aufwendig und kostspielig, und wegen des schlechten Gesundheitszustands ihres Vaters im vergangenen Jahr war einiges vernachlässigt worden. Es wäre daher nur vernünftig, an Jared zu verkaufen. Ganz abgesehen davon hatte sich bisher auch noch niemand außer ihm für die Ranch interessiert.

Megan rollte sich auf einem Sessel in der Nähe des Fensters zusammen. Sie beobachtete den Regen und die Blitze und hoffte, der Flusspegel würde schnell wieder sinken, sobald das Unwetter vorbei war.

Erschöpft rieb sie sich die Schläfen. Sie war überzeugt, in dieser Nacht kein Auge mehr zutun zu können. Sollte sie nun verkaufen oder nicht? Sie musste endlich damit aufhören, an Jareds Kuss zu denken und sich Vorwürfe wegen ihrer Schwäche ihm gegenüber zu machen.

Sie stand auf und trat rastlos ans Fenster. Schließlich kehrte sie wieder zum Sessel zurück und zermarterte sich weiter den Kopf. Erst spät in der Nacht schlief sie erschöpft im Sessel ein.

Als sie aufwachte, hob das Tageslicht schlagartig ihre Stimmung und machte ihr Hoffnung, bald wegfahren zu können. Noch immer unentschlossen wegen der Ranch, begab sie sich ins Badezimmer, um zu duschen und sich anzuziehen. Nachdem sie sich gekämmt hatte, ging sie in die Küche, wo Jared bereits mit einer Tasse Kaffee am Tisch saß. Er trug Jeans und ein kurzärmliges Cowboyhemd und sah wieder unwiderstehlich aus.

„Guten Morgen“, sagte er gut gelaunt und stand auf, um sie zu begrüßen. Er musterte sie anerkennend. „Du siehst toll aus – genau wie gestern.“ Er streckte eine Hand aus und wickelte sich eine Strähne ihres Haars um den Finger. „Offen mag ich dein Haar am liebsten.“

Beim Duft seines männlichen Aftershaves beschleunigte sich ihr Herzschlag. „Danke für das Kompliment“, antwortete sie. „Ich bin zwar ein bisschen overdressed, aber was soll's.“

„Ich könnte dir meine Jeans leihen“, sagte er mit funkelnden Augen.

„Nein, danke“, antwortete sie hastig.

„Habe ich mir schon gedacht, aber sie würde dir sowieso nicht passen. Ich habe Frühstück gemacht – bedien dich.“ Er zeigte auf zugedeckte Schüsseln und Töpfe auf dem Herd. „Auf dem Tisch ist Obst. Möchtest du Orangensaft, Milch oder Kaffee? Du kannst alles haben, wenn du willst.“

„Orangensaft und Kaffee bitte." Mit einem Teller in der Hand inspizierte sie die vielen Schüsseln und Töpfe. Sie nahm sich Rührei, Kiwischeiben und eine Schale Brombeeren, obwohl sie keinen Appetit hatte. Während er ihr Saft und Kaffee einschenkte, traf sie einen Entschluss. Sie brachte es einfach nicht über sich, ihm die Ranch zu verkaufen, egal, was diese Entscheidung sie kostete.

„Das ist ja ein üppiges Frühstück. Kochst du öfter mal?"

„Nur wenn es nicht anders geht. Die Küchenhilfe ist leider heute von der Ranch abgeschnitten."

„Sieht so aus, als müsste ich noch länger hier ausharren." Sie trug ihren Teller zum Tisch und setzte sich ihm gegenüber.

„Es gibt hier im Haus jede Menge Möglichkeiten, sich die Zeit zu vertreiben."

Sie warf ihm einen misstrauischen Blick zu. Als er entwaffnend lächelte, schüttelte sie ebenfalls lächelnd den Kopf. „Wir werden uns einfach nur unterhalten. Falls du übrigens Arbeit hast, tu dir keinen Zwang an."

„Aber nicht doch. Wenn du die Ranch nicht an mich verkaufst, sind wir demnächst Nachbarn. Wir sollten also unsere Bekanntschaft auffrischen."

„Das ist sinnlos", antwortete sie zu rasch.

„Du willst doch hoffentlich nicht wie unsere Väter weitermachen?"

„Nein … aber trotzdem."

„Also? Wie hast du dich entschieden? Verkaufst du oder nicht?"

3. Kapitel

Jared beobachtete Megan angespannt. Seine Intuition sagte ihm, dass sie sein Geld ablehnen würde, auch wenn seine Vernunft ihm das Gegenteil einzureden versuchte.

„Du hast mir ein so großzügiges Angebot gemacht, dass ich fast die ganze Nacht wach gelegen habe."

„Eine Schande. Wir hätten uns die Zeit auch anders vertreiben können." Jared stellte fest, dass er es einfach nicht lassen konnte, mit ihr zu flirten. Sie war so atemberaubend, dass er sie am liebsten in die Arme genommen hätte. Ihr Haar glänzte im Sonnenlicht, das durch die Fenster drang, und ihre dunklen, dichten Wimpern bildeten einen faszinierenden Kontrast zum klaren Türkisblau ihrer Augen. Genervt über seine Bemerkung schüttelte sie den Kopf.

„Ich werde dir die Sorenson-Ranch nicht verkaufen."

Er unterdrückte den Impuls zu fluchen und zuckte stattdessen lächelnd die Achseln. „Bist du dir sicher, dass du auf die zusätzliche Million verzichten willst? Denk doch mal an deinen Sohn."

Sie wurde rot, und in ihren Augen flackerten Emotionen auf, die er nicht deuten konnte. Offensichtlich hatte er einen wunden Punkt getroffen.

„Ethan und ich werden ohne dein Geld zurechtkommen. Bisher haben wir das auch geschafft."

„Vielleicht änderst du deine Meinung ja noch, wenn du dich erst einmal ein paar Jahre zwischen der Ranch und Santa Fe aufgerieben hast."

„Ich komme schon klar, Jared."

„Nun gut. Ich bin zwar enttäuscht, aber einen Vorteil hat deine Entscheidung wenigstens." Er legte ihr die Hände auf die Schultern und schob seine Finger unter die Schleife, die ihr Kleid hielt. „Wir werden Nachbarn", sagte er. Eigentlich war sie ihm sowieso wichtiger als ihre Ranch. „Du wirst dich in Zukunft öfter hier aufhalten müssen – und ich komme ebenfalls häufiger.“

Megan holte tief Luft und sah ihn stirnrunzelnd an. „Auch wenn wir Nachbarn sind, werden wir keinen Kontakt miteinander haben.“

„Warum nicht, Meg?“ Seine Stimme klang heiser. „Wir werden uns unweigerlich über den Weg laufen. Warum kannst du die Vergangenheit nicht einfach vergessen? Ich habe mich doch schon bei dir entschuldigt. Deine Weigerung zu verkaufen bedeutet, dass wir uns in Zukunft öfter sehen werden. Das ist unausweichlich.“

„Das war eigentlich nicht meine Absicht“, antwortete sie.

Doch auch wenn ihre Worte ablehnend klangen, verriet ihre Stimme etwas ganz anderes. Ihr Protest klang schwach, fast schon zögerlich.

„Trotzdem hast du genau das erreicht. Ich bin wieder Teil deines Lebens. Ich freue mich schon jetzt auf unsere Nachbarschaft.“

„Du kannst ruhig nach Texas zurückkehren, Jared. Du weißt genau, dass zwischen uns nichts laufen wird.“

„Wenn du wirklich willst, dass ich aus deinem Leben verschwinde, solltest du deine Antwort noch einmal überdenken. Ich habe allerdings eher den Eindruck, dass ein Teil von dir sich über meine Nähe freut.“

Megan entzog sich seinem Griff, als sein Handy klingelte und er es aus der Tasche nahm. „Bitte entschuldige mich einen Augenblick“, sagte er und ging ran.

„Das war einer der Farmarbeiter“, erklärte er, nachdem das Gespräch beendet war. „Der Flusspegel ist gesunken. Die Brücke ist zwar noch etwas mit Wasser bedeckt, aber sie ist wieder passierbar.“

„Sehr gut!“ Megan war erleichtert. „Dann fahre ich jetzt nach Hause.“

Jared hatte keinen Zweifel, dass sie mit allen Mitteln gegen die körperliche Anziehung zwischen ihnen anzukämpfen versuchte, aber diesen Kampf würde sie irgendwann verlieren, dessen war er sich sicher. „Ich fahre voran“, sagte er auf dem Weg zur Haustür und setzte seinen schwarzen Stetson auf. Gemeinsam traten sie hinaus in den warmen Sonnenschein. Der Tag war frisch und klar und der Himmel tiefblau. Ein größerer Kontrast zur stürmischen Nacht zuvor war kaum denkbar.

Bei Megans Wagen blieb er stehen. „Ich überquere die Brücke zuerst, um sicherzugehen, dass sie noch hält. Sobald ich drüben bin, kannst du fahren."

„Es hat wahrscheinlich keinen Zweck, wenn ich dir sage, dass du mich nicht zu begleiten brauchst, oder?"

„Hör endlich damit auf, dir ins eigene hübsche Fleisch zu schneiden, Megan."

„Ich werd's versuchen, Jared", sagte sie sarkastisch.

„Lass die Tür offen, damit du notfalls rausklettern kannst oder ich dir helfen kann, falls etwas passiert. Wenn ich beim Rüberfahren das Gefühl habe, dass die Brücke instabil ist, werde ich dir kein Zeichen geben zu folgen. Okay?"

„Ja, danke."

„Megan", sagte er mit gesenkter Stimme, „ich bin froh, dass du letzte Nacht hier warst. Es war schön, dich wiederzusehen und wieder mit dir zusammen zu sein. Besser sogar noch als früher." Das war eine Anspielung auf ihren Kuss und Megans bereitwillige Reaktion darauf. Obwohl sie noch immer wütend auf ihn war, hatte sie ihn offenbar genossen. Wie würde sie sich erst gehen lassen, wenn er die Wogen zwischen ihnen endlich geglättet hatte?

„Das hatte gar nichts zu bedeuten, Jared. Ich war eben schon lange mit keinem Mann mehr zusammen, und die Nacht war turbulent. Außerdem übst du nun mal eine gewisse Anziehung auf mich aus, ob mir das gefällt oder nicht."

„Das klang ja fast wie ein Kompliment. Zumindest hoffe ich, dass es eines war."

Megan schüttelte genervt den Kopf. Er hielt ihr die Tür auf und warf einen verstohlenen Blick auf ihre schönen Beine, als sie in den Wagen stieg. Er schloss die Tür hinter ihr und eilte zu seinem Pickup. Als er einen Blick zurückwarf, merkte er, dass sie ihn beobachtete. Schon wieder hatte er das dumpfe Gefühl, dass ihm irgendetwas entgangen war, aber er wusste nicht, was.

Jared fuhr über den Hügel und betrachtete die trüben Wassermassen, die über die Brücke strömten. Man konnte nicht sehen, wie stark sie beschädigt worden war. Er drosselte das Tempo und vergewisserte sich im Rückspiegel, dass Megan sich noch hinter ihm befand. Sie bremste und wartete mit dem Passieren der Brücke, bis er sie sicher hinter sich gelassen hatte.

Als sie beide auf der anderen Flussseite angekommen waren, hielt er an, stieg aus und ging zu ihrem offenen Wagenfenster. Er beugte sich hinunter und schob seinen Hut nach hinten. „Hast du Lust, heute mit mir essen zu gehen?"

Sie schüttelte den Kopf. „Nein, Jared. Es gibt keinen Grund mehr, uns wiederzusehen. Ich verkaufe nicht. Unsere Wege werden sich jetzt trennen."

Er legte eine Hand um ihren Hinterkopf, beugte sich vor und küsste sie hart auf den Mund.

Obwohl er sie überrumpelt hatte, erwiderte sie seinen Kuss. Sofort bekam er eine Erektion. Am liebsten hätte er die Autotür geöffnet und die Dinge weiter vorangetrieben. Nach einer Weile entzog sie sich ihm keuchend. Ihr Blick war voller Verlangen und ihre Lippen gerötet von seinem Kuss.

„Leb wohl, Jared", flüsterte sie.

Er trat einen Schritt zurück. „Ruf mich an, wenn du deine Meinung änderst."

Wortlos fuhr sie davon, und er stand da und starrte ihr nach, bis ihr Geländewagen hinter einer Kurve verschwand. Sie war inzwischen viel schöner als mit achtzehn Jahren, wesentlich souveräner und hatte unendlich viel mehr Sex-Appeal. Er wollte mit ihr schlafen und würde so lange nicht lockerlassen, bis er sie verführt hatte. Es war nur eine Frage der Zeit.

Er stieg wieder in den Pick-up und fuhr über den Fluss zurück, in Gedanken an die Megan von damals versunken, als sie sich noch liebten und sie nackt und voller Leidenschaft in seinen Armen gelegen hatte. Er rutschte unbehaglich auf seinem Sitz hin und her. Es musste doch möglich sein, sie irgendwie in sein Bett zu bekommen? Aufstöhnend versuchte er, die erotischen Fantasien zu verdrängen.

Das Klingeln des Handys riss ihn aus seinen Gedanken. Es war sein Cousin Matt.

„Hey, Matt hier. Chase hat gesagt, dass du gerade in South Dakota bist. Ich wollte mich nur vergewissern, dass du nicht weggespült wurdest. Das Unwetter hat es sogar bis in die Nachrichten geschafft."

„Danke der Nachfrage", antwortete Jared. „Ich bin okay. Die Brücke war letzte Nacht überflutet, aber heute scheint schon wieder die Sonne, und das Wasser sinkt."

„Schön zu hören. Ich habe erfahren, dass du die Sorenson-Ranch kaufen willst. Rache macht Spaß, nicht wahr?"

„Der alte Sorenson ist leider schon tot, aber mich an Megan zu rächen macht eine Menge wett."

„Viel Glück. Ich bin aber hundertprozentig sicher, dass ich die Wette gewinne."

„Nichts als Wunschträume. Trotzdem, danke für den Anruf", sagte Jared grinsend und sah im Geiste Matts kampflustiges Gesicht vor sich.

„Du solltest lieber schleunigst an die Arbeit zurückkehren", war Matts spöttische Antwort, bevor er auflegte. Jared musste lachen und warf einen Blick auf seinen Terminkalender.

Montagmorgen hatte er einen Termin bei seinem Rechtsanwalt in Sioux Falls und war danach zum Mittagessen mit seinem Immobilienmakler verabredet. Gleich im Anschluss wollte er nach Dallas zurückkehren. Dann fiel ihm Megan wieder ein, und er vergaß seine Termine.

Am Montagmorgen zog Jared einen dunklen Anzug an und machte sich ohne seinen Bodyguard und Chauffeur auf den Weg zu seinem Rechtsanwalt in Sioux Falls. Es war wieder ein sonniger Tag.

Nach dem Mittagessen verabschiedete er sich von dem Immobilienmakler, seinem zweiten Termin an diesem Tag, und ging zu seinem Auto, in Gedanken bereits bei den vor ihm liegenden Aufgaben in Dallas. Zwischendurch blieb er stehen und vergewisserte sich per Handy bei seinem Piloten, dass das Flugzeug startklar war. Während er telefonierte, warf er einen Blick auf die andere Straßenseite und wurde auf eine Frau aufmerksam, die ihm bekannt vorkam.

Sein Herz setzte einen Schlag aus – es war Megan, die ihr Haar diesmal hochgesteckt trug. Sie stand vor einem Restaurant und unterhielt sich mit zwei Erwachsenen. Neben ihr, mit dem Rücken zu ihm, stand ein kleiner Junge.

In den beiden Erwachsenen erkannte er Megans Tante Olga und ihren Onkel Thomas Sorenson, die er schon seit Jahren nicht mehr gesehen hatte. Der Junge musste demnach Megans Sohn sein. Aus einem spontanen Impuls heraus überquerte er die Straße und ging auf Megan zu, die mit dem Rücken zu ihm stand.

„Hallo, Megan", sagte er freundlich, und alle vier drehten sich zu ihm um. Megan wurde kreidebleich.

„Wir haben uns ja eine Ewigkeit nicht gesehen." Jared streckte Thomas Sorenson die Hand entgegen, der ein paar Sekunden zögerte, ehe er sie ergriff.

Für einen Augenblick hatten er und seine Frau genauso erschrocken ausgesehen wie Megan. Thomas musterte ihn kühl und erwiderte seinen Händedruck nur widerwillig. Lächelnd drehte Jared sich zu Olga Sorenson um, Thomas' zierlicher blonder Frau, die ihm mit zusammengepressten Lippen zunickte. Offensichtlich nahmen sie ihm seine plötzliche Abreise vor sieben Jahren noch immer übel. Jared richtete den Blick auf Megan, die ihn stirnrunzelnd ansah.

„Tut mir leid, wenn ich euch störe, aber ich wollte nicht wegfahren, ohne Hallo zu sagen. Ich wollte mich nicht aufdrängen."

Verlegene Stille folgte auf seine Worte, und er fragte sich, was eigentlich los war. Warum verhielten sich alle so merkwürdig?

Jared warf einen Blick auf den Jungen, der eine leuchtend rote Spielzeugrakete in den Händen hielt. „Das muss dein Sohn Ethan sein", sagte er und streckte seine Hand zum Gruß aus. „Ethan, ich bin Jared Dalton."

Der Junge sah zu ihm hoch und schüttelte seine Hand.

„Ich freue mich …" Plötzlich stockte Jared der Atem. Der Junge hatte dunkle Augen, ein Grübchen am Kinn und schwarze Locken, die unter einer Baseballkappe hervorquollen. Er glich ihm auf seinen Kinderfotos wie ein Ei dem anderen.

Dies war sein Sohn!

4. Kapitel

Jared starrte Megan an, und ihr Gesichtsausdruck bestätigte seinen Verdacht, dass Ethan Sorenson sein Sohn war.

Sie beobachtete ihn mit einer Mischung aus Furcht und Wut, und mit einem Mal begriff er, weshalb sie sich am Wochenende oft so seltsam verhalten hatte.

Dieser Augenblick würde sich unauslöschlich in sein Gedächtnis einbrennen – die strahlende Sonne, die drei Erwachsenen, die ihn gleichzeitig feindselig und schuldbewusst ansahen, und Ethan, der sich der prekären Situation überhaupt nicht bewusst zu sein schien.

Jared betrachtete Ethan. Der Junge schien nicht zu wissen, wer er war. Er hatte also einen Sohn, und das schon seit Jahren!

Die Erkenntnis war ein Schock. Megan hatte ihm nie etwas gesagt, und so wie es aussah, hatte sie auch nie die Absicht gehabt, das nachzuholen. Sie hätte ihn einfach nach Texas zurückreisen lassen, ohne dass er je von seinem Sohn erfuhr.

Er löste den Blick von Ethan und sah Megan in die Augen. „Wir müssen reden", sagte er schroff.

Sie nickte und verabschiedete sich mit einer Umarmung von ihrem Sohn.

„Schön, dass ich Sie mal wiedergesehen habe", wandte Jared sich an die Sorensons. „Ethan, ich freue mich, dich kennengelernt zu haben."

Sein Sohn! Er konnte es immer noch nicht fassen. Am liebsten hätte er das Kind in die Arme genommen und einen Augenblick festgehalten, stattdessen lächelte er ihn nur an.

„Wie alt bist du, Ethan?"

„Sechs, Sir", antwortete Ethan höflich.

Die Frage war eigentlich unnötig. Er war vor sieben Jahren fortgegangen, und Ethan musste neun Monate später geboren worden sein.

Die Sorensons riefen Ethan zu sich und gingen davon.

Jared überlegte kurz, wo er und Megan sich ungestört unterhalten konnten, ohne dass er zur Ranch zurückfahren musste. Es brodelte in ihm vor Wut und Ungeduld.

Warum hatten seine Angestellten nicht herausgefunden, wer der wahre Vater des Kindes war? Wahrscheinlich wegen Megans Heirat.

„Dein Onkel und deine Tante kennen die Wahrheit, nicht wahr?“, fragte er Megan.

„Ja. Ich stehe ihnen sehr nahe, näher als meinem Vater früher.“

Jared legte ihr eine Hand auf den Arm. „Wir können hier nicht reden. Lass uns ins Hotel gehen und ein Zimmer buchen, wo wir ungestört sind.“

„Hotel? Warum fahren wir nicht zur Ranch?“

„Weil ich nicht länger warten will. Ich habe Fragen an dich, Megan, und ich will Antworten. Sofort!“

Auf dem Weg zum Hotel sah sie ihn aus schmalen Augen an. „Ich dachte, du wolltest heute die Stadt verlassen.“

„Ich wollte mich gerade auf den Rückweg machen, als ich dich gesehen habe“, antwortete er und ging zur Rezeption.

Kurze Zeit später fuhren sie schweigend mit dem Fahrstuhl in den fünften Stock und betraten die Suite, die Jared gebucht hatte. Warmes Sonnenlicht strömte durch die Fenster, ein deutlicher Kontrast zu seiner kalten Wut.

Megan machte ein paar Schritte in den Raum hinein, dann drehte sie sich zu ihm um und sah ihn trotzig an.

„Du hast mich damals verlassen, Jared! Du hast keinerlei Anspruch auf Ethan, absolut keinen!“

„Ach, nein?“, fragte er scharf, zog seinen Mantel aus und schleuderte ihn auf einen Stuhl. „Ethan ist mein Sohn! Warum hast du mir nie von ihm erzählt?“

„Wie bitte?“ Sie zitterte vor Wut. „Warum hätte ich denn bitte schön Kontakt zu dir aufnehmen sollen, wo du mich doch offensichtlich nicht mehr sehen wolltest?“

Jared ging auf sie zu und packte sie an den Schultern. „Du hättest mir deine Schwangerschaft mitteilen müssen, und das weißt du verdammt genau“, sagte er mit zusammengebissenen Zähnen.

„Lass mich los!“, fauchte sie ihn an und riss sich los. „Du hast dir alles selbst zuzuschreiben.“

„Warum hast du eigentlich geheiratet?“

Sie sah einen Moment zur Seite und biss sich auf die Unterlippe. Dann wandte sie ihm wieder ihren Blick zu.

„Ich habe nur geheiratet, weil ich schwanger war.“

„Hast du deinen Mann nie geliebt?“, fragte er überrascht. Trotz seiner Wut war er insgeheim erleichtert. „War er denn nicht außer sich, als er gemerkt hat, dass du …“

„Nein, unsere Ehe war nur eine Art Geschäftsabkommen. Mein Vater hat sie eingefädelt, um zu vertuschen, wer der wahre Vater des Babys ist.“

Jared sah sie ungläubig an. „Und du warst damit einverstanden?“

„Verdammt, Jared! Du hast mich sitzen gelassen, als ich schwanger war. Mein Vater ist damals fast ausgeflippt vor Wut und hat kurz darauf alles Nötige in die Wege geleitet.“

Jareds Zorn auf Megans Vater kehrte mit voller Wucht zurück. Es war unglaublich, welche Kontrolle dieser Bastard auf sie und auf sein Leben ausgeübt hatte! „Was genau hat dein Vater getan?“, fragte er.

„Er hat die Hochzeit arrangiert, oder viel eher gekauft“, antwortete Megan betont langsam, als sei er begriffsstutzig.

„Wo hat er deinen Mann aufgetrieben?“

„Mike ist der Sohn eines Ranchers aus Montana. Damals arbeitete er als Ingenieur in Phoenix. Mein Vater hat ihn dafür bezahlt, mich zu heiraten.“

„Und das war okay für dich?“

„Was hätte ich denn tun sollen? Es war ja schließlich nur eine Ehe auf dem Papier, um dem Kind einen Vater zu geben.“

„Aber er war nicht der wirkliche Vater. Habt ihr jemals zusammengelebt?“

„Etwas länger als einen Monat. Die Ehe wurde nie vollzogen. Wir hatten getrennte Schlafzimmer und gingen beide unsere eigenen Wege. Mike hat sich nicht für mich interessiert. Er wollte nur das Geld, um eine eigene Firma gründen zu können. Ich musste ihn heiraten. Mein Vater hat gedroht, sonst nicht für mich und das Baby zu sorgen.“

„Dieser Bastard!“, stieß Jared wutentbrannt aus. Als er damals

South Dakota verließ, hatte er geglaubt, dass die Sorensons ihm nie wieder etwas antun konnten. Ein fataler Irrtum. Es tat unglaublich weh, dass Megan ihm das Wichtigste in seinem Leben – seinen Sohn – verheimlicht hatte.

„Und das ausgerechnet von dir?", fragte sie aufgebracht. „Du bist schließlich derjenige, der für das alles verantwortlich ist! Ich hatte damals keine Ausbildung und war total von meinem Vater abhängig."

Jared war kurz davor, Megan endlich von dem doppelten Spiel Edlund Sorensons zu erzählen, aber er vermutete, das würde ihm nur noch mehr Vorwürfe einbringen. Außerdem wollte er mehr über Ethan erfahren.

„Erzähl weiter. Du hast Mike also geheiratet und bist nach Arizona gezogen."

„Richtig. Unter den damaligen Umständen war ich zu nichts zu gebrauchen. Mike hat sich nur um seine Karriere gekümmert. Ich glaube, er hatte damals auch eine Freundin, aber er war rücksichtsvoll genug, sie aus unserem Leben rauszuhalten. Wir haben uns nach sieben Wochen in aller Stille scheiden lassen, und ich bin ausgezogen."

„Ich habe gehört, dass dein Vater hier noch einen Empfang für euch gegeben hat."

„Das stimmt. Dad wollte die Leute damit glauben machen, dass Ethan Mikes Sohn ist."

„Wie hat das auch nur irgendjemand annehmen können, nachdem Ethan auf der Welt war?"

Megan zuckte die Achseln. „Keine Ahnung, ob damals darüber geklatscht wurde oder nicht. Es hat mich nicht interessiert."

„Zu dumm nur für deinen Vater, dass Ethan genau wie ich aussieht. Der Junge muss ihn ständig an mich erinnert haben", sagte Jared. „Triffst du Mike noch manchmal?"

„Nein. Ich habe seit der Scheidung nicht wieder mit ihm gesprochen."

Jared war überrascht, wie sehr diese Antwort ihn erleichterte.

„Mein Vater hat mir ab und zu von ihm erzählt. Mike hat eine eigene Firma gegründet und wieder geheiratet. Mehr weiß ich nicht."

„Verdammt!" Sie hatten beide so viel durchmachen müssen, und alles nur wegen Megans Vater! „Und in der ganzen Zeit ist es dir nie eingefallen, dem Vater deines Babys von der Existenz seines Sohnes zu erzählen?“

„Lass das, Jared! Bitte gib nicht mir die Schuld!“

Er packte sie wieder an den Schultern und unterdrückte den Wunsch, sie zu schütteln. „Ich bin der biologische Vater, und als solcher habe ich heutzutage Rechte. Du weißt verdammt genau, dass du mir die Wahrheit hättest sagen müssen!“

„Das sehe ich aber ganz anders!“ Ihre Stimme überschlug sich, so wütend war sie.

„Wirklich? Als ich dich letzten Samstag angesprochen habe, wurdest du weiß wie eine Wand und bist fast ohnmächtig geworden!“ Wütend starrte Jared sie an. „Du hast dich schuldig gefühlt, weil du es mir verheimlicht hast. Gib es doch zu, Megan! Gib zu, dass es falsch war, mir nichts von Ethan zu erzählen!“

Megans Augen schienen sich zu verdunkeln, so zornig war sie. Sie schüttelte vehement den Kopf und steigerte damit nur noch Jareds Wut.

„Nein! Du hast dir das Recht darauf verspielt, als du ohne ein Wort verschwunden bist!“

Jared zuckte zusammen. Aus ihrer Sicht hatte sie recht, doch noch immer wollte er ihr nicht sagen, dass ihr Vater dafür verantwortlich war. Das würde nur wie eine lahme Ausrede klingen. „Vielleicht habe ich es wirklich nicht anders verdient, aber du hättest es mir trotzdem sagen können. Wenn ich gewusst hätte, dass du ein Baby erwartest, wäre ich zurückgekommen.“

„Jared, ich bitte dich! Mach dich nicht lächerlich! Du weißt genau, dass das nicht wahr ist. Wahrscheinlich hättest du mich nur gefragt, ob ich mir sicher bin, dass du der Vater bist.“

„Das stimmt nicht!“, entgegnete er heftig. „Ich wäre auf jeden Fall zurückgekommen.“

„Das glaube ich dir einfach nicht!“ Sie schnaubte verächtlich und atmete genauso schwer wie er.

„Trotzdem kann ich einfach nicht fassen, dass du mir in all den Jahren kein Sterbenswörtchen gesagt hast. Ich verstehe auch nicht, warum meine Eltern mir das verschwiegen haben.“

„Ich bin ihnen nach Ethans Geburt nie über den Weg gelaufen. Außerdem haben die Leute akzeptiert, dass Mike der Vater ist. Und deine Eltern sind weggezogen, kurz nachdem ich hierher zurückkam."

„Warum hast du es mir nicht wenigstens dann gesagt? Es war genug Zeit vergangen, um …"

„Genug Zeit, um über das hinwegzukommen, was du mir angetan hast?", fragte sie hitzig.

Jared presste die Lippen zusammen und ballte die Hände zu Fäusten. „Trotzdem!"

„Okay", antwortete sie, plötzlich viel gefasster. „Ich habe es dir sagen wollen, als Ethan ein Jahr alt war, aber dann habe ich es von Jahr zu Jahr weiter hinausgeschoben. Was hätte ich denn tun sollen? Den Hörer abnehmen, um den Mann anzurufen, der mich sitzen gelassen hat, und ihm zu sagen: Ach, übrigens, wir haben ein Baby? Du bist damals ohne ein Wort verschwunden! Warum um alles in der Welt hätte ich dich anrufen sollen? Warum ist das für dich nur so schwer zu begreifen?"

„Megan, ich hatte das Recht, es zu erfahren, weil ich der leibliche Vater bin", antwortete Jared. „Wo wurde Ethan geboren?"

„In Chicago. Dad hat die Stadt ausgesucht, weil sie weit weg lag und groß genug war, um Anonymität zu gewährleisten."

Das wurde ja immer schlimmer. „Du warst allein in Chicago? Hattest du dort wenigstens Freunde?"

„Als würde dich das wirklich interessieren!", sagte sie bitter. „Jared, das alles ist schon lange vorbei."

„Ich will aber wissen, was passiert ist. Beantworte gefälligst meine Fragen!"

„Meine Tante ist in den letzten zwei Wochen der Schwangerschaft bei mir gewesen. Mein Vater kam nie. Als Ethan sechs Monate alt war, hat er mir befohlen zurückzukommen."

„Es muss ein bitterer Schlag für ihn gewesen sein, dass Ethan genauso aussieht wie ich."

„Das war ein Schlag für uns alle. Ich habe darum gebetet, dass er nicht wie du aussieht – und dass du nie etwas erfährst", sagte sie kalt.

„Verdammt, Megan!"

„Warum interessiert dich das alles überhaupt?"

„Es ist ein Schock zu erfahren, dass ich ein Kind habe. Da ist es doch ganz natürlich, dass ich Fragen stelle. Und das ist noch nicht alles. Ich will Ethan kennenlernen."

Megan sah ihn erschrocken an.

„Wie war es eigentlich, als du hierher zurückgekehrt bist? Die Leute müssen doch auf den ersten Blick erkannt haben, wer Ethans wahrer Vater ist."

„Das konnte man nicht sehen, bis er Haare bekam. Dad war außerdem clever genug, einen Mann für mich zu finden, der dir ähnlich sieht – schwarzes Haar, braune Augen, groß gewachsen. Niemand machte sich Gedanken."

„Wir müssen uns eine Lösung überlegen", sagte Jared.

Sie trat ans Fenster und drehte sich zu ihm um. „Halte dich gefälligst von Ethan fern! Du hast jedes Recht verwirkt, als du mich verlassen hast. Vergiss es also."

„Wenn du dich da mal nicht irrst. Ich werde nicht zulassen, dass du nach Hause zurückkehrst und ihn mir wegnimmst."

„Oh doch, genau das werde ich tun!"

„Hör mir gut zu, Megan! Ich werde meinen Sohn kennenlernen!", sagte Jared mit wachsender Wut. Das Verrückte war, dass er sie trotz allem begehrte. Sie war genauso schön und sexy wie aufreizend. Strähnen ihres schwarzen Haars hatten sich gelöst und fielen ihr ins Gesicht, und ihre Wangen waren gerötet. Er wollte mit ihr schlafen, und er wollte, dass sie mit ihm kooperierte – was beides unmöglich war.

„Okay, lass uns zurück zur Ranch fahren, um alles auszudiskutieren", sagte er. „Wir können auch zu dir gehen, wenn dir das lieber ist."

„Ich sehe keinen Sinn darin, weiter zu reden!"

„Megan, ich werde Ethan kennenlernen. Das ist eine Tatsache, kein bloßer Wunsch", erklärte Jared. Er war kurz davor, zu explodieren. „Wir werden jetzt gemeinsam die Zukunft besprechen, entweder auf deiner oder meiner Ranch."

Megan presste die Lippen zusammen. „Du stehst unter Schock", sagte sie. „Vielleicht beruhigst du dich während der Autofahrt etwas. Überlege dir gut, ob du Ethans Leben wirklich auf den Kopf stellen willst. Du bist nämlich mal wieder total selbstsüchtig. Du wirst ihm wehtun, wenn du dich in sein Leben drängst. Ethan wird auf einmal hundert Fragen stellen."

„Das hättest du dir früher überlegen müssen. Es war doch klar, dass es irgendwann so weit kommt."

„Das alles wäre nie geschehen, wenn du es nicht auf die Ranch abgesehen hättest", sagte sie bitter.

„Warum hast du dann nicht an mich verkauft? Meine Rechtsanwälte hätten sämtliche Vertragsangelegenheiten in die Hände genommen, sodass unsere Wege sich bis zu deiner Rückkehr nach New Mexico nicht mehr gekreuzt hätten. Wenn du Ethan wirklich vor mir verheimlichen wolltest, hast du einen großen Fehler begangen, Megan."

Sie wurde rot. Offensichtlich hatte er ins Schwarze getroffen.

„Das mag sein, aber ich konnte den Gedanken, an dich zu verkaufen, einfach nicht ertragen. Du kriegst deinen Willen ohnehin schon viel zu oft."

„Na schön, aber für diese Einstellung zahlst du jetzt eben einen Preis."

Stirnrunzelnd nahm sie ihre Handtasche und ging zur Tür. „Wenn du wirklich darauf bestehst, treffen wir uns auf meiner Ranch. Ich habe nämlich keine Lust, wieder auf deiner festzusitzen."

Jared nahm seinen Mantel, holte sie ein und hielt ihr die Tür auf. „Nach diesem Zwischenspiel im Hotel wird man über uns reden."

„Interessiert mich nicht. Schließlich habe ich nicht vor, hier zu leben", antwortete sie. „Außerdem kenne ich hier kaum noch jemanden. Die paar Freunde, die ich noch habe, werden mich verstehen. Sie wissen genau, dass zwischen dir und mir niemals wieder etwas laufen wird."

„Das kann man nie wissen."

„Ich schon. Wir sind beide viel zu verletzt."

Jared antwortete nicht. Gedankenverloren begleitete er sie nach draußen.

„Mein Auto steht gleich da drüben", sagte Megan. „Wir sehen uns dann bei mir zu Hause."

„Okay. Ich will, dass du ebenfalls über alles nachdenkst."

Sie nickte und ging rasch davon. Er betrachtete eine Weile ihren Hüftschwung und ihre langen Beine, dann eilte er zu seinem Auto und fuhr los.

Unterwegs dachte er wieder über das Gespräch nach. Immer wieder spielte er in Gedanken den Moment durch, als Ethan zu ihm aufgesehen hatte, und beschloss, sich nicht aus dem Leben seines Sohnes drängen zu lassen. Megan konnte gerade nicht klar denken. Außerdem hatte er gewisse Rechte. Er würde nicht zulassen, dass sie ihn von seinem Sohn fernhielt.

Ihr verdammter Vater! Erst jetzt konnte Jared ihre Bitterkeit und ihre Wut nachvollziehen. Warum hatte sie ihn nie angerufen? Leider konnte er die Vergangenheit nicht ändern.

Jared merkte plötzlich, dass er viel zu schnell fuhr, und drosselte das Tempo. Schmerzhaft wurde ihm bewusst, dass er Ethans erste Lebensjahre verpasst hatte – die Baby- und Kleinkindzeit –, aber das würde von jetzt an anders werden!

Es musste doch möglich sein, ihren Sohn gemeinsam großzuziehen, auch wenn sie ein völlig unterschiedliches Leben führten. Er und Megan brauchten eine gemeinsame Lösung für ihr Problem anstatt gegenseitiger Vorwürfe.

Bei seiner Ankunft stand Megans Wagen bereits vor ihrem Haus. Als Jared die Veranda betrat, öffnete sie ihm die Tür. „Komm rein, Jared", sagte sie.

Zum ersten Mal seit sieben Jahren betrat er wieder die Eingangshalle der Sorenson-Ranch. Unwillkürlich musste er an das letzte Mal denken, als er durch diese Tür gegangen war. Von diesem Moment an hatte sein Leben sich verändert, und er hatte Megan nie wiedergesehen – bis jetzt –, und das alles nur wegen ihres Vaters.

Er folgte ihr in das weitläufige Wohnzimmer, das noch genauso aussah wie in seiner Erinnerung. Der gemauerte Kamin, die Jagdtrophäen, das große Porträt Edlunds und das kleinere Megans gegenüber waren dieselben wie damals. Peinigende Erinnerungen stiegen in ihm auf.

Megan drehte sich zu ihm um. „Lass es uns hinter uns bringen. Ich hoffe, du hast dich inzwischen etwas abreagiert, Jared. Du siehst doch wohl hoffentlich ein, dass du beruflich viel zu viel um die Ohren hast, um dich um ein Kind zu kümmern."

„Du etwa nicht?", fragte er zynisch.

„Natürlich, aber ich reise zumindest nicht ständig in der Weltgeschichte herum. Meine Werkstatt und meine Galerie sind zu Hause, sodass ich bei Ethan sein kann, wenn er heimkommt."

„Ich bin ausgesprochen glücklich, das zu hören."

„Ich bitte dich!", entgegnete sie. „Du interessierst dich doch nur für Ethan, weil er etwas Neues für dich ist."

Jared spürte wieder Wut in sich aufsteigen. „Megan, ich will meinen Sohn mit großziehen. Also, was schlägst du vor?"

Megan runzelte die Stirn und schüttelte ablehnend den Kopf. „Mir fällt keine realisierbare Lösung ein. Du lebst und arbeitest in Dallas und bist viel unterwegs. Ich wohne in New Mexico und hier. Das macht regelmäßigen Kontakt zwischen euch unmöglich."

Jared presste die Lippen zusammen, schob die Hände in die Hosentaschen und trat ans Fenster, um nachzudenken.

„Ich habe Angst, dass ihn das alles verstört", sagte sie.

Jared wirbelte herum. „Ich bin sein *Vater*! Wenn du mir das von Anfang an gesagt hättest, wäre ich vom Tag seiner Geburt an für ihn da gewesen. Wenn ich ihn verstöre, dann nur vorübergehend. Kinder sind sehr anpassungsfähig. Ich möchte, dass er mich lieb gewinnt, Megan. Siehst du denn nicht, dass es außerdem gut für ihn wäre, einen Vater zu haben?"

Sie drehte sich von ihm weg, doch er sah, dass sie sich verzweifelt auf die Unterlippe biss. Jared zügelte seine Ungeduld. „Es wird ihm guttun, einen Vater zu haben, der an seinem Leben Anteil nimmt. Ich kann ganz andere Dinge mit ihm unternehmen als du. Warum willst du ihn dieser Erfahrung berauben?"

„Tu doch nicht so, als würde ich ihm schaden, wenn ich dich von ihm fernhalte!", sagte sie aufgebracht und wirbelte zu ihm herum. Sie hatte Tränen in den Augen.

„Megan!", sagte er leise und legte sanft die Hände auf ihre Schultern.

Sie entwand sich ihm und trat ein paar Schritte zurück. „Lass das, Jared!"

„Wir haben uns doch vor sieben Jahren geliebt", sagte er geduldig und ging wieder auf sie zu. „Wir waren beide an Ethans Zeugung beteiligt."

Wieder drehte sie sich zu ihm um. Ihre Augen funkelten. „Als Nächstes willst du mir wohl weismachen, dass du mich immer noch liebst!", zischte sie ihn an.

„Nein", antwortete Jared zögernd. „Aber ich weiß, dass wir gut miteinander auskommen könnten, und wir fühlen uns körperlich zueinander hingezogen. Du kannst das nicht leugnen“, sagte er und strich ihr zärtlich über die Wange. „Durch Ethans Geburt sind wir unwiderruflich aneinander gebunden, also lass uns jetzt eine gemeinsame Lösung finden.“

„Du suchst doch nur nach einem Ausweg aus deinem Dilemma!“

Er verspürte plötzlich Lust, ihr die Starrköpfigkeit wegzuküssen. Sein Blick suchte ihren Mund. Als würde sie etwas ahnen, trat sie ein paar Schritte zurück und setzte sich auf einen Ledersessel. Jared nahm ihr gegenüber Platz. „Ich habe über einiges nachgedacht, als ich hierherfuhr.“

„Kann ich mir vorstellen“, antwortete sie trocken.

Jared musste seinen Zorn zügeln. Er war es nicht gewohnt, dass man ihm etwas verweigerte oder dass eine Frau ihm gegenüber so unbeugsam blieb. Er lehnte sich zurück und holte tief Luft. „Für fast jedes Problem findet sich eine Lösung“, sagte er. „Vorausgesetzt natürlich, man ist an einer Lösung interessiert. Hast du dir schon etwas überlegt?“

„Ehrlich gesagt, nein. Es geht einfach nicht.“

Er dachte kurz nach. „Schön. Du nimmst Ethan während des Schuljahrs, und ich nehme ihn in den Sommerferien.“

„Ausgeschlossen! Er wohnt im Sommer immer einen Monat bei meiner Tante und meinem Onkel. Sie sind wie Großeltern für ihn.“

„Von mir aus, aber dann nehme ich ihn die restlichen zwei Monate und in den Frühjahrsferien.“

„Auf keinen Fall! Ethan ist viel zu sehr auf mich fixiert. Die ersten Jahre war ich praktisch ständig bei ihm. Wir zwei sind wie eine Einheit. Er wird nicht damit einverstanden sein, nächsten Sommer zwei Monate bei dir zu wohnen.“ Sie schlug die langen Beine übereinander.

„Ich rede nicht vom nächsten Sommer, sondern von diesem.“

Megan schüttelte den Kopf. „Ich will Ethan nicht mit dir teilen.“

„Das wirst du aber müssen“, sagte Jared ruhig. Er würde nicht aufgeben, zumal das Recht mit Sicherheit auf seiner Seite war. „Ich hätte da noch einen anderen Vorschlag, Megan. Vielleicht kommt das ja eher für dich in Betracht. Wie wär’s mit einer Vernunftehe?“

5. Kapitel

„Du hast schon einmal aus Vernunftgründen geheiratet", sagte Jared kalt.

Megan wurde wütend. Aufgebracht sagte sie: „Du willst Ethan doch nur, um an meine Ranch zu kommen! Niemals!"

Jared erhob sich, kam langsam auf sie zu und blieb nur wenige Zentimeter vor ihr stehen. Sein Zorn schlug ihr wie eine Wand entgegen. Megan hob herausfordernd das Kinn und sah ihn trotzig an.

„Es geht mir keineswegs um deine verdammte Ranch!", sagte er scharf. „Ich will meinen Sohn! Ist das so schwer zu verstehen?"

„Ehrlich gesagt, ja! Du kommst mir überhaupt nicht wie der väterliche Typ vor. Du bist ein notorischer High-Society-Playboy, und ich kann den Verdacht nicht loswerden, dass du dich nur für Ethan interessierst, weil du alles kontrollieren willst, genauso wie mein Vater!" Sie sah, dass Jared rot anlief und nur mühsam seinen Zorn zügelte.

„Wirf mich nicht in einen Topf mit deinem Vater!", stieß er hervor.

„Ich werde mich mit allen Mitteln gegen dich zur Wehr setzen, Jared." Sie stand auf und ging ein paar Schritte auf und ab. Dann drehte sie sich zu ihm um. „Ich bin Ethans Mutter und habe ihn bisher allein großgezogen. Du hast uns vor seiner Geburt verlassen. Spar dir also deine Drohungen und deine Anwälte!"

Wütend starrten sie einander an. Sie hatten sich in eine Sackgasse manövriert. Trotzdem war sie sich der Tatsache bewusst, dass Jared ihr allem Kummer und all ihrer Wut zum Trotz immer noch Herzklopfen bereitete. Es war nicht zu fassen, dass sie ihn noch immer begehrte; schließlich hatte er sie tief verletzt und schien fest entschlossen, es wieder zu tun.

„Kein Richter der Welt wird mir Ethan wegnehmen", erklärte sie hitzig und verdrängte die aufsteigende Panik. „Dein Lebenswandel spricht einfach gegen dich."

„Jeder Richter wird meine Rechte anerkennen. Außerdem kann ich Ethan mehr bieten als du."

Megan überlief es eiskalt.

„Sobald ich hier aus der Tür bin, werde ich meinen Anwalt anrufen und das Sorgerecht für Ethan beantragen. Danach kriegst du nicht so schnell wieder eine Chance, mit mir zu verhandeln, also überdenke lieber deine Haltung."

„Nur zu, Jared. Dein Versuch, mich einzuschüchtern, macht mich nur noch entschlossener!"

„Ich schüchtere dich ein? Bisher war ich verdammt kooperativ! Ich versuche lediglich, eine Lösung zu finden, mit der wir beide leben können, ganz im Gegensatz zu dir. Du blockst alles ab!"

„Es gibt eben keine realistische Lösung! Jeder deiner Vorschläge wird Ethan wehtun."

„Nicht, wenn wir heiraten!"

„Ich will aber nicht in einer lieblosen Ehe mit dir gefangen sein!"

Jared wurde rot vor Wut. „Dann gibt es nur eine Lösung. Ich rufe meinen Anwalt an, und das Gericht entscheidet, wie viel Zeit mit Ethan jedem von uns zusteht."

„Schön. Dann werde ich meinen Anwalt ebenfalls anrufen", sagte sie. Innerlich war sie jedoch stark verunsichert. „Du bist wirklich erbarmungslos, Jared. Leider habe ich das zu spät erkannt."

„Du lässt mir keine andere Wahl."

Ohne ihre Antwort abzuwarten, ging er hinaus und schlug die Tür hinter sich zu. Megan stellte sich ans Fenster und beobachtete, wie er mit langen Schritten zu seinem Auto ging. Er setzte sich hinters Steuer, fuhr jedoch noch nicht los. Sie konnte erkennen, dass er telefonierte, und ging ins Arbeitszimmer, um die Nummer von Rolf Gustavsson, dem Anwalt ihrer Familie, rauszusuchen.

Sie griff zum Telefon und war überaus erleichtert, als Rolf sofort ranging. Nachdem sie ihm ihr Problem geschildert hatte, erklärte er, erst einige Recherchen vornehmen zu müssen, bevor er sich dazu äußern könne, und sie dann zurückzurufen. Ihr Blick fiel auf Ethans Reifenschaukel, die in einem Walnussbaum hin und her schwang. Sie beendete das Telefonat und rieb sich die Schläfen.

Rolf war ein sympathischer Mann, der ihrer Familie oft eine große

Hilfe gewesen war, aber im Gegensatz zu ihr konnte Jared sich die besten Anwälte des Landes leisten.

Eine Vernunftehe kam trotzdem nicht infrage. Nicht einer von Jareds Vorschlägen war akzeptabel. Megan ließ den Kopf in die Hände sinken und fragte sich, wieso er Ethan nur über den Weg gelaufen war.

Inzwischen bereute sie zutiefst, die Ranch nicht sofort an Jared verkauft zu haben, aber es war zu spät für Reue. Sie musste mit den Konsequenzen ihrer Entscheidung leben. Wieder einmal dachte sie daran, wie viele falsche Entscheidungen sie in ihrem Leben schon getroffen hatte, und fühlte sich verunsichert. Was war, wenn sie unrecht hatte?

Ihr Kopf schmerzte. Die Vorstellung eines gemeinsamen Sorgerechts war ihr zutiefst zuwider. Das Gericht würde doch bestimmt nicht außer Acht lassen, dass Jared sie verlassen hatte, überlegte sie, war sich dessen jedoch nicht sicher.

In der Nacht, als sie erwartungsgemäß nicht schlafen konnte, fasste sie einen Entschluss. Sie würde Jared die Ranch verkaufen, wenn er im Gegenzug auf Ethan verzichtete. Das war ihre letzte Chance. Es war ihr zwar unangenehm, aber immer noch besser, als Ethan mit Jared teilen zu müssen.

Gequält von bösen Vorahnungen, stand sie bei Sonnenaufgang auf, um zu duschen. Danach zog sie sich an, steckte sich die Haare hoch und ging in die Küche. Doch auch der Morgenkaffee vermochte ihre Stimmung nicht zu heben.

Wenig später rief Jared an. Seine Stimme strotzte förmlich vor Vitalität.

„Guten Morgen“, sagte er. „Dachte ich mir doch, dass du schon wach bist. Ich will mit dir reden.“

„Dann komm vorbei. Ich bin schon seit Stunden auf den Beinen“, antwortete sie und hoffte, sie klang genauso frisch wie er. Gleichzeitig fragte sie sich, weshalb er schon wieder mit ihr sprechen wollte. Es war doch alles gesagt.

„Ich bin gleich bei dir“, antwortete er.

Viel zu schnell hörte sie Jareds Auto in der Einfahrt. Sie ging auf die Veranda und beobachtete, wie er ausstieg. Er trug ein dunkles

Cowboyhemd, Jeans und Stiefel, und der Wind wehte ihm das dunkle Haar in die Stirn. Er sah ausgeruht, voller Energie und Tatendrang aus – was nichts Gutes verhieß.

„Guten Morgen“, begrüßte er sie und betrachtete sie forschend.

„Komm rein.“ Megan drehte sich um und ging ihm voran ins Haus. Er schloss die Eingangstür und holte sie auf dem Weg ins Wohnzimmer ein. „Setz dich.“

Er nickte, und sie nahmen einander gegenüber Platz. Er sagte nichts, und sein Schweigen zehrte an ihren Nerven. Was zum Teufel wollte er schon wieder von ihr?

„Mein Anwalt hat mich bereits zurückgerufen. Hast du schon von deinem gehört?“

Megan schüttelte den Kopf. „Noch nicht, aber er hat auch nicht die Möglichkeiten, die deiner hat. Ich bin daher nicht überrascht. Jared, ich habe nachgedacht und möchte dir einen Vorschlag machen. Wenn du dich künftig aus meinem Leben raushältst, werde ich dir die Ranch verkaufen, auch ohne den Bonus von einer Million“, sagte sie und hielt nervös die Luft an.

Jared schüttelte den Kopf. „Ich will meinen Sohn sehen.“

Megans Enttäuschung war so groß, dass ihr die Tränen kamen.

„Megan, nicht“, sagte Jared leise, stand auf und legte die Arme um sie.

Als er sie an sich zog, konnte sie sich nicht länger beherrschen und begann zu schluchzen.

„Hör auf zu weinen. Lass uns doch gemeinsam ein Arrangement finden, mit dem wir beide leben können.“

Noch bevor sie mit ihrem Anwalt gesprochen hatte, schwante Megan, dass sie sich wohl oder übel Jareds Willen fügen musste. Er legte einen Finger unter ihr Kinn, hob es an und wischte ihr mit einem Taschentuch die Tränen aus dem Gesicht. Dabei sah er ihr unverwandt in die Augen.

„Hör mal, du hast doch gerade Urlaub, genau wie ich, und Ethan ist bei deinen Verwandten. Fliege mit mir an die Küste von Yucatan. Ich besitze dort ein Haus, wo wir ungestört reden können.“

„Bleibt mir denn eine andere Wahl?“

„Ich fürchte nicht. Das Flugzeug ist in einer Stunde startbereit. Wie lange wirst du brauchen, dich reisefertig zu machen?“

„Ich war noch nie länger von Ethan getrennt, von seinen Ferien bei meinem Onkel und meiner Tante natürlich abgesehen."

„Und genau dort ist er gerade. Es geht ihm gut."

Megan nickte resigniert. Plötzlich stellte sie fest, dass sie noch immer in Jareds Armen lag und dass er sie glühend ansah. Offensichtlich dachte er in diesem Augenblick nicht nur an Ethan. Ihr Herz begann schneller zu schlagen, trotzdem schob sie ihn entschlossen von sich. „Okay, ich gebe nach", sagte sie. „In einer Stunde bin ich so weit."

„Ich hole dich ab. Hast du einen Stift? Ich gebe dir die Telefonnummer des Hauses, damit deine Verwandten dich dort im Notfall erreichen können."

„Ich nehme das Handy mit."

„Und was ist, wenn es nicht funktioniert? So hast du noch eine weitere Option."

Sie reichte ihm einen Stift und sah zu, wie er zwei Nummern auf eine Visitenkarte schrieb. Seine Schrift sah noch immer genauso aus wie früher.

Er kam auf sie zu und legte einen Arm um ihre Taille. „Hör auf, dir Sorgen zu machen, Megan. Wir finden bestimmt eine Lösung. Ich werde mein Möglichstes tun, Ethans Liebe zu gewinnen. Ich will schließlich auch nur das Beste für ihn."

Ach, wirklich? Das Beste für Ethan wäre, wenn Jared sich von ihm fernhielte, aber Widerspruch war zwecklos. Das Recht war auf seiner Seite. „Ich will es versuchen", flüsterte sie. Sie hatte Angst, lauter zu sprechen, weil sie befürchtete, dann wieder in Tränen auszubrechen. „Ich mache mich jetzt fertig."

„Okay, aber über ein Lächeln würde ich mich freuen."

Er bückte sich etwas, um auf Augenhöhe mit ihr zu sein, und lächelte sie an. Halbherzig verzog sie die Lippen.

„Schon besser. Ich werde tun, was ich kann, um deine Laune zu steigern."

Megan brachte ihn hinaus und lief sofort ins Haus zurück, nachdem er davongefahren war. Sie wählte die Nummer ihres Anwalts, bedankte sich für seine Mühe und erzählte ihm, dass sie eingewilligt hatte, sich mit Jared zu einigen, da er bereit sei, eine gemeinsame Lösung zu finden.

Nachdem sie aufgelegt hatte, bedeckte sie ihr Gesicht mit den Händen und weinte. Sie wollte das alles nicht! Schließlich rappelte sie sich auf und rief ihre Tante an, um ihr mitzuteilen, dass sie für ein paar Tage mit Jared wegfuhr. Als sie mit Ethan sprach, versuchte sie, möglichst normal zu klingen, doch er merkte ohnehin nichts. Er redete pausenlos über ein neues Spiel, das er bekommen hatte, und nahm kaum zur Kenntnis, dass sie verreisen wollte. Megan verabschiedete sich und beeilte sich mit dem Umziehen und dem Packen.

Sie dachte an Jared und konnte sich schon vorstellen, was er mit ihr vorhatte. Unter Garantie wollte er nicht nur das Besuchsrecht für seinen Sohn klären, sondern sie auch verführen. Auf keinen Fall wollte sie sich wieder in ihn verlieben, auch wenn er der erotischste und charmanteste Mann war, den sie je kennengelernt hatte. Sie musste vor ihm auf der Hut sein. Bisher allerdings hatte sie kläglich versagt, was das anging.

Um Viertel nach elf befanden sie sich in der Luft und flogen gen Süden. Um ein Gespräch mit Jared zu vermeiden, sah sie aus dem Fenster. Als sie ihn schließlich doch irgendwann anschaute, stellte sie fest, dass er sie beobachtete. Er sah äußerst selbstzufrieden aus, und warum auch nicht? Die erste Schlacht hatte er immerhin gewonnen.

„Ich sehe den Dingen voller Zuversicht entgegen“, sagte er und beugte sich zu ihr, um ihr eine Haarsträhne aus dem Gesicht zu streichen.

„Du bist eben ein unverbesserlicher Optimist.“

„Wenn wir uns erst einmal geeinigt haben, wird alles leichter, auch für dich, aber Schluss damit für heute. Wir müssen erst unser Verhältnis zueinander verbessern.“

„Wenn du meinst“, antwortete sie abweisend und sah wieder aus dem Fenster, um nicht frustriert aufzuschreien. Sie musste sich beherrschen, wenn sie Zugeständnisse von Jareds Seite wollte.

„Ja, das meine ich.“ Er nahm ihre Hand. „Ich habe jetzt drei Tage, um dich besser kennenzulernen.“

„Du kennst mich gut genug“, antwortete sie und sah ihn an. Seine dunklen Augen schimmerten unergründlich.

„Stimmt nicht. Ich kannte dich, als du achtzehn warst. Du hast dich verändert. Du bist viel selbstsicherer als früher und viel unnahbarer."

„Das kommt wahrscheinlich automatisch, wenn man älter wird. Du allerdings hattest auch früher schon jede Menge Selbstbewusstsein."

Er lächelte verschmitzt. „Hältst du mich etwa für arrogant? So klingt das nämlich."

Gegen ihren Willen erwiderte sie sein Lächeln. „Du hast es erfasst. Ich habe mich nur deshalb so vorsichtig ausgedrückt, weil ich dich nicht gegen mich aufbringen will."

„Was sind eigentlich deine Zukunftspläne, Megan? Willst du deine Galerie in Santa Fe auch dann behalten, wenn du die Hälfte deiner Zeit auf der Ranch verbringst?"

„Ja. Santa Fe ist unser Zuhause." Ihre Hand lag noch immer in seiner, und er streichelte mit dem Daumen ihr Handgelenk. Bei der Berührung flammte ihre Erregung erneut auf.

„Ich liebe Santa Fe", fuhr sie fort. „Ich will niemals von dort wegziehen. Ich habe immer gehofft, dass Ethan später mal in meiner Nähe wohnen wird, aber das ist natürlich unwahrscheinlich. Der Himmel weiß, was jetzt aus ihm wird, wo er dir begegnet ist."

„Es ist doch noch lange hin, bis er alt genug ist, um auszuziehen", sagte Jared. „Schwimmst du eigentlich gern?"

„Sehr sogar. Ich habe allerdings keinen Badeanzug dabei. Auf der Ranch brauche ich keinen."

„Wir werden in der Stadt halten und dir einen kaufen."

„Das mache ich lieber allein", antwortete sie lachend.

Er lächelte. „Schon viel besser", sagte er und berührte einen ihrer Mundwinkel.

Sanft ließ er seinen Zeigefinger über ihre Unterlippe gleiten. Megan wurde heiß.

„Ich verspreche dir, dich richtig zum Lachen zu bringen, bevor die Nacht vorbei ist."

„Bleib beim Thema, Jared", antwortete sie sachlich. „Diese Reise ist nur ein Zwischenspiel, um Ethans Zukunft zu planen. Es geht nicht darum, unsere Bekanntschaft zu erneuern."

„Was ist verkehrt daran, eine alte Freundschaft aufzufrischen?"

„Es war viel mehr als nur eine Freundschaft! Ich will nicht, dass du mir ein zweites Mal das Herz brichst.“ Nie wieder wollte sie so leiden müssen wie in dem Jahr, nachdem er sie verlassen hatte.

„Ich habe nicht die Absicht, dich zu verletzen.“

„Dann sieh zu, dass unser Verhältnis möglichst unpersönlich bleibt. Ich gebe mir große Mühe, Jared. Mach es mir nicht noch schwerer.“

„Das würde ich nie tun“, antwortete er und lehnte sich zurück. „Also, schildere mir einen typischen Tag aus deinem Leben. Was treibt ihr zwei für gewöhnlich so?“

„Während der Schulzeit verbringe ich den Großteil des Tages in der Werkstatt. Drei Angestellte übernehmen den Verkauf in der Galerie, außer mittwochs und freitags. Es sind immer zwei von uns da.“

„Ich war schon seit Jahren nicht mehr in Santa Fe. Wie heißt deine Galerie eigentlich?“

Jared verschränkte die Hände hinter dem Kopf und streckte die langen Beine aus. Er wirkte wie eine Raubkatze, äußerlich entspannt, jedoch bereit, von einer Sekunde auf die andere zuzuschlagen.

„Warte, lass mich raten“, sagte er. „‚Sorenson Gallery‘.“

„Bin ich wirklich so fantasielos?“, fragte sie lächelnd, und er erwiderte ihr Lächeln. „Ich habe in Gedanken mit einigen weniger durchschnittlichen Namen gespielt, aber vor der Eröffnung war alles so neu und aufregend. Ich wollte mir schnell einen Namen machen und habe deshalb ‚Sorenson Gallery‘ gewählt. Das war in dem Jahr, als du dein erstes Restaurant in Dallas eröffnet hast – ‚Dalton's‘, glaube ich.“

„Ich habe den Namen aus dem gleichen Grund genommen wie du deinen“, sagte er. „Du hast dich also über mich auf dem Laufenden gehalten?“

Megan zuckte die Achseln. „Meine Tante und mein Onkel kennen Leute, die mit deiner Familie befreundet sind. Die Welt ist manchmal klein.“

„Und viel interessanter, seitdem du in mein Leben zurückgekehrt bist“, fügte er hinzu.

„Jared, ist es zu viel verlangt, das Flirten zu unterlassen?“

„Bei dir schon“, antwortete er mit einem verführerischen Lächeln.

Er beugte sich wieder zu ihr. „Du siehst wunderschön aus, aber etwas fehlt noch."

„Was denn?", fragte sie betont lässig, obwohl sie sich seiner körperlichen Nähe sehr bewusst war.

„Ohne das hier würdest du viel besser aussehen." Er hob eine Hand, um den Clip zu lösen, mit dem sie ihr Haar hochgesteckt hatte. Dick und schwarz fiel es ihr über die Schultern und den Rücken. „Schon viel besser!", sagte Jared.

Lächelnd schüttelte Megan sich das Haar aus dem Gesicht. „Es ist aber nicht gerade praktisch."

„Bitte opfere dich mir zuliebe. Ich werde mich auch erkenntlich erweisen."

„Wie ist eigentlich das Wetter am Reiseziel?"

„Sonnig und warm."

Allmählich entspannte sie sich etwas. Sie machte es sich bequem und plauderte mit Jared, wobei sie von Zeit zu Zeit über seine Erzählungen lachen musste. Der Flug verging überraschend schnell. Irgendwie genoss sie Jareds Gesellschaft sogar, auch wenn jede Minute mit ihm schmerzliche Erinnerungen an früher weckte.

„Wir müssen gleich da sein", stellte sie beim Anblick des tiefblauen Golfes unter ihnen fest. „Wohnst du in der Stadt?"

„Nein, ich habe eine Villa an der Küste. Wir sind dort ungestört."

„Ich glaube kaum, dass das nötig ist, aber es klingt trotzdem gut."

Nach der Landung führte Jared sie zu einer Limousine, neben der schon sein Chauffeur und Bodyguard wartete. Einige Minuten später befanden sie sich in einem kleinen, exklusiven Bademodenladen in der Stadt. Während Jared telefonierte, zeigte man ihr einige Modelle. Sie wählte ein halbes Dutzend und probierte sie an, ohne sie Jared zu zeigen. Dann traf sie ihre Entscheidung und zog sich wieder an.

„Du hast mir ja gar nichts vorgeführt", beschwerte er sich.

„Du siehst mich früh genug darin, wenn wir schwimmen gehen."

„Ich zähle schon die Minuten!"

Gegen ihren Willen musste Megan lächeln. „Du flirtest ständig, Jared. Natürlich nur dann, wenn wir uns nicht streiten", räumte sie ein.

„Ich hoffe, dass Letzteres ein für alle Mal passé ist."

Bei diesen Worten klang er so ernst, dass plötzlich doch Hoffnung auf eine einvernehmliche Lösung in ihr aufflackerte. Beim Anblick seiner braunen Augen wurde ihr auf einmal ganz wehmütig zumute. Es hätte alles so schön sein können, wenn er sich nicht damals aus dem Staub gemacht hätte. Sie schüttelte diese Emotionen ab und öffnete ihre Handtasche.

Jared nahm ihr den Badeanzug aus der Hand. „Ich bezahle", sagte er mit einem Tonfall, der jeden Protest im Keim erstickte, und bat die Verkäuferin, noch zwei weitere einzupacken.

Megan lachte. „Jared, ich nehme an keinem Schwimmwettbewerb teil. Ich brauche nur einen Badeanzug."

„Man kann nie wissen."

„Das ist Geldverschwendung." War Jareds Lebensstil immer so extravagant? Inwieweit würde das Ethans Leben verändern? Und was war mit ihrem?

„Lass das mal meine Sorge sein", antwortete er lächelnd.

Sie verließen die Stadt und fuhren über einen von großen Bäumen gesäumten Highway. Irgendwann bogen sie ab und passierten ein schmiedeeisernes Tor. Jared winkte einem Mann zu, der den Gruß freundlich erwiderte.

„Wie oft bist du eigentlich hier?", fragte Megan.

„Einige Wochen im Jahr. Der Mann eben war der Pförtner. Ich habe ihm rechtzeitig Bescheid gesagt, dass wir kommen. Das Personal hat schon alles Nötige vorbereitet."

Megan wurde neugierig und fragte sich, ob er ihr das Haus nur zeigen wollte, um ihr zu beweisen, dass er besser für Ethan sorgen konnte als sie, aber es fühlte sich nicht so an. Er schien wirklich stolz darauf zu sein. Sie fuhren durch dichte Vegetation und erreichten ein weiteres Tor, das sich automatisch beim Herannahen des Wagens öffnete. Eine gelb getünchte Mauer umgab ein Anwesen, dessen Garten sich als echtes Paradies entpuppte. Palmen und andere tropische Bäume und Pflanzen wuchsen auf einem smaragdgrünen Rasen, der sich bis zu einer großen weißen Villa erstreckte. Dahinter schimmerte blau das Meer.

„Jared, das ist ja herrlich hier!“, rief sie begeistert.

„Schön, dass es dir gefällt. Wie wär’s mit einem Bad im Meer?“

„Klingt wundervoll. Genau das, was ich nach dem langen Flug brauche.“ Für einen Moment fühlte sie sich so wohl, dass sie sogar ihre Probleme vergaß.

„Dann gehen wir also erst einmal schwimmen. Auspacken kannst du später, oder Lupita erledigt das für dich.“

„Ich packe lieber selbst aus, danke“, antwortete sie belustigt. „Ich kann es kaum erwarten, ins Wasser zu kommen.“

„Ich auch nicht“, sagte Jared. Seine Stimme klang plötzlich heiser.

„Schwimmst du denn nicht ständig, wenn du hier bist?“, fragte Megan, ihn absichtlich missverstehend.

„Doch, aber ich brenne darauf, dich im Badeanzug zu sehen.“

„Komm, hör schon auf!“ Wieder betrachtete sie bewundernd das Haus, das von einer breiten Terrasse umgeben war, auf der Töpfe mit blühenden Orchideen standen. Gelbe und scharlachrote Bougainvillen rankten sich an den Wänden empor bis zum Dach. „Das ist einfach zauberhaft.“

Nachdem sie geparkt hatten, kam ein Mann in Uniform aus dem Haus, der ihr als Adan vorgestellt wurde. Er trug die Koffer hinein. Dann lernte Megan Lupita kennen, die ihr freundlich zulächelte und Jareds kurze Anweisungen entgegennahm.

Das Innere des Hauses verschlug ihr den Atem. Nach einer weitläufigen, von Säulen gestützten Eingangshalle folgte ein großes Wohnzimmer, hinter dessen Fenstern ein riesiger Swimmingpool mit Fontäne und Wasserfall zu sehen war. Ein Holzdeck führte zu einem weißen Sandstrand. Dahinter lag das Meer.

„Das ist einfach unglaublich.“

„Finde ich auch“, antwortete er und kam auf sie zu. „Hol deinen Badeanzug. Wir treffen uns draußen.“

Sie sah zu ihm auf. Die Luft zwischen ihnen knisterte förmlich vor erotischer Spannung. Ihre Nerven waren zum Zerreißen gespannt. „Wo ist mein Zimmer?“ Sie holte tief Luft, um sich zu beruhigen. Jared nahm ihren Arm und führte sie über einen langen Flur in ein Zimmer mit Seeblick.

„Wie gefällt es dir?“

Megan betrachtete die mit gelb-weißen Polstern bedeckten Rattanmöbel und den sich träge drehenden Deckenventilator. „Es ist wunderschön, wie in einem alten Film."

„Ich erwarte dich am Pool."

Er strich ihr mit dem Handrücken über die Wange, und ihr Puls raste unter seiner Berührung. Sie sehnte sich danach, alle Vorsicht über Bord zu werfen. Schade, dass sie ihm nicht trauen konnte.

Er lächelte ihr zu und ging durch die Terrassentür nach draußen.

Megan betrachtete das riesige Bett und erkundete das großzügige Badezimmer mit eingelassener Badewanne und einer Spiegelwand, dann kehrte sie ins Schlafzimmer zurück und packte ihre Einkäufe aus.

Sie hatte einen marineblauen Einteiler ausgesucht, der so viel wie möglich verhüllte. Nachdem sie sich umgezogen hatte, musterte sie sich kritisch im Spiegel. Sie hatte absichtlich nichts Frivoles gewählt, um Jared nicht zu ermuntern. Er nutzte so schon jede Gelegenheit, um mit ihr zu flirten, und leider konnte sie nicht verhindern, dass sie auf seine flüchtigsten Berührungen reagierte. Nachdem sie sich ihren Bademantel übergeworfen hatte und in Flip-Flops geschlüpft war, ging sie über die Terrasse zum Pool, wo Jared bereits seine Bahnen zog.

Megan schleuderte die Flip-Flops von den Füßen und legte den Bademantel ab. Jared erreichte den Beckenrand und strich sich die nassen Locken aus dem Gesicht. Als er sie entdeckte, schwamm er auf sie zu und stieg aus dem Wasser.

Wassertropfen glitzerten auf seinen Schultern und in seinem Brusthaar. Beim Anblick seines schlanken, muskulösen Körpers, der noch besser trainiert war als früher, überlief es Megan heiß. Seine schwarze Badehose verbarg so wenig, dass ihr unwillkürlich sein Anblick von früher in den Sinn kam, wenn er nackt und erregt war. Hastig richtete sie den Blick auf seine Augen und stellte fest, dass er sie wollüstig betrachtete. In diesem Augenblick wurde ihr bewusst, dass sie mit dieser Reise einen weiteren fatalen Fehler begangen hatte.

6. Kapitel

Mit klopfendem Herzen sah Megan ihn auf sich zukommen.

„Jared“, flüsterte sie und ignorierte die warnende Stimme in ihrem Kopf.

Jared nahm sie in die Arme und zog sie an sich. Durch ihren dünnen Badeanzug konnte sie seinen muskulösen Körper, seine warme, nasse Brust und seine starken Schenkel spüren. Er senkte den Blick auf ihren Mund, und ihre Lippen teilten sich sofort.

„Jared“, wiederholte sie leise.

Er beugte sich herunter, bedeckte ihre Lippen mit seinen und ließ seine Zunge in ihren Mund gleiten. Ihr Verlangen war so stark, dass sie die Arme um seinen Nacken schlang und ihn hungrig küsste. Plötzlich war es ihr egal, dass sie sich damit emotional auf Glatteis begab. Er war einfach zu aufregend und zu sexy.

Sie schob die Finger in sein dickes Haar und streichelte ihn, worauf Jared sie fester an sich zog, sodass sie seine Erektion an ihrem Bauch spüren konnte. Ihr Herz raste. Er strich ihr über den Nacken, ließ eine Hand in ihr Oberteil gleiten, umfasste eine ihrer Brüste und strich mit der Handfläche über die Brustwarze.

Stöhnend vor Wonne ließ sie ihre Hände über seinen Rücken gleiten und presste ihr Becken an ihn. Sie wollte mehr.

„Meg“, flüsterte er.

Er schob das Oberteil ihres Badeanzugs herunter, umfasste ihre Brüste, strich mit den Daumen über die harten Knospen und sah ihr voller Begierde in die Augen. Megan hielt sich mit einer Hand an seiner Schulter fest und ließ die andere an seinem Körper hinabgleiten.

Sie konnte sich noch genau an den Sex mit Jared erinnern und war begierig, ihn wiederzuentdecken. Als sie die Hände von seinem Schenkel aufwärts über seine Hüfte und seinen flachen Bauch gleiten ließ, schnappte er nach Luft. Dann spürte sie eine seiner Hände auf ihrem Bauch. Jared streichelte sie zärtlich, und sie erschauerte. Im nächsten Moment spürte sie, wie er die Hand zwischen ihren Beinen in den Badeanzug schob und sie dort berührte.

„Ja!“, stieß sie aus und drängte sich ihm entgegen. Als er sie quälend langsam streichelte, klammerte sie sich an ihn. Machtlos gab sie ihrem Verlangen nach, denn jede Faser ihres Körpers verlangte nach ihm. Als er sich zu ihr herunterbeugte und seine Lippen sich um eine ihrer Brustwarzen schlossen, durchrieselte eine erregende Hitzewelle ihren Körper.

Aufkeuchend schob sie seine Badehose hinunter, und als er seine Lippen von ihr löste, ging sie vor ihm in die Hocke, umfasste seine Erektion und umkreiste die samtene Spitze mit ihrer Zunge.

Stöhnend schob Jared die Finger in ihr Haar und zog ihren Kopf an sich. Megan genoss es, in ihm die gleiche Begierde zu wecken, die sie empfand, doch lange hielt er es nicht aus. Er packte sie und zog sie hoch.

Sein Blick war heiß wie Lava, und bevor sie sich versah, lag sie auf einem Liegestuhl und Jared hockte neben ihr. Mit sanften Küssen bedeckte er ihren Hals und ihre Brüste und liebkoste sie lustvoll mit Zunge und Zähnen, während er gleichzeitig eine Hand zwischen ihre Beine schob und sie streichelte, bis die Spannung nahezu unerträglich wurde. Dann rutschte er herum, legte sich ihre Beine über seine Schultern und verwöhnte sie mit seiner Zunge.

Überwältigt schloss Megan die Augen. Jede Berührung steigerte ihre Lust, bis sie es kaum noch erwarten konnte, ihn in sich zu spüren.

„Nimm mich“, forderte sie ihn auf, und er hob den Kopf und lächelte sie an.

„Wir brauchen ein Kondom.“

Er lächelte verschmitzt, nahm sie auf den Arm und trug sie zurück ins Haus und in sein Schlafzimmer, wo er sie sanft auf das Bett legte.

Erneut kniete er sich zwischen ihre Beine, streichelte die empfindsame Innenseite ihrer Schenkel und ließ sie seine kundige Zunge spüren. Megans Verlangen wurde nahezu unerträglich.

Endlich nahm er ein Kondom aus der Nachttischschublade. Während er das Päckchen öffnete, genoss sie gierig seinen Anblick. Er war muskulös und braun gebrannt – ein perfekt gebauter Mann – und sah einfach fantastisch aus.

Als sie ihm wieder in die Augen sah, war die starke körperliche Anziehung zwischen ihnen spürbar wie Elektrizität, doch es mischte sich noch etwas anderes darunter, etwas Zerbrechlicheres: lange aufgestaute Sehnsucht.

Stumm öffnete sie die Arme und hieß ihn willkommen. Er küsste sie erneut, und sie schlang die Arme um ihn.

Endlich hatte sie ihn wieder. Die Jahre voller Sehnsucht schienen plötzlich wie ausgelöscht. Wie sehr hatte sie sich diesen Augenblick herbeigewünscht!

Von Emotionen überwältigt, zog sie ihn an sich, und als er in sie eindrang, bäumte sie sich auf, um ihm entgegenzukommen. Sie schlang die Beine um seine Hüfte und umfasste seinen festen Po.

Ihre Vereinigung fühlte sich so richtig an, so natürlich.

Lustvoll stöhnend bewegte sie ihr Becken. Wieder und wieder drang er quälend langsam in sie ein und steigerte so ihre Begierde, bis sie die Fingernägel in seinen Rücken krallte und sich wild unter ihm bewegte, um ihn anzustacheln.

Schließlich gab er seine Zurückhaltung auf und passte sich mit heftigen, tiefen Stößen dem Tempo an, das sie vorgab. Sie schienen derartig zu einer Einheit zu verschmelzen, dass Megan aufschluchzte.

„Meg, Liebling!“, flüsterte Jared rau.

Die Zärtlichkeit in seiner Stimme drang tief in ihr Herz. Wieder einmal wurde sie sich ihrer Verletzlichkeit bewusst und erkannte plötzlich, dass sie nicht nur seinen Körper wollte, sondern viel mehr.

Dann hatte sie ihren Orgasmus; Sterne explodierten vor ihren geschlossenen Augen, und ihr Herz klopfte zum Zerspringen. Lustvoll zuckend bäumte sie sich auf, worauf Jared stöhnend seine Stöße beschleunigte, bis er selbst kam.

Kaum war er wieder zu Atem gekommen, spürte Megan erneut die Lust in sich aufsteigen und schlang Arme und Beine um ihn.

„Jared“, flüsterte sie. „Bitte hör nicht auf.“ Sie drängte sich ihm entgegen und bewegte ihr Becken vor und zurück, bis Jared darauf einging, worauf ihre quälend süßen Empfindungen sich bis zu einem zweiten Höhepunkt steigerten.

Anschließend lagen sie schwer atmend aneinandergekuschelt und streichelten einander. Es kam Megan vor, als würde sie langsam aus einem weit entlegenen Paradies zurückkehren.

Nach einer Weile drehte Jared sich auf die Seite, und sie schmiegte sich an ihn und drückte ihr Gesicht an seinen Hals. Sie zwang sich, an nichts zu denken und nur ihren Zustand ermatteter Befriedigung zu genießen.

Jared rückte etwas von ihr ab, legte einen Finger unter ihr Kinn und hob es an, damit er ihr in die Augen sehen konnte. „Mit dir zu schlafen ist unglaublich, Meg!"

„Pst." Sie legte ihm einen Finger auf die Lippen. „Bitte sag nichts. Sei einfach für ein paar Minuten still", forderte sie ihn auf, obwohl sie sich seinen Worten nur anschließen konnte.

Sanft ließ sie den Finger über sein Kinn bis zu seiner Brust gleiten. Er betrachtete sie ernst und bedeckte ihr Gesicht mit zarten Küssen. Zärtlich strich er ihr das Haar aus dem Gesicht.

„Du bist einfach wundervoll", sagte er heiser und richtete sich etwas auf, um ihre nackten Brüste zu liebkosen.

Megan nahm seine Hand und küsste seine Finger. Noch immer wollte sie an nichts denken als an den gegenwärtigen Augenblick. Jared drehte sich auf den Rücken und zog sie schweigend an sich, so wie sie es sich gewünscht hatte. So lagen sie eine ganze Weile. Schließlich richtete sie sich auf, doch er hielt sie fest.

„Wo willst du hin?", fragte er.

„Unter die Dusche."

Er erhob sich ebenfalls. „Ich komme mit."

Megan schüttelte den Kopf. „Jared, wir …"

Er umschlang ihre Taille und erstickte ihren Protest mit einem leidenschaftlichen Kuss. Schlagartig war Megan wieder so erregt, als hätten sie sich nicht gerade erst geliebt.

Nur widerstrebend öffnete sie die Augen, nachdem Jared sie freigegeben hatte, und sah, dass er sie beobachtete. Als er aufstand, bemerkte sie, dass er so erregt war wie sie. Mit einer Leichtigkeit, die sie überraschte, nahm er sie auf die Arme, trug sie ins Bad und stellte das warme Wasser in der Dusche an. Er setzte sie unter dem Wasserstrahl ab und küsste sie erneut. Voller Verlangen schlang sie die Arme um ihn und schmiegte sich an ihn. Ihre nassen, erhitzten Körper pressten sich aneinander.

Megan stöhnte leise auf, als sie Jareds heiße Erektion an ihrem Bauch fühlte. Bisher war er der Einzige, mit dem sie geschlafen hatte, was er jedoch nicht wissen durfte. Das Schlimmste war jedoch, dass sie nicht genug von ihm bekommen konnte, nachdem sie sich erst einmal hatte gehen lassen.

Er hob sie hoch, lehnte sich gegen die Glaswand der Dusche und zog sie an sich, wobei er in sie eindrang. Megan schrie auf, warf den Kopf zurück und bewegte sich im Rhythmus seiner schnellen, harten Stöße.

Diesmal erlebten sie den Höhepunkt gleichzeitig.

Er würde ihr wieder das Herz brechen, das wusste sie genau. Es hatte keinen Zweck, die Wahrheit zu leugnen. Von ihren Gefühlen überwältigt, wandte sie den Kopf ab.

„Meg, Liebling, du bist die reinste Magie, einfach wunderschön“, hörte sie Jared sagen.

Wieder berührten seine Worte sie tief. Sie hob den Kopf und sah ihn an. „Lass mich runter, Jared.“

Er stellte sie auf die Füße, zog sie an sich und küsste sie, bis sie den Kuss mit gleicher Leidenschaft erwiderte.

„Du hast keine Ahnung, was du mir antust.“

Er klang wild und zärtlich zugleich, und ihr war klar, dass sie jede Schlacht gegen ihn verlieren würde. Wie hatte sie sich je einbilden können, ihm gewachsen zu sein? Der Sex mit ihm machte sie willenlos, unfähig, einen klaren Gedanken zu fassen.

Jared bedeckte ihre Schultern mit Küssen, schob seine Zunge in ihr Ohr und kitzelte sie. Dann küsste er sie erneut und schob sie rückwärts unter den Wasserstrahl.

Er lächelte, und das machte seine Züge weicher und verlieh seinem Gesicht eine Wärme, die sie vermisst hatte, bis er wieder in ihr Leben getreten war. Sie erwiderte sein Lächeln, obwohl sie genau wusste, dass sie sich mit Lichtgeschwindigkeit in die Katastrophe manövrierte.

„Du bist ein charmanter Teufel“, sagte sie kopfschüttelnd.

„Und du eine Verführerin. Die reinste Versuchung.“ Die Hände auf ihrer Hüfte, trat Jared einen Schritt zurück und betrachtete sie eingehend. Dann drehte er das Wasser ab und holte zwei Handtücher aus einem Regal. Er reichte ihr eines und begann, sie mit dem anderen abzutrocknen. Megan frottierte seine breiten Schultern und seine muskulöse Brust.

Mit langsamen, sinnlichen Bewegungen trocknete Jared ihre Brüste, ihren Bauch und die Innenseiten ihrer Schenkel ab und schob das Handtuch zwischen ihre Beine.

Megan schnappte nach Luft und packte ihn an den Armen. „Jared!“, protestierte sie schwach.

„Was ist? Ich trockne dich doch nur ab“, antwortete er gelassen und machte weiter. „Komm her.“

Er hob sie hoch, trug sie aus der Dusche und stellte sie vor die Spiegelwand. „Sieh nur, wie gut wir zusammenpassen. Du bist noch schöner als früher“, flüsterte er ihr zu und stellte sich dicht hinter sie. Dann ließ er seine Hände über ihren Bauch und ihre Brüste gleiten. Während er sie im Spiegel unverwandt beobachtete, umfasste er ihre Brüste und begann, die harten Brustwarzen zu liebkosen. Ihr Verlangen flammte erneut auf.

Sie wollte sich zu ihm umdrehen, doch er hielt sie fest.

„Warte“, raunte er ihr zu. „Sieh uns an. Sieh, was ich bei dir bewirke.“ Dabei legte er seine Daumen auf ihre Brustwarzen und umkreiste sie damit.

Seine Hände lagen dunkel auf ihrer hellen Haut. Mit vor Erregung klopfendem Herzen spreizte Megan die Beine und zerrte an seiner Hand. Er machte unbeirrt weiter, tat ihr aber den Gefallen und schob die andere zwischen ihre Beine. Megan bewegte rhythmisch ihr Becken und griff nach hinten, um ihn auf jede nur erdenkliche Weise zu berühren.

„Jared, du sollst …“, begann sie, aber er beugte sich über sie und küsste sie auf die Schultern und ihren Nacken. Ihre Worte erstarben.

Seine Hand verursachte ihr süße Qualen. Sie spreizte die Beine noch weiter, um ihm Zugang zu gewähren, und bewegte ihr Becken heftiger.

„Warte!“ Sie packte seinen Arm. „Wir dürfen das nicht!“

„Wir tun es aber“, flüsterte er ihr ins Ohr. „Du setzt mich in Flammen, Meg“, fügte er mit rauer Stimme hinzu.

Noch nie hatte sie ihn so begehrt wie in diesem Augenblick.

Er küsste sie und trug sie zum Bett, wo er sie so quälend langsam liebte, dass ihr Höhepunkt alle bisherigen übertraf.

Schweigend lag sie hinterher in seinen Armen. Sie wusste nicht, wie viel Zeit vergangen war, als sie sich von ihm losmachte.

„Wo willst du schon wieder hin?“

„Auf mein Zimmer, Jared.“

„Bleib doch noch ein Weilchen hier. Ich brauche dich, Meg“, bat er.

Sie gehorchte und legte sich wieder neben ihn, und er drehte sich auf die Seite und strich ihr das Haar aus dem Gesicht.

„Ich muss dich immerzu ansehen“, flüsterte er.

Außerstande, ihm zu antworten, streichelte sie seine Brust. Reue stieg in ihr auf und drohte sie zu überwältigen. Schließlich setzte sie sich auf und hüllte sich in eine Decke. „Jared, wir haben einen Fehler gemacht.“

Er legte sich auf den Rücken und sah sie verwirrt an. „Warum? Es war fantastisch und hat keinem von uns geschadet.“

Sie schüttelte den Kopf und wich dem Blick seiner dunklen Augen aus, die auf den Grund ihrer Seele zu sehen schienen. „Lass es gut sein, Jared. Es ist vorbei. Ich war schon so lange mit keinem Mann mehr zusammen, dass ich einfach nicht widerstehen konnte. Außerdem bist du unglaublich sexy, und ich habe eine Schwäche für dich, wie du weißt. Ich wollte es genauso sehr wie du. Ich mache dir keinen Vorwurf, aber es war das letzte Mal. Wir müssen unser Problem wegen Ethan klären, aber wir werden in Zukunft weder miteinander schlafen, noch werde ich dich aus Vernunftgründen heiraten.“

„Warum nicht? Wir passen im Bett doch super zusammen!“

Megan wusste nur allzu gut, wie leicht er ihren Widerstand brechen konnte, daher beschloss sie, ihm jetzt doch reinen Wein einzuschenken.

Sie sah ihm in die Augen. „Verstehst du denn nicht? Du hast mir damals das Herz gebrochen – und das will ich nie wieder durchmachen! Ich habe heute nur mit dir geschlafen, weil es außer dir nie einen anderen Mann in meinem Leben gegeben hat."

Seine Augen weiteten sich überrascht.

„Bisher konnte niemand dir das Wasser reichen. Selbst wenn ich mir fest vorgenommen hatte, mit jemandem zu schlafen, habe ich es nicht über mich gebracht. Nur aus diesem Grunde wurde ich heute schwach, aber es wird nicht wieder vorkommen. Wir sind nur zusammen, um uns wegen Ethan zu einigen, ganz egal, was heute passiert ist."

Schwer atmend stand sie auf, riss die Decke vom Bett und hüllte sich darin ein. Er erhob sich ebenfalls, doch sie schüttelte ablehnend den Kopf und wich zurück. „Fass mich nicht an!", sagte sie. Mit zusammengezogenen Augenbrauen blieb Jared stehen.

„Megan, ich war damals genauso verletzt wie du."

„Ach, wirklich?", fragte sie spöttisch. „Mir kommen die Tränen! Lass uns nicht mehr über die Vergangenheit reden. Ich gehe jetzt duschen und dann schwimmen."

Als sie das Zimmer verließ, brannten wieder Tränen in ihren Augen. Waren es Tränen der Wut oder der Enttäuschung? Sie nahm sich vor, in Zukunft rationaler mit Jared umzugehen, und wünschte, sie hätte diese Reise schon hinter sich.

Sie holte ihren Bademantel und ihren Badeanzug, duschte und sprang in den Pool, um sich zu beruhigen und die Dinge endlich wieder in einem klaren Licht zu sehen.

7. Kapitel

„Komm, ich helfe dir aus dem Wasser. Lass uns lieber im Meer baden. Das ist erfrischender.“ Megan war so vertieft in den Rhythmus ihrer Schwimmzüge gewesen, dass sie Jared gar nicht bemerkt hatte.

Sie reichte ihm eine Hand, und er zog sie aus dem Becken. Als sie vor ihm stand, legte er seine Hände auf ihre Hüfte.

„Lass mich deinen Badeanzug mal genauer betrachten. Er sieht toll aus, aber für meinen Geschmack ist er etwas zu hochgeschlossen.“

„Jared, wir haben noch immer nicht unsere Probleme wegen Ethan geklärt.“

„Bleib locker, Megan“, sagte er lässig. „Es schadet nicht, wenn wir sie für heute einfach mal vergessen.“

„Ich kann meine Sorgen aber nicht so schnell abschütteln wie du“, antwortete sie. „Küsse und gemeinsame Bäder im Meer bringen uns nicht weiter.“

„Das sehe ich anders“, widersprach er und nahm ihre Hände. „Es kann nicht schaden, wenn wir uns einander wieder etwas annähern. Schließlich werden wir künftig oft miteinander zu tun haben. Und Ethan geht es gut. Es hilft ihm nicht, wenn du dir Sorgen machst. Komm, lass uns Freundschaft schließen.“

„Klingt komisch, nachdem wir zusammen geschlafen haben.“ Dennoch musste sie zugeben, dass er recht hatte. Sich Sorgen zu machen löste ihre Probleme nicht. „Okay, überredet. Ich werde versuchen, meine Sorgen für heute zu vergessen.“

„Lass mich dabei helfen. Ein Bad im Meer wird dich entspannen.“ Er zog sie hinter sich her zum Strand.

„Da liegt ja eine Jacht!“ Ein strahlend weißes Boot schaukelte weiter draußen auf dem Wasser.

„Das ist meine. Mal sehen, wer als Erster da ist!“

Jared warf die Handtücher in den warmen Sand, und Hand in Hand liefen sie ins Wasser. Erst als es ihnen bis zu den Knien reichte, ließ er sie los. Megan war überrascht, wie lange das Wasser flach blieb. Jared sprang kopfüber hinein und schwamm zur Jacht. Als sie dort ankam, reichte er ihr die Hände und zog sie an Bord. Prustend strich sie sich das nasse Haar aus dem Gesicht.

„Das Wetter ist einfach herrlich."

„So herrlich wie du", antwortete er und legte einen Arm um sie.

„Jared …"

„Pst, Meg. Ein Kuss kann nicht schaden."

Er senkte den Blick auf ihren Mund und beugte sich über sie. Mit klopfendem Herzen ließ sie es geschehen.

„Dir vielleicht nicht", flüsterte sie, bevor seine Lippen ihre berührten. Sie schlang die Arme um seinen Nacken und erwiderte den Kuss. Schließlich stieß sie ihn von sich.

„Hör auf. Weißt du nicht mehr, was ich gesagt habe?"

Er gehorchte, setzte sich neben sie auf das Deck, sah sie dabei aber voller Verlangen an. Sie machte ihm eine lange Nase. „Außerdem verbitte ich mir, mich beim Schwimmen zu stören." Eigentlich hatte sie mit einer scherzhaften Antwort gerechnet, aber er sah sie nur ernst an. Was ging in ihm vor?

Megan wusste, dass sie sich für den Rest ihres Lebens an diesen Tag erinnern würde: an die in der Sonne funkelnden Wassertropfen auf Jareds Haut, das Plätschern der Wellen gegen den Schiffsrumpf und den Blick auf die Villa am Ufer – ein Realität gewordener Traum.

„Nach dem Abendessen werden wir einen neuen Versuch starten, uns zu einigen."

Sie nickte, doch sie wusste, dass die friedliche Stimmung illusorisch war. „Also, ich wollte schwimmen, und das werde ich jetzt auch tun." Sie schaute über das Wasser und entdeckte eine gelbe Boje einige Hundert Meter entfernt. „Kann man unbesorgt bis zu der Boje dort schwimmen?", fragte sie.

„Ja, kein Problem."

Ohne lange nachzudenken, sprang sie ins Wasser, kurz darauf hatte Jared sie eingeholt, und nachdem sie die Boje umrundet hatten, schwammen sie zum Strand zurück. Megan stieg aus dem Wasser, breitete ein Handtuch im Sand aus und setzte sich darauf. Jared tat es ihr nach.

„Das war herrlich. Ich sollte mir vielleicht auch ein Haus am Meer kaufen. Ethan würde das gefallen. Er schwimmt zwar nicht besonders gern, aber er liebt Wasser."

Jared stand auf und reichte ihr eine Hand. „Wenn du so weit bist, können wir uns anziehen und Lupita bitten, das Essen zu servieren."

„Wo steckt sie eigentlich? Ich habe seit meiner Ankunft niemanden mehr gesehen."

„Das Personal ist angewiesen, sich möglichst wenig blicken zu lassen. Sobald Lupita das Essen gebracht hat, wird sie in ihre Wohnung zurückkehren. Mein Personal wohnt hinter der Mauer, die wir vorhin passiert haben. Innerhalb der Mauer gibt es nur mein Haus, die Nebengebäude und uns."

Als sie die Terrasse betraten, sagte er: „Ich gehe Lupita suchen. Wir treffen uns in einer halben Stunde hier auf einen Drink."

Megan nickte und ging auf ihr Zimmer.

In seinem schwarzen Pullover und der dunklen Hose sah Jared auf eine gefährliche Weise gut aus. Megan konnte nicht umhin, ihn als Bedrohung für ihre Zukunft zu empfinden. Schmerzhaft wurde ihr wieder bewusst, dass ihr Leben sich von nun an verändern würde. Mit der Ruhe war es vorbei.

Jared schlenderte auf sie zu, nahm ihre Hände und betrachtete sie von Kopf bis Fuß. „Du siehst bildschön aus. Viel leckerer als das Dinner."

Sie winkte ab. „Danke, danke."

„Was möchtest du trinken?"

„Eine Piña Colada bitte."

Er ging hinter die Bar und goss hellen und dunklen Rum in einen Mixer, fügte weitere Zutaten hinzu und vermischte alles mit zerstoßenem Eis. Er goss den Drink in ein Cocktailglas, reichte es ihr und nahm sich ein kaltes Bier. Megan setzte sich auf einen Stuhl und blickte aufs Meer. Die Sonne stand wie ein riesiger roter Ball über dem Horizont.

„Willst du Ethan auch hierherbringen?", fragte sie.

„Ich werde ihn überall mit hinnehmen."

Seine Worte schnitten ihr tief ins Herz. „Ich wollte immer mit ihm verreisen, hielt es aber für ratsam, noch zu warten, bis er älter ist. Und jetzt ist es zu spät."

„Unsinn, das kannst du doch alles nachholen", antwortete Jared. „Du könntest uns zum Beispiel begleiten, wenn du willst."

Sie drehte sich zu ihm um. „Jared, das heute war nur bedeutungsloser Sex. Was uns verbindet, ist rein körperliche Anziehung. Meine negativen Gefühle dir gegenüber haben sich nicht geändert, und dir ergeht es bestimmt auch nicht anders."

Jared stellte sein Bier hin. „Du irrst dich. Dieser Nachmittag hat mehr zu bedeuten, als du dir eingestehen willst, du bist nur noch immer zu wütend auf mich, um das zu erkennen. Warum sollten wir nicht gemeinsam mit Ethan hierherkommen und eine schöne Zeit miteinander verbringen?"

Sie schüttelte den Kopf. „Weil es nicht funktionieren würde, Jared."

Er sah aus, als würde er jeden Moment aufbrausen, entspannte sich jedoch sofort wieder. „Du beraubst dich selbst einiger schöner Augenblicke", sagte er.

„Ich weiß, was ich tue."

„Das Essen ist serviert", durchdrang Lupitas Stimme die angespannte Stille, die auf ihren Wortwechsel gefolgt war.

„Danke, Lupita." Jared erhob sich, nahm Megans Arm und führte sie um die Ecke auf einen ihr bisher noch unbekannten Abschnitt der Terrasse. Zahlreiche Palmen in Töpfen verliehen diesem Teil den Zauber eines Gartens am Meer.

Auf einem Metalltisch mit Glasplatte standen brennende Kerzen, farbenfrohes Porzellan und funkelndes Kristall. Aus Schüsseln stieg Dampf auf. Jared schob ihr einen Stuhl hin und küsste sie zart auf den Hals, nachdem sie sich gesetzt hatte. Dann nahm er lächelnd ihr gegenüber Platz.

„Wie bringst du es fertig, hier wegzufahren und nach Texas zurückzukehren?"

„Ich halte die Stille immer nur für ein paar Tage aus. Dafür bin ich zu rastlos und arbeite viel zu gern. Dir erginge es bestimmt nicht anders, wenn du hier Wochen verbringen müsstest. Beim ersten Mal war ich noch einen ganzen Monat hier, aber das hat sich nicht wiederholt."

Vermutlich brachte er jedes Mal eine andere Frau mit, ging es Megan durch den Kopf, doch sie schob diesen unliebsamen Gedanken beiseite, konzentrierte sich auf das Gespräch und genoss die Jambalaya. Dazu gab es Melone, Mango und Kiwi mit Gorgonzola. Das Dessert bestand aus dünnen Scheiben Käsekuchen, die mit Schokoladen- und Himbeersauce beträufelt waren. Alles war köstlich und das Gespräch unverfänglich, doch Jareds Blicke offenbarten unverhohlene Begierde.

Als die Sonne unterging, schaltete sich automatisch die Außenbeleuchtung auf der Terrasse und am Strand ein. Das Licht hob seine Gesichtszüge stärker hervor und betonte seine gerade Nase und die hohen Wangenknochen. Megan musste sich zwingen, ihn nicht ständig anzustarren.

Nachdem sie aufgegessen hatten, räumten Lupita und Adan das Geschirr ab und sagten Gute Nacht.

„Ich kann mir nur schwer vorstellen, wie es ist, mit einem Bodyguard zu leben."

„Du und Ethan werdet auch einen brauchen." Jared legte eine Hand auf ihre. „Ethans Leben wird sich von jetzt an verändern, ob du es willst oder nicht. Für einen Reichtum wie den meinen zahlt man leider einen Preis, Paparazzi, zum Beispiel, oder das Risiko von Kidnapping."

Megan zuckte zusammen und sah zur Seite. Sie wollte das alles nicht. „Wenn ich dir doch nur die Ranch verkauft hätte! Dann hättest du nie von Ethan erfahren", sagte sie bitter.

„Dafür ist es jetzt zu spät."

„Jared, versuch doch wenigstens, mich zu verstehen. Außerdem kann ich nicht oft genug betonen, dass dieser extravagante Lebensstil dich als Vater ungeeignet macht."

„Du solltest mir schon etwas Verantwortungsgefühl zugestehen", antwortete er.

„Du hast gefährliche Hobbys wie Bergsteigen oder Rodeo."

Er lächelte flüchtig. „Ich bin seit Jahren nicht mehr Rodeo geritten. Das habe ich schon aufgegeben, als ich meinen Collegeabschluss machte. Und ich würde Ethan nie zum Klettern mitnehmen."

„Ich will auch nicht, dass du mit ihm um die Welt jettest."

„Keine Sorge. Ich möchte ihn allerdings an bestimmte Orte mitnehmen. Solche wie diesen hier zum Beispiel."

Megan verschränkte die Hände. „Jared, Ethan und ich stehen uns sehr nahe. Wahrscheinlich bin ich eine Glucke und überängstlich, aber ich liebe ihn sehr. Von der Töpferei abgesehen, ist er alles, was ich habe. Und er steht an erster Stelle. Der Gedanke, ihn teilen zu müssen, tut einfach weh. Ich habe Angst, ihn zu verlieren, so ungern ich das auch eingestehe."

Jared nickte. „Das verstehe ich voll und ganz, Megan. Und genau aus diesem Grund habe ich dir auch eine Vernunftehe vorgeschlagen. Warum hast du eigentlich solche Bedenken? Du hast doch auch kein Problem damit, ihn deiner Tante und deinem Onkel zu überlassen."

„Das ist Teil des Problems. Wie soll ich da noch oft mit ihm zusammen sein?"

„Ich hätte nichts gegen deine Gesellschaft einzuwenden, wenn er bei mir ist. Du wirst ihn nicht aufgeben müssen, solange du mit mir kooperierst. Trotzdem wird sich natürlich einiges ändern. Sobald sich herumspricht, dass ich sein Vater bin – und du wieder Teil meines Lebens –, müsst ihr beide geschützt werden. Außerdem könnt ihr einen Chauffeur gebrauchen."

Zum ersten Mal seit ihrem Wiedersehen mit Jared musste Megan herzlich lachen. „Ein Chauffeur! In Santa Fe?"

Jared grinste. „Schön, dich endlich mal wieder richtig lachen zu hören, Meg."

„Ich werde mich zum Gespött der Stadt machen."

„Das glaube ich kaum. Es gibt dort mehr Leute mit Chauffeur, als du denkst. Wahrscheinlich achtest du einfach nur nicht auf sie."

„Ethan wird es seinen besten Freunden erzählen wollen."

„Kein Problem. Sie können jederzeit mitfahren. Wir müssen auch über die passende Schule nachdenken. Du hast die freie Wahl."

„Ich schicke einen Sechsjährigen nicht fort. In Santa Fe kommt er nach der Schule immer nach Hause, und wir machen die Hausaufgaben zusammen."

„Ich kann auch einen Privatlehrer bezahlen, wenn du willst. Und auf der abgelegenen Ranch braucht ihr unbedingt einen diskreten Bodyguard."

„Du bist sehr großzügig." Jeder seiner Vorschläge machte ihr mehr Angst, selbst wenn es zu Ethans Bestem war.

„Jetzt zum Besuchsrecht", sagte Jared.

Sie sah ihn bittend an. „Was hältst du davon, wenn du ihn an den Wochenenden bekommst und wir uns in den Ferien abwechseln?", schlug sie vor, obwohl ihr der Gedanke, Ethan an den Wochenenden nicht zu sehen, gegen den Strich ging.

„Das reicht mir nicht. Ich möchte die Hälfte seiner Zeit."

Jared klang so unnachgiebig, dass Megan schluckte. „Verlege deinen Firmensitz doch nach Santa Fe", schlug sie schließlich vor. „Das wäre die bequemste Lösung."

„Ausgeschlossen", antwortete er ruhig. „Santa Fe ist viel zu abgeschieden und luftverkehrstechnisch nicht so gut angeschlossen wie Dallas. Wenn jemand von uns umziehen muss, dann du. Für dich macht das viel weniger Umstände. Fort Worth hat zahlreiche Museen, und Kunstgalerien gibt es sowohl dort als auch in Dallas. Du könntest ohne Weiteres Arbeit finden."

Megan dachte nach. Ihr Leben in Santa Fe war so friedlich und einfach gewesen, und jetzt würde Jared alles zerstören.

„Ich soll nach Dallas ziehen und in einer großen Stadt leben, mit all dem Verkehr und der Hektik?"

„Es gibt auch ruhige Stadtteile, sowohl in der Innenstadt als auch außerhalb. Du kriegst jedes Haus, das du willst, oder ich baue dir eins", bot er an.

Megan schloss die Augen und schüttelte den Kopf. Verstand er denn nicht, dass sie sein Geld und seine Einmischung nicht wollte? „Ich weiß nicht, Jared", antwortete sie schließlich. „Der Schritt, Santa Fe und alles, was ich mir dort aufgebaut habe, zu verlassen, erscheint mir zu gewagt. Und was ist mit Ethans Freunden?"

„Megan, er ist sechs Jahre alt", sagte Jared geduldig. „Er wird sich schnell umgewöhnen."

Aufgewühlt stand sie auf, ging ein paar Schritte und betrachtete die weißen Schaumkronen auf dem Wasser. Musste sie wirklich umziehen? Wenn sie es nicht tat, würde sie Ethan jedes Mal weit wegschicken müssen, wenn er zu Jared fuhr.

Warum hatte sie ihm nur nicht ihre Ranch verkauft?

Er kam hinter ihr her, umfasste ihre Schultern und drehte sie zu sich um. „Es ist die einfachste Lösung, Megan. Ich kann meinen Firmensitz und meine ganzen Mitarbeiter unmöglich nach Santa Fe verlegen. Sei realistisch."

„Realistisch! Damit meinst du doch nur, dass ich Ethan aufgeben soll!"

„Das ist nicht wahr", antwortete er ruhig. „Ich möchte ihn nur mit dir teilen. Ich will doch auch nur das Beste für ihn. Du tust ja gerade so, als würde ich ihn einem grausamen Schicksal aussetzen."

„Ich weiß", gab sie kleinlaut zu. „Ich muss mich wohl erst an den Gedanken gewöhnen, nach Dallas zu ziehen."

„Es wäre wirklich die beste Lösung."

„Und was ist, wenn du mal heiratest? Deine Frau wird eigene Kinder wollen und Ethan nie so lieben wie eine leibliche Mutter."

„Ich werde niemals heiraten, dich ausgenommen."

„Ich heirate aber nicht ohne Liebe. Du hättest dann Ethan und bequemen Sex noch dazu, während ich mich emotional viel zu sehr verstricken würde."

„Warum nimmst du das Leben nicht einfach, wie es kommt, anstatt dir überflüssige Sorgen zu machen?" Jared massierte ihre Schultern. „Du bist total verkrampft."

„Ich kann das alles eben nicht einfach auf die leichte Schulter nehmen", beharrte sie. „Würden dir nicht ein Monat im Sommer und eine Woche im Winter reichen?"

„Nein. Ich will eine gerechte Aufteilung."

Megan holte tief Luft und spielte im Kopf immer wieder die verschiedensten Möglichkeiten durch, um sie dann sofort wieder zu verwerfen. „Gib mir Zeit, darüber nachzudenken, Jared", sagte sie und machte sich von ihm los. Gedankenverloren sah sie auf das Meer, in dem sich der silbrige Mond spiegelte.

„Megan, warum machst du nur alles so verdammt schwierig?", flüsterte er ihr zu und hauchte zarte Küsse auf ihren Nacken.

Sie drehte sich um, um zu protestieren, und sah ihm in die Augen. „Lass das“, sagte sie leise.

„Das meinst du doch gar nicht so“, antwortete er und erstickte weitere Protestlaute mit einem Kuss.

Ihr Widerstand löste sich in Luft auf, sobald seine Lippen ihre berührten. Sie wollte nur noch eins: mit ihm schlafen. Sie schlang die Arme um seinen Nacken, stellte sich auf die Zehenspitzen und erwiderte den Kuss leidenschaftlich. Stöhnend zog er sie an sich.

„Meg, Liebling, du hast ja keine Ahnung, wie sehr ich dich will“, flüsterte er, legte seine Hände an ihr Gesicht und küsste sie erneut.

Er knöpfte ihre Bluse auf, öffnete den BH und schob ihn hinunter. Dann umfasste er ihre Brüste und ließ seine Daumen zart über ihre Brustwarzen gleiten.

Megan war außerstande, sich zu wehren. Jared war ein verbotener Traum und eine Gefahr für ihren Seelenfrieden, aber den hatte er ohnehin schon zerstört. Leidenschaftlich drängte sie sich an ihn und küsste ihn, bis er aufstöhnte. Es gab kein Zurück mehr. Sie fühlte sich so hilflos wie ein Blatt im Wind.

Nur Sekunden später fiel ihr Rock zu Boden und bauschte sich um ihre Füße. Sie trat hinaus und schleuderte die Schuhe von den Füßen. Jared betrachtete sie eingehend. Mit zitternden Fingern zog sie ihm das Hemd aus der Hose und öffnete den Gürtel. Nachdem Jareds Hose zu Boden gerutscht war, schleuderte er sie mit den Füßen beiseite und schlüpfte aus den Schuhen. Sein Slip folgte, dann bückte er sich, angelte ein Kondompäckchen aus seiner Hosentasche und nahm Megan auf die Arme.

„Es ist wie ein Traum“, flüsterte sie, mehr zu sich als zu ihm.

„Ein wahr gewordener Traum, Meg.“

Sie legte ihre Arme um seinen Nacken und küsste ihn, während er sie zur nächsten Liege trug und sie hinlegte. Im nächsten Moment hatte er sich das Kondom übergestreift und drang quälend langsam in sie ein. Sie schlang die Arme um ihn, legte ihre Beine um seine Hüfte und zog ihn an sich, denn sie wollte ihn endlich tief in sich spüren.

„Jared, Liebster …“ Sein Kuss erstickte ihre Worte, während er sich wieder und wieder langsam zurückzog und genauso langsam wieder in sie eindrang, bis sie sich aufbäumte und sich vor Verlangen unter ihm wand.

Schweißperlen bedeckten seine Schultern und seine Stirn. Schließlich konnte er sich nicht mehr zurückhalten, und seine Stöße kamen schneller. Ihr Orgasmus war überwältigend; lustvoll bewegte sie sich mit ihm, bis er selbst zum Höhepunkt kam.

Der Sex mit ihm war großartig, aber ein Riesenfehler. Megan war sich dessen bewusst, dennoch fühlte sie sich wohl in seinen Armen und streichelte und küsste ihn.

„Meg, ich möchte, dass du noch länger hierbleibst." Er bedeckte ihre Schläfe mit Küssen. „Lass uns einfach abwarten, wie die Dinge sich entwickeln."

In dieser tropischen Umgebung war es schwierig, vernünftig zu bleiben und einen kühlen Kopf zu bewahren. Sie musste so schnell wie möglich nach Hause zurückkehren, bevor es endgültig zu spät war.

Jared strich ihr das Haar aus dem Gesicht. „Du bist wunderschön."

Für einen Augenblick war Megan so glücklich, dass sie fast nachgegeben hätte. Eine schwache Brise wehte vom Ufer herüber, an dem sich die Wellen brachen. Sie würde sich immer daran erinnern, wie sie nackt und eng umschlungen hier mit ihm am Strand gelegen hatte. „Wir sollten duschen", sagte sie.

„Wie wär's stattdessen mit einem Bad im Mondschein? Pool oder Meer?"

„Meer."

Jared stand auf und nahm ihre Hand. Sie liefen bis zu den Knien ins Wasser und ließen sich hineinfallen, um zu schwimmen. Kurze Zeit später fing Jared sie im hüfthohen Wasser ein und zog sie an sich, um sie wieder zu küssen. Seinen warmen, nassen Körper an ihrem zu spüren war eine erneute süße Qual. Mit klopfendem Herzen wurde ihr wieder bewusst, dass sie von diesem verzauberten Ort fliehen musste, um die Dinge in klarem Licht zu sehen.

Trotzdem schlang sie die Arme um ihn und erwiderte seinen Kuss. Er hob sie hoch, watete mit ihr zum Strand und trug sie in sein Schlafzimmer.

Nachdem sie erneut miteinander geschlafen hatten, hielt er sie in den Armen und flüsterte ihr Kosenamen zu. Sie liebten sich die ganze Nacht hindurch und schliefen schließlich eng umschlungen ein.

Als Megan aufwachte, war der Platz neben ihr leer. Sie dachte einen Moment nach und fasste den Entschluss, nach Hause zurückzukehren, eine Hypothek auf die Ranch aufzunehmen und die bestmöglichen Anwälte zu engagieren, um Jared zu bekämpfen.

Sobald sie sich angezogen und gepackt hatte, setzte sie sich auf die Terrasse und rief ihren Mitarbeiter an, der für die Buchhaltung zuständig war, um sich nach den derzeitigen Hypothekenzinssätzen zu erkundigen.

Danach kontaktierte sie ihre Bank in South Dakota, um festzustellen, wie viel ihr Vater ihr genau hinterlassen hatte, und vergewisserte sich in Santa Fe über die Höhe ihrer Ersparnisse. Zum Schluss fragte sie ihren Börsenmakler, was ihre Aktien und Anleihen wert waren.

Zu Hause würde sie sich sofort einen neuen Anwalt nehmen, den besten, den sie sich leisten konnte. Jared konnte sie auf keinen Fall bei der Auswahl zurate ziehen, aber sie hatte einen Kunden, der Milliardär war. Vielleicht konnte er ihr jemanden empfehlen.

Sie würde Ethan von seinem Vater erzählen müssen, aber wenn das schon unvermeidbar war, sollte es zumindest nach ihren Vorstellungen geschehen.

Inzwischen hatte sie sich dazu durchgerungen, ihn Jared einen oder zwei Tage zu überlassen. Als überzeugter Junggeselle stellte er dann vielleicht fest, dass ihm ein Kind letztlich doch zu anstrengend war. Damit wären ihre Probleme mit einem Schlag gelöst. Sie konnte sich beim besten Willen nicht vorstellen, dass er sich wirklich so intensiv um Ethan kümmern würde, wie er es sich vorgenommen hatte.

Megan bürstete ihr Haar und flocht es zu einem Zopf. Sie fand Jared in der Küche, wo das Frühstück schon bereitstand.

Er musterte sie eingehend. „Guten Morgen. Leiste mir Gesellschaft“, sagte er und schlenderte auf sie zu.

Abwehrend hob sie die Hände. „Die letzte Nacht war wunderschön, Jared, aber jetzt, bei Tageslicht, sieht alles schon wieder ganz anders aus. Ich will so schnell wie möglich nach Hause.“

„Warum? Ich hatte den Eindruck, dass es zwischen uns besser läuft und wir das meiste geklärt haben. Wozu die Eile?“

„Ich hatte nie vor, mit dir zu schlafen.“

„Aber es war doch schön.“

„Natürlich war es das, aber ich habe es nicht gewollt. Es tut mir einfach nicht gut. Wie schon gesagt, ich kann meine Gefühle nicht so leicht raushalten wie du. Ich will mich nicht wieder in dich verlieben.“

„Dabei wäre das die beste Lösung. Es würde alle unsere Probleme beseitigen.“

„Ich traue dir aber nicht. Zu Hause, in meiner gewohnten Umgebung, mit dem gewohnten Alltag, sehe ich bestimmt klarer als hier. Ich möchte dort über meine Optionen nachdenken. Bisher habe ich allerdings keine gefunden, die mir zusagen. Vielleicht werden wir doch vor Gericht gehen müssen“, sagte sie.

Seine Gesichtszüge verhärteten sich, und er sah sie kalt an, doch es war ihr gleichgültig, was er von ihrer Antwort hielt. Seine Vorschläge hatten ihr auch nicht gefallen.

„Megan, treib es nicht zu weit. Ein Rechtsstreit könnte für uns alle drei sehr unangenehm werden.“

Sein Ton, der bestimmt schon so manchen gestandenen Mann eingeschüchtert hatte, war eisig. Sie schüttelte abwehrend den Kopf. „Du kannst mir keine Angst einjagen. Ich stelle mir Folgendes vor: Ich werde nach Hause zurückfahren und Ethan sagen, dass du sein Vater bist. Danach wirst du zwei Tage auf meiner Ranch verbringen und ihn kennenlernen. Wenn ich ein gutes Gefühl dabei habe, darfst du ihn mit zu dir nach Hause nehmen, um herauszufinden, wie dir die alleinige Verantwortung für ihn gefällt.“

Jareds Gesichtsausdruck veränderte sich sofort. Er kam um den Tisch herum und umfasste ihre Taille. „Megan, das ist ja wundervoll! Das klingt schon viel besser. Auf diese Weise können Ethan und ich uns beschnuppern, und du siehst uns zwei zusammen. Was für ein toller Vorschlag!“

„Ich dachte mir schon, dass er dir gefällt“, antwortete sie.

„Ich werde sofort das Flugzeug vorbereiten lassen. In zwei Stunden können wir los. Wie klingt das?“

„Gut, Jared.“

Er lächelte, und ihr Herz machte einen Satz. Er sah so verdammt anziehend und sexy aus! Trotz ihrer Wut wollte sie seine Arme um sich spüren und ihn küssen, aber sie war zu vernünftig, dem Impuls nachzugeben. Allmählich dämmerte ihr, dass sie sich trotz aller Vorsätze erneut in ihn verliebt hatte.

„Alles wird sich für uns drei zum Guten wenden, du wirst schon sehen.“

„Das wäre natürlich toll. Ich sehe nur nicht, wie.“

Jared holte sein Handy aus der Tasche, und Megan packte ihre Reisetasche und stellte sie vor die Haustür. Dann setzte sie sich auf die Terrasse und wartete.

„Ich hätte gern ein Foto von Ethan und will unbedingt seine Fotoalben sehen“, sagte Jared auf dem Rückflug.

„Natürlich. Die meisten Alben sind allerdings in Santa Fe, nicht in South Dakota.“

„Dann werde ich sie mir anschauen, sobald ich nach Santa Fe komme.“

„Jared, bist du dir sicher, dass dir die Verantwortung für ein Kind nicht doch zu viel wird?“, fragte Megan und erntete einen bösen Blick von ihm.

„Keine Chance. Ich werde alles in meiner Macht Stehende tun, um ein gutes Verhältnis zu meinem Sohn aufzubauen und ihm ein guter Vater zu sein.“

„Das bedeutet aber mehr, als nur den Kumpel zu spielen.“

„Das weiß ich selbst. Wie lange wirst du brauchen, um ihn bei deinem Onkel und deiner Tante abzuholen?“

„Ich fahre nach Sioux Falls, sobald wir zurück sind. Meine Tante und mein Onkel wissen schon, dass ich Ethan noch heute mit auf die Ranch nehme. Du kannst morgen dazustoßen.“

„War Ethan enttäuscht über deinen Anruf?“

„Nein. Wie du selbst gesagt hast – Kinder sind flexibel. Er freut sich darauf, mich zu sehen, und ich freue mich ebenso. Deinetwegen habe ich ihn doppelt so schmerzlich vermisst wie sonst.“

Jared nickte und nahm ihre Hände in seine. „Danke nochmals. Ich weiß, wie sehr dir das alles gegen den Strich gehen muss, aber es ist unvermeidbar. Umso mehr weiß ich deinen Vorschlag zu schätzen."

„Ich will schließlich auch nur das Beste für ihn", antwortete sie. Sie spürte seinen Blick auf sich ruhen.

„Ich will dich immer noch", sagte er, umfasste ihren Hinterkopf und küsste sie lange und zärtlich.

Anstatt ihm zu widerstehen, erwiderte sie den Kuss, obwohl jede Zärtlichkeit sie nur noch stärker an ihn fesselte und die Zukunft umso schwieriger für sie gestaltete.

„Erzähl mir von Ethan", bat er, nachdem sie sich voneinander gelöst hatten.

Während des Mittagsimbisses sprachen sie über ihren Sohn, und danach unterhielt Jared sie mit amüsanten Geschichten aus seinem Leben.

Nach der Ankunft verabschiedete sie sich von ihm und fuhr nach Sioux Falls, voller Sehnsucht nach Ethan. Wie schon so oft in letzter Zeit bedauerte sie, dass sie ihm nicht von Anfang an die Wahrheit über seinen Vater erzählt hatte und dass er diesen Mann bisher nur einmal flüchtig gesehen hatte.

8. Kapitel

Am Donnerstag stand Jared schon morgens vor der Tür auf Megans Ranch. Unter einem Arm trug er ein in graues Papier eingewickeltes Päckchen, einen Football, in der anderen Hand hielt er eine Tüte. Er war so nervös wie schon lange nicht mehr. Obwohl er nur Ethan im Kopf hatte, konnte er den Blick nicht von Megan lösen, die enge Jeans, ein grünes T-Shirt und Boots trug. Wieder bedauerte er, dass sie nicht noch eine Nacht länger auf Yucatan geblieben waren. Er vermisste sie bereits schmerzlich und war selbst überrascht, wie sehr er sich nach ihr sehnte. Dabei hatte er geglaubt, längst über sie hinweg zu sein.

„Ich habe mein Gepäck im Auto gelassen. Ich hole es später", sagte er, und Megan nickte. „Hat Ethan die Neuigkeit gut aufgenommen?"

„Ja."

Megans Augen schimmerten türkisblau. Sie sah blass und ernst aus.

„Er ist neugierig auf dich. Ich glaube, es gefällt ihm, einen Vater zu haben, aber er ist noch etwas schüchtern."

„Wo ist er?"

„Er wartet im Wohnzimmer. Sobald ich euch miteinander bekannt gemacht habe, lasse ich euch allein, damit ihr euch besser kennenlernen könnt. Vielleicht gehe ich reiten. Das Wetter ist schön, du kannst also gern mit ihm rausgehen. Ich nehme mein Handy mit, falls etwas ist, und komme erst in zwei Stunden wieder."

Jared nickte. „Klingt gut. Ich möchte euch heute Abend zum Essen einladen."

„Danke, aber ich habe schon Steaks besorgt. Wir essen hier, das ist einfacher."

Sie betraten das Wohnzimmer, wo Ethan in Jeans und T-Shirt auf dem Sofa saß und mit seinen Spielzeugautos spielte. Der Junge blickte hoch und betrachtete ihn mit einer Mischung aus Scheu und Neugier. Dann stand er auf und blieb abwartend stehen.

„Ethan, das hier ist Jared Dalton. Du hast ihn schon letzte Woche in der Stadt gesehen. Er ist der Mann, von dem ich dir erzählt habe, dein richtiger Vater."

Jared streckte die Hand aus und schüttelte die von Ethan. „Ich habe dir ein Geschenk mitgebracht."

„Ethan, warte bitte noch einen Moment mit dem Öffnen", sagte Megan. „Wie ich dir schon gesagt habe, werde ich dich und Jared jetzt allein lassen, damit ihr euch kennenlernen könnt. Ich nehme mein Handy mit, falls du mich anrufen möchtest. Ich bin bald wieder da."

Sie bückte sich, und Ethan lief mit ausgestreckten Armen auf sie zu. Megan hob ihn hoch und küsste ihn. Ethan umarmte sie fest, bis sie ihn wieder zu Boden setzte.

„Sei ein braver Junge", ermahnte sie ihn.

Ethan warf Jared einen schüchternen Blick zu, und er sagte: „Danke, Megan." Dann drehte er sich zu seinem Sohn um. „Sieh mal, ich habe auch einen Football mitgebracht. Wir können ein bisschen werfen und fangen üben, wenn du magst. Aber mach erst das Geschenk auf."

Ethan nickte.

„Ethan – bedank dich", sagte Megan prompt.

„Danke, Sir."

„Gern geschehen." Jared lächelte Ethan zu und überlegte, wie er ihm die Situation erleichtern konnte.

„Ich gehe dann jetzt."

Megan verließ das Zimmer, und er sah, wie sie sich verstohlen eine Träne aus dem Gesicht wischte. „Pack ruhig aus, Ethan", forderte er den Jungen auf.

Langsam wickelte sein Sohn den Karton aus und klappte den Deckel hoch.

„Das ist ein Modellflugzeug mit echtem Motor. Wenn du magst, bauen wir es zusammen und lassen es draußen fliegen."

„Gern", antwortete Ethan und strahlte ihn glücklich an.

Jared seufzte erleichtert. Anscheinend hatte er mit dem Geschenk einen Treffer gelandet. Neugierig begutachtete Ethan den Inhalt des Kartons und begann, ihn auszupacken.

„Warte einen Augenblick, Ethan. Ich habe noch Werkzeug mitgebracht. Lass uns draußen auf der Veranda arbeiten."

Ethan nahm den Karton und lief nach draußen. Jared ging hinter ihm her. „Darf ich vielleicht ein Foto von dir machen?", fragte er unsicher.

„Na klar", antwortete der Kleine und blieb stehen.

Jared zog eine Kamera aus der Papiertüte und schoss drei Bilder.

„Darf ich dich auch mal fotografieren?"

„Natürlich, hier ist die Kamera. Weißt du, wie das geht?"

„Ja, Sir. Mommy hat es mir gezeigt."

Ethan drehte die Kamera in seinen kleinen Händen, streckte die Arme nach vorn und drückte auf den Auslöser. Lächelnd reichte er Jared die Kamera zurück.

Gemeinsam sahen sie sich die Fotos an, die sie geschossen hatten.

„Gut gemacht!", sagte Jared. „Sobald ich zu Hause bin, drucke ich Kopien aus und schicke sie dir." Er nahm eine Zeitung aus der Tüte. „Und jetzt zum Flugzeug."

Ethan setzte sich auf den Verandaboden und half ihm, die Zeitung auszubreiten. Jared zog die Gebrauchsanweisung, Leim und ein Blatt mit Aufklebern aus der Tüte und setzte sich neben Ethan. Er half nur dann, wenn es wirklich nötig wurde, und ließ den Jungen ansonsten alles selbst machen.

Ethan folgte seinen Anweisungen überraschend gut. Seine anfängliche Schüchternheit war schnell überwunden, und bald schon arbeiteten sie so ungezwungen zusammen, als würden sie sich schon seit Jahren kennen.

„Mr. Dalton …"

„Ethan", unterbrach Jared ihn freundlich und legte ihm eine Hand auf die Schulter. „Ich bin dein Vater. Nenn mich Daddy oder Dad, ganz wie du willst, aber ich bin nicht Mr. Dalton für dich."

„Daddy", sagte Ethan scheu und sah ihn an.

Spontan streckte Jared die Arme aus und drückte den Kleinen an sich.

„Ethan, ich mag dich schon jetzt sehr gern. Du bist mein Sohn, mein Baby, auch wenn du schon lange aus dem Babyalter raus bist. Du bist ein Teil von mir, und ich werde immer für dich da sein", sagte er mit erstickter Stimme.

Ethan schlang die schmalen Ärmchen um seinen Hals und drückte ihn ebenfalls.

„Ich bin froh, dass du hier bist, Daddy. Ich wollte immer schon einen Vater. Alle meine Freunde haben einen."

„Und jetzt hast du auch einen. Wenn ich früher gewusst hätte, dass du mein Sohn bist, wäre ich sofort zu dir zurückgekommen, Ethan. Ich werde dich nie wieder verlassen, außer natürlich, wenn ich arbeiten muss und du zur Schule gehst." Jared spürte, wie Tränen in ihm aufstiegen. Nie hätte er gedacht, dass er so emotional auf den Jungen reagieren würde. Wieder drückte er den schmalen Körper seines Sohnes an sich und schloss die Augen.

Lachend versuchte Ethan, sich zu befreien, und Jared setzte ihn neben dem fast fertigen Flugzeug ab.

„Jetzt müssen wir es anmalen und etwa eine halbe Stunde lang trocknen lassen", sagte er. „Danach können wir es fliegen lassen." Er sah zu, wie Ethan einige Farbtöpfe auswählte und bereitstellte. Der Junge nahm einen Pinsel, tauchte ihn in grünen Lack und begann, den Rumpf anzumalen.

Es ist erstaunlich, wie Kinder das Leben einfach so hinnehmen, dachte Jared und beobachtete, wie Ethan die grüne Farbe auf dem Flugzeugrumpf verteilte und orangefarbene Flammen auf die Motorhaube malte.

„Ein tolles Flugzeug!", lobte er seinen Sohn und stand auf, um ihn beim Malen zu fotografieren. „Die Farbe muss noch trocknen", fügte er hinzu und verschloss die Farbtöpfe. „Jetzt lass uns aufräumen. Wir können Football spielen, wenn du magst."

„Ja, Sir. Ich möchte vorher aber noch etwas trinken."

„Okay, komm mit in die Küche."

Jared hielt Ethan die Tür auf und trat selbst in das stille, kühle Haus. Megans Geist war deutlich spürbar, obwohl sie nicht da war. Er konnte sich bildlich vorstellen, wie sie die roten Rosen in der Vase arrangiert hatte oder wie sie in dem Buch auf dem Beistelltisch las. Wenn sie doch nur einer Vernunftehe zustimmen oder wenigstens nach Dallas umziehen würde! Das würde es ihnen viel leichter machen, Ethan gemeinsam großzuziehen, aber ihren Äußerungen nach zu urteilen musste er wahrscheinlich gerichtlich um seinen Sohn kämpfen, was für sie alle drei sehr unangenehm und schmerzlich sein würde.

Wenn es wirklich zu einem Prozess kam, würde er das alleinige Sorgerecht beantragen. Megan sollte es noch bitter bereuen, nicht mit ihm kooperiert zu haben. Immerhin hatte er die besseren Anwälte, dabei war das alles total überflüssig, denn sie hatten eine fantastische gemeinsame Nacht in den Tropen verbracht.

Jared goss Ethan ein Glas Wasser ein und beobachtete, wie sich die kleinen Hände des Jungen um das Glas legten. Das Kind war faszinierend. Er war Megan überaus dankbar, dass sie ihn so schnell mit seinem Sohn zusammengebracht hatte.

Nachdem Ethan ausgetrunken hatte, gab er Jared das Glas zurück und legte den Kopf schief. „Wo ist der Football?", fragte er und rannte voraus auf die Veranda.

Jared ging hinterher. Als er aus der Tür trat, war Ethan schon im Garten und spielte mit dem Ball. Sein Sohn drehte sich zu ihm um und warf ihn ihm zu. Jared musste sich strecken, um ihn zu fangen. Er lief zu Ethan und spielte ihm den Ball locker mit der Hand von unten zu. Strahlend fing der Kleine ihn mit beiden Händen auf und warf ihn zurück.

Zehn Minuten später hatte er keine Lust mehr und setzte sich auf die Schaukel. „Komm, gib mir Anschwung!"

Der Morgen verging schnell, und als Megan, die längst von ihrem Ausritt zurück war, schließlich mit einem Teller Sandwiches aus dem Haus kam und ihn auf dem Verandatisch abstellte, ließen sie gerade das Flugzeug fliegen. Ethan winkte seiner Mutter begeistert zu.

„Guck mal, Mommy! Sieh nur, was ich gebaut habe! Es kann fliegen!"

„Gut gemacht, Ethan!", lobte sie ihn und kam auf Jared zu.

Am liebsten hätte er sie in die Arme genommen und ihr mit einem Kuss für den tollen Morgen mit seinem Sohn gedankt. Stattdessen blieb er ruhig stehen. Bei ihrem Anblick flackerte plötzlich wieder die Lust in ihm auf, mit ihr zu schlafen.

„Ihr scheint euch ja prächtig zu verstehen“, sagte sie kurz angebunden.

„Warum so enttäuscht?“ Megans Tonfall ging ihm gegen den Strich – und trotzdem begehrte er sie.

„Bin ich nicht. Es ist schließlich nur gut für Ethan, einen Vater zu haben. Ich habe euch etwas zu essen gebracht, falls ihr hungrig seid. Ich befürchte allerdings, dass Ethan sich nicht mehr so schnell von seinem Flugzeug trennen wird.“

„Er kann ja später weitermachen“, antwortete Jared und drehte sich zu Ethan um. „Ethan, lande das Flugzeug und komm zum Mittagessen.“

„Sieh mal, Mommy, was ich schon kann!“, rief Ethan, drückte ein paar Knöpfe auf der Fernbedienung, und das Flugzeug landete mit einem Plumps direkt vor der Veranda.

Jared und Megan klatschten in die Hände.

„Toll, Ethan“, sagte Megan lächelnd.

Der Kleine ließ die Fernbedienung fallen und rannte zum Tisch.

„Geh und wasch dir die Hände“, rief Megan hinter ihm her; er verschwand im Haus.

„Das sollte ich wohl auch tun. Wir waren heute Morgen ganz schön aktiv, und ich fühle mich etwas schmutzig“, sagte Jared und ging hinter Ethan her.

Sie trafen sich zum Essen am Tisch wieder. Ethan hatte schon nach ein paar Bissen genug und wollte aufstehen. Megan gab nach, und er lief zu seinem Flugzeug zurück.

„Anscheinend versteht ihr euch richtig gut. Ich bin erleichtert, dass die Kommunikation zwischen euch so gut klappt.“

Jared lächelte und trank einen Schluck Eistee. „Du bist wohl eher überrascht und sogar etwas enttäuscht, könnte ich wetten.“

„Nicht wirklich. Wenn es zwischen euch nicht klappen würde, wäre mir das auch nicht recht.“

„Er hat mich gefragt, warum ich dich nicht geheiratet habe, und ich habe geantwortet, dass ich dir vor ein paar Tagen einen Antrag gemacht habe, du dein Leben aber noch nicht ändern willst. Wahrscheinlich wirst du ihm auch noch ein paar Fragen beantworten müssen.“

„Das bin ich gewohnt. Ich bemühe mich, ihm gegenüber immer so ehrlich wie möglich zu sein. Deine Antwort geht mir allerdings ein bisschen zu weit, denn du hast mir schließlich nur eine Vernunftehe vorgeschlagen. Natürlich war das auch nicht anders zu erwarten. Wir sind ja nicht ineinander verliebt."

Jared beugte sich vor und berührte ihre Wange. „Das könnte sich doch noch ändern."

„Vergiss es, Jared. Ich werde dich nicht heiraten."

„Aber wir haben uns auf Yucatan doch gut verstanden."

„Das war eine Ausnahme und wird nicht wieder vorkommen. Sei jetzt bitte ruhig, Ethan kommt gerade."

Jared setzte sich aufrecht hin, als Ethan zu ihnen an den Tisch kam, um über sein Flugzeug zu reden.

„Daddy, machst du gleich wieder mit?"

„Klar", antwortete er mit einem Seitenblick auf Megan, die die Stirn runzelte. „Wenn Mommy es erlaubt?"

„Natürlich", sagte sie.

Jared stand auf und ging hinter Ethan her, der schon die Verandatreppen hinunterstürmte. Flüchtig überlegte er, ob er Megan beim Abräumen helfen sollte, entschied dann jedoch, ihr vorerst lieber aus dem Weg zu gehen.

Nachdem sie die Steaks gegrillt und zu Abend gegessen hatten, spielten er und Megan noch ein paar Spiele mit Ethan. Schließlich erhob Megan sich. „Ethan, es wird Zeit, ins Bett zu gehen. Sag Gute Nacht."

„Mom! Es sind doch Ferien, und ich bin überhaupt noch nicht müde!"

„Sag schön Gute Nacht und tu, was deine Mutter dir sagt. Der Morgen kommt früher, als du denkst, und dann können wir weiter mit dem Flugzeug spielen." Jared schob seinen Stuhl zurück und nahm Ethan auf den Arm. Der Kleine schlang die Ärmchen um seinen Hals und drückte ihn an sich.

„Bringst du mich ins Bett?", fragte er.

Jared warf Megan über Ethans Kopf hinweg einen fragenden Blick zu.

„Jared kann dir in einer halben Stunde Gute Nacht sagen. Du musst erst baden, und dann lese ich dir noch eine Geschichte vor", antwortete sie.

„Okay. Dann komme ich in einer halben Stunde zu dir. Gute Nacht, Ethan", sagte Jared, küsste den Jungen auf die Stirn und ließ ihn hinunter. „Jetzt geh und lass dich bettfertig machen."

Ethan drehte sich um und schoss vor Megan durch die Tür.

„Danke", sagte Megan. „Dass er so gut auf dich hört, macht mir meinen Job erheblich leichter." Sie folgte Ethan.

Jared fragte sich, ob sie sich später wohl noch ein Weilchen zu ihm setzen würde. Er war gern mit ihr zusammen, vor allem nach ihrer gemeinsamen Nacht. Leider würde sich so etwas wohl kaum wiederholen, wenn sie ihre Drohung wirklich wahr machte. Er ging auf die Veranda, setzte sich und legte die Füße auf das Geländer. Gedankenverloren sah er in den Garten.

Später warf er einen Blick auf die Uhr und ging auf Ethans Zimmer. Kurz vor der Tür hörte er Megans Stimme und stellte sich unauffällig in den Türrahmen. Megan lag ausgestreckt neben Ethan auf dem Bett, ein Kinderbuch in der Hand. Mit gedämpfter Stimme las sie daraus vor. Ethan lag mit halb geschlossenen Augen an sie geschmiegt da, in der einen Hand das Segelflugzeug und in der anderen eine ausgeblichene blaue Decke. Ein abgewetzter weißer Bär lag auf seinem Schoß.

Jared betrat vorsichtig das Zimmer und setzte sich so leise wie möglich in den Schaukelstuhl. Megan warf ihm einen flüchtigen Blick zu, während Ethan schon zu schläfrig war, um ihn zu bemerken. Er betrachtete Megans schönes Gesicht, das von der kleinen Nachttischlampe erhellt wurde. Ihr dunkles, nach vorn fallendes Haar glänzte im Licht. Er genoss es, sie einfach nur anzusehen und der Zärtlichkeit in ihrer Stimme zu lauschen.

Mit einem Male wurde ihm klar, dass er ihr Ethan niemals wegnehmen konnte, egal, was geschah. Es war nicht zu übersehen, wie sehr die zwei sich liebten. Ethan hatte den ganzen Nachmittag und Abend über immer wieder Megans Nähe gesucht und sie berührt, als wolle er sich vergewissern, dass sie noch da war. Und ihr Blick ruhte voller Stolz und Liebe auf ihrem Sohn.

Ihm wurde wehmütig zumute. Er steckte offensichtlich in einem echten Dilemma, und das ganz überflüssigerweise. Alles wäre anders, wenn Megan ihre Ressentiments ihm gegenüber endlich überwinden könnte. Vielleicht hätte er sich damals nicht von ihrem Vater einschüchtern lassen und stattdessen dableiben sollen.

Kurz vor seiner Abreise hatte er noch seinen Vater aufgesucht und ihm von Sorensons Drohungen erzählt. Sein Vater war außer sich vor Wut gewesen und hatte darauf bestanden, dass er blieb und mit Megan sprach, doch er hatte den erbitterten Kleinkrieg der beiden Männer zu lange mit angesehen. Er hatte keine Zweifel, dass Edlund Sorenson seine Drohungen wahr machen würde.

Kurz nachdem er weggegangen war, hatte er Megan den ersten Brief geschrieben, aber sämtliche Post war unbeantwortet zurückgekommen. Es war äußerst unwahrscheinlich, dass sie von alldem nichts gewusst hatte. Er konnte sich zwar nicht vorstellen, dass sie es guthieß, wenn ihr Vater seinem Nachbarn etwas antat, aber irgendetwas musste sie doch mitbekommen haben. Sie war schließlich seine Tochter. Ihr konnte nicht entgangen sein, wie oft Edlund seinem Vater das Wasser abgedreht hatte, indem er den Fluss staute.

Sobald Daltons Vieh auf seiner Ranch auftauchte, weil ein Zaun niedergetrampelt worden war, erschoss er es sofort. Aus Rache reagierte sein Vater schließlich ebenso. Und nicht selten hatten die Wagen der Arbeiter von der Dalton Ranch zerschlitzte Reifen, wenn die Männer in die Stadt gefahren waren.

Es hätte damals jedoch keinen Zweck gehabt, zur Polizei zu gehen und ihr von Sorensons Drohungen zu erzählen. Der Alte war in der Gemeinde angesehen. Es hätte Wort gegen Wort gestanden.

Sein Vater hatte sich gegen Sorenson wehren wollen, doch er hatte zu große Angst um ihn gehabt. Er wollte nicht, dass seiner Familie etwas zustieß. Nur deshalb war er gegangen.

Als Megan mit ihrer Geschichte fertig war, schlief Ethan bereits.

Sie hob ihn hoch, und Jared trat zu ihr, um die Bettdecke aufzuschlagen. Megan legte Ethan hin, schob vorsichtig das Flugzeug neben ihn und gab ihm einen Gutenachtkuss.

„Jetzt bin ich dran", sagte Jared. Er küsste seinen Sohn ebenfalls.

Was für ein Wunder, plötzlich ein Kind zu haben! Er drehte sich um und verließ zusammen mit Megan das Zimmer.

„Ethan ist ein toller Junge, Meg. Der heutige Tag hat richtig Spaß gemacht. Anscheinend hat er mich akzeptiert."

„Ich habe schon geahnt, dass du ihm gefallen würdest. Er ist überglücklich, endlich einen Vater zu haben, aber sei bitte nicht zu kumpelhaft. Ich will nicht, dass du ihm später doch noch wehtust."

„Das liegt ganz bei dir", antwortete er. Im Wohnzimmer setzte Megan sich in einen Lehnstuhl, und er ließ sich neben ihr nieder.

„Ich sage dir lieber gleich, dass ich ein Anwaltsbüro in Chicago einschalten werde, Jared. Du darfst Ethan gern regelmäßig sehen, aber nicht die Hälfte der Zeit. Dafür werde ich kämpfen, bis das Gericht ihn mir wegnimmt."

„Verdammt noch mal, Megan, warum tust du uns das an? Es wird einen Keil zwischen uns drei treiben. Ethan wird sich zwischen dir und mir hin und her gerissen fühlen. Ich will keinen Rechtsstreit. Lass uns doch zumindest versuchen, eine Lösung zu finden."

Megan schüttelte den Kopf. „Nein. Wenn dir das nicht passt, dann packe und geh."

„Ich habe Ethan versprochen, ihn nie im Stich zu lassen. Außerdem habe ich ihm erklärt, dass ich ihn nicht verlassen habe, sondern einfach nur nichts von seiner Geburt wusste."

„Das hat er mir auch schon erzählt. Warum sagst du ihm nicht gleich die volle Wahrheit? Gib doch zu, dass du kalte Füße gekriegt hast und verschwunden bist! Er wird es verkraften. Es war ja schließlich nicht seinetwegen."

„Ich habe keine kalten Füße gekriegt, Megan!", stieß Jared wütend hervor.

Sie legte den Kopf schief und sah ihn eindringlich an. „Ach, hör schon auf", sagte sie schließlich, stand auf und ging ein paar Schritte. „Ich habe dich eingeladen, ein paar Tage vorbeizukommen, damit du Ethan kennenlernen kannst, aber ich weiß nicht, ob ich das nervlich noch länger aushalte. Nimm ihn lieber schon morgen für zwei Tage mit zu dir."

Jared unterdrückte den Impuls, sie in die Arme zu nehmen und ihren Widerstand fortzuküssen. Stattdessen ging er auf sie zu, legte ihr die Hände auf die Schultern und drehte sie zu sich um. „Ich nehme ihn gern mit, Megan, aber bitte geh nicht vor Gericht. Denk noch einmal über alles nach – gib uns eine Chance. Halte nicht an Gefühlen fest, die du vor sieben Jahren hattest!"

„Leicht gesagt, Jared! Du bist doch derjenige, der mich zu allen möglichen Veränderungen zwingt!"

„Komm mir doch wenigstens ein kleines bisschen entgegen!", bat er. Sie war offensichtlich genauso stur wie er. Er sah ihr in die türkisblauen Augen und betrachtete ihre vollen roten Lippen, von denen er genau wusste, wie weich sie sich anfühlten. Von plötzlicher Begierde gepackt, zog er sie an sich, schob die Hand in ihr Haar und küsste sie. Dabei verdrängte er die plötzlich aufflackernde Angst, sich wieder in Megan zu verlieben und ein zweites Mal enttäuscht zu werden. Er küsste sie mit einer Heftigkeit, die seine widerstreitenden Gefühle offenbarte.

Kraftlos versuchte Megan zunächst, ihn von sich zu stoßen, gab dann jedoch auf und schlang willenlos die Arme um ihn. Schließlich presste sie sich an ihn und erwiderte seinen Kuss, bis er vor Begierde fast verging. Am liebsten hätte er sie sofort ins Schlafzimmer getragen, hatte jedoch Angst, damit zu weit zu gehen.

Irgendwann schob sie ihn von sich und wandte den Kopf ab. „Jared, hör auf damit."

„Es gefällt dir doch, wenn ich dich küsse, Megan. Himmel, ich küsse dich lieber als jede andere Frau!"

„Ach, Jared, lass doch diese oberflächlichen Bemerkungen!"

Er hielt sie fest, sodass sie ihn ansehen musste. „Meine Gefühle für dich sind alles andere als oberflächlich. Ich habe noch keine Frau wie dich kennengelernt", sagte er ernst. Es war die Wahrheit.

„Jared, das hat doch alles keinen …"

„Bitte begleite mich nach Dallas", schnitt er ihr das Wort ab und ließ sie los. „Natürlich mit Ethan."

„Ich werde es bestimmt bereuen."

„War das ein Ja?" Jareds Herz machte einen freudigen Satz. Wenn sie erst einmal in Dallas war, konnte er sie vielleicht doch noch von ihrem Vorsatz, ihn nicht zu heiraten, abbringen. „Ich werde euch hinfliegen."

„Ich weiß nicht recht", antwortete sie zögernd.

„Unsinn. Ich fliege. Plane drei Tage ein."

„Jared, ich habe doch noch gar nicht zugestimmt. Ich muss erst nachdenken."

Er legte seine Hände an ihr Gesicht. „Ich will dich, Megan. Und ich will, dass die Dinge zwischen uns in Ordnung kommen."

„Ich glaube nicht, dass das möglich ist."

„Hast du etwa Angst, dass ich Ethan wehtue?"

„Himmel, nein! Jedenfalls nicht körperlich."

„Was ist es dann?"

„Ich habe Angst, dass du ihn für eine Weile ganz unterhaltsam findest und dann das Interesse an ihm verlierst und aus seinem Leben verschwindest. Kinder können mit so etwas nicht so locker umgehen wie Erwachsene."

„Das würde ich niemals tun", sagte er ernst. „Ich liebe ihn zu sehr, um euch zu verletzen. Megan, ich will nicht vor Gericht um ihn kämpfen müssen."

„Lippenbekenntnisse."

„Ich werde seiner ganz bestimmt nicht überdrüssig." Er nahm Megan bei der Hand. „Komm, lass uns auf die Veranda gehen und reden."

Sie ging mit ihm hinaus, setzte sich und blickte in die Dämmerung. Er zog einen Stuhl neben sie. Licht drang durch die Fenster und die offene Tür.

„Ich zeige dir Fort Worth. Ich hätte auch kein Problem damit, durch ganz Dallas zu fahren, wenn du nicht in meiner Nähe leben willst, obwohl das natürlich das Einfachste wäre."

„Das Einfachste für dich, meinst du wohl."

„Megan, ich versuche doch nur, eine Lösung für unser Problem zu finden!"

„Würdest du auf das Sorgerecht verzichten, wenn ich mich bereit erkläre, nach Dallas zu ziehen?"

Jared sah ihr in die Augen. Es lag ihm auf der Zunge, mit Ja zu antworten, aber er hielt sich gerade noch rechtzeitig zurück und überlegte. Ohne Sorgerecht konnte Megan ihm seinen Sohn ohne Weiteres vorenthalten.

„Nein. Ich fürchte, dass ich ihn dann nicht allzu oft zu sehen bekomme, aber was soll das Spekulieren über die Zukunft? Komm einfach erst einmal mit."

„Ich werde es mir überlegen", antwortete sie und stand auf.

Jared erhob sich ebenfalls.

„Jared, bitte mach Ethan nicht zu früh Versprechungen. Erzähl ihm auf keinen Fall, dass wir nach Dallas ziehen, solange ich mich noch nicht entschieden habe. Mein Zuhause ist in Santa Fe. Und sag ihm nicht, dass du mich heiraten willst, solange du ihm nicht erklärst, dass es sich dabei um ein rein geschäftliches Arrangement handelt. Ihr werdet langfristig besser miteinander klarkommen, wenn du von vornherein ehrlich mit ihm bist."

„Wann wäre ich dir gegenüber je unehrlich gewesen?"

Sie zuckte die Achseln. „Als du mir erzählt hast, dass du mich liebst."

„Aber ich habe dich geliebt, Megan", stieß Jared wutentbrannt hervor. Er war am Ende mit seiner Geduld. Er packte sie bei den Armen und zog sie an sich. Automatisch legte sie die Hände auf seine Unterarme.

„Megan, ich habe dich damals verlassen, weil dein Vater gedroht hat, sonst meinem Vater etwas anzutun!"

Schwankend schloss sie die Augen.

9. Kapitel

„Hör auf damit, Jared! Lüg mich nicht an!"

„Das war keine Lüge", sagte Jared mit gepresster Stimme. „Dein Vater hat damit gedroht, unserer Ranch das Wasser abzuschneiden und meinem Vater etwas anzutun, wenn ich nicht verschwinde. Außerdem wollte er dich im Falle einer Heirat mit mir enterben und Schlimmeres. Ich mag damals die falsche Entscheidung getroffen haben, aber ich bin immer noch fest davon überzeugt, dass er dir und meiner Familie großen Schaden zugefügt hätte, wenn ich nicht gegangen wäre!"

„Wenn das wirklich wahr ist, warum hast du mir dann nie etwas davon gesagt?"

„Er hat mich bedroht, Megan. Außerdem habe ich dir geschrieben, viele Male! Warum hast du mir nie geantwortet?"

„Du lügst, Jared!", schrie sie und riss sich von ihm los. Jedes seiner Worte steigerte nur noch ihre Wut. Sie zitterte, und ihr war schwindlig. „Mein Vater war außer sich über dein Verschwinden – niemals kann er der Grund dafür gewesen sein! So ein Schwachsinn!"

„Megan, ich schwöre, dass ich die Wahrheit gesagt habe", antwortete Jared leise.

„Ich kenne meinen Vater besser als du. Er war ein Kontrollfreak und hat sich in alles eingemischt, aber so grausam wäre er nie gewesen! Außerdem warst du damals schon eine starke Persönlichkeit. Niemals hättest du dich durch irgendwelche Drohungen einschüchtern lassen", sagte sie wütend. „Und jetzt will ich nichts mehr davon hören. Ich werde mein Versprechen halten, dass du Ethan morgen mit zu deiner Ranch nehmen darfst. Am Samstag bringst du ihn pünktlich zum Abendessen zurück. Ist das klar?"

„Megan, dein Vater hat sogar damit gedroht, dir etwas anzutun. Anscheinend hat er auch meine Briefe unterschlagen." Jared ballte die Hände zu Fäusten. „Ich weiß nicht, was ich noch sagen soll. Ich habe dich geliebt und wollte dich nie verlassen."

„Das glaube ich dir niemals!", schrie sie. „Ich will nichts mehr hören. Gar nichts! Ich gehe jetzt rein, Jared. Wir sehen uns morgen früh." Sie ging an ihm vorbei ins Haus. Lügen, alles Lügen! Er hatte eine dunkle Seite in sich, von der sie nichts geahnt hatte. Nicht zu fassen, dass er ihr ein solches Märchen auftischen wollte!

Hoffentlich werde ich vor Gericht recht bekommen, dachte sie. Nur wenn sie verlor, würde sie einen Umzug nach Dallas in Erwägung ziehen. Erst dann, wenn ihr wirklich nichts anderes übrig blieb.

Warum nur brachten sein Anblick und seine Berührungen sie noch immer so durcheinander? Sogar noch in diesem Augenblick begehrte sie ihn qualvoll.

Schon allein deshalb würde sie nie einer Vernunftehe zustimmen. Es war nicht länger zu leugnen; offensichtlich hatte sie sich ein zweites Mal in ihn verliebt. Ihn zu heiraten würde sie emotional zerstören.

Megan schloss ihre Zimmertür, bereitete alles für die Nacht vor und zog sich dann kurz entschlossen einen Bademantel über. Sie würde ja doch kein Auge zutun.

Durch eine Verbindungstür betrat sie Ethans Zimmer und betrachtete ihr friedlich schlafendes Kind. Sie liebte ihn so sehr! Nie würde sie es bereuen, Jared kennengelernt zu haben, denn mit Ethan hatte er ihr die größte Freude ihres Lebens geschenkt. Zärtlich strich sie dem Jungen die schwarzen Locken aus der Stirn. Sie musste sich eingestehen, dass Jared ihn glücklich machte. In der halben Stunde, in der sie ihn bettfertig gemacht hatte, hatte er ununterbrochen über seinen Daddy geredet.

Würde Jared seine Versprechen, ihr Ethan nicht wegzunehmen und ihn nie zu verlassen, wirklich halten? Er hatte ihr Vertrauen schon einmal bitter enttäuscht. Wieder stiegen ihr Tränen in die Augen, und sie kniete sich neben Ethans Bettchen, um ihn zu küssen.

„Ich liebe dich so sehr", flüsterte sie. Plötzlich hörte sie ein Geräusch und drehte sich um.

Jared lehnte gegen den Türrahmen und beobachtete sie.

Wütend funkelte sie ihn an, als er auf sie zukam, und wischte sich aufgewühlt die Tränen aus den Augen.

„Weine doch nicht, Meg“, murmelte er. Bevor sie wusste, wie ihr geschah, hob er sie hoch und trug sie ins Schlafzimmer. „Nicht weinen. Ich will dir wirklich nicht wehtun. Ethan war heute so glücklich, und du musstest wirklich nicht lange auf ihn verzichten. Deine Tante und dein Onkel haben ihn manchmal wochenlang bei sich.“

Megan nickte und sah zu ihm auf.

Er legte seine Hände an ihre Wangen und sah sie eindringlich an. Automatisch suchte ihr Blick seinen Mund. Auch er senkte den Blick auf ihre Lippen, die zu kribbeln begannen.

„Sei doch nicht so starrköpfig“, sagte er. „Du machst es uns viel zu schwer. Dabei ist das völlig überflüssig.“

Er senkte den Kopf und küsste sie, wobei er sie an sich zog. Sofort flammte die Leidenschaft zwischen ihnen auf. Jared stöhnte, als sie eine Hand über seine Brust gleiten ließ. Sie hatte den Eindruck, er zitterte förmlich vor Verlangen, und auch sie begehrte ihn mit einer Intensität, die sie schockierte, doch diesmal siegte ausnahmsweise die Vernunft, und sie schob ihn von sich. „Jared, wir werden jetzt nicht miteinander schlafen. Ich will heute Nacht allein sein.“

Er hob den Kopf und öffnete langsam die Augen. „Aber ich will dich, Meg. Mehr, als du dir vielleicht vorstellen kannst.“

„Ich bin nicht die richtige Frau für dich. Die Vergangenheit wird immer zwischen uns stehen.“

Er ließ sie los, und sie trat ans Fenster und kehrte ihm den Rücken zu. „Gute Nacht“, sagte sie. Kurz darauf hörte sie, wie sich die Tür schloss, und drehte sich um. Jared war fort.

Frustriert und wütend legte sie den Kopf in ihre Hände. Was er ihr über ihren Vater erzählt hatte, war unglaublich. Nie hätte sie gedacht, dass er zu einer solchen Lüge fähig wäre.

Megan setzte sich auf einen Sessel und sah hinaus in den Mondschein. Erst kurz vor Sonnenaufgang nickte sie ein. Als sie zum Frühstück in die Küche kam, fand sie eine Nachricht auf dem Tisch. Jared war schon mit Ethan zu seiner Ranch unterwegs.

Da sie nicht hungrig war, ging sie in ihr Arbeitszimmer und bereitete alles für ihren Flug nach Chicago vor, um sich mit ihren Anwälten zu treffen.

Samstagabend stand Megan mit wachsender Nervosität auf der Veranda und wartete auf Ethan. Sie hatte ihn schrecklich vermisst, viel mehr als sonst, wenn er bei ihrer Tante und ihrem Onkel war. Wieder und wieder hatte sie sich damit zu beruhigen versucht, dass Jared gut auf Ethan aufpassen würde, trotzdem war sie unruhig.

Sofort nach seiner Rückkehr wollte sie packen und nach Santa Fe zurückkehren. Sie sehnte sich nach ihrem Zuhause, nach einem Zufluchtsort weit weg von Jared.

Sie sah den schwarzen Pick-up schon von Weitem und beobachtete nervös, wie er die Auffahrt hochkam und hielt. Ethan schnallte sich ab, stieg aus dem Wagen und kam auf sie zugerannt, die Arme voller Spielzeug.

Sie fing ihn auf, schwang ihn herum und drückte ihn fest an sich.

„Sieh mal, was Daddy mir gekauft hat! Ich habe noch ein Flugzeug und ein ferngesteuertes Auto, und bei ihm zu Hause ist sogar ein noch größeres, mit dem ich auf der Terrasse rumfahren kann. Ich habe auch ein neues Spiel!"

„Das ist ja großartig! Und dabei hast du weder Geburtstag, noch ist Weihnachten", antwortete Megan lachend. Jared kam die Stufen herauf. Mit seinen Stiefeln, der engen Jeans und dem an der Brust offen stehenden dunkelblauen Cowboyhemd sah er viel zu gut aus. Er musterte sie eingehend, und ihr wurde bewusst, dass sie nur Shorts und ein rotes T-Shirt trug. Sein Blick war so zärtlich, dass ihr Körper von Kopf bis Fuß zu kribbeln begann.

„Vielen Dank, Megan. Ethan und ich hatten jede Menge Spaß in den letzten Tagen."

„Das sieht man."

„Wollen wir heute Abend essen gehen? Ich könnte euch auch zu meiner Ranch mitnehmen, wenn dir das lieber ist", sagte er, während Ethan sich hinsetzte, um mit seinen neuen Sachen zu spielen.

„Danke, aber wir haben schon etwas anderes vor."

Jared nickte. „Ich rufe dich morgen früh an."

Er wandte sich an seinen Sohn: „Ethan, sag mir Auf Wiedersehen“, sagte er, und der Junge sprang auf und warf sich ihm in die Arme.

Jared hob ihn hoch und küsste ihn. Schon wieder den Tränen nahe, drehte Megan sich um und ging ins Haus. Warum reagierte sie nur immer so emotional, wenn es um Jared und Ethan ging?

Kurz darauf hörte sie Ethan hinter sich herkommen und registrierte, dass Jared wegfuhr.

„Warum können wir nicht bei Daddy essen?“, fragte ihr Sohn und sah sie mit den gleichen intensiven braunen Augen an wie Jared.

„Weil wir uns für unsere Heimreise nach Santa Fe fertig machen müssen“, antwortete sie. Sie rechnete mit einem Begeisterungsschrei, aber zu ihrer Überraschung runzelte Ethan die Stirn.

„Kommt Daddy denn nicht mit?“

„Nein.“

„Können wir nicht hierbleiben?“

„Wir kommen ja bald zurück.“

„Wann denn?“, fragte er besorgt.

Megan runzelte die Stirn. Anscheinend hatte Jared Ethans Herz im Sturm erobert. „Bestimmt schon bald“, sagte sie. „Willst du das denn?“

„Klar! Ich will Daddy wiedersehen, und er hat gesagt, dass er gern mit mir zusammen ist.“

„Natürlich ist er gern mit dir zusammen. Genauso wie ich, aber jetzt lass uns packen. In einer Woche reden wir weiter.“

Ethan nickte traurig. Na, großartig, dachte Megan. Warum musste Jared mein ruhiges und angenehmes Leben auch wieder durcheinanderbringen?

Auf der Rückfahrt dachte Jared an die zwei schönen Tage mit Ethan zurück. Es hatte nur einen Wermutstropfen gegeben – Megans Abwesenheit. Insgeheim hatte er gehofft, dass sie mit zu ihm kommen oder zumindest den Abend mit ihm verbringen würde, aber Fehlanzeige. Was mochte sie vorhaben?

Er hatte sie jeden Tag mehr vermisst und fast ununterbrochen an sie gedacht. Bei seiner Ankunft vorhin hatte er seine ganze Selbstbeherrschung aufwenden müssen, um sie nicht zur Begrüßung zu küssen. Er sehnte sich schrecklich nach ihr, und eine Vernunftehe erschien ihm plötzlich absurd. Was sie verband, war viel mehr als nur ein rein geschäftliches Arrangement.

Gedankenverloren fuhr er vor sich hin. Warum war sie nicht mit ihm gekommen? Waren ihre Pläne vielleicht nur eine Ausrede gewesen? Eines stand jedenfalls fest, es ließ sie alles andere als kalt, wenn er sie küsste.

Der Gedanke an ihre Küsse erregte ihn augenblicklich. Am liebsten hätte er sofort gewendet, um zu ihr zurückzufahren.

Megan bedeutete ihm anscheinend immer noch sehr viel. Als er damals keine Antwort auf seine Briefe von ihr bekam, hatte er alles versucht, um über den Schmerz hinwegzukommen. Er hatte sie vergessen wollen, und bis zu einem gewissen Grad war ihm das sogar gelungen. Wieder und wieder hatte er sich versichert, dass sie ihm nichts mehr bedeutete und nur noch Teil seiner Vergangenheit war, doch unterschwellig war er all die Jahre wütend auf sie gewesen. Vielleicht hatte ihm die Trennung ja doch stärker zu schaffen gemacht, als er sich damals eingestehen wollte. Der Gedanke, sich an ihr zu rächen, hatte ihm gefallen, aber war es ihm wirklich um Rache gegangen, oder hatte er in Wahrheit nur nach einem Vorwand gesucht, sie wiederzusehen?

Plötzlich wurde ihm bewusst, dass er sie liebte.

Die Erkenntnis, dass er den Rest seines Lebens mit ihr verbringen wollte, traf ihn wie ein Schock. Leider schien ihr Widerstand gegen ihn unüberwindlich zu sein, aber vielleicht gab es ja doch noch eine Lösung für das Problem. Jared wusste nicht, ob der Plan funktionieren würde, aber er war so verzweifelt, dass er bereit war, das Risiko einzugehen.

Megan hatte sich entschlossen, Jared erst nach ihrer Ankunft in Santa Fe von ihrer Abreise zu informieren. Sie nahm das Telefon und setzte sich auf den blickgeschützten Innenhof ihres Hauses, den sie mit Bougainvilleen und Hibiskus in leuchtendem Orange, Rosa und Gelb bepflanzt hatte. Palmen und Bananenstauden sorgten für zusätzliches Grün. Sie war erleichtert, endlich wieder zu Hause zu sein. Ethan allerdings machte ihr Sorgen. Er wirkte ungewöhnlich niedergeschlagen, was auch ihr auf die Stimmung schlug. War es ein Fehler gewesen, South Dakota zu verlassen? Noch schlimmer allerdings war, dass sie Jared trotz ihrer ungeschmälerten Wut auf ihn vermisste.

„Jared, hier ist Megan", sagte sie, als er sich meldete. „Ich wollte dir nur mitteilen, dass Ethan und ich in Santa Fe sind."

„Davon hast du ja gar nichts erzählt. Kommst du bald zurück?"

„Keine Ahnung. Ich sage dir Bescheid, wenn es so weit ist."

„Kann ich kurz mit Ethan sprechen? Ich wollte ihn sowieso heute Abend anrufen."

„Sicher, aber damit wirst du ihm keinen Gefallen tun. Es fiel ihm schwer, die Ranch zu verlassen. Er will dich nämlich wiedersehen. Es ist dir wirklich bestens gelungen, ihn einzuwickeln, obwohl mich das nicht weiter überrascht. Du hast ihn mit Spielzeug ja geradezu überschüttet."

„Nicht böse sein, Megan. Ich habe eben viel nachzuholen – und ich hänge an ihm."

„Du hängst an ihm? Du kennst ihn doch noch nicht einmal richtig!", sagte sie aufgebracht. Jared schwieg. „Tut mir leid", entschuldigte sie sich kleinlaut. „Das war unpassend. Ich bin natürlich froh, dass ihr euch so gut versteht. Meine Nerven liegen etwas blank."

„Du machst dir viel zu viel unnötigen Stress. Ich wäre dir dankbar, wenn du Ethan wenigstens da raushalten würdest."

„Das musst du gerade sagen!"

„Ich würde ihm nie absichtlich wehtun. Klar kenne ich ihn noch nicht richtig, aber wir wissen ja beide, woran das liegt."

Wieder entstand eine Gesprächspause, und Megan war drauf und dran, das Telefonat zu beenden.

„Megan, würdest du dir bitte eine Telefonnummer aufschreiben?"

Sie holte einen Stift und einen Block. Wahrscheinlich wollte er ihr die Nummer seines Büros oder seines Hauses in Dallas geben. „Schieß los", sagte sie und schrieb. „Ist das deine Privatnummer?", fragte sie, nachdem sie fertig war.

„Nein, ist es nicht. Weißt du noch, wie dein Vater die Ranch nördlich von euch gekauft hat? Ich habe vergessen, wie alt du damals warst."

Verwirrt runzelte Megan die Stirn. „Ich erinnere mich. Ich war damals noch nicht lange auf der Highschool. Die Familie McGinnis ist nach einem Autounfall ihres Sohnes weggezogen."

„Richtig. Bitte ruf Dirk McGinnis an, und frage ihn, was ihn dazu bewogen hat, an deinen Vater zu verkaufen und den Staat zu verlassen."

„Warum?", fragte sie, doch ihre Stimme erstarb. Beim Anblick der Nummer auf dem Block überlief es sie plötzlich eiskalt.

„Darf ich jetzt mit Ethan sprechen?"

Megan gingen so viele Gedanken durch den Kopf, dass sie Jared kaum hörte.

„Megan?"

Endlich drang seine Stimme zu ihr durch, und sie rief nach Ethan, der sofort zum Telefon gelaufen kam und aufgeregt zu erzählen begann. Grübelnd starrte Megan wieder auf die Nummer. Es konnte nur einen Grund geben, weshalb Jared sie ihr genannt hatte.

Sollte ihr Vater – durch Drohungen oder Schlimmeres – für den Umzug der Familie McGinnis verantwortlich sein? Falls ja, hatte Jared ihr die Wahrheit über ihn gesagt.

Im Grunde war es unnötig, dort anzurufen. Sie kannte die Antwort schon. Die ganze Zeit über hatte ihr Vater hinter Jareds mysteriösem Verschwinden gesteckt. Jared hatte die Stadt offensichtlich wirklich nur verlassen, um seine Familie zu schützen.

Ihr wurde so schwindlig, dass sie sich setzen musste. Trotz ihrer Schwangerschaft hatte ihr Vater Jared gezwungen, zu gehen und sie allein zurückzulassen. All die Jahre hatte er nichts von dem Baby gewusst, ihre Heiratspläne waren gescheitert, und sie war todunglücklich vor Liebeskummer – und alles nur, weil ihr Vater Jared und seine Familie ablehnte. Megan vergrub das Gesicht in den Händen und schluchzte. Wie hatte ihr eigener Vater ihr und Jareds Familie gegenüber nur so grausam sein können?

Ich mag damals die falsche Entscheidung getroffen haben, aber ich bin immer noch fest davon überzeugt, dass er dir und meiner Familie großen Schaden zugefügt hätte, wenn ich nicht gegangen wäre.

Das hatte Jared gesagt. Sie hatte absolut keine Ahnung gehabt, wozu ihr Vater fähig war. Wie hatte sie sich nur so in ihm täuschen können?

Megan erschauerte, sie stand unter Schock.

Seinetwegen hatte sie bei Ethans Geburt und bei seiner Erziehung auf Jareds Beistand verzichten müssen. Außerdem musste sie unnötig mit finanziellen Schwierigkeiten kämpfen. Sie war eine Ehe auf dem Papier eingegangen und hatte Jared seinen Sohn vorenthalten. Sie war es ihm schuldig, wiedergutzumachen, was ihr Vater ihm angetan hatte.

Noch immer fassungslos, merkte sie kaum, dass Ethan sich zu ihr gesellte. Er schien zu spüren, dass etwas nicht in Ordnung war, und blieb sogar während des Abendessens ungewöhnlich still. Seine Laune hellte sich erst auf, als Amy Brennan anrief, die Mutter seines besten Freundes William, und ihn einlud, bei William zu übernachten.

Als Megan ihn hinfuhr, warf sie einen besorgten Blick in den Rückspiegel. Ethan saß angeschnallt auf seinem Kindersitz, neben sich das neue Spielzeugflugzeug, das er William unbedingt zeigen wollte. „Ethan, wir werden vielleicht doch schneller nach South Dakota zurückkehren, als ich dachte."

Seine Gesichtszüge hellten sich sofort auf. „Klasse! Wann?"

„Gleich morgen, wenn wir einen Flug kriegen."

„Super!"

Ethan klatschte vor Begeisterung in die Hände, und Megan musste zum ersten Mal seit Tagen lachen.

„Darf ich Daddy anrufen und es ihm erzählen?"

„Ja, aber warte damit noch bis morgen." Ihr ging durch den Kopf, dass sie es Ethan vielleicht besser erst später hätte sagen sollen, aber er hatte so niedergeschlagen ausgesehen, dass sie es nicht übers Herz gebracht hatte, damit zu warten. Voller Vorfreude zappelte er auf seinem Sitz herum. „Morgen kannst du ihm nämlich sagen, wann genau wir ankommen. Ich muss erst noch die Flüge buchen, bevor ich die genaue Uhrzeit weiß."

Auf dem Rückweg fuhr sie an den typischen roten Lehmhäusern Santa Fes vorbei zu ihrem Haus, in dessen Garten gerade die rosafarbenen, dunkelroten und weißen Stockrosen blühten. Einige Kunden waren auf der Veranda ihrer Galerie zu sehen.

Sie rief Dirk McGinnis an und erfuhr, dass ihr Vater ihn und seine Familie damals bedroht hatte, um ihn zum Verkauf zu zwingen. McGinnis hatte die Drohungen zunächst ignoriert, doch der Autounfall seines Sohnes kurze Zeit später hatte seine Meinung geändert. Die Bremsen hatten versagt; sein Sohn konnte von Glück sagen, noch am Leben zu sein. Noch heute ging er an Krücken. McGinnis hatte Edlund Sorenson nichts nachweisen können, war jedoch hundertprozentig sicher, dass er hinter dem Unfall steckte.

Mit wackligen Knien beendete Megan das Telefonat und starrte ins Leere. Sie war Jared einiges schuldig. Und sie würde Ethan mit ihm teilen, das stand jetzt außer Frage.

10. Kapitel

Als Megan am nächsten Morgen beim Frühstück dem Gesang der Vögel lauschte, hatte sie trotz des Sonnenscheins das Gefühl, dass ihre Welt von jetzt an nie mehr die gleiche sein würde wie zuvor. Sie räumte gerade den Tisch ab, da klingelte es an der Tür. Sie warf einen Blick auf die Uhr und runzelte die Stirn. Es war erst sieben Uhr morgens. Wer konnte das sein?

Sie ging zur Eingangstür und sah ein dunkelgrünes Auto in der Einfahrt. Mit klopfendem Herzen öffnete sie.

Als hätte eine gute Fee ihre Wünsche erhört, stand Jared mit einem Riesenstrauß Rosen, Lilien und Margeriten vor ihr. Unter einem seiner Arme klemmte eine mit einer Schleife verzierte Schachtel.

„Jared! Komm rein“, sagte sie nervös. Am liebsten hätte sie ihn umarmt, schloss jedoch nur die Tür hinter ihm. Jared drehte sich zu ihr um und hielt ihr die Blumen hin.

„Ich wollte dir erst welche schicken, habe dann aber beschlossen, sie dir selbst zu bringen. Gehst du heute Abend mit mir essen?“

Megan nahm den Strauß und lachte übermütig, trotz der schlaflosen Nacht. „Du bist mit Sicherheit nicht nur gekommen, um mich zum Essen einzuladen.“ Sie wurde ernst. „Jared, ich muss mich bei dir entschuldigen.“

Er legte ihr einen Finger auf die Lippen. Bei der Berührung begann ihr Herz schneller zu schlagen. Jared nahm ihr die Blumen aus der Hand. Er legte sie beiseite, ließ die Schachtel fallen, nahm sie in die Arme und küsste sie. Ihr Herzschlag setzte für einen Moment aus, und sie schlang die Arme um seinen Nacken und presste sich an ihn.

Bei diesem Kuss schmolz ihr Widerstand ihm gegenüber endgültig dahin. Sie liebte ihn, und sie wollte ihm beweisen, dass es ihr schrecklich leidtat, ihn der Lüge bezichtigt zu haben.

„Wo ist Ethan?“, fragte er.

„Bei einem Freund zum Übernachten. Wir sind allein."

Jared küsste sie erneut, und Megan vergaß alles andere.

Er legte seine Hände an ihre Wangen und sah ihr liebevoll in die Augen. „Eigentlich hatte ich mir das etwas anders vorgestellt, aber ich kann einfach nicht mehr länger warten. Meg, ich liebe dich, und ich habe dich schrecklich vermisst."

„Oh, Jared!", rief sie und stellte sich auf die Zehenspitzen, um ihn zu küssen. Er erwiderte den Kuss so leidenschaftlich, dass sie weiche Knie bekam. Voller Begierde presste sie sich an ihn, und er hob sie hoch.

„Wo steht das nächste Bett?"

Sie zeigte ihm die Richtung und zog seinen Kopf nach unten, um ihn erneut zu küssen. Jared trug sie ins Schlafzimmer und setzte sie neben dem Bett ab. Dann zog er ihr hastig das T-Shirt aus und öffnete ihre Shorts.

Ungeduldig zerrte sie an seinen Kleidungsstücken herum und streifte sie ihm vom Körper. Nur Sekunden später lagen sie zusammen im Bett.

Sie schmiegte sich mit geschlossenen Augen an ihn, noch immer ganz erfüllt von seiner Liebeserklärung. „Ich liebe dich auch, Jared. Wahrscheinlich habe ich dich die ganze Zeit über geliebt, weshalb ich mich auch so gegen dich gesperrt habe."

Er küsste sie zärtlich, dann streifte er sich ein Kondom über und drang in sie ein. Sie liebten sich, bis sie beide gleichzeitig zum Höhepunkt kamen. Eng umschlungen lagen sie hinterher da.

„Ich liebe dich, Megan. Du hast mir die glücklichste Zeit meines Lebens geschenkt. Es war ein Fehler, dich damals zu verlassen. Ich hätte auf meinen Vater hören und mit dir reden sollen, aber ich hatte Angst um dich und meine Familie."

„Pst", sagte sie. „Wir haben beide Fehler gemacht. Ich hätte dir früher von Ethan erzählen müssen. Ich habe dich stärker bestraft als du mich, Jared. Übrigens habe ich Dirk McGinnis angerufen, obwohl ich die Wahrheit schon geahnt habe, nachdem du mir seine Telefonnummer gegeben hast. Was er mir erzählt hat, hat meine schlimmsten Befürchtungen allerdings noch übertroffen."

„Das tut mir leid. Ich habe lange gezögert, ob ich es dir überhaupt sagen soll. Ich hatte Angst, dass die Wahrheit dich zu sehr verletzt."

„Es ist vorbei. Wir haben beide für unsere Fehler bezahlt."

„Von jetzt an will ich nichts mehr falsch machen", sagte Jared und stieg aus dem Bett. Er nahm etwas aus seiner Hosentasche, kehrte zu Megan zurück und griff nach ihrer Hand. „Willst du mich heiraten, Meg?"

Überglücklich schlang sie die Arme um ihn. „Keine Vernunftehe diesmal?", fragte sie lachend.

„Wohl kaum", antwortete er trocken. „Es sei denn, du bezeichnest die letzte Stunde als vernünftig."

„Ja, ich will dich heiraten, Jared!"

Er steckte ihr einen Ring an den Finger, bei dessen Anblick Megan erschrocken aufkeuchte. „Jared, der ist ja gigantisch!"

„Du kannst ihn gern umtauschen, wenn er dir nicht gefällt."

„Nicht gefällt? Er ist wunderschön!" Sie strahlte Jared an. „Dann werde ich jetzt wohl doch nach Dallas ziehen."

„Vielleicht finden wir ja einen Kompromiss. Ich will dir nicht dein Zuhause wegnehmen, wenn du so daran hängst. Wie wär's, wenn du das Haus behältst? Dann könntest du jederzeit wieder herkommen."

„Nur wenn du mitkommst. Ich lasse dich nie wieder länger von mir fort."

„Das will ich doch hoffen", antwortete er ernst. „Verdammt, das hoffe ich wirklich. Ich liebe dich so sehr, und du hast mich soeben zum glücklichsten Mann der Welt gemacht."

Megan lachte. „Dito."

„Ich bekomme dich und Ethan. Das ist einfach unglaublich!"

Er küsste sie so wild, dass sie sich erneut liebten und die nächste Stunde nicht mehr über die Hochzeit sprachen.

Später lag sie in seinen Armen, hielt ihren Ring ins Licht und betrachtete ihn von allen Seiten. „Jared, bist du dir sicher, dass du mich nicht nur heiraten willst, um meine Ranch zu bekommen?" Er lachte leise in sich hinein, und sie drehte sich lächelnd auf die Seite und sah ihn an. „Sie gehört dir ab jetzt nämlich ebenfalls."

„Ich habe dir doch schon erzählt, dass ich sie nur wegen einer Wette mit meinen zwei Cousins wollte."

„Ich weiß, Chase und Matt. Ich habe über sie fast genauso viel gelesen wie über dich. Und wenn ich mich recht erinnere, sind sie ebenfalls reich. Hoffentlich seid ihr wenigstens auf ehrliche Weise zu eurem Geld gekommen."

„Hoffentlich machst du gerade einen Scherz!"

„Natürlich. Ich bin einfach so unglaublich glücklich! Erzähl mir mehr von deinen Cousins und eurer Wette."

„Wir haben jeder fünf Millionen Dollar in einen Topf gesteckt. Wer von uns im Laufe eines Jahres am meisten Geld macht, gewinnt ihn."

„Großer Gott! Ihr habt wirklich jeder um fünf Millionen Dollar gewettet?" Megan setzte sich fassungslos auf. „Den Betrag hattest du noch gar nicht erwähnt."

„Stimmt", antwortete er und streichelte ihre nackten Brüste.

Megan angelte nach der Zudecke, die er prompt zur Seite schob. „Wenn du mir nicht sofort die Decke zurückgibst, werde ich dir auch nicht zuhören. Du rechnest also damit, meine Ranch mit großem Profit zu verkaufen?", fragte sie ungläubig.

„Schon möglich. Sie ist eines von vielen Projekten, die schnelles Geld bringen können. Was hältst du davon, sie etwas umzugestalten?"

Megan musste wieder lachen und strich aufreizend langsam mit einem Finger seinen Oberschenkel hinauf. „Schatz, bei allem, was mich angeht, hast du von jetzt an total freie Hand", sagte sie mit einem lasziven Lächeln. Jared schnappte nach Luft und riss sie in seine Arme, um sie zu küssen.

„Jared, ich kann es noch immer nicht fassen. Mir erscheint alles so irreal."

„Aber es ist Realität", versicherte er ihr. „Noch etwas – bereite so schnell wie möglich unsere Hochzeit vor. Geld spielt keine Rolle, du kannst engagieren, wen du willst. Ich will keinen Moment länger auf dich und Ethan warten als unbedingt nötig."

„Ich kann mein Glück noch immer nicht fassen", sagte Megan und strich lächelnd über seine Mundwinkel. „Einverstanden. Wir werden so schnell heiraten, dass uns ganz schwindlig wird!"

„Lass uns Ethan holen und es ihm erzählen", schlug Jared vor. „Ist er nicht eigentlich viel zu jung, um woanders zu übernachten?"

„Es ist erst das zweite Mal. Die Mutter seines Freundes und ich sind gut befreundet, und die Jungs auch. Ich dachte, es würde ihn aufheitern. Er war nämlich ganz unglücklich darüber, dass wir nicht bei dir geblieben sind."

„Ich gebe es ja nur ungern zu, aber ich bin froh, das zu hören. Schön, dass er mich vermisst hat."

„Und wie er das hat! Du hast uns beiden gefehlt." Megan schlang die Arme um Jareds Nacken und umarmte ihn glücklich. „Okay, holen wir Ethan, aber vorher müssen wir noch einiges erledigen. Wir haben sieben ganze Jahre nachzuholen, Jared."

„Ich versuche mein Bestes", sagte er und küsste sie.

Epilog

Als Megan sich im Spiegel betrachtete, kam sie sich vor wie in einem Traum.

„Du siehst hinreißend aus!“ Ihre Tante rückte ihr die Schleppe zurecht.

„Danke, Tante Olga.“ Megan strich ihr hochgestecktes Haar glatt. „Ich kann noch immer nicht glauben, dass du das alles in so kurzer Zeit auf die Beine gestellt hast.“

„Ich hatte viel Unterstützung, auch von dir und Onkel Thomas.“

„Nichts lieber als das, mein Mädchen, aber jetzt muss ich los“, sagte Olga. „Die Hochzeitsplanerin wird gleich kommen. Jared passt solange auf Ethan auf. Das Kind ist ja so aufgeregt! Hoffentlich verliert er nicht vor lauter Nervosität die Hochzeitsringe.“

„Bestimmt nicht.“ Megan lachte. Sie nahm den Riesenstrauß weißer Rosen und Orchideen von Jared und las wieder seine Karte: Ich kann es kaum erwarten … von ganzem Herzen.

„Es wird schon alles klappen“, beruhigte Olga sie und musterte ein letztes Mal ihr schlichtes, raffiniertes Satinkleid.

Stacey Goldman, die brünette Hochzeitsplanerin, öffnete plötzlich die Tür. „Megan, es wird Zeit“, sagte sie.

Auf dem Weg ins Foyer half Stacy ihr mit der Schleppe. Unten angekommen, legte Megan die rechte Hand auf den Arm ihres Onkels, und dann gab Stacey das Startsignal.

Megans Blick suchte den großen, gut aussehenden Mann, der schon bald ihr Ehemann sein würde. Ihr Herz schlug heftig vor lauter Glück und Liebe. Mit dem ordentlich zurückgekämmten Haar und dem schwarzen Smoking, der sein dunkles Haar und die braunen Augen betonte, sah er einfach unglaublich aus.

Sie liebte ihn von ganzem Herzen – die verlorenen Jahre kamen ihr inzwischen wie ausgelöscht vor. Jared war hier, er liebte sie ebenfalls, und in wenigen Minuten schon würden sie endlich verheiratet sein. Inzwischen war er auch offiziell Ethans Vater, denn sie hatten den Eintrag auf der Geburtsurkunde ändern lassen.

Auf dem Weg zum Altar betrachtete sie Ethan, der mit den Ringen neben seinem Vater stand. Lächelnd zwinkerte sie ihm zu. Er strahlte sie an und sah dann glücklich zu Jared auf.

Endlich stand sie neben Jared, und ihr Onkel legte ihre Hand in seine. Jareds warme Finger schlossen sich um ihre, als der Pastor zu sprechen begann. Strahlend vor Glück und Liebe, hörte Megan kaum, was er sagte. Sie war die glücklichste Frau der Welt.

Nachdem sie und Jared ihre Eheversprechen abgegeben hatten, nahmen sie Ethan in ihre Mitte und gingen zu dritt den Kirchengang entlang nach draußen.

„Ich liebe deine Mommy, Ethan“, sagte Jared, nahm seinen Sohn auf den Arm und küsste ihn auf die Schläfe. „Ich liebe euch alle beide von ganzem Herzen.“ Er legte seinen freien Arm um Megans Taille und zog sie an sich.

„Ich liebe dich auch“, antwortete Ethan und umarmte erst Jared und dann seine Mutter.

Nachdem die Hochzeitsfotos gemacht worden waren, fand ein Empfang auf Jareds Ranch statt, wo man in Festzelten Buffets aufgestellt hatte – inklusive einer sechsstöckigen, mit Rosenblüten und kleinen rosafarbenen Orchideen verzierten Hochzeitstorte.

Jared nahm Megan in die Arme, um den ersten Tanz mit ihr zu tanzen. Sie lächelte zu ihm auf. „Ich kann es noch immer kaum glauben, dass ich nun doch endlich deine Frau geworden bin.“

„Glaub es ruhig. Außerdem werde ich es dir beweisen, sobald wir uns hier loseisen können. Ich liebe dich, Meg, und das werde ich dir von jetzt an jeden Morgen und jeden Abend wiederholen.“

Sie lachte. „Nein, wirst du nicht! Ich bin schon glücklich genug, wenn du es nur von Zeit zu Zeit sagst. Ethan scheint genauso froh zu sein wie ich.“

„Das will ich doch hoffen. Ich jedenfalls bin außer mir vor Freude.“ Jared sah sie liebevoll an. „Lass uns bald von hier verschwinden. Sollen die Gäste ruhig ohne uns weiterfeiern.“

„Auf jeden Fall“, versprach sie.

Als das nächste Musikstück begann, bat Jareds Vater sie um den

Tanz. Später tanzte sie mit Ethan. Als Jared kurz darauf zu ihnen stieß, hielten sie sich alle drei an den Händen und tanzten gemeinsam.

Als Nächstes tauchte Chase auf. „Darf ich bitten?", fragte er und nahm ihre Hand.

Jared und Ethan gaben sie frei, und Megan tanzte mit Chase davon. Seine grünen Augen funkelten.

„Du machst Jared anscheinend sehr glücklich", sagte er.

„Er mich ebenfalls. Und Ethan liebt seinen Vater abgöttisch."

„Das ist schön zu hören, aber ich möchte dir trotzdem etwas sagen, Megan. Ich will gar nicht mehr über die schlimme Zeit reden, die hinter euch liegt, aber du sollst eines wissen – Jared war am Boden zerstört, als er hier wegging."

„Kann ich mir vorstellen", antwortete sie und hielt nach ihm Ausschau. Sie entdeckte ihn im Gespräch mit Matt und einigen Freunden.

„Gott sei Dank ist das jetzt alles glücklich überstanden", sagte Chase fröhlich und wirbelte sie herum. „Matt und ich sind übrigens noch aus einem anderen Grund froh über eure Versöhnung. Jared ist jetzt bestimmt viel zu verliebt, um noch an die Wette zu denken. Mit Sicherheit lässt er sich gerade zahlreiche interessante Deals durch die Lappen gehen."

Megan lachte. „Freu dich nicht zu früh, Chase."

Er grinste. „Verblüffend, wie sehr Ethan und Jared sich ähneln. Der Junge ist ihm wirklich wie aus dem Gesicht geschnitten."

„Das stimmt. Und er ist so glücklich mit ihm. Jared ist schon jetzt ein toller Vater."

„Das ist das Einzige, was mich wirklich erstaunt. Er ist geradezu verrückt nach dem Jungen. Ich freue mich wirklich sehr für euch." Chase hob den Blick und grinste. „Da kommt Matt! Er will mich sicher ablösen."

Megan drehte sich um und erblickte den schwarzlockigen und blauäugigen Cousin Nummer zwei.

„Drängle nicht so", sagte Chase, als Matt den Daumen hob.

„Du hattest deinen Tanz schon." Matt lächelte Megan an. „Darf ich bitten?"

„Mit Vergnügen“, antwortete sie und erwiderte sein Lächeln. „Danke, Chase.“

„Keine Ursache, Megan. Ich wünsche euch alles Gute. Und pass gut auf Jared auf“, sagte Chase und küsste sie flüchtig auf die Wange.

„Das werde ich“, antwortete sie und ließ sich von Matt auf die Tanzfläche führen. Ein langsamer Song erklang, und sie begannen zu tanzen.

„Ich hoffe, ihr seid beide glücklich“, sagte Matt. „Jared ist es auf jeden Fall.“

„Danke, ich bin es auch. Ich liebe ihn.“

„Schön, dass du jetzt endlich zu unserer Familie gehörst. Allerdings wirst du von nun an auch den Familientreffen und Weihnachtsfeiern der Daltons nicht entgehen können.“

„Kein Problem. Bis jetzt waren mir alle Daltons sympathisch, die ich kennengelernt habe.“

„Gut so, denn du wirst uns von jetzt an nicht mehr los. Tu mir einen Gefallen, und nimm Jared bitte auf eine lange, lange Hochzeitsreise mit, und halte ihn von Chase und mir fern. Wir haben noch etwas Geschäftliches zu erledigen, und wenn du ihn ordentlich in Atem hältst, können wir zwei in der Zwischenzeit eine Menge erreichen.“

„Könnte es sein, dass du gerade auf eure Wette anspielst?“

Er grinste. „Mist! Hat Jared dir etwa davon erzählt?“

„Ja, hat er. Allerdings wird er bestimmt weiter im Rennen bleiben, wie ich ihn kenne, Hochzeitsreise hin oder her.“

„Wenn man vom Teufel spricht.“ Matt blieb stehen, als Jared auf sie zukam und Megans Hand nahm.

„Weg mit euch Kerlen. Ihr habt jetzt lange genug mit meiner Frau getanzt.“

„Ich werde nie begreifen, warum sie dich geheiratet hat!“, neckte Matt ihn, und Jared schüttelte lachend den Kopf. Dann zog er Megan in seine Arme und tanzte mit ihr davon.

„Endlich habe ich dich wieder für mich.“

„Deine Cousins sind sehr charmant.“

„Das liegt nur an dir. Habe ich dir eigentlich schon gesagt, wie toll du bist?“

„Ja, aber ich kann es nicht oft genug hören.“ Sie sah ihm in die braunen Augen, die vor Erregung glitzerten.

Nach dem Tanz stellten sie sich für weitere Fotos in Position und schnitten dann die Hochzeitstorte an. Kurz darauf wurde Megan von Freunden in Beschlag genommen, die mit ihr über die Hochzeit reden wollten.

Erst am Nachmittag bekam Jared sie wieder zu fassen. Er nahm ihre Hand und zog sie aufs Tanzparkett. Dort hielt er sich jedoch nicht lange auf, sondern dirigierte sie durch die Menge, bis sie die andere Seite erreicht hatten, dann nahm er ihre Hand und zog sie mit sich, und sie verschwanden um die Hausecke. Zu ihrer Überraschung warteten dort ihre Tante und ihr Onkel mit Ethan. Fragend sah sie Jared an.

„Ich habe die drei gebeten, hier auf uns zu warten, damit wir uns von ihnen verabschieden können“, erklärte er.

Megan umarmte erst ihre Tante und dann ihren Onkel. „Vielen, vielen Dank für eure Hilfe und dafür, dass ihr während unserer Abwesenheit auf Ethan aufpasst.“

„Genießt ihr nur die Flitterwochen. Ethan ist bei uns in guten Händen“, sagte Thomas und küsste sie auf die Wange.

Ihre Tante drückte sie an sich. „Ich bin ja so glücklich für dich, Megan. Ich wünsche dir, dass ihr eine genauso gute Ehe habt wie Thomas und ich. Und mach dir keine Sorgen wegen Ethan. Wir werden gut auf ihn aufpassen.“

„Danke.“ Megan küsste ihre Tante, drehte sich zu Ethan um und nahm ihn auf den Arm. „Gib mir einen dicken Kuss“, sagte sie und drückte ihn fest an sich.

Er küsste sie und lehnte sich zurück. „Kommst du bald zurück und holst mich dann wieder ab?“

„Na klar! Jared und ich verreisen zwei Wochen allein und dann noch mal zwei Wochen zusammen mit dir.“

„Wow!“, rief er.

„Sei ein braver Junge.“

„Mach ich“, versprach er.

Dann nahm Jared ihn auf den Arm und drückte ihn fest an sich. Er griff in seine Tasche und zog eine in blaues Papier gewickelte Schachtel hervor. „Hier, Ethan, das ist für dich.“

„Danke, Daddy!“ Ethan zerriss das Papier. Jared half ihm dabei, den Metallrahmen aufzuklappen, über den sich ein Nylonnetz spannte.

„Hiermit kannst du Insekten fangen und sie dann darin beobachten. Du musst sie natürlich füttern und etwas Gras oder Blumen hineinlegen, nachdem du sie gefangen hast. Nach einem oder zwei Tagen musst du sie freilassen, damit sie wieder nach Hause fliegen können."

„Toll, danke!" Ethan strahlte ihn mit leuchtenden Augen an.

„Wir fahren lieber los, bevor man uns noch vermisst", sagte Jared und nahm Megans Arm.

„Jared, was ist mit deiner Familie? Und ich bin auch noch gar nicht umgezogen."

„Ich habe mich schon von ihnen verabschiedet und ihnen gesagt, dass wir uns jetzt davonstehlen, und umziehen kannst du dich im Flugzeug. Deine Tante hat dir ein Kleid und einige deiner Sachen eingepackt. Sie befinden sich bereits an Bord. Komm, lass uns losfahren." Händchen haltend liefen sie zur bereitstehenden Limousine. Jareds Chauffeur hielt ihnen die Tür auf.

Im Auto warf Megan sich in Jareds Arme und küsste ihn stürmisch. Dank der abgedunkelten Scheibe, die sie vom Fahrerraum trennte, waren sie ganz unter sich.

„Ich liebe dich", sagte sie nach dem ersten Kuss und hob den Kopf. Jareds Haar war zerzaust, und er sah sie zärtlich an.

„Ich liebe Sie ebenfalls, Mrs. Dalton."

„Das klingt herrlich, Jared. Ich kann es gar nicht oft genug hören." Megan lächelte ihn glücklich an und legte eine Hand an seine Wange. „Und? Wohin geht die Reise?"

„Zum Flughafen. Mein Wasserflugzeug wird uns von da nach Minnesota bringen. Ich habe am Ufer eines Sees eine Hütte gekauft. Dort werden wir zwei Tage bleiben und dann zu meiner Villa am Mittelmeer fliegen. Es wird dir gefallen. In zwei Wochen kehren wir zurück, holen Ethan ab und fahren dann alle zusammen in die Schweiz."

„Jared, das klingt ja traumhaft!"

„Ist aber Realität. Ich werde es dir sofort beweisen", sagte er heiser.

„Wie lange müssen wir fliegen, bis wir bei der Hütte ankommen?“
„Etwa zwei Stunden.“
Sie stöhnte auf. „Das ist ja eine Ewigkeit!“
„Stimmt, aber ich konnte nichts anderes finden, außer natürlich im Hotel hier in der Stadt. Uns wird schon etwas einfallen, womit wir uns die Zeit vertreiben können.“
Jared zog sie in seine Arme und küsste sie erneut.

Zweieinhalb Stunden später landete der Pilot auf der spiegelglatten Wasserfläche eines leuchtend blauen Sees. Ein Mann brachte sie mit einem Boot zum Anleger, hinter dem sich zwischen hohen Pinien ein zweistöckiges Chateau mit einer Scheune und anderen Außengebäuden erstreckte.
„Das soll eine Hütte sein? Das ist eher ein Waldschlösschen, Jared! So viel Platz brauchen wir doch nie im Leben.“
„Zugegeben, es ist eine ziemlich luxuriöse Hütte, aber wenn du willst, können wir sie für die Flitterwochen gern etwas rustikaler gestalten.“
Vor der Tür nahm Jared sie auf den Arm und trug sie über die Schwelle.
Megan erhaschte einen flüchtigen Blick auf den Dielenboden und die dunklen Wände im Eingangsbereich, bevor Jared sie absetzte und die Tür schloss. Sie schlang die Arme um seinen Nacken und strahlte ihn an. „Sind wir jetzt endlich allein?“
„Ja“, antwortete er und zog sie an sich. Während er sie küsste, öffnete er die Knöpfe ihres Kleides.
„Jared, du kannst gar nicht ermessen, wie sehr ich dich liebe. Ich will dich für die verlorene Zeit entschädigen, indem ich jeden Zentimeter deines Körpers küsse, dich streichle und dich mit meinen Liebeskünsten in den Wahnsinn treibe“, sagte sie und sah ihn kokett an. Sie ließ ihre Hände über seinen Rücken gleiten und umfasste seinen Po. „Du warst und bist der einzige Mann in meinem Leben.“
„Ach, Meg, Liebes. Ich habe mich schon in dich verliebt, als ich dich damals auf dem Campus sah. Und ich glaube nicht, dass ich je wirklich aufgehört habe, dich zu lieben. Ich habe es weiß Gott versucht, aber nie habe ich für eine andere so viel empfunden wie für

dich.“ Er seufzte und strich mit seinen Lippen von ihrem Ohr über ihren Hals und hinauf zu ihrem Mund. „Ich habe es nur nicht gleich erkannt.“

Er küsste sie leidenschaftlich und zog ihr dabei das Kleid aus. Dann sah er sie bewundernd an und zeichnete die Konturen ihres Körpers mit den Händen nach. Schließlich sah er ihr in die Augen und sagte: „Indem du meine Frau wurdest, hast du mich zum glücklichsten Mann der Welt gemacht, Meg.“

Sie stellte sich auf die Zehenspitzen, um ihn zu küssen, lehnte sich aber noch einmal zurück, um ihm in die Augen zu sehen. „Ich liebe dich und will dich für immer glücklich machen, Jared“, flüsterte sie ihm zu und berührte seine Lippen mit ihren.

Mit freudig klopfendem Herzen hielt sie ihn fest. Endlich waren sie eine echte Familie, und sie wusste, dass sie einander für den Rest ihres Lebens von Herzen lieben würden.

– ENDE –